KNAUR

Im Knaur Taschenbuch Verlag ist bereits folgendes Buch der Autorin erschienen:
Mondherz

Über die Autorin:
Christiane Spies wurde 1981 geboren und lebt mit ihrer Familie in Nürnberg, wo sie in einem großen Forschungsinstitut arbeitet. Sie wohnte eine Zeitlang in Budapest und bereist gerne die Welt, vor allem die Türkei und Osteuropa. Während ihrer zahlreichen Aufenthalte dort ließ sie sich auch zu ihrer Werwolfsaga »Mondherz« und »Zwillingsmond« inspirieren, die vor einer beeindruckenden historischen Kulisse spielt.

Christiane Spies

ZWILLINGS MOND

Roman

KNAUR

Besuchen Sie uns im Internet:
www.knaur.de

FSC
www.fsc.org
MIX
Papier aus verantwortungsvollen Quellen
FSC® C083411

Originalausgabe Februar 2015
Knaur Taschenbuch

Ein Unternehmen der Droemerschen Verlagsanstalt
Th. Knaur Nachf. GmbH & Co. KG, München

Redaktion: Antonia Zauner
Karte: Computerkartographie Carrle
Umschlaggestaltung: ZERO Werbeagentur, München
Umschlagabbildung: FinePic®, München
Satz: Adobe InDesign im Verlag
Druck und Bindung: CPI books GmbH, Leck
ISBN 978-3-426-51360-6

2 4 5 3 1

Für Carla

Auf der Weide scheint der Mond auf einen Espenstamm,
In den grünen Wald, in das dunkle Tal.
An dem Stamm geht ein zottiger Wolf.
Mond, Mond, goldenes Horn,
Mach flüssig die Kugel, stumpf das Messer,
Lass los die Furcht auf das Getier,
den Menschen und das Gewürm,
dass sie den grauen Wolf nicht fangen,
seinen warmen Pelz nicht schinden.

Alte Werwolfsbeschwörung aus Russland

Das Glück wurde als Zwilling geboren.

George Byron

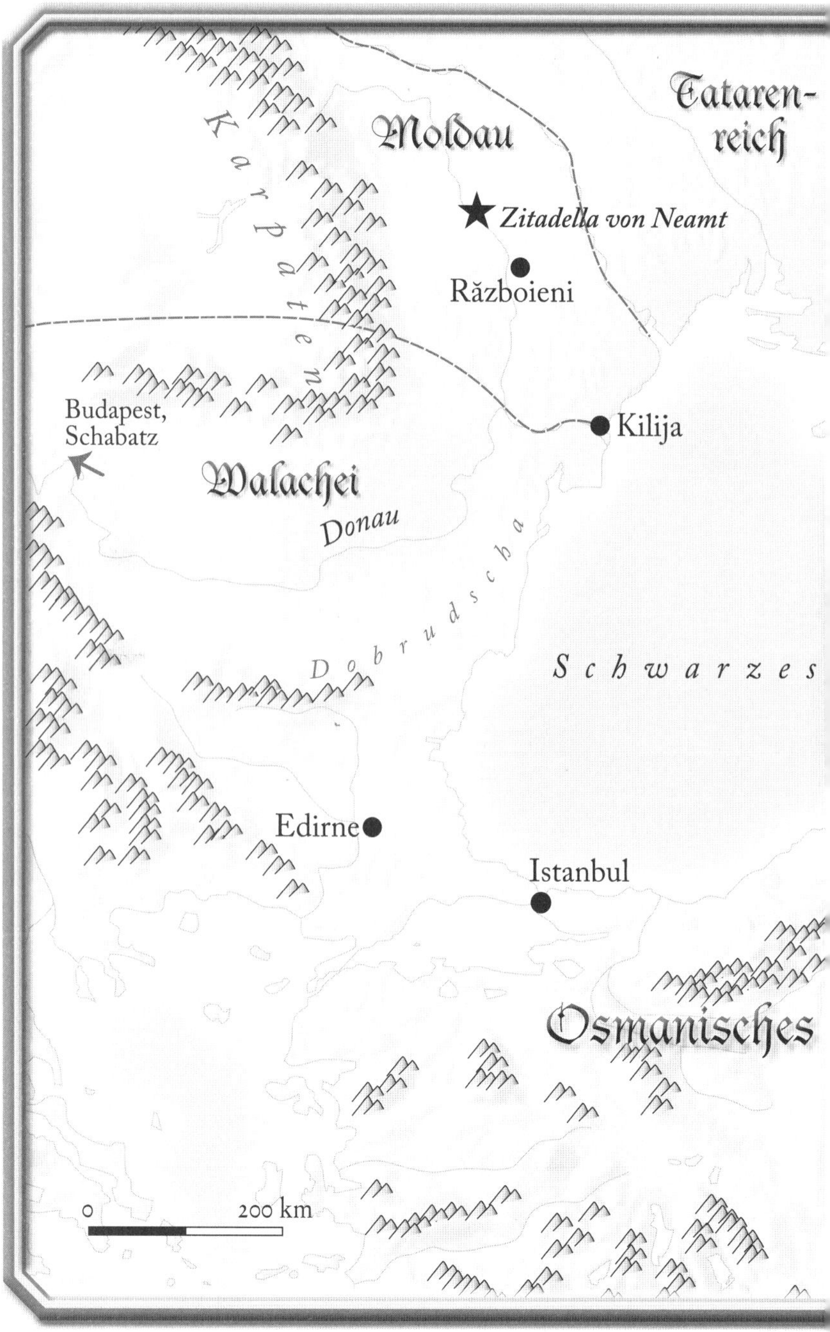
Tataren-
reich
Moldau
Karpaten
Zitadella von Neamt
Războieni
Budapest,
Schabatz
Kilija
Walachei
Donau
Dobrudscha
Schwarzes
Edirne
Istanbul
Osmanisches
0
200 km

Ulunkhetir
W
O
S
Meer von
Azak
Khanat
der Krim
Tatarenreich
Meer
Trabzon
Reich
See von
Ahlat

PROLOG

Ungarn, Frühjahr 1459

Sie wird ein Kind mit zwei Seelen gebären, ein Kind, das allein die Welt aus der Verdammnis retten kann.

Niemals hatte sie die Prophezeiung der heiligen Agnes vergessen. Sie betrachtete den schlafenden Säugling, seine runden Wangen, die runzelige Haut. So zerbrechlich sah er aus, als gehörte er noch nicht ganz in diese Welt. Würde er seiner Aufgabe gewachsen sein? Er war Gottes Geschenk in dieser dunklen Zeit, ein Lebewesen, wie es noch niemals zuvor geboren worden war. Und nach Gottes Gnade würde sie ihn benennen.

Als sie ihm über den Kopf strich, blinzelte er mit verschwommenen hellblauen Augen. Er winselte, und ein leichter Fellflaum überzog seine Wangen.

»Wolfskind«, flüsterte sie. Mensch und Wolf, zwei Seelen in einem so kleinen Körper.

Von draußen hörte sie die Stimmen des Rudels, das die Geburt des Sohnes feierte. Ihr Gelächter verschmolz mit dem Knistern des Lagerfeuers und den nächtlichen Geräuschen des Waldes.

Hinter ihr regte sich etwas. Sie drehte sich um, langsam und vorsichtig, denn ihr Körper schmerzte noch von der Mühsal der Geburt.

Kleine Schwester. Ihre goldbraunen Augen waren weit aufgerissen, und sie strampelte, die winzigen Finger zu Fäusten geballt. Nachdenklich blickte sie ihre Tochter an. Niemand hatte erwartet, dass sie noch ein zweites Kind gebären würde, selbst die Hebamme war überrascht gewesen. Doch dieses Mädchen hatte

sich seinen Weg erkämpft, hochrot und mit einem gellenden Schrei.
»Du wirst deinen Bruder beschützen, nicht wahr?« Sie griff nach einer der kleinen Fäuste und hielt sie fest. Plötzlich lag das Mädchen still, die fremdartigen Augen immer noch weit geöffnet. Für einen Moment sahen sie sich an.
Dann begann das Kind erneut zu strampeln. Seine Faust zuckte in der Hand seiner Mutter.
Die junge Frau runzelte die Stirn. Vorsichtig öffnete sie die Faust des Säuglings. Ein Fleischklumpen fiel heraus, dunkelrot glänzend und groß wie ein Daumennagel. *Blut an ihren Händen.* Sie erschauerte. Sie hatte gelernt, auf solche Vorzeichen zu achten. Gott hatte ihrem Sohn eine dunkle Gefährtin mit auf den Weg gegeben.

1. KAPITEL

Die Wälder der Karpaten, Dezember 1468

Der Sturm fegte über den Wald und ließ die Bohlen der alten Hütte beben. Ildiko hob das Gesicht und spürte die Nässe, die durch das löchrige Dach hereinstob. Der Regen trommelte über ihren Köpfen, als wollte er sich unbedingt Eintritt verschaffen. Die ersten Tropfen sickerten bereits durch die Decke und platschten in die Tonteller, die Mutter dafür aufgestellt hatte.

»Wann kommt Vater wieder?«, fragte Janko. Er presste sich eng an Mutter und spielte mit ihrem blonden Zopf, legte ihn sich über das Gesicht, als wollte er sich dahinter verstecken.

Ildiko verdrehte die Augen. Ihr Bruder stellte diese Frage nicht zum ersten Mal an diesem Abend. Vor fast allem fürchtete er sich. Vor dem Sturm, vor dem Regen, manchmal sogar vor ihrem Vater. Es war kaum zu glauben, dass er wie Ildiko neun Jahre zählte. Obwohl er sogar einige Augenblicke älter war als sie, verhielt er sich doch wie ein jüngerer Bruder.

»Morgen früh.« Mutter strich Janko über den dunklen Haarschopf. »Wenn der Sturm bis dahin nachgelassen hat.«

Ildiko wandte sich ab, doch sie spürte trotzdem, wie Janko erschauerte.

»Wird Vater neue Pferde mitbringen?«, fragte sie. Sie wickelte sich enger in ihre Decke, die immer noch nach ihrer Stute roch. Ein halber Mond war schon vergangen, seit ihre leeren Taschen sie gezwungen hatten, die Pferde an einen Waffenknecht zu verkaufen. Seitdem waren sie zu Fuß unterwegs.

Mutter lächelte. »Bestimmt wird er das. Magst du ein Talglicht anzünden? Dann erzähl ich euch eine Geschichte.«

»Erzähl uns von Chandra, der Mondgöttin«, forderte Janko sofort. »Und von dem Jäger.«
Ildiko brummte zustimmend, während sie nach Feuerstein und Zunder griff. Sie konnte diese Geschichte ebenfalls immer wieder hören. Obwohl ihre Mutter am Ende der Erzählung immer sagte, dass es in Wirklichkeit gar keine Mondgöttin gab. Doch Ildiko war sich dessen nicht so sicher. Ilai und die anderen Roma glaubten an Chandra, und Ilai war alles andere als dumm.
»Ihr müsst wissen«, begann ihre Mutter mit längst vertrauten Worten. »In den Neumondnächten, wenn der Himmel so schwarz ist wie ein Stück Kohle, kann Chandra, die Mondgöttin, herabsteigen, um unter den Menschen und Tieren zu wandeln.«
»Und unter den Werwölfen«, ergänzte Janko, der es mit solchen Dingen immer sehr genau nahm.
»Und unter den Werwölfen«, fügte ihre Mutter hinzu. »Chandras Haut ist bleich wie der Mond, und der Schleier ihres schweren, nachtschwarzen Haares kleidet sie wie eine Königin. Wunderschön ist sie anzusehen, und ihre Augen strahlen wie zwei Sterne.«
Auch Mutters Augen glommen hell im Licht des Zunders, den Ildiko an den Docht des Talglichts hielt. »In einer Neumondnacht geschah es, dass sich die Mondgöttin einen ganz bestimmten Wald aussuchte, um in ihm spazieren zu gehen.«
»Den Wald des Jägers«, flüsterte Janko.
Mutter nickte. »Dieser Jäger war ein gefährlicher Gesell. Groß und stark war er wie euer Vater, und er aß nichts anderes als rohes Fleisch. Doch er jagte Tiere nicht nur zur Nahrung, er tötete und quälte sie ohne Grund.«
Ildiko lehnte sich zurück, sog tief den Duft ihrer Familie, von Regen, Erde und Baumwipfeln in sich ein. Mutters Stimme machte sie schläfrig. Mit geschlossenen Augen hörte sie von Chandras Begegnung mit den Tieren, die ihr ihr Leid klagten, vom Ansinnen der Mondgöttin, den Jäger um Gnade zu bitten,

und von seiner Hinterlist. Er verhexte sie mit finsterer Magie, als er ihr das Herz eines Wolfs zu essen gab. Das Herz eines Wolfs! Unwillkürlich lauschte Ildiko dem Pochen ihres eigenen Herzens.

»Chandras Blick trübte sich, so dass sie die wahre Natur des Jägers nicht mehr erkennen konnte. Getrieben von den dunklen Säften der Erde, die ihr Mondherz betäubten, verfiel sie seinem Lächeln und seiner kräftigen Gestalt ...«

Das Talglicht flackerte, als draußen eine neue Bö durch den Wald fegte. Äste krachten und knarrten. Und da war noch etwas.

Ildiko hielt den Atem an, spürte, wie Janko es ihr gleichtat. Das Trappeln von Pfoten. Ein Fuchs vielleicht? Dann ein unterdrücktes Keuchen. Das war kein Tier.

»Fremde!«, wisperten die Geschwister gleichzeitig. Mit einem Satz waren sie auf den Beinen.

Es waren mehrere, Ildiko spürte sie mehr, als dass sie sie hörte. Und sie kamen von zwei Seiten auf die Hütte zu. Janko neben ihr jaulte auf, und sie griff nach seiner Hand. Seine Angst bohrte sich wie eine Kralle in ihr Herz. Sie wusste, was er dachte, sie dachte das Gleiche. Diese Fremden waren der Grund, warum ihr Vater nie ohne Messer schlief, warum das Rudel selten länger als für einen Vollmond an einem Ort verweilte. Und jetzt waren sie hier!

»Ildiko, Janko!« Wie durch einen Schleier drang Mutters Stimme zu ihr durch. Sie flüsterte. »Wer ist dort draußen?«

Ildiko fuhr herum und starrte in ihre aufgerissenen Augen. Mutter wusste es noch nicht! Die Erwachsenen ihres Rudels konnten nicht so gut hören wie Janko und sie.

»Es sind vier«, wisperte sie. »Sie kommen hierher.«

Mutter packte ihren Arm. »Aus welcher Richtung?« Ihr Blick war hart geworden, das Grau ihrer Augen verdunkelte sich zur Farbe des Nachthimmels. Ihr Kopf ruckte zur Seite, als sie herumfuhr und durch die Ritzen zwischen den Holzbohlen nach draußen spähte. »Sind es Menschen?«

»Nein.« Ildiko keuchte. Mutter umklammerte ihren Arm, als wollte sie alles Blut aus ihm herauspressen. »Es sind Werwölfe, in verschiedener Gestalt.«

Für einen Moment stand Mutter steif und mit starrem Gesicht im Raum. Ildiko hörte ihr Herz schlagen, so rasch und leicht wie das eines Vogels. Jäh verstummte draußen der Wind, als hielte er wie die drei in der Hütte den Atem an. Unter dem Rauschen des Regens tappten Pfoten neben Menschenfüßen.

»Ich höre sie auch«, flüsterte Mutter. »Ihr müsst weg von hier. Kommt!«

Sie packte auch Janko am Arm und riss beide Kinder mit sich, stieß mit dem Fuß die Tür auf. Der Regen schlug ihnen ins Gesicht.

Janko wimmerte, doch Mutter ignorierte ihn. Ildiko blickte zu ihr auf, sah, wie sie die Augen zusammenkniff und tief Atem holte. Sie klammerte sich an sie. Draußen war es finster, doch ihre Augen gewöhnten sich mühelos an die Dunkelheit. Schon sah sie einen Schatten zwischen den Bäumen hindurchgleiten, einen hageren hellbraunen Wolf. Seine Augen glommen wie Holzglut.

»Dort entlang«, stieß Mutter hervor und zerrte sie weg von der Hütte und über die Lichtung, hinein in den Wald. »Lauft!«

Ildiko stolperte und fiel auf die Knie. Tannennadeln bohrten sich in ihre nackten Beine. Neben sich hörte sie Jankos Wimmern, das sich jetzt in etwas Dunkleres verwandelte, ein Knurren, das tief aus seiner Kehle kam. Hastig streifte sie ihr Hemd ab. Ihre Hände und Arme waren bereits von dunklem Flaum überzogen. Hitze raste an ihrem Rücken empor, fuhr durch ihre Gliedmaßen und über ihre Haut. Dann spürte sie die Tannennadeln und den Regen nicht mehr, Fell und Pfotenballen schützten sie davor. Ohne sich noch einmal umzudrehen, rannte sie los, glitt geräuschlos über Wurzeln und Steine. Janko war direkt hinter ihr. Sie spürte seinen warmen Atem, der stoßweise aus seiner Schnauze drang. Bäume huschten wie Geister an ihnen vorbei.

Den Berg hinauf, rief sie Janko lautlos zu, und er folgte ihr. Im dichten Unterholz des Hangs konnten sie jedem Verfolger entkommen.
Mutter!, ertönte plötzlich Jankos Stimme in ihrem Kopf. Er stolperte, wurde langsamer. Unwillig fuhr sie zu ihm herum.
Flieh, signalisierte sie ihm. *Flieh!* Sie konnte zwei weitere Fremde riechen. Die Männer waren schon fast heran.
Doch Janko blieb stehen. Sein Schwanz peitschte über den Waldboden. Furchtsam senkte er seinen Blick vor seiner Schwester, aber er bewegte sich nicht. Ildiko knurrte ihn frustriert an. Und dann hörten sie den Schrei, hell drang er zwischen den Bäumen und dem Regen hindurch.
Janko jaulte auf und fuhr so heftig herum, dass nasses Moos vom Boden aufwirbelte. *Mutter!* Er rannte los. Schnell wie ein Pfeil, aber Ildiko vermochte es mühelos, ihm zu folgen. Kurz vor der Lichtung blieb er stehen.
Ein Mann stand dort neben der Hütte, er hielt Mutter mit festem Griff. Warum hatte sie sich nicht verwandelt?
Der Fremde trug das samtene Wams eines Adligen, doch darunter klirrte ein Kettenhemd, und an seinem Gürtel blitzten zwei Dolche. Er sah aus wie ein Mensch, aber Ildiko konnte seinen Wolfsgestank riechen. Der hagere Wolf mit den Glutaugen schlich wachsam um ihn und Mutter herum. Keiner der beiden schien die zwei jungen Wölfe zu bemerken, die sich am Rand der Lichtung hinter eine Baumwurzel duckten.
»Wo ist dein Balg?«, zischte der Mann und schüttelte Mutter.
Ildiko spürte, wie Janko neben ihr zitterte. Seine Angst grub sich in ihr Herz, und sie drückte sich eng an ihn. Was wollten die Fremden von ihnen?
Mutter reckte ihr Kinn und starrte den Mann mit funkelnden Augen an.
»Schickt euch Pavel?«, rief sie. »Ihm sieht es ähnlich, eine wehrlose Frau überfallen zu lassen.«
Einen Herzschlag lang streifte ihr Blick den Wald. *Sie weiß, dass wir hier sind.* Ildiko duckte sich tiefer.

»Von wegen wehrlos, Veronika«, knurrte der Fremde. »Wo hast du deinen Sohn versteckt?« Er schüttelte sie, und als sie ihn anfauchte, schlug er ihr ins Gesicht. »Wenn du mir nicht sagst, wo er ist, töten wir dich!«

Nein! Ildiko fletschte die Zähne. Ihre Angst war nur ein Funke gewesen, doch jetzt packte sie das sengende Feuer der Wut. Sie durften Mutter nichts antun, niemand durfte das! Bellend sprang sie auf die Lichtung. Der Mann und der Wolf fuhren herum.

»Ist er das?« Die Frage des Mannes drang kaum durch Ildikos Belfern hindurch. Ihre Wut ließ jeden Zweifel verglühen, riss sie in die rote Hitze von Hass und Blutgier. Mit einem Satz stürzte sie sich auf den Wolf, der sich ihr in den Weg stellen wollte. Er war fast doppelt so groß wie sie, doch sie schnappte nach seiner Kehle, wich seinen Zähnen aus, war hinter ihm, ehe er begriff, was geschah.

Janko, rief sie in Gedanken, und schon war der Bruder heran. Sein Schwung riss den älteren Wolf von den Beinen. Ildiko nutzte die Gelegenheit und verbiss sich in seinem Hals. Sie schmeckte sein Blut, süß und dick rann es ihre Kehle hinab.

»Es sind zwei?«, rief der Mann, seine Stimme klang schrill vor Überraschung. »Du hast zwei Bälger von diesem Türken?«

Ildiko kümmerte sich nicht darum, hörte einzig das Gurgeln des fremden Wolfs, dessen Leben zwischen ihren Zähnen aus ihm herausströmte. Doch Janko setzte über sie hinweg, auf den Mann zu.

»Nein!«, keuchte der Mann in diesem Moment. »Weib, untersteht Euch!«

Endlich ließ Ildiko ihr Opfer los und wandte sich um. Janko war vor dem Mann zum Stehen gekommen, denn Mutter hatte offenbar die Überraschung des Fremden ausgenutzt und presste ihm jetzt einen Dolch gegen die Kehle. Doch schon griff der Fremde mit beiden Händen nach ihrem Arm. Janko duckte sich winselnd.

Am Waldrand raschelte es, als zwei weitere Männer die Lichtung betraten.

»Was …«, rief der eine, und der andere packte den Bogen, der neben einem Pfeilköcher auf seinem Rücken hing. Ildiko zögerte nicht. *Bringt zuerst die Männer mit den Schusswaffen zu Fall.* Wie ein Echo aus weiter Ferne hörte sie die Stimme ihres Vaters. *Nur im Nahkampf seid ihr als Wolf überlegen.*

Sie sprang, und der Augenblick dehnte sich, wurde zu einer Ewigkeit. Dann prallte sie gegen den Mann, sein Körper war warm und feucht von Regen. Sie schnappte und zerrte, verbiss sich in seinem Arm und dann in sein Gesicht. Seine Schreie stachelten sie noch mehr an, ihr Puls trommelte voller Wut.

Als das Gesicht des Mannes kaum mehr als eine einzige blutende Wunde war, ließ Ildiko von ihm ab. Jetzt sah sie, dass Janko neben ihr war. Er hatte den anderen Angreifer zu Fall gebracht und stand über ihm, doch er zögerte zuzubeißen. Der Mann tastete bereits nach einem Dolch an seinem Gürtel. Mit einem Satz war sie bei ihm, stieß Janko zur Seite und biss dem Mann die Kehle durch. Sein Blut sprudelte aus dem aufgerissenen Hals und versickerte in der nassen Erde, während er unter ihr erschlaffte. Janko jaulte auf, dann war es ruhig.

»Ildiko. Janko«, sagte Mutter. »Kommt zu mir.«

Ihre Stimme zitterte, doch sie stand ruhig da, den blutigen Dolch ihres Opfers noch in der Hand. Sofort waren ihre Kinder bei ihr, schmiegten sich an ihren Rock, bis sie in die Knie ging und die beiden Wölfe in die Arme schloss. Janko leckte Ildiko über den Rücken, leckte das Blut fort, bevor es auf den Boden tropfte.

»Was hast du getan?«, murmelte Mutter, und als Ildiko ihr mit der Schnauze über das Gesicht fuhr, schmeckte der Regen salzig. »Ihr seid doch noch Kinder …«

Ildiko winselte. Ein Ruck ging durch ihren Körper. Ihre Arme und Beine streckten sich. Das Fell zog sich zurück, und sie krümmte sich nackt in den Armen ihrer Mutter zusammen.

Sie lauschte, doch niemand sagte etwas. Sie hörte nur Mutters Pulsschlag, den von Janko und ihren eigenen. Die vier Körper der Fremden waren nur noch Schemen, die bereits mit dem Waldboden verschmolzen.

»Tot«, flüsterte sie. »Sie sind alle tot.« Ein Schauer rann über ihre Haut, und sie wischte sich mit den Händen über Gesicht und Lippen. Sie hatte immer noch den Geschmack von Blut im Mund, fremdem Blut, das in ihrem Magen revoltierte. In ihrem Kopf tobten die Bilder des Kampfs. »Ich wollte das nicht«, schluchzte sie und wusste doch, dass es eine Lüge war. Sie hatte es gewollt, für Janko, für ihre Mutter, und sie bereute es nicht. Sie fand den Blick ihres Bruders, vor dem sie nichts verbergen konnte. Er wimmerte und wich zurück, schmiegte seinen nackten Körper enger an Mutter. Dann wandte er auch den Blick von ihr ab, und seine Furcht kroch in ihr hoch, umschlang sie ganz und gar, Furcht vor der Finsternis in ihr selbst.

* * *

Istanbul, im Serail des Sultans, zur gleichen Zeit

Sultan Mehmed, der größte Herrscher unter der Sonne, der Schatten Allahs auf Erden und Fürst der Gläubigen, er war nur noch wenige hundert Schritte und zwei Mauern von ihm entfernt. Adem konnte kaum stillsitzen.

»Deine Hände flattern, als wolltest du Schmetterlinge fangen.« Sein Vater musterte ihn mit kritischem Blick. Rasch verschränkte Adem die Arme hinter dem Rücken.

Er war stolz, heute hier zu sein, ja, das war er. Und er wollte seinem Vater, dem Ali-Bey, auf keinen Fall Schande bereiten. Seit Wochen redete ihre Familie über nichts anderes als über den Tag, an dem Adem dem Sultan vorgestellt werden sollte. Selbst seinem Onkel Harun war gestern die Anspannung anzumerken gewesen, dabei stand er doch als religiöser Gelehrter meist über allen weltlichen Dingen. Gestern war Adem zwölf Jahre alt geworden, und heute würde es sich entscheiden, ob der Sultan ihn in den Palastdienst aufnehmen würde. Adem selbst wäre lieber zum Militär gegangen wie sein Vater, der unter den

Rossschweifen des Sultans in den Kampf zog, um das Osmanische Reich über alle Grenzen auszudehnen. Doch der Ali-Bey interessierte sich nicht für Adems Meinung.

In deinem Blut fließt das edelste Turkmenentum, hatte er heute nach dem Morgengebet gesagt. *Dein Großonkel war Halil Pascha, der Großwesir, der dem Sultan und dessen Vater bis in den Tod treu gedient hat. Du wirst wie er im Serail wohnen. Du wirst achtsam sein und dich klug verhalten, denn als mein einziger Sohn bist du zu Großem bestimmt.*

Adem musterte seinen Vater. Eine breite Narbe zerfurchte seine Schläfe, seit ihn in seiner Kindheit ein Pferd abgeworfen hatte. Diese Narbe war der Grund, dass sein Vater niemals selbst in den Palastdienst eingetreten war. Der Sultan bevorzugte Hofdiener mit wohlgestalteten Gesichtszügen. Ob er wohl Adem für geeignet hielt?

Ali-Bey erwiderte den Blick seines Sohnes mit hochgezogenen Augenbrauen.

Rasch wandte Adem sich ab und schaute sich um. Sie saßen auf einer Bank im zweiten Hof des Serails, des Sultanspalasts von Istanbul, der allein schon so groß war wie ein ganzes Stadtviertel. Zierliche Brunnen standen zwischen Zypressen, und auf einer Grünfläche weideten zahme Rehe. Allerlei Würdenträger schlenderten über gepflasterte Wege, und zwischen ihnen eilten Sklaven hindurch, die mit ihren ockerfarbenen Kitteln und den bartlosen Gesichtern deutlich von den Osmanen zu unterscheiden waren.

Adem spürte, wie die Aufregung wie eine Schlange in ihm herumkroch, seine Wangen glühen und seine Finger zittern ließ. Bald würde er die Hand des Sultans küssen! Er würde den Kopf dabei gesenkt halten, doch er hatte vor, so viele Blicke wie möglich zu riskieren. Er hatte seiner Mutter versprochen, ihr von all den Kostbarkeiten zu erzählen, die er erspähen konnte. Wie jede Frau, die diesen Bereich des Palastes nicht betreten durfte, interessierte sie sich brennend dafür.

»*Selamun aleyküm,* Ali-Bey, welch Freude, dein Gesicht zu sehen!« Eine gekünstelte Stimme riss ihn aus seinen Gedanken.

Ein Mann war vor ihnen stehen geblieben. Er war groß, bestimmt eine Handbreit größer als Adems Vater, der sofort auf die Füße gesprungen war. Auch Adem erhob sich und betrachtete den Fremden neugierig. Er trug keine Kopfbedeckung auf seinem kahlen Schädel. Wie die Ungläubigen war er bartlos, und seine Haut sah weich und so hell aus, als käme er aus dem fernen Norden. Blaue Augen blickten aufmerksam zwischen Adem und seinem Vater hin und her.
»*Aleyküm selam,* Sulejmân-Pascha.« Sein Vater senkte das Haupt, und als er sich wieder aufrichtete, berührte er Mund und Stirn mit der rechten Hand, um seine Ehrerbietung zu zeigen. Rasch tat Adem es ihm nach. Dabei riss er staunend die Augen auf. Das also war Sulejmân, den der Sultan trotz seiner gerade einmal zwanzig Jahre bereits zum Pascha erhoben hatte. Als Kind war Sulejmân aus Bosnien entführt worden, so erzählten es die Leute. Seine Schönheit und Klugheit hatten es dem Sultan so angetan, dass er den Jungen zwar seiner Männlichkeit beraubt, ihn jedoch in den folgenden Jahren als Ratgeber in seinen Diwan berufen hatte. Aufgrund der großherrlichen Gunst war Sulejmân heute einer der wichtigsten Männer im Osmanischen Reich.
»Und dies ist dein Sohn, Ali-Bey?« Der Eunuch lächelte, doch der Junge spürte, wie ihn die eisblauen Augen prüfend musterten. »Wahrlich, ein ansehnlicher Bursche. Wie heißt du?«
»Adem heiße ich, hoher Herr.« Er strich sich über die Weste, die er über einem neuen Kaftan trug.
»Wartet ihr auf eine Audienz bei unserem Sultan? Gepriesen sei er, unser Herrscher.« Sulejmân wandte sich von Adem ab. Seine Miene wurde ernst, während er einen weiteren Schritt auf Adems Vater zutrat. »Ich fürchte bei meinem Herzen, dass ihr einen schlechten Tag gewählt habt.« Er senkte seine Stimme. »Ihr wisst sicher, dass die Pest, der vergiftete Atem des Scheitans, erneut in den Armenvierteln der Stadt wütet.«
Adem lauschte beklommen. Wachen hinter dem ersten Tor des Serails hatten jeden, der den Palast betrat, sorgfältig gemustert,

ob er nicht krank war. Der Sultan fürchtete sich angeblich vor der Seuche wie vor dem Bösen selbst, und Adem konnte es ihm nicht übelnehmen. Es wäre nicht auszudenken für das Reich, wenn sich der Herrscher mit der tödlichen Krankheit ansteckte.
»Soeben habe ich eine schlechte Nachricht erhalten.« Sulejmâns Stimme war kaum mehr als ein Wispern. »Fachr ed-Dîn ist vor wenigen Stunden der Seuche erlegen.«
Adem stockte der Atem. Fachr ed-Dîn, der langjährige Muftî von Istanbul und Mehmeds persönlicher Rechtsgelehrter!
»Allah sei seiner Seele gnädig«, murmelte sein Vater.
»Ich befürchte, der Sultan wird nach dieser schrecklichen Nachricht augenblicklich die Stadt verlassen wollen, um zu vermeiden, dass weitere Mitglieder seines Hofstaats der Seuche zum Opfer fallen«, sprach der Eunuch weiter. »Dies wird all unsere Pläne ändern. Ali-Bey, als Oberst der Sipahi-Truppen bitte ich dich, dass du mich sogleich zum Sultan begleitest. Nach den anderen Heerführern habe ich bereits schicken lassen.«
Der Ali-Bey nickte mit ernster Miene. Adem wusste, dass der Sultan erst vor wenigen Wochen von einer siegreichen Schlacht aus Karaman zurückgekehrt war. Doch schon sprach die ganze Stadt von einem neuen Feldzug, der angeblich im Geheimen geplant wurde. Gegen Uzun Hasan und seine turkmenischen Steppenhorden sollte es gehen, mutmaßten die einen, gegen König Mathias Corvinus und das ungarische Reich, glaubten die anderen. Ali-Bey hatte die letzten Tage oft bis spät in die Nacht im Palast verbracht. Nicht einmal seine Familie hatte er eingeweiht, worüber er mit den anderen Heerführern sprach.
»Warte hier auf mich«, befahl er Adem. »Zum Abendgebet sollte ich wieder zurück sein.«
Adem öffnete den Mund, dann schloss er ihn wieder. Sein Vater und der Pascha eilten bereits davon, auf den Durchgang zum nächsten Hof zu. Enttäuscht setzte er sich wieder auf die Bank. Seine Hoffnung, den Sultan zu treffen, verflog im Winterwind. Wäre er doch nur endlich erwachsen, könnte er doch nur die Geschicke des Reiches mitbestimmen wie sein Vater!

Er beobachtete die Männer, die um ihn herum gemächlich ihren Diensten nachgingen. Alle ignorierten ihn, und die Zeit tropfte zäh und klebrig wie Honig dahin. Irgendwann warfen die Bäume lange Schatten über den Innenhof. Adem bekam allmählich Hunger. Er stand auf, dann setzte er sich wieder hin. Die Düfte aus den nahen Küchengebäuden waren zwar verlockend, doch sein Vater würde wütend sein, wenn er ihn bei seiner Rückkehr nicht mehr vorfand.

Plötzlich kam Bewegung an den Toren auf, Bedienstete stürmten wie von einer Windböe getrieben über den Hof.

»Sultan Mehmed reist heute Abend noch ab«, rief einer. »Er wird nach Edirne reiten, und der Hofstaat wird ihn begleiten. Macht Platz, macht Platz!«

Schon führten Knechte mehrere prächtige Hengste vorbei, die persönlichen Pferde des Sultans. Sklaven schleppten Karaffen und schwere Kisten. Beamte eilten mit wehenden Mänteln an Adem vorbei. Dann öffnete sich das Tor, durch das sein Vater gegangen war. Zwei Dutzend Eunuchen traten heraus. Sie eskortierten eine Anzahl verschleierter Frauen über den Hof. Adem setzte sich auf. Waren das Ehefrauen des Sultans?

»Was machst du hier?« Ein Janitschar war neben Adem stehen geblieben und schaute grimmig auf ihn herab. Sein Rangabzeichen wies den Mann als Ağa aus, einen Hauptmann. Die eisenbeschlagenen Spitzen seiner Schaftstiefel funkelten in der Abendsonne. Erschrocken sprang Adem auf die Füße.

»Entehre die hohen Frauen nicht mit deinen Blicken«, knurrte der Krieger. »Such dir einen anderen Platz zum Herumlungern, wenn du keine Aufgabe hast!«

»Aber …«

»Fort mit dir!« Der Mann trat einen Schritt auf ihn zu, und Adem wich zurück.

»He!« Ein Silbertablett mit Zinnbechern schwankte Adem bedrohlich entgegen. Erst im letzten Moment fing der Bedienstete sein Gleichgewicht wieder und balancierte das Tablett mit beiden Händen. »Geh aus dem Weg.« Er blitzte Adem böse an.

Adem richtete sich auf. Auch der Hauptmann beobachtete ihn immer noch missbilligend. Als wäre er ein Bettelkind, das sie herumscheuchen konnten! Er stammte aus einer stolzen Familie, er musste sich das nicht bieten lassen.

»Ich bin der Sohn des Ali-Bey, der beim Sultan weilt, um den Feldzug zu besprechen!« Er starrte den Bediensteten so finster an, dass dieser den Blick senkte. »Du solltest mir aus dem Weg gehen, wenn du dir nicht meinen Zorn zuziehen willst!« Er fuhr herum, und ohne sich noch einmal umzudrehen, eilte er über den Hof davon. Keinesfalls wollte er mehr den Eindruck erwecken, untätig herumzusitzen. Sein Weg endete vor den Küchenbaracken, die er vorhin schon ins Auge gefasst hatte.

Er schob die Tür auf. Es herrschte hektisches Treiben. Köche und Sklaven hasteten herum, in riesigen Pfannen schmorten Zwiebeln und Knoblauch in Olivenöl, und aus Kesseln, so groß wie Fässer, dampfte und brodelte es. Es roch nach tausenderlei Gewürzen und Kräutern, doch vor allem nach frisch gebackenem Brot. Auf Adems Frage hin händigte ihm ein Sklave einen der flachen Fladen aus, die in Öl gebacken und mit Sesam bestreut waren. Hungrig biss er hinein, dann ging er mit dem Brot in der Hand weiter. Ständig musste er Sklaven ausweichen, die Körbe voller Brot und getrocknetem Hammelfleisch, Zwiebeln und Ziegenkäse an ihm vorbeitrugen, Proviant für die Reise des Sultans. Gehetzte Blicke streiften ihn, und er wusste, dass er im Weg war. Doch er schüttelte das schlechte Gewissen ab – sollte er in den Palastdienst eintreten, würde dies schließlich sein Zuhause sein. Stolz straffte er die Schultern.

Durch einen Hinterausgang trat er in eine schmale Gasse. Er überquerte einen kleinen, schlammigen Platz mit einem Brunnen, aus dem mehrere Männer Wasser schöpften. Hier mussten die Sklaven wohnen, und dort waren die Stallungen, ein Gewirr von Holzgebäuden, aus denen er Schafe blöken hörte. War er überhaupt noch im Serail? Er war plötzlich unsicher, doch statt stehen zu bleiben, beschleunigte er seinen Schritt. Es wäre beschämend, wenn er den Weg zurück nicht aus eigener Kraft fände. Er schob sich an zwei Karren vorbei, durchquerte einen Säulengang, und dann stand er plötzlich wieder im Freien. Ein verlassener Garten breitete sich vor ihm aus. Rosenhecken, Reihe um Reihe, angeordnet wie Ringe, schlossen sich um eine Laube aus alten Weinstöcken, die von einem prachtvollen Baldachin überspannt war. Adem folgte einem der schmalen, gewundenen Pfade und bemühte sich, nicht mit seinem neuen Gewand an den Dornen hängenzubleiben. Hinter dem Garten tauchte die Abendsonne die Mauern des Palasts in rotes Licht. Und dort an der Seite war ein weiterer Durchgang. Bestimmt würde er dort wieder zum Haupthof kommen. Vater wartete vielleicht schon auf ihn, denn bald würde der Muezzin zum Abendgebet rufen.

Er ging schneller, dann blieb er stehen. Er hatte sich geirrt, das war kein Durchgang, sondern nur der Eingang in ein weiteres Gebäude. Er runzelte die Stirn. Sollte er umkehren? In diesem Moment hörte er Schritte und ein Klirren, als würde Metall auf den Boden scheppern. Neugierig sprang er die wenigen Stufen zur Pforte hinauf und lugte den dunklen Gang hinunter. Vier Janitscharen kamen auf ihn zu. Er riss die Augen auf. Sie führten einen Gefangenen zwischen sich, hielten ihn an schweren Eisenketten, die sich um seine Handgelenke schlangen. Der Mann schlurfte mit gesenktem Kopf, so dass Adem nur einen wirren Haarschopf sah, durch den sich graue Strähnen zogen. Er schauderte. Wie gefährlich musste dieser Gefangene sein, wenn die bewaffneten Krieger ihn so fesselten!

Den Janitscharen folgten ein halbes Dutzend Sklaven. Sie taumelten unter dem Gewicht eines leeren Metallkäfigs, der fast eine Mannslänge hoch und breit war. Was hatten sie damit vor?

»Verschwinde von hier!« Das raue Bellen eines Janitscharen riss Adem aus seinen Gedanken. Die grimmigen Mienen der Männer ließen ihn auf dem Absatz umkehren und die Treppe zum Rosengarten hinunterspringen. Dort verharrte er jedoch, immer noch von Neugier getrieben.

»Geht vor, macht schon!«, hörte er den Janitscharen bellen. Das Geklirr der Ketten verstummte. Dann traten die Sklaven durch die Pforte in den Rosengarten. Ihre Gesichter glänzten vor Schweiß. Adem wich weiter zurück, folgte dem gewundenen Pfad zur überdachten Laube. Bis auf ein paar gestapelte Holztruhen war sie leer. Er verbarg sich hinter dem dünnen Vorhang aus Weinblättern und lugte zurück. Zu gern wollte er wissen, was dort vor sich ging!

»Öffnet den Käfig.«

Die Sklaven gingen ächzend in die Knie und luden den Käfig ab, der gefährlich schwankte.

Der Gefangene war im Abendlicht stehen geblieben. Er hielt die Augen geschlossen, das Gesicht in die Sonne gereckt. Unter dem grauen Bart war er bleich, als wäre er lange nicht mehr draußen gewesen. Eingefallen sah er aus, alt. Doch plötzlich begann er zu lächeln, und seine Nasenflügel weiteten sich. »Hier«, sagte er. »Endlich.«

In seiner melodischen Stimme schwang etwas, vor dem Adem zutiefst zurückschreckte. *Böse,* flüsterte sein Instinkt. Sein Herz schlug laut wie ein Schmiedehammer.

Die Janitscharen schienen allerdings nicht beeindruckt zu sein. Einer packte die Kette und zerrte daran, um den Mann zum Weitergehen zu zwingen. Ohne die Augen zu öffnen, machte der Gefangene einen Schritt – und stolperte über die Stufen.

Er fiel nach vorne, fiel, ohne auch nur das Gesicht zu verziehen, und riss drei seiner Gefangenenwärter mit sich.

»Ihr lahmen Söhne eines Kamels!«, schimpfte der Anführer, der als Einziger stehen geblieben war. »Ihr …«

Adem keuchte auf. Jäh war der Gefangene in die Höhe geschnellt und riss jetzt die Hände nach oben. Seine Ketten zischten wie Peitschen durch die Luft. Er schlang das Eisen um den Hals des Anführers. Der Mann strauchelte, riss seinen Mund auf, doch kein Wort drang heraus. Dann sackte er zusammen, die Augen verdreht. Schon ließ der Gefangene von ihm ab und wandte sich den anderen Janitscharen zu.

Adem wollte schreien, doch kein Ton kam über seine Lippen. Stattdessen schrien die Sklaven und wichen mit furchtsam aufgerissenen Augen zurück.

»Lauft«, rief einer der Janitscharen, »holt Unterstützung!« Er zog seinen Säbel aus dem Gürtel. Doch der Gefangene schwang erneut seine Fesseln mit furchtbarer Wucht gegen die Wärter. Zwei traf er im Gesicht und brachte sie damit zum Taumeln. Dem Dritten rammte er seine Schulter in die Brust.

»Was machst du hier?« Neben Adem tauchte plötzlich einer der Sklaven auf, die den Käfig getragen hatten, ein Junge, kaum älter als er selbst. Er packte Adem am Kaftan und zog ihn mit sich. »Du musst dich verstecken, schnell, bevor er uns erwischt!«

»Wohin …« Adem sprach nicht weiter, denn der Junge deutete nur auf die Holztruhen, und schon waren sie dahinter auf den Knien, hielten die Köpfe gesenkt und starrten sich mit furchtsamen Augen an.

»Solltest du nicht Hilfe holen?«, flüsterte Adem. Doch der Sklave schüttelte den Kopf.

»Dann wird er mich kriegen«, wisperte er. »Er tötet uns alle, der graue Fremde.«

»Wer ist er?«, flüsterte Adem.

»Ich weiß es nicht.« Der Junge schüttelte den Kopf, doch Adem konnte sehen, dass er log. »Ein persönlicher Gefangener des Sultans. Der hohe Herr wollte ihn mitnehmen nach Edirne …« Er verstummte und duckte den Kopf zwischen die Schultern.

Adem fragte nicht weiter, sondern lauschte. Waffen und Ketten klirrten, ein Mann brüllte, ein anderer stöhnte. Doch er hörte die schrillen Schreie der Sklaven nicht mehr, sie waren wohl alle davongelaufen. *Allah kerim,* sie mussten ebenfalls fliehen, bevor der Mann sie entdeckte! Vorsichtig richtete er sich auf, spähte zwischen den Weinstöcken hinaus. Gerade beugte der Mann sich mit dem Rücken zu ihnen über den letzten Janitscharen und zog die Kette fest um seine Kehle. Dann richtete der Fremde sich auf und schlang sich die Eisenketten so geschwind um die Arme, als wären sie Stoffbänder.

Mit lautlosen, großen Sätzen sprang er über die Reihen der Rosenbüsche hinweg. Nicht auf den Pavillon zu, sondern in Richtung der Mauer. Er erinnerte Adem an ein Tier, an eine große, kraftvolle, gefährliche Kreatur. Eine Katze, nein, einen Wolf. Wie gebannt sah er zu, als der Fremde plötzlich verharrte und sich bückte. Tief senkte er den Kopf, als wollte er am Boden horchen. Dann begann er in der Erde zwischen den Büschen zu graben. Was suchte er dort? Ein Scharren ertönte, als ob Krallen wühlten ... Adem erwachte aus dem Bann und erkannte die Gelegenheit.

»Gehen wir!«, zischte er dem Sklavenjungen zu. Doch der starrte nur mit bebenden Schultern auf den Boden. Adem zerrte ihn auf die Beine. »Rasch!«

Im gleichen Augenblick fuhr der Fremde in die Höhe. Hass und Triumph zugleich verzerrten seine Züge zu einer Fratze. In der Hand hielt er etwas, einen länglichen, spitzen Gegenstand. Einen Dolch?

»Komm!« Adem schrie nun, stolperte fast über die Truhen, riss den Sklavenjungen mit sich. Schon waren sie zwischen den Weinstöcken, vor ihnen die andere Seite des Rosengartens und der Weg zu den Stallungen, den Adem vorhin gekommen war. Nur einen letzten Blick riskierte er über die Schulter, und der rettete ihm das Leben. Er ließ den Jungen los, warf sich zur Seite, und der Dolchhieb ging ins Leere. Wie war der Mann so schnell herangekommen?

Gurgelnd ging der Sklave in die Knie. Der zweite Hieb des Fremden hatte ihm die Kehle durchtrennt. Adem atmete selbst nicht mehr, so schien es ihm, als er sah, wie die Augen des Jungen brachen. Der Sklave kippte hintenüber, und der Fremde wandte sich Adem zu. Er sprang auf und wich zurück. Dann sah er dem Mann in die Augen. Sie waren grau wie ein Abgrund aus uralten Felsen, der ihn zu verschlingen drohte. *Böse,* kreischte sein Innerstes auf.

»Dschinn!« Er hob die Hand zur Abwehr gegen den bösen Blick und wich zurück. »Du bist kein Mensch, du bist ein Dämon!«

»Ach ja?« Der Mann blieb stehen, von seiner Waffe tropfte Blut. Adem erkannte, dass sie zu fahl für eine Dolchklinge war. Ein Knochen?
Der Fremde kam näher. »Wer bist du, dass du das behauptest?« Seine Stimme klang sanft, als interessierte er sich wirklich dafür.
»Ich …« Plötzlich brach Adems Stimme. Der Mann würde ihn töten, er wusste es. »Deine Augen.«
»Meine Augen?« Der Mann hob die Brauen. »Musst du dich denn nicht abwenden, wenn ich dich ansehe?«
Seine Augen verengten sich, und Adem starrte ihm weiterhin ins Gesicht, er konnte nicht anders. Grau wie Nebel waren diese Augen, grau wie Wolfsfell im Winterwind …
Adem keuchte. Der Mann trat einen weiteren Schritt auf ihn zu.
»Ich fürchte dich nicht, du Tierdämon!« Er spie die letzten Worte mit Verzweiflung heraus, dann schloss er die Augen. Jetzt würde er sterben.
Ketten klirrten.
»Tierdämon?« Der Mann wiederholte das Wort leise, zärtlich fast. »Schau mich an.«
Adem duckte sich, doch dann spürte er die Finger des Fremden an seiner Kehle. »Schau mich an!«
Er riss die Augen auf. Das Gesicht des Mannes berührte ihn fast, sein Blick glitt nachdenklich über Adems Züge, als suchte er etwas.
»Wie heißt du?«
Er spürte nichts als die Finger an seinem Hals, ein todbringendes Streicheln, das die Zeit zum Stillstand brachte.
»Adem«, flüsterte er.
»Adem. Deine Augen sind wie meine«, murmelte der Fremde. »Ich würde dich mitnehmen, wenn ich könnte, ja, das würde ich.« Plötzlich lachte er auf. »Aber stattdessen gebe ich dir etwas.«
Plötzlich riss er Adem an sich heran, in eine feste Umarmung, die den Jungen erstarren ließ. Etwas Spitzes bohrte sich in sei-

nen Rücken. Er keuchte auf. Tränen verschleierten seinen Blick. Ein Brennen durchfuhr ihn wie flüssiges Feuer, ein ziehender, scharfer Schmerz. Und es hörte nicht auf, es war, als zöge die Knochenwaffe eine Spur aus flammenden Stichen und Strichen über seinen Rücken, ein Gemälde der Qual, unter dem Adem meinte zu verglühen.

Schreie durchbrachen die Luft, er hörte Rennen und Stampfen. »Ja, ich bin ein Tierdämon.« Wieder lachte der Mann, tonlos und dunkel. Adem blinzelte zur Pforte hinüber, suchte einen letzten Halt in dem, was er sah. Ein Dutzend Janitscharen kamen von dort. An ihrer Spitze lief Sulejmân-Pascha mit wehendem Kaftan, sein glattes Gesicht zu einer Grimasse der Wut verzerrt.

Der Fremde knurrte, ein Grollen, das tief aus seiner Kehle kam. »Ihr werdet euch noch wünschen, mich niemals gesehen zu haben. *Aptal domuz soyu* – ihr seid nichts anderes als ein dummes Volk von Schweinen, bereit für die Schlachtbank.«

Plötzlich verschwand seine Hand von Adems Kehle. Der Mann trat zurück. Adem sank in die Knie und schloss die Augen. Es war, als würde sich das Feuer von seinem Rücken immer weiter über ihn ausbreiten, über seine Brust, seine Schultern, seinen Hinterkopf … Dunkelheit ergriff ihn. Er wurde verzehrt. Und durch das Fieber, das seinen Körper schüttelte, konnte er noch etwas anderes spüren, eine unheimliche, uralte Präsenz, die sich wand und nach ihm schnüffelte, heiß und mächtig und auf der Suche nach Beute.

»Nein!«, schrie er und riss die Augen auf.

Der Fremde sah ihn an. Und Adem war es, als erblickte er ihn zum ersten Mal in seiner *wirklichen* Gestalt. Ein Schatten wogte über dem Kopf des Mannes, schmiegte sich zugleich wie Nebel an seine Fersen. Fast mannshoch war er, schimmerte schwarz. Spitze Ohren, spitze Zähne, ein Glühen wie von bösen Augen.

»Wolf«, flüsterte Adem, und der Mann lachte ein letztes Mal auf. Dann fuhr er herum und sprang so schnell über die Rosenbüsche, dass seine Bewegungen zu verschwimmen schienen. Schon war er an der Mauer, die den Palast von der Stadt trennte. Unüberwindbar funkelten die weißen Steine im Abendlicht, überragten den Fremden ums Dreifache. Er klemmte sich den Knochen zwischen die Zähne und begann zu klettern.

»Haltet ihn auf!« Sulejmâns Schreie klangen schrill. Adem konnte den Blick nicht von dem Fremden abwenden. Der Wolfsschatten umhüllte ihn und färbte das Weiß der Mauer grau. Und schon war der Mann oben, schneller als jeder Mensch. Ohne sich umzudrehen, sprang er auf der anderen Seite hinunter und verschwand.

2. KAPITEL

Sieben Jahre später – Gebirgssee von Ahlat,
Reich von Uzun Hasan, im Spätherbst 1475

Ildiko rannte und rannte. Der Stein unter ihren nackten Füßen war feucht, und der Atem stand in weißen Wolken vor ihrem Gesicht. Dort, den steilen Abhang hinauf!

Hinter sich hörte sie Janko keuchen. Sie grinste. Ihr Bruder hatte Mühe, mit ihr mitzuhalten. Kein Wunder – seit die Tage kälter und die Nächte länger geworden waren, hatte er sich mit den Aufzeichnungen ihres Vaters verkrochen. Doch auch ohne ihre tägliche Übung war sie schneller als er, schneller als alle, die sie kannte.

Sie sprang über einen Felsbrocken und gab acht, dass sie auf den glitschigen Steinen nicht ausrutschte. Gestern hatte es geregnet, und auch heute Morgen hingen die Wolken grau und schwer am Himmel. Doch es war schön, draußen unterwegs zu sein und den kalten Wind auf den Armen und im Gesicht zu spüren.

Der Geröllhang wurde flacher, Gras und niedrige Büsche lösten die Felsen ab. Ildiko setzte über einen weiteren Brocken hinweg, dann bog sie die Zweige eines Kreuzdorns auseinander. Wassertropfen spritzten ihr ins Gesicht. Sie lachte.

»Dort oben!« Sie drehte sich zu Janko um. Er war nur wenige Schritte hinter ihr. »Da haben wir den besten Blick.«

Sie waren auf einer Bergkuppe angelangt. Moosiges Gras bedeckte den Hang, Flecken von braunen und grünen Halmen auf gelbem Gestein. Ein Wildwechsel führte zu einem Felsen, der sich drei Mannslängen über der Kuppe erhob. Ildiko konnte die Fährte mehrerer Gemsen riechen, die vor nicht allzu langer Zeit

über den kargen Boden gewandert waren. Unwillkürlich spitzte sie die Ohren.
»Das lohnt sich nicht, sie sind zu weit weg«, sagte Janko hinter ihr. »Außerdem hat Mutter schon eine Ziege für das Gastmahl geschlachtet.«
Im letzten Satz schwang ein Unterton mit, und Ildiko wusste wie immer genau, was er *nicht* aussprach: dass sie lieber Mutter hätte helfen sollen, statt sich hier herumzutreiben. Sie schnaubte. Sollte er sich doch einmal dazu bequemen, das Feuer zu schüren und den Brotteig zu kneten.
Mit wenigen Schritten war sie am Felsen angelangt und suchte mit den Fingern nach Ritzen in dem porösen Stein. Sie zog sich hinauf und achtete darauf, sich nicht die Füße an den scharfen Kanten aufzureißen.
Dann war sie oben. Sie setzte sich an die Kante und atmete tief ein. Ihr Herz schlug wieder ruhig und gleichmäßig.
Unter ihr breitete sich der Gebirgssee fast bis zum Horizont aus, grau und dunkelblau schimmernd, ein Spiegelbild der Wolkenmassen, die sich Richtung Osten schoben. Rechts und links erstreckten sich baumlose Ebenen und Berge, deren braune Hänge trügerisch sanft aussahen. Nur wenige Bäume und Menschen hielten in diesen kargen Höhen der Wucht von Wind und Winter stand. Dunst verwischte die Konturen am gegenüberliegenden Ufer, dort, wo die Bergspitzen bereits weiß waren. Bald würde der Schnee auch das südliche Ufer erreicht haben.
Ildiko seufzte, und ihre Freude war wie weggewischt. Es würde der zweite Winter sein, den das Rudel in dieser Einöde verbrachte. Wenn in den langen Nächten die Schneestürme über dem See und den Bergen wie finstere Götter wüteten, durften nicht einmal mehr die Männer jagen gehen – und die Langeweile in der Enge der Hütten würde furchtbar sein.
»Trübe Gedanken?« Janko ließ sich neben ihr nieder. Wie stets ließ er ein bisschen Abstand zwischen ihnen, berührte sie nicht.
Ildiko seufzte erneut.
»Ich hasse den Winter.«

»Ich weiß.« Janko hielt die Hände auf dem Schoß gefaltet und sah hinunter auf die Wasserfläche.

Ildiko musterte ihn, das schmale Gesicht mit der hohen Stirn, das dem ihren so ähnlich war. Doch bei ihm bedeckten Bartstoppeln die Wangen und ließen ihn älter wirken. Er war fast schon ein Mann, und er sah ihrem Vater immer ähnlicher. Ihrem Vater, dem Grund für ihr Leben auf der Flucht. Ildiko konnte die vielen Orte, die sie auf ihrer Reise gesehen hatte, gar nicht mehr zählen. Sie waren in der Walachei gewesen, in Serbien und im Türkischen Reich. Doch nirgends hatten sie lange bleiben können, denn der Wolfsbund verfolgte sie. Sie biss die Zähne so fest zusammen, dass sie knirschten. Alte Männer mit oberflächlichem Prunk und einem falschen Lächeln, hinter dem sie ihre Wolfszähne vor den Menschen versteckten, so stellte sie sich die Mitglieder des Geheimbunds vor. Sie schienen besessen vom Kampf gegen die Türken und sahen es als ihr Vorrecht an, alle Wolfsrudel Europas zu beherrschen. Sollten sie doch versuchen, Ildikos Familie zu unterdrücken, sie würde es ihnen schon zeigen! Ihr Vater sagte allerdings, diese alten Männer seien gefährlich, denn mit ihrer Macht beeinflussten sie Könige und Kirchenmänner. Er musste es wissen, denn einst hatte er zu ihnen gehört. Der Bund hatte ihn jedoch verstoßen, als die Alten herausfanden, dass er durch Geburt ein halber Türke war. Und nicht nur irgendeiner, sondern ausgerechnet der Halbbruder des Sultans. Pah! Sie schüttelte sich innerlich. Diese Verwandtschaft war Schande und Fluch für ihr Rudel, das hatte ihr Vater einmal selbst gesagt.

Die Türken teilten diese Meinung, und deshalb waren sie wie der Wolfsbund hinter ihrem Vater her, um ihn zu töten. Ildikos Wut auf all die Fremden, die auf diese Weise ihr Leben bestimmten, war in den letzten Jahren zu einem tiefen Groll gewachsen. Vater duldete allerdings keine Diskussionen, die ihre jahrelange Flucht in Frage stellten.

Er war ein eher schweigsamer Mann, und Janko war ihm darin sehr ähnlich. Er schien oft unerreichbar, während seine Gedanken wie Zugvögel in die Ferne schweiften. Ildiko konnte seine Gedanken zwar nicht lesen, doch sie spürte es, wenn er sich wieder einmal in ihnen verlor. Seit diesem Sommer schien er sich mehr denn je von ihr zu entfernen. Ein Wunder, dass er überhaupt eingewilligt hatte, sie zu diesem Ausflug zu begleiten!

Sie schüttelte den Kopf, befreite sich von ihren trüben Gedanken. Grübeln hatte ihr noch nie weitergeholfen.

»Siehst du sie schon?«, fragte sie.

Janko kniff die Augen zusammen, und sie tat es ihm nach. Dort unten, zwischen den Felsen, die das Ufer des Sees von Ahlat begrenzten, verlief ein schmaler Pfad, den nur wenige Menschen kannten. Und dort, noch viele Pfeilschusslängen entfernt, bewegte sich tatsächlich etwas.

»Sie sind es!« Sie sprang auf die Beine und lachte laut heraus. Es gab nichts, was ihre Laune schneller wieder hätte heben können. Endlich hatte die Langeweile ein Ende, endlich würde sie ihren Freund Ilai und die anderen Roma wiedersehen. Die einzigen Menschen, die ihr Rudel Freunde nennen konnte.

»Ob sie gute Nachrichten bringen?« Janko war ebenfalls aufgestanden, doch er runzelte die Stirn.

»Du bist ein Schwarzseher.« Ildiko grinste ihn an. »Komm.« Sie tanzte auf dem Felsen auf und ab. »Beeilen wir uns, damit wir vor ihnen da sind.«

Die Roma trafen mittags ein, als es die Sonne endlich schaffte, ein paar kraftlose Strahlen durch die Wolkendecke zu schicken. Ildiko verließ das Küchenfeuer, um ihnen entgegenzulaufen.

Die vier Neuankömmlinge führten ihre Pferde am Zügel, zwei Hunde sprangen um sie herum. Ildiko konnte ihren Menschengeruch wahrnehmen, süß und andersartig zugleich. Ihm fehlte der dunkle Duft, den sie von ihrem Rudel gewohnt war. Und da war noch mehr, ein Geruch, der einzig das Volk der Roma begleitete, nach exotischen Gewürzen, Safran und Ingwer. Auch ihre Kleidung war fremdartig, bunte Tücher und dunkle Pelz-

umhänge mit Fransen, darüber ihre nicht weniger dunklen Gesichter.
Ildiko erkannte Ilai und seinen Cousin Gitano, außerdem Ilais Eltern, Senando und Solana. Leichtfüßig flog sie den Abhang hinunter. Wenn die beiden wichtigsten Personen der Romasippe zusammen anreisten, mussten sie wahrhaft wichtige Nachrichten bringen. Denn Senando war der Baro Rom, das Familienoberhaut der Roma – und seine Frau Solana wurde Phuri Dai, weise Frau, genannt. Sie konnte die Geschicke der Roma in den Sternen und aus ihren Karten lesen und war Ildiko trotz ihrer Freundlichkeit manchmal ein wenig unheimlich.
»Ildiko!« Solana umfing mit beiden Händen ihr Gesicht und küsste sie auf die Stirn. Ihre Lippen und Finger waren kalt und ihr Gesicht halb verborgen unter einem bunten Kopftuch. Sie lächelte und strich Ildiko über die Wangen. »*Frumoaso* – unsere Schöne. Seit drei Jahren haben wir uns nicht mehr gesehen. Du bist tatsächlich erwachsen geworden.«
Sie sprach Ungarisch mit den weichen Einsprengseln der Roma. Ildiko nickte, doch ihr Blick wanderte bereits zu Ilai, der mit einem breiten Schmunzeln hinter seiner Mutter auftauchte. Er war in die Höhe geschossen, und sein Kinn war kantiger geworden. Doch seine Haut schimmerte immer noch in der Farbe von Haselnüssen, und seine dunklen Augen hatten den gleichen Blick wie früher – nachdenklich und forschend, als hätte er mehr von der Welt gesehen, als sie jemals ahnen könnte. Wie die anderen Männer seines Volkes trug er seine dicken schwarzen Haare zu einem Zopf gebunden, um den er bunte Bänder gewickelt hatte.
»Und dein Sohn ist tatsächlich *noch* größer geworden«, murmelte Ildiko an Solana gerichtet. Lachend ließ die Roma sie los, und Ildiko ging auf Ilai zu. Ihr Herz hüpfte vor Freude, während sie demonstrativ ihren Kopf in den Nacken legte. »Hast du vor, mit dem Kopf durch die Wolken zu stoßen?«
»Ach, Ildiko.« Seine Augen leuchteten von innen heraus, als er ihr einen Arm um die Schultern legte. »Schön, dich zu sehen, kleine Freundin.«

Sie stieß ihn in die Seite, doch er lachte nur und drückte sie an sich. Sie sog seinen Geruch in sich auf. Trotz aller Veränderungen war sein Duft noch genau derselbe.
»Kommt.« Sie löste sich von ihm und nahm Solana die Zügel ihres Pferdes ab. »Die anderen warten schon auf euch.«
Tatsächlich, über der Hügelkuppe war das Rudel aufgetaucht und blickte auf sie herunter. Vater und Janko schauten ernst, Arpad grinste, und Mutter strahlte und winkte, und ihr blondes Haar leuchtete in der Mittagssonne wie ein Heiligenschein.
Während sie Solana in die Arme fiel, begrüßten sich die beiden Väter mit einem respektvollen Nicken.
»Arpad, Janko, nehmt unseren Gästen die Pferde ab«, wies Vater die beiden anderen Männer ihrer Gemeinschaft an.
Janko folgte der Aufforderung schweigend und ließ sich von Gitano die Zügel aushändigen, doch Arpad kam erst einmal zu Ilai und schlug ihm auf die Schulter. Es war nur ein freundschaftlicher Klaps, der den jungen Roma jedoch fast in die Knie gehen ließ.
»Halb verhungert siehst du aus«, brummte Arpad schelmisch. »Gut, dass wenigstens eine unserer Frauen für euch gekocht hat.« Er blinzelte Ildiko zu, und sie streckte ihm die Zunge heraus, achtete jedoch darauf, dass Vater sie nicht sah. Er hatte ihr vorhin deutlich zu verstehen gegeben, dass er nichts von ihren Ausflügen hielt. Janko hatte er hingegen nicht gescholten.
Gemeinsam begleiteten sie die Roma zur Siedlung. Im Schutze eines Felsens scharten sich drei Hütten um die Ruine einer gemauerten Kirche. Daneben befanden sich zwei Stallungen, eine für die Pferde und eine für Hühner und Ziegen, und ein kleiner Acker, wo ihre Mutter versuchte, dem kargen Boden ein paar Kräuter, Zwiebeln und Rüben abzuringen. Als sie sich vor zwei Jahren hier niedergelassen hatten, war außer den Mauerresten nichts da gewesen. Niemandsland, so nannte Mutter diesen Landstrich um den See von Ahlat, der noch hinter dem östlichsten Zipfel des Türkenreichs lag und zum Landstrich der Turkmenen von Uzun Hasan gehörte.

Im vergangenen Sommer hatten sie einen Teil der Kirchenmauern wiederaufgerichtet. Sie bildeten ein steinernes Rund, und mit ein paar genagelten Holzbohlen konnte der Eingang rasch verschlossen werden. *Unsere eigene kleine Festung,* hatte Arpad damals gefrotzelt. Er war der Einzige, der sich solchen Spott ihrem Vater gegenüber herausnehmen konnte. Er war sein engster Freund und Teil ihrer kleinen Familie, seit sie sich erinnern konnte.

Sie führten ihre Gäste in die Kirchenruine. Über der offenen Herdstelle brutzelte das Ziegenfleisch an einem eisernen Spieß und verbreitete einen würzigen Duft. Ein paar Baumstämme und ein grob gehauener Tisch dienten als Essplatz. Vater nahm Rücksicht auf die Empfindlichkeit der Menschen gegen die Kälte und ließ sie direkt neben dem Feuer Platz nehmen.

Die Gastfreundschaft der Roma sah es vor, erst zu speisen und dann über politische Belange zu sprechen, und das Rudel hielt sich an diesen Brauch. Ildiko zügelte allerdings nur mit Mühe ihre Ungeduld, und sie beneidete Janko, der so ruhig neben den Gästen saß, als wären sie bereits seit Tagen hier. Konnte er ihn denn nicht riechen, den Duft der Roma, dem der Odem ihrer Reisen anhing? Er erzählte doch von fremder Ferne, von einsamen Wegen, verborgenen Hügeln und Abenteuern, die ihr Herz mit einer brennenden Neugier erfüllten!

Während sie aß, fing sie Ilais Blicke auf. Es war so lange her, dass sie Zeit miteinander verbracht hatten. Das letzte Mal hatten sie noch Fangen und Verstecken gespielt. Sie unterdrückte ein Kichern.

Endlich waren alle gesättigt, und während Ildiko und ihre Mutter Knochenreste an die Hunde verfütterten, begannen die Männer zu sprechen.

»Ihr seid schneller geritten, als euer Bote es uns vorhergesagt hat«, meinte Vater. »Baro Rom, wie geht es deiner Sippe?«

Senando lächelte. »Es geht ihr gut. Unsere Töchter sind inzwischen verheiratet. Die Götter haben ihnen im letzten Jahr zwei gesunde Säuglinge geschenkt. Unsere Reisen haben uns bis nach

Italien geführt, wo uns die meisten *Gadžos* mit Gastfreundschaft begegneten.«
Italien. Ildiko seufzte. Bestimmt zweihundert Tagesritte war dieses ferne Land entfernt, das sie noch nie gesehen hatte.
»Die Mächtigen ließen uns weitgehend in Ruhe«, fuhr Senando fort. »Doch die Zeiten sind unruhig, und so habe ich meine Familie in Ungarn zurückgelassen, wo uns der König immer noch freies Lagerrecht gewährt.«
»Und aus Ungarn bringst du Neuigkeiten«, folgerte Vater mit ernster Miene.
Senando nickte, und seine dunklen Augen blitzten. Die Anwesenden hingen gespannt an seinen Lippen. »Der Ungarnkönig Mathias Corvinus zieht nach Belgrad und in einen neuen Feldzug gegen die Türken.«
Ildiko beobachtete bei diesen Worten ihren Vater. Ein Leuchten glitt über seine Miene, ganz kurz nur.
»Endlich«, murmelte er. »Ich dachte schon, er würde sich ganz aus den Kämpfen heraushalten. Wie ist sein Heer aufgestellt?«
»Mehr als zehntausend Tapfere hat er versammelt. Er will von Belgrad aus gegen Schabatz ziehen.«
Zehntausend Mann! Ildiko hielt den Atem an, und sie spürte, wie auch Janko neben ihr unruhig wurde. Einen so großen Feldzug hatte Ungarn, das ihre Eltern einst ihre Heimat genannt hatten, seit Jahren nicht mehr unternommen.
»Wie hat der Sultan auf die Nachricht reagiert?«, fragte Vater.
»Wir haben seine Kundschafter überholt, und so wusste er noch nichts davon, als wir in Istanbul eintrafen«, erwiderte Senando stolz. »Wir sind direkt zu Miklos gegangen. Er ist inzwischen zu einem der obersten Schreiber am Sultanshof aufgestiegen.«
»Nichts anderes habe ich erwartet.« Vater lächelte.
Miklos gehörte zu ihrem Rudel, auch wenn er sie nicht zum See von Ahlat begleitet hatte. Als Schreiber in Istanbul erfuhr er fast alles, was im Türkischen Reich geschah, und das war für sie überaus wichtig. Ildiko dachte an sein Gesicht, das von Brand-

narben zerfurcht war. Als er ein Kind gewesen war, hatte Vater ihn aus einem Feuer geborgen und gebissen, um ihm sein Leben zu retten. Weil er so verunstaltet aussah, hielten die Leute ihn oft für dumm, doch er war gelehrter als die meisten Menschen.
»Miklos berichtete uns, dass der Herrscher diesen Herbst stärker als sonst unter der Gicht leidet«, fuhr Senando fort. »Auch der Tod seines ältesten Sohns Mustafa macht ihm noch schwer zu schaffen, und seine übrigen Söhne sind mit ihm zerstritten. Wenn die Götter es so wollen, zeigt er das erste Mal in seiner langen Amtszeit Schwäche.« Er zog ein versiegeltes Dokument aus seinem Mantel. »Miklos' Brief wird dich noch ausführlicher über die Lage in Istanbul informieren. Außerdem findest du darin eine Aufstellung über die derzeitige Stärke des türkischen Heeres.«
Gábor nahm das Dokument und brach das Siegel. Rasch blätterte er die pergamentenen Seiten durch, die mit Miklos' akkurater Handschrift bedeckt waren.
»Leider verläuft die Gicht selten tödlich.« Er faltete den Brief wieder zusammen. Seine Miene war kühl.
Er redet über den Tod seines Halbbruders wie über ein Geschäft. Ildiko presste die Hände zusammen, und Janko neben ihr schauderte. Sie wechselten einen stummen Blick. *Unser Onkel, der Sultan.* Der nichts mehr wollte als den Kopf ihres Vaters.
Für einen Moment war es still. Senando seufzte.
»Du hast noch mehr Nachrichten«, stellte Gábor fest.
»Ja.« Der Baro Rom richtete sich auf. »Der Werwolf Pavel von Breunen hat einen neuen Dienstherrn gefunden: König Stefan von Moldau. Er hat ihm den Eid geschworen und ihn in das Geheimnis des Wolfsbundes eingeweiht.«
Die Erwähnung von Pavel und dem Wolfsbund traf das Rudel wie ein Schlag. Ildiko keuchte. Sie musste an den Überfall vor sieben Jahren denken, hinter dem dieser Pavel, einer der mächtigsten Männer des Bundes, gesteckt hatte. Ihre Mutter ballte die Fäuste, Arpad fluchte auf Türkisch. Einzig ihr Vater schien ruhig zu bleiben.

»Den König von Moldau also. Ein starker, ein wichtiger Bündnispartner.« Er sprach leise, wie in Gedanken, doch Ildiko hörte die Anspannung, die dahinter brodelte. Die Roma waren blass geworden, selbst Senando hielt den Kopf gesenkt. In ihren Gesichtern las sie die Angst, die selbst vertraute Menschen vor der Wut der Werwölfe empfanden.

»Was ändert das für uns?« Arpad schien als Erster die Fassung wiederzufinden. Er zuckte die Schultern. »Pavel hat unsere Spur schon vor Jahren verloren. Stefan von Moldau ist ein Kämpfer, der den Türken kräftig einheizt. Wenn Pavel ihm dabei hilft, kann uns das doch recht sein.«

Gábor schüttelte den Kopf. »Pavel wird die Jagd nach uns niemals aufgeben. Je stärker seine menschlichen Bündnispartner sind, desto größer wird auch sein Einfluss innerhalb des Wolfsbundes.« Er verzog die Lippen. »Die fünf Rudel des Bundes trauen sich zwar gegenseitig kaum über den Weg, doch der Kampf gegen die Osmanen eint sie. Pavels Ruf als Feldherr verschafft ihm auch in den anderen Rudeln Respekt. Er hat sich das zunutze gemacht, um meine Familie in ganz Europa als vogelfrei auszurufen.« Seine Kiefermuskeln mahlten. »Sosehr ich mir wünsche, dass den Türken endlich Einhalt geboten wird, sowenig will ich, dass es unter Pavels Fahnen geschieht.

Wir werden Moldau ab jetzt von unseren Karten streichen. Und auch ihr solltet dieses Land besser nicht mehr betreten.« Er sah die Roma an. Sie alle wussten, was er damit meinte. Ildiko blickte plötzlich besorgt zu Ilai. Die unsteten Roma waren ihre Kundschafter, ihre Verbindung zur Außenwelt. Mit jeder Reise setzten sie sich dem Risiko aus, vom Wolfsbund gefangen und gefoltert zu werden, damit sie ihm den Aufenthaltsort der kleinen Gemeinschaft verrieten.

»Weder Pavel noch der Wolfsbund können unserer Freundschaft etwas anhaben«, sagte Solana. Sie streckte ihre Hand aus, und Ildikos Mutter ergriff sie. »Ich habe in den Sternen gelesen, dass unser Zusammenhalt wichtiger ist denn je«, fuhr die

Roma fort. »Kriege zeichnen sich ab, neue Bündnisse und große Schatten, die ich noch nicht klar erkennen kann. Deshalb sind Senando und ich selbst zu euch gekommen. Um unsere Freundschaft zu erneuern und euch die Nachrichten zu bringen.«

Zum ersten Mal bemerkte Ildiko, wie müde Solana aussah. Sie wirkte zehn Jahre älter als Ildikos Mutter. Die beiden Frauen mussten etwa gleich alt sein, doch Solana war ein Mensch, und die Jahre hatten sich unwiederbringlich in ihre Züge eingebrannt. Was hatten die vier Roma auf ihrer Reise hierher erlebt? Waren sie bedroht, vielleicht sogar gejagt worden? Unzählige Fragen brannten auf Ildikos Zunge.

»Ihr solltet euch ausruhen.« Vater ließ seinen Blick über die Roma wandern. »Uzun Hasan muss so schnell wie möglich über König Mathias' Feldzug Bescheid wissen. Deshalb werden wir heute Abend noch zu ihm nach Tabriz aufbrechen.«

Uzun Hasan, der Anführer der Turkmenen. Ildiko hatte ihn noch nie getroffen, doch ihr Vater suchte ihn regelmäßig auf. Der Stammesführer hatte dem Rudel erlaubt, sich auf seinem Land niederzulassen, wenn Gábor ihn mit Informationen aus den fernen Christenländern auf dem Laufenden hielt.

»Baro Rom, kannst du uns begleiten?«, fragte ihr Vater.

Senando nickte. »Ich brauche nur ein frisches Pferd.«

»Dafür ist gesorgt.« Gábor erhob sich. »Wir haben für euch ein Lager in einer der Hütten vorbereitet. Ildiko wird es euch zeigen.« Das war keine Bitte, sondern eine Anweisung, und Ildiko sprang rasch auf die Beine.

Ihr Vater wandte sich Janko zu. »Du kommst mit mir, wir sollten Miklos' Briefe lesen.«

Seine Worte bohrten sich wie ein Pfeil in Ildikos Brust. Janko würde wie üblich mit Vater über Politik und ferne Länder diskutieren, während sie wie eine Dienstmagd kochte und Strohlager aufschüttete. Hinter dem Rücken ballte sie die Fäuste, doch sie sagte nichts. Einzig Janko schien ihren Ärger zu bemerken, aber er wandte sich ab. *Feigling.*

Sie trat neben Ilai und zwang ihre Lippen zu einem forschen Grinsen. »Du musst mir unbedingt erzählen, was ihr auf eurer Reise erlebt habt.«
»Natürlich.« Er lächelte ihr zu.
»Zuerst sollte er sich ausruhen, meinst du nicht?« Mutter drückte ihren Arm. In ihren Blicken konnte Ildiko Verständnis lesen, doch ihr Griff war unnachgiebig. »Nachher ist noch Zeit genug. Komm, wir helfen ihnen, sich ihr Lager zu richten.«
Wenig begeistert folgte Ildiko ihr. Während sie die Wolldecken ausbreitete und Stroh vom Boden der Hütte fegte, beobachtete sie neidisch, wie Mutter und Solana kicherten, als sie kleine Geschenke austauschten, und wie Ilai an der Seite seines Vaters ihre Habseligkeiten von den Sätteln schnallte und dabei verhalten gähnte. Vater und Janko waren in einer der anderen Hütten verschwunden, leise drang ihr Gemurmel zu ihr herüber.
Sie atmete tief durch, doch selbst nachdem die Roma sich in die Hütte zurückgezogen hatten, war ihr Ärger noch nicht verklungen.
»Hast du auf Pfeffer gebissen?«, neckte Arpad sie, während sie gemeinsam die Pferde der Roma losbanden und auf die umzäunte Koppel hinter den Ställen führten.
»Vater geht mir auf die Nerven«, grummelte sie. Wenigstens mit Arpad konnte sie offen sprechen.
»Gábor?« Er hob die Augenbrauen. »Er hat zu viel im Kopf, um sich auch noch um die Launen seiner Tochter zu kümmern.« Ein Grinsen zerfurchte seine Wangen und ließ ein paar Sommersprossen tanzen.
»Von wegen Launen!« Sie schlug mit dem Zügel nach ihm. »Es ist doch nicht zu viel verlangt, dass er mich endlich ernst nimmt.«
»Warum?« Arpad wich dem Zügel behende aus. »Du verhältst dich immer noch wie ein Gör.«
»Das tue ich nicht.« Arpad wollte sie einfach nicht verstehen! »Ich bin fast siebzehn, genauso alt wie Janko.«
»Ja, und andere in deinem Alter sind verheiratet und haben schon ein paar Bälger in die Welt gesetzt.« Er grinste so spitz-

bübisch, als wäre er nicht so alt wie ihr Vater. »Doch das willst du auch nicht, hab ich recht?«
Sie öffnete den Mund, doch bevor sie etwas sagen konnte, veränderte sich Arpads Gesichtsausdruck. Sie presste die Lippen zusammen. Wie hatte sie sein Herankommen nicht bemerken können! Mit einem Seufzen drehte sie sich um.
»Was willst du dann?«, fragte ihr Vater. Seine Miene war kühl, wie immer, wenn er in letzter Zeit mit ihr redete.
»Ich ...« Sie brach ab. Warum nur fiel es ihr so schwer, mit ihm zu sprechen? Vielleicht, weil es einzig ihrer Mutter zu gelingen schien, seine Reserviertheit zu durchbrechen. Und Janko, der doch nichts tat, was sie nicht auch konnte. Sie ballte die Fäuste, als sie ihn hinter ihrem Vater erblickte. Mit törichter Miene stand er da, seine Finger strichen über Miklos' Briefe, als wären sie ein Schatz, der nur ihm gehörte.
Und da kam auch Mutter mit einem besorgten Gesichtsausdruck heran, wie immer, wenn sie einen Streit zwischen Ildiko und ihrem Vater fürchtete.
»Du weißt nicht, was du willst.« Die Worte ihres Vaters schnitten wie ein Säbel durch die Luft. »Du jammerst herum und gehorchst mir nur widerwillig.« Er schüttelte den Kopf, als wäre er betrübt, doch sie wusste es besser. Sie witterte seinen Ärger, er konnte ihn nicht vor ihr verstecken. Keiner konnte das, denn kein anderer hatte so feine Sinne wie Janko und sie. Sie schnaubte und ließ ihre Reißzähne blitzen, spürte, wie sie lang und scharf wurden. Im nächsten Augenblick war Vater direkt vor ihr und packte sie am Kinn.
»Hör auf damit!«, zischte er. Sein Zorn brodelte wie heißer Dampf zwischen ihnen. Sie spürte mehr, als dass sie sah, wie die anderen Werwölfe instinktiv ihre Köpfe senkten. »Du bist von meinem Blut, und du wirst tun, was ich dir sage.«
Wut züngelte in ihr empor, hitzig riss sie den Arm hoch, stieß seine Finger beiseite. Er ballte die Hand zur Faust, aus seinen Augen sprach dunkel der Wolf. Der Wunsch, ihn weiter zu reizen, wurde übermächtig. Sollte er doch versuchen, sie zu schlagen!

»Gábor.« Die Stimme ihrer Mutter durchbrach ihr stummes Duell.
Und er nickte, wich einen Schritt zurück, so plötzlich, wie er herangekommen war. Sanft legte Mutter ihm eine Hand auf die Schulter, und er sah sie an. Seine Miene glättete sich, als reichte ihre Berührung aus, um all seine Wut hinwegzufegen, als gäbe es niemand anderen als sie auf der Welt für ihn.
Ildiko knurrte wütend. Vater sah auf, und sein Blick war ruhig, sprach von einer Schlacht, die sie verloren hatte, ohne sie wirklich gekämpft zu haben.
»Ildiko«, seufzte er. »Deine Wut reißt dich noch ins Verderben.« Dann wurde seine Miene hart. »Du wirst einige Wochen Zeit haben, um über dein Verhalten nachzudenken. Arpad und Janko werden mich zu Uzun Hasan nach Tabriz begleiten.«
»Janko?« Oh, wie sie ihren Vater hasste, wie sie alle hasste, die sie anstarrten, als wäre sie diejenige, die sich falsch verhielt. »Du nimmst ihn mit und lässt mich zurück?«
»So ist es«, erwiderte er. »Und jetzt geh mit deiner Mutter. Du hast genug von meiner Zeit verschwendet.«
Sie wollte ihm Beschimpfungen an den Kopf schleudern, doch kein Ton kam über ihre Lippen. Es war, als müsste sie ersticken. Sie verschwendete also seine Zeit, sie, das unerwünschte zweite Balg, das er niemals brauchen würde. Er hatte ja seine geliebte Frau, und er hatte Janko, der ihm alles bedeutete.
Sie fuhr auf den Fersen herum und rannte los, stolperte über Felsen, als wären es nicht ihre Füße, die sich unter ihr bewegten, als hörte sie die Rufe nicht, *Jankos Rufe,* die hinter ihr erschallten. Sie bekam erst wieder Luft, als sie ihren Kittel aufriss und sich Fell wie eine schützende zweite Haut um ihre Arme und Beine legte. Hitze raste an ihrem Rücken empor, ein glühender Strom, der sie aufheulen ließ. Im Laufen stürzte sie nach vorne, landete auf weichen Pfotenballen, beschleunigte noch und sprang über die Ackerfurchen ins Gebüsch hinein.

Fort, nur fort! Der Schmerz über die Zurückweisung tobte wie ein Feuer in ihrem Inneren. Und doch war es auch ihre Schuld, ihre brennende Wut, gegen die sie einfach nicht ankam. Sie spannte die Muskeln in ihren Beinen an, ihr Atem ging stoßweise. Sie rannte so schnell, wie sie konnte. Einmal blieb sie stehen, hob die Schnauze und heulte in die Abenddämmerung hinaus. Es war vergebens. Selbst wenn sie schneller war als der Wind, ihren Gedanken konnte sie nicht entrinnen.

Sie beneidete die anderen Werwölfe, die einst Menschen gewesen und durch den Biss eines Werwolfs zu einem neuen Wesen geworden waren. Wenn sie sich verwandelten, waren sie ganz Tier, und ihre Gedanken flossen nur träge, während die Instinkte die Oberhand gewannen. Doch Ildiko und ihr Bruder waren *anders*. Sie waren als Werwölfe geboren, und ihre Gedanken machten keinen Unterschied zwischen ihrem Menschenkörper und ihrer Wolfsgestalt.

Du tust Vater unrecht. Sie hörte Jankos Stimme in ihrem Inneren. Bei allen Wölfen! Niemanden kümmerte es anscheinend, wenn *ihr* Unrecht widerfuhr.

Es gab nur ein bewährtes Heilmittel gegen ihre Wut: die Jagd. Endlich verlangsamte sich ihr Puls, ihr Atem wurde ruhiger. Düfte und Geräusche suchten ihre Aufmerksamkeit.

Sie witterte einen Fuchs, und seine Spur war nicht älter als eine Stunde. Hunger wuchs in ihrem Inneren zu einem Grollen heran. Lautlos folgte sie seiner Fährte. Wie der gezackte Rücken eines Reptils erhob sich vor ihr eine Felsenkette aus der hereinbrechenden Nacht. Im Schatten solcher Steine verbargen sich oft Tiere, die vor dem kalten Herbstwind Schutz suchten. Schon witterte sie ihn, weniger als einen Steinwurf entfernt. Er saß unter den Felsen, wie sie vermutet hatte. Sie schlug einen Bogen, so dass sie sich ihm gegen den Wind nähern konnte. Oh, ihre Sinne waren so viel feiner als die des ahnungslosen Tiers. Doch sie spürte kein Mitleid. Sie duckte sich, spannte die Rückenmuskeln an. Dann sprang sie. Der Fuchs jaulte auf und hetzte los, sie hinterdrein.

Ihr Blutdurst trieb sie vorwärts. Sie schnappte zu. Ihr Opfer schrie und zappelte. Ihre Zähne gruben sich in seine Kehle.
Sie packte ihre Beute und schüttelte sie, schleifte sie zurück in den Schutz des Felsens. Ihre Krallen bohrten sich in das rostbraune Fell und rissen Fetzen heraus. Ihre Schnauze wühlte sich in das dampfende Rot, dorthin, wo noch etwas zuckte und pulsierte, bis das letzte Leben unter ihrem Biss erlosch. Gierig tat sie sich an dem Fleisch gütlich.
Endlich wich ihr Hunger einem zufriedenen Grummeln in ihren Eingeweiden. Der Rausch der Jagd war verflogen, und sie fühlte sich müde.
Gemächlich umrundete sie die Felsenkette und trank an einem Bach, bevor sie ihn überquerte. Sie trabte weiter, während der Mond hinter den Wolken seine Bahn zog. Ein Silberstreif färbte den Horizont, als sie zu einer verlassenen Schäferhütte kam, die sie bereits von früheren Ausflügen des Rudels kannte. Sie rollte sich in einer dunklen Ecke der Hütte zusammen und schlief ein.

Sie erwachte vom Zwitschern der Vögel am frühen Morgen. Immer noch war sie in ihrer Wolfsgestalt, und sie verspürte kein Bedürfnis, sich zurückzuverwandeln. Der Himmel draußen war blau und wolkenlos. Sie trat hinaus und schnupperte, doch bis auf die Vögel roch sie keine Lebewesen in ihrer Nähe. Beruhigt wandte sie sich ab. Sie trampelte eine Kuhle in das hohe Gras, legte sich hinein, schloss die Augen und genoss die Wärme der Sonne auf ihrem Pelz. Ihre Wut war verflogen, und sie fühlte sich friedlich. Keine Gedanken störten sie, nur ihre Ohren zuckten ab und zu bei den Geräuschen des Windes und der anderen Tiere.
Die Sonne neigte sich bereits wieder dem Horizont zu, als ein anderes Geräusch sie aus ihrem Halbschlaf riss. Sie richtete sich auf und spähte den verwachsenen Pfad hinab, der sich vor der Hütte zwischen die Felsen schlängelte.
Pferdehufe klackten auf Stein. Es klingelte hell, als würde jemand ein Tamburin schlagen. Sie witterte den Reiter, bevor sie ihn sah. Irritiert schnaubte sie und zog sich in die Hütte zurück.

»Bist du da?«, rief Ilai, während er sich von seinem Pferd schwang. Er führte noch ein zweites Tier am Zügel und band beide an einem Felsblock fest. Ildiko beobachtete ihn aus dem Schatten einer der Fensterluken heraus.

»Was willst du?«, grummelte sie, als er näher kam. Sie zog sich tiefer in die Hütte zurück. Seine Ankunft hatte sie instinktiv wieder Menschengestalt annehmen lassen, und sie wollte nicht, dass er sie nackt sah. Lächerlich, früher hatte er sie nach den Verwandlungen ständig ohne Kleidung gesehen. Doch sie blieb, wo sie war.

»Hier!« Er warf einen Kittel und eine Hose durch die Öffnung hinein. Während sie sich anzog, breitete er eine Decke in der Graskuhle aus, setzte sich darauf und hielt mit geschlossenen Augen das Gesicht in die Abendsonne.

Als sie neben ihn trat, ließ er seine Augen weiter geschlossen. Mit leichtem Widerstreben setzte sie sich neben ihn. »Janko hat mir erklärt, wo ich diese Hütte finde«, sagte er. »Er hat gespürt, dass du noch nicht allzu weit weg sein konntest.« Er öffnete die Augen. »Trotzdem war es fast ein ganzer Tagesritt.«

»Du hättest ja nicht zu kommen brauchen«, brummte sie. Sie freute sich, dass er hier war, doch das wollte sie ihm nicht zeigen. »Hat meine Mutter dich geschickt?«

Sie musterte ihn neugierig. Um seine sehnigen Schultern hatte er einen Umhang aus Fell geschlungen, der von vielen Ritten bereits abgescheuert war wie ein alter Pferderücken. Auch seine Kleidung war abgetragen. Als einzige Zier schwang ein silbernes Glöckchen an einem Band, das er in sein schwarzes Haar geflochten hatte. Es war der Schmuck eines Spielmanns, hatte er ihr einst erklärt – denn als solcher verdiente er auf den Reisen seiner Familie sein Geld.

Er wiegte den Kopf. »Ich habe selbst angeboten, nach dir zu suchen. Du hast gestern für einigen Tumult gesorgt.«

Sie senkte den Blick. Jetzt, wo er das so leichthin sagte, fühlte sie sich beschämt. »Vater wollte mich zurücklassen, wieder einmal«, brach es aus ihr hervor. »Nur Janko hat er mitgenommen. Ihm ist es egal, wenn ich allmählich in der Siedlung verrotte.«

»Janko ist nicht mitgegangen«, erwiderte Ilai. »Er hat deinem Vater gesagt, dass er es unrecht findet, wie er dich behandelt.«
»Er hat was?« Ildiko riss die Augen auf und atmete tief ein. Und tatsächlich, tief in ihrem Inneren spürte sie das Band, das sie gegen ihren Willen an ihren Bruder kettete. »Dieser Dummkopf. Auch er kann Vaters Meinung über mich nicht ändern.«
»Was ist nur los mit dir, Ildiko?« Ilai sah sie verwundert aus seinen dunklen Augen an. »Dein Bruder hat das für dich getan.«
»Ich …« Schon wieder brachte er sie dazu, dass sie sich vor ihm schämte. »Manchmal hasse ich Janko«, gab sie leise zu. »Dafür, dass er Vater begleiten darf. Dass er mit ihm über Politik redet, während ich es nur meinen guten Ohren verdanke, dass ich hin und wieder etwas aufschnappe. Früher hat er mit uns beiden Kämpfen geübt, hat uns Türkisch und die geheime Schrift der Wölfe beigebracht, doch seit wir hier in der Einöde wohnen, erbarmt sich nur noch Arpad, mir ein paar Schwertkniffe beizubringen. Dabei war das Vater früher so wichtig. *Seid allezeit für unsere Feinde gewappnet,* pah! Ich darf das Rudel bekochen, und er kümmert sich nur noch um seinen Erstgeborenen.«
»Du bist eifersüchtig«, stellte Ilai fest.
Sie wollte auffahren, doch er legte ihr eine Hand auf den Arm. Sie war warm auf ihrer Haut, und darunter spürte sie Ilais Herzschlag, schnell und hart. Er hatte sie nur selten berührt, erinnerte sie sich. Trotz ihrer Freundschaft war er sich stets bewusst, dass sie kein Mensch war, das hatte er ihr bei ihrer letzten Begegnung gesagt. Damals hatte sie ihn dafür ausgelacht, doch innerlich war sie enttäuscht gewesen. Er war ihr bester Freund, und doch wieder nicht, denn seine Sippe betrachtete die Werwölfe als *sfânt,* als heiliges Volk, dem sie dienen mussten.
Als hätte Ilai ihre Gedanken gespürt, zog er die Hand rasch wieder zurück. »Du hast keinen Grund, eifersüchtig zu sein«, sagte er leise. »Du bist etwas Besonderes, nicht weniger als Janko. Weißt du noch, als wir Kinder waren?« Seine Augen blitzten auf. »Als ich dich das erste Mal sah, damals am Strand der Ägäis, warst du ein Kleinkind, mit rotem Gesicht und geballten

Fäusten, das entschlossen hinter seinem Vater hergestolpert ist, damit er es ja nie zurückließ.«

»Na ja, ich …« Sie zog misstrauisch die Augenbrauen zusammen. Was wollte er damit sagen? Dass sie immer noch ein Kleinkind war?

Er lachte auf. »Janko hielt sich an deine Mutter, die Geschichten erzählte, doch du warst immer schon mehr an der Jagd interessiert und an heimlichen Ausflügen, die deinen Eltern den letzten Nerv raubten. Nackt wie eine Wilde bist du durch die Dünen gerannt.«

Jetzt musste sie selbst lachen. Es stimmte, sie hatte jedes Hemd innerhalb von Augenblicken zerrissen oder verloren, und so durfte sie einen ganzen herrlichen Sommer am Meer nackt herumlaufen, um die engen Geldreserven des Rudels zu schonen.

»Du hast schnell entdeckt, dass ich dich beim Fangen und Verstecken niemals schlagen konnte. Deshalb wurden sie deine Lieblingsspiele«, sagte Ilai. Er grinste. »Manchmal warst du so damit beschäftigt, zu rennen und zu toben, dass du gar nicht gemerkt hast, wie du deine Gestalt dabei wechseltest. Im einen Wimpernschlag flitzten deine nackten Füße über den Sand, im nächsten bist du als Wolfswelpe den Abhang hinuntergekugelt. Wie du mich manchmal erschreckt hast!« Er schüttelte den Kopf. »Kannst du es noch?«

»Natürlich.« Sie bleckte ihre Eckzähne, spürte, wie sie lang und spitz wurden. Ihre Eltern schätzten es nicht, wenn sie das tat, aber sie scherte sich im Moment nicht darum. Ihr fiel jedoch ein, wie sie Ilai noch mehr imponieren konnte. Sie hob die rechte Hand, ballte sie zu einer Faust und konzentrierte sich. Fell spross aus den Knöcheln, die Fingerknochen knackten, als sie sich zusammenzogen und verbanden. Nägel wurden zu Krallen, und die Faust schrumpfte immer weiter zusammen, bis sie zu einer schmalen Wolfspfote wurde. Es tat nicht weh, und sie lachte, als sie Ilais Gesichtsausdruck sah, fasziniert und irritiert zugleich. Nur Janko und sie verfügten über die Fähigkeit, einzelne Körperteile zu verwandeln. Es war eine unnütze Spielerei, für Kinder ein Zeitvertreib, doch für Erwachsene kaum zu gebrauchen.

Immer noch sah Ilai ihre Pfote an, die sie nun wieder zur Hand zurückverwandelte und offen in ihren Schoß legte.

»Du warst mit deinen Wolfssinnen bei jedem Spiel überlegen«, sagte er. »Und du hast nie ein schlechtes Gewissen gehabt, wenn du gewonnen hast.«

»Nie«, bestätigte sie grinsend.

»Aber einmal habe ich dich beim Versteckspiel geschlagen.«

Sie nickte, denn sie erinnerte sich.

»Du saßt hinter dem Wasserfall auf einem Felsvorsprung, wo ich dich nicht riechen konnte«, sagte sie. »Und als ich schon aufgeben wollte, bist du hindurchgetaucht und hast mich von hinten gepackt.« Ihr Lächeln verschwand. »Fast hätte ich dich gebissen.« Sie war über sein abruptes Auftauchen erschrocken und deshalb so wütend auf ihn gewesen, dass sie mit den Krallen nach ihm geschlagen und nach ihm geschnappt hatte.

Ilai schauderte, und sie wusste, er hatte es nicht vergessen. Er hatte sie absichtlich daran erinnert!

»Du hast mich zerkratzt, aber deine Zähne haben nur mein Hemd erwischt«, sagte er leise. »Aber alle sind tüchtig erschrocken.«

Das stimmte. Vater hatte sie am Fell gepackt und so fest geschüttelt, dass ihre Zähne so laut geklappert hatten wie die Rasseln der Roma-Musikanten.

»Danach hatte ich Angst vor dir«, sagte er leise. »Und es gab nur einen Grund, warum ich am nächsten Tag wieder mit dir spielte.«

»Welchen?«

»Janko«, sagte er. Er zupfte einen Grasstengel aus dem Boden und starrte ihn an, als spräche er zu ihm und nicht zu ihr. »Er kam am Abend zu mir und erzählte mir, dass du weintest. Weil du glaubtest, ich wäre so böse auf dich, dass ich dich nicht mehr mochte. *Bitte,* sagte er, *du darfst sie nicht hassen, sie hat das nicht gewollt,* und guckte mich dabei an wie ein scheues Reh.«

Ildiko senkte den Kopf. Sie hatte Janko vorhin Dummkopf genannt, doch eigentlich war er so viel anständiger als sie. Sie hasste es, ihre eigenen Fehler einzugestehen, lieber sah sie hastig über sie hinweg. Dieses Mal gab es allerdings nichts daran zu rütteln – er war ein besserer Bruder, als sie es verdiente.
»Es tut mir leid«, flüsterte sie, und meinte damit eigentlich Janko.
Ilai hob die Schultern. »Ist schon gut.«
Aber sie wusste, dass es das nicht war. Er hatte vorhin geschaudert, als sie den Biss erwähnt hatte. Solange er sie fürchtete, konnte er ihr niemals so nah sein wie einer von ihrem Blut. Oder doch?
»Manchmal wünschte ich, ich könnte mit euch gehen«, murmelte sie. »Wir könnten herumziehen, wie es uns beliebt.«
Ilai musterte sie von der Seite.
»*Die Wege sind unsere Heimat, die Freiheit, der Wald*«, sang er leise. Seine Stimme war klar und melodiös, als spielte er auf einer Flöte.
»*Auf den Wegen kommen wir zur Welt, längs der Wege leben wir, am Ende des Weges holt uns der Tod.*«
Er war wahrhaft ein Spielmann, dachte sie, der den Menschen in den Dörfern Lieder sang, um das Auskommen seiner Familie zu sichern. Eine vage Sehnsucht schnürte ihr die Kehle zu.
»Wärst du dazu tatsächlich bereit?«, fragte er. Sein Blick war nachdenklich, und es lag noch mehr darin. Eine Hoffnung? Eine Bitte? »Wärst du bereit, jede Bindung an einen Ort oder Besitz zu lösen? Jeden Morgen woanders aufzuwachen?« Er deutete auf seine Brust. »In den Augen aller anderen Völker bin ich arm, denn ich habe von allem nur eines: Einen Umhang, ein Hemd, ein Pferd, ein Paar durchgelaufener Schuhe.«
»Aber du bist frei!«, rief sie und ballte die Fäuste. »Ich wünschte, ich wäre eine Romafrau und ein Mensch, kein gefangenes Tier, das ständig alle verärgert.«
»Sag so etwas nicht!« Ilai starrte sie an, als hätte sie mit ihren Worten ein Sakrileg begangen. »Du bist etwas Besonderes, du bist …« Er stockte.

Sie musste grinsen. »Du hast recht. Taub und blind wie ihr Menschen zu sein, das kann ich mir nicht vorstellen.« Doch innerlich seufzte sie. Auf Ilais Ehrfurcht hätte sie gut verzichten können.

* * *

Janko bemerkte erst, dass es dunkel wurde, als ihm seine Mutter eine Talglampe in die Hütte brachte. Er sah auf, doch sie verschwand wieder so lautlos, wie sie hereingekommen war. Draußen hörte er sie mit Solana lachen. Er hielt inne und lauschte. Die Romafrau erzählte gerade eine Reiseanekdote.

Für einen Moment überlegte er, ob er hinausgehen sollte, doch er zögerte. Er tat sich schwer in der Gesellschaft von Menschen, und die Roma waren ihm trotz der langen Jahre, die er sie kannte, fremd geblieben. Er verstand ihre Scherze nicht, kam sich linkisch und unbeholfen vor, wenn er mit ihnen sprach. Lieber vertiefte er sich in die Schriften, die ihn nicht verwirrten, sondern seine Gedanken schärften und ihm die Sicherheit von Wissen versprachen.

Er stützte den Kopf auf die Hand und las den Brief ein weiteres Mal. Miklos' Handschrift, die Geheimschrift der Wölfe in einer solch sauberen und akkuraten Form, sie faszinierte ihn. Außerdem mochte er die Geschichten, die Miklos erzählte. Zwischen die politischen Neuigkeiten flocht er immer wieder exotische Begebenheiten aus dem Serail mit ein, berichtete von Eunuchen, Derwischen und Janitscharen. Manchmal legte er sogar Zeichnungen bei. Janko wusste, dass Miklos dies nur seinetwillen tat.

Er seufzte und legte die Briefe sorgsam zusammen. Heute war er zu unruhig dafür. Er hätte gestern Abend doch mit zu Uzun Hasan reiten sollen. Der Anführer der Turkmenen war einer der wichtigsten Männer ihrer Zeit, und Vater hatte stets betont, wie wichtig es sei, dass Janko ihn irgendwann kennenlernte. Nun war er wütend auf ihn, weil er zurückgeblieben war, und Ildiko würde ihm seine Entscheidung kaum danken.

Sie hatte sich wieder beruhigt, das spürte er. So schnell sie aufbrauste, so schnell war ihr Ärger auch wieder erloschen, das war schon immer so gewesen. Wie sie gestern Vater die Stirn geboten hatte! Ihre goldenen Augen hatten vor Wut geleuchtet, und ihre Locken hatten getanzt, als würde in ihnen ein dunkles Feuer lodern.

Er nahm Miklos' Brief und legte ihn in die hölzerne Truhe, in der er all seine Aufzeichnungen verwahrte. Wie gern wäre er auch ein Schreiber, ein Gelehrter, dessen einzige Aufgabe es war, Erkenntnis zu horten. Oder ein Priester, der allein Gott in Wort und Schrift zu dienen hatte.

Ildiko würde ihn für diese Träume verlachen. Und dabei wusste sie noch nicht einmal, was er seit letztem Sommer wusste. Er strich sich über die Stirn. Das Geheimnis um die Prophezeiung lastete wie ein Berg aus Steinen auf ihm, der ihn erdrückte und schlecht schlafen ließ. Er war auserwählt, ausgerechnet er. Wenn es nicht so furchteinflößend gewesen wäre, hätte er gelacht. Vater hatte ihm verboten, seiner Schwester davon zu erzählen, und er konnte sich ihm nicht widersetzen. Er war weder so mutig noch so starrköpfig wie Ildiko, und er war sich gewiss, dass Vater das auch sah. Eigentlich war ihm die Tochter viel ähnlicher als der erstgeborene Sohn. Eigentlich sollte sie diejenige sein, der diese Prophezeiung galt!

Ein Laut unterbrach seine Gedanken. Er runzelte die Stirn. Was war das gewesen? Da, erneut! Ein Scharren, Krallen auf Gestein. Alarmiert sprang er auf und ging hinaus. Die Nachtluft war kühl, doch nicht still. In den Stallungen meckerten die Ziegen, und die Pferde schnaubten. In der Kirchenruine saßen seine Mutter und die Roma. Sie tranken Wein und redeten leise, übertönten kaum das Knistern des Feuers.

Sein Blick wanderte über das Plateau und die vertrauten Umrisse der Hütten. Schon war er bereit, einzusehen, dass er sich geirrt hatte, dass ihm seine Sorgen wieder einmal einen Streich gespielt hatten. Doch dann hörte er es erneut. Wie hatte es ihm zuvor nur entgehen können?

Er eilte in die Kirchenruine. Mutter sah seine Miene und erhob sich sogleich.
»Da ist jemand«, wisperte er. »Unten am See.«
Sie packte ihn am Arm. »Wer?«
Er schüttelte den Kopf. »Der Wind kommt aus der falschen Richtung.« Doch das Geräusch der Krallen war schlimm, sehr schlimm. »Ich glaube, es sind Wölfe. Was sollen wir tun?« Seine Stimme zitterte. Bilder kamen ihm in den Sinn. Der Fremde, der Mutter am Arm gepackt hatte. Der hagere Wolf, der um ihre Beine schlich. Dann das Blut der Fremden auf dem regennassen Waldboden. Mutter und Ildiko hatten sie alle getötet, nicht er. Und die Angst hatte ihn nie wieder ganz verlassen. Jetzt war es, als wären sie wieder hier, Nachtgespenster, die sich an seine Fährte geheftet hatten.
»Wir müssen weg«, zischte Mutter mit grimmigem Gesichtsausdruck. »Wir nehmen die Pferde und verlassen das Plateau nach oben, ins Gebirge.«
Sie kniete sich zu Solana und Gitano ans Feuer und flüsterte mit ihnen. Janko wollte nicht warten. Er rannte zurück in seine Hütte und öffnete die Holztruhe. Fieberhaft wühlte er darin, bis er den Packen mit Miklos' Briefen in den Fingern hielt. Nicht auszudenken, wenn sie den Feinden in die Hände fielen!
»Janko!« Er hörte das Wispern seiner Mutter und sprang wieder auf die Beine.
Als sie zu den Stallungen rannten, drehte sich der Wind und kam vom See herauf. Janko roch als Erster den unheilverkündenden Gestank. Werwölfe! Für einen Augenblick fürchtete er, seine Beine würden ihm nicht mehr gehorchen. Die zwei Hunde, die die Roma mitgebracht hatten, huschten jaulend und mit eingekniffenen Schwänzen an ihm vorbei.
In diesem Augenblick kam der Mond hinter den Wolken hervor und tauchte die Welt in ein fahles Licht. Janko richtete unwillkürlich den Blick nach oben. Über dem Pfad reckten sich die Felsen in die Höhe, unerschütterlich und starr. Doch zwischen den Steinen dort oben bewegte sich etwas. Ein Schatten.

»Wartet!«, zischte Janko den anderen zu. Erneut bewegte sich der Schatten oberhalb des Pfads, stach schwarz gegen den Nachthimmel ab. Und noch einer. Es waren zwei Wölfe, und sie hoben ihre Schnauzen und heulten.

Die Hunde bellten als Antwort. Eines der Pferde bäumte sich auf und wieherte schrill. Gitano schrie etwas in der Sprache der Roma.

Janko fuhr herum, dann schrie er auf. Noch mehr Wölfe. Sie trabten die Böschung vom See herauf, waren schon fast an der ersten Hütte.

»Zurück zur Kirchenruine!«, rief Mutter mit gellender Stimme. »Wir müssen uns dort verschanzen!«

Doch Janko war erstarrt. *Herrgott, sei bei uns.* Ihr gut geschützter Zufluchtsort war zur Falle geworden.

3. KAPITEL

Ildiko fuhr hoch und riss die Hände vors Gesicht. Der plötzliche Sturm der Gefühle ließ sie keuchen. Sie spürte Wut, aber auch Angst. So starke Angst, dass sie sich verwandeln und davonrennen wollte. Mit aufgerissenen Augen spähte sie durch die Hüttentür hinaus in die Nacht. Es war ruhig, nur der Wind rieb sich an den Grashalmen und strich mit einem Zischen über die Baumwipfel.

Sie fuhr sich übers Gesicht. Hatte sie schlecht geträumt? Sie sah sich nach Ilai um, der auf der anderen Seite des Raumes schlief. Er hatte sich fest in seinen Fellumhang gewickelt und atmete friedlich. Erneut durchfuhr sie die Angst wie eine scharfe Böe. Nein, sie hatte nicht geträumt. Es waren nur nicht ihre Gefühle, die sie spürte. Sie stöhnte auf.

»Janko!«

* * *

»Kommt heraus«, knurrte der Fremde. Janko kauerte auf einem Mauervorsprung, lugte von oben auf ihn herunter. Der Mann war nackt bis auf eine silberne Halskette. Narben zerfurchten seine Schultern, schwarze Haare flatterten im Wind. Er war von überraschend kleiner Gestalt, und seine Bewegungen waren lautlos, fast grazil. Drei seiner Männer hatten die Ruine umzingelt, zwei andere durchsuchten die Hütten. Sie waren groß wie Bären und strahlten eine rohe körperliche Gewalt aus, als könnten sie einen Ochsen mit bloßen Händen entzweireißen.

Jankos Herz raste. Mutter und er hatten die Tür verbarrikadiert, doch gegen diese Kerle würde sie das nicht lange schützen. Wäre

doch Vater hier! Er hätte gewusst, wie sie in einer solchen Situation handeln sollten.
»Kommt heraus!« Der Mann rief nun lauter. Er sprach türkisch, doch gebrochen und mit einem harten Akzent.
»Wer seid ihr?«, rief Mutter. Sie kauerte neben Janko, und obwohl sie vor Anspannung zitterte, klang ihre Stimme fest.
Der Fremde hob abrupt sein Gesicht. Es war flach und bis auf einen Schnurrbart glattrasiert, mit einer breiten Nase und schmalen Augen.
»Du musst sein Veronika.« Ihr Name klang fremdartig und hölzern aus seinem Mund. Er ignorierte ihre Frage. »Ich rieche anderen Wolf bei dir. Dein Sohn?« Seine Augen glitzerten im Mondlicht. »Schick ihn heraus!«
Janko biss sich auf die Lippe, um nicht aufzuschreien. Sie waren wegen ihm hier. Wie damals, vor sieben Jahren. Er war in seinem schlimmsten Alptraum gefangen, aus dem er dieses Mal nicht mehr erwachen würde.
»Nein.« Seine Mutter packte ihn am Arm, als hätte sie seine Gedanken gelesen. »Sie werden dich nicht kriegen.«
»Doch«, erwiderte der Mann. Er hatte mit seinen Wolfssinnen ihre Worte genauso gehört wie Janko. »Mehr Männer kommen mit Pferden und Waffen. Ich kriege ihn, Weib. Er kommt freiwillig, dann ich schone dich und Menschen.«
Janko blickte zu Solana und Gitano, die bei der Feuerstelle kauerten. Mutter hatte sie geheißen, Miklos' Briefe zu verbrennen. Während Solana die Reste des dicken Papiers mit einem Stecken in die Glut schob, umklammerte Gitano seinen Dolch, als könnte er mit ihm etwas gegen die Werwölfe ausrichten. Janko schluckte.
Ein Hund jaulte in der Ferne, langgezogen und voller Furcht. Die zwei Männer kehrten von der Durchsuchung der Hütten zurück. Messer, Steinschleuder, Pfeile und Bogen. Sie hatten Ildikos Jagdausrüstung gefunden.
Stumm stöhnte Janko auf. Ildiko. Sicherlich war sie schon auf dem Weg hierher. Er durfte nicht zulassen, dass sie den Frem-

den ebenfalls in die Hände fiel. Doch er zögerte einen endlosen Augenblick, während die Angst in seinen Eingeweiden wühlte. Er sah, wie die Männer ein Tuch auseinanderrissen, die Fetzen in Öl tauchten und um die Pfeilschäfte wickelten. Sie bauten Brandpfeile.

Mutters Griff wurde fester. Sie zog ihn unter den Mauervorsprung und brachte ihr Gesicht so nah an seines heran, dass er die Angst in ihren Augen glänzen sah. Nicht Angst um sich selbst, Angst um ihn.

Verwandle dich, formten ihre Lippen. Sie deutete zum Gebirge. *Flieh. Wir werden sie aufhalten.*

Nein! Er konnte nicht zulassen, dass sich seine Mutter für ihn opferte!

Sed et si ambulavero … Seine Lippen bewegten sich in dem alten Latein, das ihm durch seine Studien vertraut war wie seine Muttersprache. *Wenn ich auch wanderte durchs Tal der Todesschatten, so fürchte ich kein Unglück,* betete er den Psalm. *Denn du bist bei mir.*

Er stemmte sich auf die Mauer hoch.

»Was wollt ihr von mir?«

Seine Stimme hallte schrill von den Felsen wider.

Der Fremde starrte ihn an. War es Hass, der in seinen Augen loderte? Wut? Oder bloß Neugier? Janko konnte seine Miene nicht lesen.

»Komm, Junge«, rief der Fremde. »Dir nichts geschieht.«

»Wer schickt euch?«

Der Mann lächelte plötzlich, und das jagte Janko mehr Angst ein als alles andere. »Du wirst sehen.«

Herr, du bereitest vor mir einen Tisch angesichts meiner Feinde. Es gab keinen anderen Weg.

»Ich gehe mit euch.«

»Nein!« Mutter schrie auf und packte seinen Fußknöchel. »Pavel schickt sie, das wissen wir beide. Er will dich umbringen!«

»Hör nicht auf Weib.« Das Lächeln des Fremden erlosch, und wieder war seine Miene starr und fremdartig. Einer seiner Männer spannte Ildikos Bogen, ein anderer entzündete den Brandpfeil. Hell flammte der Stofffetzen auf.

»Tut mir leid, Mutter.« Janko entzog sich ihrem Griff, auch wenn er ihre warme Berührung sogleich vermisste. Er sprang von der Mauer herunter.

»Packt ihn!« Drei Männer kamen sogleich auf ihn zu, umfassten seine Handgelenke mit roher Gewalt und rissen ihn zu Boden. Sein Gesicht wurde in den Staub gepresst.

»Lasst ihn los«, schrie Mutter, und er hörte, wie sie ebenfalls von der Mauer sprang. »Ich werde nicht zulassen, dass ihr ihn mitnehmt.«

»Nein?«, murmelte der Fremde. Im nächsten Moment wurde Jankos Kopf an den Haaren nach hinten gerissen. Kalt drückte sich die Spitze eines Messers an seine Kehle. »Wenn du kämpfst, Weib, er ist tot.«

Janko sah, wie seine Mutter erstarrte. Tränen glänzten in ihren Augen. »Verschont ihn«, flüsterte sie. »Nehmt mich an seiner statt.«

Der Fremde lächelte kalt. »Was meinst du dazu: Wir nehmen euch beide.«

* * *

Es regnete in Strömen, als sich Ildiko und Ilai der Siedlung näherten. Janko war nicht mehr da, das spürte sie sofort, und ihr Herz zog sich vor Angst zusammen. Sie waren zu spät, obwohl sie die Pferde rücksichtslos durch die Nacht und den Regen getrieben hatten. Sie sprang noch im Trab vom Rücken ihres Tiers und rannte das letzte Stück. Rauch lag in der Luft. Außerdem verpestete fremder Wolfsgestank ihre Nase. Sie knurrte, wollte die Fremdlinge packen und schütteln, die in ihr Revier eingedrungen waren. Die irgendetwas Schlimmes mit Janko angestellt hatten. Sie spürte ihn, sie spürte seine Angst. Er war noch am Leben, doch er entfernte sich immer weiter von ihr. Wo waren sie nur?

Da, ein Geräusch in der Ruine. Ein Rascheln. Jemand atmete. Pfeilschnell war sie dort.
Es waren Solana und Gitano. Auf Ildikos Ruf hin öffneten sie den Eingang. Ihre Gesichter waren übernächtigt und rußverschmiert.
»Sie haben Janko und Veronika mitgenommen.« Solana weinte. »Wir konnten nichts tun, es waren einfach zu viele. Sie haben mit Brandpfeilen auf uns geschossen. Hätte der Regen das Feuer nicht gelöscht …« Sie ballte die Fäuste, und Ildiko merkte, das waren keine Tränen der Trauer, sondern der Wut. Sie versuchte zu atmen, doch ihre Kehle war wie zugeschnürt. *Sie haben sie mitgenommen.*
»*Átkozott kutyák*«, fluchte sie auf Ungarisch. »Diese verdammten Hunde!« Sie trat so fest gegen die Mauer, dass zwei der Steine zerbrachen. Schmerz raste ihr Bein hinauf. »Ich werde sie …«
»Wie viele Männer waren es?«, fragte Ilai. Er war hinter ihr herangekommen und ergriff den Arm seiner Mutter. Seine Augen waren weit aufgerissen.
»Sechs Wölfe, die uns eingekesselt haben. Dann kamen weitere vier mit Pferden«, sagte Gitano. Er sah Ildiko nicht an, als fürchtete er ihren Zorn.
Sie mahlte mit den Zähnen. *Zehn Männer.* Noch hatte der Regen ihre Fährte nicht fortgewaschen. Als Wölfin konnte sie sie innerhalb weniger Stunden einholen. Bei so vielen Feinden würde sie allerdings Waffen brauchen, ihre Messer und ihren Jagdbogen.
Sie rannte zu der Hütte, die sie sich mit Janko teilte. Die Strohlager waren aufgeworfen, die Truhen waren zerbrochen und leer.
»Nein!« Sie brüllte vor Wut.
»Ildiko.« Ilai stand hinter ihr. »Wir müssen überlegen, wie wir weiter vorgehen sollen.«
»Ich muss hinter ihnen her!«, rief sie. »Sie werden es bereuen, wenn ich sie erst eingeholt habe.«
»Nein.« Sie hörte, wie schnell sein Herz schlug. »Es sind zu viele. Sie werden dich töten.«

Sie packte ihn am Arm. »Dann komm mit mir.«
Er zögerte, das sah sie genau. Er hatte Angst, wo sie nur Wut verspürte. Kein Krieger, nur ein Spielmann. Sie stieß ihn von sich. Verstand er denn nicht, dass sie keine Zeit zu verlieren hatten?
Schon nestelte sie an ihrer Tunika, hob den Kopf zu einem wilden Geheul. Ihre Finger bogen sich, wurden zu Krallen.
»Ildiko!« Solanas Stimme gellte an ihrem Ohr. Die Roma stand plötzlich hinter ihr und packte sie an der Schulter. Ildiko fuhr herum und bleckte die Zähne. Doch Solana ließ sie nicht los.
»Hör mir zu«, rief sie. Ihr Gesicht war bleich. »Sie sind bestimmt noch am Leben. Ihr Anführer sagte, er wolle sie zu seinem Ältesten bringen.«
»Pavel.« Ildiko knurrte den Namen mit schwerer, kaum noch menschlicher Zunge. *Der Wolfsbund.* Immer noch tobte Wut in ihr wie ein Feuerball, doch Solanas Worte hatten sie in ihrer Verwandlung innehalten lassen.
Solana nickte. »Er muss es sein. Seine Männer haben die beiden in einen Käfig gesperrt, wie Tiere! Mögen die Götter sie dafür bestrafen. Doch sie kamen auf unserer Fährte hierher.« Sie senkte den Kopf. »Es ist unsere Schuld.«
»Ist es nicht.« Ildiko schloss die Augen. Ihre Krallen wurden wieder zu Fingernägeln, das Fell auf ihren Armen zog sich zurück unter die Haut. Wenn sie nicht mit Vater gestritten hätte, wäre Janko nicht hiergeblieben. Sie ballte die Fäuste. Jetzt war es ihre Aufgabe, ihn zu befreien, und wenn es das Letzte war, was sie tat.
»Du darfst ihnen nicht folgen.« Solana schien ihre Gedanken zu lesen. Sie richtete sich auf, und ihre dunklen Augen blitzten.
»Soll ich sie etwa ziehen lassen?«
»Du brauchst deinen Vater.«
»Ach ja?« Ildiko fletschte die Zähne, die groß und spitz wurden. Ilai schauderte, doch Solana wich nicht.
»Allein bist du zu schwach. Du brauchst das Rudel, du brauchst Unterstützung, sonst läufst du ins Verderben.«

»Ich bin nicht schwach«, widersprach Ildiko, doch dann zog sie die Zähne zwischen die Lippen zurück und verstummte. Auch wenn ihr der Gedanke widerstrebte, sie wünschte tatsächlich, ihr Vater wäre hier. Zum ersten Mal wünschte sie, er würde ihr eine Entscheidung abnehmen.

»Er ist bereits zwei Tagesritte entfernt«, wandte sie jedoch ein. »Bis wir ihn eingeholt haben, kann es zu spät sein!«

Solana seufzte, und es schien, als hätte sie sich bereits vor Stunden eine Antwort überlegt. »Du musst alleine zu ihm. Als Wölfin bist du schneller, als wir es jemals sein könnten. Und wir folgen derweil den Entführern. Wir werden unsere Spur markieren, bis ihr uns einholt.«

Immer noch zögerte Ildiko. Sie sah zu Ilai, der hinter seiner Mutter verharrte. Er erwiderte ihren Blick mit nachdenklicher Miene.

»Pavels Männer haben offenbar Angst vor Gábor«, sagte er. »Sonst hätten sie es nicht so eilig gehabt, zu verschwinden. Doch mit ihren Gefangenen werden sie nicht allzu rasch vorwärtskommen, nicht rasch genug für euch.« Sie sah Zuversicht in seinem Blick, und noch mehr: eine tiefe Überzeugung von den Kräften des Rudels. Doch sie zauderte. Wenn sie die falsche Entscheidung traf, waren Janko und Mutter verloren.

4. KAPITEL

In den Wäldern der Walachei, Spätherbst 1475

Adem kniete im Unterholz. Hinter ihm erhoben sich uralte Baumriesen, deren Zweige nur im Winter das Licht bis zum Erdboden durchließen. Hier im Feindesland waren die Wälder so tief, als hätte sie nie ein Mensch betreten. Die Christen fürchteten den Wald, glaubten an Trolle und Geisterwesen, die in den Wurzeln hausten. Dabei wussten sie nicht einmal, welche finsteren Wesen es wirklich gab.

Er warf einen Blick zur Seite. Neben ihm verharrten acht seiner Männer, wie er halb unter moderndem Blattwerk vergraben, um ihren Geruch zu überdecken. Sie hielten ihre Bögen umklammert, die wichtigste Waffe im Kampf gegen den körperlich überlegenen Feind.

»*La ilaha illa'llah*«, murmelte er. »Es gibt keinen Gott außer Gott.« Er senkte den Kopf, während die Soldaten seine Worte flüsternd wiederholten. »*Muhammadun rasul Allah.* Mohammed ist der Botschafter Gottes.« Die Luft war kalt und feucht und der Himmel über den Baumwipfeln dämmrig, als wäre die Sonne noch nicht aufgegangen. »Möge Allah uns vor ihren Zähnen beschützen«, beendete er das Gebet. Denn der Tod war zwar schlimm, aber ein Biss war schlimmer.

Es war wohl Wunschdenken, doch er hoffte, dass heute keiner von seinen Männern fallen würde. Er war ihr *Yüzbaşı,* ihr Hauptmann, und verantwortlich für sie. *Höre ihnen zu, und kümmere dich um ihre Sorgen, als wären es deine eigenen,* hatte sein Vater, der Ali-Bey, zu ihm gesagt, als Adem erstmals ein Kommando übernommen hatte. *Und dann gebe ihnen Hoffnung und ein Ziel, für das sie kämpfen können.*

Ein Ziel hatte er ihnen gegeben, das sie zusammenschweißte wie Brüder. Außer ihnen wusste nur der Sultan selbst von ihrer Mission, und Sulejmân-Pascha, der Eunuch. Adem stand in den Diensten des Paschas, seit dieser seine Fähigkeit entdeckt hatte. *Die Gabe, die Schattenwölfe zu sehen.*

Wenn er sich konzentrierte, konnte er immer noch die Narben spüren, die sich seine Wirbelsäule entlangzogen. Fünf Zeichen waren es, undeutbares Gekrakel, sagten die wenigen, die sie gesehen hatten. Doch für ihn bildeten sie ein unheiliges Muster, dessen Schmerz ihn auf ewig an den grauen Fremden erinnern würde. Sie hatten seine Augen für die finsteren Kreaturen geöffnet, als wären sie ein geheimes Tor in eine fremde Welt.

Er spähte auf die Weidegründe hinaus, die sich vor dem Wald erstreckten. Der Morgendunst ließ die Grashügel grau erscheinen. Noch waren sie leer, doch das würde sich bald ändern. Er vibrierte vor Jagdfieber.

Der Sultan war überzeugt, dass sein Halbbruder Gábor hinter dem vermehrten Auftauchen der Werwölfe in den Grenzgebieten steckte – der Sohn einer ungarischen Hure, der angeblich den Geheimbund der christlichen Rudel anführte. Adem war sich dessen allerdings nicht so sicher. Nur einen Namen hörte er immer wieder von den wenigen Werwolfmännern, die sie unter der Folter zum Reden brachten: Pavel von Breunen.

»Sie kommen«, raunte Birkan neben ihm. »Diese verfluchten Bestien!« Er war nicht nur Adems Soldat, sondern auch sein Freund, ein grimmiger Kämpfer, der vor Hass brannte, seit die Tiere seinen Bruder gerissen hatten.

Adem kniff die Augen zusammen. Tatsächlich, zwischen den Hügeln bewegte sich etwas. Er legte einen Finger auf seine Lippen. *Kein Wort mehr.* Drei Reiter kamen auf sie zu, ihre Gestalten noch graue Schemen im Dunst. Doch Adem *spürte* sie, spürte mit jeder Faser seines Körpers ihre widermenschliche Natur. Sie trieben ihre Pferde in rücksichtslosem Galopp auf den Waldrand zu.

Schon erblickte er die Wolfsschatten. Hinter ihren Meistern wogten sie in der nebligen Luft, dunkle, rauchige Kreaturen. Sie hatten spitze Mäuler, die zu schnappen schienen. Fast meinte er, Dämonengestank zu riechen, doch es war nur seine Anspannung, die ihm das vorgaukelte.

Näher und näher kamen sie, ohne dass er oder seine Männer sich bewegten. Und dann waren sie fast heran.

»Jetzt«, gellte sein Ruf. Die Soldaten sprangen aus dem Laub. Mit einer fließenden Bewegung ließen sie Pfeile durch die Luft zischen.

Die Pferde strauchelten, die Reiter brüllten. Alle drei trugen Kettenhemden und hohe Stiefel wie die Türken, doch ihre flachen Gesichter waren glattrasiert und ihre Köpfe unbedeckt. Einen der Männer traf ein Pfeil direkt in die Brust, die stählerne Spitze drang durch die Kettenmaschen hindurch und warf ihn aus seinem Sattel. Ein weiterer wurde an der Schulter verletzt, doch der Dritte sprang mit einer geschmeidigen Bewegung von seinem Pferd und stieß einen Kampfschrei aus.

Sprach er walachisch? Adem konnte die fremden Laute keiner Sprache zuordnen. Doch er hatte keine Zeit, darüber nachzudenken, denn der Wolfsmann sprang direkt auf ihn zu. Er hatte eine platte Nase und schmale Augen, und er überragte Adem um mehr als eine Haupteslänge. Sein Schwert, fast so groß wie ein Mann und beidseitig geschliffen, bewegte sich mit rasender Schnelligkeit. Adem wusste, sein Säbel würde den Hieb nicht abfangen können, und so warf er sich zur Seite. Zischend fuhr die Klinge an seinem Kopf vorbei. Er rollte sich auf dem Boden ab, robbte unter dem Busch hindurch und richtete sich auf die Knie auf.

Sein Gegner zögerte keinen Augenblick, sondern sprang mit einem Satz über das Gebüsch hinweg. Er spreizte die Beine, um einen festen Stand zu haben, und schwang seine Waffe hoch über den Kopf, um zu Ende zu bringen, was ihm gerade misslungen war. Adem sah den Wolfsschatten, der den Mann ganz umhüllte und mit Kraft speiste. Er sah seinen Angreifer hämisch grinsen, offenbar glaubte er, leichtes Spiel mit ihm zu haben.

Dieser Anblick überschwemmte Adem mit einer Flut puren, dunklen Hasses. Als das Schwert herabsauste, war er schon nicht mehr da. Noch in der Seitwärtsbewegung schlug er mit seinem Säbel zurück. Er traf nicht, zwang den Wolfsmann aber zu einem hastigen Rückzug, der ihn direkt auf einen anderen Soldaten zutrieb. Adem wollte ihm hinterher, doch aus dem Augenwinkel bemerkte er eine Bewegung. Der andere Werwolf hatte zwei der Soldaten zu Boden geworfen und rannte nun ebenfalls in seine Richtung. Adem sah die Schulterwunde, in der immer noch der Pfeil steckte, sah die Wut im Blick des Angreifers, die vom Schmerz genährt wurde. Sie machte den Mann unaufmerksam genug, um sein Schwert in die Höhe zu reißen und damit seine Deckung aufzugeben. Adem schlug zu, ein blitzschneller, gerader Hieb über das rechte Bein des Mannes. Einen menschlichen Gegner hätte dies wohl außer Gefecht gesetzt, doch der Wolfsmann knurrte nur und wich einen Schritt zurück. Hinter ihm näherten sich bereits mehrere von Adems Männern mit erhobenen Säbeln. Das verschaffte Adem gerade die Atempause, die er brauchte.

Er fuhr herum und sah den ersten Wolfsmann wieder auf sich zukommen. Der Soldat, mit dem er eben noch gekämpft hatte, lag reglos hinter ihm auf dem Boden.

Der Werwolf knurrte. Fell begann auf seinem Gesicht und den Armen zu sprießen, und in seinen Augen funkelte schwarz der Wolf. Beiläufig wischte er einen weiteren Mann beiseite, sein Schwert sirrte über den Soldaten hinweg und durchtrennte dem Mann die Kehle.

Adem hörte den Gefallenen gurgeln, andere schreien. Nichts davon war wichtig. Er verschmolz mit seinem Säbel, bemühte sich nicht mehr, seinen Körper zu bewegen, sondern wurde selbst zu einer einzigen fließenden Bewegung, sprang und drehte sich mit jahrelang geübter Präzision durch die Luft. Doch der

Fremde riss sein Schwert in die Höhe. Die Klingen prallten aufeinander, und die unmenschliche Wucht des Schlages ließ einen scharfen Schmerz durch Adems Schulter rasen. Er schrie auf, der Säbel entglitt seinen Fingern.

Erneut hob der Fremde sein Schwert, und jetzt hatte Adem ihm nichts mehr entgegenzusetzen. Er stöhnte auf und wich einen Schritt zurück, in dem Wissen, dass er niemals schnell genug sein würde, um dem nächsten Hieb auszuweichen.

Doch hinter dem Wolfsmann tauchte Birkan auf. Wie ein silberner Blitz sauste sein Streitkolben durch die Luft und ging auf den Kopf des Mannes nieder. Er zerschmetterte ihm den Schädel, Blut spritzte, und der Mann ging mit einem wölfischen Jaulen in die Knie. Der Wolfsschatten wurde schwächer, grauer und heller wie eine Rauchwolke, die der Wind verwehte. Dann war es vorbei. Das Schwert fiel aus der reglosen Hand und landete neben dem toten Monstrum im Gras.

Auch der zweite Wolfsmann kniete, Säbelhiebe hatten ihm den linken Arm und den Rücken zerfetzt. Einer der Soldaten setzte seinen Dolch an, um ihm die Kehle durchzuschneiden.

»Halt!«, keuchte Adem. Er bückte sich und hob seinen Säbel auf, dann war er mit einem Satz bei seinen Männern. »Ich will ihn lebend.«

Birkan beugte sich über den ersten Wolfsmann, der vom Pfeil getroffen im Gras lag. »Der ist jedenfalls tot«, rief er.

Adem nickte. Zwei tote Wölfe und drei tote Soldaten. Es hätte schlimmer kommen können. Trotzdem brannte jeder der drei Tode schmerzhaft in seiner Brust. »Kümmert euch um sie.« Er deutete auf die Leichen, dann ging er neben dem verletzten Wolfsmann in die Knie.

Der Fremde keuchte. Sein Gesicht war fahl und seine Augen geschlossen. Nicht einmal ein Ungeheuer wie er konnte solche Wunden lange überleben.

Als hätte er Adems Gedanken gespürt, öffnete er die Lider und sah ihn direkt an. Seine schmalen Augen färbten sich dunkel. Wut verzerrte seine Züge, und dann lachte er plötzlich. Ein

knurrendes, belferndes Lachen, in dem keine Freude, sondern nur Hass schwang.
»Adem«, lachte er. »Der verdammte Wolfsjäger.«
Adem zuckte zusammen.
»Woher weißt du meinen Namen?«
Gänsehaut überzog seine Arme. Der Wolfsschatten des Fremden schien ihn lauernd zu beobachten.
»Sag es mir, und ich verspreche dir einen gnädigen Tod.«
»Und das soll ich glauben?« Der Mann zog die Augenbrauen hoch. Schweiß perlte auf seiner Stirn. *»Aptal domuz soyu«*, knurrte er. »Ein dummes Volk von Schweinen seid ihr.«
Er sprach mit einem schleppenden, harten Akzent, und erneut fiel Adem auf, wie fremdartig flach sein Gesicht war. Wie bei den Meuten der Tataren im Norden. Doch das war es nicht, was ihn stocken ließ. Er hatte diese Beleidigung schon einmal gehört, vor vielen Jahren. Ihm wurde kalt. Er packte den Mann bei den Schultern.
»Wer schickt dich?«
»Du hast Angst.« Der Fremde schnüffelte, und in seinen Augen lag plötzlich Triumph. »Das solltest du auch.«
»Gehörst du zu Pavel von Breunen?«, bohrte Adem weiter. Er verspürte tatsächlich Furcht. Diese Wölfe führten etwas im Schilde, das ahnte er seit langem. Doch dass der Fremde seine Angst roch, versetzte ihn in Wut. Er verabscheute es, den Fähigkeiten dieser Ungeheuer unterlegen zu sein.
»Pavel?« Der Fremde knurrte. »Du scheinst einiges über unser Volk zu wissen. Doch das wird dir nicht helfen, Adem, nicht einmal dir, *Wolfseher*.« Er spuckte ihm das Wort vor die Füße. »Meine Brüder werden euch überrennen, ihr armseligen Menschen, sie werden euch unterwerfen, und zwischen Türken und Christen werden sie keinen Unterschied machen.« Plötzlich lachte er wieder. Fell spross auf seinen Wangen, und sein Gesicht *verschob* sich, sein Kiefer stieß mit roher Gewalt nach vorne. Er fletschte die Zähne, die scharf und länger waren als jedes menschliche Gebiss, und dann schnappte er nach Adems Kehle.
Adem fuhr zurück.

Krallen bohrten sich in seine Hand, und er schrie auf. Sein Säbel wurde ihm entrissen. Er griff danach, doch zu spät. Der Wolfsmann rammte sich die Waffe in die eigene Brust.

»Nein!« Adem packte den Säbel und wand ihn aus den kraftlos werdenden Pranken. Sein Ruf ging in dem Stöhnen des Fremden unter.

»Beim Antlitz des Scheitans«, fluchte Birkan hinter ihm. Adems Säbel hatte sich in einem Widerstand verhakt, einer silbernen Kette, die der Werwolf um den Hals trug. Ein Anhänger baumelte daran, eine silberne Münze. Sie zeigte das Antlitz eines Wolfs. Gebleckte Zähne, finstere Augen, die Adem direkt anzublicken schienen. Er las darin von der tierischen Wut einer Kreatur mit dem vergifteten Atem von Blutgier und Hass. Ein Schauer rann über seinen Rücken. Dunkelheit griff nach ihm, eine uralte Wesenheit, die seinen Namen zu rufen schien. Schwarzer Nachthimmel, ein verzehrendes Feuer, ein allesverschlingendes, spitzes Maul …

Und dann öffnete der Fremde ein letztes Mal den Mund.

Blut quoll zwischen seinen Lippen hervor, färbte seine Zähne rot und rann an seinem Kinn herab.

»Er wird dich finden.«

5. KAPITEL

Im Land der Turkmenen, November 1475

Ildiko rannte, und ihr Atem war eine weiße Wolke vor ihrer Schnauze. Nur noch ihr Wille trieb sie vorwärts. Seit drei Tagen war sie unterwegs, immer auf der verblichenen Fährte ihres Vaters nach Südosten. Sie hatte das Hochgebirge durchquert und war über schroffe Felspässe gehetzt, auf denen der Schnee bereits so hoch lag, dass er ihr Fell verklumpte. Fünf verwaiste Lagerstätten hatte sie gefunden und mit ihren Pfoten in der kalten Asche nach Essensresten gescharrt. Die Spur wurde frischer, als sie die hohen Berge hinter sich ließ. Die anderen konnten nicht mehr weiter als ein paar Stunden vor ihr sein.

Schlaf, ächzte ihr Körper, doch sie gab ihm nicht nach. Am Firmament über ihr leuchteten die Sterne rein und hell, und sie sog die klare Nachtluft in sich auf, als könnte sie ihr die fehlende Kraft verschaffen.

Sie überwand eine Hügelkuppe, und dann blieb sie stehen. Ihre Flanken zitterten. Wacholderbüsche streckten ihre nadeligen Zweige nach ihr aus, und dahinter, in der Talsenke, glommen Lichter, wie ein Spiegelbild der Gestirne.

Es waren Feuerstellen, und nicht nur zwei oder drei, sondern mehrere Dutzend. Unwillkürlich duckte sie sich. Sie witterte Rauch und Männerschweiß, und sie hörte das Schnauben von Pferden. Um die Feuer bewegten sich zahllose Schemen, ein gemächliches Krabbeln und Zucken wie im Inneren eines schlafenden Ameisennests. Dort unten lagerte ein ganzes Heer.

Sie stieß ein Knurren aus. Was hatten all die Männer hier in der Einöde zu suchen?

Nach kurzem Zögern schlich sie den Berg hinunter. Eine Handvoll flacher, einstöckiger Häuser duckte sich in die Talsenke, als wollten sie im Boden verschwinden. Die Fensterluken waren mit Teppichen verhängt, und dahinter war es still. Wenn hier Menschen lebten, dann waren sie leiser als Mäuse. Vor Angst, oder weil sie tot waren? Ildiko schlich weiter, umrundete sorgsam die Ziegenställe, um mit ihrem Wolfsgeruch die Tiere nicht zu wecken. Holzpalisaden und Büsche schirmten die kleine Siedlung gegen das restliche Tal ab. Und dahinter, nur noch wenige Steinwürfe entfernt, begann das Heerlager, umringt von schroffen Felsblöcken, die die Männer gegen Wind und Eindringlinge schützten.

Sie schob sich unter dem Buschwerk hindurch, dann spähte sie auf das Lager hinaus. Zwischen Zelten und angepflockten Pferden saßen Hunderte dunkle Gestalten mit Schnurrbärten und verfilzten Fellmützen um die Feuer im Gras, redeten in einer fremden Sprache und bereiteten sich ihr Nachtmahl zu.

Ihr Herz schlug schneller vor Aufregung. Dies mussten die Aq Qoyunlu sein! Männer aus dem Stamm der weißen Hammel, so nannten sie sich selbst, turkmenische Nomaden, die von Uzun Hasan regiert wurden. Er war der Herrscher, zu dem ihr Vater mit den Neuigkeiten aufgebrochen war. War er vielleicht hier?

Sie schlich noch näher und duckte sich schließlich auf einem mannshohen Felsen oberhalb des ersten Feuers. Dass die Nomaden weder Frauen noch Zelte mit sich führten, musste bedeuten, dass sie sich auf einem Kriegszug befanden. Doch gegen wen?

Plötzlich sah sie unter all den Pelzmützen einen roten Haarschopf aufblitzen. Arpad!

Am liebsten wäre sie zu ihm gerannt. Doch als Wölfin zwischen all die Turkmenen zu springen, das wäre der dümmste Weg in den Tod, von dem sie je gehört hatte. Sie schnaubte frustriert.

Lautlos schob sie sich einige Mannslängen zurück und wandte sich nach rechts, wo sich die Wacholderbüsche zwischen Felsblöcken steil den Hang hinaufzogen. Ein Wildwechsel führte sie durch das Buschwerk, bis sie die Hügelkuppe erreicht hatte. Im Schatten der Felsen hob sie ihre Schnauze und stieß ein Heulen aus.

Unten im Tal regten sich die Turkmenen nicht. Für Menschenohren war der Laut zu leise gewesen, zu kurz, um als Wolfsruf erkannt zu werden. Doch ihr Rudel musste sie gehört haben. Mit pochendem Herzen beobachtete sie Arpad. Er sah in ihre Richtung! Langsam stand er auf und warf den Männern ein paar Worte zu. Sie lachten, und er schlenderte zwischen ihnen hindurch, so sorglos grinsend, als hätte er kein bestimmtes Ziel.

Sie konnte ihre Ungeduld kaum zügeln, sprang ihm entgegen, während er ihrer Fährte nach oben folgte.

»Ildiko!« Seine Miene sah nun gar nicht mehr fröhlich aus. »Beim Hintern des Sultans, was machst du hier?« Er ließ sich auf die Knie nieder und griff nach ihrer Schnauze, um sie festzuhalten. »Hast du noch nicht genug Ärger mit deinem Vater?«

Unwillig wich sie zurück, schüttelte das struppige Fell und senkte den Kopf zwischen die Schultern. Knirschend streckten sich ihre Arme und Beine, Schmerz raste durch ihr Rückgrat und ließ das Blut in ihren Ohren rauschen. Die Verwandlung war anstrengender als sonst, als wollte ihr Körper die Wolfsgestalt nicht mehr aufgeben, nachdem sie so lange Zeit darin verweilt hatte. Ihre nackte Haut fühlte sich kalt und schutzlos an.

»Arpad.« Sie stolperte auf ihn zu, und er fing sie auf. Obwohl ihr Kopf zum Bersten gefüllt mit Worten war, fand sie es schwierig, die Menschenlippen zum Sprechen zu bewegen. Zu ihrem eigenen Erschrecken stellte sie fest, dass Tränen über ihre Wangen rollten. »Sie haben Janko und Mutter entführt.«

Stotternd berichtete sie ihm das Nötigste. Arpad riss zuerst die Augen auf, dann fluchte er leise und zog eine grimmige Miene. Sie erzählte ihm, dass sich Ilai und Solana an die Fersen der Entführer geheftet hatten, während sie hierhergerannt war. Während sie noch sprach, wickelte Arpad sie in seinen Mantel,

und sobald sie geendet hatte, sagte er, sie solle sich auf den Boden kauern, und eilte fort.
Sie folgte seinen Worten und rollte sich auf dem Boden zusammen. Wacholdernadeln stachen ihr in die Wange, doch sie spürte es kaum. Stattdessen merkte sie, wie sie zitterte, wie Müdigkeit und Schwäche sie nun, da sie hier lag, zu überwältigen drohten. Sie brauchte all ihre Kräfte, um wach zu bleiben. Und dann kehrte Arpad wieder zurück, mit einem Kleiderbündel auf dem Arm und Vater an seiner Seite.
»Vater«, wisperte sie und streckte einen Arm aus, und er zog sie in die Höhe. Er war weiß wie ein Geist, noch nie hatte sie ihn so bleich gesehen.
»Wir werden sie zurückholen«, flüsterte er. »Wir werden sie erwischen, Ildiko.« Für einen Herzschlag drückte er sie an sich, und sie sog seine Wärme in sich auf.
Endlich ließ ihre Sorge nach und machte Erleichterung Platz. Es war richtig gewesen, herzukommen.
»Pavel wird den Tag verfluchen, an dem er beschlossen hat, dem Rudel das anzutun.« Arpad knurrte. »Machen wir uns sofort auf den Weg, rennen wir als Wölfe!« Seine Wut flammte wie ein dunkles Feuer, und hellroter Fellflaum spross bereits auf seinen Wangen.
Vater zögerte. »Uzun Hasan wird uns nicht gehen lassen.«
»Du meinst …?«
»Gábor, warum versteckst du dich mit deinem Mann in den Büschen?« Ein türkischer Ruf, volltönend und mit weichem Akzent. Ildiko sah, wie die Miene ihres Vaters hart wurde.
»Ist euch unser scharfes Essen auf den Magen geschlagen?«, fügte der Mann hinzu. Jemand lachte, andere stimmten ein. Und dann ein Befehl, von dem gleichen Mann ausgesprochen, doch in einer Sprache, die Ildiko nicht verstand. Männer kamen den Hügel herauf, stolperten lärmend durch die Büsche.
»Gehen wir!«, drängte Arpad, doch Vater verharrte.
»Wir können Senando nicht bei ihnen zurücklassen.« Er spähte hinunter in die Dunkelheit, und Ildiko folgte seinem Blick. Der

erste der Turkmenen war nur noch ein paar Mannslängen entfernt. Noch sah er sie in der Dunkelheit nicht, doch gleich würde er heran sein.

»Schnell, zieh etwas an!« Plötzlich riss Vater ihr den Mantel von den Schultern, und Arpad drückte ihr ein Hemd und eine Pluderhose in die Hand. »Wickle ihr etwas um die Haare!«, zischte Vater ihm zu, und während Ildiko hastig in die Kleidung schlüpfte, fuhrwerkte Arpad bereits an ihrem Kopf herum. »Wir können uns nicht verwandeln, nicht solange Hasan Verdacht schöpfen könnte.«

Und schon waren die Turkmenen da, umringten die Werwölfe mit neugierigen Mienen. Gábor packte Ildiko am Arm, zog sie an sich heran und setzte ein mürrisches Gesicht auf.

»Mein Sohn.« Er schlug ihr auf den Hinterkopf, als wollte er sie bestrafen. Während sie zurückzuckte, spürte sie noch, wie er ihr die Locken unter den behelfsmäßigen Turban schob.

»Er ist uns gefolgt, der ungehorsame Kerl.«

»*Kir tu dahan!*« Einer der Turkmenen schob die anderen Männer beiseite und baute sich vor ihnen auf. Ildiko erkannte die Stimme wieder, er war der Mann, der vorhin nach ihnen gerufen hatte. Er hatte offenkundig etwas Unanständiges gesagt, denn die anderen Turkmenen begannen zu grinsen.

»Du bist immer für Überraschungen gut, Gábor«, fügte er hinzu. Er musterte Ildiko, und sie erwiderte seinen Blick. Der Mann war bereits in älteren Jahren, und sein derbes Gesicht wies die wettergegerbte Haut eines Nomaden auf. Er fuhr sich über den schwarzen Schnurrbart, dessen gezwirbelte Spitzen ihm bis zum Kinn herunterhingen, dann stemmte er die Hände in die Seiten.

Ein erneuter Schlag von ihrem Vater ließ Ildiko den Kopf senken. »Zeig Bescheidenheit«, zischte er. »Eine Schande, Uzun Hasan!«, rief er dann. »Mein Sohn hat sich heimlich an unsere Fersen geheftet und dabei sein Pferd zuschanden geritten. Ich werde ihn für seinen Ungehorsam bestrafen!« Sie hörte die Anspannung hinter seinen lauten Worten.

Für einen Moment war es still. Immer noch spürte sie den Blick des Turkmenen auf sich ruhen. Steif stand sie da, von einer Mischung aus Ehrfurcht und Angst gepackt.
Herrscher der Ebenen, so nannte sich Uzun Hasan. Wie eine Schar Zugvögel wanderte sein Volk durch das riesige Land, das ihm gehörte. Einst waren die Aq Qoyunlu mit den Tataren von Norden gekommen. Und obwohl sie seit Jahrhunderten Muslime waren, war der osmanische Sultan ihr Feind.
»Du verprügelst den Bengel später.« Hasans Stimme durchdrang ihre Gedanken. In so einem Befehlston hatte sie noch nie jemanden mit ihrem Vater sprechen hören. »Wir kehren ans Feuer zurück, und du berichtest mir weiter, was du an Neuigkeiten aus dem Westen bringst. Dein Sohn soll derweil etwas essen.« Er schnaubte. »Er ist dürr wie ein Fohlen.«
Sie bebte. Warum sagte Vater nicht, dass sie aufbrechen mussten? Warum ließ er sich von den Turkmenen sogar in die Mitte nehmen, als wäre er ihr Gefangener?
Sie wollte ihn fragen, während sie den Hügel hinabstiegen, doch sein Griff an ihrem Arm wurde fester, und sie fing seinen warnenden Blick auf. *Später,* formten seine Lippen. Immer noch war er blass. Vor Wut? Vor Sorge? Er hielt seinen Wolf nur knapp zurück, das spürte sie deutlich.
Uzun Hasans Männer führten sie den Abhang hinab und zwischen den Felsen hindurch, und dann sah sie auch schon die Lagerstelle des Herrschers, gleich am Rande des Talbruchs. Nun erkannte sie, warum sie ihren Vater vorhin nicht entdeckt hatte: Prachtvolle rote und gelbe Tücher, auf hölzerne Rahmen aufgezogen, schirmten die Feuerstelle gegen den Wind und neugierige Blicke ab. Dazwischen standen Wachposten bewegungslos, die Hände fest um Säbel und Streitkolben gelegt. Ildiko sah ein großes Zelt aufragen, dessen leinene Wände von goldenen Malereien bedeckt waren. Dann betraten sie das Innere der Abschirmung. Eine knisternde, trockene Wärme ging von der Feuerstelle aus. Sie war gesäumt von einem Durcheinander aus Kissen und Felldecken, kleinen Hockern und Teppichen, und auf einem der Kissen saß Senando.

Mit dem Zopf und der bunt bestickten Weste wirkte der breitschultrige Baro Rom wie ein zu groß geratener Gaukler, der sich in das Soldatenlager verirrt hatte. Er sprang auf und sah ihnen mit zusammengekniffenen Augen entgegen, war allerdings klug genug, nichts zu sagen.

Hasan setzte sich auf einen purpurnen Teppich, und hinter ihm nahmen in einem Halbkreis ein halbes Dutzend Männer Platz. Berater oder Hauptmänner, mutmaßte Ildiko. Wachen postierten sich hinter ihnen, aufgereiht wie Perlen an einer Kette. Während sich das Rudel niederließ, zögerte Vater noch einen Augenblick.

»Gewährst du meinem Sohn Sicherheit im warmen Schein deines Gastfeuers?«, fragte er den Turkmenenführer.

Hasan winkte ab. »So wie ich es auch euch versprochen habe«, erwiderte er.

Ildiko fand neben Arpad Platz.

»Die Gastfreundschaft der Turkmenen«, flüsterte er ihr auf Ungarisch zu. »Gábor hat sie nun auch für dich eingefordert. Wollen wir nur hoffen, dass Hasan es ehrlich meint.«

»Warum ist er hier?«, flüsterte sie zurück. »Ihr wolltet ihn in Tabriz, seiner Hauptstadt, aufsuchen. Und die ist doch noch Tagesritte entfernt.«

Arpad verengte die Augen. »Wir sind vor wenigen Stunden auf seinen Trupp gestoßen. Mehr als dreihundert Mann. Uns hat er erzählt, er sei auf der Suche nach einem Aufrührer, der sich hier in den Bergen versteckt hält. Doch wir wissen nicht, ob wir ihm glauben sollen. Er hat uns nämlich weder den Namen dieses Mannes verraten, noch, wo genau er ihn suchen will. Und seine Leute haben ihre Waffen den ganzen Abend noch nicht abgelegt.«

»Ruhig.« Vater legte Ildiko eine Hand auf die Schulter, warf einen Blick zu Hasan, der mit unergründlichem Gesichtsausdruck zu ihnen herüberschaute.

»Iss etwas, Sohn«, forderte er seine Tochter auf Türkisch auf. »Und dann schlaf. Ich werde dich nicht mit vollem Magen bestrafen.«

Sie wollte widersprechen, wollte aufspringen und die Aq Qoyunlu und ihren Anführer anschreien, dass sie sie gehen lassen sollten, jetzt sofort. Die Blicke der fremden Männer krabbelten wie Ameisen über ihre Haut. Doch sie sagte nichts, griff nur nach dem Stück Ziegenfleisch, das Arpad ihr reichte. Dazu gab es scharf gewürzten Linsenbrei, den sie mit den Fingern aus einer Schüssel aß. Tatsächlich ließen die Wärme und das Essen sie schläfrig werden.
Vater berichtete Hasan von dem geplanten Feldzug des ungarischen Königs Mathias Corvinus gegen den Sultan, und Ildiko beobachtete den Turkmenenherrscher, der sich mit verschränkten Armen zurücklehnte. Seiner wettergegerbten Miene konnte sie nicht ablesen, was er dachte, doch der hängende Schnurrbart ließ seine Mundwinkel mürrisch erscheinen. Ein, zwei Mal stellte er knappe Nachfragen zu Vaters Bericht. Zwei Diener, die ihm Wasser brachten, scheuchte er mit einem scharfen Zungenschnalzen weg. Die Männer, die hinter ihm saßen, schwitzten und schwiegen. Und auch den Wachposten machte die Wärme sichtlich zu schaffen, während sie Gábors Gesten mit misstrauischen Blicken folgten.
»Bei Allah, ich traue dem verweichlichten König der Ungarn zwar nicht viel zu, doch ich freue mich, dass es dem Sultan an seinen bestickten Kragen geht«, rief Hasan aus, nachdem Gábor seinen Bericht beendet hatte. Er warf seinen Männern einen auffordernden Blick zu, und die Aq Qoyunlu grölten und reckten ihre Streitkolben in die Luft. »Während sie gegeneinander kämpfen, wird Mehmed die Finger von meinen Grenzen lassen, und ich werde die weißen Hammel ausschicken, um seine Reitertruppen zu piesacken.«
»Die Christen könnten deine Unterstützung gut gebrauchen«, erwiderte Gábor.
»Die Christen schreien jedes Mal um Hilfe, wenn sie vor den Osmanen davonrennen wie Kaninchen.« Hasan grinste das erste Mal, seit er am Feuer saß. Es sah falsch aus. »Im Sommer erst haben mich die Venezianer in Tabriz aufgesucht und um Unterstützung gebettelt, weil sie Angst um ihre Handelswege haben.«

»Und wirst du sie ihnen gewähren?«
»*Shayad* – vielleicht.« Hasan wiegte den Kopf. »Sie haben mir dafür eine ihrer Prinzessinnen angeboten.«
Obwohl Ildiko dagegen ankämpfte, nickte sie ein. Erst als Arpad sie an der Schulter rüttelte, fuhr sie in die Höhe.
»Dein Sohn also.« Hasan starrte sie an. Das Feuer brannte inzwischen nur noch halb so hoch, es musste einige Zeit vergangen sein. »Ich habe schon von ihm gehört.«
»Was meinst du damit?«, fragte ihr Vater wachsam.
»*Inschallah,* mir geht so einiges im Kopf herum«, erwiderte Hasan. »Zum Beispiel, warum du ihn mir nie vorgestellt hast.«
Ildiko richtete sich auf. Warum war die Stimmung umgeschlagen? Was hatte sie verpasst?
»Du traust mir nicht.« Hasan lächelte Gábor zu, doch das Lächeln spiegelte sich nicht in seinen Augen wider.
»Ich vertraue dir mit meinem Leben, Herrscher der Ebenen«, sagte Vater ruhig. »Ich teile dein Brot und dein Feuer, ich durchquere dein weites Reich, um dir jede Neuigkeit zu bringen. Und deshalb frage ich mich, was dein Missfallen erregt haben könnte.«
»Nun …« Der Turkmene hob seine Hand, um das Gespräch zu unterbrechen. Er lehnte sich zurück, und einer seiner Männer flüsterte ihm etwas ins Ohr. Hasan richtete sich auf, und plötzlich blitzte etwas Neues in seinen Augen auf.
»Ein weiterer Gast ist eingetroffen«, sagte er. »Er wird es dir erklären können.«
Er stand auf, und seine Berater sprangen ebenfalls eilig auf die Füße. Die Wachposten griffen zu ihren Waffen.
Ildiko sog scharf die Luft ein, und dann roch sie es.
»*Farkasember!*«, rief sie auf Ungarisch und sprang auf. *Werwolf.* Vater und Arpad fuhren in die Höhe.
»Was immer der Junge gesagt hat, bleibt, wo ihr seid«, rief Hasan. Er hielt die Hände abwehrbereit vor seinem Gesicht ausgestreckt. »Und haltet eure Hände unten, Zauberer!«
Zauberer? Ildiko riss die Augen auf. Arpad begann leise zu knurren.

»Ja, Zauberer sind sie gewiss.« Ein Mann trat hinter der Abschirmung hervor. Wachposten und Berater machten ihm bereitwillig Platz.

Er war anders gekleidet als sie, trug keine Fellmütze, sondern eine schwarze Kapuze. Der Dunst seines Wolfs umwehte ihn wie eine dunkle Wolke. Mit finsteren Augen musterte er das Rudel. »Und du tust recht daran, sie zu fürchten, Hasan.«

»Wer bist du, dass du so etwas behauptest?«, fragte Vater so ruhig, als drohte ihnen keine Gefahr.

»Du stellst hier nicht die Fragen, Gábor«, brüllte Hasan. Während die Berater zurückgewichen waren, umringten nun Wachposten mit gezückten Klingen ihren Herrscher. »Es spielt keine Rolle, wer er ist. Du bist der Bruder des Sultans. Du bist sein Spion, du hast mich betrogen! Und ein Zauberer bist du zugleich, ein Zauberer, der mich mit seinen Worten eingeschläfert hat.«

»Und du glaubst diesem Fremden mehr als mir?«

»Ja, das tue ich.« Hasan verschränkte die Arme. »Oder willst du leugnen, dass Sultan Mehmed dein Bruder ist?«

Für einen Moment war es still. Dann seufzte Gábor. »Nein.«

Arpad ächzte. »Seine Wahrheitsliebe bringt uns noch ins Grab«, murmelte er und packte Ildiko am Arm. Unauffällig zog er sie einen Schritt zurück, auf die Schatten der Felsblöcke zu. Doch nicht unauffällig genug.

»Bleibt stehen!«, bellte der Fremde, und sein Blick richtete sich direkt auf Ildiko. Unter seinem Bart war er hellhäutiger als die Aq Qoyunlu, doch seine Augen blitzten dunkel. »Wir haben eine Vereinbarung, Hasan. Du tötest den Spion, und ich erhalte seinen Sohn. Er …«

Er stockte, und mit einem Sprung war er bei Ildiko. Arpad griff nach seinem Säbel, und Ildiko fauchte den Mann angriffsbereit an.

»*Állva marad!*« Vaters Stimme schnitt hell durch die Nacht. Sein Ruf galt nicht dem Fremden, sondern dem Rudel. *Greift ihn nicht an!*

Im nächsten Moment hatte der Fremde Ildikos Turban gepackt und riss das Tuch von ihrem Kopf.
»Du bist eine Frau!« Ungläubig starrte er sie an. Ein Raunen ging durch die Reihen der Aq Qoyunlu. Hasan reckte den Kopf, um besser sehen zu können. Die Locken flossen über Ildikos Schultern, und sie schüttelte unwillig den Kopf, um sie aus der Stirn zu halten.
»Was willst du von mir?«, zischte sie den Fremden an. Sie sprach ungarisch, und im gleichen Augenblick merkte sie, dass er sie nicht verstand. Immer noch starrte er sie an, als wäre sie eine Erscheinung.
»Ich bin kein Spion. Ich arbeite für dich, Hasan, und Gott ist mein Zeuge, dass niemand meinen Halbbruder mehr verabscheut als ich.« Vater sprach sanft, doch Ildiko hörte seinen Zorn dahinter. »Meine Tochter kam, um mir zu berichten, dass Feinde meine Familie angegriffen haben. Feinde, zu denen wohl auch dieser Mann hier gehört. Wenn du ihm mehr vertraust als mir, dann wirst du dein Volk ins Unglück stürzen.«
»Ich glaube dir nicht!« Aus Hasans Augen sprühte Hass, und Ildiko roch, wie er schwitzte. Es war Angst, jetzt erkannte sie es. »Du hast mich angelogen, und wer weiß, ob auch nur ein Wort deines Berichts über die Ungarn der Wahrheit entspricht. Dass sich dein Sohn als Frau entpuppt, ist nur ein weiterer Beweis deiner Hinterhältigkeit.«
»Hör mir zu.« Ihr Vater hob die Hände. Er nahm sie jedoch sogleich wieder herunter, als Hasans Männer Streitkolben und Säbel hoben, als erwarteten sie einen Zauberspruch. »Du hast Hunderte tapfere Kämpfer, und wir sind nur drei Männer und ein Mädchen, die sich freiwillig in deine Hände begeben haben. Welche Gefahr droht dir also? Wir werden dir zuhören, und du wirst mich reden lassen.«
Bei allen Wölfen, er konnte doch nicht glauben, dass er hier mit Vernunft weiterkam! Ildiko ballte die Fäuste.
»Lass nicht zu, dass er dich erneut verzaubert, Herrscher der Ebenen«, rief der Fremde. »Ich habe dich gewarnt, dass er es

versuchen wird. Töte ihn und die anderen Zauberer, aber verschone die Tochter!«
Dieser räudige Hund! Ildiko wollte den Dolch aus seinem Gürtel reißen und ihn ihm in die niederträchtige Miene rammen. Sie setzte zum Sprung an. Im gleichen Augenblick brüllte Hasan: »Packt sie!«
Die Turkmenen stürmten vorwärts, die Werwölfe zogen ihre Waffen. Männer schrien, Streitkolben wirbelten.
Die Zeit zerschmolz in einem rot glühenden Kessel aus Wut, und Ildiko verwandelte sich noch im Sprung. Ihre Zähne brachen aus ihrem Kiefer hervor, lang und spitz und härter als Stahl. Ihr Schwung warf den Fremden von den Beinen, ihr Maul fand seine Kehle. Sie schmeckte Metall, die dünnen Glieder einer Halskette, die sich in ihren Zähnen verfangen hatte. Sie spuckte sie ungeduldig aus, ihr Speichel benetzte den Mann unter ihr.
Der Fremde krallte sich in ihr Fell, versuchte, sie von sich herunterzuwerfen. Er keuchte etwas in einer Sprache, die sie nicht verstand. Er war stark, doch sie war wendiger, und sie ließ ihn nicht auf die Beine kommen. Sie witterte seine Todesangst, was ihren Zorn nur noch verstärkte. Fell spross in Büscheln auf seinen Wangen. Er war stark, aber nicht stark genug.
Und doch hielt sie inne. Um sie herum vereinten sich die Schreie zu panischem Gebrüll. Hände ließen Streitkolben fallen, Stiefel wichen zurück, Augen und Münder erstarrten in weit aufgerissenem Grauen. Noch nie hatte sie sich in Gegenwart fremder Menschen verwandelt, und ihre Angst und Abscheu brandeten wie eine mächtige Gischt gegen sie.
Der Fremde zögerte nicht. Er wand sich unter ihr hindurch, duckte seinen Hals von ihr weg und warf sich herum. Ein stechender Schmerz durchfuhr ihre Seite, eiskalt und heiß zugleich.
»Ildiko«, rief ihr Vater und war neben ihr, und während sie aufjaulte, nagelte sein Schwert den Fremden auf den Boden.
»Lauf!«, rief er. »Bring dich in Sicherheit!«

Sie sah, wie er dem Fremden die Kette vom Hals riss. Und dann schoss er wieder in die Höhe, seine Augen schwarz von der Wut seines Wolfs, und sie erblickte die anderen hinter ihm. Senando stach mit zwei Dolchen nach den Turkmenen, die ihn umringten. Er überragte die meisten der Angreifer um Haupteslänge, doch er blutete bereits aus vielen Wunden. Arpad kniete, sein Rücken bog sich durch und er brüllte, während er sich in einen Wolf verwandelte.

»Lauf!«, schrie Vater erneut, doch sie hörte nicht auf ihn. Wo sollte sie auch hin? Es waren Hunderte Männer, die hier lagerten! Sie sprang auf den nächsten Angreifer zu. Voller Angst schrie er auf. Ihre Zähne bohrten sich in seine Kehle, und sie warf ihn zu Boden, drückte ihn mit ihrem Körpergewicht ins Gras, während sie seinen Hals aufriss. Sein Blut sprudelte empor und tränkte ihr Fell, seine Hände zuckten ein letztes Mal, während seine Augen brachen.

Wenn du einen Menschen beißt, muss der Biss tödlich sein. Die Lektion ihres Vaters durchzuckte sie mit furchtbarer Klarheit. Doch ihre Wut wischte jeden Skrupel beiseite. Schon packte sie den nächsten, brachte ihn zu Fall und verbiss sich in seinem Nacken. Und dann sah sie Uzun Hasan. Er stand so regungslos vor seinem Zelt, dass sein weißer Umhang mit dem flatternden Tuch verschmolz, und starrte sie an. Angst las sie in seinem Blick, und namenloses Grauen. Er wich einen Schritt zurück, zugleich rief er seinen Leibwachen etwas zu. Mehrere von ihnen hoben Langbögen.

Sofort duckte sie sich und sprang zur Seite. Zischend bohrten sich die Pfeile in den Erdboden.

»Auf die Felsen!«, rief jemand hinter ihr. Es war Senando. Taumelnd kam er neben ihr zum Stehen, und sie roch sein Blut, das viel zu schnell aus ihm herausströmte. »Du musst in die Berge hinauf, Mädchen«, murmelte er. »Bring dich in Sicherheit, rette dein Rudel.«

Ungläubig sah sie zu ihm auf. Er war so schwach, jeder Herzschlag ließ ihn mehr Blut und Kraft verlieren. Doch seine Au-

gen glänzten, als er seine Dolche hob. Und dann stieß er einen Schrei aus, tief und volltönend wie ein Wutgesang, und stürmte vorwärts.
»Nein«, wollte sie rufen, doch nur ein schrilles Jaulen kam aus ihrem Maul. Sie wollte ihm hinterherspringen, wollte ihn aufhalten, als jemand sie am Rückenfell packte. Ein kohlschwarzer Wolf, dunkler und größer als sie. Ihr Vater. Er schüttelte den Kopf, seine Zähne schmerzhaft in ihrem Fell vergraben. Er wusste es, er wusste, dass Senando sich für sie opferte, und er ließ es zu!
Doch sie entkam seinem Griff nicht, und auch Arpad war plötzlich da, ein roter Wolf. Er drängte sie zurück.
Weiter vorne ging Senando in die Knie, von drei Pfeilen in die Brust getroffen. Schon legten die Bogenschützen neu an.
Bring dich in Sicherheit, rette dein Rudel. Ildikos Herz wollte bersten vor Trauer und Wut. Sie fuhr herum, wandte dem Toten den Rücken zu und preschte an ihrem Vater vorbei in den Schatten der Felsblöcke. Der Stein war kalt und die Wände schroff, schier unüberwindbar. Doch sie hatte keinen Moment, um zu zögern. Es war ein mannshoher Sprung. Ihre Krallen schabten über den Fels, fast rutschte sie ab, doch dann war sie oben. Ohne innezuhalten, sprang sie über die nächste steile Felszacke, am Abgrund vorbei, auf die glühenden Sterne zu. Sie musste sich nicht umdrehen, um zu wissen, dass die beiden anderen Wölfe ihr folgten.

6. KAPITEL

Sevilla, zur gleichen Zeit

Don Ricardo Martinez de Valencia, Ritter und Kreuzfahrer im Dienste Ihrer Majestät, bemühte sich, seine Ungeduld im Zaum zu halten. Königin Isabel schien seine Unruhe zu spüren, denn ihre grünen Augen verharrten einen Augenblick auf ihm, während der Dominikanerprior Torquemada seine flammende Rede zu einem weiteren Höhepunkt führte.

»Die neuerliche Dreistigkeit der Mauren, unseren Herrn Jesus zu beleidigen und seine Kirchen zu schänden, lässt nur einen Schluss zu: Wir müssen unsere Schwerter erheben, um ihnen endlich den Weg in die Hölle zu weisen. Denkt an die Neuigkeiten aus Ungarn. Selbst König Mathias scheut den Kampf gegen die Ungläubigen nicht. Während er gegen die Osmanen marschiert, werfen wir die Mauren aus unserem Land, dies sage ich als Christ, der die Heiden nicht länger dulden kann.« Der Mönch riss die mageren Arme in die Höhe, als könnte er damit selbst den entscheidenden Schwertstreich führen.

Que necio – dieser voreilige Narr. Ricardo knirschte mit den Zähnen. Sein Wolf wollte aufspringen und dem Mönch an die Kehle fahren, um seinen inhaltsleeren Worten ein Ende zu bereiten. Doch die Königin kam ihm zuvor.

»Ich danke Euch, Prior«, sagte sie sanft und lächelte ihn an. Ihre roten Locken leuchteten im Schein der Kerzen, und das Licht spiegelte sich auch in den goldenen Gestirnen wider, die die Holzkuppel des Sala de los Embajadores über ihr schmückten. »Doch jetzt ist es Zeit, auch den anderen *Señores* eine Stimme zu geben. Eine Entscheidung über Krieg oder Frieden sollte wohldurchdacht sein.«

Ricardo vermochte ein Grinsen kaum zu unterdrücken. Es war nicht zu glauben, dass Isabel erst seit einem Jahr über Kastilien herrschte. Mit ihrem Lächeln brachte die Fünfundzwanzigjährige sogar einen Mönch zum Erröten.

»Don Martinez«, sie wandte sich Ricardo zu, als hätte sie seine Gedanken gespürt, beugte sich gar von ihrem erhöhten Stuhl ein Stück zu ihm hinunter. »Ihr seid so still. Wollt Ihr mir Eure Meinung zu Prior Torquemadas Vorschlag sagen?«

Er richtete sich in seinem Stuhl auf und blendete alle anderen Anwesenden aus. Nur ihr, der Frau, der er zur Macht verholfen hatte, galt seine Aufmerksamkeit. Sie wusste, wer er war, nein, *was* er war, denn sein Rudel diente ihr, seit sie ihrem verstorbenen Bruder auf den Thron gefolgt war.

»Majestät, Ihr wisst, dass ich einem Kampf niemals abgeneigt bin«, sagte er. Sie nickte. Auch die anderen Würdenträger im Raum brummten zustimmend. Keiner konnte leugnen, dass allein Ricardos Männer seit Monaten dafür sorgten, dass sich die Mauren nicht in Sicherheit wiegen konnten. »Doch ich kann dem Prior nicht zustimmen.« Er ließ seine Stimme schärfer werden. »Dass die Mauren die Tributzahlungen verweigern, ist nichts Neues. In wenigen Wochen werden sie wieder einlenken, denn sie fürchten einen Krieg mit uns zu Recht. Doch es ist zu früh dafür, und das sage ich als Kriegsherr und als Christ.« Er ignorierte Torquemadas wütenden Blick und sah Isabel direkt in die Augen. »Eure Nichte plant, Euch den Thron zu entreißen, Majestät, und in Frankreich scharen sich die Abtrünnigen. Eure Soldaten können nicht an drei Fronten kämpfen. Überlasst es meinen Männern«, *meinen Wölfen,* sagte sein beschwörender Blick, »die Mauren mit kleineren Scharmützeln weiterhin ihre Unfähigkeit spüren zu lassen.«

Oh, und nicht zu vergessen, wie sehr er sich selbst an diesen Kämpfen erfreute. Er gestattete sich ein Lächeln. Ein paar Schwerter, ein brennendes Dorf hier und da, und die Heiden liefen wie Schafe in die Arme seines Rudels. Dass er diese Kämpfe brauchte, um sein Rudel im Zaum zu halten, sagte er der Königin ebenfalls nicht. Sie musste nichts wissen von den Konflikten unter seinen Männern, und auch nichts von den Morden, die sein Rudel dieser Tage erschütterten.

»Wartet ein paar Wochen«, fuhr er fort. »Dann werden die Mauren kommen und wieder verhandeln wollen. Und Ihr könnt die gewonnene Zeit nutzen, Eure Verbündeten in Aragon und Frankreich an Eure Seite zu holen. Zuerst bekämpft Eure Nichte, dann die Mauren, das ist mein Vorschlag.«

Alle blickten zu Isabel. Die Entscheidung über das weitere Vorgehen lag bei ihr. Nachdenklich schürzte sie die Lippen.

In diesem Augenblick huschte einer der in Königsblau gekleideten Diener herein und beugte sich zu Ricardos Ohr. Ungehalten starrte Ricardo ihn an.

»Pedro García Diaz wartet im Patio de las Doncellas auf Euch«, flüsterte der Diener. Ricardo konnte seine Angst riechen, alle Bediensteten fürchteten seinen Jähzorn. »Er sagt, es sei dringend. Er sagte«, die Stimme wurde noch einen Deut leiser und drängender, *»Marco ha sido asesinado.«*

»Was?« Ricardo sprang auf.

Alle sahen ihn an, die Königin runzelte die Stirn. Er schluckte das Knurren hinunter, das gegen seine Kehle pochte. »Eure Majestät, entschuldigt Ihr mich?«, stieß er unter einer raschen Verbeugung hervor. »*La familia* ruft nach mir.«

Sie wusste, dass seine einzige Familie das Wolfsrudel war, und er sah die Besorgnis in ihrem Gesicht. Es war nicht mehr als ein Blinzeln, ein Zucken in ihrem Mundwinkel. Dann nickte sie huldvoll als Zeichen, dass er gehen konnte.

Ohne sich noch einmal umzudrehen, stürmte er nach draußen. Zwei Wachen sprangen ihm aus dem Weg, als er zwischen den Säulen hindurcheilte.

Der Patio war nur wenige Schritte entfernt. Der Wind strich über die Fackeln und ließ ihren Lichtschein über die Arkadengänge flackern, die den Innenhof von allen Seiten säumten. Die verwinkelten Konturen der Stuckarbeiten zuckten in diesem Schattenspiel wie mürrische Gesichter.

Pedro lehnte im Halbdunkel an einer der zierlichen Doppelsäulen. Den Mantel aus schwarzem Tuch hatte er geckenhaft über die Schulter geschlungen, seine Augen waren halb geschlossen. Doch nur ein Mensch konnte glauben, er wäre entspannt. Ricardos Geruchssinn sagte etwas anderes.

»Marco ist tot?« Er war neben ihm, ehe der junge Mann sich umdrehen konnte. Pedro schrak zusammen, seine Augen flackerten vor Sorge. Und da war noch etwas, die Wut seines Wolfs darüber, dass er sich überrumpeln hatte lassen. Doch Ricardo war der Älteste des Rudels, und selbst Pedro, der sein Stellvertreter war, konnte seinem Blick nicht standhalten.

»Sie fanden ihn im Hafenviertel, nach der Abendglocke«, sagte Pedro leise. »Angeblich war er bei einer Dirne. Es heißt, er hätte sie misshandelt, und ihr Bruder habe ihn daraufhin niedergestochen. Doch weder die Dirne noch ihr Bruder waren dort. Und der Dolch …«, er stockte. »Er riecht nach Wolf.«

Erneut. Ricardo fletschte die Zähne. Der dritte Mord an einem seiner Männer innerhalb weniger Wochen. Und wieder der Geruch eines fremden Wolfs. Wenn die Mauren nicht ihre eigenen Werwölfe hatten, konnte nur ein anderes Rudel des Wolfsbundes dahinterstecken. Doch wer? Der Kampf gegen die Ungläubigen einte den Bund seit Jahrhunderten, und jeder der fünf Ältesten Europas hatte den anderen bei seiner Ernennung lebenslangen Frieden geschworen. Zum Teufel, er hatte die anderen vier immer für aufrechte Ritter gehalten, Männer wie ihn, die sich trotz mancher Unstimmigkeit gemeinsam einem guten Kampf verpflichtet fühlten.

»Ist Marcos Leiche noch dort?«

Pedro nickte. »Ich habe ihn von meinen Männern abschirmen lassen, aber …«

Ricardo ließ ihn nicht weiterreden. »Bring mich dorthin.«

Sie verließen die Alcázar, wie der Palast der Königin genannt wurde, durch das Löwen-Tor und wandten sich sofort nach links, in Richtung des Flusses. Die Gassen waren dunkel, doch Ricardos Augen gewöhnten sich mühelos an die fahlen Schatten, die der Mond über die Mauern und Pflastersteine warf.

Er kannte den Weg im Schlaf, hatte dort am Hafen doch lange Zeit sein Schiff geankert, die tapfere Maria de Marimar, mit der er so viele Kämpfe um Gibraltar geschlagen hatte. Vor sieben Jahren war sie leckgeschlagen, und er war nie mehr hinausgefahren aufs offene Meer.

»Hast du das Rudel bereits verständigt?«, fragte er Pedro, der neben ihm eilte.

»Nein.« Pedro sah ihn nicht an. »Zuerst kam ich zu dir. Der Geruch des fremden Wolfs sollte nicht verunreinigt werden, bevor du selbst seine Spur aufnehmen kannst.«

Ricardo nickte nur und beschleunigte seinen Schritt.

Je weiter sie gingen, desto weniger Menschen begegneten sie. Die Nachtglocke und der Regen hatten sie in ihre Häuser getrieben. Der Geruch des Flusses stieg Ricardo in die Nase, feucht und faulig. Er war nur noch zwei Hauswände entfernt. Endlich blieb Pedro stehen. Zwei Männer lösten sich aus dem Schatten einer Mauer. Menschliche Wachen, Bedienstete aus Pedros Haushalt.

»Dort.« Pedro deutete in eine der schmutzigen Gassen hinein. »Im letzten Innenhof auf der rechten Seite.«

Ricardo stürmte die Gasse hinunter. Er roch die Spuren, die Marco hinterlassen hatte. Er war einer der letzten alten Kampfgefährten gewesen, der nicht den maurischen Galeeren vor Gibraltar zum Opfer gefallen war. Zischend stieß Ricardo die Luft aus. Nun war er selbst tatsächlich der Letzte aus jener vergangenen Zeit.

»Dort hinein.« Pedro war dicht hinter ihm. Zu dicht für seinen Geschmack. Ricardos Wolf stellte die Nackenhaare auf. Er trat drei große Schritte nach rechts, in den Hof hinein. Hier war es dunkel und ruhig. Putz blätterte von den schäbigen Mauern ab, die Türen waren verschlossen. Und dort, verkrümmt vom Todeskampf, lag Marco in seinem Blut.

Mit zwei Sätzen war Ricardo heran und beugte sich über ihn. Marcos Augen waren geschlossen, seine Wangen bleich. Ricardo witterte seine Angst, seinen Zorn, und er roch noch etwas anderes. *Fremde.* Mit einem wütenden Jaulen drängte sein Wolf nach vorne. Er atmete tief durch, um seine Gedanken zu klären. Der Geruch war so frisch, als hätten die fremden Wölfe den Mord soeben erst verübt. *Als wären sie noch hier.*

Eine Tür ging auf. Drei Männer kamen heraus. Ricardo sprang auf die Beine, als ein Schlag ihn von hinten traf. Er landete auf den Knien.

»Du?«, brüllte er ungläubig.

Pedro trat neben ihn. Er hatte seinen Dolch gezogen. »Bleib unten«, zischte er. »Und knie vor mir.« Seine Augen funkelten vor Hass.

Und doch, als Ricardo versuchte, sich aufzurichten, wich er einen Schritt zurück. Pedro konnte einem Ältesten keine Befehle erteilen, niemand konnte das!

»Ist er das?«, fragte einer der Männer mit schwerem Akzent. Die drei Fremden umringten Ricardo. Sie trugen schwere Waffen, Schwerter und Streitkolben, die Tötungswerkzeuge von Soldaten. Ricardo kniff die Augen zusammen. Sein Herz schlug wie ein Schmiedehammer, sein Wolf drängte ihn, sich zu verwandeln. Doch er bekämpfte seinen tierischen Instinkt.

»Weicht zurück!«, bellte er und richtete sich auf. Sie waren keine Rudelführer, und als Ältester war er der Dominanteste unter ihnen. Sie würden seinem Befehl folgen müssen, ihre Wölfe würden ihnen keine andere Wahl lassen.

Doch sie gehorchten ihm nicht. Im Gegenteil, einer von ihnen trat ihm mit dem Stiefel in den Rücken, so dass er nach vorne auf die Hände fiel. *¡Rayos!* Wie konnte das sein? Zum ersten Mal seit langer Zeit verspürte er Angst.

»Wer seid ihr?« Er fletschte die Zähne. Sie antworteten nicht auf seine Frage, standen nur da und starrten ihn an.

»Warum?« Er drehte sich auf den Knien zu Pedro um. Dieser räudige Hund war ihm immer noch unterlegen! »Warum hast du dich mit ihnen eingelassen?«

»Weil du es niemals getan hättest.« Pedro senkte notgedrungen den Blick vor der Wut des Ältesten, ballte dabei jedoch die

Faust. »Du weißt nicht, was in der Welt vor sich geht. *Wir dienen allein der Königin,* pah. Du bist alt und zögerlich geworden, sprichst nur von vergangenen Kriegen und willst keine neuen mehr ausfechten.«

»Und das ist dein Krieg?« Ricardo wollte sich erneut aufrichten, doch einer der Fremden schlug ihm mit einem Streitkolben in die Seite. Schmerz loderte wie Feuer in seinen Rippen auf. Keuchend duckte er sich, schob seine Hand unter seinen Mantel und tastete nach seinem Dolch. Keine Waffen in der Nähe der Königin, daran hatte er sich noch nie gehalten. »Vier gegen einen?« Er spuckte aus.

»Es geht nicht um uns.« Pedro trat einen Schritt zurück. »Es wird einen neuen Krieg geben, in dem Christen, Moslems und auch Königinnen keine Rolle mehr spielen werden. Doch du wirst ihn nicht erleben.«

Ricardo zog den Kopf ein, sammelte die Kraft in seinem Inneren. *Sei bei mir,* rief er seinen Wolf, und das Tier kam hervor. Seine Finger krallten sich fest um den Dolch, als er die Rückenmuskeln anspannte.

Er schnellte in die Höhe, wirbelte herum.

»Er hat einen Dolch!«, schrie Pedro, dann gurgelte er nur noch unverständlich. Ricardo hatte ihm die Kehle durchtrennt. Mit einem weiteren Sprung war er beim ersten Fremden, packte ihn am Mantel und stach gleichzeitig zu. Doch der Mann reagierte schnell, riss den Arm in die Höhe und zog die Klinge seines Schwertes über Ricardos Bauch.

»*¡Madre mía!*«, brüllte Ricardo auf, beim nächsten Atemzug schmeckte er Blut. Der Schmerz war erstaunlich leicht zu ertragen, doch seine Knie knickten ein. Er hielt sich an dem Fremden fest, in dessen Brust sein Dolch steckte, packte ihn am Kragen und zog ihn mit sich zu Boden. Der Geruch ihres Blutes hing in der Luft, stark und berauschend.

»Wer seid ihr«, flüsterte er. Doch der Fremde sagte auch im Sterben nichts, seine Augen waren dunkel und trüb wie ein tiefer Brunnen. Und dort, zwischen seiner Kehle und seiner Brust, wo der Mantelkragen aufklaffte und einen Blick auf seine Haut freigab, hing eine silberne Kette. Eine Münze, nein, ein Medaillon baumelte daran. Ein Wolfskopf mit einem Strahlenkranz. Ricardo griff mit letzter Kraft danach. Sein Blick verschwamm, doch er wusste, das Medaillon erinnerte ihn an etwas. Ihm wurde kalt. Er hatte so etwas schon einmal gesehen, nur wo? Und während er noch rätselte, spürte er, wie jemand seinen Nacken umfasste und seinen Kopf anhob. Durch einen Schleier hörte er fremdartige Worte. Ein Dolch presste sich gegen seine Kehle, kühl und scharf an seiner Haut. Und dann spürte er nichts mehr. Er sah nur noch das Licht hinter seinen geschlossenen Lidern und folgte dem letzten Ruf seines Wolfs.

7. KAPITEL

Gebirgssee von Ahlat, Dezember 1475

Ein Stoß ging durch Ildikos Körper, als sie sich zurück in einen Menschen verwandelte. Sie keuchte und fuhr sich über die trockenen Lippen. Sie hatte Durst, und ihre Glieder waren schwer. Vier Tage waren sie als Wölfe unterwegs gewesen. Ihre Hand fuhr an ihre Seite, wo sie immer noch den Dolchstich des Fremden spürte. Die Wunde war nur oberflächlich gewesen und dank ihres Wolfsbluts bereits fast verheilt.

Vater und Arpad krümmten sich noch auf dem Boden, ihre Körper kämpften zwischen den beiden Gestalten. Was Ildiko als geborener Werwölfin schwerfiel, war für sie eine höllische Tortur.

Sie sah sich um. Gitano stand im Eingang der Kirchenruine, sein Gesicht ein dunkler Fleck vor dem ersten Schnee dieses Winters. Für einen Moment war sie enttäuscht, dass es nicht Ilai war, den die Roma zurückgelassen hatten, um auf Senando zu warten. Senando, der nicht mehr kommen würde. Sie biss sich auf die Lippen.

Gitano näherte sich nicht. Neben einem Hund, der sich jaulend bei der Ankunft der Werwölfe verkrochen hatte, war er das einzige Lebewesen in der kleinen Siedlung.

Keine Mutter, die herbeieilte, um das Rudel nach seiner Rückkehr zu begrüßen. Kein Janko, der mit irritierter Miene aus seiner Behausung spähte, die Augen vom vielen Lesen zusammengekniffen.

Sie spürte ihren Bruder immer noch, ein leises Flackern seiner Angst in der Ferne. Wenigstens war er noch am Leben.

Langsam stand sie auf, streckte ihre Arme und Beine. Der Roma wandte den Blick vor ihrer Nacktheit ab und zog sich ins Innere der Ruine zurück. Sie eilte zuerst in ihre eigene Hütte. Immer noch hing der Gestank der Fremden in der Luft. Aus dem Strohhaufen, der einst ihr Bettlager gewesen war, zog sie eine Wolltunika und warf sie sich über. Dann griff sie nach einigen Decken und brachte sie zu den Männern, die nach ihrer Verwandlung mehr frieren würden als sie.
Arpad stöhnte, sein Kopf zuckte hin und her, während die Ohren schrumpften und der Pelz von seiner Stirn verschwand. Die Stimme ihrer Mutter kam ihr in den Sinn. *Die Verwandlung ist ein sehr privater Augenblick. Es gehört sich nicht, uns dabei zuzuschauen.* Sie lächelte unwillkürlich und spürte, wie sich ihre Augen mit Tränen füllten. Rasch blinzelte sie und lief zur Ruine hinüber.
Gitano saß an der Feuerstelle.
»Ist etwas vorgefallen, während ich weg war?«, fragte sie ihn.
Er schüttelte den Kopf. »Nein, Wolfsfrau.« Mit diesem Titel sprachen die Roma sonst nur ihre Mutter an. Sie fröstelte plötzlich. »Nur ich war hier, seit Ilai und Solana fortgeritten sind«, fügte er hinzu. »Sie sind gleich nach dir aufgebrochen.«
Wenn sie richtig gezählt hatte, waren seit dem Überfall neun Tage vergangen. Neun Tage Vorsprung für die Entführer.
Gitano räusperte sich und lenkte damit ihre Aufmerksamkeit wieder auf sich. Und dann stellte er die Frage, die sie gefürchtet hatte.
»Wo ist Senando?«
Sie zögerte. Doch es war gleichgültig, wie sie es ausdrückte, die Tragödie konnte durch schöne Worte nicht gemindert werden.
»Er ist tot.«
Seine Augen weiteten sich, seine Hände ballten sich zu Fäusten.
»Wie …«
»Ich werde dir erzählen, was passiert ist«, sagte ihr Vater plötzlich hinter ihr. Er ignorierte ihren überraschten Blick. Mit einem Ruck zog er die Decke fester um seine Schultern und ließ

sich neben dem Roma auf der Bank nieder, legte ihm eine Hand auf die Schulter.
»Ildiko, schau in der Vorratskammer, ob du noch etwas zu essen findest.« Eindeutig war es sein Ansinnen, dass sie ihn mit dem Roma allein ließ.
Hinter der Schlafkammer ihrer Eltern befand sich der Verschlag, in dem sie ihre Vorräte aufbewahrten. Sie versuchte, Mutters Geruch auszublenden, der hier in jeder Ritze hing. Der Raum war leer geräumt, nur ein paar Kräuter hingen noch an der Decke, und in einer Ecke fand sie ein paar Zwiebeln. Der Boden war übersät von Gitanos Stiefelabdrücken und den Spuren kleiner Krallen, Mäuse und Vögel, die die letzten Körner aufgepickt hatten. Fast wäre sie mit leeren Händen zurückgekehrt, doch auf dem Rückweg hörte sie ein leises Blöken. Hinter dem Acker in einer Felsspalte, verborgen hinter einem Kreuzdornstrauch, fand sie ein halb erfrorenes Ziegenkitz.
Gemeinsam mit Arpad betrat sie gleich darauf die Ruine wieder. »Immerhin haben wir das hier.« Sie wuchtete das magere Tier auf den Tisch, dem sie mit einer raschen Bewegung das Genick gebrochen hatte. Ihr Magen knurrte so laut, dass die Männer sie anstarrten. Selbst Gitano hob den Kopf.
»Das Leben geht weiter.« Arpad zupfte ihr einen Strohhalm von der Tunika, und plötzlich sah Vater traurig aus.
Ildikos Herz zog sich zusammen. Wie konnte sie nur ans Essen denken! Sie hatten Senando nicht einmal beerdigen können, sondern seinen toten Körper wie einen Fremden zwischen den Feinden zurückgelassen.
»Er hat gesagt, ich soll mich in Sicherheit bringen«, stieß sie hervor. »Ich hätte weiterkämpfen sollen, aber stattdessen bin ich wie ein Hase davongerannt.«
»Und wir hinterher.« Arpad legte die Stirn in Falten. »Wir hätten ihn nicht retten können. Er wusste das. Aber wir werden's diesen verfluchten Hunden noch zeigen.«
Sie sah ihren Vater an, und zum ersten Mal erwiderte er ihren Blick. Er nickte. Doch dann verdunkelte sich seine Miene. »Ver-

wandle dich nie wieder vor fremden Menschen in einen Wolf. Nie wieder, hast du verstanden?«

»Ich …«

»Das Volk der Werwölfe hat bis heute überlebt, weil es den Menschen stets seine Existenz verheimlicht hat. Du hast dieses Geheimnis verraten, in der Gegenwart von Hunderten Männern.«

»Hunderten abergläubischen Viehhirten, denen die Welt nicht glaubt«, warf Arpad ein. »Deine Tochter hat uns damit den Arsch gerettet.«

»Ich habe …«, setzte Ildiko zustimmend an, doch eine Handbewegung ihres Vaters schnitt ihr das Wort ab. Sie presste die Lippen zusammen.

»Du sahst keinen anderen Weg, und deshalb werde ich dich nicht bestrafen«, sagte er. »Doch du hast Menschen angegriffen und getötet. Du hättest gleich fliehen sollen, so wie ich es dir befohlen hatte.«

»Um euch zurückzulassen?«, rief sie.

»Um dir nicht solche Schuld aufzuladen.« Auf einmal stand er vor ihr und packte sie am Arm. »Es ist meine Aufgabe, zu töten, um dich zu beschützen, nicht deine.«

Ja, sie hatte getötet. Sie sah die furchtverzerrten Gesichter der Turkmenen vor sich. Die Männer hatten sie für ein Ungeheuer gehalten, eine Bestie mit Zauberkräften, und noch nie zuvor hatte sie den Abgrund, der sie von den Menschen trennte, als so groß empfunden. Sie erinnerte sich an die aufgerissenen Augen der Turkmenen, denen sie an die Kehle gesprungen war, an ihre Blicke im Angesicht des Todes. Die Menschen hatten recht damit, sie zu fürchten. Aber sie konnte ihre Taten nicht bereuen, obwohl ein Teil von ihr wusste, dass sie es sollte. Trotzig reckte sie das Kinn vor.

»Hasan ist schuld, dass wir seine Männer getötet haben. Er hat den Krieg angefangen, er hat sich mit dem Fremden eingelassen.« Arpad sprach ihre Gedanken aus. »Und dann hat der Feigling sich hinter seinen Wachen versteckt. Selbst wenn seine

Leute hinter uns her sind, sie können uns im Gebirge nicht einholen. Über die Grenzen zu den Türken werden sie uns nicht verfolgen. Hasan wird sich seinen Schnurrbart ausreißen, und dann wird er uns vergessen.«

»Unterschätze ihn nicht«, erwiderte Vater und ließ Ildiko los. Sie atmete erleichtert aus.

»Hasan ist neben dem osmanischen Sultan und Abu Said von Persien der mächtigste Mann südlich des Schwarzen Meeres«, fuhr er fort. »Und er ist ein erfahrener Anführer. Er wird uns hassen, weil wir ihn als Unterlegenen hingestellt haben.« Er seufzte. »Wir haben uns einen weiteren, rachsüchtigen Feind geschaffen, dessen Land wir nie wieder betreten können.«

»Und das müssen wir auch nicht!« Ildiko ballte die Fäuste. Warum sollten sie sich über das Vergangene noch länger den Kopf zerbrechen? »Uns hält hier nichts mehr. Wir müssen weiter, den Zeichen folgen, die Ilai am Wegesrand hinterlassen hat.«

»Morgen früh«, sagte ihr Vater. »Heute müssen wir essen und ruhen.«

Welche Verschwendung von Zeit! Sie seufzte. Doch sie wusste, die zwei anderen Werwölfe brauchten zumindest eine Nacht lang ihre menschliche Gestalt, um sich nicht in den Instinkten ihrer Tierkörper zu verlieren. Ihr Wolfsblut war nur ihre zweite Natur, und manchmal sprachen sie auch so – *Mein Wolf sagt mir dies, sagt mir das.* Sie konnte das nicht nachvollziehen. Sie war *eins,* gleichgültig in welcher Gestalt.

Mürrisch half sie Gitano, das Zicklein zu häuten und das Fleisch in Stücke zu schneiden, um es über dem Feuer zu braten. Vater und Arpad durchsuchten die Siedlung. Bald brachte Arpad Kleidung und weitere Decken, denn sie hatten beschlossen, alle in der Ruine zu nächtigen. Vater brachte dagegen Pergament und eine Schreibfeder. *Jankos Besitztümer.* Ildikos Herz schrie auf vor Sorge um ihn.

Schweigend und heißhungrig aßen sie, und im Nu lagen nur noch abgenagte Knochen um das Feuer herum. Einzig Gitano hatte sich zurückgehalten. Ildiko vermied es, in seine traurige Miene zu schauen. Vater wischte sich über den Mund und trug ihr auf, frisches Wasser vom Bach zu holen, damit sie auch ihren Durst löschen konnten.

Es dämmerte bereits. Die Felsen überragten kantig und stumm den Bachlauf, dessen Wasser so kalt war, dass sich ihre Finger blau färbten. Als sie mit zwei vollen Tonkrügen zurückkam, hörte sie die Männer reden.

»Du musst ihr die Wahrheit sagen«, brummte Arpad. Ihr Herz schlug schneller.

»Ich weiß.« Ihr Vater seufzte. »Doch zuerst sollten wir über das hier reden.«

Sie hörte etwas klirren.

»Was ist das?« Arpad klang überrascht. »Wo hast du es her?«

»Vom Hals des Fremden«, sagte Vater.

Ildiko betrat die Hütte und blickte neugierig auf den Tisch. Dort lag eine Münze, silbern glänzte sie im Schein des Feuers. Unwillkürlich zuckte Ildiko zurück. Ein Odem nach Verfall und alten Knochen lag plötzlich in der Luft. Etwas schien zu knurren und nach ihr zu greifen, etwas Uraltes und Dunkles … Sie schnappte nach Luft. Irritiert starrten die Männer sie an.

Der Eindruck verflog, zurück blieb nur ein kaum wahrnehmbarer Geruch, der jedoch auch von dem Herdfeuer stammen konnte. Sie musste wirklich erschöpft sein, wenn ihre Vorstellungskraft ihr schon solche Streiche spielte!

Sie trat näher und betrachtete das Medaillon. Es zeigte einen Wolfskopf mit aufgerissenem Maul. Die Zähne und das Fell waren mit feinen Strichen in das Silber eingraviert. Über seinem Kopf entdeckte sie die Strahlen einer Sonne. Vorsichtig streckte sie die Hand aus. Sie verspürte Widerwillen, das Ding zu berühren, doch mit zusammengebissenen Zähnen überwand sie sich und strich mit den Fingern über das Metall.

»Es sind zwölf Sonnenstrahlen«, murmelte sie. »Elf goldene und ein silberner.«

»Ist es wertvoll?«, fragte Arpad.

Vater zuckte mit den Schultern. »Mich interessiert viel mehr, wofür es steht. Ich habe in den Aufzeichnungen meines Ältesten Viktor schon einmal eine Skizze davon gesehen. Es ist ein uraltes Symbol, aus einer Zeit, als der Wolfsbund noch nicht existierte und die Rudel allein den Gesetzen des Blutes gehorchten. Und es ist ein weiterer Hinweis darauf, dass Pavel hinter dem Komplott gegen meine Familie steckt, denn nur er kennt diese Dokumente so gut wie ich.« Seine Miene wurde dunkel. »Arpad, als deine Männer Viktor damals töteten, habt ihr wirklich alle seine Aufzeichnungen verbrannt?«
Arpad schaute grimmig drein. »Stell keine Frage, auf die du die Antwort schon weißt, Gábor. Wir haben alles vernichtet, so lauteten meine Befehle.«
Die Befehle der Türken, fuhr es Ildiko durch den Kopf. Arpad erzählte nur wenig aus der Zeit, als er noch ein Mensch und Janitschar im Dienste des Sultans gewesen war. Hatte das mit dem Geheimnis zu tun, das ihre Eltern so sorgfältig vor ihr verbargen?
»Wollt ihr mir nicht endlich sagen, was hier los ist?«, rief sie. »Was will der Wolfsbund von uns? Was will er von Janko?«
Arpad nickte und verschränkte die Arme. Sie konnte in seinem Blick lesen, was er dachte. *Sagen wir es ihr endlich.*
Aufregung kroch in ihr empor, als ihr Vater sie musterte. Abwägend und nachdenklich. Sie hielt seinem Blick stand, spürte die dunkle Präsenz seines Wolfs. Er war der Dominanteste des Rudels, doch sie beugte ihren Kopf nicht vor ihm.
»Gitano«, sagte er leise, ohne Ildiko aus den Augen zu lassen. Der Roma zuckte zusammen. »Morgen wirst du dich mit einem Brief für Miklos auf den Weg nach Istanbul machen. Als Dank kannst du dir alles aus unseren Besitztümern nehmen, was du haben willst. Kleidung, Münzen und Waffen, alles, was du noch finden kannst. Geh und suche es dir zusammen, bevor die Nacht hereinbricht.«
Still erhob sich der Roma. In seiner Miene stritten sich Ehrfurcht und Stolz, und er senkte den Kopf vor Gábor, bevor er

nach draußen ging. Endlich begann Vater zu sprechen: »Meine Geschichte ist weder lang noch ruhmreich, Ildiko.« Seine Stimme war zögerlich, als müsste er sich zwingen, seine Gedanken laut auszusprechen. »Ich war neun, als die Türken unser Dorf stürmten und mich und alle anderen Jungen in meinem Alter verschleppten. *Devşirme,* Knabenlese, nannten sie das. Wir mussten unseren Familien entsagen und den muslimischen Glauben annehmen, dann wurden wir bei den Janitscharen zu Soldaten und Attentätern ausgebildet. Dort lernte ich Arpad kennen, ein Fremder wie ich. Wir schlossen Freundschaft.« Er holte tief Atem.
»Als ich dreizehn war, drangen wir im Auftrag der Türken in die belagerte Stadt Semendria ein, im Land der Ungarn, dem auch meine Mutter entstammte. Ich nutzte die Kämpfe zur Flucht. Arpad blieb.« Die beiden Männer wechselten einen Blick.
»Der Werwolf Viktor fand mich einige Wochen später in den Wäldern, verletzt und halb verhungert«, fuhr er schließlich fort. »Er biss mich und machte mich zu seinem Schüler, und ich erzählte ihm im Austausch alles über die Türken. Er war ein Ältester des Wolfsbundes, der sich den Kampf gegen den Sultan auf die Fahnen geschrieben hatte. Jede Information war wertvoll für ihn. Viele Jahre blieb ich bei ihm und seinem Rudel. In seinem Auftrag diente ich der Familie des heutigen ungarischen Königs. Denn der Wolfsbund hat sich gemäß einem uralten Kodex dazu verpflichtet, selbst niemals nach Macht zu streben, sondern seine Dienste stets den mächtigsten Männern Europas zur Verfügung zu stellen. Ein hehres Ziel, wenn sie sich nur daran halten würden.« Er stockte. Für einen Augenblick blieb es still, nur das Feuer knisterte in der Herdstelle. Ildiko hielt den Atem an. Seine Stimme war noch leiser geworden, und sie ahnte, dass er nun das aussprechen würde, worauf es ihm wirklich ankam.
»Und dann stellte Viktor mir eine nahezu unlösbare Aufgabe. Die Erfüllung einer uralten Prophezeiung.«
»Welche Prophezeiung?«, flüsterte sie.

»Die Weissagung der heiligen Agnes. Sie jährte sich damals zum fünfhundertsten Mal. Als die Türken uns bei einer der schlimmsten Schlachten unserer Zeit besiegten, entschied Viktor, dass die Prophezeiung unsere letzte und stärkste Waffe war.«

Eine Waffe? Bei allen Wölfen! Ildiko presste die Hände zusammen.

»Agnes war eine menschliche Nonne«, fuhr ihr Vater fort, »die die Gottesgabe der Hellsichtigkeit besaß. Zwei Mitglieder des Wolfsbundes begegneten ihr in den Bergen und wurden Zeugen, als sie auf ihrem Sterbebett die Zukunft vorhersah. Auch wenn die Aufzeichnungen von damals mittlerweile zerstört wurden, hält der Wolfsbund diese Prophezeiung seither in Ehren und wartet auf ihre Erfüllung.«

Ildiko konnte ihre Anspannung nicht länger unterdrücken. »Und wie lautet die Prophezeiung?«

Vater holte tief Luft und sah ihr direkt in die Augen.

»Die Jungfrau wird von hoher Geburt sein.
Am roten Mal werdet Ihr sie erkennen.
Ihr Wesen wird von zweigestaltigem Blut sein,
mit einem Willen, der selbst den Ältesten widersteht.«

Die Worte verhallten in Schweigen, und Ildiko war ratlos. »Was bedeutet das?«

»Diese Worte sprechen von deiner Mutter«, sagte er. »Sie war die prophezeite Jungfrau, die erste und einzige Frau, die jemals den Wolfsbiss überlebte. Hast du dich nie gefragt, warum sie die einzige Werwölfin außer dir ist?«

»Nein.« Ildiko schüttelte beklommen den Kopf. Aber das stimmte nicht ganz. Sie hatte doch gewusst, dass es außer Janko und ihr keine anderen geborenen Wölfe gab! Und die Erklärung lag auf der Hand – es gab nur eine Werwölfin, die zur Mutter werden konnte.

Im Geiste sah sie sie so deutlich vor sich, als würde sie unter ihnen sitzen. Ihr blondes Haar, ihre helle Haut. Und das rote Mal, das Feuermal, das ihre Schulter verunstaltete.

»Mutter«, flüsterte sie. »Es geht also um sie?«
Ihr Vater schüttelte den Kopf. »Viktors Auftrag an mich war, diese Frau zu finden«, erwiderte er. »Ich habe viele Jahre gesucht, und einige Frauen mussten dabei ihr Leben lassen. Doch Veronika …«, er blickte in die Ferne. Selten hatte Ildiko seine Miene so weich gesehen. »Ich stieß nur durch Zufall auf sie. Nicht ich habe sie gebissen, sondern Miklos. Doch das ist eine andere Geschichte. Ich entriss sie ihrer adeligen Familie, und zuerst hasste sie mich. Doch irgendwann akzeptierte sie ihre Wolfsnatur, und ich nahm sie als meine Schülerin auf. Dann berichtete ich ihr von der Prophezeiung und was sie für sie bedeutete.« Er blickte ins Feuer und sah plötzlich traurig aus. Die Zeit schien stillzustehen, während er den zweiten Teil der uralten Prophezeiung flüsterte.

»Nur königliches Blut darf ihren unberührten Leib besäen.
Dann wird sie ein Kind mit zwei Seelen gebären,
ein Kind, das allein die Welt aus der Verdammnis retten kann.«

Ildiko versuchte, ihre Gedanken zu klären. Vaters Worte, nein, die Worte der Prophezeiung, dröhnten in ihrem Kopf. Es ging gar nicht um die Frau in der Prophezeiung, nicht um ihre Mutter, sondern um ein Kind. Ihr Herz wurde schwer und gleichzeitig ganz leicht. Sie zögerte einen Augenblick, doch dann flüsterte sie: »Janko. Er ist der Prophezeite.«
Ihr Vater nickte.
Ihr stiller, gottesgläubiger Bruder, den sie als Kind so oft zum Weinen gebracht hatte. Sie konnte es nicht begreifen.
»Aber das königliche Blut?«, fragte sie. »Du bist kein König!«
Er nickte, als hätte er diese Frage erwartet.
»Der Wolfsbund wollte deine Mutter, wie es die Prophezeiung vorschrieb, mit einem König vereinen«, begann er.
»Pah«, unterbrach ihn Arpad. »Pavel und Viktor hätten sie am liebsten an den Meistbietenden verkauft! Dein Vater diente damals im Auftrag des Wolfsbundes Mathias Corvinus, dem er gerade auf den ungarischen Thron verholfen hatte. Deshalb bestimmte der Bund, dass Veronika in Mathias' Bett gehörte.«

Vater nickte, und plötzlich meinte sie Wehmut in seinem Blick lesen zu können. »Mathias war damals schon selbstloser und umsichtiger, als ältere Könige es jemals zu sein vermochten«, sagte er leise. »Er erklärte sich bereit, Veronika zu seiner Geliebten zu nehmen.«

»Bei einer solch schönen Frau war das mehr als selbstlos«, warf Arpad spöttisch ein. »Zu dieser Zeit kam ich ins Spiel«, fuhr er fort. »Die Türken hatten mich geschickt, Gábor zu töten. Er wusste damals noch nicht, dass er ein Bastard des Sultans Murad ist.«

Ildiko runzelte die Stirn. Sie hatte es noch nie erlebt, dass Vater über etwas nicht genau informiert war.

Doch Gábor nickte und ergriff wieder das Wort: »Der Sultan befand sich während meiner Kindheit in Thronkämpfen, und sein Bruder ließ mehrere seiner unehelichen Kinder vergiften. Deshalb hat er meine Existenz geheim gehalten.«

»Er wollte seinen Bastard allerdings nicht als Christ aufwachsen sehen«, fügte Arpad hinzu. »Deshalb hat er die *Devşirme* in sein Dorf geschickt. Keiner hat wohl damit gerechnet, dass Gábor lieber die Flucht ergreift, als zu einem treuen Janitschar ausgebildet zu werden. Der Sultan biss sich wahrscheinlich in den Hintern, als er erfuhr, dass sein Sohn die Seiten gewechselt hatte. Doch Gábor ahnte nichts davon. Er war ein so pflichtbewusster Diener des Bundes und der Prophezeiung, dass er deine Mutter sogar Mathias überlassen hätte.«

Ildiko schnaubte. Das sah ihrem Vater schon ähnlicher.

»Erst durch mich hat er erfahren, wer er ist«, sagte Arpad. »Ich hatte genug davon, mich von Gábors Halbbruder, dem neuen Sultan Mehmed, herumscheuchen zu lassen. Statt Gábor umzubringen, hab ich ihm alles erzählt.«

Ildiko nickte. »Und deshalb hast du ihn gebissen?«, fragte sie ihren Vater. Erneut nickte er.

»Das war seine Gegenleistung.« Arpad blinzelte ihr zu. »Durch mich hat er erkannt, dass er sein heißgeliebtes Weib doch haben konnte. Denn er hat ja selbst königliches Blut in sich. Wenn auch eines, das Pavel und die anderen Heuchler des Wolfsbundes aus dem Konzept gebracht hat.«

»Türkisches Blut«, flüsterte Ildiko.

Ihr Vater nickte. Als Arpad weiterreden wollte, brachte er ihn jedoch mit einer Handbewegung zum Schweigen.

»Ich bin aus Mathias' Diensten getreten und habe Veronika geheiratet. König Mathias hat mir das verziehen, doch Pavel niemals«, sagte er mit harter Stimme. »Er gab mir auch die Schuld an Viktors Tod und hat damals geschworen, nicht zuzulassen, dass wir die Prophezeiung in den Dreck ziehen, indem die Auserwählte ein *Türkenbalg* zur Welt bringt.« Seine Stimme vibrierte vor unterdrücktem Zorn. »Pavel konnte es nicht verhindern, aber er hat niemals aufgehört, uns zu jagen. Denn nun will er das prophezeite Kind, unseren Erstgeborenen. Wir sind immer auf der Flucht gewesen, um Janko vor ihm zu beschützen.«

»*Ein Kind mit zwei Seelen.*« Ildiko flüsterte die Worte, und sie wusste, sie würde sie nie mehr vergessen. Janko war Mensch und Wolf zugleich, genauso wie sie. Sie biss sich auf die Lippe. Er war jedoch der Erstgeborene, das ließ sich nicht leugnen.

»*Das allein die Welt aus der Verdammnis retten kann.* Wie sind diese Worte gemeint? Vor was soll Janko uns retten?«

»Ich bin mir nicht sicher.« Plötzlich sah ihr Vater ratlos aus, ein Anblick, der ihr gar nicht gefiel. »Es gibt nur eine Macht, die stark genug ist, das politische Gefüge dieser Welt ins Wanken zu bringen – die Türken. Seit Jahrhunderten ist es das Ziel des Wolfsbundes, diese Gefahr aufzuhalten. In diesem Glauben bin ich erwachsen geworden. Damals ging ich davon aus, dass die Prophezeiung uns einen neuen Anführer gegen die Türken in die Hand geben würde.«

»Und heute?«

Er schüttelte den Kopf. »Ich glaube, dass es einen Krieg geben wird. Einen Krieg, in dem Janko eine besondere Rolle spielen wird. Doch ich glaube nicht mehr, dass es nur darum geht, dass die Christen gewinnen. Es gibt etwas Wichtigeres als den Sieg:

Frieden.« Er seufzte, und plötzlich sah er älter aus. »Aber Janko ist noch nicht so weit. Er ist kein Kämpfer. Ich hoffte, dass er über den Winter zum Mann heranreifen und an Stärke gewinnen würde. Nächstes Frühjahr wollte ich mit ihm nach Ungarn reisen, zu König Mathias. Er ist der einzige Mächtige, der selbstlos genug ist, um sich in den Dienst einer solchen Prophezeiung zu stellen. Und an seiner Seite hätten wir die Aussicht gehabt, Agnes' Worte zu erfüllen.«

»Aber wenn es Jankos Bestimmung ist, Frieden zwischen Christen und Moslems zu schaffen, dann wird ihm der Wolfsbund nichts antun«, rief Ildiko aus.

»So sollte es sein.« Ihr Vater ballte eine Hand zur Faust. »Einst hielt ich den Bund für eine Vereinigung ehrenvoller Männer. Doch er ist nichts als eine Farce.« In seiner Stimme schwang jahrzehntealter Groll mit. »Die fünf Ältesten haben zwar geschworen, selbst nie nach Macht zu greifen, doch sie verhelfen nur den Menschen auf den Thron, die ihren Zielen dienlich sind.« Er hob den Blick. »Isabel von Kastilien. Das Haus York in England. Stefan von Moldau. König Mathias. Sie alle haben ihren Thron nur mit der Unterstützung des Bundes erlangt.«

Er seufzte. »Ich kenne Pavel. Der Bund ist für ihn nur ein willkommener Deckmantel für seinen Hass gegen die Welt. Er witterte immer schon hinter all meinen Taten Verrat und Unheil. Und er glaubt sicherlich, dass ich die prophezeite Macht meines Sohnes gegen ihn einsetzen will. Er wird versuchen, Janko für seine eigenen Zwecke einzuspannen, in einem Krieg, der die Vernichtung der Türken zum Ziel hat. Und wenn Janko nicht tut, was er sagt, wird er ihn lieber töten, als zu erlauben, dass sich die Prophezeiung erneut anders erfüllt, als er es sich vorstellt.«

Ildiko schwieg. Der Wolfsbund war für sie nur eine ferne Vorstellung, die wenig mit ihrem eigenen Leben zu tun hatte. Andere Erinnerungen wirbelten durch ihren Kopf. Ihre Kindheit, immer im Verborgenen vor Menschen und Wölfen. Die Sorge ihrer Mutter, wenn Janko und sie nicht sofort auf ihre Rufe reagierten. Ihr Vater, der Janko stets bevorzugt hatte. Nun verstand sie seine Beweggründe, doch das minderte ihren Unmut nicht. »Warum habt ihr uns nie eingeweiht?«

Dann sah sie seinen Blick und begriff. »Du hast Janko davon erzählt, aber mir nicht.« Die Enttäuschung grub sich tief in ihr Herz.

Er nickte. »Letzten Sommer«, sagte er. »Als ich mit ihm auf einem Jagdausflug war.«

Und seitdem hatte Janko Abstand zu ihr gehalten.

»Du hast ihm verboten, es mir zu erzählen?«

»Er wusste, dass es nur dazu diente, dich zu beschützen.«

»Mich ruhig zu halten, meinst du wohl eher!«

Sie konnte seine Miene nicht mehr ertragen. Die Selbstsicherheit, die sie darin las, die unerschütterliche Meinung, dass er im Recht war und sie nur ein Kind, das nichts verstand. Sie sprang auf und rannte hinaus.

Der See lag dunkel und glatt unter dem Nachthimmel. Nur leise schwappten die Wellen gegen das Ufer, an dem sie sich niederließ.

Alle hatten Bescheid gewusst, nur sie nicht! Es dauerte lange, bis ihre Wut abklang.

Ihr war kalt, doch es war nicht der Schnee, der sie frösteln ließ. Janko war in tödlicher Gefahr, das wusste sie nun mit eisiger Klarheit. Wie er es hassen musste, auserwählt zu sein, schüchtern und feinfühlig, wie er war. *Die Welt vor der Verdammnis retten.* Wie konnte das ein einzelner Junge schaffen?

Sie ballte die Fäuste und presste sie auf ihre Augen. Ihre Gedanken führten doch zu nichts.

Erst als sich jemand näherte, hob sie den Kopf wieder. Arpad ließ sich neben ihr nieder. Im Augenblick blitzte nicht der übliche Schalk in seinen Augen, sondern er schaute sie nur nachdenklich an.

»Das war ein bisschen viel, oder?«, murmelte er. »Mir ging's genauso, als ich das erste Mal von der Prophezeiung hörte.«

»Du hättest es mir trotzdem früher sagen können.« Eigentlich wollte sie diese Diskussion nicht mehr führen, doch sie musste es noch einmal sagen.
Arpad strich sich durch sein rotes Haar, das wie immer in alle Richtungen abstand. Zum ersten Mal sah sie die grauen Strähnen darin. »Dein Vater schleppt diese Prophezeiung seit mehr als zwanzig Jahren mit sich herum. Wie einen alten Knochen, auf dem er herumkaut.« Er spuckte aus. »Ein Eigenbrötler, das ist er, und diesen Knochen will er nicht teilen, weil er weiß, wie ungenießbar er ist. Du kennst ihn, Ildiko, du bist genauso stur. Er hat sich in den Schädel gesetzt, dass ihr sicherer seid, wenn ihr nichts wisst. Und Veronika teilte in diesem Fall seine Meinung. Im Sommer hab ich ihn dazu gebracht, Janko einzuweihen. Er hat es gleich bereut.«
»Warum?«
»Weil Janko seitdem nur noch grübelte«, brummte er. »Und das kann man ihm nicht übelnehmen.«
»Was meinst du, was Pavel mit ihm tun wird?«
»Ich weiß es nicht«, knurrte Arpad. »Pavel ist ein nachtragender alter Bastard. Und er ist der stärkste Werwolf, den ich je getroffen habe. Um einiges stärker als Gábor. Er ist ein Ältester, und davon gibt es nicht viele. Die schwächeren Werwölfe müssen sich vor ihm ducken, ihr Rudelinstinkt bringt sie dazu.«
Ildiko schaute ungläubig auf. »Das heißt, wenn Janko bei ihm ist, muss er ihm gehorchen, ob er will oder nicht?«
Arpads Augen glitzerten. »Darauf würde ich nicht wetten. Janko ist ein geborener Werwolf, das gab es noch nie. Außerdem sollte er mehr von seiner Mutter geerbt haben als nur die hellen Augen. In der Prophezeiung hieß es: Die Frau, die den Auserwählten auf die Welt bringt, *hat einen Willen, der selbst den Ältesten widersteht*. Und ich war dabei, ich hab gesehen, wie sie Pavel einst die Stirn geboten hat.«
Ihre sanfte Mutter? Sie konnte sich das nicht vorstellen.
»Und jetzt ist sie ebenfalls seine Gefangene.« Sie schluckte. Zum ersten Mal überkam sie ein Gefühl der Ausweglosigkeit.

Arpad schien es zu spüren, denn er hob ihr Kinn, so dass sie ihm direkt ins Gesicht blicken musste. Seine Augen, hellbraun und verschmitzt, blinzelten ihr zu.

»Vertrau deinem Vater, er weiß, was er tut. Morgen werden wir wieder als Wölfe rennen. Und wir werden sie einholen.«

8. KAPITEL

Ostanatolien, in der Hochebene von Askale, Dezember 1475

Janko reckte sich, bevor er seinen schmerzenden Rücken erneut gegen die Gitterstäbe lehnte. Mutter schlief, und er bemühte sich, sie nicht zu wecken. Ihr warmer Atem blies gegen sein Ohr, eine der wenigen Wärmequellen in der allumfassenden Kälte.

Das Schaukeln des Wagens hatte vor wenigen Minuten aufgehört. Ochsen schnaubten, Männer redeten wild durcheinander. Dann ertönte die Stimme ihres Anführers. Janko konnte die fremden Worte nicht verstehen, doch er wusste, der ruhige Tonfall war trügerisch, genauso wie das Lächeln, das dieser Mann manchmal auf den Lippen trug. Mit ebendiesem Lächeln hatte er Jankos Mutter zwei Finger gebrochen, als sie sich gegen das Einsperren in den Käfig gewehrt hatte. Auch seine Männer schienen ihn zu fürchten, denn sie verstummten augenblicklich.

Janko streckte seine Hand zwischen den eisernen Streben hindurch und hob vorsichtig das gewachste Tuch an, mit dem man den Käfig verdeckt hatte. Es hielt den beißenden Wind ab, und es verhinderte, dass die wenigen Menschen, die in den letzten Tagen ihren Weg gekreuzt hatten, die Gefangenen sehen konnten.

Er erhaschte einen Blick auf Schnee, krustig und vereist, dazwischen Felskuppen und ein dämmriger Himmel. Das gleiche Bild wie heute Morgen, wie gestern und vorgestern. Er hörte eine Bewegung von draußen und ließ das schwere Tuch fallen. Auch Mutter regte sich.

»Warum haben wir angehalten?«, wisperte sie. Ihre Wangen waren fiebrig gerötet, und ihre Augenlider flatterten. Seit Beginn ihrer Reise hatte sie sich nicht verwandelt. Er konnte sich kaum vorstellen, wie schwer es ihr fallen musste, gegen ihre Wölfin anzukämpfen.

Im nächsten Moment wurde das Tuch vom Käfig gerissen.

Der Anführer blickte zu ihnen herein. Sein kleiner Mund war nur ein Strich. Wieder fiel Janko auf, wie fremdartig er aussah. Mehrere seiner Männer hatten die gleichen flachen Gesichter, doch die meisten trugen Vollbärte. Und keiner von ihnen verfügte über seine schmalen Augen, die in Richtung der Schläfen leicht nach oben geschwungen waren. Solche Augen kannte Janko nur von den Gesichtern einiger Händler aus dem Osten, denen sie auf ihren Reisen begegnet waren.

»Tatar«, hatte seine Mutter geflüstert. Lauter sprechen durften sie nicht, sonst stachen die Männer mit Lanzen nach ihnen. »Er sieht aus wie ein Tatar.« Und ihre Augen hatten sich wie die des Fremden zu Schlitzen verengt.

»Senando hat gesagt, dass Pavel dem König von Moldau den Eid geschworen hat«, hatte Janko gewispert, denn die Zusammenhänge waren für ihn klar ersichtlich. Mutter hatte es jedoch nicht verstanden, und so hatte er erklärt: »Dessen Reich grenzt an die Länder der Tataren.«

Wenn dieser Fremde sie tatsächlich nach Moldau brachte, würden sie mehrere Monate unterwegs sein, hatte er sich ausgerechnet. Das kleine Land lag westlich des Schwarzen Meeres, grenzte neben dem Tatarenreich an die Walachei und das ferne Böhmen. Sie würden durch das Osmanische Reich reisen müssen, nach Nordwesten Richtung Istanbul und viele Wochen am Schwarzen Meer entlang.

Wie die Männer das schaffen wollten, ohne von den Türken aufgehalten zu werden, war Janko ein Rätsel. Doch was wusste er schon, vielleicht hatten sie mit den Türken eine Vereinbarung? Er bemühte sich, ein Zittern zu unterdrücken. Was immer sie von ihm wollten, es hatte mit der Prophezeiung zu tun.

Ihr schweißiger Geruch erzählte ihm von ihrem Argwohn. Es war neu für ihn, dass jemand ihm misstraute, und es beruhigte ihn nicht, sondern verstärkte nur seine Angst. Fragen beantworteten sie ihnen niemals, einige schienen noch nicht einmal seine Sprache zu sprechen.

Er hoffte nur, dass Vater rechtzeitig da sein würde, um sie zu befreien. Mutter war sich dessen so sicher! Er schämte sich, dass er ihre Zuversicht nicht teilte. Nicht, wenn er den Anführer der Fremden beobachtete. Sein Geruch war anders, trocken und ledrig. Er erzählte eine Geschichte von fremden, weiten Gefilden, und niemals sprach er von Furcht.

»Wir rasten hier.« Der Fremde dehnte die Worte, als kaute er auf einem zähen Brot herum. »Weib, du sein Wölfin heute Nacht.«

Mutter richtete sich auf. »Dann lass mich hinaus.« Ihre Stimme vibrierte dunkel. »Ich werde zurückkommen, ich verspreche es!«

Doch er schüttelte den Kopf. »Du.« Seine schmalen Augen richteten sich auf Janko. »Komm heraus.«

Bisher hatten sie nur zwei Mal täglich für kurze, schamvolle Momente den Käfig verlassen dürfen, um ihre Notdurft zu verrichten. Aufregung kroch in Janko hoch, doch er hielt den Kopf unten. Nur keine zu raschen Bewegungen, um die Männer und die Wölfin seiner Mutter nicht noch mehr zu überreizen.

»Schscht.« Er strich ihr zaghaft über den Arm. Sie knurrte, als er sich abwandte. Einer der Männer hielt eine Armbrust auf ihn gerichtet, zwei andere schoben Lanzen zwischen die Gitterstäbe. Janko spürte immer noch den blutigen Grind unterhalb seiner Rippen. Dort hatten sie ihn gestern erwischt, als er sich unbedacht zu schnell bewegt hatte. Seine Mutter drückte sich an die andere Seite des Käfigs, so weit wie möglich von den Stichwaffen entfernt.

Die Pferde schnaubten. Auch die beiden Ochsen waren unruhig, als spürten sie die Anspannung der Werwölfe.

Janko kletterte nach draußen. Seine Knochen schmerzten. Erst, als er hinter sich die Käfigtür zuklappen hörte, richtete er sich

auf. Die Männer zogen die Lanzen zurück. Sofort warf sich seine Mutter gegen die Eisenstäbe. Der Karren ächzte und bebte unter ihren Stößen.
»Lasst mich hinaus!«, schrie sie. Ihre Stimme war heiser und tiefer als sonst. Janko wollte sich umdrehen, doch der Anführer packte ihn am Arm und riss ihn vorwärts. »Komm!«
Janko überragte ihn um einen halben Kopf, doch er wehrte sich nicht. Um sie lagen mannshohe Felsbrocken wie auf einem riesigen weißen Trümmerfeld. Eine scharfe Böe trieb Janko Tränen in die Augen. Krähen ritten auf ihr, ihre schwarzen Flügel flatterten wie finstere Umhänge.
Im nächsten Augenblick drückte der Anführer seine Schulter nach unten. »Setzen«, befahl er. Janko ließ sich widerspruchslos nieder. Einer der Männer schlang schwere Ketten um seine Taille, seine Arme und Beine. Mit Pflöcken befestigten sie die Ketten am Boden.
Selbst als Wolf würde er daraus nicht entkommen können. Mutlos biss er sich auf die Lippen, dann sah er zu Mutter hinüber. Mit beiden Händen umklammerte sie die Gitterstäbe und beobachtete die Männer. Ihre Lippen waren zu einem dünnen, harten Strich verzogen, und ihre Augen waren dunkelgrau wie Gewitterwolken. Dies war nicht mehr seine sanfte Mutter, sondern eine Fremde, ein wildes, auf bizarre Art *jüngeres* Wesen. Wolfsfrau nannten die Roma sie stets, und nun verstand er sie. Sie trug diese dunkle Seite in sich – die Wölfin, die vor Wut und Freiheitsdrang bebte und die ihre Welpen verteidigte bis aufs Blut. Sie erinnerte ihn an Ildiko. Dann erwiderte sie seinen Blick, und ihre Augen wurden heller. Etwas vertrieb für einen Herzschlag ihre Wut, und er erkannte, was es war: Erleichterung. Sie wäre lieber gestorben, als mit ihm im Käfig ihrem Trieb nachzugeben. Als Wölfin war sie ihren Instinkten ausgeliefert, und sie hatte befürchtet, dass sie ihn in der Enge angreifen würde.
»Legt das Tuch über den Käfig«, sagte er leise. Die Männer verstanden ihn nicht, nur der Anführer schaute ihn an. »Deckt sie zu, bitte.«

Sie sollten seiner Mutter nicht bei der Verwandlung zuschauen, nicht bei diesem privaten Augenblick. Er war froh, als der Anführer nickte und den Männern einige Worte in ihrer Sprache zuwarf.
Dann sah der Tatar wieder Janko an. »Du fliehst nicht. Sonst wir töten sie.«
Mutter jaulte auf, als der Käfig unter dem dicken Tuch verschwand. Ihre Knochen knackten, Kleider raschelten, und dann schrie sie, eine helle Frauenstimme, die in ein wölfisches Heulen überging. Kaum einer der Männer hielt inne, um zu lauschen, nur Janko konzentrierte sich ganz auf sie. Er roch ihr Fell, hörte, wie sich ein weicher Körper gegen die Gitterstäbe warf, rasend und geifernd vor Wut.
»Du.« Erneut sprach ihn der Anführer an. Zu seiner Überraschung ging er neben ihm in die Knie. Als er sich vorbeugte, rutschte eine Kette aus seiner Lederweste. Sie war silbern, und etwas hing daran, ein rundes Medaillon. Doch ehe Janko erkennen konnte, was darauf abgebildet war, verbarg der Mann die Kette wieder. Seine schwarzen Augen blickten Janko aufmerksam an, und zum ersten Mal glaubte er, ein Gefühl darin lesen zu können: Neugier.
»Warum du musst nicht Wolf sein?«
Janko wollte den Blick abwenden, doch der Mann packte sein Kinn und hielt ihn fest.
Es blieb ihm nichts anderes übrig, als zu antworten. »Weil ich als Werwolf geboren bin. Ich entscheide frei, wann ich mich verwandeln will.«
Der Mann nickte, dann wandte er sich ab, als wären damit all seine Fragen beantwortet. Während seine Mutter in dem Käfig tobte, beobachtete Janko still, wie die Männer das Nachtlager errichteten. Er versuchte, sich ihre Gesichter und Gerüche genau einzuprägen. Und immer wieder wanderte sein Blick zu ihrem Anführer, der sich allein um sein Pferd kümmerte, ein kleines, doch wildes Tier. Der Mann strich ihm über den Hals, ehe er sich an dem Sattel zu schaffen machte. Es war ein seltsames

Ding, vorne und hinten hatte es je eine Lehne, als sollte der Reiter wie ein Kind daran gehindert werden, vom Pferd zu fallen. Janko hatte es aufmerksam studiert, und dann hatte er den Mann beim Reiten beobachtet.

Im vollen Galopp hatte sich der Tatar im Sattel aufgerichtet und die Beine herumgeschwungen, so dass er rückwärts auf den Steigbügeln stand. Die beiden Lehnen hatten ihm dabei als Stütze gedient. Fast schon beiläufig hatte er Pfeil und Bogen gezogen und einen Gänsegeier vom Himmel geschossen. In all dieser Zeit war sein Pferd nicht einmal gestolpert. Nein, Janko würde diesen Mann niemals unterschätzen.

Schon brach die Nacht endgültig herein. Mutter knurrte in dem Käfig, doch sie warf sich nicht mehr gegen die Gitterstäbe. Janko lehnte den Kopf zurück und blickte hinauf ins Firmament, wo sich vereinzelte Wolken vor dem Sternenhimmel jagten. Dort sah er Orion, den Himmelsjäger, und nördlich von ihm leuchtete das Siebengestirn. *Numquid coniungere valebis micantes stellas … Kannst du das Gebinde des Siebengestirns knüpfen oder die Fesseln des Orion lösen? Kannst du den Großen Bären leiten samt seinen Kindern?* So hatte Gott mit Hiob geredet.

Er erschauerte. Wie klein waren doch alle sterblichen Wesen im Vergleich zu Gottes Macht! Und wie vermessen war es, zu glauben, ein einfacher Werwolf könnte den Lauf der Welt ändern. Und doch waren sein Rudel und anscheinend auch seine Entführer der Überzeugung, die Prophezeiung bezwecke genau dies.

Am Feuer erhoben sich mehrere Männer. Sie legten ihre Kleidung ab und verschwanden nackt hinter den Felsen. Bald hörte er sie heulen. Eine Seite von ihm wünschte sich, mit ihnen zu laufen, doch ein anderer Teil von ihm wehrte sich mit wilder Abscheu dagegen.

Später kam der Anführer zu ihm und löste eine der Ketten, damit Janko essen konnte. Hungrig schlürfte er die Suppe, die der Tatar ihm reichte. Sie war fettig und schmeckte nach salzigem Fleisch.

»Trink.« Zu seiner Überraschung reichte ihm der Tatar einen Lederschlauch, den er vorhin aus seinem Sattel geholt hatte. Janko schnupperte an der Öffnung, doch er kannte den Geruch nicht. Er zögerte.
»Trink!«, sagte der Mann schärfer.
Widerwillig nahm er einen Schluck und bemühte sich, nicht das Gesicht zu verziehen. Das Getränk war säuerlich und hatte den Nachgeschmack von altem Käse.
»*Airag.*« Der Mann musterte ihn, als warte er auf eine Reaktion. »Milch von Stute. Gut für …«, er stockte, dann legte er eine Hand auf die Brust.
»Herz«, sagte Janko. Doch der Mann schüttelte den Kopf.
»Luft«, erwiderte er. »Gesund für Atem.«
Er nahm den Schlauch zurück und band Jankos Arme zurück an den Felsen.
»Berge nicht gut.« Seine Augen waren Schlitze in der Dunkelheit. »Wenig Luft, schlecht für Wind.« Schlechter Wind? Janko verstand ihn nicht. Er runzelte die Stirn.
Der Mann deutete in die Dunkelheit. »Berge verbergen, was dahinterliegt.« Er starrte für eine Weile hinaus.
»Mein Name ist Saych.« Er blinzelte. »Bedeutet Wind.«
Versuchte der Mann, sein Vertrauen zu erlangen? Misstrauisch suchte Janko in dem fremden Gesicht nach irgendeiner vertrauten Regung. Doch schon wandte sich Saych wieder ab.
»Schlaf«, befahl er und ließ ihn allein. Janko senkte den Kopf auf die Brust. Er fand jedoch keine Ruhe, starrte nur blicklos in die Dunkelheit, während seine Gedanken weite Kreise zogen.

9. KAPITEL

Istanbul, Januar 1476

»Gelobt sei Gott der Erhabene, Schöpfer der Himmel und der Erde, der alle Lebewesen schuf.« Der Mullah sprach zu seinen Schülern, und Adem verharrte im Schatten der Moschee, um ihm zu lauschen. »Als Gottes geliebter Prophet Muhammed seine Gefährten fragte: ›Habt ihr von einer Stadt gehört, die an drei Seiten von Meer und an einer Seite vom Land umgeben ist?‹ Da antworteten diese: ›Ja, Gesandter Gottes!‹ Und berichteten ihm von der unvergleichbaren Stadt Istanbul. Und im fünfzehnten Vers der Sure Saba heißt es: ›Esst von dem, was euer Herr euch zumisst, und dankt ihm dafür. Denn ihr habt eine schöne Stadt und einen milden Herrn.‹«

Der Gelehrte fuhr sich durch seinen Bart. »Der große Scheich Akşemseddin sagte selbst: Hier spricht der Koran von keiner anderen Stadt als der unseren.«

Adem lächelte. Er selbst hatte als Kind den Gelehrten Akşemseddin am Ufer des Bosporus sitzen sehen, im Schatten eines Olivenbaums. Niemand hatte ihn in seinen erhabenen Gedanken zu stören gewagt, und auch Adems Vater hatte seinem Sohn eingeschärft, dem alten Mann nicht zu nahe zu kommen. Nur Onkel Harun hatte sich manchmal zu ihm gesetzt und sein Gespräch gesucht. Harun, der nun selbst ein Gelehrter war, ein *Ulama*, der Schriften über den Koran verfasste und dessen weisen Worten sogar der Sultan lauschte.

»Nennt mir die Sure«, rief der Mullah, »in der von einer Stadt gesprochen wird, die schön gebaut ist mit Säulen, wie sie kein anderes Land aufweisen kann.«

Adem kannte die Sure aus Haruns Unterrichtsstunden, und er spürte, wie sein Lächeln ohne sein Zutun breiter wurde. Er schlenderte im Schatten der Mauer davon, während hinter ihm einer der Schüler triumphierend rief: »Die Sure der Morgenröte ist es, Efendi.«

Er betrat den Innenhof. Der Brunnen, an dem die rituellen Waschungen vorgenommen wurden, lag verlassen da, denn das Mittagsgebet war gerade erst vorüber. Für einen Moment setzte er sich auf einen der Marmorblöcke und lauschte dem Plätschern des Wassers. Das Licht der Wintersonne tauchte alles in ein blendendes Weiß. Die großen Bodenplatten des arkadengesäumten Innenhofes, die Marmorsäulen, die Wände, alles leuchtete klar und ruhig. Und Adems Gedanken waren ebenfalls hell. Er gestand sich ein, dass er die Stadt vermisst hatte. In den weiten Wäldern der Walachei, auf den schroffen Pässen der Karpaten war er ein Fremder gewesen, doch hier in Istanbul war er zu Hause.

Er betrachtete die Minarette, die sich zu beiden Seiten der Moscheekuppel in den Himmel streckten. Als er das letzte Mal hier gewesen war, hatten Sklaven und Steinhauer noch die letzten Arbeiten an ihnen vorgenommen. Zwei Jahre war das her, und er staunte, wie schnell der Sultan seine neue Moschee fertiggestellt hatte. In den Schulgebäuden wurde nun der Koran unterrichtet, in der Armenküche wurde den Bedürftigen Essen ausgeteilt, und im Hospiz fanden die Kranken Hilfe. Und dort im Hamam, hinter der Mauer dieses Hofes, floss heißes Wasser durch die Marmorbecken und wärmte den Männern die winterlich kalten Glieder. Er selbst hatte gestern bei seiner Ankunft ein Bad dringend nötig gehabt. *Çok ayıp* – eine Schande! Er hatte gestunken wie ein Christ. Doch er hatte es vorgezogen, sich im kleinen Hamam der Offiziere zu waschen, nicht hier, wo sich die Würdenträger in ehrgeizigen Plänen und Intrigenschmieden ergingen, während sie sich von Sklaven den Rücken massieren ließen.

Seine gute Laune verging mit einem Seufzer. Sein Dienstherr Sulejmân-Pascha hatte ihn hierherbestellt.

Da kam er schon! Er stand auf und musterte den Eunuchen, der auf ihn zuschlenderte, mit einem hochrangigen Beamten ins Gespräch vertieft. Das weiche Gesicht des Paschas hatte in den letzten Jahren den Rest seiner Jugendlichkeit verloren. Seine Wangen, die noch von den Dämpfen des Bades gerötet waren, hingen schlaff herunter, und sein Kinn war breit geworden. Doch nach wie vor blickten die blauen Augen scharf und kalt. Im Augenblick schien ihr Blick Adem zu durchbohren. Er hatte in seiner Nachricht um einen vertraulichen Ort für das Gespräch gebeten, ohne Weiteres zu erklären. Papier war gefährlich, denn keiner wusste, durch wie viele Hände es im Sultanspalast gehen mochte, bevor es seinen Empfänger erreichte.
Mit salbungsvollen Worten verabschiedete der Pascha den Beamten, dann nickte er Adem zu. »*Selamun aleyküm,* Hauptmann, wie erfreulich, dich hier in den heiligen Hallen zu treffen.«
Adem verbeugte sich, doch ehe er die vorgeschriebenen Ehrfurchtsgesten vollführen konnte, hob der Pascha die Hand. »Begleitest du mich zurück zum Serail, mein treuester Gefolgsmann?«
Adem erwiderte das falsche Lächeln, von dem er sicher war, dass es nicht für ihn, sondern für etwaige Zuschauer bestimmt war. »*Aleyküm selam.* Es ist mir eine Ehre, Efendi.«
Er irrte sich nicht. Sobald er an Sulejmâns Seite trat, zischte dieser: »Folge mir.«
Sie verließen den Hof durch das Tor, doch statt ins Sonnenlicht der Gasse zu treten, bog der Pascha in eine schmale Pforte ein, eilte durch den Schatten eines weiteren kleinen Hofs und betrat ein geducktes, weiß getünchtes Gebäude. Die Medresse, der Zimmerkomplex der Gelehrten. Sie eilten durch stille Gänge, ehe Sulejmân vor einer schmalen Holztür stehen blieb. Adem warf einen letzten wachsamen Blick den Gang hinunter, ehe er dem Pascha hineinfolgte.
Er betrat eine karge Zelle mit einem vergitterten Fenster, die bis auf ein paar Sitzkissen und ein Lesepult leer war. Der Pascha in

seinem bestickten Kaftan und den samtenen Pantoffeln wirkte so fehl am Platz, dass Adem unwillkürlich die Augenbrauen hob. Eine Kammer in der Medresse erhielten nach islamischem Recht nur Mullahs und andere hohe Gelehrte wie sein Onkel, um hier die Schriften zu studieren. Dass Sulejmâns Netz aus Gefälligkeiten, Nötigungen und Spionen bis hierher reichte, hätte ihn eigentlich nicht überraschen dürfen, und doch war er irritiert. Der Pascha nahm seinen roten Fez ab und fuhr sich über den kahlen Kopf, während Adem sorgsam die Tür schloss.
»Du bist mager geworden wie ein Fohlen.« Sulejmân musterte Adem so eingehend von oben bis unten, als wäre er eine zu kaufende Ware. »Bist du bewaffnet?«
Adem nickte, spürte das vertraute Gewicht des Dolchs, den er im rechten Stiefel verborgen trug. Mochten in einer Moschee Waffen auch am falschen Ort sein, diesen Dolch legte er niemals ab.
»Gut.« Sulejmân warf einen Blick aus dem vergitterten Fenster. »Wir können nicht vorsichtig genug sein in diesen gefährlichen Zeiten.« Seine Finger tänzelten über die Fensterbank. »Berichte mir, mein Lieber, warum du hier bist.«
Adem stockte. Hinter seinen weibischen Gesten war der Pascha ein klügerer Mann als die meisten Kriegshelden, ein Stratege, der sich durch Intrigen und säuselnde Worte sein Überleben im Serail sicherte. Schlange nannten sie ihn, denn wenige trauten seinen Worten, und wie eine Viper erlegte er seine Gegner meist mit Gift und nicht mit dem Schwert. Sein weiches Gesicht war eine Maske, genauso wie die gekünstelten Worte und die bunten Gewänder. Gegenüber Dienern und Feinden war er härter als Stahl.
Er holte tief Luft und begann zu sprechen. Während er in kurzen Worten erzählte, tauchte er in seine Erinnerungen ein. Der Ritt durch die Walachei, der Kampf, der tollwütige Hass des verwundeten Werwolfs. Sein finsteres Lachen, mit dem er in den Tod gegangen war, schallte Adem in den Ohren.
»Das hatte er dabei.« Er zog das Medaillon mit dem Wolfsgesicht aus dem Beutel an seinem Gürtel, und Sulejmân griff bei-

nahe gierig danach. Mit schmalen Lippen musterte er die stilisierte Fratze, die Adem einen kindischen Schrecken eingejagt hatte. Und doch war es nichts als Metall, ein hässliches Schmuckstück für ein hässliches Wesen.

»Vielleicht eine Art Erkennungszeichen«, sagte Adem. Er straffte die Schultern. »Der Wolf kündigte eine Armee an«, schloss er seinen Bericht. »Und er wusste, wer ich bin.«

»Eine Armee!« Sulejmân ließ das Medaillon sinken. Seine Augen irrlichterten an Adem vorbei über die leeren Wände. »Das können sie nicht wagen, diese Tiere, nicht gegen uns. Gábors Wolfsbund, der den Christen dient wie ein Rudel kläffender Hunde, er muss endlich vernichtet werden!«

Adem runzelte die Stirn. »Ich bin nicht sicher, ob er allein dahintersteckt.« Er musste an das kalte Gesicht des Gefangenen mit den grauen Augen denken, jenes Mannes, der ihm vor vielen Jahren im Serail des Sultans begegnet war. Wie ein Gespenst war dieser Mann damals verschwunden, und doch hatte er Adems Schicksal verändert. Und Adem hatte das gleiche Gefühl wie damals. Er fühlte es mit jeder Faser, er war etwas Größerem auf der Spur.

»Schscht«, zischte der Pascha jedoch, als wollte er ein ungehorsames Kind zum Schweigen bringen. Er trippelte in seinen Pantoffeln hin und her wie ein gefangener Vogel, während er überlegte. Plötzlich hielt er inne, als hätte er einen Entschluss gefasst. Er ließ das Medaillon in seinem Kragen verschwinden, dann faltete er mit gespreizten Fingern seinen Kaftan und ließ sich auf einem der Kissen nieder. »Setz dich, Hauptmann.«

Widerwillig ließ sich Adem ihm gegenüber nieder.

»Wahrlich, deine Nachricht ist ein Speer, der in ein wütendes Wespennest sticht.« Der Pascha starrte ihn an. »Der Sultan isst nichts mehr und hat heute Morgen bereits zwei seiner Janitscharenhauptmänner köpfen lassen. Denn gestern haben wir schlimme Nachricht erhalten: Die Ungarn belagern unsere Festung in Schabatz mit zehntausend Mann.«

Adem ließ sich nichts anmerken, doch in seinem Inneren brodelte es. Die Ungarn, ausgerechnet! Die Familie des ungarischen

Königs Mathias Corvinus hatte einst Gábor und den Wolfsbund in ihren Diensten gehabt. Mit ihrer Hilfe hatten die Ungarn das osmanische Heer vor zwanzig Jahren in Belgrad zurückgeschlagen.

»Sind Wölfe dort gesichtet worden?«, fragte Adem.

»Meine Spione haben nichts gemeldet. Doch sie wissen nicht, wonach sie Ausschau halten sollen, denn sie kennen das Geheimnis der Werwölfe nicht. Deshalb mangelt es ihren Nachrichten an Genauigkeit.« Der Pascha legte seine Hand auf Adems Ärmel. »Doch ich werde sie nicht einweihen, nicht jetzt.«

Adem nickte. Selbst ein so tapferes Heer wie das der Osmanen würde in alle Richtungen vor dem Feind davonrennen, wenn bekanntwurde, welche Ungeheuer auf die Soldaten lauerten.

»Ich kann mich morgen auf den Weg machen«, bot er an. »Ich kann herausfinden, ob diese Ungeheuer auch vor Schabatz ihr Unwesen treiben.«

»Das ist der beste Vorschlag, den ich seit gestern gehört habe«, rief der Eunuch aus. Endlich nahm er die Hand wieder von Adems Arm. »Doch ich kann dich nicht entbehren. Schick ein paar deiner tapferen Männer in den Krieg, lass sie die Ohren spitzen und die Augen offenhalten, ob die Wölfe für Ungarn kämpfen. Deine Gabe brauche ich hier.«

Adem spürte Widerspruch in sich aufsteigen. Seine Männer kannten Mittel und Wege, die Ungeheuer zu finden. Doch ohne ihn war es ihnen letztendlich nicht möglich, sie von menschlichen Männern zu unterscheiden. Warum wollte Sulejmân ihn hier halten, in der sicheren Stadt, wo es für ihn nichts zu tun gab? Im gleichen Moment wusste er es.

»Ich soll bleiben«, sagte er langsam, »weil die Ungeheuer mich enttarnt haben. Sie wissen nun, wer ich bin.« Nur seine Disziplin hielt ihn davon ab, die Fäuste zu ballen. »Aber Efendi, ich bin Euch hier nicht von Nutzen.«

Jäh verschwand jede Freundlichkeit aus dem Gesicht des Paschas. »Lass das meine Entscheidung sein, Hauptmann.«

Adem senkte den Kopf, auch wenn alles in ihm dagegen rebellierte.
»Verzeiht mir«, murmelte er. »Was soll ich in Istanbul für Euch tun?«
Der Pascha seufzte. »Hier laufen alle Fäden zusammen, Adem. Wenn dich jemand verraten hat, dann muss es hier geschehen sein.« Er blinzelte listig. »Oder hältst du einen deiner Männer dessen für fähig?«
Adem verneinte sofort.
»Ich verfüge zwar nicht über deine Gabe«, fuhr der Pascha fort, »doch in all den Jahren habe ich gelernt, meinem Instinkt zu vertrauen. Darin sind wir uns wohl ähnlich.« Er beugte sich vor.
Adem bezweifelte dies, doch er schwieg.
Sulejmân starrte ihn an, als wartete er auf eine Reaktion, dann seufzte er erneut. »Etwas Ungutes geht in diesem Reich vor sich, und ich fürchte, auch in dieser Stadt. Einer meiner Sklaven ist gestorben, als er meine Mahlzeiten vorkostete. Und im Serail gab es mehrere Anschläge auf den Sultan. Du musst prüfen, ob diese Tiere dahinterstecken, ob sie sich in unserer heiligen Stadt herumtreiben. Finde sie und mache sie unschädlich, bevor sie noch mehr unserer Geheimnisse herausfinden können.«
Adem überlegte. Werwölfe hier, in Istanbul? Das kam ihm fast zu irrwitzig vor, um wahr zu sein. Doch andererseits – wenn die Wölfe tatsächlich einen Krieg gegen die Osmanen planten, brauchten sie einen Spion im Herzen ihrer Feinde.
Er nickte. »Ich werde mich in Istanbul umsehen«, sagte er.
»Beginne im Serail.« Sulejmâns Augen funkelten. »Wenn du mich als meine Leibwache begleitest, wird keiner Verdacht schöpfen.«
Sein Blick sagte deutlich, dass er keine Widerrede dulden würde. Adem seufzte. In der Weite der Wälder hatte er die Fesseln der Hierarchie fast vergessen, die ihm in Istanbul die Luft abschnürten. Er war ein Hauptmann, kein einfacher Leibwächter. Doch der Pascha war sein Herr, und er musste ihm folgen.

* * *

Anatolien, Januar 1476

Die Tage flossen in ermüdender Gleichmäßigkeit dahin. Obwohl Janko es nicht wollte, gewöhnte er sich an das Leben als Gefangener – denn niemand konnte ständig die Anspannung ertragen, um sein Leben fürchten zu müssen.

Tagelang lag dichter Nebel über den Gebirgspässen, aus dem sich schneebedeckte Felsenmassen von wunderlicher Gestalt schälten, in wilder Unordnung übereinandergetürmt und kahl und traurig anzusehen. Dazwischen durchquerten sie Hochflächen, über die ein eiskalter Wind pfiff, der ihren Atem fast gefrieren ließ. Den Entführern wuchsen Eiszapfen in den Bärten, und ihre Gesichter wurden hohlwangig, doch mit stählernem Willen, so schien es Janko, trieb ihr tatarischer Anführer Saych sie voran.

Jeden Tag nutzte Janko einen unbewachten Augenblick, um seine rechte Hand in eine Pfote zu verwandeln. Mit einer spitzen Wolfskralle grub er eine Kerbe in einen der Gitterstäbe. Achtzehn solcher Kerben zählte er, als sie den zugefrorenen Fluss Murat überquerten, nach weiteren vieren setzte ein eingeschüchterter Fährmann sie über den Fluss Karasu.

Janko kannte die beiden Flüsse aus den Aufzeichnungen von Miklos, und er flüsterte seiner Mutter zu, dass sie sich weiter südlich zum legendären Strom Euphrat vereinten. Sie interessierte sich allerdings wenig für solches Wissen, ihr einziges Bemühen war es, endlich den Entführern zu entfliehen. Als sie eines Nachts in der Nähe eines Dorfes lagerten, schrie sie so laut um Hilfe, dass Saych drohte, ihr die Kehle durchzuschneiden. Doch erst, als er dem überrumpelten Janko durch die Streben des Käfigs hindurch eine Lanzenspitze an den Hals hielt, wurde sie still.

Sie schien Saych mit aller Inbrunst zu hassen. Janko hasste ihn auch, er konnte nicht anders, doch es bereitete ihm Angst, wie wenig Mutter ihre Gefühle verhehlte. Denn auch Saych registrierte sie. Wenn sie ihn mit finsteren Blicken verfolgte, wurden seine Augen noch schmaler als sonst, und die Muskeln an seinem Hals traten deutlich hervor. Neuerdings bestrafte er sie mit Nahrungsentzug. Jankos finsterster Alptraum war, dass der Tatar ihrer eines Tages überdrüssig wurde und sie tötete. Und fast schien es ihm, als legte sie es darauf an.

»Du brauchst nur einen Wimpernschlag, um dich zu verwandeln«, wisperte sie Janko wiederholt ins Ohr. »Du musst mich zurücklassen, du musst verhindern, dass Pavel dich in die Finger bekommt.«

Doch er konnte nicht zulassen, dass sie sich für ihn opferte. Als sie ihren Vorschlag zum dritten Mal wiederholte, bat er sie, ihn nie mehr darauf anzusprechen. Sie folgte seiner Bitte nur widerwillig, und obwohl sie fortan darüber schwieg, drängten ihn ihre Augen unverwandt, wenn Saychs Männer ihn für kurze Augenblicke aus dem Käfig holten.

Nach fünfundzwanzig Kerben ließen sie das schroffe Hochland hinter sich und kamen auf verschlungenen Wegen in eine tiefere Berglandschaft, die mit Kiefernwäldern bedeckt war. Die Bauerndörfer wurden nun zahlreicher, und mehrmals rasteten sie im Unterholz der Abhänge, während die Wintersonne ihre flache Bahn zog. Erst nachts reisten sie weiter.

Je häufiger sie Umwege durch enge Täler einschlugen, die kaum breit genug waren, um den Karren passieren zu lassen, desto mehr keimte erneut die Hoffnung in Janko. Denn er konnte Ildiko spüren, ihre Wut und ihren unermüdlichen Tatendrang. Sie kam näher, das wusste er, ohne die Entfernung zwischen ihnen beziffern zu können. Die Augen seiner Mutter leuchteten auf, als er ihr davon erzählte.

Als Saych ihn erneut für eine Nacht aus dem Käfig holte, damit sie sich verwandeln konnte, waren die Kiefern bereits von kahlen Akazien, Zypressen und Olivenbäumen ersetzt worden, und Janko sah zahlreiche Spuren von Menschen auf den winterlichen Ackerfluren. In der Ferne konnte er die Lichter einer Festung ausmachen, und er hörte einen Hund bellen, hell und wütend. Er erinnerte ihn an seine Schwester. Der Gedanke entlockte ihm ein

Lächeln. Nur einen Atemzug später kam Saych zu ihm herüber und überprüfte misstrauisch seine Fesseln, als glaubte er dort den Ursprung von Jankos ungewohnter Zuversicht zu finden.
»Ihr werdet es nicht schaffen«, flüsterte Janko. Wie dumm! Aber die Worte waren heraus, ehe er sich auf die Zunge beißen konnte. Rasch überlegte er, wie er sie weiterführte, ohne Ildiko zu verraten. »Die Türken werden euch irgendwann aufhalten, wenn ihr mit dem Käfig durch die Lande reist.«
Saych starrte ihn so emotionslos an, als wäre er ein toter Baum. »Kein Käfig mehr. Bald.«
Mehr sagte er nicht und stürzte Janko damit in wilde Grübeleien. Was hatte er übersehen? Doch erst zwei Tage später wusste er, was Saych beabsichtigte.

Es war später Nachmittag, als sie die Stadtgrenze erreichten. Die Luft war lau, fast herbstlich, und er konnte das Meer riechen. *Das Meer.* Der Gedanke machte ihm Angst, doch noch hoffte er, dass er sich irrte. Saych hatte das Tuch mit Stricken fest an die Käfigstreben binden lassen und raubte den Gefangenen damit die Sicht. Doch Jankos andere Sinne waren weit geöffnet. Er hörte Stimmengewirr, türkisch und griechisch. Das Klirren von Münzen. Die Entführer kamen und gingen, während der Karren stillstand, als würden sie auf etwas warten. Dann rumpelte der Karren plötzlich los, ratterte über Pflastersteine. Das Klacken der Hufe hallte von Mauern wider. Er hörte schwere Stiefel, Waffen, die beim Schritt von Männern klirrten. *Menschenmänner.* Ja, Menschengeruch, wohin er die Nase auch wandte, und andere Düfte, nach Herdfeuern, Hammelfett, Gewürzen, Kot, und immer wieder das Meer.
»Wo sind wir?«, flüsterte Mutter. Er ergriff ihre Hand, um sich selbst Halt zu geben.
»In Trabzon, vermute ich«, murmelte er. Er war sich fast sicher. Die griechischen Stimmen, die befestigten Straßen.
Kurz stockte der Karren, und dann rumpelte er weiter, durch gewundene Gassen bergabwärts.

»Was wollen sie hier, unter all den Menschen?«, wisperte Mutter, die Stirn gefurcht.
Janko wollte seine Befürchtung nicht aussprechen. Tief sog er die Luft in sich ein, die sich im Käfig zu einem stickigen Gemisch verdichtete. Und da … er witterte mit geblähten Nasenflügeln.
Ilai. Er bewegte stumm die Lippen, doch Mutter verstand ihn sofort.
Sie packte ihn am Arm. »Hier?«
Er nickte und schloss die Augen. Die Vielfalt von Gerüchen war wie ein Gesang unzähliger Stimmen, lärmend und schrill vermengten sie sich zu einem städtischen Missklang, der ihn verwirrte. Der Duft des Roma war darunter nur ein Flüstern, und er versuchte, ihn im Chor der Menge zu verorten. Ganz nah war er, wurde lauter und dann wieder leise.
»Wir sind direkt an ihm vorbeigefahren«, flüsterte er.
Er musste ihnen gefolgt sein, musste sie eingeholt haben, obwohl er doch mit Ildiko zusammen gewesen war, als sich der Überfall ereignet hatte.
Mutter packte ihn fester, und er riss die Augen wieder auf.
Ildiko, formten ihre Lippen. Sie dachte das Gleiche wie er.
Er suchte in seinem Inneren nach ihr. Sie war nicht hier, nicht so nah wie der Roma, merkte er enttäuscht. Und doch waren ihre Empfindungen so deutlich wie seit vielen Tagen nicht mehr. Sie war wieder Mensch, und sie war nicht weit.
»Hinter uns«, murmelte er. »Nicht weit. Vielleicht schafft sie es rechtzeitig, bevor …« Er biss sich auf die Lippe.
»Bevor sie uns auf ein Schiff verladen.« Seine Mutter wurde zuerst bleich, und dann begann sie zu schreien.

10. KAPITEL

Trabzon, Januar 1476

Ildiko blieb stehen und holte tief Luft, während sie auf die Stadt hinuntersah. Häuser aus Stein und Holz ergossen sich viele Pfeilschusslängen weit den Berg hinunter, Irrgänge aus Gassen, Flachdächern, Gärten und Treppen. Kuppeln und Türme reflektierten hell die letzten Strahlen der Abendsonne. Und dort unten lag der Hafen. Er war von einer Mauer eingefasst, ein längliches Becken, in dem winzig klein behäbige Schiffskörper, Segel und Masten in der Windstille lagen. Dahinter breitete sich das Schwarze Meer aus, ein dunstiger Teppich in Dunkelblau, in den unzählige glitzernde Wasserperlen hineingewebt zu sein schienen.

Die Weite erfüllte Ildiko mit Ehrfurcht, doch die Stadt weckte ihren Argwohn. Eingepfercht zwischen den Häusern würde sie sich nicht wohl fühlen, das wusste sie jetzt schon. Sie war es kaum gewohnt, sich unter Menschen zu bewegen, und nun würde sie von vielen tausend umgeben sein, ohne Möglichkeit zur Flucht!

Auch Arpad starrte mit zusammengekniffenen Augen hinunter. »Ich war schon einmal hier«, meinte er grimmig. »Trabzon, die Königin des Schwarzen Meeres, pah. Hier gibt's nur Griechen, Armenier und anderes Gesindel, die nach Mitleid heischen und dir dabei dein letztes Geld aus der Tasche ziehen.«

Er reckte die Schultern, und unter seinen Achseln gab der Stoff mit einem Reißen nach. Der Kaftan, den er trug, saß viel zu eng und reichte ihm nur bis zu den Knien. Mit den nackten, blaugefrorenen Füßen und dem Strick um den Bauch sah er aus

wie ein Bettler. Sie alle machten einen zerlumpten Eindruck in den Kleidern, die sie aus einer Herberge gestohlen hatten. Ildiko selbst trug einen braunen Männerkittel, der nach Schweiß roch, und hatte ihre Locken unter ein fleckiges Tuch gebunden.
»Wir werden hier nicht lange bleiben.« Vater trat neben sie und fuhr sich übers bärtige Kinn. Er war schmal geworden, und Falten zeichneten Schatten um seine Augen. Die lange Reise in der Wolfsgestalt forderte ihren Tribut.
Durch Gebirge waren sie getrabt, über schneebedeckte Hochebenen und unter vereisten Felswänden hindurch. Drei Wölfe, Seite an Seite, Vater mit schwarzem Fell, Ildiko kastanienbraun und Arpad tizianfarben. Ihr Pelz hatte sie warm gehalten, wenn sie sich nachts in einem bunten Knäuel aneinandergekauert hatten.
Ildiko hatte gespürt, wie Arpad in seiner Wolfsgestalt nach und nach seine menschlichen Gedanken fast verlor und Gefahr lief, seinen wölfischen Trieben nachzugeben. Vater bot allerdings all seine Kraft auf und widerstand wie sie den Verlockungen von Schafsherden und Bauernhöfen, die abseits des Weges warteten. Gemeinsam hatten sie Arpad im Zaum gehalten, und in diesen wortlosen Tagen hatte sie sich Vater näher gefühlt als jemals zuvor.
Sie waren Ilais Fährte gefolgt: Einkerbungen an Bäumen, sorgfältig geknickten Zweigen an Wegkreuzungen, hastig hingeworfenen Kreidesymbolen an Felsen. Die Roma nannten die Zeichen *Devanagari* und verständigten sich damit seit uralten Zeiten auf ihren Reisen.
Jetzt fieberte Ildiko vor Ungeduld. Sie konnte Jankos Sorgen spüren, als wären sie ihre eigenen. Er war dort unten, und er hatte Angst.
Vater spürte ihren drängenden Blick, denn er nickte ihr zu. »Ich vertraue dir«, sagte er leise. Die unerwartet sanften Worte aus seinem Mund ließen sie erschauern. »Ich verlasse mich auf dich. Du wirst ihn finden.«
Durch einen Olivenhain führte der Weg sie steil hinab. Kurz vor der Stadtmauer trennten sie sich wortlos; Ildiko und Vater gingen voraus, Arpad folgte ihnen hundert Mannslängen entfernt.

Die Stadt umschwirrte Ildiko wie ein Bienenschwarm. Da waren bärtige Männer in Kaftanen, die Haare unter Turbanen verborgen, Frauen mit wallenden Kleidern und Kopftüchern und Kinder, die auf beiden Seiten im Schatten der Häuser spielten. Über die Pflastersteine rumpelten Ochsenkarren, schwerbepackte Esel schrien und stemmten sich gegen ihre Herren, Kamele stießen ihre jammernden Rufe aus, und die Menschen übertönten den Lärm noch mit kehligen Rufen. Die Leute drängten gegen sie und traten ihr auf die Füße, tausend Gerüche verstopften ihre Nase und gaben ihr das Gefühl zu ersticken. Sie stöhnte auf, wollte umkehren und wieder hinausrennen in die Ruhe und Weite der Berge. Doch ihr Vater packte sie bei den Schultern. Seine dunklen Augen bohrten sich in die ihren.

»Es verwirrt mich auch«, sagte er leise, und sein Atem strich über ihr Gesicht wie ein warmer Wind. »Städte verwirren uns alle zunächst, denn wir gehören nicht hierher. Ignorier es einfach, und konzentriere dich auf unser Ziel.«

Das war leicht gesagt! Sie holte tief Luft und versuchte ihre Gedanken abzuschotten von dem Gewühl um sie herum. Endlich schlug ihr Herz wieder langsamer. Sie bleckte die Zähne zu einem, wie sie hoffte, grimmigen Grinsen. Es war lächerlich, sich von ein paar Menschen einschüchtern zu lassen!

Jankos Angst führte sie wie ein innerer Kompass, dessen Nadel den Berg hinabzeigte, auf den Hafen zu. Und dann spürte sie, wie etwas an ihr riss, eine Regung, stärker als alles, was sie bisher von ihm gespürt hatte. Seine Angst vervielfältigte sich zu wilder Panik, ließ sie stolpern und keuchen.

»Janko!«, rief sie so laut, dass sich Menschen nach ihr umdrehten. Tränen schossen ihr in die Augen, während der dunkle Strudel seiner Gefühle sie packte und fast auf die Knie zwang. Etwas war mit Janko geschehen, und sie musste zu ihm!

* * *

Der Schrei seiner Mutter gellte in dem engen Käfig und ließ ihn fast taub werden. Der Karren holperte und blieb stehen, die Ochsen muhten erschrocken, und Männer riefen wild durcheinander. Jemand riss das Tuch vom Käfig. Abendsonne drang zu ihnen herein. Lanzen reflektierten das Licht. Janko ließ sich zur Seite fallen und wich einer der Waffen aus, doch seine Mutter schrie nur noch lauter, als wollte sie die ganze Stadt alarmieren. Und er erkannte, dass das tatsächlich ihr Ziel war. Wut und Entschlossenheit blitzten in ihren Augen. Dann bohrte sich eine Stahlspitze mit einem grässlichen Knirschen in ihren Hüftknochen. Sie riss die Augen auf und sackte mit einem Keuchen vornüber. Er roch Blut, roch ihren Schmerz, und während sein Inneres vor Entsetzen gefror, ergriffen seine Hände ihre Schultern, um sie von den Käfigstreben zurückzuziehen.

»Lass mich«, gellte sie an seinem Ohr und entwand sich gleichzeitig mit tierhafter Kraft seinem Griff. Um den Käfig herum hatten sich mittlerweile Menschen versammelt, die glotzten und fremde Worte riefen. Auch Soldaten waren darunter, und durch sie hindurch drängte sich jetzt Saych und packte die Gitterstäbe. Sein Gesicht war eine verzerrte Grimasse der Wut, die Augen zwei blitzende Schlitze.

»Still«, herrschte er Mutter an, doch sie schrie weiter, ihre Stimme heiser vor Schmerz und so laut, dass sie von den Hauswänden widerhallte. »Still, Weib!«

Er riss den Riegel an der Käfigtür auf und schnellte durch die Luke zu ihnen herein, schubste Janko beiseite, der mit dem Kopf gegen die Gitterstreben stieß. Sofort griffen von draußen Hände nach ihm, doch er riss sich knurrend los und stürzte nach vorne, über Mutters Beine auf Saych zu. Der Tatar hatte die Hände um Mutters Hals gelegt und drückte zu. Sie kratzte hilflos mit den Fingernägeln über sein Gesicht. Ihr Schrei verebbte in einem Keuchen. Ehe Janko heran war, fanden ihre aufgerissenen Augen seinen Blick.

»*Kifelé*«, ächzte sie auf Ungarisch. »Rette dich!«

Ohne dass er es wollte, sah er über Saychs Kopf hinweg zur Käfigtür. Sie stand offen und verhieß die lang ersehnte Freiheit. Er zögerte einen Moment lang. Doch ehe sein Geist eine Entscheidung fällte, reagierte sein Körper. Mit einem Satz warf er sich über Saych hinweg, rollte über den Karrenrand und fiel auf das Pflaster. Um ihn herum stampften Füße, Soldatenstiefel, Sandalen, Holzpantoffeln. Jemand brüllte. Er hechtete noch halb liegend nach vorne, entwischte den Händen, die nach ihm griffen, und setzte mit einem Sprung in die Menschenmenge hinein.

* * *

»Janko!« Ildiko begann zu rennen und wusste, ohne sich umzudrehen, dass Vater ihr folgte. Sie ignorierte seine Rufe und bog in die nächste Gasse ein, die sich schmal und ungepflastert den Hügel hinabwand. Genau in diese Richtung musste sie, sie konnte es spüren.

Die Gassen wurden enger, und die Häuser schienen sich auf sie zuzuneigen, um sie zu ersticken. Vergitterte Fensterluken grinsten höhnisch. Und dann war der Weg plötzlich zu Ende. Vor ihr ragte eine hohe, fensterlose Wand auf. Eine alte Frau saß dort und starrte sie an, den zahnlosen Mund erschrocken geöffnet. Fluchend schlug Ildiko mit der Faust gegen die Mauer, dann fuhr sie herum und rannte fast in ihren Vater hinein.

»Was ist mit dir?«, rief er. Seine Stirn war zerfurcht, vor Wut oder Sorge.

»Mit Janko stimmt etwas nicht!« Sie wollte sich an ihm vorbeidrängen, doch er packte sie.

»Wo ist er?«

Sie deutete auf die Wand, die ihnen den Weg dorthin abschnitt, wohin ihr Herz sie riss und zog, als wollte es aus ihrer Brust springen.

»Richtung Hafen?«

Sie nickte. Immer noch starrte die alte Frau, und drei Kinder drängten aus einer Tür, staunten mit aufgerissenen Augen.

»Komm«, sagte Vater. Er eilte den Weg zurück. Sie hastete neben ihm her, bog mit ihm nach links in eine andere Gasse ein. Und wieder fürchtete sie, in diesem Irrgarten in eine Sackgasse geraten zu sein, doch dann öffnete sich ein Torbogen zu einer gepflasterten Straße, die steil hinabführte Richtung Hafen. Hier war sie richtig, sie wusste es einfach, und ehe sie sich noch zwischen die Menschen drängte, die den Berg hinauf- und hinabschlenderten, konnte sie Janko und Mutter riechen. Sie waren hier vorbeigekommen, sie waren ganz in der Nähe!

* * *

Janko stieß Leiber beiseite, sprang über Fässer und Kisten, die Lastenträger vor Schreck fallen gelassen hatten.

Hinter sich hörte er die Soldaten rufen, und ihr Brüllen setzte sich in Wellen durch die Menge hindurch fort.

Das Pflaster wich Erdboden, der von vielen Füßen aufgewühlt war. Ein Wagen hatte eine tiefe Furche im Boden hinterlassen, und Janko stolperte, fiel auf die Hände und riss sie sich an den Erdbrocken auf. Jemand packte ihn am Arm und riss ihn in die Höhe.

»Lauf weiter!« Es war Ilai, und er war nicht allein. Fünf Roma, die Janko nicht kannte, starrten ihn an, wichen gleichzeitig beiseite und bildeten einen Korridor. Hinter ihnen öffnete sich eine Gasse, nur ein dunkler Spalt zwischen zwei Häuserzeilen. Ilai schob ihn dorthin, zwischen den anderen Roma hindurch. »Lauf!«

Keine Zeit für weitere Worte. Janko tauchte in die Schatten der Häuser ein. Hinter sich hörte er das Trappeln von Füßen, das Klirren von Waffen. Er riskierte einen Blick über die Schulter. Die ersten Männer folgten ihm schon; Werwölfe und Menschensoldaten, ihre Gesichter unter den Turbanen vor Erregung gerötet.

Doch wie zufällig hatten die Roma ihre Reihe wieder geschlossen, lümmelten am Eingang der Gasse herum und ließen sich

nur schwerfällig beiseitescheuchen. Der erste, der durchkam, stolperte über Ilais ausgestrecktes Bein und fiel zu Boden.
Janko wurde noch schneller, als er das Ende der Gasse erreichte. Jede Verzögerung konnte ihm helfen, doch er machte sich keine Illusionen. Blut rann warm an seinen Händen hinab, die Wunde an seinem Bein pochte und blutete ebenfalls. Eine rote Spur, die er für die Wölfe hinter sich herzog. *Gott helfe mir.* Kein Versteck würde ihm Sicherheit bieten. Am liebsten hätte er sich verwandelt, als Wolf wäre er schneller gerannt als jeder Mensch. Doch er durfte nicht, nicht hier, wo jeder ihn sehen konnte.
Er wandte sich nach links. Wenigstens die Menschensoldaten konnte er abhängen. Zum ersten Mal fragte er sich, wie Saych an die menschliche Eskorte für den Käfig gelangt war. Welche Bündnisse hatte er mit den Trabzonern geschlossen? Und was würde er Mutter antun?
Je schneller er rannte, desto mehr wünschte er sich, umkehren zu können. Doch wenn er dies tat, war alles umsonst gewesen. Nein, er musste Ildiko finden. Sie brauchten gemeinsam einen Plan, wie sie Mutter befreien konnten.
Andere Gassen kreuzten seinen Weg, Hinterhöfe und Torbögen, dazwischen die runden Türme einer Moschee. Es war ein Labyrinth aus Staub und gekalkten Mauern, verwirrend und dunkel im Licht der Abenddämmerung. Dann wurden die zwei- und dreistöckigen Häuser plötzlich niedriger, wichen baufälligen Hütten, deren Wände vor Schmutz starrten. Frauen und Kinder saßen am Straßenrand, ihre dunklen Augen ausdruckslos auf ihn gerichtet, während er an ihnen vorbeirannte. Er wich zwei Maultieren aus, bog in eine andere Gasse ein. Dort war ein Brunnen, um den alte Frauen wie Tauben auseinanderstoben und mit schrillen Stimmen hinter ihm herschimpften. Er mochte es kaum glauben, doch seine Entführer blieben ein Stück zurück.
Sein Atem ging schwerer, doch er behielt seine Geschwindigkeit bei, durch weitere enge Gassen, bis ihn eine in die Irre führte. Rechts, links und vor ihm nichts als fensterlose Mauern, zwei

Mannslängen hoch. Er blieb stehen und keuchte auf, Erschöpfung und Verzweiflung ließen ihn zittern. *Nicht aufgeben, nicht jetzt!*
Und dann sah er die Unebenheiten im Stein, der nur grob zusammengemauert und baufällig war. Ohne länger zu zögern, begann er zu klettern, schwang sich oben über die Mauerkrone und glitt an der anderen Seite hinunter.
Er war in einem Hinterhof gelandet. Marmorpflaster schimmerte hell in der Dämmerung. Sprünge und Löcher durchzogen die Steine. Von zwei Seiten öffneten sich verfallene Arkaden, überwuchert von Rosen und Feigenbüschen. Darüber eine weiß gekalkte Mauer mit schmalen Fensterluken, in denen Leintücher wehten. Rechts von ihm stützten Holzbohlen ein windschiefes Dach aus getrockneten Palmwedeln. Kamele standen bewegungslos darunter und glotzten mit Augen so rund wie Granatäpfel.
Im Schatten der Arkaden regte sich jemand. Männer lungerten dort herum, träge Gestalten an kleinen Tischen. Sie trugen die staubigen Burnusse von Beduinen, und ihre Haare waren unter weiten Tüchern verborgen. Zwei von ihnen standen auf und traten auf ihn zu. Über ungepflegten Bärten blitzten ihre Augen unheilverkündend.
»Was willst du?«, rief der eine mit deutlichem Akzent. Janko erkannte, er war offensichtlich in einer Herberge gelandet. Er sah sich weiter um. Im Schatten der zweiten Arkade stand eine Tür einladend offen. Durch das Haus konnte er vielleicht entkommen! Langsam, mit gesenktem Kopf ging er über den Hof. Doch die Männer waren argwöhnisch genug, ihn nicht einfach ziehen zu lassen, sie kamen weiter heran und schnitten ihm damit den Weg ab.
»Lasst mich gehen«, rief er flehentlich und wich dem einen aus, der nach ihm greifen wollte. »Ich will nichts von euch!«
Er warf einen Blick zurück zur Mauer, denn er konnte hören, wie seine Verfolger näher kamen. Auch sie konnten klettern, und gleich würden sie da sein. Als er sich zu den Beduinen umdrehte,

erkannte er, dass sein Blick zurück ein Fehler gewesen war. Auch sie starrten nun zur Mauer, und einer runzelte die Stirn.

»Vor wem fliehst du?«, verlangte er zu wissen und trat näher. »Hast du was angestellt?«

Janko wich erneut zurück, doch unter den Arkaden erhoben sich zwei weitere Männer, traten zu ihnen hinaus ins Dämmerlicht.

Verzweifelt sah er sich um. Sie standen zwischen ihm und der Tür, die Freiheit versprach. Es blieb ihm nichts anderes übrig, als zu kämpfen. Obwohl er nichts mehr hasste als das, spannte er die Muskeln in seinen Armen an, ballte die Hände zur Faust.

»Soldaten, hu?« Der Wortführer grinste plötzlich und zeigte lückenhafte, braune Zähne. »Wir mögen sie auch nicht besonders. Komm, wir helfen dir.«

Und ehe Janko wusste, wie ihm geschah, trat der Mann einen Schritt zurück, winkte mit einer einladenden Bewegung zum Stall. »Hinterausgang«, flüsterte er verschwörerisch.

Misstrauisch musterte Janko ihn, doch er konnte nichts Falsches an dem Grinsen entdecken.

»Danke«, seufzte er und eilte zwischen den Männern hindurch, auf die Kamele zu.

Der Wortführer rief etwas, Worte in einer schnarrenden, unverständlichen Sprache. Janko drehte sich nicht um und beschleunigte seinen Schritt. Schwerfällig wichen die Kamele vor ihm zurück, gaben den Blick frei auf gestapelte Kisten und einen Karren. Holzlatten bildeten die Rückwand, mit Querbalken ineinander verkeilt. Keine Tür.

»Was …« Janko fuhr herum. Hinter ihm drängten sich die Männer. Die Kamele blökten und keilten mit ihren hohen Hinterläufen aus. Eine Peitsche schnalzte durch die Luft und traf Janko an der Schulter. Schmerz durchzuckte ihn, er schrie und taumelte. Zwei Männer schwangen plötzlich Holzprügel. Schon traf ihn der erste und warf ihn zu Boden. Schläge prasselten auf ihn ein. Er wand sich im Staub, Sand drang ihm in die Kehle, als er nach Luft schnappte. Er krümmte die Finger zu Krallen, heulte und keuchte, Fell überzog seinen Rücken.

Als er sich herumwarf, sah er das Grinsen des Fremden, höhnisch und siegesgewiss. Dann traf ihn ein Stiefeltritt an der Schläfe, und sein Blickfeld explodierte in einer Hölle aus Schmerz.

* * *

Arpad war auf einmal da, doch Ildiko schenkte ihm kaum einen Blick. Sie konnte Janko immer noch spüren, doch etwas war anders, er bewegte sich wieder von ihr fort. Sie ballte die Fäuste. Wenn sie doch nur seine Gedanken lesen könnte! Doch da war nichts als Chaos, Angst, Schmerz, Verzweiflung.

»Pass auf, wohin du trittst.« Ihr Vater fasste sie am Arm, als sie über einen Pflasterstein stolperte. Ab nun führte er sie, während sie sich ganz auf ihren Bruder konzentrierte, ihm in den dunklen Tunnel seiner Gefühle folgte, der alles andere ausblendete. Seine Angst wich jäher Erleichterung. Sie holte tief Luft. »Er …«

Doch was? Sie konnte nicht sagen, was mit ihm geschah, zu nichts war diese Verbindung zwischen ihnen nutze! Sie ballte die Fäuste, während ihr Vater sie fester fasste.

Ein stechender Schmerz schoss durch ihre Stirn und ließ ihren Blick verschwimmen. Sie heulte auf und sank auf die Knie, umfasste mit beiden Händen ihren Kopf.

Und plötzlich war da nichts mehr. Sie schluchzte. *Janko, wo bist du?* Doch das Seil zwischen ihnen war gerissen, nur graue Leere blieb zurück. *Nein.* Sie schloss die Augen, während ihr Innerstes sich zusammenkrümmte und schrie. Sie spürte kaum, wie sie die Hände ausstreckte. Sie konnte doch nicht ohne ihn sein, ihren Zwilling.

Dann sah sie es, tief in ihrem Inneren, ein Glimmen im Nichts, ein leises Flackern. Da war er. Er war noch da, doch nur schwach, und er entfernte sich immer weiter von ihr. Sie streckte sich aus, umfasste das Seil, ihre Verbindung, umschlang es mit ihrem Geist und hielt es fest.

Komm zurück, wimmerte sie. *Komm zurück.* Sie spürte, wie er kämpfte, ohnmächtig und müde, und sie tauchte tiefer hinein, öffnete ihre Seele für ihn. *Ich helfe dir.* Sie hielt das Seil fest und zog, zog Jankos fernen Geist aus der grauen Tiefe.

Es schien eine Ewigkeit vergangen zu sein, doch als sie die Augen öffnete, hatte sich die Welt nicht verändert. Vater beugte sich mit erschrockener Miene über sie. Er wollte etwas fragen, das sah sie, doch sie schüttelte nur den Kopf. Ihre Lippen waren pelzig, und sie fühlte sich schwach. Sie konnte ihm nicht erklären, was soeben geschehen war, sie verstand es ja selbst nicht. Konnte es sein, dass sie Janko soeben vor dem Sterben bewahrt hatte?

»Er ist bewusstlos«, murmelte sie und richtete sich auf, helfende Hände ergriffen sie. »Wir müssen weiter.« Sie biss die Zähne zusammen, als ihre Beine sie kaum tragen wollten, doch sie zwang sie mit eisernem Willen, sich zu bewegen.

Menschen umgaben sie von allen Seiten, kaum einer schenkte ihr einen zweiten Blick. Die Straßen wurden breiter, die Häuser prächtiger, verziert mit Spitzbögen und bunten Malereien.

»Ich kann sie riechen«, murmelte Vater. »Sie waren hier.«

Ildiko witterte ihn schon länger, den stinkenden Odem der Entführer, verschlungen mit Jankos und Mutters Geruch. Und darüber, salzig und leicht abgestanden, der Duft des Meers.

»Macht Platz!«, tönte es von hinten. Sie sprangen zur Seite. Ein Trupp Soldaten stürmte vorbei, ein Dutzend mit Säbeln und Lanzen bewaffneter Männer.

»Pack!«, knurrte Arpad, und Vater warf ihm einen mahnenden Blick zu.

Plötzlich drängte alles in dieselbe Richtung. Die Stimmen wurden lauter, schallend, rufend.

»… die Tataren, sie haben eine Frau geschändet.«

»Ein Käfig voller Sklaven, wie Tiere.«

»Eine Gesandtschaft ist es, unter der Garde des Hauptmanns.«

Ildiko spürte, wie ihre Glieder wieder an Kraft gewannen, das taube Gefühl wich neuer Aufregung. Die Sklaven, waren das Mutter und Janko?

»Schneller!«, rief sie, und die anderen beiden folgten ihr. Sie ließen sich vom Menschenstrom mitreißen, gleichzeitig drängten sie sich hindurch, überholten die trägen Leiber, die sie von allen Seiten umgaben.
Und dann sah sie den Käfig und die zarte Gestalt, die die Soldaten hinter dem Gitter hervorzerrten. Blondes Haar über einem bleichen Gesicht. Es war Mutter, die leblos in fremden Armen hing.
»Zurück!«, riefen die Soldaten, doch Ildiko stieß sie einfach beiseite. Vater nahm einem Mann seinen Säbel ab, ehe dieser wusste, was geschah. Arpad schlug brüllend um sich.
Im nächsten Augenblick packte Ildiko ihre Mutter, entriss sie zwei Männern. Vater scheuchte sie mit dem Säbel beiseite. Kein Janko, keine anderen Werwölfe, nur Menschensoldaten! Ildiko sah sich suchend um.
Mutters Augenlider flatterten. »Gábor«, flüsterte sie. »Ildiko.« Sie umfing ihre Tochter mit schwachen Armen.
Angst erfasste Ildiko, als sie das Blut sah, das Mutters Gewand durchtränkte. Vorsichtig hob sie sie hoch, wischte ihr das Haar aus dem Gesicht. Sie waren gleich groß, doch Mutter war mager und wog kaum mehr als eine Feder.
»Wo ist Janko?«
»Er ist geflohen. Die Werwölfe sind hinter ihm her«, keuchte Mutter an ihrer Schulter. Sie zitterte beinahe wie im Fieber, und ihr Herz schlug langsam, viel zu langsam. Ildiko riss ein Stück von ihrem Kaftan ab und presste es auf die Wunde.
»Wir müssen ihn finden«, rief sie den anderen zu. »Wir …« Sie erstarrte.
Vater und Arpad, sie kämpften nicht mehr. Soldaten hatten einen Ring um sie gebildet, Lanzen und Säbel wurden zu einem undurchdringbaren Wald. Mehr als zwanzig grimmige Gesichter, dahinter die Bürger der Stadt, die drängelten und schoben, um besser sehen zu können.
Doch nicht nur die Übermacht hatte die beiden stocken lassen. Es war der Mann, der sich nun zwischen den Soldaten hindurchschob. Er war ein Werwolf.

Eisengraues Haar säumte ein feistes Gesicht. Kleine Schweinsaugen blickten voller Wut. Über breiten Schultern, die mehr Fett als Muskeln ahnen ließen, trug er die blaurote Weste und die Schaftstiefel der Soldaten, auf dem Haupt eine Filzkappe mit langem Nackenbehang. Sobald die Soldaten ihn bemerkten, machten sie ihm ehrfürchtig Platz.

Ildiko hielt den Atem an. Wer war er?

Arpad hatte sich als Erster wieder gefasst. »Ein Hauptmann, sieh an!«, stieß er hervor, und in seiner Stimme schwangen Überraschung und Hass. Mit verschränkten Armen trat er vor, so weit es die Waffen der Soldaten zuließen. »Zahlen die Türken so gut, dass sich das Buckeln lohnt?« Er schnaubte. »Ruf deine Männer zurück – das hier geht euch nichts an.«

»Ach nein?«, bellte der Fremde. »Ihr verwüstet die Straßen meiner Stadt, widersetzt euch den Befehlen von Soldaten und eignet euch widerrechtlich meine Gefangene an. Ihr seid festgenommen!«

Seine Gefangene? Ildiko riss die Augen auf und umfasste ihre Mutter zugleich fester.

»Festgenommen, dass ich nicht lache«, höhnte Arpad, und auf seinem Gesicht breiteten sich rote Wutflecken aus. Doch Vater warf dem Hauptmann einen langen Blick zu, dann trafen seine Augen Veronikas. Die Zeit schien stillzustehen. Mutter schüttelte den Kopf, sachte, kraftlos.

»Nein!«, schrie Ildiko, als ihr Vater den Säbel fallen ließ. »Wir müssen kämpfen, um Jankos willen!«

»Zu viele«, flüsterte Mutter. »Nicht hier, nicht jetzt.« Sie hob die Hand, strich über Ildikos Wange, dann schloss sie die Augen, und ihr Kopf sank bewusstlos nach vorne. Ildiko hielt sie fest und knirschte mit den Zähnen, während Tränen der Wut und Angst in ihre Augen traten.

* * *

Verschwitzt und mit rasendem Herzen wachte Janko auf. Gnadenlos schlugen die Kopfschmerzen ihre Krallen in seinen Geist. Obwohl er die Augen aufriss, sah er nichts. Sofort packte ihn die Angst, dass er blind sein könnte, dass ihm der Beduine in einem Anfall von Willkür die Augen ausgestochen hatte. Er wollte in sein Gesicht fassen, doch er konnte seine Arme und Beine nicht bewegen. Schwach und schwer, seltsam gefühllos waren sie.

Nur langsam klärten sich seine Gedanken. Er war gefesselt, und ein Tuch lag auf seinem Gesicht, aus dichtem Stoff gewebt und feucht von Speichel und Schweiß. Unter ihm war kühler Stein, und er konnte Heu und das scharfe Aroma von Kamelen riechen.

Er musste immer noch bei der Herberge sein! Abrupt hob er den Kopf und bereute es sogleich, denn der Schmerz in seinem Nacken wurde so stark, dass er glaubte, es nicht aushalten zu können. Und dann hörte er die Stimmen. Rasch ließ er den Kopf wieder sinken.

»Dreihundert Dinar«, sagte einer.

»Pah! Fünfzig.«

»Fünfzig?« Der andere lachte spitz und humorlos. »In Tabriz bekomme ich das Zehnfache.«

»Du ihn fast totschlagen. Er mir gehört.«

Es war Saych, der sprach. Janko identifizierte seinen Geruch im gleichen Moment, als er den Akzent erkannte. Und er feilschte mit dem Beduinen, feilschte um ihn! Seine Gedanken rasten, während er so leise wie möglich seinen Körper entlangspürte. Keine Stricke, sondern Metallketten banden ihn, viel zu fest, um sich daraus zu befreien.

»Schau dich um, Tatar, meine Karawane zählt fünfzehn Mann, und ihr seid nur zehn.« Der Beduine klang lauernd. »Warum willst du ihn unbedingt? Es gibt andere hübsche Christenjungen, sogar hübschere könnte ich dir beschaffen.«

Saych schnaubte. »Hier, nimm hundert. Jetzt geh. Sonst ich hole Soldaten, und du bekommst nichts.«

»Zweihundert, mein letztes Angebot.«
»Nimm das.« Münzen klimperten. Janko hörte Saychs raschen Atem. Wenn der Tatar tatsächlich bereit war, für ihn zu bezahlen, dann musste er es eilig haben. So eilig, dass ihm jedes Mittel recht war, um mit ihm rasch und ohne Aufsehen zu verschwinden. Bedeutete das, dass Mutter und Ildiko entkommen waren? Er holte tief Atem, dann schloss er die Augen, konzentrierte sich auf seine Wolfsgestalt. Sofort riss der Kopfschmerz wieder an ihm, doch seine Glieder blieben taub. Er war zu schwach, um sich zu verwandeln. Plötzlich war er sich sicher, dass er Arme und Beine nicht einmal hätte bewegen können, wenn er nicht gefesselt gewesen wäre.
»Wo bringst du ihn hin?«, fragte der Beduine, und Janko hörte, wie sich Schritte näherten. Im nächsten Moment wurde er von rauen Werwolfhänden gepackt und hochgehoben.
»Istanbul«, sagte Saych. Dann fühlte Janko, wie er mit einem Schwung über die Schulter des Tataren geworfen wurde, und er verlor erneut das Bewusstsein.

11. KAPITEL

Trabzon, Januar 1476

Der Kerker war ein langgezogener Kellerraum mit Ketten und Armschellen, die auf beiden Seiten aus der Wand hingen wie eiserne Tentakel. Es roch nach Ratten und Schimmel, und in den Ecken lag knöchelhoch Unrat.

Die Soldaten hielten die Werwölfe jeweils zu zweit mit ihren Waffen in Schach, während ein dritter sie in die Hocke zwang und ihnen die Armschellen anlegte. Ildiko biss die Zähne zusammen. Nur zu gerne hätte sie ihnen gezeigt, was es hieß, sich mit einer Wölfin anzulegen! Doch Vater hatte ihr befohlen, ruhig zu bleiben.

Sie sah sich um. Es gab eine Tür und zwei Luken, die für Frischluft sorgten. Sie befanden sich in einer Mannslänge Höhe, und nicht einmal ein Säugling hätte hindurchgepasst. Wie um alles in der Welt sollten sie aus diesem Loch entkommen?

Sobald die Schritte der Soldaten verhallt waren, konzentrierte sie sich auf ihre Hände. Wenige Augenblicke später schlüpften ihre Wolfspfoten aus den Armschellen.

Vater und Arpad starrten sie an, Arpad grinsend und Vater skeptisch. Sie ignorierte sie und eilte zu Mutter hinüber, die mit teilnahmslosem Blick an der Wand saß. Die Ketten hielten ihre Arme oben, so dass sie aussah wie gekreuzigt. Eine Verwandlung kam in dieser Stellung für keinen der anderen Werwölfe in Frage.

Ildiko prüfte die Handschellen, doch sie saßen zu eng, um sie abzustreifen. Mutter stöhnte, als Ildiko mit aller Kraft versuchte, die Schelle auseinanderzubiegen. Das schwere Metall be-

wegte sich noch nicht einmal einen Daumenbreit. Sie stieß die Luft mit einem frustrierten Seufzer aus.
»Mutter«, flüsterte sie. »Hältst du es noch eine Weile aus?«
Und Mutter nickte kraftlos. Was hatte sie alles erleiden müssen! Die Finger an ihrer Hand waren gebrochen, und dort unter ihrem Kinn leuchteten blau und rot Würgemale. Die Stichwunde an ihrer Seite war so tief, dass sie immer noch leicht blutete. Ildiko riss einen weiteren Streifen ihres Kittels ab und presste ihn darauf. Unter ihren Fingern spürte sie Mutters Herzschlag. Leise war er, doch gleichmäßig, pulsierte mit der Kraft ihres Wolfsbluts. Sie lag nicht im Sterben, immerhin. Ildiko atmete auf. Doch wenn sie sich aus diesem Kerker befreiten, würde einer von ihnen sie tragen müssen.
»Prüf die Fesseln der anderen«, murmelte Mutter, und Ildiko gehorchte. Doch auch Arpads Ketten hielten mit eiserner Kraft. Zuletzt ging sie zu ihrem Vater. Sie starrte ihn finster an, während sie an seinen Ketten riss. Er allein war schuld an ihrer misslichen Lage. Mörtelstaub rieselte aus der Wand, doch die Fesseln lösten sich nicht.
Fluchend richtete sie sich auf. »Janko ist irgendwo da draußen«, stieß sie hervor. »Er ist immer noch bewusstlos, und wahrscheinlich haben sie ihn bereits wieder eingefangen.«
Ihre Wut ließ sie wie ein eingesperrtes Raubtier hin- und herlaufen. Zwanzig Schritte, hin und zurück. Vater sah ihr mit hochgezogenen Augenbrauen zu. »Spar deine Kräfte.«
Sie fuhr herum. »Wozu? Wie sollen wir hier jemals wieder herauskommen?« Sie ballte die Fäuste. »Sie werden uns an den Wolfsbund ausliefern. Oder an die Türken. Vielleicht töten sie uns auch gleich!« Sie konnte nicht verhindern, dass ihre Stimme zitterte, deshalb schloss sie den Mund und wandte sich ab. Wie konnten die anderen nur so ruhig bleiben?
»Ildiko«, flüsterte ihre Mutter. »Komm her.«
Ildiko zögerte, doch dann ließ sie sich neben ihr auf die Knie nieder.
»Meine dunkle Tochter, du steckst so voller Wut.« Mutter seufzte.
»Dein Vater hat richtig gehandelt. Er hat ein Blutbad verhindert.«
»Aber warum?«, fuhr Ildiko auf. »Es waren doch nur Soldaten!«

»Menschen. Es waren Menschen«, flüsterte Mutter. Plötzlich sah sie traurig aus. »Da waren auch Frauen und Kinder in der Menge, hast du sie nicht gesehen? Ja, wir hätten kämpfen können, doch viele wären gestorben, und am Ende hätten sie uns doch besiegt. Es waren zu viele.«
Ildiko senkte den Blick. Mutter mochte recht haben, und ein Teil von ihr war selbst befremdet, dass sie so wenig Reue verspürte bei dem Gedanken, Menschen zu töten. Doch welcher Ausweg blieb ihnen denn sonst?
»Und jetzt?«, flüsterte sie niedergeschlagen. »Sollen wir einfach stillhalten?«
»Nein!« Ihre Mutter richtete sich auf. »Du hast dich schon befreien können. Und wir anderen finden einen Weg.« Sie sah zu Vater hinüber.
Er nickte. »Hast du dich umgesehen, als sie uns hierherbrachten?«, meinte er. »Dieses Gefängnis ist weder eine Festung noch gut bewacht. Es scheint ein Verwaltungsgebäude zu sein, und dieser Kerker ist zu klein, um häufig für Gefangene genutzt zu werden. Wer auch immer dieser Hauptmann ist, er will unsere Anwesenheit geheim halten.« Sein Blick wurde dunkel. »Ich habe das Rudel schon aus schwierigeren Lagen befreit, Ildiko. Manchmal müssen wir zunächst nachgeben, um zu gewinnen.«
Nachgeben, um zu gewinnen. Sie ließ sich den Satz durch den Kopf gehen. Er widersprach allem, was sie fühlte, und die dunkle Wut, die sie antrieb, wollte die Worte höhnisch verlachen. Doch dann dachte sie an ihren Entschluss, das Rudel zu holen, statt den Entführern alleine hinterherzupreschen. Sie seufzte. War es das, was Vater meinte?
»Gábor, Ildiko.« Jemand flüsterte.
»Ilai!« Ihr Herz machte einen Satz. Sofort war sie auf den Beinen und bei der Luke, die über ihrem Vater die Wand durchbrach. Sie sah hinauf. Der Roma war nur ein Schatten, der auf dem Hof vor dem Kerker kauerte, doch seine Stimme klang hell und klar zu ihnen herunter.
»Seid ihr wohlauf?«

»Veronika ist verletzt«, antwortete Vater grimmig. »Wir müssen sie aus der Stadt bringen, damit sie versorgt werden kann.« Er legte den Kopf in den Nacken und richtete sich in den Fesseln so weit auf, wie es ihm möglich war. »Seit wann bist du in Trabzon? Hast du Janko gesehen?«

»Wir haben die Entführer überholt, die mit dem Karren nur langsam vorwärtskamen«, erwiderte Ilai. »Und wir haben andere aus meinem Volk getroffen, die Sippe meines Großonkels. Seit gestern lagern wir vor der Stadt. Mutter ist bei ihnen. Und ja, ich habe Janko gesehen. Als er geflohen ist, bin ich seinen Verfolgern hinterher.«

»Wo ist er?«, rief Ildiko.

»Sie haben ihn wieder erwischt.«

»Nein!« Ildiko warf ihrem Vater einen wütenden Blick zu.

»Wo bringen sie ihn hin?«, fragte Gábor, ohne sie anzusehen. Seine Stimme klang ruhig, doch in den Armschellen ballte er die Fäuste.

»Sie sagten, sie wollten nach Istanbul. Ich sah, wie sie ihn zum Hafen brachten.«

Sie wollten mit dem Schiff weiterreisen? Ildikos Herz raste.

»Ihr Anführer hat ihn getragen«, fuhr Ilai fort. »Janko war bewusstlos. Und dann stieß ein Soldat zu ihnen, der berichtete, dass sie euch gefangen genommen haben. Ich bin so schnell wie möglich hierher.« Er stockte. »Ich glaube, sie wollen euch töten. Ihr müsst hier raus.«

»Hast du Männer?«

»Fünf meiner Vettern haben mich begleitet, sie warten am Osteingang. Wie können wir euch helfen?«

Ildiko sah, wie ihr Vater nachdachte. Ungeduldig wippte sie auf den Zehenspitzen.

»Kannst du hier noch länger ausharren?«, fragte er.

»Nur wenige Minuten«, erwiderte Ilai. Seine Stimme wurde leiser, als er den Kopf zur Seite wandte. »Soldaten patrouillieren regelmäßig hier vorbei.«

»Gib deinen Männern Bescheid, dass sie sich bereithalten sollen«, sagte Vater. »Und dann komm wieder her. Wir werden dir

ein Zeichen geben, wenn wir losschlagen. Ihr haltet uns den Ostausgang frei.«
Ildiko runzelte die Stirn. Losschlagen, das sagte ihr Vater so selbstverständlich, als wäre er nicht an die Wand gekettet. Was hatte er vor?
»Gut«, stieß Ilai hervor. Doch dann schien er zu zögern.
»Wo ist mein Vater?«, fragte er. »Habt ihr ihn am See zurückgelassen?«
Senando. Ildikos Lächeln verschwand. Wie sollten sie es Ilai nur sagen?
Ihr Blick fiel auf Vater. Er sah sie an.
»Darf ich …« Sie deutete eine Bewegung an, und zuerst runzelte er die Stirn, doch dann nickte er. Und ohne weiteres Zögern griff sie nach Halt an der Mauer und stieg gleichzeitig auf Vaters Schultern. Warm waren sie und fest, und er hielt ihr Gewicht, ohne zu wanken.
»Ilai«, flüsterte sie. Nun konnte sie sein Gesicht sehen. Dunkel und besorgt hob es sich gegen den Nachthimmel ab. Sie streckte die Hand nach ihm aus, und auf halber Strecke durch die Luke fanden seine Finger die ihren. Ihr Herz war schwer wie Stein. »Dein Vater ist tot.«
Er keuchte auf. Seine Miene verzog sich zu einer Grimasse des Entsetzens. Er wollte sich losreißen, doch sie hielt ihn fest. »Uzun Hasans Männer haben ihn ermordet«, flüsterte sie und drückte seine Finger. »Wir werden ihn rächen.«
Erneut riss er an ihr, als wollte er sie durch die Luke zu sich nach draußen ziehen, und dieses Mal ließ sie ihn los. Er wich zurück in den Schatten der Mauer. Sein Atem war schnell und erstickt. Schweigend wartete sie.
»*Riengro bal'ari!*«, keuchte Ilai endlich. »Das werden wir!«
Im nächsten Augenblick verschwand er.
Langsam stieg Ildiko wieder herab. Vater starrte sie an.
»Du bist ein Kind mit vielen Facetten«, murmelte er, und dann schüttelte er den Kopf, als sie schnaubte: »Ich bin kein Kind mehr.«

»Du hast recht. Und wenn die Soldaten zurückkommen, zähle ich auf deine Hilfe.«

»Was soll ich tun?«

Während sie sich absprachen, kehrte Ilai an seinen Platz über der Luke zurück, schweigend und in sich gekehrt.

Dann hörten sie Schritte.

Ildiko sprang hinter die Tür. Knarrend wurde ein Riegel zur Seite geschoben. Der Hauptmann. Ildiko konnte sein Wolfsblut riechen. Sie machte sich ganz schmal und hielt den Atem an, als sich die Tür öffnete.

»Habt ihr euch schon an den Kerkergeruch gewöhnt?« Der Werwolf lachte grob. »Viel Zeit bleibt euch nicht mehr.« Er trat einen Schritt nach vorne, und Ildiko sah seinen breiten Rücken. An seinem Gürtel blinkte ein Schlüsselbund. »Ihr …«

In diesem Moment stieß sie die Tür hinter dem Hauptmann zu. Sie hechtete nach vorne, während er herumfuhr, und entriss ihm mit einer Hand die Schlüssel, mit der anderen seinen Dolch. »Fang!« Sie warf den Schlüsselbund hinüber zu Arpad. Seine rechte Hand schnellte vor, nur ein kleines Stück, dann ruckte die Kette und riss ihn zurück. Doch er fing die Schlüssel. Schon hatte der Hauptmann sich gefasst und stürzte sich auf Ildiko. Sie wich seinem ersten Schlag aus, ohne die Tür freizugeben, und hieb mit dem Dolch in Richtung seines Gesichts. Er war schnell, schneller, als sie es bei seinem feisten Körper für möglich gehalten hätte. Er sprang zur Seite und packte gleichzeitig ihr Handgelenk.

»Dummer Kerl«, knurrte er.

Von wegen Kerl! Sie stieß mit dem Kopf nach vorne, während sie sich gleichzeitig verwandelte. Ihre harte Wolfsstirn prallte gegen seine Nase und ließ ihn zurückzucken, gleichzeitig entglitt ihre schmale Pfote seinem Griff. Sie rutschte zu Boden und rollte sich aus dem Kittel, eine schmale und überaus flinke Wölfin.

»Was …« Er wich mit aufgerissenen Augen zurück. Sie sprang ihn an und verbiss sich in seiner Schulter. Für ihre scharfen Zähne war seine Lederweste kein Hindernis.

Hinter ihr wurde die Tür aufgestoßen. Zwei Soldaten stürmten mit gezückten Dolchen herein. Doch Arpad erwartete sie mit breitem Grinsen, und hinter ihm befreite sich Vater gerade von den Ketten. Er pfiff, schrill und durchdringend, das Zeichen für Ilai.

Die Zeit schien sich zu dehnen, und doch waren nur wenige Augenblicke vergangen, ehe die zwei Soldaten tot zu Füßen des Rudels lagen. Außer Atem verwandelte sich Ildiko wieder in einen Menschen und schlüpfte in ihren Kittel, während der Hauptmann sich die verletzte Schulter hielt und sie anstarrte.

»Ein Mädchen«, stöhnte er. »Wie kann das sein?«

Sie ignorierte ihn und befreite lieber Mutter aus den Ketten. Kraftlos sank Veronika in ihre Arme.

Währenddessen tippte Arpad den Hauptmann mit dem Fuß gegen die Brust. »Zu welchem Rudel gehörst du?«

»Rudel?« Der Hauptmann schnaubte. »So nennen wir uns schon lange nicht mehr.«

»Wie dann?« Erneut trat Arpad ihn, dieses Mal fester, woraufhin sich der Mann zusammenkrümmte. Er keuchte, doch er sagte nichts mehr.

Gábor ging neben ihm in die Knie. »Wir werden keine Zeit mit dir verschwenden.« Seine Stimme ließ keinen Zweifel daran, dass er es ernst meinte. »Du wirst mir zuerst erklären, was das hier ist.« Er zog eine Kette unter der Weste des Hauptmanns hervor, an der ein silberner Anhänger baumelte, der Ildiko mehr als bekannt vorkam. Sie hielt den Atem an. »Und dann sagst du mir den Namen desjenigen, der dich beauftragt hat, uns zu töten.«

»Und wenn nicht?« Der Hauptmann blinzelte.

»Dann werde ich dich überaus schmerzvoll töten.«

»Pah! Du tötest mich so oder so.« Der Mann wandte den Kopf ab. »Und du wirst nichts von mir erfahren, ehe meine Männer hier sind.«

Arpad packte den Dolch, den er von einem der Soldaten erbeutet hatte, und hielt ihn dem Mann an die Kehle. »Dann töten wir ihn gleich und verschwinden.«

»Ich hätte euch nicht umgebracht.« Der Mann bleckte die Zähne, doch Ildiko hörte die Angst dahinter. So klang ein Feigling, der um sein Leben flehte. Während sie ihrer Mutter auf die Beine half, musterte sie ihn abschätzig. »Sie haben gesagt, ich darf euch in drei Tagen gehen lassen. Ihr seid ihnen gleichgültig, hört ihr?«

»Wem sind wir gleichgültig?« Arpad drückte die Spitze des Dolchs fester an die Kehle des Hauptmanns, so dass ein Blutstropfen herausquoll.

»Ich kenne sie nicht.« Der Blick des Hauptmanns eilte von Arpad zu Gábor. »Ich sollte nur das Schiff für sie bereithalten.«

»Ach ja?« Gábor seufzte. »Und wenn du sie nicht kennst, wer hat dich dann mit dem Wolfsbiss geprägt? Wer hat dir dieses Medaillon gegeben?«

Der Hauptmann schloss den Mund.

»Töte ihn«, sagte Gábor zu Arpad, und seine Stimme klang beinahe sanft. Er trat zu Veronika, die sich schwankend auf Ildikos Schulter aufstützte. Vorsichtig hob er sie hoch und trug sie zur Tür. »Kommt.«

Ildiko entwand einem der toten Soldaten den Säbel aus den noch warmen Fingern. Sie spürte Mutters Blick, als sie über die Leichen hinwegstieg. Nein, für Bedenken oder gar Reue war keine Zeit. Entschlossen folgte sie ihrem Vater nach draußen.

Der Gang war schmal und nur von wenigen Fackeln erhellt, die in Wandöffnungen steckten.

Sie war bereits auf der Treppe, als sie den Hauptmann gurgeln hörte. Kurz nur, dann war es still. Im nächsten Moment war Arpad hinter ihr. Sein Gesicht war grimmig.

»Arpad, geh vor mir.« Gábor wartete auf dem obersten Absatz auf sie.

Ildiko biss die Zähne zusammen und hob ihren Säbel. Er war groß und unhandlich, ein Fremdkörper in ihrer Hand. Sie blickte in die aufgerissenen Augen ihrer Mutter, die über Vaters Schulter immer noch zu ihr herabsah.

Im nächsten Augenblick sprang Arpad die letzten Treppenstufen hinauf und stürmte um die Ecke. Überraschte Rufe erklangen, Poltern und das helle Klirren von Waffen.
Hastig folgten Ildiko und Vater ihm hinauf in einen kleinen, von schmalen Arkadengängen gesäumten Hof. Das Mondlicht warf fahle Schatten über die verputzten Mauern.
Arpad trieb zwei Männer mit einem Säbel vor sich her.
»Bleib hinter mir, er schafft das allein!«, befahl Vater, als Ildiko an ihm vorbeiwollte, um sich in den Kampf zu stürzen. Sie befolgte seine Worte nur widerwillig.
Die Soldaten gingen zu Boden, ihre Gesichter waren vor Furcht und Schmerzen verzerrt. Hinter sich hörte Ildiko, dass weitere Männer auf dem Weg zu ihnen waren.
»Schneller!« Sie rannten durch einen der Arkadengänge.
Ihre Verfolger schrien und beschleunigten ebenfalls ihre Schritte. Auch vor ihnen hörte Ildiko plötzlich Kampflärm. Dann kamen sie in eine kleine, von bunt bemalten Säulen gestützte Eingangshalle. Ilai und eine Handvoll weiterer Männer hatten die Wachsoldaten dort bis auf einen niedergerungen. Arpad stürzte sich mit einem Satz auf den letzten und erledigte ihn mit einem solch wuchtigen Säbelschlag, dass der Mann nicht einmal mehr schreien konnte, ehe er tot zu Boden sank.
Ildiko sah zu Ilai. Er war blass. Sein Haar hatte sich aus dem Zopf gelöst, und Blut sprenkelte seinen bunten Umhang. Kein Lächeln zur Begrüßung, kein Funkeln in den Augen, nur ein langer Blick unter zornig gefurchter Stirn.
Die anderen Roma starrten die Werwölfe an. Ihr Schweiß roch nach Angst.
Sie hatten keine Zeit zu verlieren, und doch eilte Ildiko an Ilais Seite und legte ihm eine Hand auf den Arm. Er wandte sich ab.
»Folgt uns«, sagte er. Ohne einen Blick zurück liefen sie hinaus in die Nacht.

12. KAPITEL

Paris, zur gleichen Zeit

Emilian de Lauris machte sich nicht die Mühe, den Gürtel aufzuschnallen, sondern riss ihn mit einer heftigen Handbewegung von seiner Hüfte und schleuderte ihn in die Ecke des Zimmers. Die lederne Scheide seines Schwertes prallte gegen die holzvertäfelte Wand und rutschte auf den Boden hinunter.

»Dieser verdammte Pharisäer!« Er packte einen Hocker und warf ihn seinem Gürtel hinterher. Polternd traf Holz auf Holz, doch das Knacken, als die Beine des Möbels entzweibrachen, befriedigte ihn kaum.

»Wer nicht lügen kann, kann nicht herrschen«, hatte ihm der König vorhin lächelnd ins Gesicht gesagt, nachdem er drei der loyalsten Kammerdiener hatte köpfen lassen. Der Herrscher warf ihnen vor, Gold gestohlen zu haben, doch der halbe Hof wusste, dass sie in Wahrheit den Botschafter aus Neapel verspottet hatten. Und der König tat dem Beleidigten einen Gefallen, weil er immer noch glaubte, dass ihm seine Kriecherei vor den Neapolitanern irgendetwas anderes einbringen würde als die Verachtung jener, die seine Ränkespiele längst durchschauten. *Louis XI. le rusé* betitelte ihn der Adel, der stets hoffte, den König mit Schmeicheleien gewogen zu halten. Louis der Kluge. Emilian war schon lange dazu übergegangen, ihn insgeheim Louis den Feigling zu nennen. Seit fünfzehn Jahren regierte der Weichling nun Frankreich, und jeder weitere Tag stieg ihm mehr zu Kopf. Gleichzeitig wuchs auch Emilians Wunsch, dem Alten ebendiesen Kopf von den Schultern zu reißen und ihn in der Seine zu versenken.

»Seigneur.« Eine sanfte Stimme riss ihn aus seinen Gedanken. Joline lächelte ihn an. Wider Willen beruhigte ihn ihr Anblick sofort. Er mochte ihr Lächeln, die Art, wie es ihr ganzes Gesicht einnahm, als gäbe es keine Sorgen in ihrer Welt. Sie hatte keine Ahnung, wie gefährlich er wirklich war. Doch mit dem erstaunlichen Instinkt einer Hure wusste sie meistens, wann sie seine Wutausbrüche ernst nehmen und das Weite suchen sollte und wann sie ihn allein mit diesem Lächeln besänftigen konnte. So wie heute. Seufzend ließ er sich auf das Bett fallen.
Sie kniete sich vor ihn, um ihm die Stiefel auszuziehen.
»Wer hat Euch heute so verärgert?«
»Nur ein König«, sagte er, während sie ihm die nackten Füße rieb. Aus halb geschlossenen Augen beobachtete er sie.
Das Kerzenlicht ließ ihr dunkles Haar schimmern und spiegelte sich in dem Glanz ihrer Haut, tanzte auf den feinen Härchen, die sich auf ihren Armen aufgerichtet hatten. Sie trug nichts als ein dünnes Seidengewand, das locker über ihre Schultern und Hüften fiel. Als sie sich nach vorne beugte, konnte er durch den Ausschnitt die Rundungen ihrer Brüste sehen.
»Der König?« Nur das Zucken ihrer Mundwinkel verriet, dass sie nervös war.
»Ma jolie fille, ça ne faut pas t'alarmer«, murmelte er. Wenn er gereizt war, fasste er sie manchmal etwas gröber an als nötig. Doch nicht heute. Immer noch hatte er den Gestank von Angst und Schmerz in der Nase, der heute wie eine dunkle Wolke über dem Königshof gehangen hatte, und er hatte keine Lust, das auch an ihr zu riechen.
Er atmete ein. Sie duftete nach Milch und Wein und dem Lavendelwasser, das sie sich zwischen die Brüste tupfte, weil sie wusste, dass er das mochte.
»Seigneur?« Sie sah, dass er schnupperte, und ihr Lächeln leuchtete wieder auf. Sie kannte seine feine Nase. Mit einer Hand deutete sie auf den kleinen gedeckten Tisch. »Habt Ihr Hunger oder Durst? Ich habe Wein aus Armagnac und frisches Brot.«
»Ja, ich habe Hunger«, murmelte er, »aber nicht auf dein Brot.«

Er schnellte nach vorne, packte sie an den Armen und zog sie mit sich auf das Bett. Sie quiekte, als er ihr Gewand zerriss und sein Gesicht an ihrem Hals rieb, tief ihren Geruch in sich aufsog. Sein Wolf erwachte mit einem Grollen. Er wollte sie nehmen und sich verlieren, wollte seinen Ärger und die Erinnerungen an den heutigen Tag zwischen ihren Schenkeln vergraben.
Er warf sie auf den Rücken und beugte sich über sie. Ihre Brust hob und senkte sich so rasch wie die eines Kaninchens, während sie seine Schnürhose aufnestelte und ihr zerrissenes Gewand nach oben schob.
Er packte ihre Handgelenke, dann war er mit einer einzigen Bewegung bei ihr. Geradezu sanft war er, bändigte seinen Wolf, bis sie mit geschlossenen Augen keuchte und den Rücken durchbog, um ihn willkommen zu heißen.
Hinterher zog er seinen Arm unter ihrem Kopf hervor und stand auf. Nackt trat er ans Fenster und öffnete die Läden, damit das Mondlicht zu ihnen hereinfallen konnte. Seine Haut prickelte, als er sich hinausbeugte und in die Gasse unter ihm blickte. Die Häuser drängten sich dunkel und schmal aneinander, schienen sich unter seinem Blick zu ducken. Er sollte nicht hier sein, nicht in solch einer mondhellen Nacht, wenn die Wälder nach ihm riefen.
Er stieß den Atem in kleinen Wölkchen aus. Sein Rudel war draußen, jagte auf seinem Landgut rund um das kleine Dorf Versailles, und fast meinte er, ihren Ruf hören zu können. Er war ihr Ältester, seit vor fünf Jahren sein wölfischer Adoptivvater Lauris im Kampf gegen Burgund gefallen war. Wenige Stunden nach Lauris' Tod hatte die Magie ihres Wolfsbluts Emilian die Kräfte eines Leitwolfs verliehen – und niemand hatte ihn gefragt, ob er sie überhaupt wollte. Jetzt war er ein Gefangener seiner Pflichten und diente im Auftrag des Wolfsbundes einem König, der keine Ahnung hatte, wer Emilian wirklich war.
»Komm zurück, mir wird kalt«, sagte Joline hinter ihm. Er drehte sich um. Ihr Haar war zerwühlt, und sie sah ihn nicht an.

Etwas an der Art, wie sie sich unter dem Laken zusammenkauerte, irritierte ihn. Sie war nicht so entspannt, wie sie sein sollte. Sorgte er nicht gut für sie? Es war immerhin ein seidenes Laken, unter dem sie lag, von seinem Geld bezahlt, genauso wie er die Schneiderin entlohnte, die ihr kostbares Nachtkleid wieder flicken würde!
Er folgte ihrem Blick. Sie sah zum Tisch hinüber, auf dem Wein und Brot immer noch unberührt standen. Wahrscheinlich hatte sie seit heute Mittag nichts mehr gegessen. Und statt sich zu nehmen, was sie brauchte, wartete sie darauf, dass er es ihr brachte. Verwöhntes kleines Mädchen. Er seufzte und schloss die Fensterläden. Dann ging er zum Tisch, hob ihn mühelos an und stellte ihn neben dem Bett ab.
Sofort griff sie nach der Weinkaraffe und schenkte zwei Zinnbecher ein, dann nahm sie das Brot und brach sich ein Stück davon ab. Er setzte sich neben sie und knabberte an ihrer Schulter, während er ihr beim Essen zusah. Ihre Haut war warm und schmeckte leicht salzig.
»Wein?«, fragte sie leise, und als er nickte, reichte sie ihm einen Becher.
»Warum hat Euch der König verärgert?«, fragte sie und schob sich ein weiteres Stück Brot in den Mund.
Er zuckte die Schultern und nahm einen tiefen Schluck von dem Wein. Er schätzte die fruchtigen Weine aus Armagnac, doch dieser war viel zu stark mit Honig und Nelkenwurz versetzt, als hätte der Händler schlechte Qualität zu verbergen versucht.
»Das braucht dich nicht zu kümmern.«
Er wollte den Arm um sie legen, doch sie rutschte ein Stück von ihm fort.
»Wollt Ihr mehr Wein?«, fragte sie und griff nach der Karaffe.
»Du kennst mich gut genug.« Er setzte den Becher an die Lippen und leerte ihn mit einem Zug, dann hielt er ihn zu Joline hinüber. Ihre Hand zitterte, als sie die Karaffe hob, um ihm erneut einzuschenken.

Der Wein schmeckte wirklich sonderbar, süß und gleichzeitig schal. Er leckte sich über die Unterlippe. Die Haut dort prickelte, und als er mit der Zunge darüberfuhr, fühlte sie sich taub an.

»Was …« Er runzelte die Stirn. Jetzt spürte er, wie auch seine Zunge taub wurde. Sein Magen verkrampfte sich, der süße Geschmack wich einer kratzenden Schärfe.

Sein Wolf schlug mit einem wütenden Knurren Alarm. Er ließ den Becher fallen. Rot ergoss sich der Wein über das Laken. Joline wich mit aufgerissenen Augen zurück. Die Karaffe schwankte in ihrer Hand, als er in die Höhe fuhr und ihren Arm packte.

»Was hast du in den Wein getan?«, krächzte er und spürte, wie sich die Zunge nur widerwillig im Mund bewegte. Seine Kehle schien sich zusammenzuziehen, sein Herz tobte und bockte wie ein wild gewordener Stier. Wut und Angst packten ihn zugleich, ließen seine Finger zu Krallen werden. Er schüttelte Joline, die sich mit schmerzverzerrtem Gesicht zu befreien versuchte. »Was hast du …«

Sie schrie und warf ihm mit voller Wucht die Karaffe gegen den Kopf. Der Schmerz schoss dumpf durch seine Stirn und ließ ihn wanken. Im gleichen Moment entwand sich Joline seinem Griff, sprang aus dem Bett und floh auf die andere Seite des Zimmers. Er wollte sich aufrichten und ihr folgen, doch seine Beine versagten ihm den Dienst. Auch seine Finger und Zehen fühlten sich nun taub an. *Wolf, steh mir bei.*

Die Muskeln unter seiner Haut zogen sich zusammen, Gelenke knackten. Haare überzogen seine Hände, seine Brust.

»Ungeheuer«, kreischte Joline und schlang die Arme um ihren nackten Bauch, drückte sich gegen die Wand. Ihre Augen waren mit Tränen gefüllt. »Sie sagten mir, dass du ein Ungeheuer bist.«

»Wer?«, keuchte er. Sein Kiefer ruckte, er spürte, wie die Wolfszähne versuchten, sich aus seinem Kiefer zu schieben. Bei Gott, er brauchte seine Wolfsgestalt, um das Gift zu bekämpfen, das sich durch seine Eingeweide fraß, doch es gelang ihm nicht, sich

vollständig zu verwandeln. Er bekam keine Luft, Schweiß troff ihm aus allen Poren, und er spürte seine Hände nicht mehr.
»Sie gaben mir die Knolle, sagten, ich solle sie zerstoßen und in den gewürzten Wein geben.« Jolines Stimme war schrill. »Menschen würde das Gift verschonen, doch Ungeheuer stürben daran.«
Ein Gift, das nur Werwölfe vernichtete? Seine Gedanken rasten, während sein Herzschlag sich verlangsamte. Das gab es nicht, es war ganz gewöhnliches Gift, und Joline war ein dummes, hinterhältiges Luder!
»Ich wusste, dass etwas mit dir nicht stimmt. Manchmal werden deine Zähne länger, wenn du mich besteigst, und auf deiner Brust«, sie keuchte, »wachsen Haare, wenn du schlecht träumst.«
Steckte der König dahinter? Nein, denn wer ihn vergiftet hatte, wusste über ihn Bescheid, durchfuhr es ihn mit eisiger Klarheit. Jemand aus seinem Rudel? Oder war es der verfluchte Wolfsbund, dem er sich nie voll und ganz zugehörig gefühlt hatte …
»Sag mir ihre Namen«, gurgelte er und schnappte ein letztes Mal vergebens nach Luft. Er bäumte sich auf. Graue Schlieren zogen an seinen Augen vorbei, dann wurde alles schwarz.

13. KAPITEL

Trabzon, Januar 1476

Ildiko eilte die menschenleere Gasse hinunter. Vater, der Mutter immer noch trug, lief vor ihr, Arpad hinter ihr. Die Rufe ihrer Verfolger wurden leiser, während Ilai und die anderen Roma sie durch das Labyrinth von Hinterhöfen führten.
Im Schatten der Stadtmauer waren einige Pferde festgebunden. Ein Roma löste sich aus ihrer Mitte. In leisem Singsang wechselte er Worte mit seinen Brüdern. Vater trat neben Ilai. Seine Arme umfassten Mutter fest, als er sie von seiner Schulter hob und gegen seine Brust lehnte.
»Wisst ihr einen Weg hinaus?«, fragte er.
Ilai nickte. »Eine der Pforten ist auch nachts geöffnet.«
»Dann sollten deine Vettern meine Frau und meine Tochter hinausbringen. Du zeigst Arpad und mir den Weg zum Hafen.«
Seine Worte duldeten keinen Widerspruch, trotzdem schüttelte Ildiko sofort den Kopf. »Ich muss zu Janko!«
Vater verzog abwehrend den Mund.
»Lass sie mitkommen.« Mutter legte ihm die Hand an die Wange. Ihre Finger zitterten, doch ihr Blick war fest. »Sie kann ihren Bruder spüren, sie weiß, wo er ist. Du brauchst sie.«
Einen Herzschlag lang schwieg er, während Ildiko widerspenstig das Kinn hob. Auch ihre Hände zitterten, und sie verschränkte sie rasch hinter dem Rücken.
Gábor seufzte und nickte schließlich. Sanft strich er seiner Frau über die Schulter. Sie sahen sich an, und in seinen Augen glühte plötzlich ein Feuer, das Ildiko den Blick abwenden ließ. So sah er nur ihre Mutter an, die stets die Erste war, die er nach

einer Reise begrüßte, und die Letzte, von der er sich verabschiedete.
Plötzlich war sie traurig, sie wusste selbst nicht, warum. Dann spürte sie Ilais Wärme neben sich.
»Wir müssen gehen«, wisperte er.
Mutter küsste Ildiko zum Abschied auf die Stirn, ehe die Roma ihr auf eines der Pferde halfen. Ildiko spürte ihren besorgten Blick im Rücken, als sie in Begleitung der Männer loslief, den Abhang der Gassen hinunter auf den Hafen zu.
Zwei Mal hörten sie die Soldaten. Sie verharrten in den Schatten, bis die Patrouillen vorüber waren.
Ilai lief schweigend voran. Seine feinen Züge waren angespannt. Einmal strauchelte er im Dunkeln, und er zuckte zurück, als Vater ihm aufhelfen wollte.
Endlich kamen sie auf einen schmalen Platz, gesäumt von Platanen und Lagerscheunen, an dessen Breitseite sich das Hafenbecken öffnete. Das Wasser glitzerte im Mondschein und schwappte glucksend gegen den gepflasterten Pier. Ein Dutzend Segelschiffe hoben sich schwarz gegen das Wasser ab. Außerdem schaukelten unzählige kleine Fischerboote auf den Wellen. Keine Menschen waren zu sehen, als wäre die Stadt nur ein leeres Gehäuse für Schatten und Wind. Oder als hätte der Hauptmann vor seinem Tod noch befohlen, den Hafen zu räumen, um die anderen Werwölfe unbemerkt die Zollstationen passieren zu lassen.
Ildiko atmete tief durch. Das Hafenbecken war auf der Wasserseite von hohen Mauern umgeben. Wie ein aufgerissenes Maul begrenzten sie die Mündung zum offenen Meer, bereit, jedes ankommende Schiff zu verschlucken und andere im Gegenzug wieder auszuspeien. Zwei Türme flankierten den Durchgang, ihre Silhouetten stachen in den Nachthimmel wie Fangzähne. Im linken Turm schimmerte ein Signalfeuer aus den oberen Schießscharten.
Janko musste nah sein, so nah, dass Ildiko meinte, seinen Atem zu hören. Jetzt, wo sie selbst still stand, spürte sie plötzlich, wie

sich das Seil, das sie miteinander verband, spannte. Er bewegte sich fort von ihr. Mit einem Satz sprang sie auf den Platz hinaus, duckte sich in den Schatten der Hütten und eilte die Reihe der Schiffe entlang.
»Ildiko, warte!« Ihr Vater zischte, als er sie am Arm packte, doch sie hörte die Besorgnis hinter seinen Worten. Er war ihr als Einziger gefolgt. »Was spürst du?«
Sie verengte die Augen, spähte zwischen zwei Schiffsrümpfen auf das Hafenbecken hinaus. Und dort, im Schutze der Mauer, bewegte sich ein Schiff auf den gähnenden Schlund der Hafenmündung zu. Ruderschläge klatschten aufs Wasser. Wie hatte sie das vorhin nicht bemerken können?
»Dort!« Sie vermochte einen Aufschrei nicht zu unterdrücken. »Janko ist auf diesem Schiff!«
Sie wand sich unter dem Griff ihres Vaters, doch er hielt sie fester als eine Daumenschraube. Seine Sinne waren schwächer als ihre, und sie hasste es, warten zu müssen, bis er das Offensichtliche ebenfalls wahrnahm.
»Ich sehe es«, murmelte er schließlich. Statt sie loszulassen, zerrte er sie mit sich. Weg von dem offenen Pier und zurück in den Schatten der Häuser, die den Platz wie eine Mauer aus Stein und Holz säumten. Ihr Herz schlug einen Trommelwirbel vor Sorge und Ungeduld, während Vater die anderen zu sich winkte.
»Wir müssen auf die Mauer.« Sein Gesicht war hart und entschlossen. »Wir müssen dort sein, ehe das Schiff den Durchgang zum Meer passiert. Ildiko, du bleibst hinter Arpad und mir.«
Ohne ein weiteres Wort lief er los. Ildiko widersprach nicht, doch sie ballte die Fäuste, während sie den Männern folgte. Ilai blieb ein Stück hinter ihr zurück, er konnte mit den rennenden Werwölfen nicht mithalten.
Dort, am Fuße der Mauer, war eine verschlossene Pforte, kaum mehr als ein hölzerner Verschlag vor der Wand. Arpad warf seinen massigen Körper gegen die Tür. Sie ächzte und bebte, und

beim zweiten Anlauf brach der Riegel mit einem lauten Knirschen.
Sie hasteten im Dunkel eine Treppe hinauf, dann stieß Vater eine weitere Tür auf, und sie sprangen ins Freie. Eine salzige Bö streifte ihre Gesichter. Zwischen den Zinnen hindurch konnte Ildiko hinaus aufs Meer blicken, hörte die Brandung, die rauschend gegen die Steine schlug.
Trabzon schien sich wirklich sehr sicher zu fühlen, denn bis auf die Werwölfe war der Wehrgang auf der Mauerkrone leer. Und dort, zwei Steinwürfe entfernt, war der Turm, in dem das Signallicht brannte. Der Wehrgang verbreiterte sich und führte um ihn herum.
Sie traten an die Zinnen, die den Blick auf das Hafenbecken freigaben. Das Schiff glitt mit behäbiger Eleganz auf die Ausfahrt zu, Ruder hoben und senkten sich an seinen Seitwänden wie Libellenflügel. An Deck bewegten sich Schatten. Gleich würde das Schiff die Ausfahrt erreichen, sein Bug war bereits aus ihrem Blickfeld verschwunden.
»Was sollen wir tun?«, flüsterte sie.
»Wir müssen ans Ende der Mauer.« Vaters Augen blitzten. »Gebe Gott, dass sie nah genug am Durchgang vorbeifahren, damit wir an Deck springen können.«
Sie blieb eng an seiner Seite, als sie den Wehrgang lautlos entlangrannten. Sie umrundeten den Turm. Das Schiff schob sich drei Mannslängen unter ihnen vorbei. Ildiko sah eine Reling, dahinter Holzplanken, Seilwinden und eine Luke, die hinab ins Schiffsinnere führte. Menschen eilten in eingespieltem Chaos zwischen den Segeln herum. Sie roch Werwölfe unter ihnen, und sie spürte Janko ganz in der Nähe.
Der Wind trug Männerstimmen zu ihnen herüber. Am Hafenbecken tauchten fünf Soldaten auf. Die Stadtgarde, die sie seit dem Gefängnisausbruch suchte.
»Dort, auf den Zinnen!« Einer deutete zu ihnen herüber.
An Deck hielten die Seemänner in ihrer Arbeit inne. Die Luke öffnete sich. Ein Mann betrat das Deck. Er war klein gewachsen

wie eine Frau, hatte ein flaches Gesicht und geschlitzte Augen. Er verströmte Wolfsgestank. Ildiko knurrte.

Vater sah ihn ebenfalls, sie spürte den Ruck, der durch seinen Körper ging. Er griff in den Zwischenraum der Zinnen und zog sich an der Mauer empor.

Der Werwolf auf dem Schiff stieß ein überraschtes Ächzen aus und starrte zu ihnen herüber.

Über ihnen wurden Rufe laut, als sich die Hafenwache an den Schießscharten des Turms formierte.

Schatten bewegten sich, Metall glänzte im Mondlicht.

Sie durften nicht länger zögern! Ildiko zog sich an der Zinne neben ihrem Vater empor. Er sah sie an, den Mund zu einem grimmigen Strich verzerrt. Unter ihnen schob sich das Schiff vorbei, unaufhaltsam und unbarmherzig.

Und dann zog Vater seinen Säbel und sprang. Kraftvoll streckten sich seine Muskeln im Flug, der Mond tauchte seinen Körper in ein fahles Licht.

Ein Summen ertönte, als würde ein Bienenschwarm seinen Flug begleiten. Ildiko blinzelte, als der Armbrustbolzen der Hafenwache Vaters Hinterkopf traf. Zuerst begriff sie es nicht. Der Schwung des Geschosses schien ihn noch weiter nach vorne zu schleudern. Noch in der Luft riss er die Arme nach vorne.

Mit einem dumpfen Schlag prallte er gegen die Reling. Doch statt sich daran festzuhalten, glitten seine Finger ab, und er rutschte an der Schiffswand nach unten.

»Nein!«, schrie sie, als sein Körper auf dem Wasser aufschlug.

Die Männer an Deck sprangen zur Seite, als weitere Armbrustbolzen vom Hafenturm auf die Schiffsplanken niedergingen. Nur der fremde Werwolf bewegte sich nicht. Mit gefletschten Zähnen blickte er auf die Stelle der Reling, wo Vater verschwunden war.

»Nein!«, schrie sie erneut und hörte kaum das Zischen eines Bolzens, der nur eine Handbreit neben ihrem Gesicht vorbeiflog. Sie sprang.

Der Aufprall war hart. Kalt und gierig griff das Wasser nach ihr, zog sie nach unten und presste ihr die Lungen zusammen. Sie schmeckte Salz, stieß mit den Füßen an das glitschige Holz der Schiffswand. Und plötzlich spürte sie Janko, nur eine Armweite entfernt.
Er regte sich, schwach, noch halb bewusstlos. So nah war er, und doch so weit weg.
Im nächsten Moment schoss sie aus den Tiefen der Fluten ins Freie und schnappte nach Luft. Während sie mit den Füßen paddelte, griff sie mit den Händen suchend umher, stemmte sich gegen den Sog des Schiffes. Über ihr senkte sich ein Ruder herab, mit einer Seitwärtsbewegung wich sie ihm gerade noch aus.
Und dann sah sie Vater. Sein verkrümmter Körper schwappte mit der Gischt gegen die Mauer der Hafenfestung. Angst zerriss ihr Herz. Sie schwamm zu ihm und packte ihn an den Schultern.
»Vater«, keuchte sie. »Vater, Janko ist unter Deck!«
Sie drehte ihn herum, hielt sein Gesicht aus dem Wasser. Er war bleich wie der Meerschaum. Blut durchtränkte seine dunklen Locken, mischte sich mit dem Salzwasser. Er war in ihren Armen, und trotzdem … war er nicht mehr da. Ihr Mund fühlte sich taub an, ihre Finger wollten ihn nicht mehr halten. Kein Atem, kein Herzschlag.
»Vater!« Sie schluchzte. Plötzlich schlug das Wasser neben ihr hoch. Ilai tauchte aus den Fluten auf.
»Ich nehme ihn«, flüsterte er. Gehetzt blickte er sich um, sein Gesicht ein Spiegel der Angst. Erst jetzt nahm sie die Bolzen wahr, die immer noch um sie herum ins Wasser einschlugen, sah das Heck des Schiffes, das den Hafendurchgang schon fast hinter sich gelassen hatte. Zwei Seemänner lehnten sich über die Reling und schossen nun ebenfalls auf sie, und neben ihnen stand regungslos der fremde Werwolf.
Sie jaulte auf, als einer der Bolzen sie an der Schulter streifte. Die Wunde brannte im Salzwasser wie Feuer.

Ilai packte Gábors leblosen Körper und drückte ihn gegen seine Brust. Sie hielt Vaters Hand fest, während Ilai rückwärts durch die Wellen schwamm, an der Wehrmauer vorbei in den Schatten des Hafenbeckens, und sie dabei mit sich zog. Sie warf einen letzten Blick auf das Schiff, das sich immer weiter entfernte.
»Janko!«, schrie sie, doch statt ihm hinterherzuschwimmen, drückte sie Vaters Hand fester.
Wie durch einen Nebel hörte sie Arpad auf den Mauern brüllen, hörte das Klirren von Waffen.
Ilai steuerte auf einen der schwimmenden Holzstege zu. Ohne ein Wort schob er Vater in Ildikos Arme. Sie umfasste ihn fest, strampelte mit beiden Beinen, um nicht unterzugehen. Ilai zog sich am Steg empor, dann streckte er ihr die Hände entgegen. Ildiko kletterte neben ihm an Land und half ihm, Vater auf den Steg zu betten.
Schluchzend zog sie seinen Kopf auf ihren Schoß, strich ihm die Haare aus der Stirn.
»Wir müssen ihn wärmen«, rief sie. »Schau, ob du in einem der Boote eine Decke findest.«
Doch Ilai regte sich nicht. Heftig atmend kauerte er neben ihr und starrte Vater mit weit aufgerissenen Augen an.
»Worauf wartest du?«, fauchte sie und rieb mit den Fäusten über Vaters Brust. Zorn mischte sich unter ihre Verzweiflung, loderte hell über dem Abgrund ihrer Furcht. Vaters Augen waren geschlossen, und er sah ruhig, fast friedlich aus. Dabei war er kalt, so kalt, und sie hörte sein Herz nicht schlagen.
»Wach auf!«, schluchzte sie und schlug mit den Fäusten so fest auf seine Brust, dass Wasser von seiner Weste spritzte. Wasser und Blut.
»Er ist tot«, murmelte Ilai, sein Gesicht war eine entsetzte Grimasse.
»Nein«, stieß sie hervor. Als er seine Hand nach Vater ausstreckte, traf ihre Faust seinen Arm.
»Nein!« Noch einmal schlug sie zu, schlug ihm ins Gesicht. Ilai taumelte, Blut strömte aus seiner Nase. Doch statt sich zu weh-

ren, senkte er den Blick und streckte erneut seine Hand aus. Mit geballten Fäusten sah sie zu, wie er Vater halb herumdrehte.
Blut an seinem Hinterkopf, dunkel wie Pech. Dann erblickte sie den Bolzen. Sein Schaft war am Federhals abgebrochen und ragte nur zwei Fingerbreit aus Vaters Haaren hervor.
Kein Laut kam aus ihrer Kehle. Die Worte flohen vor ihr, denn die Welt hatte jeden Sinn, jeden Halt verloren. Ihre Tränen fielen herab und benetzten Vaters Augenlider, seine Wangen. Sie legte den Kopf in den Nacken und heulte, jagte Trauer und Zorn mit diesem tierischen Schrei aus sich heraus.
»Schscht.« Eine Hand auf ihrem Mund. Nur weil es Ilai war, biss sie nicht zu. »Still, Ildiko«, flüsterte er. »Wir müssen fort, solange Arpad sie auf den Mauern ablenkt.«
Er zog sie auf die Beine, während sie noch nach Vater griff, zog sie fort von seinem kalten Leib und hinein in Ödnis und Leere.

14. KAPITEL

Istanbul, Februar 1476

Die Sonne fiel durch die Spitze des hölzernen Baldachins herein und ließ Staubkringel über den Marmorboden tanzen. Der Großwesir sprach mit schleppender Stimme, während er aus den Berichten zu den Tributzahlungen der besetzten Landesteile zitierte.

Vor ihm saßen auf seidenen Kissen die dreißig Männer des Diwans, die höchsten Würdenträger des Reiches. Wesire und Paschas waren darunter, der Muftî als oberster Rechtsgelehrter, der Leiter der Staatskanzlei, zwei Ağas der Janitscharen und der oberste Finanzbeamte des Reiches. Und dort war auch Adems Onkel Harun. Obwohl sie bisher nur wenig Gelegenheit für Gespräche gehabt hatten, waren seine asketischen Züge für Adem einer der wenigen angenehmen Anblicke in diesem Palast.

Hinter dem Diwan stand regungslos ein Dutzend Leibwächter, außerdem eilten Sekretäre hin und her, und in der rechten Ecke des Raumes notierten drei Schreiber gewissenhaft jedes gesagte Wort.

Adem hatte sich in der Nähe des Eingangs postiert. Seine Augen wanderten träge über die Versammelten. Einmal fing Harun seinen Blick auf und nickte ihm unauffällig zu. Dann straffte der Gelehrte wieder die hageren Schultern und studierte die müden Bewegungen des Großwesirs. Er war wohl der Einzige, der aufmerksam zuhörte.

Es war die dritte Woche, in der Adem Sulejmân-Pascha zu allen Terminen folgte, und längst war er der endlosen Sitzungen

überdrüssig. Seine Anwesenheit hatte sich bisher als gänzlich überflüssig herausgestellt, und er hatte mehr Geschwafel und Heuchelei erlebt, als für jeden aufrechten Mann gut war. Eines hatte er in diesen Wochen gelernt: Unzählige Leute hatten unzählige Gründe, Sulejmân-Pascha zu hassen, und keiner von ihnen war ein Werwolf.
Sieben seiner Männer waren inzwischen Richtung Schabatz aufgebrochen, um sich unter die dortigen Truppen zu mischen und nach den Untieren in den Reihen der Ungarn Ausschau zu halten. Er beneidete sie um die Jagd, die ihm erfolgversprechender schien als sein eigenes Ausharren. Istanbul war sein Zuhause, er kannte jede Gasse, jeden Platz – und doch juckte es ihn bereits wieder in den Beinen, als hätte sich sein Körper an das Nomadendasein gewöhnt und triebe ihn weiter, einem unbekannten Ziel entgegen. Bei Birkan, der mit zwei Männern bei ihm geblieben war, spürte er die gleiche Unruhe. Allerdings war sein Freund momentan freier als er – er ritt die Umgebung von Istanbul ab, erkundigte sich unauffällig bei Bauern und Fischern nach den verdächtigen Spuren, die ein Werwolf unweigerlich hinterließ: tote Schafe, Fährten auf den Äckern, nächtliches Heulen aus den Wäldern. Bisher war er jedoch nur auf zwei Füchse und einen wilden Hund gestoßen.
Adem hob seinen linken Fuß eine Handbreit, um sein Gewicht zu verlagern, und spürte dabei unwillkürlich nach dem Dolch, den er wie stets im Stiefel versteckt hatte. Nur den Leibwächtern des Sultans war es gestattet, in den Räumlichkeiten des Diwans bewaffnet zu sein. Der Ärger, den er riskierte, wenn sein Dolch entdeckt wurde, jagte ihm Schauer über den Rücken. Doch Sulejmân-Pascha wusste von der Waffe und wünschte sie sogar, und das war ihm genug.
Er konzentrierte sich auf seinen Dienstherrn.
Sulejmân saß leicht vornübergebeugt und hielt den Kopf gesenkt, als würde er dösen. Doch Adem wusste es besser. Während der stundenlangen Ratssitzungen des Diwans ergriff der Eunuch selten das Wort, denn die anwesenden Wesire waren

von Amts wegen ranghöher als der Pascha. Und doch war er derjenige, der neben dem kleinen Holzfenster saß, er war derjenige, der das Ohr zur Seite neigte, wenn die beringte Hand von innen gegen den Rahmen klopfte und eine Stimme aus dem Verborgenen flüsterte. Und wenn es nötig war, gab er die Worte des Sultans weiter, doch manchmal flüsterte er auch zurück und lächelte dabei sein Schlangenlächeln, während die anderen Anwesenden in einer Mischung aus Ehrfurcht und Sorge erstarrten.

In all den Tagen hatte Adem den Sultan nie selbst zu Gesicht bekommen, und manchmal bezweifelte er, dass der Oberste des Reiches überhaupt anwesend war. Doch gewiss konnte sich dessen niemand sein, und so sicherte sich der Sultan auch in seiner Abwesenheit die Loyalität aller Ratsmitglieder. Adem zollte diesem Schachzug ehrlichen Respekt.

»3000 Dukaten sind gestern als Tribut aus Kaffa eingetroffen«, trug der Großwesir soeben in monotonem Tonfall vor. »Im Gegenzug bitten die Genueser darum, zwanzig Schiffsladungen Weizen durch den Bosporus nach Kaffa einzuführen.« Er räusperte sich. »Ein maßvolles Verlangen, dem ich beizustimmen beabsichtige.«

Einer der Janitscharenführer hob die Hand. Der Großwesir blickte mit zusammengekniffenen Augen auf.

»Efendi«, sagte der Ağa, und seine Stimme schnitt wie ein Säbel durch die Luft. »Die genuesischen Stadträte von Kaffa pflegten uns stets zu umgehen, indem sie den Landweg durch Serbien und Ungarn nahmen und über dort nicht nur Nahrung bezogen, sondern auch Meldeboten empfingen und Söldner heranschafften. Wenn wir ihnen heute erlauben, unseren Seeweg für Weizen zu nutzen, werden sie morgen ihre Flotte vor unserer Haustür vorbeischleusen.«

»Dem stimme ich zu«, rief der zweite Janitschar. »Jedes Zugeständnis verzögert nur den Fall dieser Stadt, die wir inzwischen nahezu vollständig von den anderen Ungläubigen isoliert haben.«

Der Großwesir strich sich durch den Bart. »Und doch scheint es mir angesichts der Friedensverträge, die uns der genuesische Botschafter unterbreitet hat, unklug, ihr Ansinnen zu diesem Zeitpunkt auszuschlagen.«

In diesem Moment schob sich eine von Gicht geschwollene Hand aus dem Holzfenster und winkte. Alle anderen Bewegungen unter dem Baldachindach gefroren. Ein heiseres Murmeln ertönte. Unwillkürlich spitzte Adem die Ohren, doch er konnte nichts verstehen. Nur Sulejmân hob den Kopf und lächelte mit halb geschlossenen Augen.

»Unser großherrlicher Padischah wünscht Folgendes«, erhob er schließlich seine helle Stimme. »Zehn Schiffsladungen Weizen dürfen passieren. Die Schiffe müssen vor unserer Stadt Anker werfen und sich einer Kontrolle unterziehen. Der fünfte Teil der Ladung wird als Zoll erhoben. Jeder Mann an Bord, der über die übliche Besatzungsstärke hinausgeht oder die Ausrüstung eines Soldaten bei sich führt, wird getötet.«

Der Großwesir neigte den Kopf. »Ich danke Allah für die Weisheit, mit der er unseren Herrscher gesegnet hat. Wir werden …«

Direkt neben Adem entstand Unruhe, als einer der Diwansekretäre im Laufschritt in den Raum stürmte, dicht gefolgt von drei Janitscharen.

Sofort packten die Leibwächter des Sultans ihre Säbel, während der Sekretär mit vor Aufregung näselnder Stimme das Wort ergriff: »Hohe Efendis, entschuldigt die Störung. Doch die Boten aus Serbien bringen unaufschiebbare Nachricht.«

Einer der drei Janitscharen schob ihn brüsk beiseite. Sein Gesicht war hohlwangig, und seine Reitstiefel waren schlammverkrustet, als wäre er soeben erst vom Pferd gesprungen. Sein Blick glitt über die Anwesenden und blieb an den beiden Ağas hängen. »Wir kommen aus Schabatz. Die Stadt ist vor fünfzehn Tagen an den Ungarnkönig gefallen.«

Adem schnappte nach Luft. Schabatz, die uneinnehmbare Festung, in den Händen der Christen! Wesire sprangen auf und reckten die Arme, einer der Schreiber stieß einen schrillen Schrei aus. Der Großwesir wurde unter seinem Bart blass und rang sichtbar nach Worten. Harun eilte an seine Seite und sprach leise und mit ernster Miene zu ihm. Doch ehe der Großwesir sich wieder fassen konnte, wurde die Tür des verborgenen Zimmers aufgerissen.

Der Sultan höchstselbst trat heraus. Sofort neigten die Anwesenden die Knie, auch Adem ließ sich nieder. Doch er konnte nicht anders, als den Sultan anzustarren. Unter einem weißen Turban schossen zwei dunkle Augen Blitze durch den Raum. Das weiche Kinn war von einem sorgfältig gestutzten Bart umrahmt, und die schmalen Lippen zitterten vor Erregung. Auffällig war seine Adlernase, die seinem Gesicht trotz des Doppelkinns etwas Scharfes gab. Er war ein massiger Mann von 45 Jahren, und doch erschien er Adem kleiner, als er erwartet hatte. Die Gicht hatte ihn gezeichnet, seine Hände unförmig anschwellen lassen und seine Schultern unter der purpurnen Weste gebeugt.

»Wie konnte das geschehen?«, brüllte er. »1200 Janitscharen habe ich dorthin geschickt, 1200 feige Hunde! Sagt mir, warum ich euch nicht sofort köpfen lassen soll!«

Die drei Janitscharenboten waren ebenfalls auf die Knie gesunken. Furcht zeichnete ihre Gesichter. Adem fühlte Mitleid in sich aufsteigen. Verärgert musterte er die beiden Ağas, die vorhin noch so vollmundige Reden über Kaffa geschwungen hatten. Doch nun schienen es die obersten Hauptmänner der Janitscharen nicht für nötig zu befinden, Partei für ihre eigenen Männer zu ergreifen.

»Höchster Padischah«, stammelte der eine Bote nun. »Sowohl an Geschützen als auch an Männern waren die Ungarn uns zahlenmäßig weit überlegen. Trotzdem dauerte die Belagerung dreißig Tage, in denen wir unseren Feinden großen Schaden zufügen konnten. Doch der Scheitan hat uns Hunger und Krankheit gesandt. Unsere Brüder starben wie Fliegen. So entschied unser Bey, die Tore zu öffnen, um uns freien Abzug zu garantieren.«

»Und jetzt rennt ihr wie Hunde zu eurem Herrn, statt euren Dienst zu erfüllen und die Feinde wieder zu vertreiben?« Der Sultan schnaubte. »Bringt sie weg, alle drei, bis ich beschließe, wie mit ihnen verfahren werden soll. Und jeder weitere Mann, der aus Schabatz kommt, soll ebenfalls gefangen genommen werden.«

Während die Boten abgeführt wurden, wandte er sich an den Diwan. Immer noch blitzten seine Augen vor Wut, und keiner wagte es, sich aufzurichten.

»Hoher Padischah«, murmelte der Großwesir, doch der Sultan fuhr ihm über den Mund.

»Lange genug bin ich hier gesessen und habe euren wohlfeilen Worten gelauscht«, rief er. »Wir werden nicht hier verharren und weiterreden. Ich werde nicht zuschauen, wie Mathias diesen Sieg feiert. Wenn meine Männer zu feige sind, werde ich selbst in den Krieg ziehen.«

Ein Raunen ging durch die Reihen der Würdenträger, und auch Adem hob ungläubig den Kopf. Seit fast zwei Jahren hatte der Sultan sich nicht mehr selbst auf einen Feldzug begeben. Seine Abwesenheit in der Öffentlichkeit hatte im letzten Sommer schon zu Unruhen im Volk geführt.

Der Sultan schien den Unglauben des Diwans zu spüren, denn er richtete sich auf und reckte das Kinn, und sein Blick wanderte stolz über die Versammelten. Plötzlich erschien er Adem so kräftig und überlebensgroß, dass ihm vor Ehrfurcht der Atem stockte. Allah sei ihm gnädig, dies war sein Padischah, der Fürst aller Gläubigen und der Schatten des Allerhöchsten auf Erden.

»Herr, lasst uns mit Euch gehen!«, rief einer der Janitscharenführer aus, »lasst uns wiedergutmachen, was unsere Brüder versäumt haben!«

Die Wesire stimmten mit ein, selbst Sulejmân-Pascha stieß einen hellen Ruf aus und zeigte ein Lächeln, das Adem ehrlich begeistert erschien. Nur Haruns Miene war nachdenklich.

»Ja«, brüllte der Sultan und reckte die Faust. »Mit Allahs Hilfe werde ich ein Heer führen, das die Ungarn wie Vieh von meinem Land verjagen wird.«

* * *

Wälder bei Trabzon, Februar 1476

Reglos und schwer lag der Winter über den Wäldern. Längst war der Schnee durch das Dach der Tannenwedel und laublosen Äste gesunken und bedeckte knöchelhoch den Boden. Fichtenwipfel verbargen sich unter weißen Hauben. Sie erschienen Ildiko wie Henkerskapuzen, erstarrt und tot in der Morgendämmerung.

Sie strich sich den Schnee von den Schultern, den die Verwandlung nicht weggewischt hatte, dann zog sie sich ihren Kittel über. Es war nicht jener, der vom Blut ihres Vaters getränkt war. Solana hatte ihn ihr weggenommen und ihr einen anderen gegeben. Er roch nach fremden Menschen, nach Lagerfeuer und Schweiß.

Sie suchte sich ihren Weg zwischen den Bäumen hindurch. Hin und wieder rieselten Vorhänge aus Eiskristallen herab. Dann öffnete sich die Lichtung vor ihr.

Schnee bedeckte die Zelte und bunt bemalten Karren, die in einem Rund aufgestellt waren. Hölzerne Gestelle zum Trocknen von Fellen und Decken wirkten wie dunkle Skelette unter dem Weiß. Pferde schnaubten auf der Koppel, die mit einfachen Stecken abgezäunt war. Sonst regte sich nichts.

Zwei Zelte standen am Rande der Lichtung, ein Stück von den anderen entfernt, als duckten sie sich auf der Suche nach Einsamkeit in den Schatten der Bäume. Als sie das erste umrundete, konnte sie die Männer darin schnarchen hören. Sie hörte Ilais Großonkel, der Baro Rom dieser Sippe war, und seine beiden Söhne. Außerdem Ilai selbst, der leise im Schlaf keuchte, vielleicht in einem Alptraum gefangen.

Vorsichtig hob sie das Tuch über dem Eingang des zweiten Zeltes. Mutter und Solana schliefen eng umschlungen, die Gesichter einander zugewandt. Sie hütete sich, die Frauen zu wecken, die im Schlaf beieinander Zuflucht gefunden hatten. Lautlos ließ sie sich neben ihnen nieder. Wenn sie doch auch nur schlafen könnte! Doch seit sie vor zwei Tagen das Romalager betreten hatte, fand sie keine Ruhe.

Ihre Flucht aus der Stadt war nur noch eine verschwommene Erinnerung. Ilai hatte sie am Arm geführt, das wusste sie noch, er hatte sie gestützt, als sie gestolpert war. Erst als sie Trabzons Mauern hinter sich gelassen hatten, war ihre Wut mit aller Macht zurückgekehrt. Ein Feuerball, der sengend durch ihr Innerstes tobte. Sie hatte geschrien und ihn von sich gestoßen. Sie wollte zurücklaufen, wollte die Soldaten niedermetzeln, die ihren Vater ermordet hatten, ihre Pferde, ihre Kinder, jeden Bürger dieser Stadt, der seinen Tod gleichgültig ignorieren würde. Wenn Arpad nicht aufgetaucht wäre, von fremdem Blut überströmt und unter der gleichen Wut taumelnd, hätte keiner sie aufhalten können. Doch er hatte gewusst, was zu tun war; er hatte sich verwandelt und war mit ihr durch die verschneiten Wälder gestürmt. Rehe, Hasen, Rebhühner – sie hatten wider ihre Wolfsnatur wahllos getötet, ohne zu fressen. Erst im Morgengrauen hatte er sie ins Romalager gebracht, kraftlos und mit vor Erschöpfung zitternden Muskeln.

Es kam ihr vor, als läge sie seitdem selbst unter einer Schneedecke begraben, die jedes Gefühl, jede Sinneswahrnehmung herabdämpfte zu einem bedeutungslosen Gemurmel. Und sie wollte es nicht anders, sie wollte begraben bleiben, bis die Welt ihr ihren Vater wiederbrachte, bis sie aufwachte und erkannte, dass sein Tod nur ein böser Traum war.

Sie beobachtete ihren Atem, der in feinen Wölkchen aufstieg und in den Zeltritzen verwirbelte. Welch ein Hohn, dass ihr Atem wärmer und lebendiger war, als sie sich je wieder fühlen würde.

Sie schlang die Wolldecke um ihre Schultern und rollte sich zu einer Kugel zusammen. Langsam, allzu langsam streckte das Tageslicht die Finger aus und kroch in dünnen Fäden durch das gewachste Tuch.

Irgendwann regte sich Mutter und löste sich ungelenk aus Solanas Umarmung. Ildiko spürte ihren Blick, doch sie drehte sich nicht zu ihr um. Was hätte sie auch zu ihr sagen können, wenn Mutter doch nicht antwortete.

Wie Solana und Ilai hatte sich Mutter der dreitägigen Totenruhe verpflichtet. Seit zwei Tagen schwieg sie, um den Toten Ehre zu erweisen. Ildiko hielt sich nicht daran. Die Bräuche der Roma waren ihr immer noch fremd. Kaum ein Volk zog die Grenze zwischen sich und den anderen so streng und misstrauisch wie die Roma. Zwar war ihnen Unterschlupf gewährt worden, doch den Romakindern war durch uralten Brauch verboten, mit Fremden zu sprechen. Auch die Erwachsenen mieden sie. *Dabei wissen sie noch nicht einmal, dass wir keine Menschen sind.*

Nur eine uralte Frau hatte Ildiko angesprochen, als sie am ersten Tag ziellos durchs Lager gewandert war.

»Eure Väter sind nun *marulo*«, hatte sie ihr schroff erklärt. »Ruhelose Geister, die nach Frieden suchen. Und sie werden zu ihren Liebsten gehen, um sich bei ihnen niederzulassen, bis sie weiterziehen. Solange ist die Familie unrein.« Sie hatte sich abgewandt und ins Feuer gespuckt. »Deshalb halten sich die Trauernden fern von den anderen, waschen und kämmen sich nicht. Und sie schweigen bis zum *pomana*, dem Totenmahl, um die Geister nicht zu verschrecken.«

Vater und Senando waren die tapfersten Männer gewesen, die Ildiko kannte. Wenn ihre Geister hier waren, würden sie sich nicht durch Reden ängstigen lassen. Doch sie hatte ihren Widerspruch nicht geäußert und hielt sich nun ebenfalls fern von den Roma. Wenn deren Bräuche jedoch Mutter halfen, Halt zu finden, würde sie ihr dies nicht ausreden.

Sie drehte sich auf ihrem Bettlager um und beobachtete, wie Mutter aus dem Zelt hinkte. Sie biss sich auf die Lippen, bis der Schmerz sie aus ihrer Starre riss, dann sprang sie auf und folgte ihr nach draußen.

Der Tag verging auf die gleiche trübe und zeitlose Weise wie die letzten beiden, die sie hier verbracht hatten. Feuer wurden geschürt und Ziegen gemolken. Einige Roma brachten *halva,* in Öl gebratene, ungesalzene Weizenkringel, das einzige Essen, das während der Totenruhe gestattet war. Sieben Kerzen wurden neben den beiden Zelten der Trauernden entzündet, denn die Zahl Sieben war den Roma heilig. Ihre Dochte rauchten im Wind.

Arpad beschloss, mit Pfeil und Bogen ein paar Hasen für das *pomana* zu jagen. Wie Ildiko hatte er sich nicht der Totenruhe verpflichtet. Doch als er sie fragte, ob sie mitkommen wollte, schüttelte sie den Kopf.

»Ich bleibe lieber bei meiner *halva*-Kost.«

»Rede keinen Unsinn.« Er zog die Augenbrauen zusammen. »Ich habe dich keinen einzigen dieser geschmacklosen Teigringe essen sehen. Du brauchst etwas Richtiges zu beißen, das wird dir Kraft geben.«

Kraft? Das Wort klang schal. Wozu sollte sie Kraft brauchen? Niemand verfolgte sie, und ihr eigenes Ziel war in unerreichbare Ferne gerückt. Kein Wolf konnte ein Schiff verfolgen, das auf dem offenen Meer segelte. Selbst wenn der Entführer nicht gelogen hatte und er Janko tatsächlich nach Istanbul brachte, würde er viele Wochen vor allen Verfolgern auf dem Landweg dort sein. Nein, Jankos Schicksal war ihren Händen entglitten. Nur ganz weit entfernt fühlte sie ihn. Rasch wandte sie ihre Gedanken von ihm ab. Auch wenn er noch lebte, er war genauso verloren wie Vater. Reglos blieb sie neben ihrer Mutter sitzen und beobachtete das Treiben im Lager.

An den Feuerstellen saßen die Alten und wärmten ihre Glieder. Frauen beugten sich über Webrahmen und fertigten die bunten Tücher an, mit denen sich die Roma kleideten. Kinder, in dicke Felljacken gemümmelt, spielten mit Hühnern und Ziegen, und dazwischen trieben sich dürre Hunde herum. Hinter einem der Karren brannte ein größeres Feuer, in dessen Glut zwei Männer Kupfer und Zinn erwärmten und mit lauten Hammerschlägen Metallscheiben formten, mit denen sie die Kessel der Bauern aus der Umgebung flickten.

Sie sah zu Ilai hinüber. Er saß einen Steinwurf entfernt neben seiner Mutter. Aufgrund der Totenruhe hielten sie sich ebenfalls fern von dem Treiben ihrer verwandten Sippe. Er schien Ildikos Blick zu spüren, denn er sah kurz auf. Doch sein Nicken war vage, als wäre er weit weg, in melancholischen Erinnerungen versunken. Dachte er an seine eigene Familie, die sich im fernen Ungarn befand, nicht ahnend, dass ihr Baro Rom im Dienste der Werwölfe gestorben war?

Ein Windstoß löschte zwei der Kerzen. Mutter seufzte auf.

Ildiko zündete die Kerzen wieder an, dann kauerte sie sich erneut neben Mutter. Unter dem bunten Tuch, das ihr blondes Haar verbarg, sah Veronika verhärmt aus, bleich und zerbrechlich wie eine weiße Lilie. Ihre Wunden hätten längst geheilt sein müssen, doch immer noch dünstete sie den Geruch von Krankheit und Fieber aus.

»Mutter«, flüsterte Ildiko. »Wir müssen deine Wunden versorgen.«

Nur ein leichtes Kopfschütteln verriet, dass Mutter ihre Worte gehört hatte. Oder war die Bewegung Zufall gewesen? Wie eine Blume im Wind wiegte sich Mutter sachte vor und zurück, vor und zurück. Gestern schon war sie so dagesessen, für Worte und Berührungen kaum zu erreichen. *Die Jungfrau wird von hoher Geburt sein.* Die Worte der Prophezeiung gingen Ildiko durch den Kopf. *Bestimmt für einen König.*

Wie gern hätte sie mit ihr darüber geredet, wenn die Ereignisse ihnen nicht alle Worte genommen hätten. Mutter hätte ein Leben in sorgenfreiem Luxus genießen können, doch sie hatte sich dagegen entschieden. Ihre Liebe zu Vater musste unfassbar groß gewesen sein. Und jetzt war er tot, und es gab keine Worte, die diesen Schlag mildern konnten.

So ließ Ildiko sie in Ruhe, auch wenn es ihr Herz dabei zerriss. Janko hätte vielleicht gewusst, wie er Mutter hätte trösten können, sie waren sich immer viel näher gewesen. Doch er war nicht hier.

Die Sonne verschwand hinter den Wipfeln, und Schatten legte sich über das Lager. Arpad kam mit drei erlegten Hasen zurück und gesellte sich ohne jede Berührungsangst zu den Roma, die damit begannen, das *pomana* vorzubereiten. Ildiko atmete aus, als Solana zu ihr kam und mit leiser Stimme verkündete, dass die Totenruhe endete.

»Veronika«, wandte sie sich an Ildikos Mutter. »Es wird Zeit, dass wir zum Fluss gehen. Wir waschen den Schmutz der letzten Tage ab, wir kämmen unsere Haare und machen uns hübsch für unsere Männer. So, wie sie uns in Erinnerung behalten sollen.« In ihren dunklen Augen glänzten Tränen, die ersten Tropfen rannen ungehindert ihre Wangen herab. Ildiko fühlte sich plötzlich unsicher. Das Gefühl wich nicht, während sie den beiden Frauen durch den Wald folgte. Der Fluss, der sich behäbig durch sein vereistes Kiesbett wälzte, glitzerte in den letzten Strahlen der Abendsonne wie unzählige Regentropfen. Als sie über das Wasser blickte, erkannte sie, was sie irritierte: Weder Mutter noch sie hatten bisher geweint.
Ein Klumpen wuchs in ihrer Kehle, so fest und groß, dass sie keine Luft mehr bekam. Sie eilte an Mutters Seite, legte ihr die Hände um die Schultern und presste ihr Gesicht in ihre Halsbeuge. Sie kniff die Augen so fest zusammen, dass Sterne vor ihren inneren Lidern tanzten.
»Kind«, murmelte Mutter erstickt. »Ach, Kind.«
Und sie hielten einander fest, während Solana ihr Gewand abstreifte und in den kalten Fluss hinauswatete.

14. KAPITEL

Schwarzes Meer, zur gleichen Zeit

Zwischen Wachen und Schlafen trieb er in einem Niemandsland. Gemächlich schwankte die Welt um ihn herum hin und her, während die Ochsen den Karren vorwärtszogen, stetig und gleichmäßig über die Ebene. Wasser schwappte und gurgelte, sang ein einlullendes Lied. War da ein Bach am Wegesrand? Janko seufzte und leckte sich über die Lippen. Er hatte Durst. Doch etwas stimmte nicht. Er hörte weder Huftritte noch das Quietschen der Räder. Sie standen still, und doch bewegte er sich. Dieser Widerspruch zerrte ihn endgültig aus dem Schlaf. Er riss den Kopf hoch und die Augen auf.

Ein Fehler, wie ihm gleich bewusst wurde. Gnadenlos schlugen die Kopfschmerzen ihre Krallen in seinen Geist, Übelkeit bohrte sich durch Kehle und Bauch, bis er sich auf die Seite rollte und sich übergab. Der Geruch von Sägespänen stieg ihm in die Nase, Salz und Teer mischten sich darunter.

Stöhnend fuhr er sich mit der Hand über die Lippen. Das Schaukeln ging unaufhörlich weiter. War es sein geschwächter Körper, der ihm dies vorgaukelte? Nein. Er schloss die Augen. Holz knarrte, Wasser rauschte. Er war auf einem Schiff!

Und plötzlich überfielen ihn die Erinnerungen. Trabzon, seine Flucht. Die Sklavenhändler.

»Mutter«, murmelte er. »Mutter, bist du hier?«

Er öffnete die Augen wieder, fasste sich gleichzeitig an die Stirn, die unter dem Schmerz schier bersten wollte. Zuerst erschien ihm die Welt schwarz, doch dann floss Licht durch schmale Ritzen, winzige Funken, die über das Dunkel streiften.

Vorsichtig richtete er sich auf die Knie auf und tastete sich auf die Lichtpunkte zu, bis er die Wand berührte. Holz, rau und kalt. Und dahinter war das Meer. Er lauschte, doch bis auf die Wellen hörte er nichts. Immer noch war ihm übel. Wenn wenigstens dieses Schaukeln aufhören würde! Es verwirrte seine Sinne und störte seine Konzentration.
Ildiko. Er fühlte in sich hinein. Da war sie, die Verbindung. Er fühlte, was sie fühlte. Er taumelte. Es war schlimmer als jeder körperliche Schmerz. Trauer, die ihm den Atem abschnürte. Hoffnungslosigkeit.
Ildiko lebte noch, doch er wusste, als würde sie es ihm ins Ohr flüstern: Jemand war gestorben. Ihm wurde kalt. Jemand, den sie so sehr liebte, dass sie keinen Ausweg mehr wusste.
»Mutter!« Er brüllte nun und schlug mit der Faust gegen das Holz. Angst zerriss ihm das Herz. »Hat er dich getötet, Mutter?« Er sah den Tataren wieder vor sich, seine Hände um ihren zerbrechlichen Hals. »Nein!« Weinend ließ er sich auf die Knie sinken, lehnte den Kopf gegen die Wand.
Und dann waren da Schritte, hinter ihm. Er fuhr herum. Die Schritte waren gedämpft durch eine Holzwand im Inneren des Schiffes, doch er sah Lichtschein zwischen den Bohlen hin und her huschen. Eine Lampe.
»Sie nicht tot ist, Junge«, sagte Saychs Stimme. »Aber dein Vater.«

* * *

Wälder bei Trabzon

Mit frischen Gewändern und einer Haut, die von der Kälte des Flusswassers glühte, kehrten sie ins Lager zurück. Solana hatte Mutters Wunden mit Heilsalbe eingerieben und verbunden, und nun traten die beiden Frauen Seite an Seite ans große Feuer, das im Inneren der Wagenburg brannte. Ildiko blieb dicht hinter ihnen.

Aus Holzbohlen war eine einfache Tafel gezimmert worden. Einige Kinder hatten sich schon auf Teppichen und Kissen niedergelassen und schielten auf die einfachen Speisen, die aufgetragen wurden: gebratener Fisch, Hirsebrei, Pasteten, die mit Ziegenkäse gefüllt waren, gedünsteter Pilaw, Feigen, Bohnen und Oliven in tönernen Schüsseln. Es roch nach Kreuzkümmel und Knoblauch. Arpads drei Hasen rösteten auf Spießen über dem Feuer.

Das fröhliche Rufen zwischen den Roma verstummte abrupt, als sie die Frauen bemerkten. Mit einem Zischlaut trieb eine der Roma die Kinder auf die Beine.

Ein Dutzend Blicke tasteten Ildiko ab. In den Mienen stritten sich Neugier und Teilnahme. Ildiko war ihnen für ihre Gastfreundschaft dankbar, doch Mitleid wollte sie nicht. Stolz erwiderte sie die Blicke, bis die Ersten sich abwandten. Mutter hielt den Kopf gesenkt und die Schultern eingezogen, als wäre ihr die Aufmerksamkeit eine zusätzliche Last.

Eine Frau trat hinter einem der Karren hervor. Ildiko erkannte in ihr die Greisin wieder, die ihr die Totenruhe erklärt hatte. Ihr Körper unter dem Wollmantel war schmal und gebeugt, doch ihr Blick war scharf.

»Sie ist eine Phuri Dai, eine weise Frau, wie meine Mutter«, flüsterte Ilai plötzlich neben ihr. Nach dem Schweigen der Totenruhe klang seine Stimme rau und ungeübt. Seine Wangen waren frisch rasiert, die Haare zu einem komplizierten Zopf geflochten und noch feucht vom Bad im Fluss. Auch sein Gewand war neu, wahrscheinlich von einem seiner Vettern geliehen. Doch unter all der glänzenden Sauberkeit sah er älter aus, und seine Augen erzählten von einer düsteren Trauer, die kein Flusswasser reinwaschen konnte.

Einer der Männer gab der Phuri Dai eine Schale in die knochigen Hände. Weihrauch stieg in einer dünnen Säule in die Dämmerluft. Die Menschen wichen zurück, und auch Ildiko trat einen Schritt nach hinten, näher an Ilai heran. Drei Mal umschritt die alte Frau die angerichtete Tafel und das Feuer, drei Mal

murmelte sie dabei die gleichen Worte. »*Te primin le mulekhê o Del e pomana kadja, aj te xan la źuvindi.*«
Ilai flüsterte: »Sie sagt: Götter, für diese Toten soll die *pomana* sein, esst.«
Dann blieb die Alte hinter zwei Sitzkissen stehen, die aus schwarzer Wolle gewebt und mit Silberfäden durchwirkt waren. Weinbecher waren bis zum Rand gefüllt, eine Auswahl von Speisen bereits auf zwei Tellern angerichtet. Die Phuri Dai stellte die Weihrauchschale zwischen den beiden Plätzen ab.
»Wer sitzt dort?«, wisperte Ildiko.
Zuerst glaubte sie, dass Ilai sie nicht gehört hatte, doch dann zog er die Schultern hoch. »Unsere Väter.«
Während des Mahls verspürte Ildiko wenig Appetit. Sie saß zwischen Mutter und Arpad, und neben Mutter war der Platz, der für Vater frei gehalten wurde. Ab und zu sah sie dorthin, sah, wie die Speisen kalt wurden und der Wein unberührt blieb. Nur der Wind zupfte an den schwarzen Kissen und zerfaserte die Rauchsäule des Weihrauchs.
Eine Romafrau huschte vorüber, um weitere Speisen zu holen, und hinter den beiden leeren Plätzen schlug sie das Zeichen des bösen Blicks. Die Roma ehrten ihre Ahnen, mehr als alle anderen Menschen, die Ildiko je begegnet waren, doch vor deren Geistern, den *marulos*, fürchteten sie sich. Sie senkte den Kopf.
»Du musst mehr essen.« Arpad beugte sich zu ihr herüber. Während sie noch an ihrem ersten Hasenschenkel kaute, hatte er sich den Teller schon zweimal nachgefüllt.
Sie seufzte. »Willst du dich jetzt ständig um meine Ernährung kümmern?«
»Nichts liegt mir ferner«, brummte er. »Aber mit einem vollen Bauch lässt sich alles leichter ertragen. Auch Trauer und Wut. Oder glaubst du, dass dein Hunger Gábor wieder zurückbringt?«
»Nein.« Sie funkelte ihn an. »Genauso wenig, wie dein voller Bauch das tun wird.«
Er sollte sich nicht einbilden, ihr den Vater ersetzen zu können! Und doch, etwas in seiner Fürsorge rührte sie an. Sie lud sich

einen weiteren Löffel Pilaw auf den Teller, holte tief Luft und konnte ihn doch nicht essen.
Arpad beobachtete sie weiterhin.
»Was willst du noch?«, schnaubte sie, ohne ihn anzusehen.
Er schien sich davon nicht beeindrucken zu lassen. »Ich habe etwas für dich.« Er nestelte an dem Beutel, den er unter dem Mantel am Gürtel trug. »Dein Vater hat es mir zur Aufbewahrung gegeben.«
Das Medaillon mit dem Wolfsgesicht, das Vater dem toten Fremden bei Uzun Hasan entwendet hatte. Sie schluckte und legte den Löffel beiseite. Ihre Finger schlossen sich um das Metall, das warm von Arpads Körper war. War das alles, was von ihrem Vater geblieben war? Dieses gruselige Stück Metall, das nach Knochen und Verwesung roch? Mutter legte wortlos eine Hand auf ihre Faust, als wollte sie durch Ildikos Finger hindurch ebenfalls das Medaillon spüren.
Plötzlich schlug jemand auf eine Trommel, dumpf und stetig hallte der Klang über die Lichtung. Mehrere Roma erhoben sich mit feierlichen Mienen. Jeder von ihnen hatte ein Instrument bei sich. Ildiko sah Flöten, Lauten, Zimbeln, Rasseln und eine Schalmei.
Die Musiker fingen an zu spielen. Die Melodie flog hinauf in den Winterhimmel wie ein Schwarm wilder Vögel, ungezügelt und doch einer geheimen Ordnung folgend.
Auch Ilai erhob sich. Einer seiner Vettern reichte ihm eine Geige, er setzte sie an sein Kinn und begann die Saiten zu zupfen. Mutter drückte Ildikos Hand fester, presste ihre Finger um das Medaillon, während Ilais Finger mit den Saiten sprachen, als würden sie von seinen Berührungen verzaubert. Töne perlten durch die klare Nachtluft.
Dann begann Solana zu singen, mit volltönender Stimme, die vor Trauer vibrierte. Die Menschen hielten inne, um zu lauschen, und es schien, als hätte selbst das Feuer aufgehört zu flackern. Ildiko schloss die Augen. Die Töne trugen alles davon – das Rauschen der Bäume, den Herzschlag der Menschen, die rauchige Kühle der Nachtluft.

Solanas Gesang beschwor Vater vor ihrem inneren Auge herauf. Sie konnte ihn auf dem leeren Platz sitzen sehen. Seine ernsthafte Miene, wenn er aß, das leise Lächeln, das er Mutter schenkte, wenn sie ihm nachreichte. Fest presste sie die Faust zusammen. Das Silber des Medaillons knackte. Wie hatte er sich einfach aus dem Leben schleichen können? Sie war so wütend auf ihn, dass sie glaubte, ihre Brust müsste bersten. Spitze Kanten schnitten in ihre Handfläche, während die Musik ihre Töne um sie spann.

Ich vertraue dir, hatte er in Trabzon gesagt. *Ich verlasse mich auf dich.* Doch sie hatte ihn nicht retten können, hatte auch nicht verhindern können, dass die Fremden mit Janko davonsegelten, während Vater starb.

Sie riss ihre Faust aus Mutters Griff, ließ das Medaillon in ihren Schoß fallen und legte sich die Hände vors Gesicht.

Vater, wenn du hier bist, flüsterte sie tonlos, *dann sag mir, was ich tun soll.* Doch nichts geschah. Der Wind wehte sanft und gleichmäßig, das Feuer knisterte, und Ilais Finger zupften die langsame Weise auf der Geige, die seine Mutter mit ihrer Stimme begleitete. Und Ildiko spürte die Berührung ihrer eigenen Mutter. Sie streichelte ihr über den Kopf, wie sie es getan hatte, als Ildiko noch ein Kind gewesen war. Doch sie war kein Kind mehr.

Sie öffnete die Augen und nahm Mutters Hand fest in ihre. Dabei fiel ihr Blick auf das Medaillon, das in ihrem Schoß lag. Es hatte sich zwischen den schweren Tüchern des Rocks verfangen und sah verbogen aus. Hatte sie es zu fest gehalten? Sie griff danach. Mutter keuchte auf.

Der silberne Wolfskopf mit dem aufgerissenen Maul war nach vorne geklappt wie der Deckel einer Schatulle. Darin lag etwas. »Bei allen Wölfen!« Arpad beugte sich herüber und wollte danach greifen, doch sie schob seine Hand weg. Mit spitzen Fingern griff sie in die Öffnung und zog ein Stück Pergament hervor, dünn wie Seide und auf Daumennagelgröße zusammengefaltet.

Immer noch spielten die Musiker. Ildiko hörte sie kaum. Die ganze Zeit hatten Vater und dann Arpad das Medaillon getragen, ohne zu ahnen, dass sich etwas in seinem Inneren verbarg. Sie atmete tief, damit ihre Finger nicht zitterten.
Vorsichtig faltete sie das Dokument auseinander. Dunkle Schriftzeichen kamen zum Vorschein. Arpad zischte, als ihr eine Ecke des dünnen Pergaments einriss, und sie spürte, wie die Muskeln unter seinem Hemd vor Spannung vibrierten. Vorsichtig strich sie das Pergament auf ihrem Schoß glatt. Ihre Finger kribbelten. Die raue Oberfläche fühlte sich warm an, fast lebendig. Gemeinsam mit Mutter und Arpad beugte sie sich darüber.
Fremde Schriftzüge, filigran und verschnörkelt wie Zeichnungen, bedeckten das Schriftstück. Sie kniff enttäuscht die Augen zusammen. Dies war weder die lateinische Schrift, noch waren es die *Farkaf Betük,* die Geheimzeichen des Wolfsbundes.
»Ist das die arabische Schrift?« Sie blickte zu Arpad auf. Bei den Janitscharen hatte er gelernt, wie die Osmanen zu schreiben.
Doch er schüttelte den Kopf. »So schreibt keiner, den ich kenne«, meinte er. »Die Linien laufen alle schief, als hätte der Schreiber die Hand gebeugt gehalten.« Er krümmte seine große Hand über dem Pergament, als hielte er einen unsichtbaren Griffel.
»Du hältst das Dokument falsch«, sagte Mutter plötzlich. Ihre schmalen Finger stahlen sich zwischen Ildikos und drehten das Dokument nach links.
Ildiko betrachtete überrascht das Pergament. »So läuft die Schrift aber von oben nach unten!«
Mit dem Finger strich sie die letzte Reihe der Zeichen entlang. Dort unten in der rechten Ecke waren fünf von ihnen abgesetzt, fast wie eine Signatur. Sie kniff die Augen zusammen. Ein Schwert? Dann folgte ein Viereck, darüber eine gezackte Linie. Das Vierte sah aus wie ein Falke und das Fünfte wie die Kinderzeichnung eines sitzenden Hundes.
Sie sah auf. »Woher weißt du, dass die Schrift so herum richtig ist?«, fragte sie Mutter.

»Ich habe so etwas schon einmal gesehen. Wo war es nur …«, murmelte Mutter. Dann bekam sie einen entschlossenen Zug um den Mund. »Bei Viktor war es«, rief sie. »In den Dokumenten des Wolfsbundes bewahrte er damals ein Bündel Pergamente mit dieser Schrift auf.« Ihre Stimme wurde leiser, während sie nachdachte. »Wenn heute noch jemand über Viktors Vermächtnis Bescheid weiß, dann ist es Miklos.«
Miklos, Vaters Spion in Istanbul. Ildiko riss die Augen auf. *Ist dies das Zeichen, das du mir schickst, Vater?* Ihre Finger bohrten sich in den Wollstoff ihres Rocks. Konnten sie tatsächlich ohne ihn, ihren Rudelführer, quer durch das Osmanische Reich reiten, in die Hauptstadt des Sultans? Auch Jankos Schiff schien in die gleiche Richtung zu segeln. Vielleicht liefen dort alle Fährten zusammen. Hoffnung glomm in ihr auf wie ein Holzspan, der Feuer fing.
»Dort müssen wir hin.« Entschlossen blickte sie Arpad an. »Nach Istanbul.«
Er nickte, und zum ersten Mal seit Tagen grinste er wieder. »Morgen brechen wir auf.«

15. KAPITEL

Istanbul, Februar 1476

Adem saß auf seiner Stute am Rande des Platzes At Meydani und schaute zu, wie das Heer auf seinem Weg zum Westtor vorbeizog. Der Obelisk, den der alte oströmische Kaiser noch hatte errichten lassen, erbebte von dem Poltern der Nachschubwagen und Belagerungsmaschinen, vom Hufgeklapper der Reiterschwadronen, von den eisenbespickten Stiefeln der Janitscharen und den Pauken und Trommeln der Musikkorps. Schnee fegte über den Platz und wirbelte wie weißer Nebel durch die Luft. Zwischen den Hufen und Stiefeln färbte er sich grau und verschmolz mit dem Matsch, der die Straßen seit Tagen bedeckte.

Adem kniff die Augen zusammen, um zu verhindern, dass der scharfe Wind ihm die Schneeflocken in die Augen trieb. Dort drüben, direkt unter den blattlosen Ästen einer Platane, erblickte er den Sultan Mehmed selbst zwischen seinen Leibwachen. Er saß auf einem Schimmel, der eine Schabracke aus Goldtuch trug, der Sattel war mit Juwelen prachtvoll geschmückt. Ein blauer Umhang flatterte, als Sulejmân-Pascha durch den Schnee auf den Sultan zuritt und neben ihm sein Pferd zügelte. Adem konnte ihr Gespräch nicht hören, doch er sah die entschlossene Miene des Sultans und das feine Lächeln des Eunuchen, während sie das Heer musterten.

Die Fußtruppen waren bereits vorübergezogen, einfache Männer in Lederwesten, die mit Lanzen und Stahlkeulen bewaffnet waren. Jetzt kamen die Janitscharen, zu Pferd und zu Fuß. Ihre Federbüsche wogten wie Palmwedel im Schneegestöber, und

über ihnen flatterte ein weißes Banner mit dem flammenden Schwert Mohammeds, das mit einer goldenen Inschrift aus dem Koran bestickt war. Ihnen voran marschierten die Ağas, ihre Hauptmänner, die ihre Standarten mit den Feldzeichen der drei Rossschweife trugen. Adem beobachtete sie. Viele der Gesichter waren hell, und so manch ein blonder Bart leuchtete zwischen den erhobenen Säbeln auf. Die Janitscharen wurden als die Stärke des Heers angesehen, Männer, die nichts anderes kannten als den Kampf, seit sie als Jungen ihren christlichen Müttern entrissen worden waren. Und obwohl so viele von ihnen mit Eifer in den Tod gingen, traute Adem ihnen nicht.
Wer wusste, ob sich nicht doch ein Werwolf unter ihnen herumtrieb! Kein Mann entging seinem prüfenden Blick.
In die hinteren Reihen der Janitscharen mischten sich die Derwische. Diese Mönche kämpften nicht in der Schlacht, doch ihre klagende Musik und ihr Gesang sorgten dafür, dass jeder Soldat sich stets gewiss war, in wessen Namen er kämpfte: *Bismi llāhi r-rahmāni r-rahīm* – im Namen Allahs, der barmherzig und gnädig war.
Adem erinnerten die frommen Männer an seinen Onkel Harun. Er war bereits im Morgengrauen aufgebrochen und begleitete den Feldzug als einer der geistigen Berater des Sultans.
Gestern Abend hatte Adem ihn noch in seiner Unterkunft besucht, in dem kleinen Haus neben der Medresse der Vefa-Kilise-Moschee, wo Harun ein von Askese geprägtes, einfaches Leben führte. Sie hatten viel geredet – wenn auch nur kurz über den bevorstehenden Feldzug, von dem Adem spürte, dass er seinen Onkel beunruhigte. »Kriege sollten nicht von Menschen geführt werden«, hatte Harun so leise gemurmelt, als wäre er sich seines Zuhörers nicht bewusst gewesen. »Ich fürchte, jeder gewaltsame Sieg auf Erden ist eine Niederlage im Himmelreich.«
Fröstelnd wischte sich Adem den Schnee aus dem Gesicht und zog den Pelz an seinem Kragen fest zu. Wie stets hallten die Worte seines Onkels noch länger in ihm nach. Doch Adem war

nun mal kein Philosoph, sondern Soldat geworden, und als ein solcher scheute er den Kampf nicht. Er fühlte sich wach und klar in Erwartung des Feldzugs. Im Gefolge des Paschas würde er nach Edirne reiten, wo der Sultan sein Heer in seiner vollen Stärke sammeln wollte, um es die Donau entlang nach Westen zu führen. Dort wollten sie die Ungarn in ihre Schranken weisen. Und den Wolfsbund, den Adem niemals vergaß.

Sulejmân hatte den Sultan inzwischen verlassen und trieb sein Pferd aus dem Gewühl der Soldaten auf die runden Kuppeln der Moschee Ayasofya zu. Geschickt tänzelte Adems Stute durch die Menge, bis er seinen Dienstherrn eingeholt hatte.

»Adem.« Der Eunuch zügelte sein Pferd, so dass es mitten auf der Straße stehen blieb. »Mein bester Soldat unter all den Männern – wie steht es um mein persönliches Heer?«

Adem ignorierte die Schmeichelei, die doch nur für die Ohren etwaiger Zuhörer gedacht war. »Dreihundert Soldaten sind gerüstet und lagern im Hof Eures Palasts«, erstattete er Bericht. »Die übrigen hundert hat der Schnee aufgehalten, doch sie werden heute Abend von Euren Landgütern eintreffen.« Aus den Augenwinkeln beobachtete er die Männer, die mit gesenktem Kopf einen Bogen um die beiden Reiter schlugen. Keiner von ihnen wagte es, dem mächtigen Pascha in die Augen zu sehen. »Bei dieser Kälte werden die Männer reichlich Nahrung brauchen, um in der Geschwindigkeit nach Edirne marschieren zu können, die unser Herrscher wünscht«, fuhr er fort. »Doch wir müssen auch für unsere Pferde sorgen. Das Winterheu ist in ganz Istanbul nur noch mit Gold aufzuwiegen. Ich empfehle, einen Boten vorauszuschicken, um weitere Ballen in Çorlu zu ordern. Solange dort das Heer noch nicht durchgezogen ist, mögen die Preise nicht allzu unverschämt sein.«

»Ein kluger Vorschlag.« Der Eunuch tätschelte den Hals seines eigenen Tiers, das unter der Berührung die Ohren anlegte. »Gebe dem Boten fünfzig Dukaten aus meiner Heereskasse mit. Meine stolzen Hengste bevorzugen Hafer.«

Adem nickte mit starrer Miene. Da er bisher keinen Werwolf in Istanbul gesichtet hatte, verzichtete der Pascha inzwischen häufiger auf seine Begleitung als Leibwache. Stattdessen schickte er ihn als seinen Handlanger herum, eine Aufgabe, an der Adem wenig Gefallen fand.

»Weshalb so ernst?« Der Pascha hob die Augenbrauen. »Freust du dich nicht darauf, ein Dutzend Ungläubige zu erschlagen?« Er klopfte sich auf die Brust. »Der Krieg ist ein Geschenk, das du höher schätzen solltest. Er bringt unser Blut in Wallung und klärt den Geist.«

Und wieder dachte Adem an die Worte seines Onkels, die den Krieg so viel anders beschrieben. Sie riefen ihm keine heroischen Taten in Erinnerung, sondern die vor Angst und Wut verzerrten Gesichter seiner Gegner, die aufgerissenen Münder und klaffenden Wunden der Leichen, den leeren Magen und die kalten Nächte. Nein, für den Sultan in die Schlacht zu ziehen, war eine Ehre, doch kein Vergnügen.

»Ich bin bereit«, erwiderte er knapp.

»Bereit?« Der Eunuch schüttelte theatralisch den Kopf. »Adem, du bist wie die Wintersonne, die kalt ihre Bahn zieht, während Feuer in den Herzen der Soldaten lodern.«

»Und doch schenkt uns die Sonne das Tageslicht, während ein Feuer ohne Nahrung schnell erlischt«, erwiderte Adem.

Das Lächeln des Paschas wurde dünn. »Dann hoffe ich, dass du unsere Wege ebenso erhellst.« Sein Ton war nun geschäftsmäßig. »Ich habe einen weiteren Auftrag für dich.« Er schlug seinen Umhang zurück und zog aus einer seiner reich bestickten Satteltaschen ein gerolltes Dokument hervor. »Dies ist eine Zeichnung, die einer meiner Sekretäre im Auftrag des Sultans angefertigt hat. Es ist ein Porträt von Mathias Corvinus. Der Sultan will den Ungarnkönig tot sehen«, fuhr der Pascha fort. »Es heißt, dass dieser Ungläubige sich gern in Verkleidung unter seinen Soldaten herumtreibt. Bring die Zeichnung in die Schreibstube von Ali Mustafa nach Fatih. Er hat die besten Zeichner, und sie sollen von dem Porträt in zwei Wochen dreihundert Kopien anfertigen.«

Adem nickte. Seine Gedanken flogen ihm bereits voraus, während er sich vom Pascha verabschiedete und sein Pferd durch die Gassen trieb.

Auf dem Weg ins Viertel Fatih durchquerte er den großen Basar. Er war eine Stadt für sich mit unzähligen kleinen Läden und Verkaufsständen. Im Zentrum erstreckte sich ein Gewirr von Ziegelsteinkuppeln – der Eski Bedesten, eine riesige Markthalle, unter deren Dach mit den wertvollsten Waren gehandelt wurde: Kunstschmiedearbeiten, Schmuck und Edelsteine. Es war ein wimmelndes Durcheinander von Geräuschen, Farben und Gerüchen, und er kam nur langsam vorwärts. Doch es störte ihn nicht. Trotz all dem Geschrei war es hier friedlicher als im Serail, denn der Basar war das wahre Herz dieser Stadt. Er existierte seit Jahrhunderten und würde auf ewig standhalten, unbeeindruckt von Feldzügen und Herrschern, Intrigen und Wetterumschwüngen.

Er sah nur kurz auf, als er an der etwas breiteren Straße vorbeikam, an deren Ende sein altes Elternhaus stand. Es war ein herrschaftlicher Bau mit zwei Stockwerken und einem eigenen Brunnen im Innenhof, der von Arkaden gesäumt war. Immer noch war es im Besitz seiner Familie, doch seine Mutter war nach dem Tod seines Vaters mit Adems beiden Schwestern zurück nach Smyrna gezogen, woher ihre Familie ursprünglich stammte. Adem hatte seit zwei Jahren keinen anderen Verwandten als seinen Onkel mehr getroffen, und das Haus war ihm fremd geworden. Auf Anweisung des Paschas bewohnte er derzeit zwei Kammern im Palast. War er genauso entwurzelt wie die Janitscharen? Er runzelte die Stirn. Sein Vater hatte die Familie immer als höchstes Gut bezeichnet, und sein einziger Sohn erwiderte weder die nichtssagenden Briefe seiner Mutter, noch war er mit zwanzig Jahren bereit, sich niederzulassen und das Erbe an eigene Sprösslinge weiterzugeben.

Wie um diesem Gedanken zu entkommen, trieb er das Pferd zu einem raschen Trab an, und kurze Zeit später erreichte er die Schreibwerkstätten von Ali Mustafa. Seit Jahren war er nicht

mehr hier gewesen, doch er konnte sich noch gut an den wortreichen Ali erinnern. Ein kleiner alter Mann, der trotz seiner eigenen Redseligkeit stets für Diskretion bürgte, so dass auch delikatere Aufträge des Serails ihren Weg hierherfanden.
Er betrat die Werkstatt durch einen schmalen Eingang, über dem nur ein einfaches Schild mit einer filigran geschnitzten Schreibfeder auf den Broterwerb des Bewohners hindeutete. Vor ihm öffnete sich ein breiter Gang mit Marmorkacheln, der direkt auf den Hinterhof hinausführte. Links stand eine Tür halb offen, und er erhaschte einen Blick auf einen hellen, großen Raum mit Schreibpulten und gebeugten Rücken, hörte Gemurmel und das Kratzen von Federn auf Papier. Es roch nach der Glut von Kohleschalen, die den Raum warm und die Finger geschmeidig hielten.
Und da war der alte Ali schon, er trat aus den Wohnräumen rechts des Ganges. Sein Rücken war noch gebeugter als früher, seine Finger noch knorriger. Sein Lächeln war breit und geschäftsmäßig.
»*Selamun aleyküm,* Ali Mustafa«, grüßte ihn Adem.
»*Aleyküm selam,* Efendi«, erwiderte Ali sofort. »Was führt Euch in meine bescheidenen Räume? Mag es sein, dass ich bereits die Ehre hatte, Euch zu begegnen?«
»Du hast ein gutes Gedächtnis. Ich bin Adem, Sohn des Ali-Bey und Yüzbaşı im Dienste des Sulejmân-Pascha. Einst war ich mit meinem Vater hier, und heute bringe ich dir einen Auftrag von meinem Dienstherrn«, erklärte Adem bereitwillig. »Es geht um die Vervielfältigung einer Zeichnung. Es ist eilig. Dreihundert Kopien sollen in zwei Wochen dem Heereszug nachgesandt werden.«
»Solch hohe Herren haben es immer eilig.« Ali wiegte den Kopf. »Denn sie entscheiden über all die wichtigen Dinge, die uns unwissende Diener stets überraschend ereilen. Und wir strengen uns an, ihnen zu gehorchen, denn von ihren Geschicken hängt unser aller Wohlergehen ab. Zeigt mir die Zeichnungen, ich bitte Euch.«

Adem gab ihm die Dokumentenrolle. »Kannst du das in der vorgegebenen Zeit schaffen?«
Ali senkte den Blick. »Efendi, ich wage kaum, es zuzugeben, doch fehlerfreies Abzeichnen wäre selbst für meine Schreiber zu aufwendig. Doch ich habe einen anderen Vorschlag.« Mit dem schlauen Blick eines Fuchses sah er auf. »Wir könnten einen Holzschnitt anfertigen, ich sage Euch, das wäre die eleganteste Lösung. Allerdings würde dies ein wenig teurer kommen, denn ich verwende nur die besten Materialien.«
Adem lächelte. »Welchen Preis verlangst du?«
»Nur bescheidene dreihundert Dirham.« Ali klimperte mit den Augen. »Denn ich sehe es als meine Pflicht, etwas beizutragen zu den Siegen unseres großen Osmanischen Reichs.«
Er lamentierte und jammerte mit sichtlichem Genuss, während Adem ihn auf hundertachtzig Dirham herunterhandelte. Endlich waren sie sich einig, und Ali schob die Tür zur Schreiberwerkstatt auf. »Nevzat!«, brüllte er hinein, und seine Stimme klang plötzlich gar nicht mehr sanft. »Lass deine Arbeit liegen, und such mir ein gutes Stück Nussholz heraus!«
Adem spähte Ali über die Schulter und runzelte die Stirn. Sechs, nein, sieben Männer mit tintenbekleckten Fingern schauten aufgeschreckt von ihrer Arbeit auf. Doch sie waren es nicht, die ihn irritierten. Hinter den Schreibpulten an der gegenüberliegenden Wand war ein mannsgroßer Holzrahmen aufgestellt. Die Pfosten hielten eine Vorrichtung, die er nicht identifizieren konnte. Eine riesige Schraube aus Holz, die mehrere flache Stahlplatten zusammenhielt. Darunter ein Tisch, ebenfalls mit einer Stahlplatte beschwert, auf dem Werkzeuge und weitere seltsame Gerätschaften lagen. Unter dem Tisch kauerte ein Mann und arbeitete an etwas.
»Was ist das für ein Gerät?«
Ali folgte Adems Blick, und seine Gesichtszüge hellten sich auf. »Eine neue Erfindung der Ungläubigen«, sagte er. »Ein wahres Ungetüm, das sage ich Euch. Wir versuchen uns daran, die Erfindung nachzubauen, denn wir wollen sehen, ob sie etwas taugt.

Der Sultan hat mir persönlich diesen Auftrag erteilt.« Er streckte stolz die Brust heraus.
»Und was kann sie?« Adem trat einen Schritt näher. Auf dem Tisch lagen kleine Teile aus Metall, lose verstreut zwischen einem Gitterwerk aus Holz. Als er die Augen zusammenkniff, konnte er die Metallstücke aus der Ferne besser erkennen: Es waren Buchstaben der Christenschrift, die ihm sein griechischer Hauslehrer als Kind beigebracht hatte.
Ali fasste ihn am Arm und hinderte ihn damit, näher heranzugehen. »Es ist eine Presse, Efendi«, erklärte er. »Die Buchstaben werden einzeln daran befestigt, mit Farbe bestrichen und dann auf Papier gepresst. Da die Buchstaben jederzeit wieder umgesetzt werden können, müssten wir keine festen Vorlagen für die einzelnen Seiten mehr schnitzen. Ein Wunderwerk oder ein Verbrechen des Scheitans, wir wissen es noch nicht. Ein Mann namens Gutenberg hat damit im Land der Ungläubigen schon mehrere Bücher gedruckt. Der Sultan hat eine dieser Druckschriften von den Venezianern als Geschenk erhalten und wünscht nun, dass wir uns das Verfahren ebenfalls aneignen.« Seine Miene verzog sich. »Seine Spione sind allerdings nie bei mir in die Lehre gegangen. Ihre Zeichnungen der Presse sind stümperhafter als die eines Kindes, ich sage Euch, wir können froh sein, dass wir überhaupt etwas entziffern konnten. Seit *Aschura* bauen wir an der Konstruktion, doch wir wissen nicht weiter. Nun versucht er sein Glück.« Er deutete auf den Mann, der in Ermangelung jeder Höflichkeit immer noch unter dem Tisch herumfuhrwerkte. Adem starrte auf seine Füße, und plötzlich war er beunruhigt. Etwas an diesem Kerl, an seinen Bewegungen, kam ihm seltsam vor. Kannte er ihn? Nein. Doch er spürte, etwas stimmte nicht.
»Er ist einer der Schreiber des Sultans. Ich habe nach ihm schicken lassen, denn er stammt aus dem Christenland, und wir hoffen, dass er die wirren Ideen der anderen Ungläubigen besser entziffern kann als wir. Seit zwei Wochen baut er nun an diesem Ungetüm herum. Miklos, komm heraus!«

Ein Schatten, dunkel wie nasser Rauch. Er schlängelte sich um die Tischbeine herum, als sich der Mann unter dem Holz hervorschob. Spitze Ohren schienen über seinem Kopf zu wogen. Adem keuchte auf und griff an seinen Gürtel, wo die Dolchscheide hing. Hier war er, der Werwolf, nach dem er gesucht hatte!
Der Mann drehte sich um und strich sich die blonden Haare aus der Stirn. Muskeln spannten sich unter seinem Hemd. Und sein Gesicht, sein Gesicht! Adem keuchte erneut. Rot leuchtende Narben zerfurchten seine Wangen und seine Stirn, tief wie Kanonengräben. Nur die Augen schienen nicht in das Gesicht zu passen. Blau und groß waren sie, von dichten Wimpern umkränzt wie Kinderaugen, in denen Adem alarmierten Argwohn las.
»*Aman Allahım!* Erschreckt Euch doch nicht«, sagte Ali neben ihm. »Er kann nichts für seine verunstalteten Züge. Es war ein Feuer in deiner Kindheit, nicht wahr, Miklos?«
Adems Hand verharrte über dem Dolch, während der Werwolf nickte und ihn dabei nicht aus den Augen ließ.
Er musste dieses Ungeheuer ausschalten! Adems Herz schlug ihm bis zum Hals. Sollte er ihm den Dolch in die Brust rammen, hier und jetzt? Und doch zögerte er. Sie waren stark wie Ochsen, diese Tiere, und schnell wie Dämonen. Nein, er konnte einen Kampf nicht riskieren, nicht ohne einen Hinterhalt – und nicht in der Gegenwart unschuldiger Menschen. Brüsk wandte er sich ab, dann zwang er sich, tief durchzuatmen.
»Ali, ich werde dir in zwei Wochen einen Boten mit der Bezahlung schicken, der die Zeichnungen abholt. Sorge dafür, dass sie rechtzeitig fertig werden.«
»Das werde ich, Efendi.« Mit großen Augen starrte ihn Ali an, offensichtlich überrascht von seiner starken Reaktion. »Wollt Ihr nicht …« Erst langsam fing er sich wieder. »Ich möchte Euch eine Tasse Chai anbieten. Es wäre mir eine Ehre, die Unterhaltung mit Euch in meinen privaten Kammern fortzusetzen.«

»Das müssen wir auf einen anderen Tag verschieben, fürchte ich.« Adem rang sich ein bedauerndes Lächeln ab. Er konnte die Blicke des Werwolfs wie Nadelstiche spüren. Langsam wandte er den Kopf und sah ihn an. Die blauen Augen blinzelten. Sie waren offen und weit wie das Meer, während der Werwolf so tief Luft holte, dass sich seine narbigen Nasenflügel blähten. Er musste Adems Furcht riechen. Schöpfte er schon Verdacht? Adem senkte den Blick, ließ die Schultern nach vorne sinken und nahm die Hand vom Dolch. »Leider habe ich heute noch weitere Aufträge für unseren Gebieter zu erledigen, sein Name ist groß.«

»Sein Name ist groß«, wiederholte Ali, und mit behenden Bewegungen geleitete er Adem zur Tür.

Hinter der nächsten Straßenecke zügelte Adem seine Stute.

Er schloss die Augen. Nur langsam beruhigte sich sein Herzschlag wieder. Der Eunuch hatte tatsächlich recht gehabt. Es gab einen Werwolf in der Stadt, einen Christen noch dazu. Und er war ein Schreiber des Sultans, was bedeutete, dass er Zugang zu den geheimsten Informationen hatte. Und während Adem nach ihm im Serail suchte, hatte der Scheitan versucht, ihn zu täuschen, indem er den Mann in Alis Schreibstube nach Fatih gebracht hatte, um dieses absonderliche Gerät aufzubauen. Doch der Allerhöchste hatte dem Teufel ein Schnippchen geschlagen und Adem ebenfalls dorthin geführt.

Allahumm-ahdini wa saddidni – Allah, leite meinen Weg. Es war die richtige Entscheidung gewesen, das Untier nicht gleich anzugreifen. Allmählich reiften seine Gedanken zu einem Plan.

16. KAPITEL

Schwarzmeerküste, März 1476

Ildiko, Arpad und Ilai ritten bei Tag nach Westen, und nachts rasteten sie in den Wäldern an der Küste des Schwarzen Meeres. Der Anblick des Wassers wurde ihr vertrauter Begleiter, und doch mochte Ildiko ihn nicht, denn sie erinnerte sich allzu gut an die allesverschlingenden Tiefen in Trabzon.

Sie schlief schlecht in diesen Tagen, träumte von Vater, von toten Soldaten und immer wieder von Janko, dessen Angst sie wie ein Geist verfolgte.

Nur von Mutter träumte sie nicht, und doch dachte sie oft an sie. Mit ihrer Verletzung hätte Veronika den langen Ritt niemals durchgehalten. Trotzdem war Ildiko der Abschied schwergefallen. Sie hatte sich bemüht, sich nichts anmerken zu lassen, doch Mutter hatte sie mit nur einem Blick durchschaut.

»Ildiko.« Sie hatte ihre Tochter an der Hand genommen und hinkend ein Stück zur Seite geführt. Für einen zeitlosen Moment hatten sie sich nur angeblickt. Mutters graue Augen waren umschattet von Schmerz. Fältchen in den Augenwinkeln kräuselten sich, als sie plötzlich lächelte.

»Du erinnerst mich an mich selbst«, murmelte sie, und ihr Lächeln war voller Wehmut.

Ildiko wusste zuerst vor Überraschung nichts zu sagen. »Wie meinst du das?«, brachte sie schließlich heraus.

»Deine Entschlossenheit. Du hast ein Ziel, und du wirst nicht eher ablassen, als bis du es erreicht hast.« Mutters Blick wanderte in die Ferne, ihre Augen so bewölkt wie der Himmel. »Mein Ziel war es damals, das Herz deines Vaters zu erobern. Und deines …«, sie strich Ildiko übers Haar, »ist nicht weniger von deinem Herzen bestimmt. Die Liebe zu deinem Bruder soll dich führen, nicht deine Wut.«

Ildiko senkte den Kopf. Liebte sie Janko denn? War es nicht einfach nur das Gefühl, ohne ihn nicht sein zu können, als wäre er ein Teil ihrer Seele? Doch vielleicht war es genau das, was Mutter meinte. Ihre Wut allerdings, auf die Mörder ihres Vaters, auf Jankos Entführer, brodelte weiterhin in ihr. Sie war ihr Antrieb, und sie konnte sie nicht loslassen, denn sie gehörte zu ihr, so wie die Sanftheit zu ihrer Mutter.

»Ich bin nicht du«, sagte sie. »Und deshalb wünschte ich, du würdest mitkommen.«

»Ich weiß.« Mutter seufzte. »Versprich mir, dass du bedachtsam bist. Handle klug, denk an das, was du von Vater gelernt hast. Und töte nur, wenn du musst, beflecke deine Seele nicht mit dem Blut unschuldiger Menschen.« Ihr Blick durchbohrte sie, und Ildiko wusste, was sie sah. *Dunkle Tochter,* so hatte Mutter sie im Kerker genannt, das hatte sie nicht vergessen. Und da war etwas Dunkles in ihr, das leugnete sie nicht, etwas, das sie selbst manchmal erschreckte.

Sie reckte ihr Kinn. »Ich verspreche es.«

Es hatte sie viel Kraft gekostet, das Lager zu verlassen, ohne zurückzublicken.

In jenen ersten Tagen ihrer Reise war es Ilai, der Arpad und sie führte. Er kannte die Wege, die sie ritten, und konnte die Zeichen lesen, die andere seines Volkes hinterlassen hatten; kurze Botschaften an Wegkreuzungen oder Felsen, die ihnen Abkürzungen durch die Wälder zeigten oder ihnen rieten, so manches Dorf zu umgehen, weil dort unfreundliche Menschen lebten. Zwei Gehöfte waren hingegen mit der Botschaft *Freigiebig* versehen, und tatsächlich konnten sie dort Heu für ihre Pferde und Brot für wenige Münzen erstehen.

Obwohl Ildiko lieber als Wölfin gerannt wäre, erkannte sie überrascht an, dass sie dank Ilais Hilfe fast genauso rasch vorwärtskamen. War es der Wunsch nach Rache für seinen Vater, der ihn antrieb? Sie fragte ihn an einem Abend danach. Zunächst wich er aus, dann starrte er eine Weile nachdenklich ins Feuer und begann ein Lied zu singen. Es war eine einfache, langsame Melodie, getragen von Worten der Romasprache, die sich traurig anhörten.

»Wovon handelt dein Lied?«, fragte sie, als er geendet hatte.

»Vom Unglück des Krieges«, erwiderte er. Als Arpad spöttisch schnaubte, wandte sich der Spielmann ab und rollte sich in seine Decke, um zu schlafen. Stets lag er ein wenig abseits von den beiden Werwölfen. Ildiko dachte beklommen daran, wie sie ihn geschlagen hatte, und fragte ihn lieber nicht nach seinen Gründen.

Zwischen den dreien entwickelte sich eine eingespielte Reiseroutine. Jeden Abend kundschaftete Ildiko mit ihren feinen Sinnen die Umgebung ihres Nachtlagers aus und jagte mit Pfeil und Bogen nach Fleisch, während Ilai sich um die Pferde kümmerte und Arpad ein Feuer schürte.

Fast unmerklich kehrte ihre Tatkraft wieder zurück, wie ein treuer Hund, der nach einem Streifzug wieder an ihrer Seite lief. Bald drängte sie die anderen, die Pferde nicht zu schonen, und trieb sie an, wenn Müdigkeit beide Männer lustlos machte.

Zwei Wochen vergingen, bis Ilai ihr erzählte, dass sie inzwischen die Hälfte des Wegs nach Istanbul hinter sich gebracht hatten. Arpad, der die Strecke ebenfalls aus alten Zeiten kannte und es nicht schätzte, wenn jemand anders mehr wusste als er, pflichtete ihm mit einem Brummen bei.

Er war es, der am gleichen Vormittag vorschlug, einen Teil ihrer Barschaft zu opfern und die nächste Nacht in einer Herberge zu verbringen. Ildiko glaubte, dass er der einsamen Abende zu dritt überdrüssig war. Er war der Geselligste von ihnen, außerdem liebte er gutes Essen und Wein. Und Ilai brauchte dringend eine längere Rast, das sah sie ihm an, obwohl er nichts sagte. Ihr selbst war ein weiches Strohbett nicht allzu wichtig; doch auch wenn sie es nicht zugab, sehnte sie sich nach einem warmen Bad, in dem sie ihre Haare waschen und ihre Glieder entspannen konnte.

Sie suchten sich ein Dorf, das etwas abseits des Handelsweges in einer Meeresbucht lag. Nur wenige Menschen schauten aus den Hütten, als die drei Reiter spätnachmittags eintrafen.
Ildiko betrat die Herberge als Erste. Der Schankraum war schmal und dampfig, die Wände bestanden aus einfachen Holzbohlen ohne Fenster. Niedrige Tische, auf denen Talglichter rauchten, waren von zerrupften Kissen und Teppichen gesäumt. Der Wirt war nicht zu sehen, und außer ihnen befanden sich lediglich zwei ältere Männer im Schankraum der Herberge, die die Neuankömmlinge mit neugierigen Mienen musterten. Sie nickte ihnen knapp zu und ließ sich mit einem Seufzen auf einem der Kissen nahe dem Eingang nieder. Hungrig schnupperte sie nach dem Duft von frisch gebackenem Brot. Sie konnte auch den Fisch riechen, der über dem Holzfeuer der Herberge röstete.
Arpad setzte sich neben sie.
»Ein Königreich für einen richtigen Wein«, ächzte er auf Ungarisch. »In diesem gottverlassenen Landstrich wird doch Allah nicht allzu genau hinschauen.«
»Gib aber nicht unser ganzes Geld auf einmal aus«, neckte sie ihn.
»Ach was, in Istanbul ist unsere Reise zu Ende.« Er fuhr sich durch den stoppeligen roten Bart. Ildikos Lächeln verschwand. Sie trommelte mit den Fingern auf die abgewetzte Tischplatte.
»Nur wenn Janko dort ist«, sagte sie schroff. Arpad musste doch wissen, wie unwahrscheinlich das war! Schiffe brauchten keine Berge zu umrunden, sie blieben nicht mit Pferdehufen im Morast stecken, und nachts ruhen mussten sie auch nicht. Vielleicht hatten die Entführer die Stadt längst passiert und waren bereits auf dem Weg nach Moldau.
»Es kommt so, wie es kommt.« Arpad hob die Schultern. »Grüble nicht, *kislány,* davon bekommst du nur Falten.« Er hob die Hand und winkte dem Wirt, der endlich den Schankraum betreten hatte. Während er mit ihm über den Preis für eine Unterkunft, ein Bad und ein Essen verhandelte, kam Ilai herein. Er

hatte noch die Pferde versorgt und sah müde aus, wie oft in den letzten Tagen.
Ildiko rutschte für ihn beiseite, doch er ließ sich auf der anderen Seite des Tisches nieder. Seine fein geschnittene Miene war mürrisch, was ihm nicht stand. Sie ahnte, was ihm zu schaffen machte: dass er trotz all seiner Reiseerfahrung nicht über die gleiche Ausdauer wie Arpad und sie verfügte. Doch wie sollte er auch? Er war ein Mensch, und das war kein Vorwurf. Ildiko konnte darüber hinwegsehen, doch er anscheinend nicht. Sie seufzte.
Der Wirt hatte tatsächlich Wein, der allerdings so lange auf dem Feuer geköchelt hatte, dass ihm jede berauschende Wirkung abhandengekommen war. Trotzdem wirkte Arpad glücklich, als er den Becher absetzte. Er schenkte sich eifrig nach, während sie sich alle drei hungrig über ein einfaches Fischermahl hermachten. Ildiko fühlte sich noch längst nicht satt, als die beiden anderen Gäste neugierig näher kamen und Arpad in ein Gespräch verwickelten.
»*Evet*, wir kommen aus der Nähe von Trabzon. Das sind mein Neffe Hasan und mein Knecht Ilai.« Arpad rülpste und hob gemächlich die Hand, um erst auf Ildiko, dann auf Ilai zu deuten. »Sie begleiten mich nach Istanbul, wo wir dem Sultan unsere Dienste bei seinem Feldzug anbieten wollen.« Das war die Geschichte, auf die sie sich geeinigt hatten. »Früher diente ich bei den Sipahi, bis mich mein Bey mit einem Stück Land belohnt hat«, fuhr er fort. »Doch ich will zurück in die Schlacht.«
Stirnrunzelnd musterten die beiden Männer sein rotes Haar, das in diesen Landstrichen selten zu sehen war. »Kommst du wirklich aus Trabzon?«
Arpad grinste, und seine Augen blitzten vor Vergnügen. »Fragt mich nach meiner Mutter. Mein Vater hat sie in einer Schlacht in Sirbistan erbeutet, und er hat sie seine wilde Füchsin genannt.«
Nun schmunzelte der eine Fischer, doch der andere schaute noch skeptisch drein. »Hasan sieht mir reichlich zart für einen Feldzug aus.« Er deutete auf Ildiko. »Mit seinen hübschen Lo-

cken könnte er fast ein Mädchen sein.« Jetzt grinste auch er. »Du solltest auf ihn aufpassen. Wenn ihn die ungläubigen Teufel in die Finger kriegen, werden sie ihm nicht widerstehen können.«
Ildiko setzte schon zu einer scharfen Erwiderung an, doch Arpad packte sie wie beiläufig am Arm. »Du tust ihm unrecht, Fischer. Seine Schultern sind vielleicht schmal, doch er spannt einen mannshohen Bogen, ohne dass ihm die Hände zittern. Er wird ihnen einen Pfeil ins unbeschnittene Gemächt jagen, sobald sie sich ihm auf zweihundert Schritte nähern.«
Sie lachten und ignorierten Ildiko dabei geflissentlich. Prüfend fuhr sie sich über den Nacken. Tatsächlich, ein paar vorwitzige Haarsträhnen waren wieder einmal aus ihrer Kappe gerutscht. Doch als Frau konnte sie nicht reisen, ohne aufzufallen.
In ihr reifte ein Entschluss. Als der Wirt die Essschalen wegräumte und verkündete, das Bad stünde bereit, sprang sic auf. »Begleitest du mich, Ilai?«
Er nickte und folgte ihr. Die kleine gemauerte Badestube der Herberge befand sich neben den Ställen. Sie ließ sich nicht verriegeln und beinhaltete nur ein einzelnes steinernes Becken, das für einen kräftigen Mann gerade breit genug war. Dies war ihr recht, denn sie konnte keine Zuschauer gebrauchen.
»Danke«, flüsterte sie, als Ilai sich vor der Tür niederließ. Er schenkte ihr ein müdes Lächeln, zum ersten Mal an diesem Tag. Gleichgültig, wie erschöpft er war, er würde niemanden zu ihr hereinlassen.
Sie streifte sich den wollenen Kaftan über den Kopf, den ihr die Roma überlassen hatten. Prüfend tastete sie nach dem Wolfsmedaillon, das sie mitsamt dem fremdartigen Pergament in den Kaftan eingenäht hatte. Danach schlüpfte sie aus Hemd und Pluderhose. Auf Solanas Rat hin hatte sie sich ein Tuch fest um den Oberkörper gewickelt. Der Stoff presste ihre Brüste eng an die Rippen, um sie vor aufmerksamen Beobachtern zu verbergen. Erleichtert atmete sie aus, als sie das Tuch löste, dann ließ sie sich ins warme Nass sinken.

Der Dampf hüllte sie wohltuend ein, ein schützender Kokon, in dem sie sich endlich entspannen konnte. Sie schloss die Augen. Nur einen Augenblick wollte sie verweilen, wollte an nichts anderes denken als die wohlige Wärme. Und doch flogen ihre Gedanken unweigerlich zu Vater, wie Finger, die es nicht unterlassen konnten, eine alte Narbe wieder aufzukratzen. Er hätte sicherlich nicht gestattet, dass sie in einer Herberge einkehrten. Sie fuhr sich über die Stirn.

Arpad war leichtsinniger als Vater, lauter und draufgängerischer. Trotzdem hatte er sich Vater immer bereitwillig untergeordnet, hatte dem ungeschriebenen Gesetz des Rudels gehorcht, nach dem nur ein Anführer möglich war. Hatte er nun vor, selbst die Rolle des Rudelführers zu übernehmen? Sie war sich dessen nicht sicher. Nachdenklich plätscherte sie mit den Zehen. Sie hatte ihn immer wie einen Onkel betrachtet, als Verbündeten manchmal, wenn sie sich gegen Vater auflehnte, manchmal auch als Kameraden, mit dem sie sich raufen und streiten konnte, ohne dass er es ihr nachtrug. Konnte sie ihn auch als Anführer akzeptieren?

Sie musste nicht darüber nachdenken. Nein, sie konnte es nicht. *Ich verlasse mich auf dich.* Wieder kamen ihr die Worte ihres Vaters in den Sinn. Tief atmete sie ein, dann richtete sie sich auf, griff nach einem Stück Seife und begann ihren Körper damit abzureiben. Sie konnte es sich nicht leisten, unsicher zu sein. Entschlossen schob sie alle Trübsal von sich. Noch halb nass schlüpfte sie in den wollenen Kaftan und band sich ein Tuch um ihr Haar.

»Reich mir deine Kleider heraus«, rief sie Ilai zu, der nach ihr die Badestube betrat. »Ich wasche sie für dich.«

Draußen dämmerte es bereits. Im Hinterhof stand ein großer Kupferkessel, der von einer dünnen Eisschicht bedeckt war. Sie durchstieß das Eis und füllte ihn mit frischem Brunnenwasser. Mit einem Stück Seife walkte sie die Hemden und Hosen, bis ihre Finger blau anliefen.

Durch die Wände des Schankraums hörte sie, dass Arpad immer noch Anekdoten mit den einheimischen Fischern austauschte. Womöglich erfuhr er wichtige Neuigkeiten, doch sie wusste, dass er es einfach genoss, mit Fremden zu plaudern.

»Ildiko.« Ilai streckte den Kopf aus der Tür der Badestube.

Sie wrang die letzten Kleidungsstücke aus, dann eilte sie zurück zu ihm. Er war wie sie in seinen Kaftan geschlüpft. Seine frisch rasierten Wangen glänzten im Dampf, der in warmen Schwaden aus der Tür herausquoll. Endlich wirkte er entspannt. Neidisch betrachtete sie ihn. Wenn sie selbst doch nur männlichere Gesichtszüge hätte! Ihre Mutter würde es bei einem solchen Gedanken schaudern, doch ihr selbst war ihr Aussehen nicht besonders wichtig. Nur auf ihr Haar war sie immer stolz gewesen, das dicht und lockig war und in der Sonne seidig glänzte.

Sie schob sich an ihm vorbei in die Badestube.

»Willst du mir einen Gefallen tun?« Aus ihrem Gürtel zog sie den kleinen Dolch, den sie von Solana erhalten hatte und seitdem stets bei sich trug.

»Alles, was du willst.« Er lächelte vorsichtig.

»Schneide mir die Haare ab.«

»Deine Haare?« Sein Lächeln wich einem Stirnrunzeln. Sie drückte ihm den Dolch in die Hand, nahm das Tuch vom Kopf und fuhr sich mit den Fingern durch die Locken, die nass und schwer über ihre Schultern fielen.

»Du meinst das ernst?«

Sie nickte. »Ich will nicht länger wie eine Frau aussehen.«

»Du *bist* eine Frau.« Immer noch zögerte er. »Und du hast wunderschönes Haar.«

»Ich …« Sie sah, wie er den Kopf senkte, wie seine Wangen noch röter wurden. Er sah hübsch aus, wenn er verlegen war, weniger wie ein Mann und mehr wie der Junge, den sie von früher kannte. Plötzlich wurde auch sie verlegen. Sie überspielte es, indem sie die Fäuste ballte.

»Ich kann auch Arpad fragen«, schnaubte sie. »Er würde es ohne Zögern tun. Und danach sähe ich aus wie ein zerrupftes Huhn.«

Er grinste, und endlich hob er den Blick wieder. »Gut, ich tue es.« Allzu glücklich wirkte er allerdings nicht. »Setz dich an den Beckenrand.«

Sie senkte den Kopf, während Ilai hinter sie trat. Seine Fingerspitzen kitzelten ihren Nacken, als er ihr Haar anhob und den Dolch ansetzte. Sie spürte seine Wärme in ihrem Rücken, roch seinen sauberen Duft nach Seife und Haut.

Das Reißen des Dolchs, sein Atem und das dumpfe Pochen seines Herzens schienen das einzige Geräusch zu sein.

Seine Hände arbeiteten schnell und leise. Aus den Augenwinkeln sah sie Strähne um Strähne auf den Boden fallen. Für einen Augenblick wollte sie aufspringen und verhindern, dass Ilai fortfuhr.

»Halt still«, murmelte er hinter ihr, als ahnte er ihre Bewegung voraus. »Kleines Mädchen mit großem Mut.«

Sie hielt inne, rümpfte die Nase und grinste gleichzeitig. »Ich bin nicht klein.«

»Im Vergleich zu mir schon.« Er lachte auf. Es war ein vertrauter Scherz, und sie hatte ihn angefangen, als sie ihn bei ihrer Siedlung am See damit aufgezogen hatte. Damals, vor Ewigkeiten. Das Messer ratschte leise.

»Warum hältst du mich für mutig?«

»Das fragst du?« Er setzte das Messer ab. Sie drehte sich halb herum und legte den Kopf in den Nacken, um zu ihm aufzusehen. »Du vertraust mir Tölpel deinen Dolch an, damit ich dir dein Haar ruiniere.«

Sein Lächeln war nur ein kurzes Aufflackern. Sie wusste nicht genau, was sie danach in seinen Augen las.

Er holte tief Luft. »Wir Roma sind kein kriegerisches Volk«, sagte er. »Wir streben nicht nach Besitz, genauso wenig verstehen wir den Wunsch nach Eroberung. Wir fügen uns den Autoritäten in den Ländern, durch die wir ziehen. Manchmal, wenn wir wütend sind, singen wir lustig klingende Lieder, deren Spott die einheimischen *Gadžos* für Lob halten, und wenn wir einen alten Gaul verkaufen, träufeln wir ihm Stechapfelsaft in die Lefzen für rotes Zahnfleisch und geben ihm Pfeffer ins Futter, damit er sich prallsäuft und wieder jung aussieht. Doch niemals mischen wir uns in Konflikte ein. Nur so konnten wir trotz aller Feindseligkeiten die letzten Jahrhunderte überleben.«

Ildiko nickte. Worauf wollte er hinaus?

»In Trabzon habe ich dich kämpfen gesehen«, sagte er. »Ohne Zögern hast du dein Leben aufs Spiel gesetzt, um deine Familie aus dem Kerker zu retten.« Er senkte den Blick. »Dort habe ich das erste Mal einen Mann getötet, einen der Soldaten am Kerker. Immer noch sehe ich sein Gesicht vor mir.« Über seine Miene glitt ein Schatten. »Unsere Väter sind gestorben, und du hast deine Heimat verloren. Trotzdem machst du einfach weiter, reist durch die halbe Welt, um deinen Bruder zu finden.«

Das stimmte nicht ganz. Im Romalager war sie kurz davor gewesen, aufzugeben.

»Ich bin froh, dass du mich begleitest«, flüsterte sie. Sie griff nach seiner Hand, fühlte die Schwielen daran. Sie war nicht so mutig, wie er glaubte. Mut beruhte auf freien Entscheidungen. Doch sie war nicht frei. Es war eine Härte in ihr, die sie antrieb, eine dunkle Wut, die ihr Leben lang schon anhielt. Doch Ilai war ihr Freund, und er glaubte an sie. »Danke«, wisperte sie.

Sie hörte, wie sein Herz einen Wirbel schlug. »Du musst mir nicht danken.« Er löste sich aus ihrem Griff. »Du bist die Wölfin, und meine Familie dient eurem Rudel treu bis in den Tod.«

Treu bis in den Tod, so wie sein Vater. Plötzlich war sie traurig. Trotz ihrer Vertrautheit sah er in ihr ein Raubtier, gefährlicher und stärker, als er es jemals sein würde. Ein Kloß bildete sich in ihrer Kehle. Er hatte recht damit. Ilai hatte bisher nur einen Mann getötet. Die Menschen, die durch ihr Tun gestorben waren, wollte sie lieber nicht zählen. Sie wandte ihm den Rücken zu. »Bist du mit meinem Haarschnitt fertig?«

* * *

Schwarzes Meer, zur gleichen Zeit

»*Iterum ergo locutus est eis Iesus dicens …*«, murmelte Janko, während er gekrümmt auf der Seite lag. *Wer mir nachfolgt, der wird nicht wandeln in der Finsternis, sondern wird das Licht des Lebens haben.* Wieder und wieder murmelte er die Worte, sprach gegen die Dunkelheit an, die sein Gefängnis war, innen und außen. Manchmal erschien es ihm wie einer der geschmacklosen Witze, die Arpad gerne gerissen hatte, dass ihm ausgerechnet dieser Vers aus dem Evangelium des Johannes ständig in den Sinn kam. *Gott ist gnädig,* nichts anderes bedeutete der Name Johannes – und Janko war die ungarische Form davon. Gott hatte sich ihm gegenüber allerdings kaum als gnädig erwiesen.

Seine Fingernägel krallten sich in die Holzplanken. Über ihm erklangen Schritte, gedämpft durch das Deck des Schiffes. Er hörte Männer reden. Manchmal brachten sie ihm tönerne Schalen mit Essen und brackigem Wasser. Obwohl er weder Hunger noch Durst verspürte, reagierte sein Körper mit unstillbarer Gier und schlang alles in wenigen Augenblicken herunter.

Er hatte sein Zeitgefühl verloren, und sein einziger Anker entfernte sich immer weiter von ihm. Ildiko. Er bewegte die Lippen zu ihrem Namen, doch er sprach ihn nicht aus. Weder Saych noch die anderen würden jemals aus seinem Mund von der Schwester erfahren, die seiner Spur nicht länger folgte.

Jetzt, da er alle Hoffnung, alle Gefühle hinter sich gelassen hatte, waren seine Gedanken endlich klar. Er war nicht wütend auf sie, dass sie ihn im Stich gelassen hatte. Wie könnte er auch? Sie hatte Vater verloren, den Einzigen, der ihr jemals die Richtung hatte weisen können. Ihm hatte sie stets nachgeeifert, voller Sehnsucht, von ihm endlich bemerkt zu werden. Ihre Eifersucht und ihr Zorn waren nur ein Ausdruck dieser Sehnsucht gewesen. Janko verzog die trockenen Lippen zu einer Grimasse. Ildiko hätte ihn wahrscheinlich verprügelt, wenn er ihr das so ins Gesicht gesagt hätte. Ob sie inzwischen von der Prophezeiung wusste? Er konnte sich nur schwer vorstellen, wie sie darauf reagiert hatte. Sie verachtete ihn, dessen war er sich gewiss. Der Bruder, der weder so schnell noch so temperamentvoll war wie sie, der Bruder, der trotzdem stets die Aufmerksamkeit des Vaters hatte, die sie doch eigentlich verdiente. Und er gab ihr recht, er hatte ihr immer recht gegeben – obwohl sie ihn nie danach gefragt hatte. Wenn er noch Wut in sich hätte spüren können, hätte er die Prophezeiung gehasst. Sie war ein Fluch, der seine Familie erst in die Fremde verbannt und dann zerstört hatte. Denn sie verkündete eine falsche Wahrheit, ein Versprechen, das niemand einlösen konnte. Am wenigsten Janko, am allerwenigsten er.

Erneut hörte er Schritte, und dieses Mal verharrten sie über der Luke, die zu ihm herabführte. Stufen knarrten. Jemand kam zu ihm herunter. Es war Saych.

Janko wandte den Kopf ab, als ihn das Licht der Talglampe blendete. Der Tatar hatte ihn seit Beginn ihrer Schiffsreise wohl ein Dutzend Mal besucht. Janko war seiner Aufmerksamkeit überdrüssig.

»Junge«, sagte Saych. »Schau mich an!«

Janko regte sich nicht.

»Schau mich an!«, wiederholte der Tatar, ungeduldiger dieses Mal. Oder war es Sorge, die in seiner Stimme mitklang? Hatte er etwa Angst, dass seine Ware beschädigt war? Nein, er musste Jankos Herzschlag hören und wissen, dass ihm körperlich nichts fehlte.

»Du dumm bist«, sagte Saych leise. »Wenn du glaubst, nicht sprechen ändert etwas. Warum du fragst nicht?« Er hielt inne, schien nach Worten zu suchen. »Warum du fragst nicht, wer getötet deinen Vater?«

Janko regte sich nicht. Was sollten weitere Lügen, wenn die Wahrheit doch offensichtlich war?

Etwas krachte dumpf gegen die Tür. Saych musste mit der Faust gegen das Holz geschlagen haben. Jetzt schwieg der Tatar, atmete leise und lauernd wie eine Raubkatze. Irgendwann seufzte er. Seine Stiefel knirschten, als er sich abwandte und die Stufen hinaufstieg. Das Talglicht in seiner Hand warf zuckende Schatten durch den Verschlag. »Junge. Nicht wir ihn töten. Menschen ihn töten.«

Und endlich wandte Janko sich um, sah im letzten Licht der Lampe Saychs eisenbeschlagene Stiefel auf der Leiter. Wenn der Tatar seine Bewegung gehört hatte, ignorierte er sie. Mit einem Knarren senkte sich die Luke herab. Und im letzten Licht, bevor sie sich schloss, sah Janko etwas. Die Erkenntnis durchdrang seine Gleichgültigkeit wie ein Brandpfeil, entfachte ein Feuer, das er verloren geglaubt hatte. Er rappelte sich auf die Knie und rutschte zur Tür, tastete in der Dunkelheit über die Holzbretter. Sie waren doppelt gelegt und so eng vernagelt, dass nicht einmal Wolfskraft sie durchschlagen konnte. Hatte er sich geirrt? Schon sank das Feuer herab zu einer erbärmlichen Glut. Doch dann fühlte er es. Einer der Holznägel, daumendick und hart wie Stahl, stand ein Stück vor. Saychs Schlag musste ihn gelockert haben. Er schob seinen Fingernagel darunter, kratzte über das Holz. Dann schloss er die Augen und konzentrierte sich auf seine Hände, spürte das Blut in ihnen pochen, die Knochen, die sich verschoben, als er sie in Wolfspfoten verwandelte. *Der wird nicht wandeln in der Finsternis, sondern wird das Licht des Lebens haben.* Saych irrte sich, wenn er glaubte, dass Janko durch sein Schweigen etwas bewirken hatte wollen. Er hing längst nicht mehr der Hoffnung nach, dass er den Lauf dieser ungerechten Welt doch noch ändern konnte. Er würde auch Mutter und Ildiko nicht wiedersehen. Doch wenigstens sein eigenes Schicksal konnte er nun den Entführern entreißen. Tränen rannen ihm die Wangen hinab, doch zum ersten Mal seit langer Zeit lächelte er. Vorsichtig bohrte er eine seiner Krallen ins Holz, klemmte sie unter den Nagel, scharrte und bog. Das Licht wartete an einem anderen Ort auf ihn.

17. KAPITEL

Istanbul, März 1476

Adem saß zwischen sechs Soldaten in dem Fährboot und blickte unruhig auf das andere Ufer hinüber. Dort lag Galata, einst eine genuesische Stadt und nun ein Vorort Istanbuls, gegenüber der Serailspitze am Goldenen Horn. Wie ein Mahnzeichen erhob sich der Galata Kulesi über dem Viertel, der hohe runde Turm, den die Genueser einst als Krönung ihrer Befestigungsanlagen errichtet hatten und der nun ein Wachturm der Osmanen war.

Als das Boot anlegte, drückte Adem dem Fährmann eilig einige Münzen in die Hand.

»Folgt mir«, rief er den Soldaten zu, die unter seinem Kommando standen. Er sprang auf den befestigten Steg und sah sich aufmerksam um. Am Fuß des Galata Kulesi, neben dem Hafen, drängten sich winzige Häuser und Läden, die Niederlassungen jüdischer und genuesischer Handelsagenten. Es gab Berber aus Afrika und Gesandte des Kalifen aus Bagdad, deren Warenhäuser mit Gewürzen, Elfenbein, Seide und Perlen aus der Ferne gefüllt waren. Es gab sogar kleine Schenken in verkommenen Hinterhöfen, wo Wein und Arrak serviert wurden, die Getränke der Ungläubigen. Der Geruch nach Fisch und Salz vom Bosporus durchdrang den dumpfen Gestank der Stadt.

Seit vier Tagen, seit er den Werwolf bei Ali entdeckt hatte, nahm Adem täglich diesen Weg. Denn das Ungeheuer mit dem ungarischen Namen Miklos lebte hier, versteckte sich inmitten der Vielzahl von Ausländern, die hier ihren Geschäften nachgingen.

Er prüfte, ob die Männer ihm folgten. Der Pascha hatte ihm zwei Dutzend Soldaten überlassen, um den Werwolf zu beschatten. Gegen seine eigenen Leute waren diese einfachen Soldaten wie Ochsen, die stumpfsinnig ihren Dienst verrichteten. Und doch konnte er froh sein, dass der Pascha ihm zumindest diese Unterstützung gewährte. Zunächst hatte der Eunuch ihm befohlen, den Werwolf sofort dingfest zu machen. Adem hatte ihn nur mühsam überzeugen können, mit Miklos' Gefangennahme noch zu warten. Adem wusste, dass er mit seiner Eigenwilligkeit Gefahr lief, sich die Gunst des Eunuchen zu verspielen. Doch er war der Meinung, dass ein guter Diener nun mal nicht blind gehorchte, sondern das Ansehen seines Herrn durch kluge Ideen steigerte.

So waren der Pascha und sein Gefolge ohne ihn abgereist.

»Wenn es dir gelingt, mir diesen Werwolf lebend zu bringen«, mit diesen Worten hatte Sulejmân-Pascha ihn verabschiedet, »dann ist dir mein Dank gewiss.« Adem hatte die stumme Botschaft dahinter deutlich vernommen. *Wenn er dir entwischt, wirst du allein die Konsequenzen tragen.*

Doch er war bereit, das Risiko einzugehen. Viel zu selten hatte er die Gelegenheit gehabt, eines dieser Untiere länger zu beobachten. Wenn Miklos tatsächlich für den Wolfsbund spionierte, dann musste es Boten geben, Schriftstücke und weitere Werwölfe, mit denen er in Austausch stand. Nur wenn Adem wartete, konnte er hoffen, mehr über die Kontakte des Mannes herauszufinden. Und das Warten schien sich gelohnt zu haben. Er atmete tief durch, während er den Hügel zum Haus des Werwolfs erklomm. Birkan, der es in Miklos' Abwesenheit bewachte, hatte ihm eine Nachricht zukommen lassen. Ein abgerissen aussehender Fremder war aufgetaucht und hatte nach Miklos gefragt. War er ebenfalls ein Werwolf? Adem musste seiner unbedingt habhaft werden!

Unrat türmte sich in der engen Gasse. Einer der Soldaten fluchte verhalten, als er bis zum Knöchel im Matsch einsank. Bis gestern hatte es geregnet. Das Wasser hatte die letzten Schnee-

reste schmelzen lassen, die dieses Jahr außerordentlich lange in Istanbul liegen geblieben waren, und nun schwammen Pfützen auf den erdbraunen Böden der Armenviertel.
Endlich erblickte Adem das Haus am Ende eines kleinen Platzes. Es war in Gelb gehalten, der Farbe der Juden, obwohl gegenwärtig nur zwei armenische Familien mit dem Werwolf darin hausten. Die Familien schienen nichts von seiner Identität zu ahnen, und Adem hatte seinen Männern befohlen, sich dem Haus nicht weiter als fünfzig Schritt zu nähern. Er wollte nicht riskieren, dass der Wolf mit seinen feinen Sinnen Verdacht schöpfte.
Birkan lehnte müßig an der Wand des Nachbarhauses. Wie immer saß sein Turban schief, der Schnurrbart war nur achtlos gestutzt, und die fleckige Pelzweste über seinem Kaftan ließ ihn wie einen Tagelöhner aussehen, der nichts zu tun hatte, als die Zeit totzuschlagen.
»Ich dachte schon, du kommst nie.« Er blickte mürrisch. Als einziger unter Adems Männern konnte er sich diesen Tonfall erlauben. »Fast hätte ich mir den Kerl alleine vorgenommen.«
Adem hob die Augenbrauen. »Wo ist er?«
Birkan wies die Gasse hinunter. »Dort. Er ist in den Hamam gegangen, um sich das Fell scheuern zu lassen. Bisher ist er nicht mehr herausgekommen.«
»Gut.« Adem setzte sich sofort in Bewegung und winkte seinen Männern, hinter ihm zu bleiben. Er wollte nicht länger warten – und vor allem wollte er nicht riskieren, dass ein Tumult auf den Straßen Miklos warnte. »Überrumpeln wir den Kerl dort, wo ihm seine Wolfssinne kaum helfen werden.«
Das Badehaus war ein grob gemauerter Ziegelsteinbau mit zwei Kuppeldächern, aus deren Kaminen heller Dampf in die Nachmittagsluft aufstieg. Zwei Stufen führten zum Eingang empor. Birkan hatte das Gebäude von außen bereits erkundet und berichtete von einer abgeschlossenen Pforte, die in einen Hinterhof führte. Adem kommandierte zwei der Soldaten dorthin. Drei weiteren befahl er, vor dem Gebäude zu warten, dann stieß er die Eingangstür auf.

Er betrat einen dunklen Raum mit einer niedrigen Holzdecke. Die Luft war stickig. Wasser rann an den Wänden herunter und tropfte auf den kargen Steinboden. Ein dürrer Mann, dem das weiße Gewand eines Badewärters wie ein Sack um die Hüften hing, kam auf ihn zu. Seine Augen glänzten in Erwartung eines guten Geschäfts.

»Efendi, ein erholsames Bad gefällig?«

»Wir sind Soldaten des Sulejmân-Pascha und auf der Suche nach einem deiner Gäste.« Adem verschränkte die Arme, um zu zeigen, dass er Widerspruch erst gar nicht dulden würde. »Wo befindet sich das Bad der Männer?«

Das Lächeln des Dürren verblasste, als er den Säbel an Adems Gürtel sah. Sein Blick wanderte zu Birkan und einem weiteren Soldaten, die das Badehaus ebenfalls betreten hatten. Wie um die Ernsthaftigkeit ihres Anliegens zu demonstrieren, räusperte sich Birkan, raffte seinen Kaftan und zeigte den Waffengürtel, den er darunter um die Hüften seiner Pluderhose trug. Ein Dolch und ein Krummsäbel hingen daran, außerdem der riesige nagelbesetzte Streitkolben, ohne den er niemals auf die Jagd nach Werwölfen ging.

»Nun?«, fragte Adem ungeduldig.

Eilig deutete der Badewärter auf eine Tür zu seiner Rechten. »Bitte verschreckt unsere übrigen Gäste nicht«, murmelte er mit gesenktem Kopf.

Adem nickte. »Zeig uns den Weg.«

Der Mann führte ihn dienstbeflissen durch einen Ankleideraum. Nischen, die in der Wand eingelassen waren, boten Platz für die Gewänder der Gäste. Drei von ihnen waren gefüllt. Hinter einer weiteren Tür eröffnete sich eine runde Halle, gestützt von Säulen, die sich bis zum Kuppeldach in die Höhe erstreckten. Es war dämmrig und warm, und der Wasserdampf, der von einem der Becken aufstieg, erschwerte Adem die Sicht. Zwischen niedrigen Marmorsockeln bewegten sich Schemen durch den Nebel. Wasser plätscherte. Ein Mann stöhnte, wohl unter den harten Griffen eines Bademeisters.

Adem begann sofort zu schwitzen. »Ihr beide bleibt hier zurück«, raunte er dem Badewärter und dem Soldaten zu. »Wenn er flieht, hältst du ihn auf«, befahl er Letzterem.
Er bezweifelte allerdings, dass der Mann einem ausgewachsenen Werwolf standhalten konnte.
Birkan und er zückten ihre Säbel und schritten durch den Dampf, der auf ihren Gesichtern sofort zu Tropfen gerann. Der Boden war glitschig, und ihre Stiefel machten ein schmatzendes Geräusch. Ein dunkelhäutiger Bademeister stand vor einem der Marmorplateaus. Er bearbeitete den Rücken eines massigen Mannes, der mit ausgestreckten Gliedern vor ihm lag. Als der Bademeister fragend aufsah, gebot Adem ihm mit einer Bewegung, zu schweigen. Birkan trat einen Schritt näher, musterte den Liegenden, dann schüttelte er den Kopf.
Sie schlichen weiter, nutzten den Schutz der Säulen, bis sie eine weitere schattenhafte Gestalt ausmachten. Ein Mann saß mit gesenktem Kopf neben dem Wasserbecken, ein blaues Tuch um die Hüften gebunden. Seine Rippen traten deutlich hervor, und die schmalen Schultern waren nach vorne geneigt, als ob er schliefe. Er hatte seine Haare nicht wie die anderen kurz geschoren oder unter einem Turban verborgen. Nass und schwarz fielen sie ihm über den Rücken.
»Das ist er«, murmelte Birkan. Obwohl er leise war, hörte ihn der Fremde. Er blickte auf. In seinen dunklen Augen spiegelte sich erst Verwirrung, dann Entsetzen.
»Birey«, stieß Adem aus, damit auch Birkan Bescheid wusste. *Nur ein Mensch.* Schon war der Mann auf den Beinen, wirbelte herum und floh mit tollkühnen Sprüngen quer durch den Raum. Adem folgte ihm. Ohne dass sie sich austauschen mussten, schlug Birkan einen Bogen, um dem Mann auf der anderen Seite den Weg abzuschneiden. Einmal strauchelte der Fremde auf dem glitschigen Boden, doch dann fing er sich wieder, umrundete eine der Säulen und rannte auf die Wand zu. Eine Hintertür! Adem fluchte verhalten.
Der Fremde packte den Riegel und riss daran. Doch die Tür blieb verschlossen. Er saß in der Falle. Adem war nun fast heran.

Mit erhobenem Säbel ging er auf den Fremden zu, der sich wie ein verängstigtes Tier gegen die Tür drückte.
»Auf die Knie!« Obwohl der Kerl alles andere als gefährlich aussah, wollte er keine Gegenwehr riskieren. Der Fremde gehorchte nicht, und sein Blick irrte so panisch durch den Raum, dass Adem für einen Moment glaubte, er hätte ihn nicht verstanden. Bevor er ansetzen konnte, seine Worte zu wiederholen, sprang Birkan hinter einer der Säulen hervor.
Sein Körper begrub den schmächtigen Fremden unter sich. Der Mann schrie etwas in einer gutturalen Sprache, die Adem nicht kannte, dann traf ihn Birkans mächtige Faust unterm Kinn. Er verdrehte die Augen und sackte mit offenem Mund zusammen. Sie hatten nicht die Zeit, den Mann in den Kerker Sulejmân-Paschas zu bringen, denn Adem wollte in der Nähe sein, falls Miklos früher nach Hause kam. Er befahl dem eingeschüchterten Badewärter, sie in die privaten Räumlichkeiten der Hamam-Bediensteten zu bringen und dort allein zu lassen. Er ließ sich die Kleidung des bewusstlosen Fremden aushändigen, dann schickte er den Mann hinaus.
Schweigend musterten Birkan und er den Bewusstlosen. Er war jung und von dunkler Hautfarbe wie ein Berber. Das zur Seite gerutschte Badetuch zeigte, dass er nicht beschnitten war.
»Ein Ungläubiger«, zischte Birkan. »Ich hätte gut Lust, aus ihm herauszuprügeln, was er von dem Werwolf wollte.«
»Beginnen wir zuerst damit.« Adem fing an, die Kleidung des Mannes zu durchsuchen. Ein braunes Hemd, das eine Wäsche hätte vertragen können, ärmlich geflickte Hosen, ein Filzmantel, ein Lederbeutel und durchgelaufene Stiefel, die vor Dreck starrten. Er durchwühlte den Lederbeutel und förderte eine Handvoll Münzen, einen Dolch, ein paar Streifen Dörrfleisch und zwei Ohrringe zutage. Kleine Goldringe, mit ein paar groben Bergkristallen besetzt, die sich zu einem unregelmäßigen Muster zusammenfügten.
»Hässliche Dinger.« Birkan schnaubte. »Entweder er hat sie für eine Frau gestohlen, oder er will sie verkaufen.«

Adem schüttelte nachdenklich den Kopf. »Solchen Schmuck habe ich schon gesehen. Zigeuner tragen ihn, wenn sie sich für ihre Straßenauftritte ausstaffieren. Schau.« Er deutete auf die durchstochenen Ohrläppchen des Mannes.

Mit geübten Griffen betastete er die Kleider noch einmal. Unter der Schnürung, die das Hemd an der Brust zusammenführte, knisterte es. Mit seinem Dolch trennte er die Naht auf. Ein zusammengefaltetes Pergament kam zum Vorschein.

»Allah, steck deinen herrlichen Arsch aus den Wolken und scheiß auf diesen Mistkerl«, fluchte Birkan. »Das ist die Wolfsschrift, hab ich recht?«

Adem nickte. Er atmete tief durch, während Triumph ihn wie eine warme Welle durchflutete. Das Warten hatte sich wirklich gelohnt.

* * *

Schwarzes Meer, März 1476

Das Brett knarzte viel zu laut, als Janko es aus seiner Fassung löste. Er hob den Kopf und lauschte beklommen, doch an Deck blieb alles ruhig. Vor zwei Stunden hatten sich die Männer zur Ruhe begeben.

Er erhob sich, balancierte mit den Füßen das Schwanken des Schiffes aus und lehnte sich gegen die Tür. Dort, wo er das Brett entfernt hatte, hatte er eine Schwachstelle geschaffen. Er legte beide Hände auf das verbliebene Brett und drückte prüfend dagegen. Es knirschte leise, während sich die Holznägel in ihren Löchern bewegten. Noch einmal drückte er, bis das Brett einen Daumenbreit vorstand. Dann schob er seine Finger darunter und zog. Schweiß perlte auf seiner Stirn, und er keuchte unterdrückt, bis er auch das zweite Brett endlich in den Händen hielt. Leise setzte er es ab und griff durch die entstandene Öffnung nach dem Riegel.

Als die Tür aufschwang, verharrte er für einen Augenblick, konnte nicht glauben, dass sie tatsächlich offen stand. Sein Herz schmerzte, als wäre es wund. Er würde den Mond sehen, ein letztes Mal. Er spürte sein dunkles Ziehen, selbst hier unten, im schwarzen Bauch des Schiffes.

Geräuschlos erklomm er die Leiter und schob die Luke auf. Sterne überzogen den Himmel, klar zu erkennen und doch überstrahlt vom Mond. Hell schimmerte sein fast volles Rund, wie das zerlaufene Wachs einer Kerze, das die Planken des Schiffs mit fahlem Licht übergoss. Es war still, nur Jankos Herz pochte dumpf. Er ging einen Schritt, dann noch einen. Jetzt konnte er das leise Atmen der Männer hören, die auf dem Deck schliefen, nur wenige Armlängen entfernt. Zwei Wölfe und drei Menschenmatrosen. Er hielt die Luft an und schlug einen Bogen um ihre Hängematten. Sachte schwappte das Wasser gegen die Schiffswand. Die Segel waren eingerollt, und es ging kein Wind, als hielte auch der Himmel den Atem an.

Er umrundete zwei vertäute Fässer und schlüpfte unter den Seilen hindurch, die vom Vordermast herabhingen. Im Heck des Schiffes sah er ein Licht glimmen. Das musste der Steuermann sein, der als Einziger noch Wache hielt. Dann war er an der Reling. Er umfasste das Holz mit beiden Händen und schwang ein Bein darüber. Vor ihm wartete dunkel und still der Ozean.

Wer sein Leben erhalten will, der wird es verlieren; wer aber sein Leben verliert um meinetwillen, der wird's erhalten. Er betete stumm. Er war so weit, er wusste es. Seine Knochen schmerzten, als wäre er gerannt. Und doch zögerte er. Er schloss die Augen. Mutters Gesicht zog vor seinem Inneren vorbei. Sie würde traurig sein, und es war seine Schuld. Doch wie viel größer würde seine Schuld erst sein, wenn er an seinem Leben festhielt, wenn er zum Instrument dieser Männer wurde, die ihn entführt und seinen Vater getötet hatten?

Tränen traten in seine Augen. Er dachte an Ildiko, spürte ihre Verbindung wie ein Seil, das er kappen würde, wenn er ins nasse Dunkel sprang. Wenigstens sie würde frei sein. Er hob sein anderes Bein, um es ebenfalls über die Reling zu schwingen.

* * *

Schwarzmeerküste, zur gleichen Zeit

Ildiko jaulte auf. Mit einem Satz warf sie sich herum und rannte zwischen den Bäumen hindurch. Ihre Krallen rutschten über Steine und nasse Wurzeln. Äste peitschten gegen ihre Flanke, Zweige verfingen sich in ihrem Fell. Arpad sprang an ihre Seite und schloss sich ihrem raschen Lauf an. Er japste, und seine Augen glommen wie zwei helle Funken in der Dunkelheit. Spielerisch schnappte er nach ihrem Ohr. Sie hob die Lefzen und zeigte ihm die Zähne, ohne ihre Geschwindigkeit zu verlangsamen. Sofort knurrte auch er, doch er wandte gleichzeitig den Blick in einer Demutsgeste ab und blieb einen Schritt hinter ihr zurück.

Ihr Herz raste im Takt ihrer Pfotentritte auf dem Waldboden. Mondschein fiel zwischen den Wipfeln hindurch, spiegelte sich auf den nassen Steinen und sprenkelte ihren Pfad mit Lichtflecken. Sie rannte einen Hügel hinauf, ignorierte das Getier, das vor ihren Krallen ins Unterholz wuselte. Die Steinblöcke schienen an ihr vorbeizufliegen. Sie sprang durch den schmalen Spalt zwischen zwei Felsen. Arpad war nun endgültig hinter ihr zurückgeblieben.

Janko! Sie jaulte auf, und es war, als müsste ihr Herz unter dem Ansturm seiner Gefühle bersten. Und dann war sie oben. Schroff fielen die Klippen vor ihr ab, und unten toste die silbrige Gischt gegen den Stein. Sie starrte hinaus auf das Meer, auf die unendliche, stille Weite. Irgendwo dort war ihr Bruder. Und obwohl sie nicht wusste, was er dachte, fühlte sie, was er tun wollte. Angst packte sie wie eine eiserne Faust. *Janko, tu es nicht!*

* * *

Er schwankte und hielt sich gerade noch fest, als plötzlich ein Aufruhr in seinem Inneren tobte, den er längst vergessen geglaubt hatte. Aber es waren nicht seine Gefühle, die gegen ihn aufbegehrten, es waren die seiner Schwester. Er glaubte, zu hö-

ren, wie sie seinen Namen rief. Bei Gott, sie wusste, was er vorhatte!
Mit erstickter Stimme flüsterte er ihren Namen. Bedauern durchflutete ihn wie eine kalte Woge aus Meerwasser. Ihre Angst, ihr Entsetzen war wie eine Hand, die nach ihm griff, ihn packen und zurückziehen wollte an Bord des Schiffes. *Tu es nicht!*
Ein Keuchen entschlüpfte seiner Kehle, rau und dunkel hallte es über das Meer, das unbeeindruckt im Mondlicht dalag.
Jäh raschelte es auf dem Deck hinter ihm.
»*Sainuu?*«, murmelte jemand schlaftrunken, ein Wort, das Janko nicht verstand. Doch er erkannte die Stimme – es war Saych. Unwillkürlich wandte er den Kopf um. Gleichzeitig schien der Tatar ihn erblickt zu haben, denn er sprang mit einem Satz aus seiner Hängematte.
»Was du tust?«, rief er so laut, dass auch die anderen Männer aus dem Schlaf aufschreckten. Sofort griffen sie zu ihren Waffen und formierten sich neben Saych. Einer richtete eine Armbrust auf Janko.
»Komm herunter, wir sonst erschießen dich!«, rief der Tatar und trat einen Schritt auf ihn zu.
Einst hatte Janko Saychs Miene für reglos gehalten, doch nach all den Wochen konnte er die Zeichen deuten: die halb geöffneten Lippen, fast wie ein Lächeln, zwischen denen die Zähne blitzten, die zu Schlitzen verengten Augen. Die Wut, die er darin las, verwandelte den Aufruhr in seiner Brust in Triumph. Wenn sie ihn töteten, hatte er doch ebenso sein Ziel erreicht! Zum ersten Mal war er seinen Entführern überlegen.
»Bleibt stehen.« Er ließ mit einer Hand die Reling los. »Wenn ihr näher kommt, springe ich!«
Der Tatar stieß ein Schnauben aus. »Du nicht kannst schwimmen zum Land«, rief er, und sein Akzent verzerrte die Worte so, dass Janko sie kaum verstand. Er streckte den Arm aus, um ihn zu packen, war nur noch eine Mannslänge von Janko entfernt. »Zu weit, Junge, du nicht schaffst.«

Janko lachte auf, hörte selbst, wie schrill er klang. »Wer sagt, dass ich das will?«

Der Tatar senkte seine Hand. Unglauben malte Furchen auf sein Gesicht. »Was du willst dann?«

Janko hörte sein eigenes Herz hämmern. Er wandte sich ab und blickte auf das Wasser. »Ich will nicht länger euer Gefangener sein.« Seine Stimme kippte, und er schämte sich für die Furcht, die darin mitklang. Was hatte er denn noch zu befürchten? Und wieder riss Ildiko an seinem Inneren, als könnte sie ihn aufhalten. Doch er richtete sich auf, ließ mit der zweiten Hand nun ebenfalls die Reling los. Unter ihm schäumte das Wasser gegen die Schiffswand, die Gischt brodelte, als riefe sie ihn.

Es tut mir leid, murmelte er tonlos. Er spürte, wie sie aufschrie. Und wieder zögerte er.

»Schwach.« Saych zischte. »Du dein Leben wegwerfen willst? Menschen das tun. Wölfe kämpfen.«

Glaubte er, er könnte an Jankos Stolz appellieren? Janko biss sich auf die Lippen. Er wusste, dass er schwach war. Plötzlich bellte Saych einen rauen Befehl. Janko taumelte vor Schreck. Seine Füße rutschten an der glitschigen Bordwand entlang. Sein Herz bäumte sich auf wie ein störrisches Pferd. Im letzten Moment griff er an die Reling, um sich festzuhalten.

»Was du willst, Junge?«, sagte Saych, während seine Männer zurückwichen und die Waffen senkten. »Sterben wie ein Feigling? Oder hören, was ich habe zu sagen?«

»Dann rede doch«, stieß Janko hervor. »Was wollt ihr von mir?«

Für einen Atemzug war es still. Dann seufzte Saych. »Deine Hilfe.«

»Meine Hilfe?« Ungläubig wandte sich Janko ihm zu. Immer noch schlug sein Herz so rasch, dass er kaum zu klaren Gedanken fähig war. »Deshalb verschleppt ihr mich in die Fremde? Deshalb tötet ihr meinen Vater?«

»Wir ihn nicht töten.« Saychs Augen hielten ihn fest. »Türkensoldaten schießen auf ihn.«

»Lüg nicht. Er ist tot, weil er mich retten wollte.« Janko krallte die Finger fest in die Reling. Er atmete tief durch. »Du bist genauso schuldig, als hättest du den Pfeil selbst abgeschossen.«
Saych schüttelte den Kopf. »Wir Wölfe sind. Wir nicht töten andere Wölfe. Dein Vater …« Er stockte, schien nach den richtigen Worten auf Türkisch zu suchen. »Er dich versteckt, dich niemals will gehen lassen. Das falsch ist. Du wichtig bist für alle Wölfe.« Er deutete auf seine Brust. »Für meinen Khan.«
»Wegen der Prophezeiung?« Janko biss sich auf die Lippe. Wieder blickte er auf die Wasserfläche hinaus. »Will Pavel, dass ich für ihn gegen die Türken kämpfe? Soll ich dem Wolfsbund vorgeführt werden wie eine Trophäe?«
»Nicht der Wolfsbund.« Saych räusperte sich und gab seinen Männern mit einer Handbewegung zu verstehen, dass sie sich noch weiter von ihnen entfernen sollten. Dann ließ er sich plötzlich im Schneidersitz auf den Holzplanken nieder, als befände er sich in einem Teehaus. »Wolfsbund schlecht ist, sagt mein Khan. Bund kämpft für Menschenziele. Christen gegen Muslims, König gegen König, Herrscher gegen Volk. Tausend Menschen sterben wegen Krieg, jeden Tag. Schwach sie sind. Wir anders sind. Wölfe.« Er blinzelte. »Du geboren bist als Wolf. Etwas Besonderes. Menschen …« Er schnaubte. »Denk. Sie dir Gutes getan? Sie dich sehen im Käfig, sie lachen. Sklavenhändler dich verkaufen, Soldaten deinen Vater töten. Hunde, die Wolf anbellen. Und glauben, *wir* Tiere sind.« Er deutete auf die Menschenmatrosen, Schemen, die sie vom Heck des Schiffs aus beobachteten. »Diese Männer. Sie dienen. So es sein soll. Kein Verstecken, wie dein Vater. Kein Verbrüdern, wie Wolfsbund. Du uns wirst helfen. Helfen zu lernen, wie wahre Wölfe leben.«
Janko dachte über Saychs Worte nach. Wieder sah er die rohen Gesichter der Sklavenhändler vor sich, die feisten Mienen der Bürger von Trabzon. Es stimmte, die Menschen waren ihm fremd, ihre Kämpfe, ihre abgestumpften Sinne und einfältigen Gespräche. Selbst den Roma hatte er sich nie nahe gefühlt.

Und doch wusste er immer noch nicht, was Saych von ihm wollte.
»Ich soll euch helfen?« Er schüttelte den Kopf. »Du bist verrückt, das zu glauben. Du hast mich auf dieses Schiff verschleppt und meine Mutter bedroht.«
»*Ay,* habe ich.« Saychs Miene war regungslos, und in seinen schmalen Augen spiegelte sich der Mond. »Ich habe Auftrag. Ich dich nicht gehen lasse. Aber du lernst, du verstehst.«
»Was?«, rief Janko. »Was werde ich verstehen?«
»Du Prophezeiter. Für uns, nicht für Menschen. Du Schicksal änderst.«
Die Welt aus der Verdammnis retten. Der Wortlaut der Prophezeiung hallte wie Hohngelächter in Jankos Kopf.
»Mein Khan«, fuhr Saych fort. »Er auf dich wartet.«
»Pavel?«
Plötzlich kicherte Saych. »Bald du ihn siehst. Komm weg von Reling, Junge.«
Immer noch klammerte Janko sich an das Holz, als wäre er damit verwachsen, doch er musste sich eingestehen, dass er nicht springen würde. Und Saych wusste es offenbar auch.
Janko hob den Blick zu den Sternen, die gleichgültig zu ihm herabschienen. War er schwach, weil er am Leben hing?
»Schwöre mir etwas«, sagte er dann. »Schwöre bei deinem Glauben an die Prophezeiung, dass du mein Rudel verschonst. Das, was noch von ihm übrig ist.« Er spürte nach Ildiko. Immer noch war sie bei ihm, wartend und bangend. »Du wirst mir erzählen, was dein *Khan* vorhat.« Er kannte das Wort, es war ein Begriff der Tataren für ihre Anführer. »Und du wirst mich nicht mehr in den Verschlag sperren, als wäre ich ein Tier.«
Saych schüttelte sachte den Kopf. »Keine Fehde mit deinem Rudel. Ich sie nicht jage. Aber wenn in Weg, ich kämpfe.«
Janko gefiel die Antwort nicht.
»Ich schwöre bei Wolf. Ich lüge niemals.« Saych griff nach seinem Hals und zog eine Kette unter seinem Hemd hervor. Ein Medaillon glänzte fahl im Mondlicht. »Aber nur Khan weiß,

was Khan vorhat. Er dir erzählt. Bis dann du nicht fliehst.« Er hob die Hand, als Janko den Mund öffnete. »Versprich mir. Versprich beim Leben von Familie. Dann kein Käfig mehr.«
Janko seufzte beklommen, dann nickte er. »Ich verspreche es.« Er hatte kaum eine Wahl. Und trotzdem schlug sein Herz einen neuen Ton. Den leisen Klang von Hoffnung. Vorsichtig schwang er die Beine über die Reling, zurück auf das Schiff. Er würde herausfinden, was diese Tataren wirklich von ihm wollten, und dann war es Zeit, erneut eine Entscheidung über sein Schicksal zu treffen.

18. KAPITEL

Istanbul, März 1476

Sie haben Janko und Veronika entführt. Zehn Wölfe, vielleicht mehr. Ein fremder Wolf verriet uns außerdem an Uzun Hasan. Die Turkmenen griffen uns an und töteten Senando. Wir werden den See verlassen und den Spuren der Entführer nach Norden folgen. Ich glaube, dass Pavel dahintersteckt. Er will Janko und die Prophezeiung im Kampf gegen die Türken für seine Zwecke einspannen. Solange er sich in Moldau aufhält, wird der Weg der Entführer sie dorthin führen, über Istanbul oder das Schwarze Meer. Bete für uns, Miklos, dass wir sie einholen. Wenn nicht, dann halte du sie auf.
Anbei findest du die Zeichnung eines Medaillons. Der fremde Werwolf hat es bei sich getragen. Es ist ein Symbol des Wolfsbundes, der sich gegen uns gewandt hat. Halte danach Ausschau, vielleicht wird es unsere Fährte sein.
Vis lupi est grex, vis gregis est lupus. – Die Stärke des Wolfs liegt im Rudel, die Stärke des Rudels ist der Wolf.
Gábor.

Der Brief war auf Ungarisch und Latein verfasst. Adem hatte die Wolfsschrift, die er einst einem gefangenen Werwolf abgepresst hatte, in die krakeligen Buchstaben der Christen umgeschrieben und dann einen Dolmetscher aus dem Serail gebeten, ihm die Passagen zu übersetzen. Wieder und wieder hatte er danach die Worte gelesen, bis er sie auswendig wusste. Die Skizze des Medaillons hatte er nicht lange studieren müssen. Es war identisch mit dem des Werwolfs, der ihm die Armee der

Wölfe angekündigt hatte. Er ballte die Fäuste. Der Wolfsbund steckte also hinter den Angriffen in der Walachei! Und doch schien es ihm, als entfalteten sich mit jeder Antwort neue Rätsel vor ihm.

Er saß am Fenster, nur drei Gebäude von Miklos' Heim entfernt. Gegen ein ordentliches Bakschisch hatten ihnen die Bewohner die zwei Kammern überlassen.

Die Sonne schien herein. Ein leichter Frühlingswind zerzauste ihm das kurzgeschnittene Haar. Er hatte seine Pelzweste abgelegt, und das Tuch seines Turbans lag zusammengerollt neben ihm. Birkan hatte sich ihm gegenüber auf den Kissen ausgestreckt. Sein Kaftan hob und senkte sich mit seinem leisen Schnarchen. Seit einer Woche harrten sie hier nun aus und warteten auf Gábor oder wahlweise einen Boten, der neue Nachrichten von ihm brachte. Denn Adem war fest entschlossen, den Sultansbruder zu erwischen. Bei Allah, wenn dieser Brief echt war und Gábor tatsächlich auf dem Weg nach Moldau war, dann musste er Istanbul passieren! Also übte er sich in Geduld, ließ Miklos aus der Ferne beschatten und schickte seine Soldaten an die Stadttore, um jede verdächtige Bewegung zu melden.

Der Zigeunerbote namens Gitano saß inzwischen im Kerker. Obwohl Adem glaubte, dass er ihnen alles gesagt hatte, was er wusste, hatte er sich noch nicht entschieden, was er mit ihm zu tun gedachte. Birkan hatte angeboten, ihm mit einem schnellen Schwertstreich den Garaus zu machen, doch dieses Vorgehen lag Adem nicht. Immerhin war der Roma ein Mensch. Und wer wusste, ob er ihm nicht noch nützlich sein konnte, nun, da sein Wille gebrochen war.

Im Grunde schätzte Adem die Folter nicht besonders, doch bisweilen gab es keinen anderen Weg, um Feinde zum Reden zu bringen. Nur wenige Minuten hatte es gedauert, bis die Tortur den Zigeuner fügsam gemacht hatte. Manche der Dinge, die er erzählt hatte, erschienen Adem allerdings so unglaublich, dass er immer noch daran zweifelte.

Gitano hatte die Namen, die Gábor in dem Brief genannt hatte, gekannt. Veronika war angeblich Gábors Frau und Janko sein Sohn. Bis zu der Entführung hatten sie am See von Ahlat gelebt, an der fernen Südostgrenze des Osmanischen Reiches. Auch Miklos gehörte zu ihrer Gemeinschaft.

Adem hatte noch nie von einem Werwolf gehört, der Kinder zeugte, geschweige denn von Weibern, die das Blut der Ungeheuer teilten. Gitano hatte außerdem von einem Bündnis gesprochen, das seine Zigeunersippe in den Dienst der Werwolffamilie band. Ein Bündnis, das seit drei Generationen bestand, seit einer der Werwölfe die Sippe vor der Verfolgung durch die Christen bewahrt hatte.

Pavel von Breunen hatte Gitano dagegen nie getroffen. Doch er fürchtete ihn, das hatte er ihm angesehen, und das hatte vieles, was er bis dahin geglaubt hatte, in ganz neuem Licht erscheinen lassen. Gábor und Pavel kämpften nicht für die gleichen Ziele, im Gegenteil, der eine jagte den anderen! Doch welche Ziele verfolgte Gábor, wenn er nicht mehr zum Wolfsbund der Christen gehörte? Adem war ratlos, und das gefiel ihm ganz und gar nicht.

Danach war Gitanos Wissen rasch erschöpft gewesen. Er wusste weder etwas von einer Prophezeiung, die Gábors Sohn betraf, noch von Gábors Verwandtschaft mit dem Sultan.

Adem legte den Säbel beiseite und spähte zum Fenster hinaus. Der Frühling hatte die Menschen in die Gassen gelockt. Seit das Heer des Sultans die Stadt verlassen hatte, schienen die Leute freier zu atmen. Und doch gab es wenig andere Gesprächsthemen als den Feldzug gegen die Ungarn, den die einen mit Freude, die anderen mit Argwohn betrachteten.

Adem hatte Sulejmân-Pascha mit einem Brief per Eilboten auf den aktuellen Stand gebracht. Die Antwort des Eunuchen war kurz gewesen: *Bring Gábor zu mir – ihn und seinen Sohn. Ich werde sie selbst verhören.*

Adem war dazu bereit, mehr noch, er bebte innerlich vor Jagdfieber. Doch er war auch beunruhigt. Wenn Gábors Sohn unter

den Wölfen eine besondere Rolle vorhergesagt war, eine solch außerordentliche Aufgabe, dass sich die Untiere gar untereinander im Machtkampf um ihn entzweiten, musste er über ungewöhnliche Kräfte verfügen. *Allah, steh uns bei.*
Wieder spähte er auf die Gasse hinaus – und dann sah er sie plötzlich.

* * *

Vor zwei Tagen schon hatten Ildiko und ihre Gefährten die Küstenlinie des Schwarzen Meers verlassen. Der Anblick der weiten Fluten war Ildiko am Ende wie ein alter Vertrauter vorgekommen. Irgendwo dort draußen war Janko. Vor wenigen Nächten hatte sie seine Verzweiflung so deutlich gespürt wie schon lange nicht mehr. Seither suchte ihr Herz stets drängend nach ihrer Verbindung, vergewisserte sich, dass er noch am Leben war. Allerdings spürte sie seine Gefühle nur noch wie ein fernes Echo, zu leise, um einzelne Töne zu identifizieren. Es schien, als ob nur Todesgefahr es noch vermochte, ihr Band so zu straffen, als wären sie zusammen.
Gestern Abend hatte sie ihren beiden Gefährten gestanden, was ihr schon seit längerem Sorge machte: Wie schnell sie auch ritten, Janko entfernte sich immer weiter von ihnen. Istanbul war offensichtlich nicht das Ziel seiner Entführer.
Arpad spuckte daraufhin fluchend aus, Ilai sank schuldbewusst zusammen. »Ich habe den Mann, der Janko durch Trabzon gejagt hat, Istanbul nennen hören«, murmelte er. »Ich habe uns in die Irre geleitet.«
Beide Männer blickten so niedergedrückt drein, dass Ildiko sich mühte, ihnen eine Zuversicht vorzuspielen, die sie gar nicht empfand.
»Gibt es im Reich des Königs von Moldau einen Hafen, den Pavel nutzen könnte?«, fragte sie.
»Kilija«, antwortete Ilai sofort. »Das ist eine große Hafenstadt, die im Süden des Landes an der Grenze zur Walachei liegt.«

Arpad nickte und starrte sie mit gerunzelter Stirn an. Er wartete offenbar darauf, dass sie die Richtung vorgab. Sie straffte die Schultern und tastete nach dem Medaillon, das sie immer noch in die Seitentasche ihres Kaftans eingenäht trug. »Damit haben wir nach Istanbul unser nächstes Ziel.«

Keiner hatte ihr widersprochen.

Die Handelsstraße brachte sie durch flaches, reich bebautes Land nach Südwesten. Sie passierten die Stadtmauern von Üsküdar, und um die Mittagszeit sahen sie endlich die schimmernden Wasser des Bosporus.

Ildiko hielt den Atem an.

Auf dem Wasser schaukelten unzählige Fischerschaluppen, daneben riesige Galeeren und schlanke Boote, deren Segel im Wind flatterten. Doch ihr Blick heftete sich auf das, was jenseits des Meeresstroms lag. Mauern, so hoch wie Klippen, Zinnen und Verteidigungstürme, eine Masse aus Stein und Ziegeln, hinter der sich Minarette in die Luft reckten, als wollten sie die Wolken aufspießen. Der Wind trug ihr trotz der Entfernung die Geräusche der Stadt zu, das leise Grummeln eines behäbigen Tiers, das sich schlafend über den Hügeln ausstreckte und grollend im Traum schnaufte. Die Sonne spiegelte sich auf den Dächern, und Ildiko war es, als würde ihr dieses Tier zublinzeln. Es schlief keineswegs, es lauerte auf jene, die dumm genug waren, die Mauern der Stadt zu durchschreiten und sich zwischen all den Steinen zu verlieren. Sie fühlte sich plötzlich klein und musste dem Impuls widerstehen, zu fliehen. Ilai richtete sich neben ihr im Sattel auf. Seine Miene war ernst, fast ein wenig melancholisch. Nur Arpad grinste breit.

»Istanbul, du alte Hure!«, rief er. Die Furchen unter seinen Augen schienen vor Freude zu tanzen. »So viele Jahre ist es her, dass ich hier war. Das letzte Mal glänzten die Mauern schwarz von den Feuern unserer türkischen Kanonen. Konstantinopel war ein christliches Weib, das der Sultan unbedingt haben wollte. Und jetzt schau sie dir an, die Stadt, wie sie daliegt, als wär sie schon immer osmanisch gewesen. Der Sultan hat sie mit einem neuen Namen, neuen Mauern und neuem Menschenfleisch versorgt, und jetzt ist sie seine Mätresse, gaukelt ihm Leidenschaft vor, bis der Nächste sie besteigt.« Er lachte so laut auf, dass sich andere Reiter nach ihnen umblickten. »Nehmen wir uns ein Fährboot! Ich kann es kaum erwarten, wieder durch ihre dreckigen Gassen zu reiten.«

Sie trieben ihre Pferde den Hügel von Üsküdar hinunter, wo Häuser wie das Halbrund eines Amphitheaters das Hafenbecken säumten. Mehrere Dutzend Schiffe lagen an den hölzernen Piers vor Anker. Beduinen mit weiß flatternden Burnussen sahen zu, wie Tagelöhner die kostbare Fracht ihrer Karawanen auf die Boote verluden. An diesem Ort endete der Handelsweg aus den fernen Ostländern, und jeder, der in die große Stadt wollte, musste hier auf den Wasserweg umsteigen. Ildiko stand regungslos da, während Arpad mit einem der Fährmänner feilschte. Misstrauisch und fasziniert zugleich beobachtete sie die Flaschenzüge mit geschmierten Seilen, mit deren Hilfe schwere Kisten voller Handelsgut von den Lagerschuppen auf die Decks gehievt wurden. Sie ahnte, dass das Chaos dieses Hafens nichts war im Vergleich zu dem Getümmel, das sie hinter Istanbuls Mauern erwarten würde.

Mehrere hunderttausend Seelen lebten in Istanbul, hatte Arpad ihr erzählt, und jetzt, als sie aus der Ferne all die Gebäude sah, begriff sie erst, was das bedeutete.

In einem schmalen Kahn setzten sie über. Ildiko vermied es, in die dunklen Fluten zu blicken, die unter ihnen vorbeiglitten. An der Spitze einer Landzunge sah sie terrassierte Gärten. Die Ruderer wiesen ehrfurchtsvoll auf den Gipfel des Hügels und erklärten ihnen, dass sich dort das Serail des Sultans befand.

Der Kahn steuerte nach rechts auf den genuesischen Vorort Galata zu und setzte sie dort an Land. Ildiko bewegte sich zögerlich auf dem fremden Terrain. Wahrlich, alle Menschen mussten ihre Häuser verlassen haben, um ein solches Gewimmel zustande zu bringen, wie es um sie herum herrschte. Schmutz und Geschrei waren allgegenwärtig. Es stank nach Urin, Holz-

feuern, Tierdung und Schweiß und manchmal nach einer unbeschreiblichen Mischung von alldem. Nicht einmal der frische Wind, der vom Bosporus herüberblies, konnte den übelriechenden Dunst vertreiben.
Ihre Pferde schnaubten unruhig. Schon die Überfahrt hatten sie nur schwer ertragen, und nun war es offensichtlich, dass das Gedränge der Stadt zu viel für sie war. Selbst Ilai, der einen sechsten Sinn für die Tiere hatte, hielt seine Stute nur mit Mühe im Zaum. Als Ildikos Pferd scheute und nach einem Hund trat, der zwischen seinen Hufen herumwuselte, beschlossen sie, die Tiere zurückzulassen; Ilai bot an, in einem Mietstall für ihre sichere Unterbringung zu sorgen.
Mit dem Versprechen, sie bald einzuholen, verabschiedete er sich von ihnen. Ildiko folgte Arpad, der den Weg kannte.
Die Häuer wurden immer ärmlicher, je weiter sie sich vom Ufer des Bosporus entfernten. Hier wohnten nicht nur Türken.
Sie sah Händler, die ihre Waren auf Italienisch und Arabisch anpriesen; afrikanische Sklaven, deren Haut so schwarz war, dass sie für Menschenaugen des Nachts wahrscheinlich unsichtbar wurden; Menschen mit den Mandelaugen der Tataren, andere mit der gleichen hellen Haut wie sie selbst.
»Dort.« Adem deutete die Gasse hinunter. »Miklos wohnt in dem gelben Haus.«
Ildiko reckte sich auf die Zehenspitzen, um hinter den Menschen einen Blick auf das Gebäude zu erspähen. Plötzlich spürte sie ein Kribbeln im Nacken, und ihr wölfischer Instinkt schlug Alarm. Wurden sie beobachtet?

* * *

Adem fuhr hinter den schützenden Schleier des Vorhangs zurück. Zwei Werwölfe hatte er gesehen, er war sich gewiss. Der Ältere hatte rote Haare und ein grimmiges Gesicht voller Sommersprossen, und seine breiten Schultern wollten den Kaftan schier zum Bersten bringen. Eine rohe Kraft ging von ihm

aus, die sein Wolfsschatten noch verstärkte. Dunkelgrau, fast schwarz wogte er wie eine Gewitterwolke über seinem Kopf. Manchmal ballte er sich zusammen, zu spitzen Ohren und der Andeutung einer Schnauze, dann war er wieder ein gesichtsloser Nebel.
Doch es war der Jüngere, der Adems Aufmerksamkeit fesselte und der ihn an seinen eigenen Sinnen zweifeln ließ. Er hatte fast mädchenhafte Züge, helle Haut und eine gertenschlanke Gestalt, die um mehr als einen Kopf kleiner war als die seines Begleiters. Er schlängelte sich zwischen den Menschen so gewandt hindurch, als tanzte er. Und sein Wolf war von einem Charakter, wie Adem ihn noch nie gesehen hatte.
Er atmete tief aus, als der Blick des Jungen gleichgültig vorüberstreifte. Er schien ihn nicht bemerkt zu haben. Vorsichtig beugte er sich wieder nach vorn und spähte erneut zwischen den Leinenstreifen hinunter auf die Gasse. Der Wolf des Jungen war kein Schatten. Im Gegenteil, er leuchtete in einem dunklen Gold. Seine Pfoten schienen den Boden kaum zu berühren, und doch war er auf seltsame Weise *wirklicher* als jedes andere Geschöpf.
Er zweifelte an seinen Sinnen. Konnte denn wirklich niemand außer ihm das Tier wahrnehmen, dessen Fell so weich im Sonnenlicht schimmerte wie Kinderhaar und das sich so eng an die Fersen des Jungen schmiegte, als wäre es sein Haustier? Doch. Er kniff die Augen zusammen. Es war, als spürten manche Menschen das fremde Wesen. Sie wichen zur Seite, wenn es an ihnen vorbeikam. Er sah eine alte Frau zusammenzucken, als sie im Menschengewühl direkt durch den bronzenen Wolf hindurchging. Das Tier wirbelte auf, als wäre es aus feinstem Goldstaub, schlang sich um die Alte und fügte sich hinter ihr wieder zu seiner Gestalt zusammen. Der Junge ging indessen mit federndem Schritt weiter, als spürte er nichts von seinem wunderschönen Begleiter.
Adem presste seine Lippen zusammen. Der Scheitan ließ seine Verlockungen stets in edelster Gewandung erscheinen, doch das

änderte nichts daran, dass er böse war, ebenso wie seine Kreaturen. Vielleicht – und dieser Gedanke ließ sein Herz schneller schlagen – handelte es sich bei diesem leichtfüßigen Jungen gar um Janko, Gábors Sohn?
Er beobachtete, wie die beiden Werwölfe vor Miklos' Haus stehen blieben. Sie stießen ein verfallenes Holztor auf, betraten den Innenhof und verschwanden aus seinem Blick. Er schaute erneut die Gasse hinunter. Wo war der Mann, auf den er am meisten wartete, wo war Gábor? Gitano hatte ihn als Mann in mittleren Jahren beschrieben, dunkelhaarig und mit schwarzen Augen. Doch es kam kein weiterer Werwolf mehr. Enttäuscht trommelte er mit der Fußspitze auf dem Teppich, dann sprang er auf und rüttelte Birkan an der Schulter.
»Aufwachen! Wir haben Besuch.«

* * *

Sie hatten an einem Tisch Platz genommen, um den sich vier windschief gezimmerte Hocker scharten. Ildiko sah sich um. Miklos hauste in einem einzigen großen, langgezogenen Raum, der einen leicht verwahrlosten Eindruck machte. An den Wänden bröckelte der Putz, und in einer Ecke lag ein einfacher Strohsack, der ihm als Bettstatt diente.
Der Rest des Zimmers war angefüllt mit Kisten, in denen Sträuße aus Schriftrollen steckten, und mit unordentlich aufgeschichteten Türmen aus Büchern, die Ildiko schmerzlich an Jankos Liebe zu geschriebenen Worten erinnerten. Wie viel hätte er wohl darum gegeben, an ihrer Stelle hier sein zu können, um durch die Folianten zu blättern und die Schreibkunst der Kopisten zu bewundern.
Unglücklich strich sie über die unebene Tischoberfläche, die von Tintenflecken gesprenkelt und von Rillen und Sprüngen zerfurcht war. Das Holz erinnerte sie an die Narben im Gesicht seines Besitzers. Sie sah auf, als Einzige, denn Arpad blickte zähneknirschend zu Boden, offenbar war er peinlich berührt.

Zwei Tränen liefen über Miklos' zerfurchte Wangen, und seine Augen blinzelten in dem vergeblichen Versuch, weitere zurückzuhalten. Er hatte die Fäuste auf den Tisch gestemmt, und die Bretter bogen sich unter seinem Gewicht. Er war ein großer, untersetzter Mann mit den tapsigen Bewegungen eines Bären und dem Gesicht eines Ungeheuers. Einzig seine Finger waren schmal und feingliedrig, die Hände eines Schreibers.
Er weinte um Vater, der ihn einst aus dem Feuer gerettet hatte. Noch ehe Mutter zu ihnen gestoßen war, hatten sie zusammen mit anderen Werwölfen, die längst nicht mehr unter ihnen weilten, Schlachten gegen die Osmanen ausgefochten. Vater hatte ihn seinen Schüler genannt, Mutter nannte ihn gar ihren Bruder, und Janko blickte aus der Ferne zu ihm auf. Nur Ildiko hatte das Gefühl, ihn kaum zu kennen.
Endlich schien Miklos sich zu fassen. Mit dem Ärmel seines Hemds wischte er sich über die Augen, dann sah er Arpad an.
»Ihr habt Veronika schutzlos bei den Roma zurückgelassen?« Seine Stimme war rau.
Bevor Arpad antworten konnte, beugte Ildiko sich vor.
»Sie ist dort sicher«, sagte sie mit fester Stimme. »Ihre Verletzungen hätten es nicht erlaubt, dass sie uns begleitet.«
Zum ersten Mal schien Miklos sie wirklich wahrzunehmen. Seine Augen, so blau wie der Himmel, verharrten auf ihrem Gesicht, als suchte er dort etwas. In seiner Wortkargheit ähnelte er Janko, der ebenfalls lieber mit Blicken als mit dem Mund redete.
Da er nichts mehr sagte, ergriff sie erneut das Wort. »Gitano ist nicht bei dir eingetroffen?«
Er schüttelte den Kopf.
Sie runzelte die Stirn. »Er hätte längst hier sein müssen.«
»Vielleicht hat der Schnee in den Bergen ihn aufgehalten«, warf Arpad ein. »Er wird schon noch kommen, früher oder später.«
»Wir müssen entscheiden, wie wir weiter vorgehen«, sagte Ildiko. »Miklos, hast du in letzter Zeit die Fährte von anderen Werwölfen in der Stadt gerochen?«

Erneut schüttelte er den Kopf. »Ich war allerdings kaum in den Häfen unterwegs«, gab er zu bedenken. »Ich war … anderweitig beschäftigt.«
Ildiko fragte nicht nach.
»Wir müssen dir etwas zeigen.« Schweigend sahen die Männer zu, wie sie mit dem Dolch die Naht an ihrem Kaftan auftrennte und das Medaillon herausholte. Miklos starrte reglos den Wolfskopf an, das aufgerissene Maul, umsäumt von elf goldenen Sonnenstrahlen und dem einen silbernen.
»Kommt es dir bekannt vor?«, fragte sie. Doch er machte mit den Händen eine verneinende Bewegung.
»Vater glaubte, es sei ein uraltes Symbol des Wolfsbundes.« Sie schob das Medaillon über die Tischplatte näher zu ihm heran. »Eines, das sie seit Jahrhunderten nicht mehr verwenden.«
Immer noch war kein Zeichen des Wiedererkennens in Miklos' Miene zu lesen. Sie seufzte, verdrängte die Enttäuschung, die sich ihrer zu bemächtigen drohte, und griff wieder nach dem Medaillon. Inzwischen kannte sie den Mechanismus, wie sie es öffnen konnte. Sie drückte auf den silbernen Sonnenstrahl. Es klickte leise, als sich der Deckel hob.
Mit spitzen Fingern zog sie das spröde Pergament heraus, faltete es auf und strich es auf der Tischplatte glatt.
»Kannst du diese Schrift entziffern?«
Sie hielt den Atem an, während Miklos sich darüberbeugte und die fremden Zeichen studierte. Er ließ sich Zeit, und sie bebte bereits vor Ungeduld, als er plötzlich aufsprang, zu einer der Truhen auf der anderen Seite des Zimmers eilte und darin herumwühlte.
»Was suchst du?«
Sie erhielt keine Antwort. Arpad schnaubte und verschränkte die Arme. Endlich hielt Miklos inne und betrachtete ein zusammengebundenes Bündel Pergamente. Sorgfältig löste er die grobe Schnur und blätterte durch die Seiten.
»Hier.« Er zog ein Blatt hervor und kam zurück an den Tisch.
»Was ist das?«

»Eine Liste von Tributzahlungen.« Er sah sie an, als wunderte er sich, dass sie es nicht erkannte. »Aus einem Landstrich nordöstlich des Schwarzen Meers, den der Sultan vor mehr als einem Jahrzehnt den Tataren entrissen hat. Ein Derwisch-Orden aus dem Gefolge des Scheichs Akşemseddin hat sich damals dort niedergelassen.« Sein Finger fuhr die Zeilen entlang, verharrte dann. »Die Unterschrift und die Notizen am Rand. Sie sind in den gleichen Zeichen geschrieben.«
Sie kniff die Augen zusammen. Sie selbst hätte nicht zu sagen vermocht, ob die krakeligen Schriftzeichen die gleichen waren wie die sorgfältig gezeichneten Schnörkel auf ihrem Pergament.
»Wer hat das unterschrieben?«, fragte Arpad.
Miklos hob die Schultern. »Ein Stammesführer der Tataren, der den Derwischen den Tribut überbracht hat. Sein Name sagt mir nichts.«
Arpad seufzte. »Ist das alles, was du weißt?«
Miklos schien den Spott in seinen Blick nicht wahrzunehmen. »Die Tataren sind ein riesiges Volk von Nomaden und Viehhirten, dessen Heimat sich hinter dem Schwarzen Meer bis weit nach Osten erstreckt. Sie verfügen über rund ein Dutzend verschiedener Schriften. Und selbst die Gelehrten, die eine Reise durch ihre weiten Steppen gewagt haben, wissen wenig über sie.« Er schloss die Augen, als fielen ihm die vielen Worte schwer. »Scheich Akşemseddin, der wohl am vertrautesten mit ihren Sitten war, ist inzwischen gestorben. Doch ein Mann aus seiner früheren Schülerschaft wird diese Schrift vielleicht lesen können. Einer der Çelebis aus diesem Derwisch-Orden.«
»Und wie finden wir so jemanden und bringen ihn dazu, uns zu helfen?«, fragte Ildiko.
Miklos öffnete die blauen Augen und sah sie nachdenklich an. »Wir haben nicht die Zeit, selbst nach Osten zu reisen«, meinte er. »Doch mehrere von Akşemseddins Schülern dienen heute dem Sultan als Ratgeber. Allerdings ist der Hofstaat vor zwei Wochen zum Feldzug aufgebrochen. Mehmed sammelt sein Heer in Edirne, fünf Tagesritte von hier.«

Ildiko ballte die Fäuste. »Dann müssen wir dort sein, ehe er sich auf den Weg nach Ungarn macht. Verfügst du über eine gute Karte?« Zu ihrer Erleichterung nickte Miklos und brachte eine herbei.

Sogleich beugte sie sich darüber, allerdings konnte sie die osmanischen Schriftzeichen nicht lesen. »Erklär es mir«, forderte sie Miklos auf.

Doch er zögerte. »Seid ihr euch sicher, dass der Wolfsbund hinter Jankos Entführung steckt? Was soll er mit den Tataren zu schaffen haben?«

»Pavel dient dem König von Moldau«, erwiderte sie ungeduldig. »Und dessen Reich grenzt im Norden an das Land der Tataren.«

»*Ayıp,* die Moldauer sind doch selbst halbe Tataren«, rief Arpad dazwischen. »Reiten wie die Teufel und benehmen sich auch so.« Er verschränkte die Arme. »Wir haben uns das schon gehörig durch den Kopf gehen lassen. Oder hältst du uns für dumm?«

»Nein.« Miklos blickte auf die Karte, fuhr mit dem Finger eine Linie nach, in der Ildiko die Ufer des Schwarzen Meeres zu erkennen glaubte. »Doch ihr kennt Pavel nicht so gut wie ich. Einst haben wir an seiner Seite im Wolfsbund gekämpft, Gábor und ich.« Er warf Arpad einen nachdenklichen Blick zu, in dem Ildiko Stolz zu erkennen glaubte. Auch wenn er Arpads Provokationen bisher ignoriert hatte, hieß das nicht, dass er sie nicht wahrnahm. »Pavel ist ein Barbar und kämpft wie ein Tier, doch er sieht sich als Nachfolger der Kreuzritter, als stolzen Verteidiger der Christenheit. Und er verachtet alle, die noch barbarischer sind als er. Es passt nicht zu ihm, dass er sich mit den Tataren einlässt.«

Arpad öffnete erneut den Mund, doch Ildiko brachte ihn mit einem scharfen Blick zum Schweigen. Sie würde nicht zulassen, dass dieser Sturkopf Streit anfing.

»Doch«, sagte sie. »Weil sie die Türken ebenso hassen wie er. Und weil«, sie hob eine Hand, »der Wolfskopf auf dem Medaillon ebenso sehr auf den Wolfsbund verweist«, sie hob ihre zweite Hand, »wie die Schrift auf die Tataren hindeutet.« Sie führte ihre Finger zusammen und verschränkte sie so fest, dass ihre Knöchel weiß hervortraten. »Pavel weiß, dass wir die Geheimschrift der Wölfe lesen können. Vielleicht will er seine Machenschaften auch vor den anderen Rudeln des Bundes geheim halten. Deshalb nutzt er eine neue Schrift, um Nachrichten innerhalb seines Rudels zu überbringen. Und mit Hilfe von Janko will er gegen die Türken zum vernichtenden Schlag ausholen. Wenn wir nicht rechtzeitig kommen, wird Pavel Janko entweder an die vorderste Front dieses Kampfes schicken oder ihn töten, wenn er sich weigert.«

Sie holte tief Luft. Die Männer waren still geworden und sahen sie an. Etwas in ihren Blicken ließ sie schaudern und gleichzeitig stolz das Kinn recken. »Ihr wisst, dass ich recht habe.«

Zu ihrer Erleichterung nickten sie schließlich beide.

»Das ist Istanbul.« Miklos deutete auf das Zentrum der Karte, die Miniaturzeichnung einer Festung, umschrieben mit orientalischen Zeichen. »Die Karte ist nach Südosten ausgerichtet, nach Mekka, der heiligen Stadt der Muslime. Hier befindet sich Edirne.« Sein Finger fuhr nach unten, verharrte eine Handbreit unter Istanbul. »Es liegt im Westen von hier. Von dort wird sich der Feldzug des Sultans noch weiter nach Westen bewegen, über Serbien nach Ungarn. Wir dagegen wenden uns hinter Edirne nach Norden, folgen der Küste des Schwarzen Meers durch die Walachei nach Moldau.« Er lehnte sich zurück. »Wir werden fünf Tage zu Pferde bis Edirne brauchen. Danach sind es noch zwanzig Tage bis Kilija, wenn wir gut vorankommen.«

Wir, hatte er gesagt. Er würde sich ihnen anschließen, und nichts anderes hatte sie erwartet. Ildiko atmete tief durch.

Fünfundzwanzig Tage würde es also dauern, bis sie Jankos Spur wieder aufnehmen konnte. Nach all den Wochen kam ihr das nur noch wie ein kurzer Marsch vor. Am liebsten wäre sie aufgesprungen und losgerannt.

»Morgen früh verkaufen wir unsere Pferde«, sagte sie entschlossen. »Wir brauchen frische Tiere, um schneller vorwärtszukommen. Wenn …«

Sie fuhr zur Tür herum. Im Stockwerk unter ihnen knarrte eine Tür, dann ertönten leise Schritte. Ihre Nackenhaare richteten sich auf. Zu leise waren sie, zu bedacht, als wollten sie ungehört bleiben. »Jemand kommt.«

* * *

Die Stiege knirschte unter Adems Füßen. Es war ruhig, zu ruhig. Kein Laut drang durch die Tür von Miklos' Zimmer.

»Jetzt!«, zischte er den drei Männern zu, die vor ihm standen. Hinter ihm warteten weitere vier, und Birkan gab ihnen Rückendeckung.

Der erste Soldat stieß mit der Schulter die Tür auf. Mit einem Gurgeln stolperte er zurück und prallte gegen seine Kameraden. Blut quoll aus seiner Kehle. Der rothaarige Werwolf stand mit gefletschten Zähnen vor ihm, und in seiner Rechten schimmerte eine Säbelklinge.

»Verdammte Türken!« Er duckte den Kopf, als setzte er zum Sprung an, hinaus in den engen Gang.

Doch Adems Soldaten waren auf ihn vorbereitet. Während einer den Sterbenden packte und zur Seite zog, drängten die anderen sofort mit erhobenen Waffen auf den Werwolf ein. Dieser, für einen Augenblick überrumpelt von ihrer schieren Überzahl, wich einige Schritte zurück, und sie setzten ihm nach. Adem folgte ihnen auf den Fersen.

Das Zimmer war überraschend groß. Er sah einen Tisch, Truhen mit Schriftrollen, Miklos und den fremden Jungen auf der anderen Seite des Raumes.

»Im Namen des Sultans!«, rief er. »Ihr seid festgenommen.«

»Ach ja?« Der rothaarige Werwolf hatte wieder festen Stand gefunden. Er wich den Attacken der Soldaten mühelos aus. Sein Säbel traf einen der Männer in die Brust. Sofort färbte Blut die blaue Soldatenweste dunkel. Doch schon stürzte sich der Nächste auf ihn. Weitere Soldaten drängten durch die Tür herein.

»Wir haben das Haus umzingelt«, rief Adem. »Ergebt euch, dann bleibt ihr am Leben!«
Niemand schien ihn zu hören. Mit einem pfeilschnellen Sprung setzte der Junge auf die Soldaten zu. Das Seelentier war eng an seiner Seite, sein Fell war gesträubt und pulsierte, als leuchtete es von innen heraus. Noch nie hatte Adem etwas so Schönes und Schreckliches zugleich gesehen.
Doch schon musste er sich abwenden, denn Miklos kam mit gezücktem Säbel auf ihn zu. Der Schein eines flackernden Talglichts malte Schatten auf sein zerfurchtes Gesicht und ließ es aussehen, als wäre er ein Wesen direkt aus der Hölle.
Mit einem Scheppern krachte seine Waffe auf Adems Säbel. Er taumelte zur Seite unter der Wucht des Aufpralls. Der Säbel entglitt seinen Fingern, doch gleichzeitig tauchte er nach unten ab, sprang herum und rammte Miklos mit aller Kraft die Faust ins Gesicht. Es war, als hätte er auf Fels geschlagen. Er stöhnte vor Schmerz auf und verlor fast das Gleichgewicht. Auch der Werwolf wankte. Blondes Fell überzog seine Wangen, ein Grollen kam aus seiner Kehle, als der Wolfsschatten aufstieg und ihn ganz umhüllte.
»Verwandle dich nicht!«, rief Adem, während er zurückwich, um sich neu zu positionieren.
Miklos hielt inne, offensichtlich überrascht. »Du …«, knurrte er, und dann traf ihn Birkans nagelbewehrte Streitkeule auf den Hinterkopf. Er taumelte und fuhr gleichzeitig mit einem Schnauben herum. Doch erneut hob Birkan den Kolben, die spitzen Nägel leuchteten rot. Der Schlag traf Miklos direkt ins Gesicht. Er jaulte auf, ein wölfischer Schrei des Schmerzes, und ging in die Knie. Blut troff von seinen Wangen, aus seiner Stirn und den Augen. Birkan holte ein weiteres Mal aus, schmetterte den Kolben gegen Miklos' Stirn. Der Werwolf sackte mit einem Gurgeln hintenüber.
Der Junge ließ von den Soldaten ab und fuhr herum. Er duckte sich zum Sprung, seine Augen funkelten schwarz vor Wut.
»Halt!« Adems Dolch fand Miklos' Kehle. »Hört auf zu kämpfen, oder er stirbt.«

Der große Werwolf schien ihn immer noch nicht zu hören. Er drang weiter auf die Männer ein, deren sterbende Leiber ihn wie ein Bollwerk aus Blutzoll umgaben.
Doch der Junge erstarrte mitten im Sprung. Das Fell seines Wolfs loderte flammengleich. Hass las Adem in seinen Augen, einen dunklen Zorn, bei dem es ihm kalt über den Rücken lief. Dieser Junge war das schlimmste Ungeheuer von allen. Der Knabe öffnete den Mund.
»Arpad.« Seine helle Stimme schnitt durch die Luft wie ein Messer. »Hör auf.«

* * *

Ildiko bebte. Die Hitze der Männer und der süßliche Geruch von Blut brannten in ihrer Nase. Sie wollte sich erneut auf sie stürzen, ihnen die Kehle herausreißen, mit den Klauen die Eingeweide zerfetzen. Ihre Finger krallten sich in die Luft, unter ihrer Lippe wuchsen ihre Reißzähne.
Und doch tat sie nichts, als den Mann anzusehen, der Miklos den Dolch an die Kehle hielt. Der Blick des Türken bohrte sich in ihren. Graue, ausdruckslose Augen, hart wie Granit. Sein Herzschlag war fest und unbeirrbar. Er würde Miklos töten, daran hatte sie keinen Zweifel.
Auch Arpad hatte aufgehört zu kämpfen, er hatte tatsächlich auf ihren Ruf gehört. Doch sie spürte, wie der Wolf in ihm tobte, nur mühsam hielt er ihn unter Kontrolle.
»Wir wissen, wer ihr seid«, sprach der Türke plötzlich. Seine Stimme war ruhig, fast sanft, doch der Dolch an Miklos' Kehle blieb fest an Ort und Stelle. »Und *was* ihr seid. Ihr könnt nicht entkommen. Doch wenn ihr euch gefangen nehmen lasst, bleibt ihr am Leben.«
Der Mann neben ihm, ein großer Kerl mit schroffen Gesichtszügen, ließ seine blutige Streitkeule sinken. Er verzog das Gesicht zu einer Grimasse. Auch ohne ihn anzusehen, hätte Ildiko gewusst, dass sein Anführer log. Sie schnaubte.

»Hat Pavel euch geschickt?«, rief sie. »Sendet er jetzt schon Menschen aus, um uns zu jagen?«
Etwas regte sich im Gesicht des türkischen Anführers, dann verschwand es wieder.
»Wir sind Soldaten des Sulejmân-Pascha«, erwiderte er kühl. »Und wir werden euch zu ihm nach Edirne bringen. Dort wird er entscheiden, wie weiter mit euch verfahren werden soll.«
Edirne. Das Wort brannte sich in Ildikos Gedanken ein. Sie sah Miklos an. Sein Gesicht war eine einzige blutige Masse, und auch aus einer Wunde an seiner Seite strömte Blut. Er stöhnte, und sein Atem ging schwach und gurgelnd.
Nachgeben, um zu gewinnen. Sie hörte die Worte ihres Vaters, als riefe er ihr aus der Ferne zu.
Scheppernd fiel ihr Dolch auf den Boden. Arpad stieß ein heiseres Jaulen aus, doch sie wusste, er würde ihr folgen. »Wir ergeben uns«, sagte sie und reckte ihr Kinn.

19. KAPITEL

Schwarzes Meer, März 1476

Im Schutze der Nacht durchquerten sie die Meerenge. Keiner der Seemänner hielt Janko auf, als er mit bangem Herzen von Reling zu Reling schlich, um die beiden fernen Ufer anzustarren.

Seine Gedanken wirbelten ungläubig durcheinander. Er musste sich irren, hoffte er noch, doch als die Wolkendecke aufriss und er das klare Licht des Nordsterns erblickte, blieben keine Zweifel mehr. Sie waren nicht nach Westen in Richtung Moldau gesegelt, wie er trotz Saychs Worten geglaubt hatte, sondern nach Nordosten, waren fern von allem, was er, ja, was sein ganzes Rudel kannte.

Der dunkle Landstrich links von ihm, dessen schwarze Klippen sich schroff gegen den Nachthimmel abhoben, erschien ihm wie ein feindliches Bollwerk, das ihn zu beobachten schien, bereit, jeden Eindringling an seinen Ufern zerschellen zu lassen. Welches Land war das, welcher König regierte dort?

Er konzentrierte sich und rief die Erinnerungen herbei, Arpads Bemerkungen über seine Reisen, Miklos' Notizen, die Lektionen seines Vaters.

So weit nordöstlich gab es nur eine Meerenge am Schwarzen Meer; die Straße von Kertsch, bekannt für ihre Untiefen und gefährlichen Strömungen. Er schluckte. Sie führte direkt am Khanat der Krim vorbei. Tatarenland! Verstohlen blickte er sich nach Saych um, konnte ihn jedoch nirgends entdecken.

Er verdrängte den plötzlichen Wunsch, einfach zu fliehen. Er hatte Saych beim Leben seiner Familie das Versprechen gegeben, sich zu fügen. Ildiko hätte sich wohl über ein solch abgepresstes Wort schulterzuckend hinweggesetzt, doch er fühlte sich daran gebunden. Nicht aus Stolz, sondern aus Furcht, dass sein Wortbruch seiner Familie tatsächlich Unglück bringen könnte. *Lügenmäuler sind dem Herrn ein Greuel,* das stand in der Heiligen Schrift.

Würde auch Saych sich an sein Wort halten? Er hatte versprochen, dem Rudel nichts anzutun, wenn Janko bei ihm blieb. Doch selbst wenn Saych es ehrlich meinen sollte, was würde sein Khan von Janko verlangen? In schlaflosen Nächten malte er sich das Schlimmste aus, sah sich von wilden Tataren in eine blutige Schlacht gepeitscht oder gefesselt auf einem Scheiterhaufen, dargebracht als Opfer für irgendeine fremde Gottheit. Diese finsteren Bilder ließen ihn auch jetzt die Schultern krümmen. Ohne dass er es wollte, suchte er nach dem einzigen, vertrauten Anker: seiner Schwester.

Doch sie war fern, die Verbindung nur noch ein Glimmen am Horizont. Sicherlich hatte sie ihn bereits aufgegeben. Sie hatte nie die Geduld gehabt wie er, nach Sternbildern zu suchen, nach jenen einsamen, kleinen Gestirnen, deren Leuchten nur in wolkenklaren Nächten zu erahnen war.

Er spürte einen heftigen Schmerz, der seine Brust zusammenzog. Mit einem traurigen Seufzen ließ er die Verbindung los. Wie schwach war er doch! Er hatte sich geschworen, nicht mehr nach ihr zu suchen, und von nun an würde er sich daran halten. Still blieb er stehen und beobachtete den Tanz der Sterne, die sich in den unruhigen Wellen spiegelten.

Noch ehe der Morgen dämmerte, hatten sie die Meerenge hinter sich gelassen, und die Seemänner schienen aufzuatmen, während sich die Fluten ausbreiteten und das Land zu einem fernen Küstenstrich zurückdrängten. Azak Denizi, Janko kannte nur den türkischen Namen dieses neuen Gewässers – das Meer von Azak.

Zwei Tage segelten sie stetig weiter nach Nordosten, ehe wieder ein Ufer in Sicht kam, eine flache, unscheinbare Küstenlinie zu ihrer Rechten, der das Schiff in gleichbleibender Entfernung einen weiteren Tag lang folgte. Als sich eine blaugraue Dämmerung über die Planken herabsenkte, suchte Janko wieder seinen vertrauten Platz an der Reling auf. Er hatte festgestellt, dass sie geradewegs auf das Ufer zuhielten. Aufregung packte sein Herz mit zittriger Faust.

Und plötzlich, nachdem er seit Tagen auf geheimnisvolle Weise fast unsichtbar gewesen war, stand Saych neben ihm, die Augen zusammengekniffen gegen den Wind und einen harten Zug um die Lippen.

»Sind wir am Ziel?«, traute Janko sich nach einigem Zögern zu fragen.

»Noch nicht.« Der Blick des Tataren schien den Abenddunst am Ufer durchdringen zu wollen, als suchte er nach etwas, das Janko verborgen blieb. »Wir werden reiten.«

* * *

Istanbul, März 1476

Ildiko biss sich auf die Zunge, um das Knurren zu unterdrücken, das beharrlich in ihrer Kehle grollte. Eisenstreben bohrten sich kalt in ihren Rücken und ihre Knöchel. Sie kniete auf dem Boden eines Käfigs. Arpad kauerte neben ihr, auch seine Arme waren nach hinten verrenkt und an das Eisen gefesselt. Empörung durchpulste seinen Körper in Wellen.

Mehr als ein Dutzend Soldaten umringten den Käfig. Drei von ihnen hatte Arpad getötet, drei weitere schwer verletzt, und auch sie hatte einen von ihnen hart getroffen. An den Verbliebenen roch sie eine Mischung aus Zorn und Entsetzen, die ihre eigene Wut nur noch anstachelte.

Sie konnte die schmierigen Hände des Soldaten, der sie nach Waffen durchsucht hatte, immer noch spüren. Seine Finger waren wie Spinnenbeine über ihr Hemd und ihre Brüste gekrabbelt. Doch er hatte sie nicht enttarnt – *noch nicht.* Der enge Verband um ihren Oberkörper war ihm nicht aufgefallen. Wohl aber das Gewicht in der Tasche ihres Kaftans. Er hatte die Naht aufgetrennt und das Medaillon herausgeholt. Ihr Anführer hatte es mit einem seltsamen Blick gemustert und dann in seiner eigenen Tasche verstaut. Sie würde es sich zurückholen!

Im Augenblick befand sich der türkische Anführer allerdings außer Reichweite. Er stand mit verschränkten Armen über dem bewusstlosen Miklos, der von einem Medicus untersucht wurde. Ildiko konnte nicht anders, als die schrecklichen Wunden anzustarren, die der nagelbewehrte Streitkolben in Miklos' Gesicht geschlagen hatte. Blut stob bei jedem Atemzug in Blasen von seinem Mund auf, und seine Nase war eingedrückt und krumm. Doch das Schlimmste waren seine Augen. Das linke war kaum zu erkennen, ein enger Schlitz inmitten fleischiger, geschwollener Wülste. Und das rechte war nicht mehr vorhanden. Unter einem zerfetzten Lid glänzte schwarz und nass die Augenhöhle.

Lass nicht zu, dass es dich beherrscht, hatte Mutter gesagt. Und Ildiko hatte der Wut zum ersten Mal in ihrem Leben widerstanden, hatte nicht weitergekämpft, sondern sich ergeben. Das war ein Fehler gewesen!

Der Medicus entkorkte ein kleines Tongefäß und tauchte Zeige- und Mittelfinger in eine grünliche Salbe. Sie roch nach Kräutern und Fett und dem durchdringenden Odem von Urin. Vorsichtig strich der Mann Miklos' Gesicht damit ein, dann legte er ihm eine Binde über die Augen.

»Er braucht Ruhe«, sagte er und hob den Blick. »Adem, wenn du ihn jetzt transportierst, wird er sterben.«

Der Anführer zuckte mit den Achseln. Mitleidslos glitt sein Blick über Miklos hinweg. »Er wird durchhalten.«

Ildiko bebte vor Hass. Der Türke hob den Kopf, als wüsste er, was in ihr vorging. Schwarze Brauen zogen sich zusammen, als er sie musterte. Hin und wieder schaute er allerdings knapp an ihr vorbei, als sähe er neben ihr etwas, das sie selbst nicht wahrnahm. Seine Augen waren tief, grau und ruhig wie der Novemberhimmel. *Er hat keine Angst vor mir.* Der Gedanke durchfuhr sie wie ein Donnerschlag, verdrängte für einen Augenblick sogar ihre Wut.

Er trat auf den Käfig zu. Sein scharf geschnittenes, wenn auch junges Gesicht verriet jedoch weiterhin nichts. Auch seine Bewegungen waren sparsam und bedacht, und seine Kleidung so unauffällig, dass er jederzeit mit der Menge verschmelzen konnte. Nur die Waffen verrieten den Soldaten. Der Medicus hatte ihn Adem genannt. Etwas an ihm war *anders* als bei den anderen Menschen, auf eine kaum beschreibbare, fremde Art und Weise, bei der sich ihr die Nackenhaare sträubten. Wer war er, und was hatte er mit ihnen vor?

Er zog das Medaillon aus der Tasche. Silbern glänzte es im Licht der Fackeln.

»Was ist das?« Sein Ton war schroff. Wenn er dem Wolfsbund diente, war seine Frage allerdings mehr als lächerlich. Sie biss die Zähne zusammen und schwieg. Auch Arpad sagte nichts, obwohl sein mahlender Kiefer zeigte, wie schwer ihm das fiel.

Der Türke runzelte die Stirn, doch er fragte nicht weiter. Und ihr Verdacht wuchs zu einem wütenden Triumph. Dieser verdammte Pavel, wie in Trabzon hatte er sich auch hier mit den Türken verbündet!

Dann durchschnitt die nächste Frage des Anführers die Luft wie ein scharf geschliffenes Schwert.

»Bist du Janko?«

Adem sah, wie der Junge bei seiner Frage zusammenfuhr, als hätte er ihm ins Gesicht geschlagen. Sein Wolf, der sich geschmeidig zwischen den Gitterstäben hin und her bewegt hatte, hielt inne und fletschte die Zähne.

»Was soll die Frage?«, rief der Junge und riss an seinen Fesseln. Seine seltsamen Augen bohrten sich in Adems. »Du steckst doch mit seinen Entführern unter einer Decke! Sag uns, wo sie ihn hingebracht haben!« Sein Wolf presste sich an ihn, mit gesträubtem Fell und angelegten Ohren. Zum ersten Mal konnte Adem Furcht bei ihm erkennen. Nicht um sich selbst, um jemand anderen.

Er atmete tief durch. Niemand konnte solche Gefühle heucheln, erst recht nicht ein Tier. Wer immer der Junge war, er war nicht Janko. Und er hasste den Wolfsbund.

»Wer bist du?«

Der Junge warf schnaubend seinen Kopf zurück, und zum ersten Mal ergriffen Adem Zweifel, dass die Fesseln ihn wirklich hielten. Doch er widerstand dem Impuls, einen Schritt zurückzutreten. »Sagt mir eure Namen«, sagte er. »Oder«, er deutete auf Miklos, »ich lasse ihn töten. Er wäre damit wahrscheinlich sogar besser dran.«

Bernsteinfarbene Augen funkelten ihn an, umkränzt von weichen, dunklen Wimpern. Ein umso gefährlicheres Ungeheuer, das sich hinter einem solch unschuldigen Antlitz verbarg.

»Ich …« Der Junge dehnte das Wort wie eine Bogensehne. »Ich bin Hasan. Arpads Neffe.«

Er wandte den Kopf und sah zu dem rothaarigen Werwolf hinüber, der seinen Blick aus kleinen, zusammengekniffenen Augen erwiderte.

Neffe? Dass Adem nicht lachte. Wieder sah er zu dem Wolf des Jungen. Die goldene Bestie hatte die Ohren gespitzt und ließ Adem ebenfalls nicht aus den Augen. Es war, als lauerte sie auf etwas. Sprach der Junge die Wahrheit?

Er beschloss, vorerst in einer anderen Richtung weiterzubohren. »Sagt mir, wo Gábor ist.«

»Ihr verdammten Türken!«, fuhr Arpad auf. »Gábor ist tot. Ihr habt ihn umgebracht, in Trabzon. Ihr Aasgeier. Muselaffen. Verfluchte Windelkopfträger!« Er spuckte die Worte förmlich aus.

Adem hob die Augenbrauen. Die einfältigen Beschimpfungen des Werwolfs brachten ihn nicht aus der Ruhe, wohl aber seine Männer. Er hörte sie hinter sich murren.

»Glaube es oder nicht«, ereiferte sich Arpad weiter. »Lange wirst du nicht mehr Gelegenheit zum Überlegen haben. Ich werde

mir deinen Kopf holen, bei Vollmond werde ich ihn von deinen Schultern beißen.« Er zischte wie eine Schlange.
Der Kerl ging Adem allmählich auf die Nerven. Meinte er wirklich, ihn so leicht einschüchtern zu können?
»Habt ihr einen Beweis für Gábors Tod?«
Doch er brauchte ihn nicht mehr. Der Junge im Käfig hatte den Kopf gesenkt. Seine Hände in den Fesseln zuckten. Sein Wolf neben ihm war lautlos wie ein Geist, doch seine Lefzen bebten, und wäre ein Geräusch aus seinem Maul gedrungen, wäre es ein Jaulen gewesen. Adem war sich plötzlich sicher, dass dieses Tier trotz all seiner Bosheit nicht lügen konnte. Genugtuung erfüllte ihn.
Gábor, der Sultansbruder, tot. Nur schade, dass er ihn nicht selbst erwischt hatte!

Ildiko biss sich auf die Lippen. Arpad, dieser Dummkopf, er hätte ihnen nichts von Vaters Tod verraten dürfen. Versteinert beobachtete sie, wie der Türke sich abwandte und drei Männern den Befehl gab, die Luke des Käfigs zu öffnen und Miklos zu ihnen hereinzuheben. Es war eng, zu eng für drei. Miklos' Hinterkopf berührte ihre Knie. Er roch nach Blut, nach Fieber und Schmerz. Diese Bastarde!
»Wo bringt ihr uns hin?« Sie zog an ihren Fesseln. Nur ein winziger Rest von Vernunft hieß sie, sich so weit zurückzuhalten, nicht mit Wolfspfoten aus den Lederbändern zu schlüpfen. *Noch nicht.*
Keiner erwiderte etwas, während der Käfig von einem Dutzend Männer angehoben wurde. Sie balancierten ihn auf Stangen zu einem Ochsenkarren. Arpad riss an seinen Fesseln und brüllte dabei wie ein Stier. Als er seinen mächtigen Körper herumwarf, schwankte der Käfig einen Moment in der Luft, ehe er kippte und auf den Wagen donnerte. Der Aufprall schnürte Ildiko die Luft ab.
»Aufhören!« Plötzlich stand der Türke wieder vor ihnen. Er fixierte Arpad mit finsterem Blick. »Wenn du nicht Ruhe gibst, töten wir euch hier und jetzt.«
Arpad knirschte mit den Zähnen, doch tatsächlich hielt er still. Eine Decke wurde über den Käfig geworfen und tauchte die

Welt in tiefes Dunkel. Schaukelnd setzte sich der Ochsenkarren in Bewegung.

»Wir sollten hier raus, so schnell wie möglich«, knurrte Arpad leise. »Es war ein Fehler, uns überhaupt zu ergeben.«

Ildiko ging auf den Vorwurf nicht ein.

Sie hörte Miklos leise stöhnen. Wenn er erwachte, würde er furchtbare Schmerzen haben. Sie straffte die Schultern. »Wir müssen so schnell wie möglich herausfinden, was dieser Adem weiß.«

»Er hat das Medaillon erkannt, das war offensichtlich«, grollte Arpad. »Wahrscheinlich trägt er als Pavels Handlanger selbst eines. Sobald er uns erst im Kerker hat, wird er uns töten.«

»Dann hätte er keinen Medicus geholt, um Miklos zu behandeln. Er hat mehr mit uns vor.« Der Gedanke weckte Hoffnung und Sorge zugleich in ihr. »Er will nach Edirne, hat er gesagt. Das ist auch unser Ziel. Wir sollten vorerst abwarten.«

»Du redest wie dein Vater.« Arpad schnaubte, doch seine Stimme klang nachdenklich. »Deine Idee, dich wieder als meinen Neffen Hasan auszugeben, war klug.«

Fast hätte sie gelächelt. »Die Türken scheinen nicht alles zu wissen.« Prüfend bewegte sie die Finger in ihren Fesseln. »Ihr Anführer hat mich zuerst für Janko gehalten. Er darf keinesfalls erfahren, wer ich bin.«

Arpad stieß ein Brummen aus. »Dann verhalte dich auch wie mein Neffe und lass mich die Gespräche führen.«

Sie hob die Augenbrauen, doch sie sagte nichts mehr. Arpad mochte sich dessen vielleicht nicht bewusst sein, doch die Führungsrolle in ihrem zusammengeschrumpften Rudel hatte er längst nicht mehr. Allerdings konnte es nicht schaden, vor den Türken so zu tun, als ob.

Bald konnte sie das Meer riechen. Sie näherten sich dem Hafen von Galata. Es war schlimm, nichts sehen zu können. Hatte sich Janko ebenso hilflos gefühlt, als sie ihn in einem Käfig durchs Land transportiert hatten?

Jemand riss das Tuch herunter. Sofort hob sie den Kopf und registrierte die Umgebung mit all ihren Sinnen. Sie waren auf einem schwankenden Pier. Es roch nach Algen, Pechfackeln und feuchtem Holz. Ein stürmischer Wind ließ die Wellen gegen die Hafenmauern prallen und trieb Wolken wie graue Schatten über den Himmel. Immer wieder kam dazwischen der Mond zum Vorschein und sprenkelte den Hafen mit fahlen Lichtflecken. Männer eilten umher und verluden Waren auf Schiffe. Auch ihr Käfig wurde wie eine Ware von einem halben Dutzend Soldaten angehoben. Sie stöhnten und brüllten sich gegenseitig an, während sie ihre Last auf ein flaches Ruderboot bugsierten. Salzige Gischt spritzte Ildiko ins Gesicht, als sich das Boot unter ihrem Gewicht zur Seite neigte. Unter ihren Knien konnte sie das Wasser gegen den dünnen Bootsboden schlagen hören. Zum ersten Mal erfasste sie Panik. Der Käfig würde untergehen wie ein Stein!
Sie klammerte sich an den Gitterstäben fest, als der türkische Anführer direkt neben dem Käfig an Bord sprang. Sein Körper glich mühelos das Schaukeln des Boots aus, und sein Blick schweifte gleichgültig über den Käfig, während er das Geschehen im Hafen beobachtete. Sein Anblick weckte Hass in ihr, und doch vertrieb seine Gelassenheit einen Teil ihrer Panik. Er schien die Überfahrt bei diesem Sturm nicht zu fürchten. Erneut studierte sie seine scharf geschnittenen Gesichtszüge, die leicht gebogene, schmale Nase und das energische Kinn. Sie durfte ihn nicht unterschätzen.
Neben ihm tauchte der Kerl mit dem Streitkolben auf. Im Gegensatz zu seinem Anführer starrte er die Werwölfe an, als wollte er sie mit seinen Blicken erstechen. Er war der Mann, der Miklos so schwer verletzt hatte, und mit eisiger Klarheit beschloss sie, ihn zu töten, sobald sich die Gelegenheit dazu ergab. Während sie noch darüber nachdachte, wehte eine Sturmbö jäh einen vertrauten Geruch zu ihr. Ilai! Ihr Kopf fuhr herum.
Dann merkte sie, dass Adem seine Gefangenen keineswegs ignoriert hatte. Er hob ebenfalls den Kopf und schien ihrem Blick

zu folgen. Sein feiner Instinkt war ihr unheimlich. Sofort schlug sie die Augen nieder. Ihre Gedanken sprangen umher wie wilde Hunde. Wenn jemand alleine zurechtkam, dann Ilai, der überall und nirgends fremd war. Er würde ihnen folgen, wohin sie auch gebracht wurden. Ein warmes Gefühl durchströmte sie. Sie waren nicht alleine.

Das Boot sank tiefer ins Wasser, als die Soldaten an der niedrigen Reling Platz nahmen und die Ruder ergriffen.

Sachte stießen sie vom Pier ab. Sogleich packten die Wellen das Boot und warfen es hin und her.

Die Ruderer fluchten. Es war wie ein Höllenritt auf einem bockenden Pferd. Als die Wellen endlich nachließen, spürte Ildiko kalten Schweiß auf ihrer Stirn trocknen. Sie waren tief in die Bucht des Goldenen Horns hineingerudert, und hier verengte sich der Meeresarm so weit, dass er ihr eher wie ein breiter Fluss erschien.

Endlich steuerten sie das sandige Westufer an. Die Soldaten atmeten schwer, als der Bootskiel knirschend auf Grund stieß. Ihr Anführer erteilte einige halblaute Befehle. Sechs Männer stiegen ins knöchelhohe Wasser und hoben den Käfig auf den Strand.

Ildiko spürte die Kälte des Bodens unter den Eisenstreben, als die Soldaten den Käfig in den Sanddünen absetzten. Miklos zitterte und stöhnte leise.

»Sag ihnen, sie sollen unsere Fesseln lösen«, wisperte sie zu Arpad hinüber, der mit verkniffenem Blick die Soldaten beobachtete. »Wir müssen Miklos gegen die Kälte schützen.« Arpad brummte. Sie stieß ihn ungeduldig mit ihrem Fuß an.

Er nickte. »He!«, rief er den Männern zu und trommelte mit seinen Stiefelabsätzen gegen die Käfigstreben. »Macht unsere Fesseln los! Wir müssen uns um Miklos kümmern. Oder habt ihr ihn hergeschleppt, um ihn im Sand verrecken zu lassen?«

Adem trat an den Käfig. Ildiko senkte den Kopf und bemühte sich um eine ausdruckslose Miene, trotzdem spürte sie, wie sein Blick an ihr hängenblieb.

»Binde die Hände des Jungen los«, befahl er endlich einem der Soldaten. »Bengel, wenn du auch nur Anstalten machst, deinen Kumpan zu befreien, wirst du wieder gefesselt.«
Ildiko nickte und hielt still, während der Soldat hinter sie trat und die Seile löste. Ihre Finger fühlten sich taub und schwer an. Sie rieb sie aneinander, um sie zu wärmen.
Zu ihrer Überraschung trat Adem noch einen Schritt näher, stand nun so dicht vor ihr, dass sie ihn durch die Gitterstreben hätte berühren können. Seine Augen erschienen im Nachtlicht schwarz und unergründlich. Ahnte er etwas von ihrer wahren Natur? Ihr Herz schlug schneller, doch sie bewegte sich nicht. Er roch nach trockenem Gras, Leder und Salzwasser, und nach etwas Fremdem, das sie nicht identifizieren, nicht einmal beschreiben konnte. Schließlich war sie es, die den Blick abwandte.
»Hier.« Er zog das Tongefäß des Medicus aus dem Beutel an seinem Gürtel und reichte es ihr. Rasch riss sie es ihm aus der Hand. »Versorg seine Wunden.«
Er wandte sich ab und ging davon, als würde ihn ihr weiteres Handeln nichts mehr angehen. Ildiko hob Miklos' Oberkörper an und wickelte ihn in ihren Mantel, dann zog sie seinen Kopf auf ihren Schoß. Er atmete flach. Die Binde über seinen Augen war feucht und verkrustet.
Sie löste den Stoff, und obwohl sie es so vorsichtig wie möglich tat, riss sie an mehreren Stellen Hautfetzen mit ab. Mitleidig presste sie die Lippen zusammen, als sie erneut das tiefe Loch sah, wo einst sein rechtes Auge gewesen war. Mehr denn je sah er aus wie ein Ungeheuer. Sie riss ein Stück ihres Kaftans ab und tränkte ihn mit Speichel, dann reinigte sie vorsichtig seine Wunden und strich die grünliche Salbe aus dem Tongefäß darauf. Danach befestigte sie die Binde wieder über seinen Augen.
Die Zeit rann so langsam dahin wie Sand durch einen Glaskolben. Sie ließ das Kinn auf die Brust sinken. Neben ihr schnarchte Arpad, doch sie schlief nicht.
Irgendwann zeigte sich ein breiter Silberstreif am Horizont.

Ildiko hob den Kopf, als sie das Getrappel von Hufen hörte, begleitet vom dumpfen Rumpeln eines Karrens. Hinter der Hügelkuppe wurden zwei Ochsenwagen und die Schemen mehrerer Reiter sichtbar. Sie verengte die Augen zu Schlitzen, um die Männer im Dämmerlicht besser sehen zu können. Zwei fielen ihr besonders auf, denn sie ritten auf dem Pfad so dicht beieinander, dass sich ihre Tiere beinahe berührten. Ihr Herz zog sich vor Aufregung zusammen. Der eine Mann trug den blauen Umhang der Soldaten, und er führte das Pferd des anderen am Zügel. Dieser hatte den Kopf gesenkt. Seine Hände waren an den Sattelknauf gebunden.

»Gitano«, flüsterte sie. Arpad richtete sich auf.

Schweigend beobachteten sie, wie die Soldaten mit ihrem Gefangenen näher kamen. Adem rief Befehle, und seine Männer nahmen die Pferde in Empfang und luden Sättel und Waffen von dem Gepäckkarren. Gitano hielt immer noch den Kopf gesenkt. Ildiko warf Arpad einen auffordernden Blick zu.

»He, Zigeuner«, brüllte er daraufhin so laut, dass ihre Wachen zusammenzuckten. Der Roma drehte sich um. Seine Augen weiteten sich, als er den Käfig sah. Erschrecken war in seinen Blick geschrieben, doch auch etwas anderes. Scham? Ildiko sprang auf, schob ihr Gesicht an die Gitterstäbe.

»Mit meséltél nekik?«, brüllte Arpad auf Ungarisch. *Was hast du ihnen erzählt?*

Gitano senkte den Kopf. »*Sajnálom* – es tut mir leid«, murmelte er. Ildiko konnte seine Stimme so deutlich hören, als stünde er neben ihr. »Sie haben Gábors Brief gelesen.«

20. KAPITEL

Rom, März 1476

Der friedliche Lärm der Gassen drang zusammen mit dem Abendlicht des erlöschenden Tages durch die Fenster des Palazzos. Cecilio hörte Straßenkinder pfeifen und Schuster und Schuhputzer ihre Kunden zu den Werkbänken unter den Bogengängen der alten römischen Bauwerke locken.

Tief atmete er ein. Er witterte Fäkalien und Gewürze und die betörenden Düfte eines Fleischmarkts. Weihrauch drang aus den zahlreichen Kirchen und mischte sich mit Staub, der so alt war wie die Jahrhunderte. Der Geruch von Algen und Fisch wehte vom Tiber heran und überlagerte Lehm und Dung. Cecilio roch Schweiß und Erregung, Müdigkeit und Gier, Laster und Freude, die die Menschen auf den Gassen verströmten. Immer noch fand er sich kaum damit zurecht, wie fein seine Sinne waren, und er lehnte sich ein Stück vom Fenster zurück, um die Eindrücke nicht übermächtig werden zu lassen.

Der Mond stand als Sichel über den Holzdächern und Kirchenkuppeln. Sein Licht sang in Cecilios Adern, eine Qual, die beinahe süß war und ihm zugleich eine Gänsehaut verschaffte. Nie würde er sich an das unheilige Fordern seines Wolfs gewöhnen, der ihn lockte, sich zu verwandeln, über die Gassen und Brücken hinauszurennen in die Weite der Wiesen und Äcker, dem Rausch der Jagd zu folgen, der ihn am nächsten Morgen stets leer und schuldig zurückließ.

Er seufzte und strich sich über die grobe Kutte. Keiner verstand, warum er nicht den Reichtum seiner Familie genoss, warum er sich immer noch an das mönchische Dasein klammerte, das er in der Abtei der Benediktiner geführt hatte. *Vor dem Biss.* Ihn schauderte.

Sein Onkel hatte ihn nicht gefragt, bevor er ihn vor einem Jahr aus dem Kloster gerissen und in diese fremde Welt gebracht hatte. Er, der Mächtigste aus dem Menschengeschlecht der Orsinis, führte das geheime Rudel an, das ihn Ältesten nannte, und sie alle dienten dem Wolfsbund. »Der Bund greift niemals selbst nach Macht«, hatte ihm sein Onkel erklärt, nachdem er ihn gebissen hatte. »Wenn wir unsere Kräfte nur für unsere eigenen Zwecke missbrauchen würden, gewännen unsere Wölfe die Oberhand, und die Folgen wären Blutdurst und Gier. Nein, wir sind Christen, die sich in Demut üben, um wie die Menschen ins Himmelreich zu gelangen. Deshalb lenken wir die Schicksale der Menschen nicht selbst, sondern tragen ihnen unsere Dienste an. Männern von Bedeutung, mit überragenden Fähigkeiten und dem hehren Ziel, unseren christlichen Glauben zu erhalten.«

Cecilio empfand seinen Onkel als alles andere als demütig, und auch wenn ihm das Credo des Bundes einleuchtete, fühlte er doch, dass die Wahrheit komplizierter war. Denn Kardinal Orsini war der engste Berater des Herrn der Christenheit, er war der Camerlengo des Papstes Sixtus IV. Damit verfügte er trotz seines Wolfsschwurs über mehr Macht als die meisten Menschen. Und der Papst, dem das römische Rudel angeblich *diente,* erschien Cecilio wie ein ahnungsloses Lamm in den Fängen der Wölfe. Denn die Christenheit verurteilte die Werwölfe weiterhin als Teufelswesen, die die Inquisition auf den Scheiterhaufen brachte. Und Cecilio gab ihnen an schlechten Tagen sogar recht.

Ein Geräusch schreckte ihn aus seinen Gedanken auf. Er lehnte sich wieder aus dem Fenster. Vier Bedienstete trugen eine Sänfte zum Tor des Palazzos. Eine Hand schob den Vorhang auf, und Cecilio roch ihn, ehe er die purpurnen Troddeln an dem Kardinalshut sah. Sein Onkel war von seinem täglichen Besuch im Papstpalast heimgekehrt, und zwar wesentlich früher als üblich.

Denn für heute Abend hatte sich Besuch angekündigt.
Gesandte eines anderen Ältesten waren in der Stadt, Werwölfe geschickt von Pavel, dem Feldherrn des Königs von Moldau.
Cecilio wusste nicht, was sie wollten. Er hatte allerdings die Briefe gesehen, die sein Onkel aus Sevilla und Paris erhalten hatte, hatte die krakeligen Buchstaben der Wolfsschrift gelesen, die er als Orsinis Sekretär als Erstes hatte lernen müssen. Ein Schauer rann seinen Rücken hinunter. Zwei Älteste des Bundes waren ermordet worden. Der dritte Älteste, der in England lebte, hatte angeblich bei einem Attentat schwere Verletzungen davongetragen und hielt sich in den schottischen Bergen versteckt. Und der Vierte, der offenbar neben seinem Onkel als Letzter unversehrt am Leben war, schickte nun Männer? Was auch immer sie wollten, sein Onkel war gut beraten, vorsichtig zu sein.

Bis die unwillkommenen Besucher eintrafen, war es dunkel geworden auf den Straßen. Je heller der Mond durch die Glasfenster der Kuppel schien, desto größer wurde Cecilios Unruhe. Er seufzte beklommen, während er neben den anderen Männern des Rudels in der Eingangshalle des Palazzos wartete. Menschliche Bedienstete hatten Wachskerzen in ein Dutzend Wandhalterungen gesteckt und angezündet. Hinter den Kerzen befanden sich kleine Spiegel an der Wand, die das Licht auffingen und in den Raum hineinwarfen, um die Leuchtkraft zu erhöhen. Zuckend huschten die Lichter über Fresken und Marmorstatuen und schienen sie zum Leben zu erwecken.
In den Gesichtern der anderen Männer konnte Cecilio die gleiche Unruhe lesen, die er fühlte. Er sah sie in ihren Bewegungen, die etwas zu rasch und abrupt waren, um als menschlich zu gelten, und in ihren dunklen Blicken, hinter denen sprungbereit ihre Wölfe lauerten.
Einzig der Kardinal wirkte ruhig, als er die Treppe herunterkam. Er hatte sein Kardinalsgewand abgelegt und trug nun ein prachtvolles Wams aus Seide, in das Goldfäden gewebt waren, mit gebauschten weiten Ärmeln, die seine Hände verbargen.

Über seinen kurzen grauen Haaren trug er ein mit Perlenschnüren verziertes Samtbarett. Nicht als Geistlicher trat er auf, sondern als mächtiger Adeliger, dessen Familie ganze Landstriche Italiens beherrschte, und er benahm sich wie ein Mann, der nichts und niemanden zu fürchten brauchte. In Wirklichkeit ging Cecilios Onkel seit den Morden selten ohne Leibwache aus dem Haus, ja, verließ seinen Palazzo überhaupt nur noch für seine Besuche beim Papst.

Ein Diener führte die beiden Fremden herein. Einer war hager, mit fahlen Augen und schütterem Haar, der andere bullig wie ein Stier. Sofort roch Cecilio ihr Wolfsblut, und er spürte, wie sich sein eigener Wolf wachsam aufrichtete. Beide Männer vermieden es, den Anwesenden in die Augen zu blicken.

»Durchsucht sie«, bellte Orsini. Drei Männer packten die Neuankömmlinge. Sie nahmen ihnen die Umhänge ab, durchwühlten die Beutel an ihren Gürteln und betasteten ihre Gliedmaßen. Sie gingen mit ihnen dabei recht grob um, und mehr als ein Zuschauer grinste beifällig.

»Keine Waffen.« Einer der drei reichte Orsini ein Dokument aus dem Beutel des Bulligen, ein Brief mit einem Siegel, das Orsini aufriss und dann die wenigen Schriftzeichen studierte. Es war so still im Raum, dass Cecilio das Blut der anderen rauschen hörte.

»Nun.« Orsini ließ den Brief fallen, als wäre er Unrat. Er verschränkte die Arme. »Pavel schickt euch also. Demnach ist er noch am Leben.«

»Das hoffen wir«, ergriff der Bullige das Wort. Seine Stimme war leise, sein Italienisch hatte einen harten Akzent. »Gestattet, Euer Eminenz, dass ich uns vorstelle. Dies ist Bohumil Kubec, und ich bin sein Bruder Bedřich.« Beide standen mit gestrafften Schultern da, doch sie blickten Orsini weiterhin nicht in die Augen.

»Eure Namen sind mir gleichgültig«, knurrte Orsini. Immer noch hielt er die Arme verschränkt, und instinktiv ahmten ihn einige seiner Männer nach. Cecilio hielt den Atem an. Es war nicht das angeberische Gehabe, das ihn einschüchterte, nein, es

war die unterschwellige Besorgnis, die er darunter spürte. Es war die Angst seines Rudels, deren Geruch seine Kehle so sehr verstopfte, dass er schier keine Luft mehr bekam.
»Welche Nachricht bringt ihr von Pavel?«, fuhr Orsini mit herrischer Stimme fort. »Hat er sich vor den Attentätern in Moldau verkrochen, oder steckt er gar selbst dahinter?« Seine Augen blitzten gefährlich.
»Unser Rudelführer hat nichts mit den Morden zu tun«, erwiderte Bedřich. Seine Stimme vibrierte vor unterdrückter Spannung. Bohumil hielt dagegen die Lippen aufeinandergepresst und blickte so unbeteiligt, als wäre seine Miene aus Stein. »Er schickt uns, um sich zu versichern, dass *Ihr* nicht der Schuldige seid.«
So unverfroren hatte noch nie jemand ihren Ältesten angesprochen. Cecilio duckte sich unwillkürlich, andere Männer griffen zu ihren Waffen.
Orsini legte den Kopf in den Nacken und brach in ein heiseres Bellen aus. Cecilios Nackenhaare sträubten sich. Er brauchte einen Augenblick, um das Bellen als Lachen zu identifizieren.
»Wäre ich es, dann wärt ihr jetzt schon nicht mehr am Leben«, rief Orsini aus. Sein Blick wurde wieder stechend. »Wobei ich mich frage, warum ich euch trauen soll. Könnt ihr beweisen, dass Pavel nicht dahintersteckt?«
»Eure Eminenz, ein solcher Beweis ist eine Unmöglichkeit, und das wisst Ihr.« Bedřich schüttelte den Kopf. »Doch mein Ältester zählt auf Eure Klugheit. Welches Interesse sollte er haben, die anderen Ältesten ermorden zu lassen? Er lag nicht im Streit mit ihnen. Im Gegenteil. Er bereitet sich in Moldau auf einen neuen Krieg gegen die Türken vor, und in dieser schweren Zeit muss er sich auf seine Verbündeten verlassen können.«
Orsini kniff die Augen zusammen. Cecilio spürte sein Misstrauen wie eine dunkle Wolke, die über ihnen hing und das Licht der Kerzen verdunkelte. Nein, sein Onkel war zu klug, um den wohlgewählten Worten des Fremden zu glauben.
Cecilio musterte die beiden Fremden. Sie hielten ihre Blicke weiterhin gesenkt, doch unter ihrer Vorsicht wirkten sie außer-

ordentlich selbstsicher. Ihr Herzschlag war ruhig. Ihre Hände hingen locker an den Seiten, und ihre Augenlider flatterten nicht. Ihr Geruch war fremd, etwas herber als der des italienischen Rudels. Ihm haftete der Schweiß ihrer langen Reise an, darunter eine Note der Anspannung, die sie angesichts der bedrohlichen Übermacht von Orsinis Männern verspüren mussten. Doch er roch keine Angst an ihnen, wie bei seinen Leuten. Bedeutete das, dass sie die Wahrheit sagten?

»Noch dazu«, fügte Bedřich hinzu, »bringen wir Euch dies.« Er fasste in den Beutel. Die Werwölfe spannten sich an, bis sie sahen, was der Mann hervorzog: eine silberne Halskette mit einem Medaillon, nicht größer als die Handfläche eines Kindes. Bedřich ließ den Anhänger vor seinem Gesicht baumeln. Zwischen den Kettengliedern hindurch sah er Orsini erstmals direkt an. Er hatte kleine hellgraue Augen, die fast so hell glänzten wie das Medaillon, das das Kerzenlicht reflektierte. Cecilio erkannte einen Wolfskopf mit aufgerissenem Maul.

Jäh trat Orsini vor und wollte Bedřich die Kette entreißen. Doch der wich der Hand des Kardinals geschickt aus.

»Gib es mir!«, zischte der Kardinal. Seine Wut war wie ein Sturm, der über sie alle hinwegfegte.

»Nein.« Bedřich sprach laut, und er hielt seinen Blick dabei weiterhin auf Orsini gerichtet. Bohumil neben ihm sah das erste Mal auf, doch seine Miene blieb weiterhin unbewegt, als verstünde er ihre Sprache nicht.

Cecilio riss die Augen auf, und die anderen Werwölfe erstarrten vor Unglauben. Keiner konnte einem Ältesten einen Befehl verweigern. Eine solche Verletzung der natürlichen Rudelordnung ließ das Wolfsblut schlichtweg nicht zu! Und doch schien es, als ob dieser Bedřich Orsini widersprechen und dabei sogar seinem Blick standhalten konnte.

»Lasst uns unter sechs Augen sprechen, Eure Eminenz«, sagte Bedřich. »Was wir Euch zu sagen haben, ist nicht für die Ohren Eurer Männer bestimmt.«

Eine Ewigkeit schien zu vergehen. Orsini wippte auf den Zehenspitzen, und für einen Augenblick war sich Cecilio nicht sicher, ob er sich nicht einfach auf den Fremden stürzen würde. Doch dann wandte er sich ab und zuckte mit den Schultern, als wäre dies nur ein Plausch unter Freunden.

»Wenn damit dieses Theater ein Ende hat«, sagte er. »Wir gehen in mein Arbeitszimmer.«

Er maß die Versammelten mit einem strengen Blick. »Fünf von euch warten hier. Ihr werdet euch nach unserem Gespräch weiter um die Gäste kümmern.« *Kümmern?* Cecilio sah hinter der gelassenen Miene dunkle Wut in den Augen seines Onkels flackern. Ihm schauderte. Der Älteste würde die Schmach, von einem minderen Fremden herausgefordert worden zu sein, niemals straflos auf sich sitzen lassen.

Und dann wandte sich Orsini ihm zu. »Neffe, du hast lang genug hier herumgestanden. Geh in die Bibliothek und suche mir endlich Aquins Schrift *De Veritate* heraus, nach der ich verlangt habe.«

Cecilio senkte den Kopf, erschrocken und ratlos zugleich. Sein Onkel hatte niemals nach dieser Schrift verlangt! Er nickte, während sich die Gedanken in seinem Kopf jagten.

Sobald Orsini und die beiden Fremden in dem Gang verschwunden waren, der sie zum Arbeitszimmer brachte, brach unter den Männern aufgeregtes Gemurmel los.

Cecilio huschte mit gesenktem Kopf die Treppe hinauf und rannte den Gang entlang, der in den Seitenflügel des Palazzos mündete. Er schob eine schwere Holztür auf. Vor ihm öffneten sich die Wände der Bibliothek zu einem langgezogenen Raum. Die Bücherregale warfen im Dämmerlicht eckige Schatten, die sich auf ihn zuzuneigen schienen, um ihn willkommen zu heißen, und der stille Geruch von Staub und Trockenheit umhüllte ihn wie ein schützender Mantel. Viele hundert Bücher hatte Orsini hier angesammelt, ein unvergleichlicher Schatz. Vorsichtig zündete Cecilio eine Öllampe an und schirmte sie mit der Hand ab.

Orsini ließ nur wenige Männer in seine Bibliothek, nur eine Handvoll aus seinem Rudel waren bisher hier gewesen – und die Gröberen unter ihnen konnten nicht einmal lesen. Cecilio war hingegen häufiger hier, die Schreibarbeiten für seinen Onkel führten ihn immer wieder her. Er liebte es, die Buchrücken anzuschauen, denn berühren durfte er sie nur nach spezieller Erlaubnis des Kardinals.
Er wusste, wo sich die Schriften von Thomas von Aquin befanden. Vor wenigen Wochen erst hatte er den Kardinal um die Bücher des Dominikanermönchs gebeten. Sein Onkel jedoch verachtete die Werke Aquins und hatte ihm deshalb verboten, die Bücher aus dem Regal zu nehmen.
Es gab nur eine Erklärung, warum ihn sein Onkel nun um eines der Werke bat: In einem der Bücher musste sich ein Hinweis verstecken, etwas, das die beiden Fremden nicht erfahren sollten. Doch was war es?
Cecilio stellte die Lampe auf dem Steinboden ab und ging auf die Knie. Er las die leicht verwitterten Buchrücken. *De Veritate* – Über die Wahrheit. Das Buch, das der Kardinal ihm aufgetragen hatte. Vorsichtig löste er es aus der Reihe, die so eng gestellt war, dass die ledrigen Buchrücken aneinanderschabten. Ratlos blätterte er durch die pergamentenen Seiten. Wonach sollte er nur Ausschau halten?
Die Kälte des Steinbodens drang durch seine dünne Kutte, und ein Luftzug ließ ihn frösteln. Luftzug? Er verharrte. Dann griff er in das Regal, aus dem er das Buch gezogen hatte. Vorsichtig nahm er die weiteren Bände von Aquin heraus und schichtete sie neben sich auf dem Boden auf. Im Schein der Öllampe sah er ein Rechteck von der Größe eines Folianten, säuberlich ausgesägt aus der hölzernen Rückwand des Bibliotheksregals. Der kühle Luftstrom war stärker geworden. Und er hörte ein Murmeln.
Er lehnte sich vor und lugte durch die Öffnung. Schemen bewegten sich wie Geister, die nach ihm greifen wollten. Er schreckte zurück, sein Wolf knurrte vor Furcht. Das konnte

nicht sein, dies war nur ein Loch in der Wand! Spielten ihm seine Sinne einen Streich? Er holte tief Luft, um das Tier in sich zu besänftigen, dann beugte er sich wieder nach vorne und presste das Gesicht gegen die Öffnung. Jetzt sah er die Schemen wieder. Sie waren verzerrt, unwirkliche Wesen, und er blinzelte, bis sich seine Augen an das Dämmerlicht gewöhnten. Er erkannte seinen Onkel, der am Tisch seines Arbeitszimmers saß. Ihm gegenüber nahmen die beiden Fremden Platz. Doch das Arbeitszimmer befand sich nicht neben der Bibliothek, sondern darunter. Wie konnte es sein, dass er die Männer sehen konnte? Dann erkannte er, was es war. Er unterdrückte ein Seufzen. Ein Spiegel! Im Arbeitszimmer seines Onkels hing der größte Spiegel, den er je gesehen hatte, sieben Ellen breit, fünf Ellen hoch und kostbarer als die ganze Eingangshalle. Und nun verstand er endlich den Sinn dieses eitlen Geräts, verstand, warum sein Onkel so oft in der Bibliothek weilte, während seine Gäste unten auf ihn warteten. Der Spiegel an der Wand musste sein Bild über einen oder mehrere weitere Spiegel reflektieren und so durch ein unauffälliges Loch in der Decke des Arbeitszimmers wiedergeben, was sich dort abspielte. Deshalb also hatte ihm sein Onkel die Lektüre Aquins verweigert. Bewunderung stieg in ihm auf.

In diesem Moment begann Orsini zu sprechen.

»Haltet mich nicht länger hin«, grollte er, die Arme vor der Brust verschränkt. »Was bezweckt Pavel wirklich? Und woher hast du dieses hässliche Ding?«

Er deutete auf das Medaillon, das Bedřich wie zum Hohn nun offen über seinem Wams trug.

»Ihr wisst, was dies bedeutet.« Bedřichs Finger spielten mit der Kette.

Orsini schnaubte, doch Cecilio sah seinen lauernden Blick. »Ich kenne die Legende über die zwölf Stämme.«

»Als Kirchenmann wisst Ihr, dass dies keine Legende ist. Ihr kennt die Bibel.« Bedřich lächelte plötzlich. »Wir wollen den zwölften Stamm wiedererwecken.«

Orsinis Miene wurde starr. »Das kann nicht Pavels Ernst sein!«, rief er. »Dieser Stamm war ein Werk des Teufels, und der Wolfsbund hat ihn vor vielen hundert Jahren ausgelöscht und sein Zeichen verbannt.« Er starrte das Medaillon an. »Er muss wahnsinnig geworden sein.«

»Nicht wahnsinniger als Ihr oder ich.« Bedřich lächelte immer noch. Orsini musterte ihn, und das Schweigen dröhnte lauter in Cecilios Ohren als jeder Schrei.

»Du hast mich belogen«, murmelte der Kardinal. In seiner Stimme schwang Erstaunen mit. Cecilio riss die Augen auf. Niemand konnte einen Ältesten anlügen!

»Es ist gar nicht Pavel, der euch schickt. Woher kommt ihr? Und wer ist euer Anführer?«

Bedřich lächelte weiter, als könnten ihn Orsinis Worte nicht aus der Ruhe bringen.

»Keiner von jenen, die immer noch an den Gesetzen des Bundes festhalten, obwohl sie längst ein anderes Leben führen.« Er hob die Augenbrauen. »Ihr müsst zugeben, dass Euch das ebenso zuwider ist. Ihr dient dem Papst? Uns scheint eher, dass Ihr ihm einflüstert, was er zu tun hat. Ihr wollt die Osmanen bekämpfen, wie es der Bund von Euch verlangt? Warum ist dann der Geldhahn des Papstes an die christlichen Soldaten seit Jahren versiegt, während Ihr immer reicher werdet?« Er lehnte sich vor, seine Schultern wurden im Bild des Spiegels monströs in die Breite verzerrt. »Ist es Euch nicht zuwider, vor dummen Menschen zu buckeln, wenn Ihr doch herrschen könntet? Schließt Euch uns an, dann müsst Ihr nicht länger heucheln.«

»Nichts als infame Unterstellungen!«, donnerte Orsini so laut, dass Cecilio fast zurückgezuckt wäre. Wut verzerrte seine Züge. »Habt ihr den anderen Ältesten auch so ein Angebot gemacht?«

Bedřich schüttelte den Kopf. »Wir haben sie gar nicht erst gefragt«, sagte er gedehnt, »weil sie zu verblendet gewesen wären, darauf einzugehen.«

»Ihr habt Ricardo Martinez und Emilian de Lauris getötet? Wie ist das möglich? Wie könnt ihr euch einem Ältesten wider-

setzen?« Plötzlich war Furcht in den Zügen des Kardinals zu erkennen.
Zum ersten Mal regte sich der hagere Bohumil. Seine Miene verzog sich zu einem Grinsen. Cecilio lief es kalt den Rücken hinunter. Trotz des kleinen Spiegels sah er die Zähne des Werwolfs. Sie waren lang, gelb verfärbt und so spitz gefeilt wie Hundezähne.
»Ja, wir haben sie getötet«, sagte Bedřich, und seine Worte schienen zu dröhnen wie Kirchenglocken. »Ihr müsst Euch entscheiden, Eminenz, welchen Weg Ihr wählen wollt.«
»Welchen Weg?«, rief Orsini erbost. »Sagt mir, welcher Bastard euch geschickt hat!«
Doch Bedřich hob die Schultern, und erneut schien sein Wolf sich von dem Befehl des Ältesten nicht im Geringsten beeindrucken zu lassen.
»Sein Name tut nichts zur Sache«, sagte er. »Nicht, bis Ihr zugebt, dass Euch sein Ansinnen einleuchtet. Entscheidet Euch für uns, für den zwölften Stamm, und Ihr werdet es nicht bereuen.«
»Ach nein? Der Lakai eines Fremden zu werden und alles zu verraten, wofür ich ein Leben lang gearbeitet habe? Ihr verfluchten Hunde!« Orsinis Augen blitzten, und Cecilio bewunderte seinen Mut. Oder war es die schiere Arroganz eines Ältesten? »Ihr könnt mich nicht töten! Meine Männer werden euch niemals entkommen lassen. Ich werde herausfinden, wer euch geschickt hat, und die anderen Rudel rufen, um ihn zu vernichten.«
»Wir haben befürchtet, dass Ihr zu stolz seid. Doch einen Versuch war es wert.« Bedřich hob die Schultern. *»Zlikviduj ho!«*
Ehe Cecilio Atem schöpfen konnte, sprang der hagere Bohumil auf den Tisch und packte den Kardinal an der Kehle. Orsini wehrte sich sofort und schlug dem Fremden mit den Fäusten ins Gesicht, doch der Werwolf zuckte nicht einmal. Er kauerte auf der Tischplatte und drückte Orsini nach hinten, stieß ihn mitsamt seinem Stuhl gegen die Wand. Dann war er über ihm.

Cecilio hörte seinen Onkel stöhnen und Bohumil knurren, sah die Hände des Ältesten, die sich in den Rücken des Angreifers krallten. Doch der Fremde schien ebenso stark wie Orsini zu sein, obwohl dies *nicht sein konnte*.
Cecilio keuchte auf. Mit drei großen Sätzen sprang Bedřich zu seinem Bruder. Er griff nach einem silbernen Kerzenständer, der auf dem Tisch stand. Zischend erloschen die Flammen. Er holte mit der stumpfen Seite des Ständers aus und donnerte sie auf den Kopf des Kardinals.
Knirschend grub sich die Kante in Orsinis Schädelknochen. Cecilio schrie und drückte sich gleich darauf die Faust auf den Mund. Sein Onkel starrte zur Seite in den Spiegel, schien ihn mit fassungsloser Miene anzusehen, als Bedřich wie ein Rasender erneut zuschlug, wieder und wieder.
Bohumil jedoch wandte sich um. Seine spitzen Zähne leuchteten im Schein der Kerzen, als er zur Decke sah.
Schreiend fuhr Cecilio zurück, seine Knie schabten über den Steinboden, als er nach hinten robbte und auf die Füße sprang. Und während er durch die dunkle Bibliothek rannte, mit den Schultern gegen Regale stieß und sein Wolf vor Furcht und Entsetzen jaulte, hörte er draußen in der Halle die anderen Männer des Rudels aufbrüllen.
»Sie haben ihn getötet«, schrie er und wusste doch, dass sie es bereits spürten, dass *ihre Wölfe* es spürten. Ihr Ältester war nicht mehr da.

21. KAPITEL

Edirne, April 1476

Schwere Wolken hingen über den Ackerfluren und weiten Weidegründen, und obwohl es früher Nachmittag war, schien die Sonne schon den Rückzug angetreten zu haben.
Immer wieder sah Adem wachsam zu dem Karren mit den großen, eisenbeschlagenen Rädern hinüber, zu dem Tuch, das die Gefangenen vor den Blicken der Menschen verbarg. In den fünf Tagen ihrer Reise hatten sie sich erstaunlich ruhig verhalten. Nur wenn der Karren durch eine Pfütze rumpelte, stieß Arpad unweigerlich eine Beschimpfung aus, die bei den Soldaten meist nur noch ein Schulterzucken hervorrief.
Bring die Werwölfe unbeschadet zu mir, so hatte der Befehl des Paschas gelautet, und Adem hielt sich daran. Auch der Zigeuner, den er niemals in die Nähe des Käfigs ließ, wurde verpflegt und mit einem warmen Mantel ausgestattet.
Da die Gefangenen den Käfig nicht verlassen durften, stank es unter dem Tuch inzwischen erbärmlich. Und jedes Mal, wenn er es anhob, blickte er in die hasserfüllten goldenen Augen von Hasan, der niemals zu schlafen, niemals zu verzweifeln oder sich vor den Bewachern zu fürchten schien. Er befolgte Adems Anweisung und kümmerte sich um Miklos, der inzwischen wieder bei Bewusstsein war. Doch er schien immer noch schwach zu sein, denn seine Bewegungen waren langsam und unbeholfen.
Adem beobachtete die Werwölfe still. Schweigen zermürbte einen Gefangenen mehr als jede Drohung. Allerdings stellte er sich manchmal die Frage, wer hier *wen* zu zermürben versuchte.
Die Gelassenheit der Werwölfe beunruhigte ihn. Sie warteten

auf etwas, und er glaubte zu wissen, was es war: die Genesung von Miklos, dessen schlechter Zustand der einzige Grund war, warum sie noch keinen Fluchtversuch gewagt hatten. Er hätte nicht gedacht, dass sie zu so viel Treue untereinander fähig sein könnten.

Er trieb seine Männer an, denn er fieberte der Begegnung mit dem Pascha entgegen. Er wollte die unzähligen Fragen, die in ihm gärten, endlich beantwortet wissen. Und er zweifelte nicht daran, dass der Pascha geeignete Methoden kannte, den Ungeheuern ihr wertvolles Wissen zu entreißen.

Seit sie das Goldene Horn verlassen hatten, folgte sein Trupp der breiten Spur, die das Heer des Sultans vor wenigen Wochen in der thrakischen Ebene hinterlassen hatte. Dank der festgetretenen Erde waren sie mit dem Karren schneller vorwärtsgekommen, als Adem gehofft hatte.

Eine grimmige Genugtuung erfüllte ihn, als er in der Ferne endlich den breiten Strom Meriç und die Stadtmauern von Edirne erblickte. Der Pascha würde zufrieden mit ihm sein.

Hinter den Mauern verschwanden Minarette, Türme und Kuppeln im Nebel, der vom Fluss aufstieg und sich mit den trüben Wolken zu einem grauen Dunst verband.

Sie umritten die Stadt, die von einem tiefen Wassergraben umgeben war. Adem sah Banner auf den Mauern flattern, die verkündeten, dass der Sultan hier weilte. Jedes Jahr kam der Oberste des Reiches zumindest für einige Sommerwochen hierher, als würde ihn der Ort seiner Geburt nicht gänzlich loslassen. Adem kannte die stets verschwenderisch mit bunten Fahnen geschmückten Gassen, die prächtigen Gotteshäuser und den alten Palast der früheren Sultane. Die weiß gestrichenen Häuser schimmerten im Sommer wie kostbare Perlen, und ihre Bewohner sprachen mit näselndem Tonfall. Ja, Edirne war eine stolze Stadt, die sich über die Ebene ausstreckte, als ruhte sie sich aus auf dem Glanz alter Zeiten.

Als Adems Trupp etwa ein Viertel der Stadt umrundet hatte, bogen sie um eine Mauerbastion und erblickten das Heer.

»Bei Allah.« Birkan schob sich den Turban aus der Stirn. »Das müssen Tausende Zelte sein!«
Sie bedeckten die Ebene zwischen Äckern, Büschen und Weideflächen. Grau, braun und weiß betupften sie das fahle Grün des Frühlings, so weit Adems Auge reichte.
»Bleibt zusammen«, befahl er seinen Männern, deren Gesichtern die Freude abzulesen war, ihr Ziel endlich erreicht zu haben. »Und sorgt dafür, dass die Gefangenen ruhig bleiben.«
Er warf sich seinen blauen Umhang mit dem Abzeichen des Paschas über, das ihnen ohne Verzögerung den Eintritt zum Heerlager ermöglichte.
Mehr als zehntausend Mann lagerten hier, schätzte Adem. Und dabei waren dies nur die Geringsten, Fußsoldaten, Bogenschützen und Reiterei. Die Wesire, Ağas, Beys und hochrangigen Beamten residierten sicherlich in den Herbergen der Stadt, während der Hofstaat des Sultans in seinem Inselpalast unterkam.
Aufmerksam ließ er seinen Blick wandern. Die meisten Soldaten saßen um Feuerstellen, brieten Hammelfleisch, schärften ihre Waffen oder feilschten mit Straßenhändlern. Andere übten unter der Anleitung ihrer Hauptmänner den Kampf auf freien Plätzen zwischen den Zeltgassen. Es herrschten Bewegung und Lärm, und doch lag eine seltsame Ruhe über dem Lager, als ob die Windstille nicht nur Fahnen und Rossschweife erschlaffen, sondern auch die Gemüter träge werden ließ. Hier rechnete niemand damit, jederzeit in die Schlacht ziehen zu müssen. War der Feldzug verschoben worden?
Er sah, wie Gitano den Kopf hob und sich wachsam umsah, als suchte er etwas. Wenn der Zigeuner glaubte, ausgerechnet in der Enge des Lagers entkommen zu können, war er dümmer, als Adem angenommen hatte. Als hätte er diesen Gedanken laut ausgesprochen, senkte Gitano den Blick wieder und starrte auf die Fesseln, die seine Handgelenke an den Sattelknauf banden.
Die gefangenen Werwölfe regten sich nicht. Doch fast meinte er, ihre Wolfsschatten hinter dem Tuch lauern zu sehen. Ihre

übernatürlichen Sinne mussten das Getümmel des Lagers deutlich wahrnehmen.

»Je früher wir am Palast des Padischahs sind, desto eher habt ihr euch ein Mahl verdient!«, rief er, und das allein spornte seine hungrigen Männer genug an, um ihre Pferde in Trab fallen zu lassen und mit lauten Pfiffen alle Passanten aus dem Weg zu treiben. Bald hatten sie das Lager durchquert.

Sie umritten ein kleines Wäldchen aus Pappeln und kamen zu einer gemauerten Brücke, die über den Fluss auf eine Insel führte. Die fünf Wachposten ließen sie passieren, nachdem Adem ihnen das Abzeichen des Paschas gezeigt hatte.

Ihm war ehrfürchtig zumute. Dies war die Sommerresidenz des Sultans, kein Ort des Krieges, sondern der Erholung. In den weiten Gärten, die sich über zwei Drittel der Insel erstreckten, herrschte Frühling, ein frischer grüner Schimmer, der die Wiese leuchten ließ. Platanen streckten ihre fleckigen Äste in die Luft und zeigten dem windstillen Himmel ihre ersten Knospen. Luftige Pavillons schmiegten sich unter die Bäume, umringt von steinernen Statuen und kleinen Mäuerchen. Und zwischen den dunklen Spitzen von Zypressen erhob sich der achteckige Turm des *Cihannümas,* das Haus des Sultans. Auf dem gekiesten Platz vor dem Turm ließ Adem den Karren anhalten. Einige Diener eilten sogleich herbei, darunter ein Page in samtenem Gewand.

»Ich bringe Gefangene des Sulejmân-Pascha«, erklärte ihnen Adem mit strenger Miene. »Das Tuch muss auf dem Käfig bleiben, denn niemand darf ihr Antlitz sehen. Außerdem dürfen sie ihr Gefängnis keinesfalls verlassen. Nennt uns einen geschützten Ort, an dem wir den Karren mit seiner Fracht vorerst abstellen können, und dann bringt mich zum Pascha.«

Doch der Page setzte eine beklommene Miene auf. »Der Pascha weilt beim Padischah höchstselbst. Sie beraten darüber, ob sie das Heer wieder heimschicken sollen.«

»Warum sollten sie?«

»Ihr habt es noch nicht gehört?« Der Page riss die Augen auf. »Der Angriff der Ungarn auf unser Reich ist zu Ende. König

Mathias ist an den Mauern Semendrias gescheitert. Er hat seinen Männern den Rückzug befohlen und weilt inzwischen wohl wieder in seiner fernen Hauptstadt Buda.«

Adem schüttelte ungläubig den Kopf. Diese Christen gaben schneller auf, als der Wind sich drehte. Was würde der Sultan nun unternehmen? Das Heer wieder auflösen, nachdem die Männer aus allen Richtungen des riesigen Reichs angereist waren, begeistert von der Aussicht, nach all den Jahren wieder geeint unter den Rossschweifen des Sultans in die Schlacht zu ziehen? Das wäre ein nicht verzeihbares Zeichen der Schwäche. Doch gegen ein fernes Ungarn zu ziehen, das bereits vor der Schlacht geflohen war, würde dem Padischah auch keine großen Lorbeeren einbringen.

»Bringt mich trotzdem zu den Kammern des Paschas«, befahl er. »Und schickt ihm eine Nachricht, dass ich dort auf ihn warte, bis seine Beratung vorbei ist.«

Der Diener nickte und führte ihn geschwind auf die marmornen Treppen des *Cihannümas* zu. Vergitterte Fenster schienen Adem misstrauisch zu mustern, und die wuchtigen Mauern des Turms erschienen ihm plötzlich doch mehr wie eine Festung als eine noble Residenz. Ein Ort, an dem im Sommer Gesang und Gedichte ertönten und der Sultan seiner Liebe für die neuen Wissenschaften nachging, doch auch ein Ort, an dem in diesen Tagen über das Schicksal ganzer Reiche und Tausender Soldaten entschieden wurde. Er folgte dem Diener durch die dunklen Gänge zwei Stockwerke hinauf, durch eine Ebenholztür in das schmale Empfangsgemach des Paschas. Die Wände waren mit blauen Kacheln geschmückt, über die sich verschlungene Pflanzenornamente rankten. Er bat um eine Schüssel mit Wasser, mit dem er sich Hände und Gesicht notdürftig wusch. Langsam verging die Zeit. Gelangweilt beobachtete er einen großen, bunten Vogel, der in einem vergoldeten Käfig auf und ab sprang und sich eitel das bunte Gefieder putzte.

Als der Pascha in den Raum stürmte, flatterte das Tier auf und stieß einen keckernden Schrei aus.

»*Selamun aleyküm, Yüzbaşı*«, grüßte Sulejmân.
»*Aleyküm selam.*« Adem verbeugte sich, und als er sich wieder aufrichtete, berührte er Mund und Stirn mit der rechten Hand, um seine Ehrerbietung zu zeigen. Der Eunuch trug heute einen Kaftan mit Mustern aus hellem und dunklem Grün. Mit den breiten goldenen Borten an Ärmeln und Halsausschnitt sah er noch herausgeputzter aus als sein Ziervogel, der aufgeregt mit den Flügeln gegen die Käfigstreben schlug. Während zwei Diener stumm die Tür hinter ihm schlossen, wippte der Pascha von einem Fuß auf den anderen, die langen Finger ineinander verschränkt. Sein Blick glitt über Adem hinweg, und dieser vermeinte in den himmelblauen Augen etwas Gehetztes zu sehen, eine Geistesabwesenheit, die sonst niemals eine Schwäche seines Dienstherrn war.
»Meine Zeit ist eng begrenzt.« Der Pascha drehte sich zur Seite und klopfte mit den Fingerknöcheln gegen den Käfig. »Ich hoffe, du bringst erfolgreiche Neuigkeiten? Berichte mir, doch halte dich kurz.«
Adem hatte noch nie zu weitschweifigen Erläuterungen geneigt, doch die Eile des Eunuchen ließ ihn noch einmal seine Gedanken sammeln. »Mir ist es gelungen, drei der Bestien gefangen zu nehmen und hierherzubringen, wie Ihr es gewünscht habt. Leider sind weder Gábor noch sein Sohn unter ihnen.« Kurz erzählte er von den Ereignissen.
»Gábor soll also tot sein.« Endlich ließ der Pascha den Vogel in Ruhe und wandte sich ganz Adem zu. Seine Augen waren klar und kalt wie der Ozean, und von seiner üblichen Koketterie war nichts zu spüren. »Schenkst du dieser Behauptung Glauben?«
Adem nickte. »Ich habe viele Männer lügen gesehen. Doch die Wölfe scheinen die Wahrheit zu sagen. Sie erschienen mir …« Er zögerte. »Uneins. Sie haben bisher keinen Ausbruch gewagt, obwohl ihr dritter Gefährte fast genesen ist. Ihnen fehlt ein Anführer, so viel ist gewiss.«
Der Pascha blickte nachdenklich. »Der Sultan wird sich über die Nachricht von Gábors Tod freuen.« Er legte die Stirn in Falten. »Doch seinen Sohn konntest du mir nicht bringen.«

Adem straffte die Schultern. »Laut Gábors Brief ist dieser Sohn vermutlich in Moldau. Anscheinend glauben diese Untiere, dass er eine Prophezeiung erfüllen soll, die …«
Der Pascha unterbrach ihn. »Gábor schrieb also, dass die angeblichen Entführer seines Sohnes König Stefan dienen?«
Adem nickte. »Und sie scheinen mit Gábors Rudel seit Jahren verfeindet zu sein.«
»Fehden und Rivalitäten.« Der Eunuch zeigte seine Zähne. »Diese Tiere sind den Menschen ähnlicher, als wir glaubten.« Seine Augen schweiften durch den Raum, und Adem wusste, die Schlange überlegte, wie sie sich all diese Informationen zunutze machen konnte.
»Auf Euren Befehl hin könnte ich sie ins Verlies bringen lassen, damit Ihr sie verhören könnt«, sagte er.
»Verhören.« Die Augen des Paschas glitzerten. »Hast du es schon mit der Folter versucht?«
»Ihr wolltet sie Euch doch selbst vornehmen.«
»Richtig.« Der Pascha lächelte schmal. »Sorg dafür, dass sie nicht allzu unansehnlich sind. Dann bring sie über die Hintertreppe hinauf in die Gemächer des sechsten Stockwerks. Der Sultan wartet schon auf sie.«

* * *

Stufe um Stufe ging es hinauf durch den engen Treppengang. Ildiko spürte das Gewicht der Ketten, die von dem Ring um ihren Hals hinunterführten zu den Scharnieren um ihre Hand- und Fußgelenke. Bei jeder Bewegung schnitt das kalte Metall tief in ihre Knöchel, und die Kette zwischen ihren Beinen war so kurz, dass sie nur kleine Schritte machen konnte. Sie bebte vor Zorn über die Demütigung. Einer der Soldaten war mit einem groben, feuchten Lappen über ihr Gesicht gefahren, um es vom Schmutz der Reise zu säubern. Sie hatten den Gefangenen wie zum Hohn auch die Haare gekämmt und ihnen schwarze Kappen auf den Kopf gesetzt. Ihre rutschte ihr ständig

in die Stirn und machte sie schier wahnsinnig. Wozu dieser Aufputz?
Vor ihr ging Miklos mit kleinen, vorsichtigen Schritten, die Schultern gebeugt.
»Was siehst du?«, hatte sie ihn vor zwei Tagen gefragt, als er das erste Mal aus seiner Bewusstlosigkeit erwacht war. Sie hatte die Binde gelöst und mit angehaltenem Atem gewartet. Nur ein Auge war ihm geblieben, und es war von einem milchigen Schleier durchzogen.
»Einen hellen Schimmer«, hatte er mit einem Seufzen geantwortet. »Sonst nichts.«
Und obwohl sein Körper durch die Kraft seines Wolfs fast genesen war, klagte er immer noch über Kopfschmerz und Schwindel, der zeitweise so schlimm war, dass er sich übergeben musste – und damit den Gestank ihres engen Gefängnisses noch verschlimmerte. Manchmal zürnte sie ihm wegen seiner Schwäche und seiner Blindheit, die sie an jedem Fluchtversuch hinderten. Doch meist tat er ihr gleich darauf wieder leid, und sie schämte sich für die Wut, die an ihr nagte und fraß und wuchs, weil sie ihr nicht nachgeben konnte. Sie vermisste das Rennen, sie vermisste ihre Wolfsgestalt und die Jagd. Und dann dachte sie wieder an ihren Vater und biss die Zähne zusammen. *Die Stärke des Wolfs liegt im Rudel.* Sie würde Miklos nicht im Stich lassen.
Während sie Stufe um Stufe erklomm, spürte sie Arpads Unruhe hinter sich, seine Hitze, die hell loderte wie ein Fieber. Bald würde er sich verwandeln müssen, und dann wären all ihre Pläne, in Edirne den Gelehrten zu finden, der ihnen den Text übersetzen konnte, zunichte. Sie knirschte mit den Zähnen. Doch zuerst musste sie das Medaillon wieder an sich bringen, das dieser Adem ihr abgenommen hatte!
Der Türke ging den Gefangenen voran, und seiner Miene hatte sie keine Regung ablesen können. Sein Herzschlag jedoch verriet ihn. Er war angespannt, nahezu aufgeregt, als wäre er selbst von den Geschehnissen überrumpelt. Wo brachte er sie nur hin?

Die Treppe mündete in einen breiten Gang. Durch vergitterte Fenster fiel das Abendlicht herein. Die Soldaten nahmen die Werwölfe in die Mitte. Und da war auch Gitano, ganz am Ende der Reihe. Ildiko drehte den Kopf. Ihm schien die Gefangenschaft noch stärker als den Werwölfen zuzusetzen. Angst hatte tiefe Ringe unter seine Augen gezeichnet. Ildiko kannte ihn kaum, und doch fühlte sie mit ihm. Schlechtes Gewissen nagte an ihr. Ihr Rudel war schuld daran, dass er hier war. Rasch sah sie wieder nach vorne.

Adem musterte die Gefangenen, und Ildiko schien es, als verweilte sein Blick auf ihr länger als auf den anderen. Doch dann wandte er sich ab und klopfte gegen eine Doppeltür.

Zwei Männer in den schwarzen Mänteln der Janitscharen öffneten ihnen. Und schon wurde Ildiko von einem der Soldaten in den Rücken gestoßen. »Vorwärts«, zischte er.

Sie betrat einen großen Raum mit bunten Teppichen an den Wänden, schummrig beleuchtet von Kerzen. Rotsamtene Vorhänge waren vor die Fenster gezogen. Es roch nach Zimt und Nelken, nach Feuer und Räucherwerk. Ein halbes Dutzend Leibwächter standen in den Schatten der Vorhänge, Ildiko roch sie mehr, als dass sie sie sah. Alle blickten auf die zwei Männer, die auf seidenen Kissen vor einem prunkvollen Kamin saßen, die Füße Richtung Feuer ausgestreckt.

»Auf die Knie!«, befahl einer der Janitscharen mit scharfer Stimme. »Beugt eure Köpfe vor unserem Sultan!«

Ildiko war vor Überraschung wie gelähmt. Der Soldat neben ihr packte die Eisenketten vor ihrer Brust und zog sie nach unten. Eine eisige Kralle griff nach ihrem Herzen, während der Mann ihren Hinterkopf nach unten drückte und zeitgleich mit ihr in die Knie ging. Er berührte sogar mit dem Mund den Boden.

Als er sie losließ, sah sie sofort auf. Die beiden Männer auf den Kissen starrten die Gefangenen ihrerseits an. Der Feuerschein des Kamins spiegelte sich auf ihren Gesichtern, so dass ihre Mimik nur schwer einzuschätzen war. Beide trugen über ihren massigen Gestalten weich fallende Gewänder mit weiten

Ärmeln, einer gelb, einer grün, dazu Turbane und prunkvolle Gürtel. Welcher war der Sultan? Ildiko witterte ihren Duft. Der im gelben Gewand war schon älter. Er roch leicht faulig, nach einer Krankheit, die seine Gelenke auftrieb und seinen Atem schwer machte.

Der Grüngewandete war gesund, doch er irritierte ihre Nase über die Maßen – denn er war ein Mann, und doch wieder nicht. Etwas Markantes fehlte seinem Geruch, das ihn süßlich, irgendwie *falsch* wirken ließ. Er hatte kalte blaue Augen, die über die Gefangenen wanderten und jede Einzelheit blitzschnell registrierten.

Sie hörte Arpad neben sich in rascher Folge atmen, sein Herz raste wie ihres.

»Der Gelbe«, murmelte er beinahe unhörbar und ließ ihre Aufmerksamkeit wieder zu dem Kranken wandern. »Er ist alt geworden.«

Sie starrte den Sultan an. Immer noch schwieg er, doch er bedeutete ihnen mit einer trägen Geste, dass sie sich erheben durften. Seine dunklen Augen waren weit geöffnet, und unter seiner Adlernase arbeiteten die schmalen Lippen, als kaute er auf einem Knochen herum. Er war nervös, erkannte Ildiko. Sie ballte die Fäuste, während ein Soldat sie in die Höhe zog, bis sie aufrecht stand. Dies war also der Oberste der Osmanen, der ihren Vater quer durch die Lande gejagt hatte. Ein alter, kranker Menschenmann, der sich fürchtete. *Ihr Onkel.*

Der Gedanke ließ sie erstarren. Ahnte er es? Konnte er ihre Verwandtschaft spüren? Dann war ihr Leben verwirkt. Und das seine auch. Sie senkte den Kopf, damit er ihr Zähnefletschen nicht sah. Was ihr Vater niemals geschafft hatte, sie konnte es tun. Sie konnte den Herrscher der Osmanen beseitigen, vor dem sich halb Europa angstvoll duckte. Sie konnte den Lauf der Welt ändern. Nicht Janko, sondern *sie*.

Plötzlich ertönte seine Stimme, leise und doch befehlsgewohnt. Alle Geräusche verstummten augenblicklich. »Mein Halbbruder ist also tot?«, sagte er und beugte sich vor. Sein Blick

war nicht auf Ildiko gerichtet, nein, er sah an ihr vorbei zu Arpad.
Arpad holte tief Luft. »So ist es«, erwiderte er grimmig. »Ihr könnt ein Freudenfest ausrichten, wenn Ihr wollt.«
Ildiko sah, dass die Soldaten angesichts seines respektlosen Tons zusammenzuckten. Der Grüngewandete neben dem Sultan stieß ein missbilligendes Zischen aus.
Der Sultan selbst runzelte nur die Stirn. »Das könnte ich«, meinte er. »Wenn mir nach Feiern zumute wäre. Doch das ist nicht der Fall. Sein Tod war notwendig, doch er bereitet mir keine Freude.«
Ildiko glaubte ihm nicht.
»Sag mir, *Arpad*.« Der Sultan dehnte den Namen. »Gábor war euer Anführer?«
Arpad nickte. Ildiko roch, dass er schwitzte, doch noch hielt er seinen Wolf im Zaum.
»Und du bist sein Nachfolger? Der Anführer eures – eures *Rudels?*« Der Sultan lächelte bei diesen Worten dünn und verächtlich. Es sah aus, als würde Arpad ihm am liebsten vor die Füße spucken, doch erneut nickte er nur. Was fühlte er wohl beim Anblick des Sultans? Immerhin hatte er ihm einst wie tausend andere einen lebenslangen Treueeid geleistet.
Und es war, als hätte der Sultan den gleichen Gedanken wie sie.
»Arpad, wir wissen alles«, sagte er, und sein Blick war fest auf den Werwolf gerichtet. Flammen glühten in seinen Augen, lodernde Spiegelbilder des Kaminfeuers. »Wir wissen, dass du einst ein Janitschar warst. Ein Krieger für Allah, ein Krieger unseres großen Reichs. Doch du hast uns verraten.« Er schüttelte den Kopf, als schmerzte ihn dies zutiefst. »Weißt du noch, welche Strafe darauf steht?«
Arpad verengte die Augen. Ildiko starrte erst ihn an, dann den Sultan. Ihre Nerven waren bis zum Zerreißen gespannt. Der Herrscher spielte doch nur mit ihnen, bevor er den Befehl zu ihrer Hinrichtung gab!

»Was willst du von uns?«, rief sie und riss die Hände nach oben. Sofort packte der Soldat sie an den Fesseln. Adem trat an ihre Seite, in der Hand seinen Dolch. Sein Blick war eisig. Sie fauchte ihn an, doch er wich nicht zurück.

»Ruhig.« Es war Miklos' Stimme, die sie innehalten ließ. Er wisperte so leise, dass nur die Werwölfe ihn hörten. »Du musst im Hintergrund bleiben. Und mit Wut werden wir hier nichts erfahren.«

Er hatte recht. Nur mit Mühe zwang sie sich, stillzuhalten. Der Sultan beachtete sie nicht weiter. Doch Adem ließ sie nicht aus dem Blick. Sie wandte sich ihm zu und fletschte die Zähne, ließ sie mit Wolfskraft länger wachsen, bis die Reißzähne gegen ihre Unterlippe stießen. Mit schmalen Augen sah er sie an. *Ich habe keine Angst vor dir,* sagte sein Blick. Und doch schien er der einzige Mensch im Raum zu sein, der ahnte, dass sie trotz der Fesseln äußerst gefährlich war.

»Es scheint, deine Leute haben weder Ehrfurcht noch Höflichkeit gelernt«, zischte der Sultan Arpad an. Sein Tonfall war nun messerscharf. »Ein aufbrausender Junge und ein Blinder. Ich hatte mir die Männer meines Bruders immer ehrfurchtgebietender vorgestellt.«

»Dann habt Ihr wenig Vorstellungskraft«, erwiderte Arpad grollend. Er schien sich endlich wieder gefasst zu haben. »Was sollen die vielen Worte? Mein Neffe hat recht. Warum sagt Ihr uns nicht, was Ihr wollt? Wahrscheinlich können wir es Euch nicht geben, aber dann habt Ihr wenigstens Gewissheit.«

»Was ist mit Gábors Sohn?« Der Sultan beugte sich vor. Ildiko hielt den Atem an. »Es heißt, er sei euch abhandengekommen.«

»Abhandengekommen?«, rief Arpad ungläubig.

»Nun, auch ich habe etwas verloren«, sagte der Sultan, ohne auf Arpads Einwurf einzugehen. »Das Ziel meines Feldzugs. Du als Kriegsmann wirst verstehen, wie ärgerlich so etwas ist.« Plötzlich ballte er die Fäuste und sprang mit einer solchen Behendigkeit auf die Füße, wie Ildiko es seinem massigen Leib nicht zugetraut hätte. Die Leibwächter in den Schatten regten sich leise, schienen in einer stummen Choreographie jeder seiner Bewegungen zu folgen.

Ildiko konnte nicht anders, als den Sultan anzustarren. Mit einem Fingerschnippen konnte er über Krieg und Frieden, über Leben und Tod entscheiden. Er stand nun direkt neben dem Kamin. Sein gelbes Gewand leuchtete im Feuerschein, als stünde er selbst in Flammen.

»Mathias Corvinus hat den Kampf aufgegeben, noch ehe mein Heer sich überhaupt auf den Weg gemacht hat«, schnaubte er und sah dabei zornig und äußerst menschlich aus. »Doch ich werde in den Krieg ziehen, für Allah und das Reich. Wenn ich die Schlacht gegen die Ungarn gewonnen habe, ohne gegen sie zu kämpfen, werde ich die gesparte Kraft nutzen, um sie gegen einen anderen Feind zu richten!« Er schlug mit der geballten Faust gegen eine Kaminkachel. Ein dumpfes Knacken ertönte, und als er die Hand zurücknahm, zog sich ein Sprung durch den Ton.

Ildiko sah, wie die Menschen die Häupter senkten. Furcht war in ihre Gesichter geschrieben. Selbst Adem war zurückgezuckt. Nur der Mann in dem grünen Gewand, der bisher kein Wort gesagt hatte, lächelte und lehnte sich auf dem Kissen zurück. Ildiko fröstelte beim Anblick seiner kalten Augen. Plötzlich wusste sie, dass nichts in diesem Gespräch Zufall war. Der Sultan und dieser Mann, sie wollten etwas von ihrem Rudel – etwas, das nicht durch Folter, sondern nur durch List zu bekommen war. *Sie wollen tatsächlich Janko.* Der Gedanke durchzuckte sie mit frostiger Klarheit.

»In zwei Tagen wird mein Heer aufbrechen.« Der Sultan verschränkte die Arme. »Denn ich habe mich für ein neues Ziel entschieden: Moldau. Es wird Zeit, dass diesem selbsternannten König Stefan sein Hochmut ausgetrieben wird. Du und dein Rudel«, er trat einen Schritt auf sie zu und musterte Arpad mit zusammengekniffenen Augen, »ihr habt die Wahl, ob ihr mir dabei dienen oder hier sterben wollt.«

Ildiko riss die Augen auf. Sie hörte Adem neben sich keuchen, hörte sein Herz wie ein Mühlrad poltern. Er war genauso überrascht wie sie.

Arpad lachte ungläubig auf. »Ihr wollt uns freilassen?«

»Ich will euch in meine Dienste aufnehmen.« Der Sultan wiegte den Kopf. »Wir wissen, dass ihr meinen Neffen in Moldau wähnt. In den Händen der anderen Werwölfe, die seit Jahren meine Grenzen unsicher machen. Verpflichtet euch, in meinem Heer gegen sie zu kämpfen, verpflichtet euch, ihnen allen den Garaus zu machen. Dann könnt ihr Gábors Sohn wiedersehen.«

»Damit Ihr ihn tötet, so wie Ihr es mit Gábor vorhattet«, entgegnete Arpad. Doch Ildiko hörte das Zögern in seiner Stimme. Er dachte über das Angebot tatsächlich nach!

»Der Gütige unter euch ist derjenige, welcher sanftmütig zu seiner Familie ist.« Der Sultan stützte sich mit einer Hand am Kamin ab. Wegen seiner Gicht fiel es ihm offenbar schwer, so lange zu stehen. »Das hat Allah in den Koran geschrieben. Und ich habe drei Söhne, die alle älter und weit angesehener sind als mein unbekannter Neffe. Sie sind mein sicheres Erbe an mein Reich. Warum sollte ich dem Jungen also ein Haar krümmen wollen? Ich will ihn kennenlernen, das ist alles.«

Glaub ihm kein Wort, wollte Ildiko rufen. Sie biss sich auf die Lippen. Arpad konnte nicht ernsthaft in Erwägung ziehen, ausgerechnet für die Türken zu kämpfen. Die Türken, die ihren Vater verfolgt und ermordet hatten.

»Einen Platz in Eurem Heer?« Arpads Augen glitzerten. Ildiko schnappte ungläubig nach Luft.

»Pferde, Waffen und ein Zelt«, fuhr Arpad fort, »und das Recht, uns im Lager zu bewegen, wie es uns beliebt?«

Der Sultan lächelte schmallippig. »Keine Waffen, bis wir in Moldau sind. Ihr dürft euch im Lager bewegen, wenn wir rasten, aber niemals zu dritt, und immer in Begleitung meiner Soldaten. Ihr schweigt über euer Blut und verhaltet euch unauffällig. Bei jedem Verstoß werde ich einen von euch töten lassen.«

»Nein«, flüsterte jemand neben Ildiko. »Nein«, stieß er erneut hervor, so leise wie Blätterrauschen im Wind. Es war Adem. Seine Miene war bleich. Als sie ihn ansah, erwiderte er ihren Blick. Das Grau seiner Augen war dunkel, fast schwarz wie Granit, und sie konnte Hass und Entsetzen zugleich darin lesen. Er schien den Vorschlag des Sultans genauso zu verabscheuen wie sie, wenn auch aus einem anderen Grund. Wut stieg in ihr auf. Hielt er die Werwölfe für solche Ungeheuer, dass er ihnen nur Folter und Tod zugestand? Dann war er schlimmer als sie alle!

»Euer Vertrauen ehrt uns«, sagte Arpad langsam. Er schien Ildikos Wut zu spüren, denn sein Blick wanderte durch den Raum, in alle Richtungen außer zu ihr. Er ging auf die Knie. »Allerhöchster, Herrscher über das größte Reich der Welt. Wir nehmen den Dienst in Eurem Heer demütig an.«

Seine Worte dröhnten in Ildikos Ohren wie Paukenschläge. Auch durch Adem ging ein Ruck, doch sie beachtete ihn nicht weiter. Sie kannte Arpad doch! So ein devotes Verhalten passte nicht zu ihm. Nicht in tausend Jahren.

Der Sultan lächelte und nickte. »Ich wusste, dass du klüger bist, als dein Verhalten es bisher zeigte. *Benim usaklarimsiniz* – ich nenne euch ab nun meine Diener. Doch«, er verengte die Augen zu bedrohlichen Schlitzen, »glaubt niemals, dass ihr klüger seid als ich. Nur eure Treue wird gewährleisten, dass ihr am Leben bleibt.« Er trat einen Schritt vom Kamin weg und auf sie zu, so dass sein Gesicht nun im Schatten lag. Ildiko spürte, wie er sie musterte. Arpad kniete immer noch. Jetzt ließ sich auch Miklos mit einem leisen Stöhnen auf die Knie fallen.

»Bitte, tu es uns nach«, flüsterte er. Obwohl sich alles in ihr dagegen sträubte, folgte sie ihm. Sie hielt den Blick gesenkt, und so sah sie nur die samtenen Pantoffeln des Sultans, als er schlurfend ihre Reihe abschritt. Sie konnte ihn wittern, seinen Geruch nach Krankheit und Alter. Sie verachtete und fürchtete ihn zugleich.

Er ging an ihr und Adem vorbei und blieb dann am Ende der Reihe stehen. »Der hier.« Seine Stimme klirrte wie Eis. »Er ist keiner von ihnen, hieß es. Stimmt das?« Seine Pantoffeln beschrieben einen Halbkreis, als er sich umwandte.

»Ja«, antwortete Adem mit klarer Stimme. Ildiko konnte die Spannung hören, die darunter vibrierte. »Er ist ein Zigeuner, ein Mensch. Er dient ihnen.«

»Ein Zigeuner, ein Mensch«, wiederholte der Sultan. »Das sehe ich anders. Die Zigeuner sind nicht besser als Ratten, die sich an unserem Unrat fettfressen und Flöhe verbreiten.« Ildiko spannte die Schultern an. Der arme Gitano atmete so rasch wie ein Vogel in einer Falle.

»Wolfsrudel«, sagte der Sultan. »Ihr gehört nun mir, als die Geringsten meines Heers. Eigene Diener setzen euch nur Flausen in den Kopf. Nehmt dies als Exempel, damit ihr lernt, wie gnädig ich bin, euch zu verschonen.« Erneut wandte er sich Gitano zu.

»Bostanji.« Seine Stimme klang kalt. »Nehmt die Bogensehne.«

»Nein«, schrie Gitano auf, als sich einer der Schatten von der Wand löste und auf ihn zukam, ein dunkel gekleideter Mann mit grimmigem Lächeln.

»Nein«, schrie auch Ildiko und richtete sich auf, alle Muskeln gespannt. Sie wollte auf die Füße springen. Doch plötzlich schnellte Arpad neben ihr hoch, warf sich auf sie und drückte sie zu Boden.

»Du kannst ihn nicht retten«, zischte er in ihrem Nacken. Sie roch den Widerwillen seines Wolfs, während sie sich unter ihm wand. Sie war ihm überlegen, vielleicht konnte sie ihn in einem Kampf sogar besiegen. Doch jede Unze seines Gewichts zeugte von seiner Entschlossenheit. Er würde sie nur gehen lassen, wenn sie ihn ernsthaft verletzte.

»Nein«, rief sie. Ihre Hände formten sich zu Krallen. Die Soldaten umringten sie mit gezückten Säbeln. Der Sultan war zurückgewichen, abgeschirmt von vier Leibwächtern. Und Gitano keuchte erstickt. Zwischen den Stiefeln der Männer hindurch sah sie ihn, hinter ihm der Bostanji, der mit eisernem Griff die Schlinge festzog. Die Sehne schlang sich eng um Gitanos Hals, so eng, dass sie fast in seiner Haut verschwand. Er keuchte, gurgelte, seine Hände zuckten in den Fesseln, während seine dunklen Augen aus ihren Höhlen traten. Ein Blick voller Schmerz, voller unendlicher Furcht.

Und Ildiko schrie erneut, voller Wut und Entsetzen. Sie schluchzte vor Hass auf Arpad und die Welt. Und als sie sah, wie Gitanos Augen brachen, hasste sie auch sich selbst dafür, dass sie nicht mehr gekämpft und ihn gerettet hatte, dass ihr der Preis zu hoch gewesen war – der Preis für sein Leben.

22. KAPITEL

Im Land der Tataren, April 1476

Gras, überall Gras. Janko fühlte sich winzig inmitten der grün-braunen, staubigen Weite, wo sich alle Bewegungen in den endlosen Wogen des Windes verloren. Die Steppe erstreckte sich von den dunstigen Hügeln hinter ihm bis zum Horizont, und sie erinnerte ihn an das Meer, das sie vor wenigen Wochen erst hinter sich gelassen hatten. Drei Männer hatten mit einer Herde struppiger Gäule bereits auf sie gewartet, als sie aufs Ufer übergesetzt waren. Seitdem waren sie von Sonnenaufgang bis Sonnenuntergang geritten, jeder mit einem Zweitpferd an einer Leine, so dass die Tiere mittlerweile frischer wirkten als die Reiter.

Janko sah sich um. Die Mienen der zehn Werwölfe waren ihm inzwischen wohlvertraut. Sie trugen weite, mit Fell wattierte Mäntel, die sie um ihre Oberkörper wickelten und seitlich unter der Achsel zusammenbanden. *Deels* nannten sie diese robusten Kleidungsstücke. Um ihre Hüften trugen sie breite Ledergürtel, in denen Messer und Krummsäbel steckten. Ihre Mützen hatten einen breiten Besatz aus Schaffell, der sich beim Reiten wie eine Mähne blähte und in den kalten Nächten über die Ohren herunterziehen ließ. Obwohl nicht alle Männer die charakteristischen Gesichtszüge aufwiesen, zweifelte Janko nicht mehr daran, dass sie Tatarenkrieger waren, die sich in dieser flachen Weite zu Hause fühlten. Wenn sie über die Steppe preschten, taten sie ihre Ausgelassenheit mit lautem Grölen kund, und abends, wenn sie gemeinsam um die Feuerstelle saßen, riefen sie sich Scherze zu und lachten mit gebleckten Zähnen. Janko glaubte auch bei Saych einen Stimmungswandel zu bemerken. Er sah es an der Art, wie der Anführer den Kopf herumwarf, wenn er seinem Pferd die Sporen gab, und an dem Funkeln in den schmalen Augen, wenn sein Blick über das Grasmeer glitt. Auch für Janko hatte sich einiges verändert. Zwar war er immer noch ein Gefangener, doch man legte ihm keine Fesseln mehr an. Er war selbst für seine beiden Pferde verantwortlich, und Saych hatte ihm frische Kleidung gegeben, die der seiner Männer bis auf den letzten Knopf entsprach. Auch sein Essen unterschied sich nicht von dem seiner Begleiter: ein paar Handvoll getrocknetes und zermahlenes Fleisch, das jeden Abend mit Wasser zu einer nahrhaften Suppe verkocht wurde. Als Saych mit seinem Bogen einmal einen Hasen erlegte, gab er Janko ein Messer, damit dieser ihm beim Zerteilen des Fleisches half. Seitdem trug er die Klinge an seinem Gürtel, und keiner schien sich daran zu stören. Wenn ihn die Blicke der Männer streiften, konnte er darin inzwischen mehr Neugier als Argwohn lesen, und bei den nächtlichen Verwandlungen und der folgenden Jagd hätten sie ihn wahrscheinlich sogar willkommen geheißen. Er verweigerte sich jedoch weiterhin dem Trieb. Rund 140 Tage war er nun schon Saychs Gefangener. Mehr als vier Monde hatte er Ildiko nicht mehr gesehen und ebenso lange seine Gestalt nicht mehr gewechselt, und ihm war inzwischen, als wäre beides unwiderruflich miteinander verknüpft. Der Wolf in ihm, das war seine verlorene Heimat, seine ungestüme Schwester und der gestrenge Vater, das Rudel, das von ihm erwartet hatte, zu einem auserwählten Anführer heranzureifen, eine Rolle, die ihm so fremd war wie das Gewand eines Königs. Grüblerisch ließ er den Blick hinauf zum riesigen Himmel schweifen, der sich von Horizont zu Horizont spannte, eine unendliche blaue Kuppel. War sein Leben heute wirklich so viel unfreier als früher?

Gegen Nachmittag erstarkte der Wind, und die ersten Wolken huschten flink über den Himmel wie kleine weiße Hühner, die vor einem Fuchs flohen. Janko hörte in der Ferne

Donner grollen, als er eine Ansammlung von mehr als einem Dutzend weißgrauer Jurten entdeckte, die von Palisaden umgeben waren. Außerhalb der Zeltsiedlung grasten Pferde in großen Pferchen. Ziegen und Schafe liefen frei herum, dazwischen tummelten sich fremdartige Rinder mit schmalen, gebogenen Hörnern und einem zottigen, dunkelbraunen Fell. Eine größere Zahl Reiter und Hunde hielt die bunte Herde zusammen.

Saych stieß einen gellenden Pfiff aus. Zugleich ertönte drei Mal der langgezogene, dumpfe Klang eines Horns, ein Alarmsignal, geblasen von einem der Hirten. Menschen regten sich zwischen den Jurten, und ein Dutzend Reiter gab seinen Pferden die Sporen, um ihnen entgegenzureiten.

»Junge.« Saych war plötzlich an Jankos Seite, die Augen zu Strichen zusammengekniffen. »Bleib bei mir.«

Er drehte sich um und rief seinen Männern etwas zu, woraufhin sie ihre Pferde nach vorne trieben, bis sie Seite an Seite ritten, eine weite Reihe grimmig blickender Männer, die sich im langsamen Trab der Siedlung näherte. Janko hielt besorgt die Fäuste um die Zügel geballt. Wie sollte er sich verhalten, wenn sie in einen Kampf verwickelt wurden? Waffen und Blutvergießen hatten ihn schon immer abgestoßen.

Dumpf trommelten die Hufe der Pferde. Fast schien es, als wollten die Hirten die Ankömmlinge einfach überrennen. Janko konnte schon deutlich ihre Gesichter sehen, rund wie Monde, wettergegerbt und glänzend vor Fett, ihre schmalen Augen misstrauisch zusammengekniffen. Ihr scharfer Geruch nach Hammel, Ruß und Talg stach ihm in die Nase, vermischt mit dem ungewohnt hellen Duft ihres Menschseins.

Mit einem erneuten Pfiff ließ Saych seinen Trupp anhalten. Er hob die leeren Hände.

Für einen Augenblick schien die Zeit stillzustehen.

Dann waren die Hirten heran. Sie rissen so hart an den Zügeln, dass ihre Pferde die Augen verdrehten. Grasbüschel wirbelten vom Boden auf, als die Tiere nur wenige Handbreit vor den

Werwölfen zum Stehen kamen. Janko konnte einen Aufschrei nicht unterdrücken, doch die anderen wirkten nicht besonders beunruhigt, als wäre ihnen das Schauspiel längst vertraut.
Regungslos standen sich die Reiter gegenüber, so nah, dass sich die Pferde ihren feuchten Atem gegenseitig in die Nüstern schnaubten.
»*Saajn baina uu*«, sagte Saych mit klarer Stimme und fügte noch einige weitere Worte in Tatarisch, die Janko nicht verstand, hinzu. Der älteste der Hirten antwortete mit dem gleichen rauen Gesang kehliger Silben. Als der Mann geendet hatte, nickte Saych und schob den Kragen seines *Deels* auseinander. Silber blitzte zwischen seinen Fingern auf, als er den Hirten sein Medaillon zeigte. Zum ersten Mal konnte auch Janko einen längeren Blick darauf werfen. Ein Wolfskopf, das Maul aufgerissen, als wollte er zubeißen. Plötzlich zitterte er. Vielleicht war es ja nur Einbildung, doch ihm schien es, als hätte der Wind das Klicken spitzer Zähne an seine Ohren getragen.
Die Menschen senkten wie in einer geheimen Choreographie die Häupter. Janko roch ihre heftige Gefühlsregung wie einen warmen Sturm, der über die Wölfe hinwegfegte. Überraschung, Ehrfurcht und etwas anderes: das Aufseufzen mehrerer Herzen in aufgeregter Erwartung.
Sie ritten in einem Pulk ins Lager ein, der älteste Hirte mit Saych an der Spitze, Janko flankiert von zwei anderen Werwölfen hinterdrein.
Kinder rannten ihnen entgegen, und Frauen traten aus den niedrigen Holztüren der weißgrauen Filzzelte. Manche hatten ihr Haar zu Zöpfen gebunden, andere trugen es offen und mit Bändern verziert. Ein ungewohnter Anblick, hatten doch die meisten Frauen, die Janko in seinem Leben gesehen hatte, ihre Haarpracht züchtig mit Tüchern verhüllt, ganz gleich, ob es Christinnen oder Türkinnen gewesen waren. Welche heidnische Religion man hier wohl pflegte? Er spürte die neugierigen Blicke der Tatarinnen, die unverhohlen über die Neuankömm-

linge schweiften. Und Männer wie Frauen, Alte wie Kinder, sie alle kleideten sich mit Lederstiefeln und den weiten, bunten *Deels,* als gäbe es keine Unterschiede zwischen den Geschlechtern.

Vor dem größten der Zelte hielt der Reitertrupp schließlich an. Als sich Janko vom Pferderücken schwang, zitterten die Muskeln in seinen Beinen. Die weite Hose, die er unter dem Mantel trug, klebte an seiner Haut, und er unterdrückte einen Schmerzensschrei, als sich mit dem Stoff auch Wundschorf von seinen Oberschenkeln löste.

Es schien fast, als wüsste Saych, was in ihm vorging, denn er wandte sich ihm mit gerunzelter Stirn zu. »Keine Regung zeig«, sagte er. »Beobachte. Lerne von Leben in *Gers.*« Er deutete über die Jurten. »Und niemals Blick senken vor Menschen.«

Ein Mann trat aus der hellblau gestrichenen Holztür eines Zelts – eines *Gers*, dachte Janko, denn er war bemüht, sich Neues zu merken. Der Mann war klein wie Saych und bereits alt, dabei dürr wie ein Speer. Die Haut spannte sich über seinen Knochen, die Augen waren nur Schlitze, und an seiner Stirn traten deutlich Adern hervor. Wie auch bei den anderen Tataren glänzte sein Gesicht von dem Hammeltalg, mit dem sie sich zum Schutz vor dem Wind einrieben.

Ein paar Halbwüchsige, die Janko aus den Augenwinkeln anstarrten, führten die Pferde zum Füttern und Tränken davon, während zwischen Saych und dem Alten die Worte rasch wie Schwalben hin- und herflogen. Einmal schienen sie auch über Janko zu sprechen, denn Saych deutete auf ihn, und der Alte nickte bedächtig. Während des ganzen Gesprächs hielt der magere Greis, der der Oberste dieser Siedlung zu sein schien, ehrerbietig seinen Blick gesenkt, während Saych sich stolz und aufrecht hielt. Und je länger Janko ihnen zuschaute, desto stärker wuchs eine beklemmende Ahnung in ihm, die ihn erschreckte und zugleich faszinierte.

Irgendwann winkte der Alte Saych und Janko einladend zu, dann trat er zurück ins Innere der Jurte.

Saychs Augen funkelten Janko unheilverkündend an. »Beachte dies«, sagte er. »Nie mit linkem Fuß zuerst trete in *Ger.* Nie berühre Schwelle. Nicht laufe übers Feuer, das erbost Geister.«
Und während Janko noch beschäftigt war, sich diese Anweisungen zu merken, war Saych im *Ger* verschwunden. Janko bückte sich hinter ihm unter dem niedrigen Balken hindurch und setzte bedachtsam den rechten Fuß nach vorne.
Zuerst war es nur finster und stickig, dann gewöhnten sich seine Wolfsaugen an das Halbdunkel. Staub und Asche tanzten unter der Öffnung des runden Dachkranzes, eine zweimannshohe Spirale aus Licht, die bis zu einem Rund aus Steinen am Boden hinabreichte, in dessen Mitte einige halb verkohlte Dungbrocken glühten. Rings herum erstreckten sich Schatten bis in die Nischen der Weidenholzstreben, die das *Ger* zusammenhielten. Das Zelt wirkte von innen erstaunlich groß, vergleichbar mit einer Bauernhütte, in der eine vielköpfige Familie Platz finden konnte. Doch statt Bänken und Stühlen stapelten sich wie bei den Türken Kissen und Teppiche rings um einen kniehohen Tisch. Der Alte ließ sich mit einem Ächzen nieder und winkte sie zu sich.
Weitere Männer und Frauen gesellten sich zu ihnen, bis Janko sieben Menschen zählte. Zwei Mädchen brachten tönerne Trinkgefäße und ein Gestell aus schwarzem Eisen, das sie über dem Feuer aufbauten und an das sie eine große Kanne hängten. Wasserdampf stieg auf, der nach Kräutern roch. Janko spürte das Gewicht seiner Beine und seinen schmerzenden Rücken. Sein Körper rief nach Schlaf, doch sein Geist war gespannt wie ein Eibenbogen, umringt von all den Tataren, die zu ihm herüberlinsten.
Alle schwiegen, während die beiden Mädchen den Kräutersud in kleine Tonschalen füllten. Sie gaben jeweils ein Stück Butter hinzu, dann reichten sie die Schalen zuerst den beiden Gästen und daraufhin allen anderen weiter. Saych nahm die Schale mit seiner rechten Hand, während er mit der Linken den Ellbogen des rechten Arms umfasste. Janko folgte seinem Verhalten. Er spürte

die Hitze zwischen seinen Fingern und beobachtete, wie die Butter in der hellgrünen Flüssigkeit schmolz und kleine Fettaugen bildete. Das Getränk erschien ihm kaum appetitlich, trotzdem setzte er gleichzeitig mit den anderen die Schale an den Mund und nippte. Es schmeckte salzig und würzig wie eine dünne Suppe, und die Butter glitt wohltuend warm seine Kehle hinab.
Sobald die Mädchen das Zelt verlassen hatten, begannen die übrigen Menschen zu sprechen. Janko verstand kein Wort. Und doch erkannte er, dass die Männer und Frauen des Dorfes Bericht erstatteten, während Saych meist zuhörte, nickte und Fragen stellte. Er nahm einen weiteren großen Schluck des Kräutersuds. Eine der Frauen hob die Kelle aus der Kanne und bedeutete ihm mit einer höflichen Geste, dass sie nachschenken wolle. Als wäre er kein Gefangener, sondern ein Gast.
Unwillkürlich trat bei diesem Gedanken ein Lächeln auf sein Gesicht, zum ersten Mal seit Wochen. Es durchflutete seinen Körper mit einem Schauer, und selbst als er es von seinen Lippen vertrieb, verschwand das Gefühl nicht.

Später traten sie hinaus vor die Siedlung. Palisaden säumten einen Platz aus flach getrampeltem Gras. Ein großes Feuer warf Funken in die Dämmerung. Die ganze Dorfgemeinschaft schien versammelt – bald hundert Personen, schätzte Janko, die Saych und ihm aus ihren fremdartigen Augen entgegenblickten. Auch die anderen Werwölfe waren da. Ihre kampfgestählten Körper hoben sich deutlich von denen der Menschen ab, die ihnen ehrfürchtig Platz machten.
Der dürre Alte trat zuerst an das Feuer. Es wurde still. Eine Frau reichte dem Alten einen großen eisernen Kelch, den er mit beiden Händen umfasste. Dann erhob er die Stimme, deren plötzliche Kraft Janko überraschte. Während er sprach, trat er mit dem Kelch einen Schritt nach vorne, schüttete einige Tropfen einer weißen Flüssigkeit auf den Boden und sprach dabei feierliche Worte. Danach wandte er sich in alle vier Himmelsrichtungen und wiederholte das Ritual.

»*Khoormog* – vergorene Milch von Yak«, murmelte Saych neben Janko. Er nickte zur Weide hinüber, auf der die Rinder grasten. »Er Opfer bringt für Ahnengeister.«
Dann hob der Alte den Kelch und stieß einen Ruf aus, den die Menschen aus vielzähligen Kehlen zurückgaben. Für Janko klang es wie »*Tshono*«.
»Was bedeutet das?«, murmelte er.
»Wolf«, sagte Saych. Seine Augen blitzten, ehe er sich abwandte und auf das Feuer zuging. »Folge mir.«
Wolf. Das Wort hallte in Jankos Kopf nach, während er hinter Saych in die Mitte des Kreises trat. Aufrecht verharrte Saych neben dem Alten. Obwohl er ihn körperlich nicht überragte, schien er doch viel größer zu sein. Sein wettergegerbtes Gesicht wirkte starr. Er hatte seine Mütze abgenommen, und der Wind fuhr ihm mit einer plötzlichen Bö durchs Haar. Während das Feuer aufflackerte und Funken stoben, hob Saych die Hand, und der Wind verebbte, als gehorchte er ihm. *Saych bedeutet Wind,* Janko erinnerte sich an ihr erstes Gespräch. Obwohl er wusste, dass das, was er gerade erlebt hatte, nur Zufall sein konnte, erschauerte er genauso wie die Menschen um sie herum. Der Alte reichte Saych den Kelch, der ihn ohne zu zögern an die Lippen setzte und einen tiefen Schluck nahm. Dann hob er den Kelch und stieß den gleichen kehligen Schrei aus wie der Alte vorhin. »*Tshono!*«
Als Nächstes reichte er den Kelch an Janko weiter.
»Du auch«, sagte er, ohne den Blick von der Menschenmenge zu nehmen. Und Janko trank, während ihm hundert Fragen durch den Kopf schossen, würgte das säuerlich-scharfe Getränk hinunter und hob den Kelch zu einem ungelenken Schrei.
»*Tshono!*« Es klang falsch aus seinem Mund. Sein Herz klopfte bang, und er fühlte sich wie einer jener Schausteller, die er als Kind auf einem Markt gesehen hatte – nur dass er im Vergleich zu ihnen nicht wusste, was er hier tat.
Doch die Menschen erwiderten seinen Ruf, mehr noch, sie hoben die Hände und starrten ihn an. In ihren Blicken las er eine

Mischung aus Ehrfurcht, Freude und Aufregung, als sie einen neuen Ruf anstimmten.

»Shilae!«, riefen sie, »Shilae!«

Saych neben ihm lächelte. Und obwohl Janko die Sprache der Tataren nicht sprach, wusste er plötzlich, dass es ein Name war, mit dem sie ihn, Janko, benannten, er wusste es, als hätte es ihm der Wind der Steppe zugeraunt. Ein Schauer strömte seinen Rücken hinunter wie ein eiskalter Fluss. *Der Auserwählte.*

23. KAPITEL

Edirne, April 1476

Adem bahnte sich einen Weg durch die Männer, die im Erdgeschoss des *Cihannümas* herumstanden oder auf dem Boden saßen. Der Dunst von Weihrauch und Haschisch schwängerte die Luft. Eifer glühte in den erhitzten Gesichtern. Wie ein Rudel hungriger Hunde hatten sich die Befehlshaber des Heers hier zusammengerottet, um ihre Anweisungen zu empfangen und mit den übrigen Beratern des Sultans über das neue Ziel des Feldzugs zu diskutieren. Adem teilte weder ihre Vorfreude noch ihren Kampfgeist. Ihm war eher danach zumute, sie zu warnen. *Unsere wahren Feinde lauern nicht im Feindesland,* wollte er ihnen zurufen. *Sie werden sich unter eure Männer reihen, werden eure Freundschaft suchen, um dann nachts über euch herzufallen.* Wenn er es nicht noch verhindern konnte.

Er ging schneller und duckte sich unter der niedrigen Decke eines Durchgangs hindurch. Endlich erblickte er im Dämmerlicht der Fackeln Sulejmân-Pascha. Würdenträger scharten sich um ihn wie Motten um das Licht, und er lauschte ihren Reden mit halb geschlossenen Augen.

»Efendi.« Adem hob die Stimme, um die anderen Gespräche zu übertönen. »Efendi, ich muss Euch dringend sprechen.«

Während die Würdenträger angesichts dieser Respektlosigkeit zurückzuckten, hob der Pascha die schweren Lider, als hätte er nur auf die Unterbrechung gewartet.

»Adem«, erwiderte er gedehnt. »Ich wollte bereits nach dir rufen lassen.« Mit einem Lächeln verabschiedete er sich von seinen

Gesprächspartnern, tätschelte dem einen die Schulter, flüsterte dem anderen noch ein Wort ins Ohr.

»Begleite mich ein Stück, Yüzbaşı«, sagte er dann und schlängelte sich durchs Gewühl der Männer, ohne sich nach Adem umzudrehen, der ihm mit zusammengebissenen Zähnen folgte. Durch eine Pforte traten sie ins Freie. Die Nachtluft streichelte mit kühler Hand über Adems Gesicht und beruhigte seinen Groll ein wenig. Vor ihnen erstreckte sich ein kiesbedeckter Platz, der im Mondlicht schimmerte, gesäumt von gemauerten Pferdeställen.

Sie passierten den ersten der Ställe. Die Pantoffeln des Paschas erzeugten kaum ein Geräusch, während Adems harte Stiefelabsätze laut über die Steine knirschten. Unter dem Vordach eines der Gebäude blieb der Pascha stehen.

»Nun.« Seine hellen Augen glitzerten, als er sich zu Adem umwandte. »Mir scheint, unsere Pläne haben dich überrascht?«

Wollte er sich über ihn lustig machen? Adem erwiderte den Blick seines Dienstherrn mit starrer Miene.

»Efendi, ja, Ihr habt mich überrascht.« Und in seinem Stolz verletzt, da er ihn im Ungewissen gehalten hatte, als wäre er der geringste unter allen Bediensteten. Doch er mühte sich um Selbstbeherrschung. Viel wichtiger als die Kränkung war es, seinen Dienstherrn vor einem gefährlichen Fehler zu bewahren. »Efendi, ich hatte einige Zeit, um über Euren Pakt mit den Werwölfen nachzudenken.« Er holte tief Luft. »Ich kenne sie, ich habe sie gefangen genommen und bin mit ihnen gereist. Und vor ihnen habe ich andere erlebt, in all ihrer rohen Stärke und Hinterlist. Sie haben weder Moral noch Ehre und werden von niedersten Instinkten getrieben. Ihr könnt ihnen nicht vertrauen, niemals. Deshalb müsst Ihr den Pakt mit ihnen aufkündigen, solange sie noch keinen Schaden anrichten konnten.«

»Das soll ich tun? Und damit das Wort des Sultans missachten?« Die Augen des Eunuchen verengten sich.

»Ihr allein könnt ihn überzeugen, dass es Wahnsinn ist, diese Bestien frei in unserem Heerlager herumlaufen zu lassen. Das ist, als würden wir tollwütige Hunde auf Kinder hetzen«, entgegnete Adem. Er sah die Werwölfe vor sich, denen er im Kampf begegnet war, ihre dunklen Wolfsschatten voller unmenschlicher Wut. Und den goldenen Wolf, der ihn mehr als alle anderen mit Sorge erfüllte. Er ballte die Fäuste. Der Pascha seufzte. »Hältst du mich etwa für naiv?«

Er strich sich über das glatte Kinn, und seine hellblauen Augen durchbohrten Adem wie Eiszapfen. »Ich traue diesen Kreaturen keinen Schritt weit. Doch ich überschätze sie auch nicht. Sie mögen zwar stark sein, aber ihre Mienen zeugen davon: Sie sind nichts als dumme, halb wilde Tiere.«

Adem wollte widersprechen, doch der Pascha brachte ihn mit einer Handbewegung zum Schweigen. »Du sagtest selbst, sie würden von Instinkten regiert. Sie konnten uns nicht einmal anlügen, was den Tod ihres Rudelführers betrifft. Ihr Instinkt sagt ihnen, dass wir die Stärkeren sind. Wir haben Tausende Soldaten, und sie sind nur zu dritt. Deshalb haben sie sich uns unterworfen.«

Adem bohrte die Fingernägel in seine Handballen. Bei Allah, war denn der Pascha von seiner eigenen Macht so geblendet, dass er das Offensichtliche nicht sah? »Sie werden entweder fliehen oder uns verraten«, stieß er hervor. »Wenn sich nur einer von ihnen verwandelt, bricht Panik im Heerlager aus.«

»Das wird nicht geschehen«, erwiderte der Pascha. »Denn es wird deine Aufgabe sein, dies zu verhindern. Du bist für sie verantwortlich.«

»Aber …« Zum ersten Mal rang Adem nach Worten. »Was versprecht Ihr Euch von ihnen, das ihre Gefährlichkeit aufwiegen könnte?«

»Weißt du es immer noch nicht?«, erwiderte der Eunuch in herablassendem Tonfall. »Die Christen sind ein klägliches Volk. Ihre Bräuche, ihre Waffen, ja selbst ihre Pferde sind den unseren weit unterlegen. Doch bisher hatten sie uns eines voraus: den Bund mit den Bestien. Dem Sultan war das schon immer ein Dorn im Auge, umso mehr, als auch sein Halbbruder Teil dieses

Bundes war. Er hat sich geschworen, diese Wesen auszurotten, deren Existenz allein schon ein Sakrileg in Allahs Augen sein muss. Du und deine Männer, ihr habt einige von ihnen aufgespürt, doch nicht genug.«

Nicht genug. Diese Worte bohrten sich wie Giftzähne in Adems Seele. Hatte er sich nicht die letzten acht Jahre allein diesem einen Ziel verschrieben, hatte er nicht mehr als ein Dutzend der Ungeheuer zur Strecke gebracht? Und doch war er für den Pascha nicht mehr als ein Handlanger, der hinter den Erwartungen zurückgeblieben war.

»Solange sie sich im Geheimen bewegen und nur aus dem Hinterhalt zuschlagen, werden wir nie ihre Anführer finden«, fuhr der Pascha fort. »Doch jetzt haben wir unsere eigene Waffe.« Er verzog die schmalen Lippen zu einem Lächeln. »Wenn der Wolfsbund in der bevorstehenden Schlacht für Moldau kämpft, werden wir unsere eigenen Tiere von der Leine lassen. Sie werden sich gegenseitig umbringen. Außerdem werden sie uns Gábors Sohn liefern. Gleichgültig, was unser Sultan sie glauben ließ, er hat keinen Augenblick in Erwägung gezogen, den letzten finsteren Spross seines Halbbruders am Leben zu lassen.« Ein dünnes Lächeln kräuselte seine Lippen. »Wir vertrauen ihnen nicht. Wir *benutzen* sie.«

Adem ballte die Fäuste hinter dem Rücken. Es war tatsächlich ein gerissener Zug und dem Ruf seines Dienstherrn würdig. Und doch war der Plan auf dem Schachbrett entworfen und schmeckte bitter in seiner maßlosen Arroganz.

»Ihr begeht den gleichen Fehler wie damals mit dem Gefangenen im Serail!« Er sah die grauen Augen des Werwolfs nach all den Jahren immer noch vor sich. »Auch ihn wolltet Ihr *benutzen*. Oder warum hattet Ihr ihn sonst monatelang gefangen gehalten?« Obwohl der Pascha nie über den Mann sprach, hatte er sich aus dem, was er gehört hatte, einiges zusammengereimt. »Als er sich entschloss zu fliehen, konnten die Wachen ihn genauso wenig aufhalten wie eine Schar Hühner einen Fuchs.«

»Und wie Hühner wurden sie geköpft.« Die Augen des Eunuchen wurden frostig. »Sorg dafür, dass sich die Geschichte nicht wiederholt.«
Adem erkannte, dass er beinahe zu weit gegangen war. Den Pascha mit Argumenten in die Enge zu treiben war ein zu gefährliches Spiel für einen einfachen Hauptmann, der ebenfalls jederzeit seinen Kopf verlieren konnte. Und doch musste er eine letzte Frage stellen.
»Was gedenkt Ihr angesichts der Prophezeiung zu tun?«, fragte er. »Wir kennen nicht einmal den Grund, warum diese Wesen zerstritten sind.«
Der Pascha hob spöttisch die Augenbrauen. »Die Christen sind ein abergläubisches Volk. Ich messe ihr nicht allzu viel Bedeutung bei.« Er legte ihm eine Hand auf die Schulter, beiläufig, freundschaftlich, und doch bohrten sich seine Nägel durch Adems Hemd. »Du wirst dich in ihr Vertrauen schleichen. Je mehr du über ihre Natur in Erfahrung bringst, desto besser sind wir für kommende Kämpfe gerüstet.« Sein Blick wanderte in die Ferne, und Adem erkannte, dass die Gedanken des Paschas bereits vorauseilten zu anderen Plänen, anderen Intrigen. Denn unter dem Deckmantel seiner großen Gesten war der Eunuch vor allem eines: äußerst effizient. »Nimm dir so viele Männer, wie du brauchst. Und erstatte mir regelmäßig Bericht. Ich vertraue auf dich, auf deinen Verstand und deine Treue, Yüzbaşı. Du wirst erkennen, welche Möglichkeiten sich dir eröffnen werden, wenn du diese Aufgabe erfolgreich meisterst.«
Nach diesen Worten schritt er davon, eine plumpe Gestalt mit den weichen Bewegungen eines Raubtiers.
Ich vertraue auf dich. Die Worte des Eunuchen erschienen Adem wie Hohn. Sulejmân-Pascha vertraute niemandem. Und auch er konnte ihm nicht mehr trauen, nicht nach den Ereignissen der letzten Stunden.
Er fühlte die Kälte in seinen Knochen, als stünde der Winter erneut kurz bevor. Was war aus ihm geworden? Er hatte sich einst dem ehrenhaften Kampf verschworen, dem Dienst am

Sultan und seinem großartigen Reich. Und nun war er nur noch der Handlanger eines Intriganten, dessen Handlungen keinen moralischen Grundsätzen mehr folgten. Bei Allah, sie verkauften ihre Seelen, wenn sie sich mit den finsteren Kreaturen einließen! Doch er hatte Gehorsam geschworen, und so schwer es ihm fiel, er würde sich daran halten.

* * *

Schrill hallten Jaulen und das Krachen sich zusammenfügender Knochen von den Wänden wider. Arpads Raubtiergeruch verpestete die Luft, während er sich zurück in einen Menschen verwandelte.

Ildiko tastete über den kalten Steinboden des Verlieses. Wenigstens war das Stroh, auf dem sie lag, trocken und roch leidlich sauber. Als ihre Fingerspitzen gegen Gitterstäbe stießen, umfasste sie mit fester Hand das Metall, presste das Gesicht dagegen und spähte in die Dunkelheit von Miklos' Zelle hinüber. Sehen konnte sie ihn nicht, denn die Schwärze war allumfassend, doch sie hörte seine Atemzüge und roch seine Nähe. Arpad befand sich in einer dritten Zelle auf Miklos' anderer Seite.

Arpad stöhnte erneut, ein dumpfer, tierischer Laut. Als er schließlich sprach, klang es, als schöbe er einen Stein im Mund herum. »Wie lange war ich weg?«

Ildiko presste die Lippen zusammen. Zuerst flüchtete er sich wie ein Feigling in seine Wolfsgestalt, um nicht mehr mit ihr reden zu müssen, und jetzt fiel ihm keine bessere Frage ein. Zeit spielte hier unten keine Rolle mehr. Die Dunkelheit verwandelte Stunden und Tage in einen undurchdringlichen Nebel, der die Gedanken verwirrte und den Herzschlag verlangsamte.

»Zwei Tage, denke ich«, erwiderte Miklos. Seine Füße scharrten über den Boden, als er sich ebenfalls aufrichtete.

Arpad klappte deutlich hörbar den Mund zu und begann wenig später zu fluchen: »Verdammt! Sie wollen uns hier tatsächlich lebendig begraben!«

»Ach ja?« Ildiko umklammerte die Gitterstäbe fester. »Hast du dir deine Rückkehr in alte Zeiten glorreicher vorgestellt?« Sie wandte den Kopf ab und spuckte aus. »Du hast dich wohl schon als rechte Hand des Sultans gesehen.«

Miklos seufzte leise. Arpad stieß ein grimmiges Lachen aus. »Du bist stur und nachtragend wie eine alte Eselin.«

»Aber wenigstens nicht ehrlos und verlogen! Du hast dich mit ihnen verbündet!« Sie spürte einen Kloß in der Kehle. »Du hast Gitano sterben lassen.«

»Wär es dir lieber, sie hätten uns alle umgebracht?«

»Natürlich nicht«, rief sie. »Wir hätten kämpfen sollen. Du weißt, dass die Fesseln mich nicht gehalten hätten. Ich hätte den Sultan töten und euch befreien können. Dann würden wir jetzt nicht hier sitzen.«

»Hätten, wollten, könnten«, grollte Arpad. »Ich hab eine andere Entscheidung getroffen. Eine, die uns ebenfalls nach Moldau bringen wird. Und zwar nicht mit einem Heer an den Fersen, sondern an unserer Seite.«

»Hört auf«, murmelte Miklos, doch Ildiko ignorierte ihn.

»An unserer Seite?« Sie schüttelte ungläubig den Kopf. »Sie sind unsere Feinde. Sie haben Vater getötet. Und sie werden uns töten, sobald wir getan haben, was sie wollen.«

»Natürlich werden sie das versuchen«, erwiderte Arpad, und plötzlich klang er ganz ruhig. »Mädchen, hältst du mich für dumm? Fast zwanzig Jahre war ich ein Janitschar in ihren Reihen. Ich hab für sie gekämpft, ich wär ein paar Mal fast für sie gestorben, aber getraut hab ich ihren Befehlshabern nie. Egal wie schön sie dir tun, am Ende bist du doch ein Sklave, den sie zerquetschen können wie eine Mücke. Aber sie haben mir ein paar Sachen beigebracht: Jeder Trick ist erlaubt, um dein Ziel zu erreichen. Und ein guter Plan ist mehr wert als jedes Gebet. Du willst deinen Bruder retten? Dann gibt es nur einen Weg: Wir tun es auf meine Weise.«

»Indem wir die Türken zu ihm führen?«

»Indem wir nicht zu dritt gegen den gesamten Wolfsbund kämpfen. Die Höllenhunde warten doch schon auf uns! Nein, wir werden ihnen die Türken auf den Hals hetzen. Und während sie sich gegenseitig massakrieren, machen wir uns mit Janko aus dem Staub.«

Ildiko schüttelte erneut den Kopf. Wie konnte sie ihm erklären, dass er die falsche Entscheidung getroffen hatte? Oder war sie selbst zu sehr mit Blindheit geschlagen, um die Wahrheit zu sehen? Sie dachte an ihren Vater. Hätte er ohne Zögern Arpads Weg eingeschlagen?

»Arpad, du liegst falsch«, sagte Miklos plötzlich. »Es wäre purer Leichtsinn, inmitten des Heers zu reisen.« Er ignorierte Arpads Schnauben und sprach so bedacht, als müsste er erst nach den richtigen Worten suchen. »Tausende Soldaten, die Enge, all die Waffen und die Angst vor dem Feind. Selbst wenn die Menschen nicht wissen, wer wir sind, werden sie unser Anderssein spüren.« Seine Stimme vibrierte, und sie hörte, dass er den Kopf zu ihr umwandte. »Arpads Vorschlag bringt dich in tödliche Gefahr, Ildiko. Ich kann nicht zulassen, dass deine Mutter vielleicht beide Kinder verliert.«

»Ja?« Sie schnaufte enttäuscht. Ein besseres Argument als ihre Sicherheit hatte Miklos nicht zu bieten? »Danke, aber ich kann selbst auf mich aufpassen.«

Arpad, der sie besser kannte als Miklos, stieß ein abgehacktes Lachen aus.

»Ich meine es ernst.« Miklos' Stimme war plötzlich ganz nah. Er klang drängend. »Du musst fliehen, sobald sich die Gelegenheit bietet.«

»Und euch zurücklassen?«

»Nur mich«, erwiderte er. »Blind bin ich bloß eine Last, keine Hilfe.«

»Da sagst du das erste Mal was Vernünftiges«, warf Arpad ein.

»Nein!« In Ildiko wuchs die Empörung zu einem Feuerball. »Wir lassen niemanden zurück. Wir sind ein Rudel, zum Teufel aber auch!«

Waren die beiden Männer über ihren Fluch schockiert? Wenigstens schwiegen sie nun. Sie sank auf die Knie, bettete den

Kopf in die Hände. Miklos' Selbstlosigkeit hatte etwas in ihr wachgerüttelt, eine Entschlossenheit, die noch tiefer ging als ihre Wut.

Sie wusste jetzt, dass sie keine andere Wahl hatte. Wegen ihm würde sie bei Arpads lächerlichem Plan mitspielen. Bis er genesen war und sich auch für ihn eine sichere Fluchtmöglichkeit ergab, mussten sie bei den Türken bleiben. Außerdem hatten sie noch etwas zu tun.

Sie sah seine Augen vor sich, hart wie Granit. Seine Hand, die das Medaillon wie ein unwichtiges Spielzeug unter den Kaftan steckte. Sie ballte die Fäuste. Sie mussten das Medaillon zurückbekommen – egal was es kostete.

24. KAPITEL

Edirne, April 1476

Das Heer wälzte sich wie eine riesige Raupe durchs Land, behäbig und unerbittlich. Von den Äckern und Wiesen schreckten Vogelschwärme auf und verschwanden im Morgendunst, und bald säumten zerknickte Büsche und Unrat den breiten, ausgetretenen Weg, den die Armee hinterließ.

Ildiko ließ ihren Blick über die Rossschweife wandern, die über den Köpfen der Fußsoldaten wehten, die schweren Karren, deren Räder Furchen in den sandigen Boden zogen, über Reiter und Spähtrupps, die rücksichtslos an ihnen vorbeipreschten. Unzählige Männer marschierten um sie herum, und ihre Gerüche mengten sich zu einer dunstigen, betäubenden Wolke, die sich in der Windstille mit dem aufgewirbelten Staub von Tausenden Füßen auf ihre Köpfe niedersenkte.

Allein zehn Soldaten eskortierten Ildiko und die beiden anderen Werwölfe und ließen sie nicht aus dem Blick. Hinter ihnen kamen noch einmal zehn mit Bogen bewaffnete Reiter, die ebenfalls zu Adems Kommando zählten. Und da war auch noch Adem selbst. Jedes Mal, wenn sie ihn ansah, erwiderte er kühl ihren Blick, und seine Gesichtszüge zeigten nicht die geringste Milde.

Sie ballte hinter dem Rücken die Fäuste. Als sie heute im Morgengrauen aufgebrochen waren, hatte er die Werwölfe vor seinem versammelten Trupp gemaßregelt, als wären sie gemeine Verbrecher. *Ihr werdet schweigen und euch meinen Befehlen fügen,* hatte er gesagt. *Jede Zuwiderhandlung werde ich mit der Peitsche bestrafen. Denkt daran: Ihr seid die geringsten unter den Männern des Heeres, noch geringer als jene Fußsoldaten, die nicht einmal Schuhe besitzen.* Sein Blick war über ihre geflickten Kaftane und abgetragenen Pluderhosen zu ihren ausgetretenen Lederstiefeln gewandert, die ihnen kurz vorher ausgehändigt worden waren. Sie hatte die stumme Botschaft verstanden. *Was ihr habt, erhaltet ihr nur von mir.*

Sie biss sich auf die Lippen. Ja, sie mussten sich fügen, zumindest vorerst. Doch das hieß nicht, dass sie nicht weiterhin auf eine günstige Gelegenheit lauern konnte. Wachsam sog sie all die Eindrücke des Heers in sich auf.

»Beschreib mir, was du siehst«, wisperte Miklos neben ihr. Die Flügel seiner gebrochenen, krummen Nase blähten sich, und er legte den Kopf schräg, wohl um die Geräusche besser unterscheiden zu können. Ildiko wartete, bis Adem durch einen Boten abgelenkt war, dann folgte sie seiner Bitte.

Sie beschrieb in leisem Ungarisch die Kurden, die vor ihnen marschierten, mit breiten Schärpen um die Taillen und bewaffnet mit Streitäxten. An einer Wegkreuzung überholten sie eine Truppe Zeltknechte und Fackelträger, die die Ochsenkarren mit dem schweren Gepäck eskortierten. Wenig später wurden sie wiederum überholt, von einem prachtvollen Reitertrupp Würdenträger, mit reichem Goldschmuck und Zobelpelzen, deren Pferde mit Flankenpanzern und Quasten mehr geschmückt als bewaffnet waren. Vor und hinter ihnen trabten Burschen mit langen Spießen, um mit lautem Geschrei und groben Knuffen den Weg frei zu machen.

Ildiko spürte, wie sich durch ihre Beschreibungen der Schleier von Miklos' Schwermütigkeit endlich etwas hob.

»Janitscharen«, sagte er leise, als sie jene fünfzig Männer beschrieb, die alsbald neben ihnen über die Ebene marschierten; grimmig dreinblickende Kerle mit Filzhauben, blauen Umhängen und Beinkleidern aus ebenfalls blauem Stoff, die unterhalb der Knie eng anlagen und in hohe Schaftstiefel mündeten. »Die besten Kämpfer des Sultans, die beinahe fanatisch ihr Leben für ihn geben.«

Sie schnaubte. »Nichts als Sklaven sind sie«, murmelte sie. »Töten für ein Volk, das nicht mal ihr eigenes ist.« Sie warf einen Blick auf Arpad, der hinter ihr ging, doch er schien nicht zuzuhören. Sein Gesichtsausdruck war unlesbar, während er zu den Janitscharen hinübersah.

»Und doch sind sie stolz darauf und genießen großes Ansehen«, erwiderte Miklos. »So wie auch Arpad einst.«

»Aber er wollte viel lieber frei sein«, knurrte sie.

Miklos lächelte sein verzerrtes Lächeln. »Ich weiß. Allerdings habe ich in Istanbul viele Männer kennengelernt, die sich gern versklaven lassen würden, um die Privilegien im Hofstaat des Sultans genießen zu dürfen.«

»Privilegien?«, fragte sie. »Was mag es einem Mann bringen, ein Sklave zu sein?«

»Der Großwesir ist ein Sklave«, erwiderte er. »Die Ağas der Janitscharen sind Sklaven. Sogar Sulejmân-Pascha. Sie sind die mächtigsten Männer des Reiches. Nur die Türken sind in diesem Reich frei geboren. Ich denke, unser Bewacher Adem ist von freiem Blut. Und doch dient er einem Sklaven.«

»Was für ein Irrsinn.« Sie schüttelte ungläubig den Kopf. »Warum begehren die Menschen nicht dagegen auf?«

»Vielleicht ist diese Lebensweise nicht so ungerecht, wie du glaubst«, murmelte Miklos, und seine mächtigen Schultern sanken nach vorne, als trüge er eine Last an Gedanken mit sich herum. »Es ist vielleicht besser, ein reicher Sklave zu sein als ein armer Mann, der nur dem Namen nach frei ist. In den Ländern, aus denen deine Eltern und ich kommen, bedeuten Herkunft und Geburt alles. Und so viele rechtlose Menschen wie in den Herzogtümern dort, gefangen in ihrem Schicksal wie ihre Eltern und ihre Kindeskinder, habe ich nirgendwo sonst gesehen. Bei den Türken kannst du selbst als Sklave deines eigenen Glückes Schmied sein. Dein eigener Verdienst kann dich bis in den Diwan bringen, den höchsten Rat des Sultans.«

Ildiko schnaubte. »Du redest über die Türken, als würdest du sie bewundern. Sie sind immer noch unsere Feinde.«

»Sie sind nicht besser und nicht schlechter als alle Menschen«, sagte Arpad zu ihrem Erstaunen hinter ihr. Als sie zu ihm herumfuhr, zuckte er mit den Achseln.
»Ruhe!«, mahnte einer der Soldaten neben ihr, und sie wartete, bis er sich abwandte, dann ergriff sie wieder leise das Wort.
»Sie reiten durch die christlichen Länder, um zu töten und armen Bauern ihr Land wegzunehmen«, zischte sie.
»Eine Angewohnheit, die sie mit vielen Völkern gemeinsam haben«, erwiderte Arpad. »Dass sie sich dabei außerordentlich geschickt anstellen, kannst du ihnen nicht vorwerfen.«
»Aber du hast dich von ihnen abgewandt und gegen sie gekämpft!«
»Mal für sie und mal gegen sie«, brummte er. »Die Franzosen kämpfen gegen die Engländer, die Deutschen streiten sich untereinander, und die Spanier kämpfen gegen jeden, den sie finden können. Kämpfen ist so eine Angewohnheit wie Essen oder Schlafen.«
In diesem Moment ermahnte sie der Soldat ein weiteres Mal, und sie schwiegen wieder. Nach außen hin grollte Ildiko. Und doch, das Gespräch hatte einen neuen Gedanken in ihr angestoßen. Mit einem Mal wurde ihr klar, wie wenig sie eigentlich von der Welt wusste. Sie hatte sich nie sonderlich dafür interessiert, was jenseits ihres Rudels vor sich ging. Mit Janko, dessen Gedächtnis einem Schwamm glich, der alles Wissen in sich aufsaugte, hätte sie ohnehin niemals mithalten können. Es war leichter gewesen, sein tägliches Lesen, sein Grübeln und Abwägen für ein Zeichen von Schwäche zu halten. Doch die Welt war nicht einfach, nur weil sie es sich bisher einfach gemacht hatte. Und je mehr sie jetzt erfuhr, desto besser verstand sie ihren Bruder. *Zu spät?* Sie schob diesen bitteren Gedanken beiseite.

Als sich die Sonne dem Horizont zuneigte, schlug Adems Einheit ihr Lager in einem breiten Tal auf. Adem verhandelte mit den berittenen Boten der Heeresleitung, die den Ankommenden ihre Lagerplätze zuwiesen. Und wieder spürte er die unsichtbaren Stränge, an denen Sulejmân zog: Die Boten schienen instruiert worden zu sein, seinem Trupp eine bevorzugte Behandlung zukommen zu lassen. So erhielt er für seine Männer einen Platz in einer Senke zwischen einem Rund junger Birken, das ihnen inmitten des riesigen Lagers einen geschützten Ort bot, an dem sie unauffällig für sich sein konnten. Bald kamen die zwei Karren angerumpelt, auf denen ihre Verpflegung, Waffen und Zelte transportiert wurden – und Adem registrierte die Blicke, die sich die Werwölfe zuwarfen, als sie sahen, was auf dem dritten Karren festgezurrt war. Er musste sich ein finsteres Lachen verkneifen, als er selbst die Seile kontrollierte, die den leeren Käfig an seinem Platz hielten. Hatten die drei wirklich geglaubt, er würde fortan auf dieses wirksame Instrument verzichten? Am liebsten hätte er sie über Nacht in dem Käfig eingesperrt, doch er dachte an Sulejmâns Worte. Sie hatten dem Sultan den Diensteid geleistet und waren nun offiziell in den Heerbüchern als Soldaten des Paschas gelistet. Er war ihr zugewiesener Hauptmann und nicht mehr ihr Gefangenenwärter.

»Kommt her.« Auf seinen Befehl hin traten die drei näher. Nicht widerwillig, sondern fügsam. Und doch meinte er in ihren Blicken das Lauern von Raubtieren auf eine Schwäche zu lesen. »Ihr werdet heute Nacht in zwei Zelten schlafen«, wies er sie an. »Hasan und Miklos, ihr teilt euch eines, Arpad nimmt das andere.« Er mochte es nicht, sie mit Namen anzusprechen, Namen, die viel zu menschlich für ihre Besitzer waren. Doch es wäre unklug gewesen, sie das ganze Ausmaß seines Argwohns spüren zu lassen.

Er beobachtete sie weiterhin aus den Augenwinkeln, während er seine Stute trockenrieb und fütterte. Arpad errichtete das Zelt mit traumwandlerisch sicheren Bewegungen, die ihn daran erinnerten, dass der Werwolf in der Vergangenheit den Janitscharen angehört hatte. Der Junge ahmte die Handgriffe seines Gefährten geschickt nach. Nur der blinde Miklos tat nichts; er saß mit gesenktem Kopf auf dem Boden, und seinem entstellten Gesicht war nicht anzusehen, ob er grübelte oder döste.

»Ihr postiert euch unter den Birken«, wies Adem vier der Soldaten an. »Zwei Wachablösungen sollten genügen. Falls jemand heute Nacht eines dieser beiden Zelte verlässt, schlagt ihr Alarm.«

Birkan gesellte sich zu ihm, während Adem die weiteren Wachen einteilte. Erst als sich die Soldaten einige Schritte entfernt hatten, ergriff er das Wort.

»Das gefällt mir nicht«, murrte er. Den ganzen Tag war er schon finsterer Laune. »Diese Bestien in unserer Mitte. Schau, wie sie sich bewegen. Unauffällig, als wären sie wie wir. Aber ihre Blicke sind heimtückisch. Ich wette mit dir, heute Nacht werden sie versuchen, uns allen die Kehlen durchzubeißen.« Er griff nach seinem Streitkolben. »Ich möchte ihnen am liebsten …«

»Nein.« Adem packte ihn am Arm. »Du wirst ihnen nicht zu nahe kommen.«

»Und was ist mit den anderen Soldaten?« Birkan knirschte mit den Zähnen. »Die meisten sind ahnungslos. Willst du ihnen nicht die Chance geben, sich selbst zu schützen?«

»Du hast deine Befehle.« Adem gefiel selbst nicht, was er sagen musste. »Halte dich an den öffentlichen Wortlaut. Die drei sind ehemalige Strafgefangene, die der Pascha aufgrund einer alten Schuld in seine Dienste genommen hat. Bis man ihnen ihre Strafe erlässt, müssen sie sich bewähren und werden streng von uns bewacht. Wenn du auch nur irgendeine Andeutung machst, sie könnten etwas anderes sein, muss ich dich maßregeln.«

»Maßregeln.« Birkan hob den Blick, und Adem konnte darin lesen, dass er zu gleichen Teilen verletzt und empört war. »Wegen dieser Tiere? So weit ist es also mit uns gekommen.« Er wandte sich ab und schritt durch die Bäume davon.

Adem seufzte. Er würde jedoch nicht um Verständnis betteln für das, was nun mal ihre Befehle waren.

Als er aufsah, begegnete er Hasans Blick. Die goldenen Augen waren nachdenklich, die feinen Gesichtszüge reglos. Hatte er die Unterredung mit angehört?

Noch ehe er einen weiteren Gedanken fassen konnte, rief die volltönende Stimme eines Muezzins zum Abendgebet. Adem ergriff seinen Wasserschlauch und den Gebetsteppich, den er an den Sattel geschnallt hatte. Auch die anderen Soldaten, die nicht gerade Wache hielten, sammelten sich auf dem Platz zwischen den Zelten. Sie bedeckten ihre Köpfe mit Kappen oder Turbanen und breiteten ihre Teppiche aus. Dann vollführten sie die rituellen Waschungen. Mit etwas Wasser reinigten sie sich die Hände, dann die Lippen, die Nase, den rechten Unterarm, den linken Unterarm, das Gesicht. Sie strichen sich über den Kopf, die Ohren, den rechten und linken Fuß. Nachdem sie sich so auf das Gebet vorbereitet hatten, verneigten sie sich in Richtung Süden.
»La ilaha illa'llah. Muhammadun rasul Allah.«
Adem spürte, wie sein Herz weit wurde, wie er das erste Mal an diesem Tag ruhig und gelassen wurde, während er die vertrauten Suren sprach. Seine Stimme verband sich mit denen seiner Männer, und auch von den anderen Lagerplätzen hörte er die Worte, die sie alle einten.
Erst als er das Gebet beendet hatte, blickte er wieder auf. Die Werwölfe hatten sich ein Stück zurückgezogen und saßen im Schatten der beiden Zelte. Wieder ruhte der Blick des Jungen auf ihm. Dieses Mal las er eindeutig Neugier darin. Während er sich erhob, konnte er hören, dass der Junge den anderen eine Frage stellte, in der weichen, ungarischen Sprache, derer sich die Werwölfe untereinander bedienten. Kurz entschlossen trat er in ihre Mitte. Sie blickten alarmiert zu ihm auf.
»Was hat er gefragt?« Er ließ die Arme locker an seinen Seiten herabhängen, verlieh seiner Stimme aber dennoch den nötigen Nachdruck. Er würde die Gespräche unter ihnen wohl nicht unterbinden können, aber er konnte dafür sorgen, dass sie sich dabei nicht allzu ungestört fühlten.
»Ich fragte«, sagte Hasan mit seiner hellen, melodiösen Stimme, »was es mit den Gebeten der Türken auf sich hat. Vier Mal habe ich euch heute von den Pferden steigen und beten sehen. Tut ihr das jeden Tag?«

Die Unkenntnis des Jungen verblüffte Adem. Hatte Gábors Rudel wirklich so isoliert gelebt? Nicht nur Tiere waren sie, sondern auch Ungläubige, vielleicht nicht einmal Christen. Und doch beeindruckte ihn die Offenheit, mit der Hasan sein Unwissen und sein Interesse zugegeben hatte. Vielleicht war dies der Schlüssel zu ihrem einfachen Wesen? Konnte er ihr Vertrauen gewinnen, indem er ihnen genauso offen antwortete? In einer Mannslänge Abstand ließ er sich auf die Knie nieder, um nicht von oben auf die drei Werwölfe herabblicken zu müssen. Wachsam beobachtete ihn der bronzene Geistwolf, der reglos zu Füßen des Jungen lag.
»Fünf Mal am Tag beten wir zu Allah, zu festen Zeiten, die im Koran geschrieben stehen«, sagte er. »Das erste Mal zwischen dem Beginn der Morgendämmerung und dem Sonnenaufgang, das letzte Mal nach Ende der Abenddämmerung. Hast du davon noch nie gehört?«

Ildiko wusste nicht, was sie mehr verwunderte: dass der Hauptmann sich tatsächlich zu ihnen gesetzt hatte und ihre Frage beantwortete, die sie doch nur gestellt hatte, damit er sie in Ruhe ließ – oder seine Antwort, die ihren Eindruck von den seltsamen Bräuchen der Türken noch verstärkte. Sie wusste, dass sie ihn anstarrte, doch sie konnte nicht anders. Wollte er ihr Vertrauen gewinnen, indem er sich anbiederte? Oder nahm er ihre Frage ernst? So oder so, sein Tun imponierte ihr wider Willen. Sie wusste, dass er ihre wölfischen Kräfte ernst nahm, doch auch jetzt roch sie keine Furcht an ihm. Nur die alltägliche Mischung aus Menschenmann und den Anstrengungen des Ritts, und als Note darunter erneut jenen seltsamen, nicht bestimmbaren Odem, der ihn von allen anderen unterschied.
Sie kniff die Augen zusammen. Er erwiderte ihren Blick so gelassen, als wüsste er bereits alles über sie. Nun, sie nahm die Herausforderung an – sie würde herausfinden, worauf er bei diesem Gespräch wirklich aus war!
»Immer, jeden Tag?«, bohrte sie nach. »Und wenn du in einer Schlacht kämpfst? Breitest du dann deinen Teppich aus und

hoffst, dass deine Feinde dich verschonen?« Sie lächelte spöttisch. Miklos schüttelte den Kopf, doch Arpad lehnte sich zurück und grinste.
Der Türke hob die Brauen. Seine dunkelgrauen Augen wurden einen Ton heller – als ärgerte er sich nicht über ihre unverschämte Frage, sondern als amüsierte sie ihn.
»Kein Gebet soll außerhalb seiner Zeit verrichtet werden«, sagte er. »Doch wenn es unvermeidliche Gründe für einen Aufschub gibt, wird Allah es jedem Gläubigen nachsehen, wenn er erst seinen Feind erschlägt und dann zu ruhigerer Stunde ein Dankgebet spricht.«
Sofort schoss sie die nächste Frage ab. »Bevor ihr betet, wascht ihr euch. Was tut ihr, wenn ihr einmal kein Wasser habt?«
»Selbst Wüstensand genügt im Notfall für die rituelle Reinigung vor Allah.«
»Und warum richtet ihr euch beim Beten stets nach Süden, wo die Sonne euch blendet?« Das war ihr heute Mittag schon aufgefallen.
»Im Süden liegt *Makka al-Mukarrama,* Mekka, die ehrwürdige Stadt. Sie ist die Geburtsstadt unseres Propheten.«
Er ließ sich einfach nicht aus der Ruhe bringen, auch als sie ihm noch weitere Fragen stellte. Irgendwann kam ihr der Gedanke, dass er sie vielleicht für dumm halten könnte. Plötzlich war sie diejenige, die sich ärgerte, obwohl sie doch eigentlich ihn hatte provozieren wollen. Nur eine letzte Frage fiel ihr noch ein, die sie aus persönlicheren Gründen stellte, als er ahnen konnte.
»Beten eure Frauen auch?«
Für einen Augenblick sah er erstaunt aus. Sie biss die Zähne zusammen. War es so undenkbar, dass auch Frauen zu seinem Gott sprachen?
Doch seine Antwort überraschte sie. »Unsere Frauen sind Allahs größtes Geschenk. Wir verehren sie für ihre Schönheit und möchten sie vor aller Unbill beschützen«, sagte er, und sein Blick ging ihr durch und durch. Ahnte er womöglich doch etwas? »Deshalb wirst du sie nicht am Straßenrand beten sehen, wo

Staub ihr Gewand und begehrliche Blicke ihre Ehre beschmutzen könnten. Doch Mohammed sagte: »Betet so, wie ihr mich beten gesehen habt«, und damit meinte er alle Menschen. Deshalb beten unsere Frauen genauso wie wir Männer fünf Mal am Tag nach den heiligen Regeln, und Allah hört ihre Bitten mit dem gleichen offenen Ohr wie die unseren.«
Dann richtete er sich plötzlich auf. Ein kühles und distanziertes Lächeln trat auf seine Lippen, das nicht bis in seine Augen reichte. »Wenn du weitere Fragen hast, kann ich einen der Muezzins bitten, sie dir zu beantworten. Vielleicht ist deine ungläubige Seele nicht ganz verloren.« Sein Blick ließ allerdings keinen Zweifel zu: Er glaubte nicht, dass sie überhaupt eine Seele hatte.
Wut stieg in ihr auf. Dieser arrogante Mistkerl! Sie wollte die Zähne fletschen und ihn dazu bringen, endlich Angst vor ihr zu haben. *Ich kann dich jederzeit töten!* Doch sie erkannte, dass er genau das erwartete: Dass sie sich wie das wilde Tier verhielt, das er in ihr sah. Er hielt ihrem finsteren Blick stand, ohne auch nur zu blinzeln, während er sich mit einer katzenhaften Bewegung erhob. Ehe er ging, blitzten die Glieder einer silbernen Kette unter dem Kragen seines Kaftans auf. Und sie wusste, was daran hing, so nah und doch im Moment unerreichbar.

25. KAPITEL

Im Land der Tataren, Mai 1476

Janko schob den Kragen seines *Deels* höher. Der Wind brauste heute wie ein Teufel über die Ebene. Er zerrte an seiner Haut, wo sich die Schutzschicht aus Hammelfett schon aufgelöst hatte.

»Beim Vater Himmel«, murmelte Saych hinter ihm. Er beugte sich über eines ihrer Packpferde. Das erschöpfte Tier war gestolpert und gestürzt, als sein Huf in einer Bodenspalte hängengeblieben war. Es wieherte schrill, die Augen vor Schmerz verdreht. Saych hielt vorsichtig Abstand zu dem verletzten Bein des Tieres, das seltsam verdreht war und wie ein Schlaghammer zuckte. Er murmelte etwas und kraulte dem Tier die Stirn, dann setzte er ihm den Dolch an die Kehle und bereitete seinem Leiden ein Ende.

Unwillkürlich seufzte Janko. Auch die anderen Werwölfe zogen bittere Gesichter. Er kannte sie inzwischen alle mit Namen. Und mit jedem Tag und jeder zurückhaltenden Frage, die er an sie richtete, vertiefte sich seine Kenntnis ihrer Sprache, so dass er ihren Unterhaltungen immer mehr folgen konnte. Saych sprach inzwischen ebenfalls nur noch Tatarisch mit ihm. Aus seinen Kommentaren erkannte Janko, dass es ihm nicht nur um das Pferd leidtat, sondern er sich auch über ihre Verzögerung ärgerte. Offenbar befanden sie sich nicht mehr weit von ihrem Zielort entfernt – wo auch immer das sein mochte.

Er schaute sich um. Seit gestern hatte sich die Landschaft deutlich verändert. Borstige, trockene Halme und karges Buschwerk bedeckten die rotbraune Erde, durch die sich tiefe Risse zogen.

Dazwischen durchbrachen Felsen den Boden; schroffe, rote Zacken, die aussahen, als hätten sie sich mit Gewalt ihren Weg an die Oberfläche gebahnt. Und je unwirtlicher die Ebene wurde, desto blauer erschien der Himmel.
Heute Morgen hatte er allerdings einen Schatten am Horizont erspäht. Eine dunkle Linie, die sich kalt und klar in der trockenen Luft abzeichnete, nur manchmal verwischt von den Sandverwehungen, die der Wind vor sich hertrug. Und hinter dieser Linie kam nichts mehr als Himmel – als wäre die Welt dort zu Ende. Er verengte die Augen. Es schien ihm, als wären sie der Linie in den letzten Stunden näher gekommen. Er fröstelte. Der Wind kam von dort und zerrte an ihm, als wollte er ihn am Weiterritt hindern; als brächte er eine wortlose, brausende Warnung.
Saychs Anweisungen rissen ihn zurück in die Gegenwart. Zwei Männer schnallten die Packtaschen vom Rücken des toten Pferds. Während sie die Last auf die anderen Tiere verteilten, stieß Saych sein Messer in das noch dampfende Fleisch.
»Komm«, rief er, als er Jankos Blick bemerkte. »Hilf mir.« Es war eine schwere und blutige Arbeit, doch Janko beklagte sich nicht. Mit geübten Schnitten legte Saych die besten Fleischstücke des Tieres frei und hieß ihn, sie abzutrennen und auf einer Decke auszubreiten, wo sie von einem der anderen Männer eingesalzen wurden.
»Sie sollen nicht die guten Teile bekommen!«, rief der Mann mit grimmiger Miene, und Janko folgte seinem Blick nach oben. Dort kreisten bereits die ersten schwarzen Schatten der Geier, die geduldig auf ihren Anteil der Beute warteten.
Die Sonne hatte ihren Zenit bereits überschritten, als sie wieder aufbrachen. Die Fleischstücke baumelten an den Seiten der Packtiere. Die Hitze trocknete sie aus, und das Salz machte sie haltbar, wusste Janko; er war beeindruckt, wie sich die Tataren stets bemühten, nichts zu verschwenden.
Vor wenigen Wochen wären ihm diese Dinge nicht aufgefallen – doch der Besuch in der Jurtensiedlung vor zwei Wochen

hatte ihm die Augen geöffnet. Shilae – der Auserwählte. Er musste die Tataren davon überzeugen, dass sie sich in ihm irrten – doch dazu musste er begreifen, was sie eigentlich genau von ihm erwarteten. Und das würde ihm nur gelingen, wenn er verstand, wer sie waren.

Er bemerkte, dass Saych stets in alle vier Himmelsrichtungen nickte, bevor er sich zum Schlafen hinlegte. Er beobachtete, wie die Männer stets den ersten Schluck vergorener Milch als Opfer auf den Boden gossen – meist *Airag*, die salzige Stutenmilch, an die er sich bereits im Osmanischen Reich gewöhnen hatte müssen, doch immer häufiger auch *Khoormog*, Yakmilch, die noch dickflüssiger und würziger war. Zum ersten Mal bemerkte er auch die kleinen Steinhaufen, die ihren Weg in regelmäßigen Abständen begleiteten. Waren sie Wegkreuzungen, oder kennzeichneten sie heilige Orte? Er wusste es nicht. Doch einige der Männer, darunter auch Saych, machten kleine Gesten der Ehrerbietung, wenn sie einen von ihnen passierten, und wenn sie abends lagerten, war meist eine dieser geheimnisvollen Stätten nicht fern.

»Nicht mehr weit!«, rief einer der Männer später am Tag. Inzwischen zerschnitt die Linie vor ihnen die Welt in rote Erde und grauen, im Abenddunst versinkenden Horizont.

Dann waren sie dort.

»Steig ab«, sagte Saych, und Janko folgte ihm vorsichtig an den Rand der Welt. Es war eine Felsenkante, die so unmittelbar und schroff Hunderte Mannslängen hinabstürzte, dass ihm beim Hinuntersehen schwindlig wurde. Klein war die Welt dort unten, ein dunstiges Niemandsland, verdunkelt von dem riesigen Schatten, den die Klippe über die Ebene warf. Steppe, Bäume, noch mehr Felsen erblickte er dort unten. Auch einen Fluss meinte er zu sehen, der sich direkt am Rande des Abbruchs entlangwand.

Riesige, geierartige Vögel segelten an ihnen vorbei und schraubten sich in den warmen Aufwinden in die Höhe, um dann im

Gleitflug wieder hinabzusinken und dabei schrille Schreie auszustoßen. Doch für alle anderen Lebewesen schien es unmöglich, den Abgrund zu überwinden.
»Reiten wir weiter«, sagte Saych, und ein Lächeln spielte auf seinen wettergegerbten Zügen, als wüsste er genau, welche Frage sich Janko stellte. In zwei Mannslängen Abstand folgten sie der Kante nach Süden, während die Sonne verschwand und der Himmel sich von hellrot zu violett färbte.
Es zeigten sich bereits die ersten Sterne, als sich Jankos Nackenhaare aufrichteten. Nichts hatte sich geändert, und doch spürte er mit untrüglichem Instinkt, dass etwas anders war. Bald streifte der unverkennbare Geruch von zwei Werwölfen seine Nase. Unwillkürlich stieß er einen Laut aus und zügelte sein Pferd. Saych schien kaum überrascht zu sein. Er steckte zwei Finger in den Mund und stieß eine schnelle Reihe gellender Pfiffe aus. Im nächsten Moment traten aus den Büschen zwei große, aufrechte Gestalten hervor. Sie hielten gespannte Doppelbögen in den Händen, die Pfeilspitzen auf die Herannahenden gerichtet. An den Gürteln ihrer *Deels* blitzten wuchtige Kriegsäxte. Unbewegt blickten sie den Reitern entgegen.
Janko spürte sein Herz bis zum Hals schlagen, während er hinter Saych von seinem Pferd sprang. Er beobachtete, mit welcher Ehrerbietung die beiden Männer den Tatarenführer begrüßten. Dann winkte Saych ihn zu sich heran. Die Fremden starrten ihn mit solcher Intensität an, dass er sich mulmig fühlte. Er roch zwar keinerlei Feindseligkeit, doch er meinte, Skepsis in ihren schmalen Augen zu lesen. Augenscheinlich wussten sie bereits, wer er war. Statt ihre Blicke zu erwidern, sah er Saych an. »Wo sind wir?«
Und plötzlich lächelte der Tatar. »Zu Hause, Junge. Zu Hause.«
Er packte ihn am Arm und schob ihn an die Kante. »Schau.«
Zunächst konnte Jankos Verstand nicht begreifen, was sich aus der durchdringenden Dämmerung im Schatten der Klippen dort unten herausschälte. Ein halbes Dutzend Felsenzacken, dachte er erst, roh und spitz wie eine Ansammlung schwarzer

Kristallblöcke, dabei riesig wie die Türme einer Kathedrale. Unheimlich und einschüchternd erschienen sie ihm in ihrer schroffen Eleganz. Doch selbst die Natur vermochte es nicht, solche versteinerten Ungetüme zu gebären. Zu gleichmäßig erschienen ihm die kantigen Spitzen, zu wenig verwachsen mit der Felswand, aus der sie zu ragen schienen. Außerdem sah er Lichter schimmern, rot glühend wie die Augen von Raubtieren, die zu ihm heraufblickten. *Wir haben auf dich gewartet.* Ihn fröstelte. Es kostete ihn Überwindung, noch einen Schritt näher an die Kante zu treten, doch nun erkannte er: Es waren keine Augen, sondern Schießscharten. Er blickte auf eine Festung hinunter.

* * *

Im Nordwesten des Osmanischen Reichs, Mai 1476

Bereits seit einer Woche war das türkische Heer unterwegs. Ildiko empfand den Marsch von Tag zu Tag als eintöniger. Die staubigen Straßen boten wenig Abwechslung, und auch die flachen Hügel und Täler, die zunehmend kargen Schafsweiden und kleinen Äcker gewährten selten neue Anblicke. In der Ferne sah sie manchmal die eisbedeckten Spitzen des Balkangebirges. Doch meist wirbelten die zahllosen Hufe und Stiefel zu viel Staub auf. Sie hatte sich an das langsame, gleichmäßige Marschtempo gewöhnt, an die fünf Gebetspausen, die von den Moslems unter den Soldaten streng eingehalten wurden. Eine Weile hatte sie versucht, sich die Vielzahl der Feldzeichen, Rossschweife und Embleme einzuprägen, welche die einzelnen Trupps verschiedenen Regionen, Professionen oder Parteien des Osmanischen Reichs zuordneten. Doch bald hatte sie es aufgegeben – niemals würde sie das Gewirr der Zuständigkeiten verstehen, die Rangordnungen der Hauptleute, Beys und Scharführer, die alle ihre Befehle von irgendwoher bezogen und an irgendwen weitergaben.

Einmal sah sie den Obersten des gesamten Heers, Sultan Mehmed selbst, wie er in der Ferne mit seinem Gefolge vorüberritt. Der Heereszug kam ins Stocken, denn alle, die der Sultan direkt passierte, ließen sich sogleich auf die Knie fallen, um ihm Ehrerbietung zu erweisen. Ildiko war abgestoßen, aber auch widerwillig beeindruckt von all der Pracht des höfischen Gefolges.
Ganz an der Spitze ritt ein Fahnenträger, ein älterer Mann mit stolzen Gesichtszügen. »*Sancak-i şerif*«, murmelte der Soldat neben Ildiko ehrfurchtsvoll, als er die grüne Fahne erblickte, die der Mann in die Höhe reckte. »Die Fahne des Propheten.«
Dahinter ritten paarweise acht weitere Träger, die die Rossschweife des Sultans hochhielten. Im Chor riefen sie wieder und wieder: »Allah verleihe dem Sultan den Sieg.« Der Ruf wurde von den Soldaten aufgenommen und erschallte bald ringsumher wie aus einem einzigen Mund.
Hinter den Trägern ritten die Paschas und Wesire, die mit perlenbestickten Kaftanen aus Brokat und Seide, Goldstoffen und Samt angekleidet waren. Auch Sulejmân-Pascha war unter ihnen. Er saß behäbig auf einem schwarzen Hengst, der trotz seiner Last elegant den Weg entlangtänzelte. Der Eunuch starrte für mehrere Wimpernschläge zu ihnen herüber, ehe er mit einem süßlichen Lächeln das edle Tier weitertrieb.
Dann sah sie den Sultan. Sie zog die Lippen zwischen die Zähne. Ausdruckslos glitt sein Blick über die Soldaten, und seine Miene schien den Eindruck von Nachdenklichkeit erwecken zu wollen – doch sie fand, dass er einfach nur blasiert wirkte. Er war noch prunkvoller gekleidet als seine Wesire und wie ein Pfau mit Federn geschmückt, die seinen Turban einen halben Mann hoch überragten und bei jedem Schritt seines Pferdes wippten. Sie zischte. Wie hatte es nur so weit kommen können, dass sie für diesen Menschenmann, der ihren Vater ein Leben lang gejagt hatte, in den Krieg zog?
Und doch durfte sie sich nichts von ihrem Unmut anmerken lassen. Sie spürte Hauptmann Adems prüfenden Blick. Er be-

wies ein beinahe unheimliches Gespür dafür, wann es sich lohnte, sie zu beobachten oder ihre Gespräche zu unterbinden. Sie war auf der Hut vor ihm, denn eines hatte sie bei ihrem letzten Schlagabtausch begriffen. Er würde sich weder von Frechheiten einschüchtern noch von Freundlichkeiten einwickeln lassen. Immer wieder sah sie während des Marschs die Kette mit dem Medaillon unter seinem Kragen hervorblitzen, als wollte er sie damit verhöhnen, und das Gefühl, zur Tatenlosigkeit verdammt zu sein, erfüllte sie mit Frust.
Nachts teilte sie sich ihr Zelt mit Miklos, der immer tiefer in seinen Grübeleien zu versinken schien. Arpad hingegen hatte sich schnell in seinen neuen Platz eingefügt. Bereits am zweiten Tag hatte er wieder zu scherzen begonnen – und es war ihm gelungen, dass ihre Wachen ihm inzwischen fast wie einem Kameraden begegneten. Zwar ließ ihre Wachsamkeit unter der strengen Hand ihres Hauptmanns kaum nach, doch sie lachten über Arpads Witze, und schienen sich manchmal zu fragen, warum dieser vergnügliche Mann überhaupt bewacht werden musste. Immer deutlicher zeigte sich allerdings, dass Arpad und Miklos einander recht wenig zu sagen hatten. Ildiko fühlte eine Leere in ihrer Brust, wenn sie daran dachte, wie gering sie die engen Familienbande des Rudels einst geschätzt hatte, als sie noch so selbstverständlich gewesen waren wie der Morgentau. Das erinnerte sie an Janko. Wie gern hätte sie sich bei ihm entschuldigt für jedes Mal, wenn sie schroff und ungerecht zu ihm gewesen war! Am meisten dachte sie nachts an ihn, wenn sie schlaflos dalag. Manchmal streckte sie dann ihre geistige Witterung nach ihm aus. Weit weg war er, so unerreichbar, dass sie kaum sagen konnte, was er fühlte. Und nie spürte sie eine Reaktion, wenn sie nach ihm rief. In ihren düstersten Stunden erschien es ihr fast so, als ob er sie bewusst abwehrte. Er hatte ja auch jeden Grund, böse auf sie zu sein, war sie doch mit schuld an seinem Schicksal!

Doch gleichgültig, wie sehr sich ihr kleines Rudel mit ihrem momentanen Schicksal arrangiert hatte, Wölfe blieben Wölfe – und Ildiko spürte, wie das Tierblut in Arpad und Miklos immer stärker nach seinem Recht verlangte. Vater hatte es einst in Worte gefasst: *Der Wolf wechselt das Fell, aber nicht den Sinn.* Am sechsten Tag sahen sie keinen Ausweg mehr. Arpad sprach Adem abends an, als das Lager bereits aufgeschlagen war. Als er Adem ihr Anliegen schilderte, machte der Hauptmann aus seiner Abscheu jedoch kaum einen Hehl.

»Das kann ich nicht zulassen«, antwortete er schroff.

Ildiko meinte allerdings zu sehen, wie er unter seiner Ablehnung einen geschickt verschleierten Wissensdurst verbarg. Was auch immer sie ihm über ihre Wolfsnatur erzählen mussten, um ihn zu überzeugen, er würde dieses Wissen jederzeit einsetzen, wenn es ihm einen Vorteil verschaffte.

»Du kannst uns nicht ändern, Hauptmann!«, fuhr Arpad auf. »Willst du riskieren, dass deine Männer uns bei der Verwandlung beobachten? Und komm ja nicht auf die Idee, uns wieder in den Käfig zu sperren. Auffälliger könntest du sie nicht darauf stoßen, dass wir mehr als nur Menschen sind.«

Dieser Esel! Am liebsten wäre Ildiko ihm auf den Fuß getreten. Mit der Erwähnung des Käfigs brachte er Adem doch gerade erst auf dumme Einfälle.

Der Hauptmann schien jedoch etwas anderes bemerkenswert zu finden. »Mehr als nur Menschen«, wiederholte er. Seine Augenbrauen fuhren in die Höhe. »Willst du mich beleidigen?«

Arpad runzelte verdutzt die Stirn und schien nach Worten zu suchen. Da richtete Miklos sich zu seiner vollen Größe auf. Er überragte Adem um einen halben Kopf. Seine Muskeln und sein Gesicht hätten jedem anderen Angst eingejagt, doch der Hauptmann musterte ihn kühl.

»Wir schätzen uns nicht höher ein als die Menschen«, sagte der Blinde, und seine Stimme klang so sanft wie das Rauschen des Winds in den Birken. »Doch wir sind *mehr* als nur Menschen, denn wir verfügen über zweigestaltiges Blut. Oder willst du das leugnen, Hauptmann, dass wir beides sind – Mensch und Wolf?«

Und fast schien es, als wollte Adem das. Ildiko sah seinen kalten Blick und musste an seine Bestürzung denken, als der Sultan sie begnadigt hatte. Sie erinnerte sich auch an die Turkmenen Uzun Hasans und deren ungläubiges Entsetzen, als sie sich verwandelt hatte. *Teufelswesen, Bestien. Dunkle Tochter.* Vielleicht war sie wirklich etwas, das die Menschen fürchten sollten. Dieser Gedanke ließ sie plötzlich traurig werden.

Doch Adem sagte nichts, wartete offenbar darauf, dass Miklos weitersprach.

»Der Wolf stärkt unsere Sinne und unsere körperlichen Kräfte, doch er fordert auch etwas von uns: dass wir einige Nächte dem Tier schenken.« Miklos seufzte. »Wie Arpad es gesagt hat: Du kannst uns nicht ändern, Hauptmann. Deshalb sollte dir deine Klugheit raten, das Schicksal nicht herauszufordern.«

»Fordere ich das Schicksal nicht noch mehr heraus, indem ich es euch erlaube, euch in wilde Tiere zu verwandeln?«, fragte Adem lauernd. »Wie kann ich riskieren, dass ihr euch im Blutfieber auf meine Männer stürzt?«

»Blutfieber.« Miklos sprach das Wort aus, als schmerzte es ihn. »Sind es nicht die Menschen, die ihm immer wieder verfallen, in Kriegen, in Rachedurst oder Hass? Ein wildes Tier, auch ein Wolf, tötet aus Hunger oder Notwehr. Doch niemals ist er grausam. Und niemals, das verspreche ich dir«, er legte eine Hand auf die Brust, »hat einer von uns in den Nächten der Verwandlung Jagd auf einen Menschen gemacht.«

»Tatsächlich?« In Adems Stimme schwang eindeutig Unglauben mit.

»Nun reicht es aber!«, polterte Arpad. »Lass es mich heute Nacht beweisen. Ich werde so tief in den Wald wandern, dass mich kein Soldat antreffen wird. Vielleicht jage ich einen Hasen oder zwei, und im Morgengrauen bin ich zurück. Wenn ich dabei irgendjemandem schaden sollte, kannst du mich gern von deinem Gehilfen mit dem Streitkolben erschlagen lassen.« Er deutete zu Birkan hinüber, der in einigem Abstand herumlungerte und finstere Blicke zu ihnen herüberwarf.

Adem schwieg eine Weile. Gespannt versuchte Ildiko seine Miene zu lesen. Seine dunklen Brauen, die scharf geschnittene Linie seiner Wangenknochen und die tief liegenden grauen Augen gaben ihm etwas Stählernes. Wie würde er sich entscheiden?

»Wir werden sehen, wie viel ich dir glauben kann«, sagte er schließlich. »Du gehst allein und kommst vor dem Morgengrauen zurück.« Plötzlich erwiderte er Ildikos Blick, und seine Augen waren unergründlich. »Doch wenn du irgendjemandem schaden solltest, wirst nicht du dafür mit dem Leben bezahlen, sondern dein Neffe.«

26. KAPITEL

In der Tatarenfestung, Mai 1476

Janko umfasste die Zügel seines Pferdes fester. Das Licht der Fackeln zuckte über die Felswände wie Höllenflammen, und je tiefer sie hinabstiegen ins Dunkel, desto weniger konnte er sich der abergläubischen Furcht erwehren, dass sie sich tatsächlich auf dem Weg in die Hölle befanden.

Vor ihm ging Saych mit einem der Wachmänner, hinter ihm folgten die anderen Werwölfe. Bis auf ihre Tritte und das leise Tropfen von Wasser irgendwo in den Höhlen um ihn herum war es still. Und doch konnte er die Fährten anderer Lebewesen riechen, Dutzende, wenn nicht Hunderte. Manche waren nur eine Ahnung, andere so durchdringend, als wären sie immer noch hier. Weder Wind noch Regen verwischten in diesen Gängen die Gerüche, vielleicht würden sie auf ewig hier verharren wie Leichen in einer Grabkammer.

Er schob diese unheimlichen Gedanken beiseite. Bis auf ihn schien sich keiner zu fürchten, im Gegenteil, alle waren freudiger Stimmung.

Unendlich lange schien sich die Spirale des Weges nach unten zu winden, und mehrmals bogen sie in weitere Gänge ab, in einem Labyrinth grob behauener Höhlen, in denen Janko ohne seinen Geruchssinn unwiederbringlich verloren gewesen wäre. Dann endlich hielt Saych inne, so jäh, dass Janko gegen ihn stolperte.

Vor ihm ragte eine fast zwei Mannslängen hohe Tür aus schwarzem, verwittertem Holz auf. Sie wurde von schweren Eisenbeschlägen in den Angeln gehalten, die mit einem fremdartigen ornamentalen Muster bedeckt waren, das im Licht der Fackeln zu tanzen schien. Etwas wartete hinter dieser Tür, wusste Janko plötzlich, lauerte still und gierig wie ein Raubtier auf ihn. Er wollte einen Schritt zurückweichen, doch hinter ihm drängten sich Saychs Werwölfe.

Als hätte er seine Gedanken gelesen, packte Saych ihn am Arm. Obwohl er kleiner war als Janko, war sein Griff fester als eine Daumenschraube.

»Bringt mir den *Jisün* – den geweihten Umhang«, befahl er.

Einer der Werwölfe reichte ihm ein Stoffbündel, das Janko noch nie gesehen hatte.

»Heb die Arme«, befahl Saych. Noch ehe Janko wusste, wie ihm geschah, packten ihn schon zwei der Werwölfe an den Armen und hoben sie hoch, als wäre er selbst zu schwach dazu. Sie streiften ihm den *Deel* und das Hemd ab, so dass er in Pluderhosen und Untergewand vor ihnen stand. Saych entfaltete das Bündel. Ein blendend weißes Gewand kam zum Vorschein. Es leuchtete im Licht der Fackeln und war aus reinem, weichem Fell. *Wolfsfell.* Janko schloss die Augen, als sie es ihm über den Kopf streiften, spürte es schwer und warm an seinen Seiten hinabgleiten, als hieße es ihn willkommen. Er spürte das Gewicht einer Kapuze, die seinen Rücken hinabfiel, und Saych nahm ihm seine Mütze ab und stülpte ihm stattdessen das Fell über den Kopf. Weiß bauschte es sich an seinen Wangen, schmiegte sich an ihn wie eine zweite Haut. *Bruder,* schien es zu flüstern, und ihm, der sich doch so viel mehr wie ein Mensch als wie ein Wolf fühlte, jagte es einen Schauer über den Rücken. Wie viele Wölfe für dieses kostbare Gewand wohl ihr Leben gelassen hatten?

Ihm blieb keine Zeit für weitere Gedanken. Saych schob ihn auf die Tür zu. Ein letzter Blick aus geschlitzten Augen musterte Janko, ein undeutbares Lächeln kräuselte die dünnen Lippen.

»Gib ihnen Ehre«, flüsterte Saych.

Die Zeit schien stehenzubleiben. Dann öffneten sich die beiden Flügel der Tür. Janko hörte nichts anderes als das Dröhnen seines Herzens, als er ins Mondlicht hinaustrat.

Spitz und unendlich hoch ragten die Zacken der Türme um ihn empor, umringten den Platz wie eine dunkle Krone. Das flackernde Licht Tausender Fackeln spiegelte sich an den schwarzen Wänden der Festung und tauchte die Umgebung in einen diffusen Schein.

Männer – *Werwölfe* – knieten im weiten Umkreis auf dem schimmernden, schwarzen Boden, auf Treppenstufen und an den schwarzen Mauern entlang. Hunderte Augen ruhten glitzernd auf Janko. Unzählige Gerüche formierten sich zu einem Orchester, das nur einen einzigen, dunklen Ton spielte.

Er wollte den Blick senken, konnte es jedoch nicht. Jeder Gedanke verstummte in ihm, so wie auch alle Geräusche verstummten, als hielten selbst die Festung, der Wind und der Mond den Atem an.

»Nur im Mondlicht zeigt der Sohn der Nacht sein wahres Gesicht«, sprach jemand mit sanfter, melodiöser Stimme, die doch so umfassend war, als würde sie sich zum Sternenhimmel hinaufschwingen und gleichzeitig in Jankos Ohr flüstern.

»Er, der seine am Tage gesammelten Kräfte zu dieser Stunde in einen Machtgesang zu verwandeln vermag. Er, der seinen edlen Blick nur Ebenbürtigen schenkt. Er, der Wolf, das Himmlische Tier.«

Und dann trat ein Mann in Jankos Blickfeld. Sein Gesicht war hager, graue Haare umschatteten seine Augen, die ebenso grau waren wie Fels, und sein Lächeln war offen und weit wie die Welt. »Willkommen, Shilae. Willkommen zu Hause.«

* * *

In der Dobrudscha, Mai 1476

Ildiko hatte zu keinem Zeitpunkt daran gezweifelt, dass Arpad von der nächtlichen Jagd zurückkehren würde – und doch waren sie und Miklos wach gelegen, bis sie im Morgengrauen seine leisen Schritte gehört hatten. Zwei Wachen waren vor ihrem

Zelt gesessen, und erst nach Arpads Rückkehr hatten sie sich für den Rest des Morgens zurückgezogen.
Als sie gestern Nacht dann selbst das Lager unter einem klaren Sternenhimmel verlassen hatte, hatte sie den Blick des Hauptmanns wie einen Dolch im Rücken gespürt. Er schien genau zu wissen, dass ein Rudel sich niemals im Stich ließ. Woher wusste er nur so viel über sie?
Wenn sie daran dachte, wie lange der Feldzug noch dauern würde, klopfte ihr Herz vor Ungeduld. Arpad und Miklos behaupteten allerdings, dass das Heer erstaunlich schnell vorwärtskam. Arpad hatte am Abend zuvor eine große Festung aus Kalkstein wiedererkannt, die zu seinen Zeiten als Janitschar das Grenzland zwischen den Türken und den Christen markiert hatte. Nun lag sie gänzlich im Reich der Osmanen. Der folgende Landstrich wurde Dobrudscha genannt. Hier sah sie zum ersten Mal, welche Verheerung der lange Krieg zwischen dem Osten und dem Westen angerichtet hatte. Ihr Weg führte sie über verbrannte, brachliegende Erde, durch Wüsten von Baumstümpfen und an trostlosen Ruinen ehemaliger Dörfer vorbei, die geprägt waren von hastig gescharrten Massengräbern und den Skeletten verhungerten Viehs. Trotz der Sonne schien es ihr, als läge ein grauer Schleier über dem Landstrich, ein dumpfer Geruch nach Leid und Verwesung und Hoffnungslosigkeit. Sie ballte die Fäuste. Wie teuflisch war der Krieg, wie ungerecht war es, Menschen aus ihren Dörfern zu verschleppen oder gar zu töten, nur weil ein anderer regieren wollte!
Sie musste allerdings feststellen, dass die türkischen Soldaten zu ganz anderen Einsichten kamen. Ihre grimmigen Mienen und der Geruch nach Wut und Hass, der abends über die Feuerstellen wehte, zeugten davon, dass der Kriegswille des Heers von Tag zu Tag wuchs. Denn die Männer sahen die Verwüstungen nicht als Mahnung, sondern als Schmähung, die die Christen den Osmanen zugefügt hatten – ob dies nun stimmte oder nicht.

Erst am dritten Tag in der Dobrudscha geschah etwas, das von einigen als schlimmes Omen gedeutet wurde. Ildiko hörte das unheimliche Brausen bereits vor allen anderen, und während sie noch rätselte, woher dieses Geräusch kam, sah sie schon die ersten schwarzen Flecken am Himmel. Zuerst dachte sie, es wären Gewitterwolken, doch sie stoben vom Boden auf wie Nebelschwaden, und als sie näher kamen, erkannte sie, dass sie aus Millionen rotbrauner Punkte bestanden.

»Heuschrecken!«, riefen die Soldaten.

Wenige Augenblicke später war der erste Schwarm heran. Männer brüllten und schlugen mit Tüchern und Mänteln nach den Tieren, Pferde wieherten panisch, als sich die Insekten auf ihnen niederließen und ihnen in Augen und Ohren krabbelten. Der gesamte Heereszug geriet ins Stocken, und ein ohrenbetäubender Tumult brach los.

Ildiko schimpfte so laut wie Arpad, während sie sich ergebnislos die Tiere von den Schultern streifte. Klebrig trippelten Insektenfüße über ihre Haut, und Bisse piesackten sie wie tausend kleine Nadelstiche. Die kleinen Panzer knackten, als sie darauftrat, doch immer kamen neue Plagegeister nach, Hunderte, Tausende, die lauter summten als jeder Bienenschwarm.

»He!« Plötzlich zügelte Adem sein Pferd neben ihr, so dicht, dass die Hufe fast auf ihre Stiefel traten. »Kümmere dich um ihn!« Er deutete den Weg zurück.

Jetzt erst sah sie, dass Miklos zurückgeblieben war. Als spürten die Insekten seine Schwäche, umdrängten sie ihn wie ein Schwarm wild gewordener Wespen. Er schlug brüllend um sich, während jeder Zentimeter seiner Haut von den rotbraunen Krabbelkörpern bedeckt wurde. Doch die wahre Gefahr für den Blinden waren nicht die Insekten, sondern die anderen Tiere. Ein panisches Pferd, das sich losgerissen hatte, stürmte direkt auf ihn zu. Ildiko rannte los. Sie stieß die Soldaten rücksichtslos zur Seite, doch dann schob sich ein Ochsenkarren zwischen sie und Miklos. Entsetzt erkannte sie, dass sie zu spät kommen würde.

»Miklos, zur Seite!«, brüllte sie.
Im gleichen Augenblick sprang Adems Stute über die Karrendeichsel hinweg. Der Hauptmann beugte sich aus dem Sattel, griff Miklos am Mantel und riss ihn zurück. Ein ungezielter Faustschlag von Miklos traf ihn im Gesicht, doch er ließ ihn nicht los. Nur eine Handbreit entfernt galoppierte das panische Tier an ihnen vorbei.
Dann war Ildiko bei ihnen.
»Miklos, ruhig. Ich bin es.« Sie packte seine Hand, um ihn daran zu hindern, weiter um sich zu schlagen. Gleichzeitig ließ Adem ihn los. Immer noch schwirrten und brausten die Insekten wie Wesen aus der Hölle um sie herum. Miklos keuchte, und sie spürte, wie schwer es ihm fiel, stillzuhalten.
»Hasan«, rief der Hauptmann. Seine Augenbraue war aufgeplatzt, und Blut lief an seiner Schläfe herunter. Seine Augen blitzten sie so wütend an, als trüge sie Schuld an allem. Als seine Hand an seiner Seite herunterwanderte, war sie sich für einen Moment sicher, dass er nach seinem Säbel griff. Sie spannte alle Muskeln in ihrem Körper an, zog die Lippen zu einem Knurren halb zurück.
Stattdessen riss er eine Wolldecke aus der Verschnürung am Sattel. »Wickle ihn damit ein«, rief er und warf ihr die Decke zu. »Und dann bring ihn *verflucht noch mal* raus aus dem Chaos.«
Überrascht nickte sie. Für einen Moment hielt er ihren Blick fest. Die Intensität seines Blicks jagte ihr eine Gänsehaut über den Rücken. Doch schon riss er sein Pferd herum.
»Weiter«, brüllte er über die Köpfe seiner Männer hinweg. »Setzt euch in Bewegung, so schnell ihr könnt, gegen die Schwarmrichtung.«
Ildiko riss sich aus seinem Bann.
»Halte still.« Sie warf Miklos die Decke über den Kopf und wickelte ihn darin ein wie eine Puppe. Dann packte sie den großen Mann am Arm. »Und jetzt bleib dicht bei mir.«
Sie senkte den Kopf gegen den Sturm, die Lippen fest zusammengepresst, die Augen zu Schlitzen verengt. Einen Arm hatte

sie fest um Miklos gelegt, mit der anderen Hand schlug und wischte sie durch das geflügelte, brausende Gewimmel. Sie spürte mehr, als sie sah, dass Arpad dicht hinter ihr war. Vorwärts, nur vorwärts! Dort, das Feld, auf dem die Plagegeister wie ein dunkelroter Sandsturm stoben! Sie drängte sich zwischen den letzten Soldaten hindurch, stürmte über die trockenen Halme verwilderten Weizens, Miklos hinter sich herziehend. Hier war das Gewimmel noch stärker, waren die Gräser doch die wahre Beute der Insekten. Doch hinter dem Acker schloss sich ein Hügel an, der bereits kahlgefressen schien. Sie erklomm ihn und erreichte die buschigen Ausläufer eines Waldes. Dort im Unterholz waren die Tiere nicht mehr so zahlreich. Sie hielt inne, um zu verschnaufen. Miklos keuchte, schob eine von Bissen übersäte Hand unter der Decke hervor und fasste sie am Handgelenk.

»Wo sind sie?«, murmelte er. Ildiko öffnete den Mund, dann schloss sie ihn wieder. Er meinte nicht die Heuschrecken, erkannte sie, er meinte ihre Bewacher. Sie waren tatsächlich irgendwo hinter ihnen zurückgeblieben.

Arpad, der gerade bei ihnen ankam, hob den Blick. Sie sahen sich an, nachdenklich, abwägend. Wenn sie sich weiter ins Unterholz schlugen, wenn sie sich in Wölfe verwandelten und auf leisen Pfoten davonschlichen …

»Geht«, sagte Miklos. »Flieh, Ildiko!«

Er könnte mit ihr fliehen, dachte sie, denn als Wolf waren seine Sinne feiner, und sie konnte ihn zwischen den Bäumen hindurchführen.

»Nein«, widersprach sie jedoch schweren Herzens. »Ohne das Medaillon werde ich nicht gehen.« Die geheime Botschaft war einfach zu wichtig, um sie an den türkischen Hauptmann zu verlieren. An den Hauptmann, der Miklos soeben vielleicht das Leben gerettet hatte. Wieder spürte sie Gänsehaut. Sie kniff die Lippen zusammen.

Miklos seufzte und schüttelte den Kopf. Arpad nickte jedoch.

»Du hast recht«, sagte er grimmig, während er zwei Heuschre-

cken von seinem Kaftan pflückte und in der Faust zerquetschte. »Was hilft's uns, wenn wir ein paar Tage vor den Soldaten in Moldau sind? Wenn wir beim Heer bleiben, können wir nicht nur das Medaillon zurückholen, sondern uns auch das Chaos zunutze machen, das der Krieg verbreiten wird.«
Und als würde ihr Entschluss zu bleiben vom Schicksal als richtig begrüßt, flatterte Ildikos Magen plötzlich wie tausend Heuschreckenflügel. Wärme breitete sich in ihr aus. Sie roch einen Duft, der ihr fast so vertraut wie der ihres Rudels war. Ihr Blick wanderte über die Soldaten, die sich inzwischen ebenfalls der Baumgrenze näherten, um Schutz zu suchen. Dahinter drängten reiterlose Pferde, drei junge Tiere mit feurigen Augen, die an einem langen Seil aneinandergebunden waren. Ein hochaufgeschossener junger Mann führte sie am Zügel, trieb sie mit seiner melodiösen Stimme an.
»Ilai!«, rief Ildiko, und ihre Stimme überschlug sich vor Freude. »Ilai!«
Der Roma wandte den Kopf und blickte in ihre Richtung, und sie schob sich aus dem Unterholz, winkte ihm zu. Er stieß einen heiseren Schrei aus, ließ den Zügel fallen und stieß die Pferdeleiber beiseite auf dem Weg zu ihr.
Im nächsten Moment war er heran, packte sie bei den Schultern und zog sie an sich, drückte ihren Kopf so fest an seine Brust, dass es ihr schier die Luft abschnürte. Und sie erwiderte seine Umarmung und sog tief seinen Duft in sich ein.
»Ich hatte die Hoffnung schon fast aufgegeben«, murmelte er. So plötzlich, wie er sie an sich gerissen hatte, schob er sie nun auch wieder von sich und trat einen Schritt zurück. Seine Wangen leuchteten rot, und seine Augen blitzten vor Freude. »Ich habe das halbe Heerlager durchsucht, um euch zu finden …«
Sie konnte die Augen nicht von ihm lassen. Doch dann fiel ihr etwas ein, und ihr Lachen verstummte. »Gitano ist tot«, sagte sie leise. »Der Sultan hat ihn erdrosseln lassen.«
Ilai wurde zuerst bleich, dann ballte er die Fäuste. Er war mager geworden, und ihr fiel auf, dass er nicht mehr den farbigen Um-

hang der Roma, sondern wie sie selbst einen verwaschenen Kaftan und einfache Pluderhosen trug. Die Glöckchen waren aus seinen Haaren verschwunden, ebenso fehlte die Flöte an seinem Gürtel. Stattdessen blitzte dort nun ein Säbel.

»Es tut mir leid«, murmelte sie, und damit meinte sie nicht nur Gitanos Tod. Sie wusste nicht, was stärker war – die Freude, ihn zu sehen, oder die Gewissensbisse. Nur selten hatte sie in den letzten Tagen an Ilai gedacht, und dabei war er getreu ihren Spuren gefolgt, hatte seine Freiheit aufgegeben und sich weiter von seinem eigenen Volk entfernt als je zuvor. Was, wenn er um ihrer Freundschaft willen auch noch getötet würde? Das könnte sie nicht ertragen!

Zunächst reagierte er nicht auf ihre Worte, doch dann verschränkte er die Arme. Er versuchte wohl, stark zu wirken – was ihn in ihren Augen nur noch verletzlicher aussehen ließ.

»Wie konntest du der Gefangenschaft entkommen?«, fragte er. Dann erblickte er hinter ihr Arpad, der aus den Büschen hervorgetreten war, und neben ihm Miklos' verheertes, blindes Gesicht.

»*Curule!*« Er stieß den Atem mit einem Zischen aus. »Was ist nur geschehen?«

In diesem Moment wurde er rüde unterbrochen. »He, junger Mann! Was gedachtest du, mit meinen Pferden zu tun?«

Adem trieb seine Stute den Hügel hinauf, scheuchte rücksichtslos Männer und Tiere beiseite. Blut lief ihm ständig ins Auge, doch er nahm sich nicht die Zeit, die Wunde zu versorgen. Innerlich verfluchte er sich. Er hatte die Werwölfe nur kurz aus den Augen gelassen, um seiner eigenen Verwirrung Herr zu werden, und jetzt waren sie verschwunden. Wie hatte er nur so gedankenlos sein können? Vielleicht waren sie inzwischen längst auf vier Pfoten unterwegs und niemals wieder einzuholen.

Hinter ihm wogten immer noch die Heuschrecken über dem Heereszug wie ein roter Sandsturm. Doch hier auf dem Hügel

waren sie bereits deutlich weniger, und weiter vorne am Waldrand schien die Plage gänzlich zu Ende zu sein. Dorthin strömten nun auch die meisten Soldaten, stolpernd und fluchend.
Dann sah er sie. Ein, nein zwei dunkle Wolfsschatten, die wie Rauchwolken in der Luft wogten. Sein Herz machte einen erleichterten Satz. Er stieß seinem Pferd die Fersen in die Flanken und schrie die Soldaten an, ihm auszuweichen. Endlich erblickte er im Gewühl die vertrauten Gestalten.
Er zügelte seine Stute zu einem langsamen Schritt. Die Werwölfe hatten ihn noch nicht gesehen. Dort stand Arpad, der großspurige Wortführer. Daneben Miklos, dessen Blindheit ihn zu einem unnützen Esser degradierte. Adem hätte froh sein sollen, ihn loszuwerden! Stattdessen hatte er ohne jeden Gedanken seine eigene Gesundheit und die seiner Stute aufs Spiel gesetzt, um ihm das Leben zu retten.
Etwas war in den letzten Tagen mit ihm geschehen. Unzählige Male hatte er die Werwölfe heimlich gemustert, hatte nach jener tierischen Bosheit gesucht, die sie von den Menschen unterschied. Manchmal sah er Wut bei ihnen aufblitzen, und manchmal bewegten sie sich zu schnell und zu kraftvoll für einen Menschen, und dann fühlte er ihn wieder, den alten, vertrauten Hass. Und doch kostete es ihn immer mehr Willensstärke, das Gefühl aufrechtzuerhalten.
Er dachte an die einfachen Worte, mit denen der Blinde erklärt hatte, was das Wolfsein für ihn bedeutete. Seine Worte waren nicht nur glaubwürdig gewesen, sondern auch klug – mehr noch, Miklos war höflich, zurückhaltend und trotz seiner groben Statur auf wohltuende Weise sanft.
Nachdenklich ließ er seinen Blick weiterwandern. Neben Miklos stand Hasan. Wie er die Hände in die schmalen Hüften stemmte und nun den Kopf in den Nacken legte, als wäre die Welt nur da, um ihm zu gefallen! Gemeinsam mit seinem Geistwolf war er das rätselhafteste Geschöpf, das Adem je getroffen hatte. Fast hatte er gemeint, Hasan würde ihn zum Dank, dass er den Blinden gerettet hatte, angreifen. Ja, der Junge schien der

wildeste Werwolf von allen dreien zu sein. Auf aufwühlende Weise war Adem fasziniert. Irgendetwas stimmte nicht mit dem Jungen. Seine Bewegungen waren zu anmutig, seine Gesichtszüge zu fein, und sie standen im unlösbaren Widerspruch zu den golden blitzenden Augen, die stets so furchtlos und unversöhnlich blickten, als führte Hasan eine Fehde gegen jeden, der es wagte, seinen Weg zu kreuzen.

Adem kniff die Augen zusammen. Nur noch wenige Soldaten trennten ihn von den Werwölfen, und nun bemerkte er die beiden Männer, mit denen sie offenbar in ein Gespräch vertieft waren. Der eine war ein säuerlich dreinblickender Alter, der mehrere aufgeregte Jährlinge am Halfter hielt. Der andere war ein junger, hochaufgeschossener Kerl mit dunklem Gesicht, der den Kopf gesenkt hielt, als müsste er gerade eine Strafpredigt über sich ergehen lassen.

Die Werwölfe konnten die Pferde nicht kaufen wollen, denn sie besaßen keine einzige Münze. Nein, etwas anderes weckte Adems Argwohn. Nicht nur, dass der Hochaufgeschossene so nah neben Hasan stand, als würde er ihn kennen. Auch der goldene Geistwolf lag zu Füßen des Fremden und blickte zu ihm auf, als wären sie enge Vertraute.

Adem strich über seinen blauen Umhang, wirbelte die letzten Heuschrecken beiseite und rückte das Abzeichen nach vorne, das ihn als Hauptmann des Paschas auswies.

»He!«, rief er dann so laut, dass die Männer sich alarmiert zu ihm umdrehten. Mit wütendem Blick funkelte er die drei Werwölfe an. »Wo habt ihr gesteckt, Soldaten?«

Dann wandte er sich an den Alten mit den Pferden, der mit verblüffter Miene zu ihm aufsah. Den Hochaufgeschossenen ignorierte er absichtlich.

»Ich hoffe, meine Männer haben dich nicht belästigt«, sagte er etwas freundlicher.

»Aber nein.« Der Alte musterte ihn mit aufgerissenen Augen, wohl irritiert angesichts des Bluts, das Adem immer noch über die Wange rann. Dann beugte er ehrerbietig den Kopf und versetzte gleichzeitig dem jungen Mann einen Schlag gegen die Schulter. »Mein treuloser Knecht hat in seiner Panik vor den Heuschrecken meine Pferde losgelassen. Eure Männer haben mir geholfen, sie wieder einzufangen und Schlimmeres zu verhindern. Ich bin Euch also zu Dank verpflichtet, Efendi.« Erneut verbeugte er sich, und seine Augen blinzelten plötzlich listig. »Mein Name ist Mustafa Bendi. Ich bin Pferdehändler. Euch kann ich aufgrund der Geschehnisse einen Sonderpreis machen. Habt Ihr Interesse?«

Adem ließ sich Zeit mit einer Antwort. Er sah, dass Hasan und der junge Pferdeknecht einen Schritt auseinandergetreten waren und in verschiedene Richtungen blickten. Verdächtiger hätten sie sich nicht verhalten können.

»Nein«, sagte er schließlich. »Mein Trupp verfügt bereits über genügend Pferde. Doch meine treue Stute hat sich einen Dorn eingetreten, der ihr beim raschen Lauf zu schaffen macht. Schick mir morgen früh deinen Knecht vorbei, dass er sich ihren Huf einmal ansieht, das wäre mir Dank genug.«

27. KAPITEL

In der Tatarenfestung, Mai 1476

Janko erwachte vom Licht der Morgendämmerung. Der rosige Schein griff mit warmen Fingern nach ihm und streichelte über seine Wange, unaufdringlich und zärtlich wie die sanften Hände seiner Mutter.

Mit einem leisen Schrei fuhr er auf und sah sich um. Ein großer Raum mit hell getünchten Wänden, drei schmale Fenster auf der Längsseite ihm gegenüber. Ein Wandteppich, der eine Jagdszenerie zeigte, darunter eine Reihe ebenholzfarbener Truhen.

Das breite Bett knarrte unter ihm, als er seine Beine über den Rand schwang. Auf dem Boden lag in einem unförmigen Haufen der Umhang aus weißem Wolfspelz. Er erinnerte sich, ihn abgestreift zu haben, sobald sie ihn im Zimmer allein gelassen hatten, erinnerte sich an die Erleichterung, aber auch an das Zupfen auf seiner Haut, als wäre das Gewand tatsächlich mit ihm verwachsen gewesen. Er schob es mit dem nackten Fuß beiseite, ehe er auf den Steinboden trat.

Nun erinnerte er sich auch, dass er sich nur kurz auf das Bett hatte setzen wollen, um nachzudenken. Doch die weichen Felle und der mit Federdaunen gefüllte Bettsack hatten ihn in eine einschläfernde Bequemlichkeit gelullt, gegen die sich sein müder Körper offenbar nicht hatte wehren können. Verärgert über seine Schwäche biss er sich auf die Lippen, dann ging er durch den Raum zur Tür. Sie war aus schweren Holzbohlen gefertigt. Er ergriff den metallenen Ring in ihrer Mitte und zog daran, doch sie ließ sich nicht öffnen. Unentschlossen verharrte er.

Sollte er gegen das Holz hämmern und etwaige Wachen auf sich aufmerksam machen?
Doch er zögerte. All die Werwölfe, die ihn im Hof der Festung gestern Abend umringt hatten wie eine zweite Mauer aus fleischgewordener Kraft. Saychs unnachgiebige Anwesenheit hinter ihm. Und der Fremde. *Der Khan.* Er versuchte sich an seine Worte zu erinnern, doch ihm, der gewöhnlich nie etwas vergaß, fielen sie nicht mehr ein. Er presste die Handflächen gegen sein Gesicht. Irgendetwas über Wölfe hatte er gesagt. Doch was? Er hörte keine Worte, nur die Augen des Fremden sah er wieder vor sich, grau und undurchdringlich, uralt wie ein Felsengrund, der sich öffnete, um ihn zu verschlingen. Er schauderte.
Nach der Begrüßung hatte der Khan ihm einen silbernen Kelch gereicht, gefüllt mit dem ihm bereits vertrauten *Khoormog*. Janko hatte einen tiefen Schluck genommen, dann noch einen. Er hatte seine Sinne im dunklen Inneren des Kelchs versenkt, um all den starrenden Blicken zu entkommen.
Gedankenverloren wanderte er zu einem der Fenster und blickte hinaus. Dort draußen war es ruhig, fast zu ruhig. Kein Wind wehte, keine Vögel sangen. Der wolkenlose Horizont leuchtete in einem sanften Hellrot und Gelb, das eine Handbreit darüber ins Violette überging. Unwillkürlich streckte er seine Hand aus, streckte sie in die Kühle der Morgenluft.
Im gleichen Moment drang der erste Sonnenstrahl über die Ebene und tauchte die Felsentürme der Festung in tiefe, leuchtende Rottöne, als ob sie von innen heraus brannten. Janko blinzelte gegen das Licht. Rot wie Blut, rosig wie Blüten, purpurn wie die Herbstblätter des wilden Weins. Es waren mehr Töne einer einzigen Farbe, als er je gesehen hatte. Sie zogen sich in feurigen Maserungen über den Stein, und dazwischen glitzerten Quarze wie winzige Rubine. Staunend erkannte er, dass dieses tiefe Rot nicht nur ein Phänomen der Sonne, sondern tatsächlich die Farbe der Türme war – nur im fahlen Mond der letzten Nacht hatte er geglaubt, sie wären schwarz.

Er beugte sich hinunter, wo die Festung noch im tiefen Schatten der Dämmerung lag. Vage konnte er den Odem mehrerer Werwölfe wahrnehmen, doch zu sehen war niemand, nicht einmal auf dem Wehrgang des hohen Mauerrings, der die fünf Türme miteinander verband. Als er die Ohren spitzte, konnte er jedoch Geräusche wahrnehmen. Das Schnauben von Pferden, das Gemurmel von Männern, das Klappern eines Türschlosses. In dieser Festung war Leben, allerdings unerreichbar für ihn von hier oben.

Nach einer Weile wandte er sich ab und inspizierte das Zimmer. Es verfügte nicht nur über das verschwenderisch große Bett, sondern auch über den unglaublichen Luxus eines eigenen Kamins.

Wo war er hier nur gelandet? Dieser Raum musste das Gemach eines Prinzen sein! *Oder eines Auserwählten.*

Er schauderte. Auf einem Sims standen Wasserkaraffen und eine große Tonschüssel, daneben hing eine blank polierte Metallplatte, die als Spiegel diente. Vage konnte er sein Gesicht darin ausmachen. Dunkel war es, von der Sonne gebräunt, und das Kinn erschien ihm hagerer als vorher. Auch die blauen Augen wirkten dunkler, umschattet und schmal vom Zusammenkneifen gegen den Wind. Bartstoppeln bedeckten seine Wangen. Seit Saych ihm das Messer gegeben hatte, hatte er sich wieder regelmäßig rasiert, doch wie alle anderen Habseligkeiten war es ihm gestern Nacht abhandengekommen. *Es hat dir niemals gehört,* mahnte er sich selbst. Trotzdem schmerzte ihn der Verlust.

Aus einer Truhe wählte er eine Pluderhose und ein weites, dunkles Gewand mit langen Ärmeln aus, das ihm von allen am unauffälligsten erschien, wusch sich und kleidete sich an. Dann wartete er mit bangem Herzen.

Es war bereits später Vormittag, als Saych die Tür öffnete.

»Der Khan will dich sehen.« Der Tatar musterte ihn, nahm das einfache Gewand aber unbewegt zur Kenntnis. »Ich führe dich zu ihm.«

Auch er hatte sich umgekleidet, in einen hellen, samtenen *Deel* und weiche Fellstiefel. Sein Haar war frisch gestutzt, ebenso der Schnurrbart, und bis auf ein kleines Messer am Gürtel war er unbewaffnet. Doch hinter seinen leichten, wiegenden Schritten verbarg sich auch weiterhin die Härte eines Tatarenkriegers.

Die Treppen und Wände des Gangs bestanden aus dem gleichen roten Stein wie das Äußere des Turms, und wieder konnte Janko nicht sagen, ob sie von Menschenhand gemauert oder aus einem einzigen uralten Fels geschlagen worden waren. Er ließ die Hand über die raue Oberfläche gleiten, spürte die seltsame Wärme des Bergs. Einmal schien der Stein leise zu vibrieren, als wäre er lebendig.

Mehrmals kamen ihnen Männer entgegen. Sie bellten raue Begrüßungen auf Tatarisch, und aus ihren stechenden Augen blickte ihm dunkel der Wolf entgegen. Sie alle schienen mehr Tier als Mensch zu sein, und sicherlich sagten ihnen ihre Instinkte, dass er hier der Eindringling war. Er senkte den Kopf, um sie nicht zu provozieren. Wie groß ihr Rudel wohl sein mochte? Mit jedem Schritt nahm seine Anspannung zu. Irgendwann blieb Saych stehen und drehte sich zu ihm um.

»Du hast Angst.« Er sah ihn missbilligend an. »Sie spüren es, und das ist nicht gut. Sie sollen Respekt vor dir haben.«

Janko hob die Schultern. Selbst wenn er schwach war, er war es leid, von Saych ständig darauf hingewiesen zu werden. »Nur ein Narr hätte in meiner Situation keine Angst.«

Saych verzog die Lippen zu seinem dünnen Lächeln. »Vielleicht hast du recht.« Und dann fasste er Janko am Arm, nicht hart und bestimmend wie sonst, sondern beinahe freundschaftlich. »Trotzdem ist es ein unnützes Gefühl. Du bist stark genug, es abzulegen.«

War er das? Janko biss sich auf die Lippen, während er Saych die letzten Treppen hinauffolgte. Endlich standen sie vor einer Tür. Saych verharrte, ohne anzuklopfen.

Eine milde Stimme sagte von der anderen Seite: »Kommt herein.«

Mit ausgebreiteten Armen erwartete ihn der grauäugige Fremde, die offenen Handflächen ihm zugewandt. Er trug ein langes, locker sitzendes Gewand, das am Kragen und an den Ärmeln mit rauem Bärenpelz besetzt war.
»Willkommen, Shilae«, sagte er. Und wieder meinte Janko, in den grauen Augen zu versinken. Sie schienen heller zu sein als in seiner Erinnerung, weit und offen wie der Novemberhimmel, und aus ihnen sprach nichts als Sanftheit.
Misstrauisch blieb er stehen, sog unauffällig die Luft ein. Der Mann war eindeutig ein Werwolf. So dunkel und stark wie bei ihm hatte er das zweigestaltige Blut noch nie wahrgenommen. Er roch nach sternenklaren Nächten, nach der stillen, ungebändigten Kraft des Vollmonds und der Stärke des überlegenen Jägers. Der Wolf des Khans strahlte auf allen Ebenen Dominanz aus, die Janko beinahe körperlich spürte wie einen Sturm, der über ihn hinwegfegte und ihn fast in die Knie zwang. Ein uralter Instinkt drängte ihn, den Blick zu senken. Saych schien das Gleiche zu spüren, denn er hatte bereits die Schultern gebeugt und die Augen abgewendet. Doch Janko konnte nicht anders, er musste den Fremden weiterhin einer beklommenen Musterung unterziehen.
Zwar war der Khan nur von mittlerer Größe, doch auf irritierende Weise schien er *groß* zu sein, als nähme er mehr Raum ein, als es möglich war. Sein Gesicht war von heller Hautfarbe und hager, doch ebenmäßig anzusehen, mit einer schmalen Nase und ausgeprägten Wangenknochen. Kleine Fältchen umgaben seine Augen, und seine Haare waren dicht und grau. Er mochte vierzig Jahre zählen oder siebzig, Janko konnte es nicht sagen.
Als er dem Khan erneut in die Augen blickte, weiteten sich diese, wie es schien, zu einem Ausdruck ungläubiger Freude.
»Du bist es wirklich«, raunte der Mann, »und du machst deiner Bestimmung jetzt schon Ehre.«
»Wie …« Janko zögerte. »Wie meint Ihr das?«
Saych seufzte und klang dabei erstaunt und ehrfürchtig zugleich. Der Khan nickte ihm zu. »Erkläre es ihm.«

»Kein Wolf kann unserem Khan in die Augen blicken«, sagte der Tatar. »Er kennt unsere Gefühle, bevor wir von ihnen wissen. Wir können ihn nicht täuschen und niemals bekämpfen.«

»Es heißt, nur der Auserwählte selbst kann der Kraft eines Ältesten die gleiche Stärke entgegensetzen«, fuhr der Khan fort. »Doch ich war mir nie sicher, bis heute.«

Janko versuchte, die Worte zu begreifen, doch er scheiterte an seinem eigenen Unglauben.

Ältester, hatte der Khan gesagt. Wenigstens damit konnte er etwas anfangen. Fünf gab es im Wolfsbund, wusste er, und nicht einmal sein Vater hatte gegen sie kämpfen können. Und eine weitere Erkenntnis fiel ihm wie Schuppen von den Augen.

»Ihr seid ein Ältester«, sagte er. »Doch Ihr gehört nicht zum Wolfsbund. Ihr seid auf keinen Fall Pavel.«

»Richtig.« Der Khan lächelte. »Ich heiße Nikolaj.«

Er deutete in den Raum hinein. »Leiste mir Gesellschaft. Ich glaube, wir haben viel zu bereden.«

Jetzt erst nahm Janko das Zimmer wahr, in dem sie sich befanden. Durch die Fenster fiel das Sonnenlicht herein und malte helle Kringel auf die Bärenfelle, die große Flächen der Wände bedeckten. Auch geschwungene Hörner hingen dort, Krallen und Schnäbel von Raubvögeln und ein wuchtiges Geweih, das aussah wie zwei riesige Schaufeln und zu einem Tier gehören musste, dessen Größe er sich kaum ausmalen konnte. Hocker und Dutzende Fellkissen gruppierten sich um eine quadratische Erhöhung in der Mitte des Raumes, die von kunstfertigen Mosaikfliesen bedeckt war. Darauf standen silberne Karaffen und mehrere Platten mit schmackhaft angerichtetem Fleisch.

»Lass uns allein«, befahl Nikolaj Saych mit einer nachlässigen Handbewegung. Der Tatar verneigte sich und ging hinaus. Beklommen nahm Janko Platz und starrte den grauen Fremden an.

»Du musst hungrig sein.« Nikolaj deutete auf den gedeckten Tisch. Janko schüttelte den Kopf, obwohl sein Magen knurrte. Doch inzwischen war er zu dem Schluss gekommen, dass seine

diffuse Erinnerung und der tiefe Schlaf der letzten Nacht nur auf eines zurückzuführen sein konnten: Drogen, die der Yakmilch in dem silbernen Kelch beigemengt worden waren.
»Du bist klug«, sagte der Khan lächelnd, als wüsste er um seine Gedanken. »Doch du kannst beruhigt sein.« Er griff selbst nach einem Stück Fleisch und schob es sich in den Mund. Und endlich tat Janko es ihm nach.
»Hat Saych dich auf eurer Reise gut behandelt?«, fragte der Khan unvermittelt.
Janko runzelte die Stirn und zerkaute das Fleisch in seinem Mund zu Brei, während er über die Frage nachdachte. Reise? Das klang beinahe, als wäre er aus eigenem Entschluss unterwegs gewesen, nicht als Gefangener. Als hätte er nicht seinen Vater verloren, der ihn hatte retten wollen. Er schluckte krampfhaft, denn sein Appetit war ihm vergangen.
»Saych hat sich gegenüber seinem Gefangenen nichts zuschulden kommen lassen«, sagte er langsam.
»Seinem Gefangenen.« Nikolaj seufzte und blickte bedauernd drein. »Ich kann verstehen, dass dir dies alles unglaublich roh und gewalttätig vorkommen muss, Shilae. Und ich hoffe, dass du uns dieses Verhalten eines Tages verzeihst.«
Janko schwieg. Die Gedanken wirbelten wie ein Schwarm Vögel durch seinen Kopf.
»Saych«, kam der Khan erneut auf das Thema zurück. »Er ist mein treuester Diener und ein gerechter Mann, der viel Schlimmes bei den Menschen erlebt hat.« Er fing Jankos Blick ein und hielt ihn fest. »Er erschien dir vielleicht manchmal wie ein Wilder, der die Gewalt dem Intellekt vorzieht. Er ist aber durchaus gebildet und so kultiviert, wie er es für nötig hält.«
Jankos Verwirrung wuchs. Worauf wollte der Khan hinaus?
»Die Tatsache, dass er ein Leben weitab von dem lebt, was du als zivilisierte Welt betrachten magst, entspringt seinen persönlichen Vorlieben und keiner Notwendigkeit.« Nikolajs Miene war ernst. Sprach er vielleicht mehr über sich selbst als über Saych? »Und dass er ein einfaches – man könnte auch sagen,

reineres – Leben vorzieht, ist eine Überzeugung, zu der andere niemals den Mut haben werden.« Er mahlte mit den Zähnen, und seine Wangenknochen traten kantig hervor. »Denn sie verharren lieber dort in jener Welt, die sie glauben zu brauchen und von der sie denken, dass sie sie braucht. Eine Welt, die Heimat der Menschen ist, in der Gestank die Sinne vernebelt und unablässiges Geschwätz die Ohren betäubt. Und dabei verleugnen sie doch ihr Rudel, ihre wahre Natur. Shilae.«
Er streckte die Hand aus, als wollte er Janko über die Wange streichen, doch als der Junge zurückzuckte, ließ er sie wieder sinken. Plötzlich sah er traurig aus.
»Sie brauchen dich, Shilae«, sagte er. Seine grauen Augen waren tief wie der Ozean an einem nebligen Tag. »Es wird dein Schicksal sein, deine Brüder zu retten.«

* * *

In der Dobrudscha, Mai 1476

Um das von den Heuschrecken befallene Gebiet so schnell wie möglich hinter sich zu lassen, hatten die Befehlshaber die Anweisung erlassen, auch die Nacht für den Weitermarsch zu nutzen. Obwohl Soldaten und Tiere gleichermaßen müde waren, wurden sie von ihren Hauptleuten erbarmungslos vorangetrieben.
Ildiko genoss das fahle Licht des Mondes, dessen halbrunde Scheibe still über sie hinwegzog. Sein sanfter Schein, dessen uralte Macht sie spürte, seit sie auf der Welt war, beruhigte und erweckte sie gleichermaßen. Sie schritt weit aus, spürte das kraftvolle Spiel ihrer Muskeln. Zu gern hätte sie sich verwandelt, um dem Ruf des Mondes hinterherzujagen, atemlos, frei. Sie seufzte.
Neben sich hörte sie ihre Gefährten schwerer atmen als sonst. Arpads Blick wanderte rastlos umher, und Miklos hielt die

Hände fest in seinem Kaftan verkrallt. Ihnen fiel es sichtlich noch schwerer, der Verlockung zu widerstehen.
Das Schnauben von Adems Stute ließ sie den Kopf drehen. Das Tier tänzelte mit einer Leichtigkeit an ihrem Trupp vorbei, die Ildiko ihre gute Laune vergessen ließ. Der Hauptmann tat nicht einmal so, als müsste er das Pferd schonen, so gleichgültig schien es ihm zu sein, dass die Werwölfe seine Lüge durchschauten. Sie spürte seinen Blick auf sich ruhen und reckte trotzig das Kinn. Irgendwo weit hinter ihnen im langen Tross marschierte Ilai, und ihr wurde fast übel vor Sorge um ihn. Denn der Hauptmann hatte Verdacht geschöpft. Eine andere Erklärung gab es nicht für seine plumpe Geschichte mit dem Dorn im Huf. Sein Gespür war ihr unheimlich. Und wieder schaute er zu ihr herüber, als ahnte er ihre Gedanken. Sein Gesicht sah im fahlen Mondlicht glatt und kühl aus wie Marmor. Sie biss sich auf die Lippen und wandte sich ab.
Erst im Morgengrauen kam der Heereszug zu einem erschöpften Halt. Hier waren die riesigen Heuschreckenschwärme schon vorbeigezogen und hatten nichts als kahlgefressene Büsche und Bäume hinterlassen, die Ildiko an eine trostlose Winterlandschaft erinnerten. Die Boten der Befehlshaber riefen eine Rast aus, die einen Tag und eine Nacht dauern sollte, damit Menschen und Tiere sich erholen konnten.
In der Abenddämmerung, als die meisten Soldaten ausgeschlafen hatten und sich um die Feuerstellen der Köche scharten, sah Ildiko Ilai kommen. Wie vertraut ihr sein Anblick war! Sein Gesicht war von Sorge umwölkt. Ihr Herz zog sich zusammen. Also ahnte auch er, dass der Hauptmann sie durchschaut hatte.
Adem erhob sich und begrüßte den Roma mit einem sachlichen Nicken. Wie zufällig schweifte sein Blick dabei herüber zu den beiden Zelten der Werwölfe, und Ildiko senkte rasch den Kopf. Sie griff nach ihrem Messer und steckte es in den Gürtel. Als sie den Blick wieder hob, sah sie, wie die beiden Männer in Richtung der Pferdekoppeln zwischen den Zelten verschwanden.

»Ich muss erfahren, was der Hauptmann von ihm will«, murmelte sie.
»Sei vorsichtig«, sagte Miklos.
»Lass dich nicht erwischen«, sagte Arpad. »Und frag uns, bevor du irgendwas anstellst.«
Sie versetzte ihm einen Schlag gegen den Arm, den er mit einem Grunzen quittierte.
»Kannst du Birkan für mich ablenken?«, bat sie. Der Mann mit dem Streitkolben war ein einziges Ärgernis. Je mehr die anderen Soldaten das Rudel akzeptierten, desto finsterer wurden die Blicke, mit denen er sie Tag und Nacht zu beobachten schien. Auch jetzt saß er wieder in einigen Mannslängen Entfernung und starrte hasserfüllt zu ihnen herüber.
»Nichts lieber als das.« Arpad erhob sich.
»Hast du immer noch nicht genug von meinem hübschen Anblick, Junge?«, rief er und schlenderte mit wiegendem Schritt auf Birkan zu. »Oder habe ich deine sehnsuchtsvollen Blicke falsch gedeutet?« Er beugte sich zu ihm hinunter und wollte ihm über die Wange streicheln.
Mürrisch schlug Birkan die Hand weg. »Lass mich in Ruhe, du Sohn eines Esels!«
Die anderen Soldaten brachen in Gelächter aus.
Ildiko huschte in Richtung der frisch ausgehobenen Latrinengräben. Sie nickte dem Wachposten zu, und dieser nickte gemütlich zurück und ließ sie ziehen. Sie umrundete die riesigen Ochsenwagen der Kanoniere, die neben ihnen lagerten, und verschwand damit aus seinem Blickfeld. Das Sprachgemisch der deutschen, böhmischen und italienischen Waffentechniker klang wie ein Summen in ihren Ohren, als sie sich beiläufig an ihren Feuerstellen vorbei nach links schlug. Schon sah sie das niedrig wuchernde Nadelgehölz, das die Pferdekoppeln begrenzte, und tauchte in das Unterholz. Mehr als fünfzig Pferde grasten auf den kargen Grasflecken der Wiese, und ein Dutzend Männer lehnten müßig an den behelfsmäßig errichteten Lattenzäunen.

Sie verengte die Augen, als sie Ilai und Adem ein gutes Stück abseits von den anderen Menschen erblickte. Im Schutz der Büsche schob sie sich näher heran, bis sie noch etwa zwei Steinwürfe entfernt war – zu weit, um entdeckt zu werden, doch nah genug, um mit ihren feinen Ohren das Gespräch belauschen zu können.

»Dort ist sie ja«, sagte Adem gerade, und für einen irrwitzigen Augenblick dachte Ildiko, er meinte sie. Dann steckte er zwei Finger in den Mund und pfiff nach seiner Stute. Ilai sah so nervös aus, dass Ildiko seine Anspannung beinahe körperlich spüren konnte. Obwohl er den Hauptmann um fast zwei Handbreit überragte, wirkte er viel zerbrechlicher, ähnelte mit den fahrigen Bewegungen seiner schmalen Spielmannshände einem linkischen Tänzer. Adem hingegen stand ruhig da, hatte die Daumen unter seinen Gürtel gehakt und den Blick lächelnd auf seine Stute gerichtet, die in flottem Trab zu ihm herüberkam.

»*Selam,* meine Schöne.« Er ergriff sie am Halfter und tätschelte ihren Hals. Nichts an seinem Verhalten ließ erkennen, dass er etwas anderes im Sinn hatte als das Wohlergehen seines treuen Pferds.

»Welcher Huf ist es?«, fragte Ilai mit seiner weichen, melodiösen Stimme, in der unüberhörbar sein fremder Akzent mitschwang. Er duckte sich unter dem Lattenzaun hindurch und strich der Stute vorsichtig über den Rücken. Sie schnaubte und legte die Ohren an, als spürte sie seine Unruhe.

»Ruhig«, murmelte Adem. »Der linke Vorderfuß.«

Während Ilai sich bückte und das Tier untersuchte, lehnte sich der Hauptmann an den Zaun und beobachtete ihn. *Wie eine Katze vor einem Mauseloch,* musste Ildiko denken.

»Woher kommst du?«, fragte er in freundlichem Plauderton.

Ilai senkte den Kopf so tief über den Huf, dass ihm seine langen Haare in die Stirn fielen. »Aus der Walachei«, murmelte er.

»Aus welcher Region genau?«

»Dem Judete Vlaşca.«

Scheinbar interessiert beugte Adem sich vor. »Dann kennst du sicherlich die kleine Stadt Giurgiu.« Er lachte auf, als freute er sich. »Dort war ich vor einigen Monaten im Auftrag meines Paschas. Eine schöne Gegend mit tiefen Wäldern. Wie nennt ihr dort noch gleich die Spezialität eurer Bäcker, diese zuckrigen Fladen?«

»Fladen«, sagte Ilai einsilbig.

»Ach, ich dachte, der Gastwirt hätte sie *Frgály* genannt. Der Feldzug wird uns in der Nähe vorbeiführen. Ich glaube, ich werde ihm einen Besuch abstatten, um mir den Bauch vollzuschlagen.« Immer noch lächelte er. »Hast du dort noch Familie, die du besuchen kannst?«

»Nein«, murmelte Ilai.

»Das wundert mich nicht«, sagte Adem, und unvermittelt bekam seine Miene etwas Hartes. Ildiko hielt den Atem an.

Mit einem kraftvollen Sprung setzte er über den Lattenzaun und stand so plötzlich neben dem knienden Ilai, dass dieser erschrocken den Kopf in den Nacken riss.

»Weder sprichst du wie die Christen von Vlaşca, noch hast du ihre dumpfen, bäurischen Gesichtszüge«, sagte Adem gedehnt, und als der Spielmann auffahren wollte, legte er ihm eine Hand auf die Schulter und drückte ihn wieder nach unten. »Einen Akzent wie den deinen habe ich jedoch bereits gehört. Aus dem Mund eines Zigeuners namens Gitano.«

Ilai erblasste.

»Ich weiß nicht, was Ihr meint, Efendi.« Seine braunen Augen waren so blank und rund wie Kastanien. »Ich bin nur ein einfacher Pferdeknecht, der seine Eltern im Krieg verloren hat.«

Vielleicht hätte er jemand anderen damit täuschen können, doch nicht den Hauptmann. Ildiko spannte sich an, bereit, jederzeit aus der Deckung des Gebüschs zu kommen, wenn ihr Freund Hilfe brauchte.

»Lassen wir doch die Lügen.« Adem ließ ihn los, trat einen Schritt zurück und lehnte sich wieder gegen den Zaun. Seine Hände lagen entspannt auf seinen Schenkeln, doch Ildiko wusste, dass sein Säbel in Griffweite war. »Deine Herkunft ist ebenso wenig echt wie der Dorn im Huf meiner Stute.«

Langsam, vorsichtig richtete Ilai sich auf.
»Ich weiß, dass du die Werwölfe kennst«, fuhr Adem fort. »Nur ein Blinder hätte das übersehen können. Ich denke, dass du zu jener Romafamilie gehörst, die ihrem Rudel die Treue geschworen hat.«
Ilai erwiderte nichts.
Adem seufzte. »Weißt du von Gitanos Hinrichtung?« Als Ilais Mundwinkel zuckten, nickte er. »Das habe ich mir gedacht. Ich selbst halte nichts von unnötiger Folter oder Tod.« Er blickte fast, als meinte er die Worte ernst. Worauf wollte er hinaus?
»Wenn ich meinem Dienstherrn von dir berichte, wird er dich töten lassen«, sprach er weiter. »Indem ich schweige, kann ich das verhindern. Du wirst allerdings verstehen, dass ich dies nicht ohne Gegenleistung tun kann.« Er beugte sich vor und fixierte Ilai mit einem aufmerksamen Blick. »Erzähle mir alles über die Prophezeiung«, sagte er leise. »Erzähle mir von Janko, Gábors Sohn.«
Dieser durchtriebene Hurensohn! Ildiko fletschte die Zähne. Wie hatte sie nur annehmen können, dass er anständig war, nur weil er Miklos gerettet hatte? Er war nicht besser als der Sultan oder sein intriganter Pascha.
»Ich weiß nichts von alldem, Efendi«, erwiderte Ilai. Seine Hände flatterten nervös wie Sperlinge, doch seine Stimme klang fest.
Adem nickte, als hätte er nichts anderes erwartet. »Ich gebe dir Zeit bis morgen früh«, sagte er. »Wenn das Heer weitermarschiert, werde ich zu dir kommen, und wir werden einen kleinen Ausritt unternehmen. Wenn du ehrlich zu mir bist, werde ich dich ziehen lassen, denn ich habe keine Fehde mit dir. Doch wenn du die Werwölfe warnst oder vor mir fliehst, werden meine Männer dich und deine Familie aufspüren, wann und wo auch immer ihr das Osmanische Reich betretet.«
Ilai wollte offenbar erneut widersprechen, doch dann hob er den Blick. Der Stolz der Roma spiegelte sich darin, und unwillkürlich wurde Ildiko warm ums Herz. Er war kein Krieger, doch ein

Feigling war er auch nicht. »Ich könnte Euch Märchen erzählen, denn die Wahrheit kenne ich nicht«, sagte er. »Doch warum interessiert Euch das alles überhaupt?«
Plötzlich sah Adem so nachdenklich aus, als hätte er sich diese Frage selbst schon gestellt.
»Weil ich wissen muss, ob diese Prophezeiung eine Bedrohung für mein Volk darstellt«, sagte er endlich, und dann hob er den Blick und sah direkt in Ildikos Richtung. Seine grauen Augen waren tief wie zwei Brunnen. Er *konnte* sie nicht sehen. Trotzdem hielt sie atemlos still. »Und weil ich sie verstehen will, diese rätselhaften Kreaturen.« Dann schüttelte er den Kopf. »Märchen werde ich durchschauen, glaube mir. Jetzt geh«, sagte er. »Geh, und überleg es dir gut.«
Die beiden Männer wechselten einen letzten Blick, und Ildiko konnte mit ihren feinen Instinkten spüren, wie Hass und Furcht zugleich durch Ilais Adern pulsten. *Mach keine Dummheiten,* flehte sie stumm. Sie atmete erst auf, als er sich tatsächlich abwandte und davonging, langsam und ohne die verspielte Leichtigkeit, mit der er sich sonst bewegte.
Am liebsten wäre sie ihm hinterhergeeilt, um seine Hand zu fassen und ihm zu versichern, dass sie gegen Adems Drohung gemeinsam bestehen würden. Das alles hatte sie ihm eingebrockt!
Doch sie durfte nicht entdeckt werden, deshalb blieb sie und beobachtete weiter den Türken. Verstehen wollte er sie also, die *rätselhaften Kreaturen*! Seine Worte klangen höhnisch in ihren Ohren nach. Wilde Tiere, nichts anderes waren sie für ihn. Der Gedanke versetzte ihr unwillkürlich einen Stich.
Immer noch lehnte er an dem Zaun, kraulte sanft seiner Stute den Nacken und streckte sein Gesicht in die Sonne. Wie gelassen er aussah, wie selbstsicher und überzeugt davon, dass alle nach seiner Pfeife tanzen würden! Sie verabscheute und bewunderte ihn zugleich. Gleichgültig, was es sie kostete, sie würde verhindern, dass er bekam, was er wollte.

28. KAPITEL

In der Dobrudscha, Mai 1476

Der Mond stand schon hoch am Himmel und schien hell durch das Blätterdach, als Ildiko aus ihrem Zelt schlüpfte. Die Wachen schnarchten. Sie huschte an den glühenden Resten der Feuerstelle vorbei und schob sich im Schatten der Bäume auf ein Zelt am Ende der Böschung zu. Als Yüzbaşı verfügte Adem über eine eigene Unterkunft, ein rundes, mehr als mannshohes Gestell aus schwerem gewachsten Stoff, das bei Regen auch für kleinere Besprechungen Platz bot.

Sie hob die Schnauze und schnüffelte. Als Mensch konnte sie sich besser als die meisten in den Schatten verbergen, doch in ihrer Wolfsgestalt verschmolz sie nahezu vollkommen mit Büschen und Felsen, Bäumen und Gras. Lautlos setzte sie die Pfoten auf die feuchte Heide und umrundete das Zelt in vorsichtigem Abstand. Der Eingang war verschlossen. Lichtschein fiel jedoch unter der Zeltplane hindurch, als wäre der Hauptmann noch wach und in Schriften vertieft. Sie schnaubte ins Gras. Adems tiefer, langsamer Atem sprach eindeutig dafür, dass er schon schlief und einfach nur vergessen hatte, sein Talglicht zu löschen. Nein, sie würde nicht länger warten! Schnüffelnd näherte sie sich dem Zelt. Dort, wo die Böschung am steilsten abfiel, lag die Plane nicht ganz auf dem weichen Sandboden auf. Vorsichtig begann sie, mit den Vorderpfoten zu scharren. Beinahe unhörbar schabten ihre Krallen über den Boden und schufen eine flache Kuhle. Sie presste die Schnauze in den Sand und duckte sich, so dass nur noch ihre Ohren spitz hervorragten, dann schob sie sich unter der Plane hindurch.

Sie blinzelte. Dort, direkt vor ihr, standen eine kleine Truhe und ein Holzgestell mit Waffen. Sie roch Rinderfett und Eisen, Zunder und den schweren Stoff eines Filzmantels. Zwei Pfosten stützten das Zeltdach, und zwischen ihnen flackerte sanft das beinah heruntergebrannte Talglicht. Auf der anderen Seite des Zelts lag zwischen mehreren Decken eine zusammengekrümmte Gestalt auf dem Boden. Adem schlief. Lautlos schlich sie näher. Etwas in ihr sträubte sich dagegen, den Hauptmann anzugreifen, doch eine andere Möglichkeit gab es nicht. Ilai oder er, darauf waren all ihre Grübeleien letztendlich hinausgelaufen. Ohne das Medaillon konnte das Rudel nicht mit Ilai fliehen. Ihn im Stich zu lassen, kam jedoch ebenso wenig in Frage. Allerdings wollte sie Adem nicht töten. Sie würde ihn verschonen, weil er Miklos das Leben gerettet hatte.

Sie hielt plötzlich inne. Das Fell in ihrem Nacken sträubte sich. Etwas stimmte nicht.

Im gleichen Moment fuhr Adem herum. »Ich habe dich erwartet.« Seine Augen blitzten stählern, ebenso die Spitze des Bolzens. Er zielte mit einer kleinen Jagd-Armbrust, deren Bogen kaum armlang war, direkt auf ihr Herz.

Ildiko duckte sich und fletschte die Zähne. Jede Faser ihres Wolfseins riet ihr zum Angriff. Doch sein Blick ließ sie verharren. *Er wird dich erschießen.* Und bei der kurzen Distanz war selbst ein Schuss aus dieser zierlichen Waffe tödlich. Die Zeit dehnte sich.

»Mein Pfeil hat noch nie ein Wolfsherz verfehlt.« Als hätte er ihre Gedanken gehört. »Leg dich hin.«

Ihr Herz pochte so hart, dass es schmerzte.

»Runter auf den Boden mit dir!« Er zischte die Worte, und überrumpelt, wie sie war, ließ sie sich tatsächlich auf den Hinterläufen nieder. Sein ruhiger Atem, seine Bewegungslosigkeit … er musste seit Stunden ausgeharrt haben, um sie so zu überlisten!

Plötzlich lächelte er, sein Mund war ein dünner, freudloser Strich. »Ich wusste, dass es so kommen würde.« Er klang heiser.

»Dass einer von euch eines Nachts versuchen würde, mich zu töten. Allem menschlichen Anschein zum Trotz seid ihr doch nur dumme Tiere, von Blut und Hass regiert.«

Dumme Tiere? Wut loderte in ihr auf wie eine Stichflamme.

»Du verstehst gar nichts!«, knurrte sie. Und noch während sie die Worte aussprach, erkannte sie ihren Fehler. Bei allen Wölfen, sie war tatsächlich das dümmste Wesen der Welt!

Mit offenem Mund starrte er sie an. Denn sie kauerte nackt vor ihm, nicht einmal Flaum bedeckte mehr ihre Glieder.

»Du …«

Sie musste sich seine Verwirrung zunutze machen! Mit einem Satz schnellte sie in die Höhe und sprang auf ihn zu.

Er fand seine Fassung jedoch rascher wieder, als sie erwartet hatte. Er zog die Knie an und rammte ihr seine Stiefel in den Bauch. Keuchend prallte sie zurück und fiel mit dem Hintern auf den Boden. Schmerz loderte in ihren Eingeweiden. Sie fletschte die Zähne und duckte sich zu einem neuerlichen Angriff.

»Durun«, stieß Adem hervor. »Halt!« Seine Handknöchel waren weiß, so fest hielt er die Armbrust umklammert. Immer noch waren seine Augen weit aufgerissen. Er musterte sie eingehend mit einem starrenden, ja schamlosen Blick. *Pack ihn,* schrie alles in ihr. Wenn sie nur irgendwie an der Armbrust vorbei an seine nackte Kehle kommen könnte, dorthin, wo sein Puls so empfindlich pochte und wo sie die silberne Medaillonkette erspähte. Wie hatte sie jemals Skrupel haben können, ihn zu töten? Sie stemmte die Fersen in den Sandboden und spannte ihre Rückenmuskeln an.

Er schüttelte den Kopf. »Versuch es erst gar nicht«, warnte er.

Als Antwort zog sie die Lippen zu einem Knurren halb zurück. Wenn er nur irgendeine Schwäche erkennen ließe … Doch seine Finger an der Armbrust zitterten nicht.

»Wer bist du?«, fragte er lauernd. Er hatte seine Musterung eingestellt und blickte ihr stattdessen so fest ins Gesicht, als könnte er dort jede ihrer Gefühlsregungen ablesen. »Rede mit mir, ich befehle es dir!«

»Du befiehlst?«, schnappte sie. »Ich lasse mich nicht herumkommandieren von einem *Menschen*. Erschieß mich doch, wenn dir das nicht gefällt!«
»Ach ja?« Er hob die Augenbrauen zu zwei perfekten, sichelförmigen Bögen. »Mir steht der Sinn eher nach einer Unterhaltung.«
Zu ihrem Erstaunen schob er ihr mit dem Fuß eine der Decken hin, mit denen er sich bei seinem vorgetäuschten Schlaf getarnt hatte. »Bedecke dich«, sagte er. »Aber ohne rasche Bewegungen.«
Sie schnaubte. Fand er sie in ihrer Nacktheit so unansehnlich? Warum hatte er sie dann vorhin so schamlos angestarrt? Zum ersten Mal regte sich Befangenheit in ihr. Unter seinem wachsamen Blick streckte sie die Hand aus, nahm die Decke und legte sie sich über die Schultern. Seine Finger an der Armbrust ließ sie dabei nicht aus den Augen. Er hasste die Werwölfe immer noch, daraus hatte er vorhin keinen Hehl gemacht – und jetzt wollte er sich mit ihr unterhalten? Wenn das nur wieder eine seiner schlauen Finten war, dann konnte er sich auf einen zähen Kampf vorbereiten!

Adem versuchte angestrengt, Ordnung in seine Gedanken zu bringen. Noch nie hatte jemand sein Innerstes so aus der Fassung gebracht wie dieses Wesen, das da vor ihm saß. Hasans Anblick war ihm seit Wochen vertraut, und doch war es, als sähe er ihn zum ersten Mal – *sie*. Eine junge Frau, fast noch ein Mädchen. Er hatte es nicht unterlassen können, ihren Körper zu begaffen, als wäre sie eine Hure, die sich für ihn entblößt hatte. Sie war nur ein Tier, doch bei Allah, sie war *schön*! Er war erleichtert, dass sie sich nun verhüllt hatte, auch wenn er ihre schlanken Glieder unter der Decke immer noch mehr als erahnen konnte. Er verdrängte jeden Gedanken daran. Wenn er nur das geringste Anzeichen von Schwäche erkennen ließ, würde sie ihn töten, daran hatte er keinen Zweifel. Aus welchem Grund sollte sie sonst hergekommen sein?

Heute Nachmittag an der Koppel war er sich seiner Überlegenheit noch so sicher gewesen. Der magere Zigeuner war ihm weder besonders tapfer noch kriegerisch erschienen. Doch nachdem der Pferdeknecht gegangen war, hatte Adem Hasans Geistwolf – nein, die Wölfin – erspäht. Unbekümmert und seiner Unsichtbarkeit sicher, hatte das goldene Wesen über die Koppel zu ihm herübergestarrt, während sich Hasan – das Mädchen – in den Büschen verborgen gehalten hatte. In diesem Moment war ihm klargeworden, dass er seine Pläne ändern musste. Deshalb hatte er Birkan ausgeschickt, um den Zigeuner heute Nacht im Auge zu behalten, deshalb hatte er sich alleine zurückgezogen und seine Anspannung mit dem stummen Rezitieren von Suren in Schach gehalten, um den Schlafenden zu mimen.

Nur die Dauer eines Wimpernschlags hatte Hasans Verwandlung gedauert. Ein Flimmern wie beim Flügelschlag einer Libelle, als verschwämme die Welt vor seinen Augen, ein Knirschen und Stülpen von innen heraus. Wie ein Lichtschweif hatte sich der goldene Geistwolf von ihr gelöst und seine glimmende Gestalt neben ihren Füßen angenommen, während ihr menschlicher Körper vor ihm kniete.

Nun wollte er nichts mehr, als hinter das Geheimnis dieser Frau zu kommen. Wer war sie?

Sie starrte ihn mit ihren honigfarbenen Augen an. Ihre Wimpern waren wie schwarze Strahlenkränze, lang und fein und wohlgeformt. Sie hatte dichte, dunkle Brauen, die sie stets ein wenig wütend aussehen ließen, ein wenig wilder als alle anderen. Er war blind gewesen, sie jemals für einen Jungen zu halten! Er holte tief Atem. Wieso war er nicht früher darauf gekommen, warum sich Hasans Wolfsschatten so stark von den anderen unterschied? *Ein geborener Werwolf.*

»Du bist Gábors Tochter«, sagte er und war selbst überrascht, wie fest seine Stimme klang. »Jankos Schwester.«

Ihre goldenen Augen weiteten sich, dann blitzte unbändiger Zorn unter den langen Wimpern hervor. Allerdings antwortete sie nicht.

Nach kurzem Nachdenken redete er weiter. »Dein Vater ist tot, also bist du neben deinem Bruder die einzige wölfische Verwandte meines Padischahs. Ich sollte seine Wachen rufen. Er wird sicherlich großes Interesse haben, deine Bekanntschaft zu machen.«

Adem war immer im Zweifel gewesen, ob die Werwölfe die Lügen des Sultans geglaubt hatten – zu ausgeprägt musste ihr Misstrauen, zu groß ihr Überlebensinstinkt sein. Die Weise, wie das Mädchen nun die Schultern anspannte, zeigte ihm, dass er recht gehabt hatte.

»Tu es«, sagte sie jedoch, und ihre Augen blitzten. »Bring mich zu ihm.«

»Damit du versuchen kannst, ihn zu ermorden, so wie bei mir?«

Ihre Nase zuckte vor Verachtung. »Wir hätten dich längst töten können, wenn wir gewollt hätten, in jeder Nacht, zu jeder Stunde. Du warst es uns einfach nicht wert.«

»Doch heute Nacht war ich es.« Aus Rache für ihre Gefangenschaft, aus blinder, animalischer Wut? Er konnte es nicht glauben.

»Dieser Zigeuner muss Wertvolles über euch wissen«, sagte er nachdenklich. »Doch mich zu töten, damit er mir nichts erzählt, das ist ein dummer Plan. Andere wissen bereits von ihm. Selbst wenn du erfolgreich gewesen wärst, hätten sie ihn und seine Familie weiterhin gejagt.«

»Die Roma würden lieber sterben, als euch etwas zu verraten«, zischte sie.

»Und warum wolltest du mich dann töten?«

Sie kniff ihre Lippen zusammen. Ihr Blick wanderte von seinen Augen zu seiner Brust, und plötzlich hatte er einen verrückten Einfall.

»Deshalb?« Rasch zog er das Medaillon mit der rechten Hand aus seinem Kaftan hervor, während er mit der Linken weiterhin die Armbrust auf sie gerichtet hielt. Er konnte seine Skepsis nicht verhehlen. Doch die Honigaugen des Mädchens saugten sich an dem silbernen Rund fest wie Bienen an einer Blüte. *Bei Allah.*

Die ganzen Wochen hatte er das Medaillon auf seiner Brust getragen. Zunächst hatte er es sich umgehängt, um bei den Werwölfen eine Reaktion zu provozieren. Als die jedoch ausgeblieben war, hatte er es unter seinem Kaftan schlichtweg vergessen.
»Ihr habt es Jankos Entführern abgenommen«, sagte er. »Das stand im Brief deines Vaters.«
Sie blieb regungslos, als hörte sie seine Worte nicht. Ihre Geistwölfin legte die Ohren an.
Sein Herz schlug einen Wirbel, doch er wählte seine Worte mit Bedacht. »Ich habe so ein Medaillon schon einmal an einem Mann gesehen.«
Sie riss den Kopf in die Höhe. »An wem?«
»An einem von euch.«
»Aus meinem Rudel?« Ihre Augen verengten sich zu Schlitzen. »Das ist eine Lüge!«
Er erkannte seinen Fehler. »An einem Werwolf«, berichtigte er sich. »Ich habe ihn getötet.«
»Erzähle mir, wann und wo«, verlangte sie.
»Eher solltest du mir berichten, warum du es zurückhaben willst.« Er bewegte einen Finger, so dass die Kette sachte hin- und herschwang.
»Nur, wenn du mir im Gegenzug von dem Werwolf erzählst.«
Angesichts ihrer Dreistigkeit unterdrückte er ein Grinsen. »Einverstanden.«
»Das Medaillon«, sagte sie zögernd, »ist ein Andenken an meinen Vater.« Ihre goldenen Augen bohrten sich forschend in seine.
Sie gab also zu, wer sie war. Ihr Stolz schien keine Lügen zuzulassen. Dafür empfand er Achtung – und doch wusste er, dass sie ihm etwas verschwieg. Für ein einfaches Andenken tötete man nicht.
Er riss sich die Kette mit einem Ruck vom Hals und ließ sie fallen. Das Medaillon klirrte auf dem festgestampften Boden. Er hob den Fuß.
»Nein«, rief das Mädchen und streckte die Hände aus.

»Bleib zurück«, warnte er. »Wenn du mir nicht sagst, was du verschweigst, werde ich es zerstören.«
»Nein«, wiederholte sie und hob trotzig den Kopf.
Das Medaillon knirschte unter seinem Stiefel. Das Mädchen zuckte unter dem Geräusch zusammen, als würde es geschlagen. Er fühlte keine Genugtuung dabei.
Als er den Fuß hob, starrten sie beide auf die Reste des silbernen Anhängers.
»Beim Allmächtigen!« Adem hätte die Armbrust beinahe fallen lassen. Er balancierte sie auf seinem Knie und griff nach dem Wolfskopf, der unter seinem Stiefel aus seiner Fassung gesprungen war. Mit angehaltenem Atem zog er das dünne Pergament hervor, das sich darin verborgen hatte. Trotz seiner Verblüffung versäumte er es jedoch nicht, das Mädchen im Blick zu behalten. Sie beobachtete ihn mit geballten Fäusten, hielt jedoch still, als fürchtete sie, er könnte das Dokument sonst zerstören.
Die Zeichen kamen ihm vage bekannt vor. Er erinnerte sich an die plattnasigen Gesichter der Werwölfe in der Walachei. »Tataren«, murmelte er. »Es waren Tataren.«
Das Mädchen stieß ein ersticktes Keuchen aus. »Kannst du es lesen?«, rief sie.
Sie wusste also auch nicht, was daraufstand. Doch er würde sie nicht anlügen. »Nein«, sagte er langsam.
Er studierte das dünne Pergament. Unten in der rechten Ecke fielen ihm fünf Zeichen auf, die anders aussahen als die anderen. Fünf einfache Zeichnungen, ungelenk wie von Kinderhand. Er erstarrte. Er spürte eine spitze Waffe in seinem Rücken, einen scharfen Schmerz, heiß wie Feuer. Linien, die sich in seine Haut einbrannten, steingraue Augen, ein dunkles, tonloses Lachen … Vor seinem inneren Auge fügten sich die Narben zu einem Bild. Ein Schwert, ein Viereck, eine gezackte Linie. Ein Falke, ein sitzender Hund. Wie hatte er es nur früher nicht erkennen können? Und was hatte es zu bedeuten, dass sie ihm auf diese Weise wiederbegegneten? Bei Allah, was hatte er damit zu tun? Statt Rätsel zu lösen, verstrickte er sich in ihnen wie in den

klebrigen Fäden eines Spinnennetzes, das riesiger und dunkler war, als er überhaupt begreifen konnte.
Das Mädchen starrte ihn weiterhin an. Ihre goldenen Augen wanderten von seinen Lippen auf das Pergament, dann wieder zu seinem Gesicht. Auf irgendeine Weise war sie Teil dieses Netzes. War sie es, die die Fäden webte? Nein, sein Instinkt sagte ihm untrüglich: Sie war ebenso darin gefangen wie er.
Er legte eine Hand auf das Pergament, das unter seinen Fingern zerbrechlich knisterte.
»Dieser Text«, sagte er, »könnte dir helfen, mehr über die Entführer deines Bruders herauszufinden.«
Ihre Augen hingen an ihm, ohne zu blinzeln.
»Ich will wissen, welche Rolle dein Bruder spielt. Ich will von der Prophezeiung wissen, und warum ihr euch mit dem Wolfsbund bekriegt. Wenn du mir die Wahrheit sagst, werde ich dich am Leben lassen.«
Immer noch regte sie sich nicht.
»Mehr noch, wenn du mich überzeugen kannst, werde ich selbst dafür sorgen, dass dieser Text übersetzt wird. Ich kenne jemanden, den ich darum bitten kann.«
Und wenn ich dich nicht überzeuge? Er sah die Frage in ihren Augen, doch er wusste, dass er sie nicht zu beantworten brauchte. Er hatte die Waffe, er hatte das Pergament. Allah war heute Nacht wahrlich an seiner Seite!
Und dann senkten sich ihre Wimpern auf die weichen Wangen, und sie öffnete ihre geschwungenen Lippen. Ihre Stimme war jedoch weder sanft noch zerbrechlich, sondern rau wie ungegerbtes Leder.
»Sie wird ein Kind mit zwei Seelen gebären, ein Kind, das allein die Welt aus der Verdammnis retten kann.
Dieses Kind ist mein Bruder. Der Wolfsbund wartet seit mehr als fünfhundert Jahren auf ihn. Sie wollen, dass er sie in die Schlacht gegen euch führt. Mit ihm werden sie unbesiegbar sein.«

* * *

In der Tatarenfestung, Mai 1476

Janko saß mit übereinandergeschlagenen Beinen auf einem Fellkissen. Die niedrige Tafel vor ihm bog sich schier unter den Platten mit Essen. Berge von gebratenen Hammelkeulen und Rinderrippen türmten sich neben gelbem Safranreis und mit Ziegenfleisch gefüllten Teigtaschen, die größer waren als seine Handflächen. Zu trinken gab es Krüge mit vergorenem Khoormog.

Neben ihm kauerte Saych, der mit ungerührter Miene Lammkeule um Lammkeule abnagte und die Knochen gemächlich auf dem Teller vor sich stapelte.

Auf Jankos anderer Seite saß Nikolaj in solch aufrechter Haltung, dass er alle Anwesenden zu überragen schien. Wohlwollend lächelnd blickte er über die zwei Dutzend Männer, die lärmend den Speisen zusprachen. Janko dagegen aß nur mit geringem Appetit, zu gebannt war er von der Atmosphäre um ihn herum. Die dominantesten Wölfe der Festung waren hier versammelt, eine ausgewählte Gruppe von Kriegern. Die meisten hatten die wettergegerbten Mienen der Tataren, doch zwischen ihnen saßen auch große, grobschlächtige Kerle mit blonden Haaren und blauen Augen, die ihre Bärte lang trugen. Andere Männer waren hochgeschossen und schlank und wiesen die scharfen, dunklen Züge von Türken und Persern auf. Trotz ihrer so augenscheinlich unterschiedlichen Herkunft tranken sie miteinander, als wären sie Brüder. Allerdings waren sie nicht gleichgestellt. Es gab keine Abzeichen oder Titel wie bei den Menschen, doch Janko nahm instinktiv ihre unterschiedlichen Ränge innerhalb des Rudels wahr – in Gesten und Kopfhaltung und in der Schärfe ihres Geruchs.

Er kam sich fehl am Platz vor. Vermutlich konnte ihn jeder von ihnen im Zweikampf besiegen. Und doch forderte keiner ihn heraus. Zu seinem Erstaunen waren sie es, die seinen Blicken auswichen, als wäre er tatsächlich ein dominanterer Wolf als sie.

Zeig keine Angst. Janko hatte Saychs Rat nicht vergessen. Unwillkürlich versuchte er, genauso aufrecht zu sitzen wie der Khan.

Als würde sein äußeres Spiel auch sein Inneres verändern, nahm seine Furcht im Lauf des Abends tatsächlich ab. Offensichtlich drohte ihm im Augenblick keine Gefahr. Mehrmals suchte der Khan auf entspannte Art das Gespräch mit ihm, indem er ihn in Schilderungen der Umgebung oder lustige Anekdoten miteinbezog. Zwischendurch machte er ihn auf eine besondere Leckerei aufmerksam oder füllte seinen Becher mit Khoormog auf – und bei jedem dieser kleinen Zeichen der Ehrerbietung schien das Gespräch im Raum für einen Moment zu verstummen.

Je länger der Abend dauerte, desto mehr Männer sprachen auch dem *Arkhi* zu.

»Er reinigt die Gedärme«, sagte Saych und nötigte Janko einen halben Becher des scharfen Schnapses auf. »Trink ihn aber nicht zu schnell, Junge, sonst brennt er dir den Magen heraus.«

Er verhielt sich so wie immer, und Janko war froh darüber. Es fiel ihm inzwischen schwer, den angstvollen Hass heraufzubeschwören, den er früher stets bei Saychs Anblick verspürt hatte. Er nahm nur wenige vorsichtige Schlucke, doch das reichte bereits aus, die Welt um ihn verschwimmen zu lassen. Die Stimmen und Gerüche schienen dunkler zu werden, das Licht gedämpfter. Selbst sein Herzschlag schien sich zu verlangsamen, und er spürte, wie der Rest seiner Anspannung allmählich von ihm abfiel wie eine alte Haut, die er nicht mehr benötigte.

»Habt Ihr diese einsame Festung errichten lassen?«, fragte er den Khan.

Nikolaj lächelte, und das Grau seiner Augen trug einen warmen Schimmer, als er ihm antwortete.

»Es ist wohl Zeit für ein wenig Geschichte. Diese Festung«, er hob eine Hand und schien mit einer weit ausholenden Geste den ganzen Saal zu umfassen, »wurde über den Verlauf von Hunderten Jahren errichtet. Sie heißt Ulunkhetir. In einer uralten Sprache heißt das: die Geierfestung. Den Grundstein für den Bau legte Dschingis Khan selbst.« Er lehnte sich in sein Kissen zurück. »Der größte aller tatarischen Heerführer war von hoher Geburt, doch in seiner Jugend schien sich zunächst das Schicksal gegen ihn verschworen zu haben. Er wuchs in einem abgelegenen Tal bei einer kleinen Sippe auf, die von seinem Vater streng geführt wurde. Dort lernte er Reiten und Jagen, lernte das Gesetz des Stärkeren, der sich ohne Rücksicht nimmt, was er gerade braucht. Doch das Wichtigste lernte er nicht: den Wert von Freiheit.« Er sah Janko bei diesen Worten so eindringlich an, als erzählten sie viel mehr als eine alte Sage. »Als Dschingis, oder Temudschin, wie sie ihn damals noch nannten, zu einem Jungen herangewachsen war, brachte ihn sein Vater zu einer weit entfernten Sippe«, fuhr Nikolaj fort. »Dort sollte er für einige Jahre undankbaren Fremden dienen, bevor er sich unter ihnen eine Frau suchen und mit ihr zu seiner eigenen Familie zurückkehren würde, wie es damals Brauch war. Sein Vater ließ ihn trotz seiner Proteste dort zurück und ritt ohne Abschied davon. Doch auf dem Heimweg fiel er der Heimtücke eines verfeindeten Stammes zum Opfer, der ihn bei einem Gastmahl vergiftete.«

Janko senkte den Kopf. Er musste an seinen eigenen Vater denken. Er bereute, dass sie sich damals am See im Streit verabschiedet hatten. Doch nun war es zu spät.

Nikolaj machte eine Atempause, dann fuhr er fort: »Als Temudschin davon hörte, kehrte er sofort zu seiner Sippe zurück, die ihn allerdings wegen seiner Jugend nicht als neuen Anführer anerkannte. Die ehemaligen Gefolgsleute wandten sich von seiner Familie ab, die ganze Sippe löste sich auf, und er blieb als ältester Sohn mit seiner Mutter und seinen Geschwistern zurück. Ohne den Schutz des Stammes wurde ihnen nach und nach ihr gesamtes Hab und Gut geraubt, und sie lebten in Armut. Temudschins hohe Abkunft stellte zudem in den Augen der anderen Tatarenfürsten eine solche Bedrohung dar, dass sie ihn immer wieder jagten und verfolgten.«

Mehrere Krieger knurrten grimmig, und Janko fiel auf, wie aufmerksam sie alle lauschten.

»Eines Tages entfernte sich Temudschin auf der Flucht vor seinen Feinden weiter als jemals zuvor von den ihm vertrauten Gefilden. Dreizehn Männer blieben ihm dicht auf den Fersen und jagten ihn über die Ebene auf eine Felsenwand zu, die schier unüberwindlich über ihren Köpfen in die Höhe ragte. Temudschin sah keinen anderen Weg, als sich dem Kampf gegen die Übermacht zu stellen. So entließ er sein Pferd in die Freiheit, stärkte sich ein letztes Mal an dem Wasser des Flusses, der sich am Fuß der Wand schäumend über die Steine ergoss, dann zog er seine Streitaxt und wartete.«

Mit seinem inneren Feuer und dem tiefen Klang seiner Stimme schlug der Khan Janko tief in seinen Bann. »Temudschin blickte über die Weite der Steppe, blickte auf zur unergründlichen blauen Tiefe des Himmels. Er spürte den Wind ein letztes Mal an seinen Haaren zupfen. Schon färbte Staub den Horizont, wo sich die Feinde in einem großen Pulk schadenfreudigen Gelächters näherten. Und jetzt, als er den Tod erwartete, fühlte Temudschin zum ersten Mal den Geschmack der Freiheit auf den Lippen, bitter und süß zugleich. Hätte er ihn doch nur früher zu schätzen gewusst! Über sich vernahm er einen hellen Schrei, und es war ihm, als hörte er den Schmerz seiner Seele singen. Er blickte auf. Über ihm kreiste ein riesiger Geier. Temudschin erschienen seine gellenden Schreie wie Hohn. Sicherlich wartete das Tier nur auf Temudschins Fleisch, das die Feinde ihm zum Fraß überlassen würden.

Und doch glaubte er, in den hellen Augen des Tiers etwas anderes zu lesen, einen fremdartigen Willen und ein Verständnis, das ihm neuen Mut gab. Er reckte seine Axt und schrie mit ihm, forderte das Schicksal heraus, schrie zu den Winden und den Steppengräsern, dem Blau des Himmels und dem Rot der Erde, schrie nach jener Freiheit, die er gerade erst gekostet hatte.

Immer mehr Geier breiteten ihre Flügel aus und ließen sich von ihren Nestern an der Felswand fallen, kreisten über ihm und stimmten in seinen hellen Gesang mit ein. Als seine Feinde bereits die Schwerter zogen, um ihn feige vom Rücken ihrer Pferde aus anzugreifen, segelten vier riesige Geier im Sturzflug zu ihm herab. Temudschin ließ die Axt fallen und streckte die Hände in die Höhe, griff nach ihren Krallen und hielt sich fest, und sie hoben ihn mit sich in den Himmel hinauf. Der Junge heulte wie ein Wolf, voller Stärke und Triumph, und die Geier griffen seinen Ruf auf.

Und während die Feinde staunend den Kopf in den Nacken legten und zu dem fliegenden Jungen hinaufgafften, gellte der vielstimmige Chor über die roten Wände, prallte von Klüften und Zacken der Klippe, verstärkte sich noch im Brausen des Flusses. Steine lösten sich aus dem uralten Fels, polterten hinab und rissen größeres Gestein mit sich. Eine tosende Lawine begrub Temudschins Feinde unter sich.

Sanft ließen die Geier ihn später zur Erde hinab und erhoben sich wieder zu ihren wilden Spielen mit dem Wind. Temudschin jedoch hielt inne und betrachtete den riesigen Geröllberg, und er schwor sich, an dieser Stelle eine Festung zu errichten, die ihn und sein Geschlecht immer an den Gesang der Freiheit erinnern sollte.«

Der Khan verstummte, und seine Augen hingen so aufmerksam an Janko, als wartete er auf eine Antwort – als hätte er keine Geschichte erzählt, sondern eine lange Frage gestellt. In Jankos Kopf drängten sich Worte, fanden aber nicht den Weg über seine Zunge.

»*Dreizehn Feinde jagten ihn, ein Fluss tränkte ihn, vier Geier trugen ihn, fünf Türme errichtete er auf den Leichen*«, flüsterte Nikolaj. »Ein altes Kinderlied der Tataren.« Plötzlich reckte er seinen Becher.

»Auf die Freiheit«, rief er. »Auf die Freiheit des Rudels!«

Die Krieger sprangen auf und wiederholten seinen Ruf, mit blitzenden Augen und lauten Stimmen, in denen sich Freude und Stolz miteinander mischten. Janko selbst wurde von ihrer Leidenschaft ergriffen. Er spürte die Hitze in seinen Wangen, das Funkeln in seinen Augen. Am liebsten wäre er mit aufgesprungen. Wie lange hatte auch Janko sich nach Freiheit gesehnt, nach jenem Augenblick, in dem weder die Wünsche seines Vaters noch eine uralte Prophezeiung über sein Tun bestimmen würden. In dem er einfach nur er selbst sein konnte, ohne an den Erwartungen anderer zu ersticken. Und doch blieb er sitzen. Er sah den Khan an. Nie hatte jemand so recht gehabt wie er und zugleich so unrecht. Denn Janko war in diesem Augenblick weniger frei als jemals zuvor.

Nikolaj wandte sich zu ihm um, und die Macht in seinen grauen Augen nahm ihn gefangen. Er griff nach Jankos Hand, und dieses Mal zuckte der Junge nicht zurück.

»Ich weiß, was du fühlst«, sagte er leise. »Freiheit. Gilt sie nur für die anderen? Will er mich verspotten mit seinen Geschichten, die ich mir unter Zwang anhören muss? Das fragst du dich. Doch du bist weder mein Gefangener noch der Gefangene deines Schicksals. Du bist ein Begünstigter. Du hast die Wahl, was du aus alldem machst, was dir geschenkt wurde. Denn die wahre Macht deiner Freiheit liegt darin, dich *dafür* zu entscheiden, Shilae. Für das, was dich erwartet. Dann wirst du dich nicht mehr vom Schicksal gejagt fühlen, sondern du wirst bestimmen, in welche Richtung du es selbst jagen willst.«

Janko schluckte. »Wie soll ich mit Euren Worten umgehen? Sie klingen schön, aber sie verraten mir nichts«, brach es aus ihm heraus. »Nichts über Euch und Eure Ziele.«

»Du wirst alles erfahren«, sagte der Khan und drückte Jankos Hand. »Nicht heute Nacht, aber bald. Denn heute«, er erhob seine Stimme wieder, »heute werden die Wölfe auf die Jagd gehen.«

Es war, als würden die Männer mit einem Mal von einem Fieber erfasst, und Janko musste sich an der Tischkante festhalten, um nicht davon mitgerissen zu werden. Er sah, wie die Ersten ihre Mäntel abwarfen. Dabei fiel ihm auf, dass sie alle die gleiche silberne Kette mit dem Wolfsmedaillon um den Hals trugen. Stoßend und rennend, fluchend und scherzend bahnten

sich die Krieger den Weg zur Tür. Nur Janko, Saych und der Khan blieben zurück.
Er sah, wie die beiden einen Blick wechselten. »Du willst lieber hierbleiben?«, fragte Nikolaj dann an Janko gerichtet. Er lächelte zwar, doch seine Augen blieben ernst.
Janko nickte. Erleichterung flutete sein Herz. »Ich bin müde«, log er leise.
»Natürlich.« Der Khan seufzte. Kurz glaubte Janko, Enttäuschung in seiner Miene zu lesen, dann wandte Nikolaj sich zur Tür.
Für einen Wimpernschlag spürte Janko einen Kloß im Hals. Der Khan hatte ja nicht einmal versucht, ihn zu überreden!
»Komm, Junge, ich bring dich zurück in deine Kammer.« Saychs raue Stimme unterbrach seine Gedanken.

Gemächlich gingen sie durch die leeren Gänge. Unten im Hof konnte Janko die Werwölfe heulen hören. Ein Schauer rann ihm über den Rücken, als er die Erregung in ihren Stimmen hörte, den unbändigen Hunger und die Lebensfreude.
Saych neben ihm stieß ein Seufzen aus, das doch fast wie ein Winseln klang, und Janko wusste, er wäre jetzt gern bei seinen Brüdern.
»Wo jagen sie?«, fragte er.
»Jenseits des Flusses.« Saych deutete nach Osten. »Es gibt dort Hirsche und manchmal auch wilde Ziegen. Unser Khan sorgt dafür, dass das Jagdwild nicht ausgeht.«
»Er sorgt für euch alle«, sagte Janko nachdenklich, und Saych nickte.
»Und Temudschin?«, fragte Janko. »Hatte er auch ein Rudel, das er anführte?«
»Du willst wissen, ob er ein Werwolf war?« Saych kicherte. »Natürlich war er das.«
Überwältigt schwieg Janko eine Weile. »Die Menschen scheinen nichts davon zu ahnen.«
Saych blieb stehen und wandte sich zu ihm um. Fackellicht spiegelte sich in seinen schmalen Augen. »Dschingis wollte der

Khan aller Mongghol sein«, sagte er. »Er wollte die tatarischen Stämme zu einem großen Volk vereinigen. Sie sollten frei durch die Welt streifen wie er, ohne Grenzen, ohne Krieg miteinander. Doch die Mongghol sind Menschen.« Er seufzte. »Dschingis hielt sein Wolfsblut deshalb geheim. Erst wenn er sein Reich geschaffen hatte, wollte er ihnen erzählen, wer er wirklich war. Am Fundament seiner neuen Festung wollte er sich vor den Augen seines Heers verwandeln. Doch auf dem Weg hierher wurde er ermordet. Von Menschen.« Seine Augen blitzten.

»Nur einer seiner Adoptivsöhne war ein Werwolf, und der baute die Festung weiter.«

»Nach Dschingis Khan wurde das tatarische Reich nach und nach aufgeteilt, nicht wahr?« Janko entsann sich einer Lektion seines Vaters. »Seine Nachkommen entzweiten sich, und heute gibt es wieder viele kleine Khanate.«

»Lauter zerstrittene Stämme.« Saych schnaubte. »Und keine Wölfe mehr. Bis unser Khan beschloss, dies zu ändern und dieses Rudel zu schaffen.«

»Hat der Khan auch dich verwandelt?«, fragte Janko neugierig. Er erinnerte sich an Nikolajs Äußerung: *Saych ist ein gerechter Mann, der viel Schlimmes bei den Menschen erlebt hat.*

Saych nickte. Er lehnte sich gegen eine der Schießscharten. Das fahle Mondlicht zeichnete Schatten auf sein Gesicht und ließ seine Züge kantiger aussehen. »Ich war ein Sklave, er hat mich befreit.«

Janko musste an die Narben denken, die er auf Saychs Rücken gesehen hatte. Peitschenhiebe, er war sich nun sicher. Was immer Saych erduldet hatte, es war der Grund dafür, dass er seinem Retter nun mit seinem Leben ergeben schien.

Saych wandte sich ab, ehe Janko weitere Fragen stellen konnte. »Es ist Zeit für mich, zu den anderen zu gehen.«

Auf die Jagd. Janko schluckte. So stark wie seit Monden nicht mehr riss das Verlangen nach der Verwandlung auch an ihm. Er konnte die Hitze in seinem Blut spüren, die dunkle Wildheit, die seine Adern durchpulste und ihn den Rücken krümmen ließ. Er wollte auf alle viere sinken und seine Hände in kraftvolle Pfoten, seine schmalen Schultern in die sehnigen Flanken des Wolfs, die schutzlose nackte Haut in kräftigen Pelz verwandeln. Nein! Er ballte die Fäuste. Er hatte sich doch geschworen, dem Wolf nicht mehr nachzugeben. An den Grund für diesen Schwur konnte er sich allerdings kaum mehr erinnern.

So blieb er zurück, unruhig und unglücklich, und lauschte voller Sehnsucht dem Heulen der Wölfe unter dem Mond.

29. KAPITEL

In der Dobrudscha, Mai 1476

Ildiko schlich durch das Lager. Am Horizont zeigte sich bereits ein dünner Silberschweif, doch zwischen den Bäumen und Zelten war es noch dunkel. Obwohl sie sich nur einen dünnen Kaftan übergestreift hatte, war ihr warm, so sehr brannten die Gedanken in ihr.

Einmal wäre sie fast umgekehrt, um Adem doch noch die Kehle durchzubeißen. Die dunkle Glut ihrer Wut fachte sie an, ließ sie die Fäuste ballen. Wie hatte sie nur so dumm sein können, ihm ihr wichtigstes Geheimnis anzuvertrauen? Doch eine andere Seite in ihr, eine hellere, sachtere Stimme, hielt sie davon ab. Er würde ihnen helfen, hatte er gesagt. Er würde zu jenem Gelehrten gehen, von dem er glaubte, dass er die Schrift übersetzen konnte. Und aus irgendeinem Grund glaubte sie ihm.

Zum Ende ihres Gesprächs hatte er sogar die Armbrust beiseitegelegt, so beiläufig, als sei ihm die Waghalsigkeit dieser Geste gar nicht bewusst. Doch das bezweifelte sie. Alles an seinem Verhalten war durchdacht, und seine Gedankengänge waren schlau, vielleicht fast ebenso schlau wie die von Janko. Und dabei war er mutiger als jeder andere Mensch, der ihr bisher begegnet war.

Endlich erreichte sie ein offenes Feld am Rande des Lagers. Eine ferne Bergkette schimmerte im Mondlicht, und davor verteilten sich die schwarzen Umrisse der letzten Zelte und Barrikaden. Hier lagerte der Pferdehändler Mustafa Bendi, und hier würde sie auch Ilai finden. Ihr Herz klopfte schneller.

Zuerst fand sie allerdings Birkan, der schnarchend an einer Kiefer lehnte. Mit einem abschätzigen Blick schlich sie an ihm vorbei. Dann sah sie Ilai. Er lag am Rande der Pferdekoppel in seinen Umhang gewickelt und atmete schnell und flach, in einem Alptraum gefangen. Als sie ihn an der Schulter berührte, fuhr er hoch. »Ruhig, ich bin es.«

»Ildiko.« Sogleich war er wach, und seine dunklen Augen suchten die ihren. Sorge konnte sie darin lesen, und Angst. »Was suchst du hier? Du bist in Gefahr.« Er deutete zu den Kiefern hinüber. »Dort lauert einer, der …«

»Der schläft.« Sie zog ihn an der Hand in die Höhe. »Komm, wir müssen reden.«

Hinter den warmen Leibern der Pferde ließen sie sich auf den Boden nieder. Sogleich ergriff Ilai das Wort, mit drängender Stimme, die von seinem inneren Kampf zeugte.

»Der Hauptmann, der euch gefangen hält, versucht mich zu erpressen«, sagte er. »Er möchte von mir Auskunft über die Prophezeiung, über alles, was ich über die Werwölfe weiß. Sonst tötet er mich und jagt meine Familie. Im ersten Moment wollte ich fliehen.« Beschämt senkte er den Kopf, doch dann blickte er mit einem Funkeln in den Augen wieder auf. »Aber ich hätte dich niemals im Stich lassen können. Also besann ich mich auf die Stärke eines Spielmanns.« Er lächelte schief. »Ich habe mir eine Geschichte ausgedacht. Über eine so rätselhafte Prophezeiung, dass keiner sie versteht. Über eine Königstochter und ein fernes Volk im Norden. Sogar ein Pferd kommt darin vor.«

Ohne dass sie es verhindern konnte, begann Ildiko zu kichern.

»Ach, Ilai.« Sie strich ihm über die Wange. Er blickte sie zuerst verdutzt und dann so verwirrt an, dass sie noch mehr lachen musste. »Ich weiß von der Erpressung. Soeben war ich beim Hauptmann.«

»Hast du ihn getötet?«

Ihr Lachen erlosch. »Ich habe ihm die Wahrheit erzählt.«

»Du hast …« Er starrte sie an. »Warum?«

Sie berichtete ihm rasch von den Ereignissen.

Sein Blick blieb ungläubig. Sie spürte, wie er die Schultern verkrampfte.
»Ich hatte keine Wahl«, verteidigte sie sich widerwillig. »Und er hat versprochen, uns zu helfen.«
»Er wollte dich töten«, stieß Ilai zwischen den Zähnen hervor, wütender, als sie ihn sonst kannte.
»Ich wollte *ihn* töten«, widersprach sie.
»Er hat dich nackt gesehen.«
»Er …« Sie war verblüfft und verärgert zugleich. Es stimmte, Adem hatte sie angestarrt, als sähe er zum ersten Mal eine nackte Frau. Aber doch nur, weil er sie vorher für einen Jungen gehalten hatte. Trotzdem spürte sie, wie eine hitzige Röte ihre Wangen hinaufstieg.
»Na und?«, fuhr sie auf. »Das kann dir gleichgültig sein!« Sie verschränkte die Arme. »Entscheidend ist, dass ich ihn überzeugt habe. Er weiß, dass seinem Volk größte Gefahr droht, wenn er uns nicht hilft. Er ist auf unserer Seite, Ilai.«
Der Spielmann mahlte mit den Zähnen. »Er scheint großen Eindruck auf dich gemacht zu haben. Vergiss nicht, dass er es ist, der euch gefangen hält. Und dass er mich bedroht hat.«
»Das habe ich nicht vergessen!« Was war nur mit ihm los? Es ärgerte sie, dass Ilai, mit seiner sonst so versöhnlichen und ehrerbietigen Art, sich plötzlich gegen sie stellte.
Als spürte er ihren Groll, gab er nach.
»Wir sollten fliehen«, sagte er leise. Er legte seine Hand neben die ihre ins Gras. Dunkel und lang waren seine Finger, und so feingliedrig, dass ihre eigene Hand klein und plump daneben aussah. »Wir sollten wieder auf eigene Faust nach Janko suchen.«
»Und das Pergament in den Händen der Türken zurücklassen? Das kann ich nicht!«
»Bist du sicher, dass es nur das Pergament ist, das dich zurückhält?« Seine Augen schimmerten, als glimmten kleine Feuer in ihnen. Und sie spürte seinen raschen Herzschlag, seine Wärme, als würde etwas in seinem Inneren brennen, das ihn verzehrte.

»Was sonst?«, flüsterte sie, und ohne dass sie wusste, weshalb, legte sie ihre Hand auf die seine. »Worüber machst du dir nur solche Sorgen?«
Im nächsten Moment war er bei ihr. Sein Atem streifte ihre Wange, dann ihre Lippen. Er küsste sie so sanft, als flirrten Schmetterlingsflügel über ihre Haut, empfindsam und kostbar und zerbrechlich zugleich.
Sie keuchte auf. Ihr Herz schlug aus wie ein wildes Pferd, und jeder Instinkt rief ihr zu, sich zurückzuziehen. Doch sie hielt still, gefangen unter einem weichen, unerklärlichen Bann. Seine Lippen auf den ihren, seine klaren, dunklen Augen, ein Blick, von dem sie sich nicht lösen konnte. Sein Geruch war wie ein warmer Wind, so vertraut und doch plötzlich fremd. Oder war er schon immer so gewesen, und sie hatte ihn nur nicht auf diese Weise wahrgenommen?
Und doch war da etwas in ihrem Inneren, das sich immer noch wehrte, das sich nicht in seinem Kuss verlieren wollte. Atemlos löste sie sich von ihm.
»Bleib doch«, flüsterte er heiser. Sein Blick brannte, seine Hand lag immer noch in der ihren.
»Warum?«, wisperte sie. Weiterhin klopfte ihr Herz viel zu schnell.
»Weil ich dich liebe.« Er stockte, sein Atem ging flach. »Wolfsfrau.«
Weil er mich liebt. Immer noch spürte sie die Wärme seiner Lippen. Es war so einfach, so vertraut mit ihm. Und doch ergriff sie ein Frösteln. Warum sagte er nicht ihren Namen? Warum redete er sie in jener respektvollen Bezeichnung an, die sein Volk für sie gebrauchte?
Sie ließ seine Hand los. Er regte sich nicht, sah sie nur aus seinen großen, braunen Augen an, voller Verlangen, doch auch mit jener uralten, nicht bezwingbaren Ehrfurcht, die ihr so vertraut war wie seine Stimme. *Küss mich noch einmal,* wollte sie rufen, *küss mich hart und schnell, bis mir der Atem ausgeht.* Und doch wusste sie, er würde es nicht tun. Er hatte

sich den ersten Kuss geraubt, doch er würde niemals stärker fordern, was er begehrte. *Wir dienen dem Rudel treu bis in den Tod.*
Ihr Herz schlug einen harten, dunklen Ton. Sie sprang auf und rannte davon.

* * *

In der Tatarenfestung Ulunkhetir, Mai 1476

Janko saß am Kaminfeuer, das sanft vor sich hin glühte. Der Raum war in ein diffuses, angenehmes Licht gehüllt, und manchmal tanzten Schatten über die Wände. Draußen pfiff der Wind, und hin und wieder glaubte Janko, einen Wolf heulen zu hören.
Nikolaj saß ihm gegenüber, entspannt zurückgelehnt in einem Berg von Kissen. Eine solch ruhige Kraft ging von ihm aus, dass auch Jankos Aufregung zu einem kleinen nervösen Glimmen in seiner Brust herabgesunken war. Er hatte in den letzten Tagen viel Zeit gefunden, nachzudenken.
»Die Siedlung, die wir auf der Reise besucht haben«, sagte er leise. »Die Menschen dort wussten bereits, wer wir sind.«
»Das stimmt«, erwiderte der Khan lächelnd. »Das Land, auf dem sie ihre Tiere weiden, gehört zu unserem Schutzgebiet.«
»Schutzgebiet?«, echote Janko.
»Sie sind zu mir gekommen, erst einzeln, dann immer mehr.« Der Blick des Khans wurde ernst. »Denn seit die Zeit der großen Khans vorüber ist, bekriegen sich die Tatarenstämme wieder. Besonders die kleinen Verbände leben in ständiger Angst. Ich biete ihnen Schutz und Fürsorge.«
Janko runzelte argwöhnisch die Stirn.
»Rede offen mit mir«, forderte der Khan ihn auf. »Sag mir, was du denkst, Shilae.« Er beugte sich vor. »Lieber ein offenes Wort als ein heimlicher Groll.«

Janko fasste sich ein Herz. »Was bekommt Ihr von den Menschen im Gegenzug für Eure Hilfe?«
»Es geht dabei nicht um mich«, widersprach Nikolaj entrüstet. »Es geht um uns alle, um unser wölfisches Volk. Wer sind wir? Wo ist der Stolz, die Größe, die Erhabenheit, die uns im Grunde zusteht? Wir sind unsichtbar, in die Bedeutungslosigkeit versunken in einer Welt der Menschen, die uns mit dem gleichen Hass verfolgen, mit dem sie sich gegenseitig töten. Diese Tataren, die sich uns freiwillig anvertraut haben, sie sind die Ersten, die uns wieder dienen. Und sie tun es mit Freude, denn sie haben erkannt: Sie brauchen Führung, sie brauchen Regeln, und wir können sie ihnen geben, wie Hirten einer Herde Schafe.«
»Schafe, die von Wölfen gehütet werden.«
Nikolaj legte den Kopf in den Nacken und lachte. »Du bist redegewandt, Shilae.«
Unwillkürlich musste Janko lächeln. Er und redegewandt? Er, der doch an jedem Wort knobeln musste? Seine Zweifel an Nikolajs Ansichten waren noch zu stark, um mit einem Kompliment beiseitegewischt zu werden.
»Wer gibt uns das Recht, uns über sie zu erheben?«, sagte er vorsichtig. »Lehrt uns nicht gerade unsere Überlegenheit Bescheidenheit? Auch der Wolfsbund will den Menschen helfen, doch er greift dabei nicht zur Macht.«
»Der Wolfsbund.« Nikolajs Blick war grau wie Stahl, und unwillkürlich duckte sich Janko unter der wütenden Kraft, die er plötzlich ausstrahlte. »Sie sind Heuchler, die fünf Rudelführer. Schmarotzer, die Angst vor den Menschen haben. Sie bringen keinen Frieden, im Gegenteil, sie bereichern sich noch an den Kriegen, die die Menschen untereinander führen. Die Spanier gegen die Mauren, England gegen Frankreich, die Türken gegen die Ungarn. Wer hat dabei die reichste Beute gemacht?« Er lehnte sich vor. »Sie selbst waren es. Shilae, deine eigene Familie wurde von ihnen gejagt, weil ihnen die Herkunft deines Vaters nicht passte. Denkst du wirklich, dass sie an das Gute glauben, dem sie sich angeblich verpflichtet haben?«

Janko biss sich auf die Lippen, stemmte sich gegen die zwingende Kraft, die Nikolajs Worte auf ihn ausübten. »Ihr wart es aber, der meine Familie auseinandergerissen hat«, flüsterte er. »Ihr habt Mutter und mich verschleppen lassen, und dies hat dazu geführt, dass mein Vater gestorben ist.«

»Das leugne ich nicht«, rief Nikolaj mit flammender Stimme. »Im Gegenteil. Ich nehme die Schuld am Tod deines Vaters gänzlich auf mich, obwohl es doch Menschen waren, die ihn ermordet haben.« Er legte sich eine Hand auf die Brust. »Ich wünschte, es hätte anders kommen können, Shilae. Ich wünschte, wir würden in einer anderen, einer besseren Welt leben, in der keine solch drastischen Maßnahmen nötig wären. Doch deine Eltern …« Er senkte den Blick, als wären ihm die folgenden Worte unangenehm. »Sie hätten dich niemals gehen lassen. Du warst ihr Kind, das sie von ganzem Herzen liebten. Ihr erstes Ansinnen war immer, dich vor jeder Unbill, vor allem Fremden zu beschützen. Wie hättest du unter ihrer Obhut jemals eine freie Entscheidung treffen können? Nein.« Er schüttelte den Kopf. »Sie konnten die Kraft, die ich in dir erkenne, nicht sehen.«

Janko zog die Schultern hoch. Es stimmte, sein Vater hatte ihn immer für schwach gehalten, für ängstlich und antriebslos. Wie oft hatte er den stummen Vorwurf in seinen Augen gelesen, dass er nicht gut genug war. Und er selbst glaubte das doch auch! Was sollte er schon vollbringen, wenn er es nicht einmal geschafft hatte, seine Eltern zufriedenzustellen?

»Und was erwartet Ihr von mir?« Er hörte selbst, wie schrill seine Stimme klang. »Was denkt Ihr, dass ich zu tun vermag?«

Nikolajs Blick richtete sich fest und scharfsichtig auf ihn.

»Wir Wölfe müssen uns wieder vereinen, Shilae. Wie es zu uralten Zeiten bestimmt wurde. Und dazu braucht es einen starken Führer.«

»Einen …« Janko fehlten die Worte. Heftig schüttelte er den Kopf. Doch ehe er etwas sagen konnte, hob Nikolaj die Hand.

»Lass mich dir von Anfang an berichten«, bat er. »Dann wirst du verstehen, dass es nicht unmöglich ist. Dass du nicht der Erste bist, der eine solche Aufgabe bewältigen muss. Denn wir Werwölfe blicken auf eine Geschichte zurück, die bereits einmal von einer solchen Zeit sprach, einer Zeit, in der wir mit den Menschen gemeinsam lebten, ohne uns zu verstecken.«
Er holte tief Luft und schenkte sich einen Kelch Wein ein. Auch Janko war froh über die Atempause, denn ihm schwirrte bereits der Kopf von alldem, was er gehört hatte. Und doch fühlte er sich wach wie lange nicht mehr. Der Khan sprach mit ihm wie mit einem Erwachsenen, mehr noch, er war ein wirklich faszinierender Gesprächspartner.
»Hier.« Nikolaj griff in den Kragen seines Pelzmantels und holte eine silberne Kette hervor, streifte sie sich über den Kopf und legte sie Janko in die Hand.
Das Metall des Medaillons war warm und schien sich in seinen Fingern zu winden. Er erschauerte. Er wollte es loslassen, doch er konnte sich nicht bewegen. Der Geruch von Knochen, von Alter. Ein Wesen, so groß und dunkel wie die Nacht selbst. Und doch war es mehr ein Schatten als eine greifbare Kreatur, als wäre es nicht ganz in dieser Welt. Nein, es war, als schliefe es, riesig und unbeweglich. Doch Janko spürte, wie die ungeheure Macht langsam dem Erwachen entgegenstrebte. *Ich bin hier,* schien sie zu murmeln. *Ich warte auf dich.*
Er schrie auf und ließ das Medaillon fallen.
»Du spürst es«, murmelte der Khan und starrte ihn an, und seine grauen Augen wirkten verschleiert, ja, ergriffen. »Du spürst ihn.«
»Ich …« Sobald Janko das Medaillon losgelassen hatte, verflog die Empfindung einer dritten Anwesenheit wie ein Traum. Nur der Geruch hing noch in der Luft.
»Was ist das?« Argwöhnisch starrte er das silberne Wolfsgesicht an, das vor ihm auf dem Tisch lag.
»Jeder meiner ersten Krieger trägt ein solches Medaillon«, sagte Nikolaj. »Es ist ein uraltes Symbol, ein Zeichen, das uns alle verbindet. Siehst du die Strahlen der Sonne?«

Janko nickte.
»Elf davon sind golden und einer silbern«, fuhr der Khan fort. »Gold ist die Farbe der Sonne, die Farbe des Tages. Sie symbolisierte stets die Menschen, ihre hitzige, doch auch ihre fröhliche, schnelllebige Natur. Silber ist die Farbe des Wolfs, des Wesens der Nacht und des Mondes. Einer von zwölf, so ist es uns vom ersten Werwolf bestimmt worden. Einer von zwölf war unsere Zahl an den Ufern des Nils, dem Land, das auch die Wiege der Menschheit genannt wurde. Und so blieb es bis zu den Zeiten der biblischen Stämme.«
»Der biblischen Stämme?«, fragte Janko verblüfft.
»Wir sind Teil der Schöpfung, Shilae, das sind wir immer gewesen. Ein Teil der Vergangenheit.« Nikolaj nahm das Medaillon wieder in die Hand. »*Benjamin ist ein reißender Wolf; des Morgens wird er Raub fressen und des Abends wird er Beute austeilen.* So steht es bei Mose über den Stamm Benjamin, gesprochen von Jakob, Benjamins Vater.« Er sprach leise, bedächtig, als wäre es ihm wichtig, dass Janko jedes einzelne Wort hörte; und obwohl Janko die Geschichte aus der Bibel kannte, hing er gebannt an seinen Lippen.
»Jakob hatte zwölf Söhne. Zwei davon stammten von seiner Lieblingsfrau Rachel, sie hießen Josef und Benjamin. Aufgrund seiner einnehmenden Art war Josef der Lieblingssohn Jakobs, und dieser bevorzugte ihn vor allen anderen Brüdern. Benjamin war noch ein Kind und liebte seinen Bruder. Ihre zehn Halbbrüder aber hassten Josef wegen seiner privilegierten Stellung. Als Josef eines Tages von seinem Vater zu den Schafsherden seiner Brüder geschickt wurde, um nach dem Rechten zu sehen, nutzten diese die Gelegenheit, um ihn loszuwerden. Zuerst wollten sie ihn töten, doch dann verkauften sie den siebzehnjährigen Josef stattdessen an Sklavenhändler und gaben ihn für tot aus. Während sein Vater um ihn trauerte, wurde Josef nach Ägypten verschleppt und wurde der Sklave von Potifar, dem Kämmerer des Pharao. Er wuchs aller Schicksalsschläge zum Trotz zu einem fähigen Mann heran, der darüber hinaus das

Talent hatte, Träume zu deuten. Dies verschaffte ihm sogar Einfluss beim Pharao selbst, der ihn zu seinem obersten Verwalter ernannte und damit zu einem der mächtigsten Männer des Reiches machte. Josef erhielt den Beinamen »Offenbarer der Geheimnisse« und heiratete die Tochter des Sonnenpriesters. Als eine Dürre über ganz Ägypten hereinbrach, war es nur Josefs kluger Haushaltsführung zu verdanken, dass niemand Hunger leiden musste. Die Hungersnot quälte jedoch die Nachbarländer, die daraufhin Abgesandte nach Ägypten schickten, um Getreide zu kaufen. Unter ihnen waren auch Josefs Halbbrüder. Doch Josef gab sich ihnen nicht zu erkennen. Im Gegenteil, er ließ sie der Spionage beschuldigen und in den Kerker werfen, und er zwang sie, ihren jüngsten Bruder Benjamin zu holen, den sie zu Hause beim Vater zurückgelassen hatten.«

Nikolaj hielt inne, wie um zu prüfen, ob Janko ihm noch lauschte. »Du fragst dich, warum ich dir die Geschichte nacherzähle, wenn du sie doch jederzeit lesen kannst.« Er seufzte. »Nun, die Bibel spricht die Wahrheit, und doch lässt sie vieles im Geheimen. Auch damals schon lebten unsere Brüder unter den Menschen. Sie lebten am Nil, dort wo das Vieh zahlreich und das Land am fruchtbarsten war.

Die Ägypter beteten mehrere Gottheiten an, doch nur einer von ihnen war jemals für unser Volk von Belang. Anubis, einer der vier Söhne des Sonnengottes. Er war der Gott der Nacht und der Richter der Toten, dessen dunkle Kraft in den alten Pergamenten der Ägypter mit einer Wolfsgestalt dargestellt wird. Für unser Volk war er der Eine – der erste Werwolf.«

Der erste Werwolf. Janko riss die Augen auf. Dies waren Heidengeschichten, mussten es sein, denn es gab nur einen allmächtigen Gottvater. Doch unwillkürlich wanderte sein Blick zu dem Medaillon, das vor ihm auf dem Tisch lag. Der Wolf schien ihn anzusehen, als wäre er lebendig. Janko erzitterte.

»Die Priester des Anubis waren natürlich ein Orden von Werwölfen.« Nikolaj lächelte. Und schon sah Janko sie vor sich, ehr-

furchtgebietende Männer in schwarzen Roben, aus deren Mienen dunkel der Wolf sprach.
»Wussten damals die Menschen von uns?«
»In Ägypten kannten die Priesterorden der anderen Götter und die höchsten Würdenträger Anubis' Mysterien«, erwiderte Nikolaj. »Deshalb erfuhr auch der Israelit Josef von den Werwölfen. Er war über all die Jahre selbst zum Ägypter geworden und teilte inzwischen die Überzeugungen und Traditionen seiner ehemaligen Sklavenhalter. Für die obersten Familien des Pharaonenreichs bedeutete es die höchste Auszeichnung, wenn der jüngste Sohn an der Schwelle zum Erwachsenwerden Anubis geweiht wurde. Und diese Ehre dachte Josef seinem kleinen Bruder Benjamin zu, den er in ihrer gemeinsamen Kindheit über alles geliebt hatte.«
»*Und Josef hob seine Augen auf und sah seinen Bruder Benjamin, seiner Mutter Sohn, und sprach: Ist das euer jüngster Bruder, von dem ihr mir sagtet? und sprach weiter: Gott sei dir gnädig, mein Sohn!*«, flüsterte Janko, denn der genaue Wortlaut aus der Bibel kam zu ihm geflogen wie ein Geist aus der Vergangenheit. Rasch schloss er den Mund wieder, denn er wollte nicht großspurig wirken.
Der Khan nickte gedankenverloren. »So wurde Benjamin, der jüngste Sohn Jakobs, ein Diener des Anubis«, sagte er bedächtig. »Mit dem Biss seines Hohepriesters wurde er geweiht und wurde zum mächtigsten Werwolf seiner Zeit. Doch er hat sich den ägyptischen Riten niemals vollständig unterworfen. Im Herzen blieb er ein Israelit, und er sehnte sich zurück in das Land seiner Urväter, das Land von Abraham und Isaak. Ebenso erging es seinen Brüdern, die allesamt dank Josefs Hilfe mächtige Männer geworden waren. Als ihr Vater Jakob auf dem Totenbett lag, sprach er zu jedem von ihnen und segnete sie im Namen ihres israelischen Gottes, und er prophezeite ihren zwölf Familien die Herrschaft über das Land Kanaan. Auch Benjamin, dem Zwölften, prophezeite er dies, mit jenen Worten, die du bereits kennst. *Er ist ein reißender Wolf; des Morgens wird er Raub fressen und des*

Abends wird er Beute austeilen.« Nikolaj hielt inne und sah Janko aufmerksam an. »Die zwölf Stämme, die Nachfahren der zwölf Brüder, teilten sich das Land in Israel viele Jahrhunderte lang. Benjamins Stamm war wenig zahlreich, aber sehr stark, heißt es in der Bibel. Sie waren alle Werwölfe, Shilae. Und da sie keine eigenen Kinder bekamen, wurden ihnen über all die Jahrhunderte die zwölften Söhne der Menschen gebracht, sobald diese die Mannesweihe vollzogen hatten, die die Juden Bar-Mizwa nennen.«

»Das heißt, die Menschen wussten damals von ihnen«, murmelte Janko.

Nikolaj nickte. »Sie wussten von den Werwölfen, und sie lebten mit ihnen zusammen. Natürlich gab es auch Widerstand. Im Buch der Richter heißt es, dass die anderen Stämme die Benjaminiter einmal verfolgten und fast ausrotteten. Und doch gingen zu den besten Zeiten der Israeliten die mächtigsten Könige aus den Reihen der Werwölfe hervor. Kannst du mir einen nennen?«

»Saul«, flüsterte Janko nach einigem Nachdenken. »Saul war ein Benjaminiter.«

»Ja.« Nikolaj lächelte. »Der erste große König der Israeliten, der ihr Reich einte, er war einer von uns. Die Bibel spart nicht an Andeutungen dazu. Es heißt, Saul sei wild gewesen und einen Kopf größer als alle anderen Männer. Über Sauls Sohn Jonathan, der gewiss nicht sein leiblicher Spross war, heißt es, dass er allein zwanzig Philister bekämpfte. Welcher Mensch hätte das wohl zuwege gebracht? Selbst David, Sauls Nachfolger, sang in einem seiner Lieder über sie: *Sie waren schneller als Adler und stärker als Löwen.*«

»Aber David war ein Mensch, nicht wahr? Ein kleiner Hirtenjunge, der doch den mächtigen Saul in die Schranken wies«, sagte Janko nachdenklich.

Nikolaj verzog den Mund. »Ja, so heißt es. Denn die Menschen waren undankbar, sie neideten Saul den Erfolg und den Ruhm. Saul ahnte irgendwann, dass sie ihn stürzen wollten, mit dem schönen David an ihrer Spitze, dem süßen Poeten, dessen Unschuld das beste Gegenbild war zur Wildheit der Werwölfe. Saul mühte sich noch, das Unheil aufzuhalten. Doch als er sich endlich auf die alten Stärken der Wölfe besann, auf die uralte Magie des ersten Werwolfs, war es zu spät.«

»Besann er sich etwa auf Anubis?«, fragte Janko ungläubig.

Nikolaj seufzte. »Shilae, raucht dein Kopf noch nicht von all dem neuen Wissen?« Er nahm einen tiefen Schluck Wein. »Du hast genug Zeit, um selbst in den alten Schriften zu blättern. Wenn du willst, lasse ich dir einige auf dein Zimmer bringen.«

»Oh ja«, rief Janko aus. Wie sehr hatte er es vermisst, zu lesen und zu studieren. Obwohl er ahnte, dass der Khan ihn damit köderte wie einen Fisch an der Angel, konnte er seine Freude kaum verhehlen. All die Geschichten, sie waren wie eine Schatzkarte, die ganz neue Geheimnisse preisgab, wenn man sie nur entschlüsseln konnte.

War dies vielleicht die Aufgabe, die Gott für ihn bereithielt? Wissen zu entdecken, das keiner vor ihm erkannt hatte? Doch er zügelte sich. *Der Herr schmückt die Demütigen mit Heil.* Und vielleicht hatte auch Nikolaj ganz anderes im Sinn. Seine Freude erlosch.

»Was haben diese alten Geschichten mit uns zu tun?«, fragte er misstrauisch. »Glaubt Ihr, Ihr könnt den zwölften Stamm Benjamins wieder ins Leben rufen? Ein Königreich der Werwölfe errichten? Die Menschen werden das nicht zulassen. Sie werden uns alle als Teufelswesen jagen, jeden Werwolf auf der Welt.«

Auch Mutter und Ildiko. Schon ihretwillen durfte er es nicht zulassen. Sein Herz wurde schwer. Kein Verstecken vor den Menschen mehr – das entpuppte sich als ein versponnener Traum, und so klug Nikolaj auch erschien, er musste verrückt sein, diesem nachzuhängen.

»Du musst mir vertrauen, Shilae«, sagte Nikolaj, und sein eindringlicher Blick zog Janko erneut in den Bann. »Wir werden nicht blauäugig in einen aussichtslosen Kampf ziehen. Benjamin, Saul, Dschingis Khan, ihre Geschichten lehren uns, das Richtige zu tun und dabei ihre Fehler zu vermeiden. Denkst du, ich will Krieg gegen die Menschen führen? Nein, ich will ihnen endlich Frieden schenken.« Seine Augen glänzten. »Ich war nicht untätig. Ich habe mein Rudel vergrößert und in die Welt geschickt, Pläne geschmiedet und Allianzen geschlossen. Wir sind nicht alleine, nein, bald wird auch der Wolfsbund auf unserer Seite stehen. Nur auf dich haben wir noch gewartet.« Er lächelte. »Wir werden kein neues Königreich der Werwölfe errichten, Shilae. Wir werden zuerst die unrechten Herrscher der Menschen stürzen.«

30. KAPITEL

In der Walachei, Juni 1476

Er erwachte von einem sanften Lachen. Als er in die Höhe fuhr, sah er direkt in ihre Augen. Golden, hungrig und tief wie ein Abgrund waren sie, bereit, ihn zu verschlingen. Er keuchte auf und riss die Arme hoch, um sie zurückzustoßen.

»Adem«, murmelte sie, und es klang belustigt und tadelnd zugleich. Bevor seine Hände sie erreichten, hatte sie ihn bereits an den Handgelenken gepackt und drückte ihn zu Boden.

Sie kauerte, nein, sie schwebte über ihm, ihre Gliedmaßen straff gespannt wie Saiten. Nur ein Hemdchen bedeckte ihren Körper, kaum mehr als ein Schleier. Er sah den dunklen Schatten ihrer Brustwarzen darunter, die Umrisse ihrer schmalen Taille, ihre zarte Haut.

Eine wilde Sinfonie an Gefühlen tobte in ihm. Glut regte sich in seinen Lenden, Hass ließ ihn die Fäuste ballen, und vor Angst schauderte ihm. Dieses außergewöhnliche, fremde Geschöpf war wie ein Traumbild und doch wirklicher als alles andere. Die Luft schien unter ihrem Atem zu vibrieren. Sie konnte ihn jederzeit töten. Doch warum tat sie es nicht?

Ihre langen, glatten Beine strichen über seine. Ihr dunkelbraunes Haar war gewachsen und fiel in ungebändigten Locken um ihre Schultern.

»Begehrst du mich denn nicht?«, flüsterte sie, und ihre Stimme klang rau, voller Verführung.

Als er nichts sagte, legte sie den Kopf schräg und starrte ihn an wie ein wilder Vogel. Ihre Augen schienen von innen heraus zu leuchten.

»Ich habe nie in meinem Leben eine Frau mehr begehrt«, murmelte er. Das reichte aus, um ihr ein zufriedenes Lächeln auf die Lippen zu zaubern. Mit einer Hand strich sie ihm über die Brust, und seine Haut kribbelte unter ihrer Berührung. Dann packte sie seine Hände und legte sie sich um die Taille. Er spürte ihre Hüfte an der seinen und hörte das Blut in seinen Ohren rauschen.

»Warum nimmst du mich dann nicht in dein Bett?«

Er zitterte. Was sie da vorschlug, verstieß gegen alles, was er zu empfinden gelernt hatte. Sie provozierte ihn, dachte er, und Wut stieg in ihm auf, sie spielte mit ihm. Ihre Augen durchbohrten ihn. Er rang mit sich, zwang sich, seine Hände von ihrer Taille zu nehmen. Ihm schwirrte der Kopf.

»Hörst du mir überhaupt zu?«, fragte sie schelmisch und presste sich an ihn.

»Natürlich«, versicherte er ihr, und jeder seiner Gedanken zerstob im Wind.

»Warum tust du es dann nicht?« Er hörte ihr leises Lachen und konnte selbst nicht sagen, was da in ihm aufwallte: War es immer noch Wut, war es Leidenschaft?

»Ja, warum nicht.« Und plötzlich wusste er es selbst nicht mehr. Im nächsten Augenblick hatte er sie in seine Arme gerissen, drückte sie so fest an sich, dass nicht einmal ein Windhauch zwischen ihnen hindurchgepasst hätte. Dann küsste er sie. Ihr Mund war heiß wie Feuer und schmeckte nach Zimt, und hinter den weichen, geschmeidigen Lippen spürte er hart ihre Zähne.

Sie riss den Kopf zurück und lachte, und ihre Nägel gruben sich wie Krallen tief in seine Brust.

»Adem«, sagte sie, wieder und wieder. »Adem, Adem.«

Er fuhr in die Höhe.

Das Mädchen kniete vor ihm und starrte ihn an.

»Adem, aufwachen«, zischte sie, und in ihrem Gesicht lag Ungeduld und nicht die geringste Freundlichkeit. Verwirrt starrte er sie an und wusste für einen Augenblick nicht, wo er war.

Röte schoss ihm in die Wangen, eine brennende, schuldbewusste Scham. Er hatte geträumt. Und doch war ihm ihre Nähe so wirklich erschienen, ihre Berührung so intensiv, als gäbe es nichts anderes auf der Welt, das von Belang war …

Er hob die Zeltplane und spuckte drei Mal über seine linke Schulter ins schlammige Laub. *A udhu billahi minasch scheitanir radjim – schütze mich vor dem verfluchten Scheitan.*

»Was soll das?«, flüsterte das Mädchen mit gerunzelter Stirn. Sie wartete allerdings nicht auf eine Antwort. »Fremde schleichen im Wald herum. Etwa fünfzig Mann. Ich habe sie bei der Jagd entdeckt.«

Bei der Jagd. Ohne Scheu sprach sie davon, als wäre ihre Verwandlung ein alltäglicher Zeitvertreib.

»Haben sie dich gesehen?«, fragte er und wischte sich den Schlaf aus den Augen.

»Nein«, sagte sie abschätzig. »Blind wie Maulwürfe sind sie. Und laut wie die Ochsen, die sie auf ihre Mäntel gestickt haben.«

»Ochsen?« Adem bemühte sich um klare Gedanken. »Das Wappen von Moldau zeigt den Kopf eines Ochsen!« Mit einem Sprung war er auf den Beinen und aus dem Zelt hinaus.

»Still«, zischte sie. »Oder willst du sie auf uns aufmerksam machen?«

Er fuhr zu ihr herum. Sie trat hinaus in die Morgendämmerung, und jetzt erst traute er seinen Sinnen genug, um sie genauer zu betrachten. Eine Locke hing ihr vorwitzig in die Stirn, die restlichen Haare waren unter einem Turban verborgen. Sie trug einen langärmligen Kaftan aus grobem Tuch, einen Strick als Gürtel und tief sitzende Pluderhosen. Und doch vermochte sie ihn nicht mehr zu täuschen, denn er wusste, welcher Körper sich darunter verbarg …

»Ich glaube, sie wollen zu den Kanonieren hinüber«, sagte sie. »Vielleicht wollen sie die Waffen stehlen.«

»Oder zerstören«, erwiderte er grimmig. Seit sie vor einer Woche die Donau überquert und die walachischen Wälder betreten hatten, verwickelten die Soldaten von König Stefan das türki-

sche Heer immer wieder in kleine Scharmützel. Sie griffen aus dem Hinterhalt an, stifteten Verwirrung unter Mensch und Tier und verwüsteten so viel wie möglich.
Dabei war die Moral der Truppen ohnehin schon angegriffen. Seit Tagen regnete es, und die Wege waren so verschlammt, dass der Feldzug nur langsam vorwärtskam. Immer wieder blieben die Karren stecken, und die Soldaten versanken bis über die Stiefelkappen im Dreck. Darüber hinaus waren sie hungrig. An der Donau hätten Schiffe des Nachschubwesens warten sollen, doch das schlechte Wetter hatte sie aufgehalten. Statt zu warten, erteilte der Sultan den Befehl, die Lebensmittel streng zu rationieren und weiterzuziehen, mitten durchs Feindesland, wo die Felder von den fliehenden Bauern verbrannt oder von den Heuschrecken leergefegt waren und in den Wäldern frisch ausgeruhte Gegner lauerten. Adem ballte die Fäuste.
»Wir könnten die Kanoniere warnen und uns dann von hinten durch den Wald an die Moldauer heranschleichen«, schlug das Mädchen vor. Ihre Augen blitzten, und ihre Wölfin stand mit gereckter Rute und gefletschten Zähnen neben ihr. »Sobald sie angreifen, nehmen wir sie in die Zange.«
Er hob die Augenbrauen. Dieser Vorschlag hätte von ihm stammen können. Doch warum zeigte sie sich so kämpferisch für ein Heer, das gar nicht das ihre war?

Mit dreißig Soldaten machten sie sich auf den Weg in den Wald. Ildiko schlich vorneweg. Äste raschelten unter ihren Füßen, Baumriesen ächzten und seufzten im Wind. Es war nass, das Laub war glitschig, und von den Lichtungen stieg Nebel auf, der die Welt in einen unwirklichen hellgrauen Schimmer tauchte. Arpad war dicht neben ihr, sein warmer Atem blies in ihr Ohr.
»Endlich mal wieder ein richtiger Kampf!« Er ließ seine Fäuste knacken. In ihr selbst regten sich jedoch seit ihrem Aufbruch gemischte Gefühle. Was konnte sie denn mit ihrer Beteiligung an diesem Angriff schon beweisen? Dies war nicht ihr Krieg!

Miklos und Ilai, die im Lager zurückgeblieben waren, teilten diese Ansicht. Mehr noch, Ilai schien verdrossen darüber zu sein, dass sie den Hauptmann als Ersten über die herannahenden Feinde informiert hatte. Doch hatte sie eine andere Wahl gehabt? Da Adem von der Prophezeiung wusste, blieb ihnen doch nichts anderes übrig, als mit ihm zusammenzuarbeiten!

Als hätte er ihre Zweifel gespürt, war Adem plötzlich an ihrer anderen Seite, und sie wandte sich ihm zu. Obwohl er nicht ihr Freund war, war ihr sein ruhiger Blick im Moment lieber als Arpads aggressives Grinsen.

»Ich weiß es zu schätzen, dass du mich verständigt hast«, sagte der Hauptmann leise.

Bevor sie antworten konnte, waren sie an ihrem Ziel. Adem hob die Hand, und seine Männer standen still, versteckt hinter Bäumen und Unterholz. Ildiko erspähte den Waldrand, dahinter das Lager der Kanoniere, weiß und rot blitzten Zelte und Fahnen gegen den Himmel. Zwischen den Bäumen wogte noch Nebel. Er ließ die Schemen der Fremden wie Geister erscheinen, ihre Plattenharnische waren stumpf und schwarz, und ihre Umhänge wirkten wie nasse Krähenflügel.

Dann ertönte ein gellender Pfiff. *»Ștefan cel Mare«*, schrie jemand. »Für unseren König!« Die Moldauer Ritter rissen ihre Schwerter aus den Gürteln und stürmten auf das Lager zu.

»Auf sie!«, rief Adem. Seine Männer kamen aus ihren Verstecken und setzten den Soldaten nach. Auch im Lager erhoben sich aus den Schatten der Zelte plötzlich die Kanoniere, die ihren Schlaf nur vorgetäuscht hatten.

Plötzlich war alles voller kämpfender Männer, Schreie und blitzender Waffen, und Ildiko blieb keine Zeit mehr, auch nur einen klaren Gedanken zu fassen. Sie riss den Dolch aus dem Gürtel, der sich im Vergleich zu den großen Schwertern der Moldauer und den schweren Säbeln der Türken allzu harmlos ausnahm. Und doch war es die Waffe, die ihr Vater und Arpad sie einst zu führen gelehrt hatten, und sie gebrauchte sie wie einen Wespenstachel, tauchte unter den Angreifern hindurch, wich aus und stach zu. Der Duft von Blut und Angst stieg ihr wie ein verführerisches Parfum in die Nase, Schreie und Stöhnen erklangen wie ein leidenschaftliches Orchester. Schon brüllte in ihr das finstere Verlangen auf, ohne jede Reue unter den Feinden zu wüten. So schwach waren sie alle, so unterlegen, und sie konnte ihre Todbringerin sein … Und doch konnte sie der Wut nicht weitere Nahrung geben, nicht heute, nicht mehr. Nein, sie empfand keine Freude bei dem, was sie tat, und so hielt sie sich zurück, verteidigte sich zwar, aber verteilte keine tödlichen Wunden.

Adem kämpfte neben ihr, und obwohl er nur über die Kraft eines Menschen verfügte, konnte sie doch nicht umhin, seine Wendigkeit zu bewundern.

Dann geschah etwas, das alles änderte.

Ildiko sah, wie einer der türkischen Soldaten mit zerschmettertem Schädel taumelte und zusammenbrach. Hinter ihm trat eine Gestalt aus dem Wald. Klein und gedrungen wirkte der Mann in dem zerschrammten Kettenhemd neben den großen Rittern mit den Plattenharnischen und Langschwertern, und doch überragte er auf unheimliche Weise alle. Ildiko sah ein zerfurchtes, spitzes Gesicht unter grauen Haaren. Über einem Schnurrbart leuchteten gelbe Habichtaugen. Sein Blick war so frostig, dass sie schauderte. Nein, es war keine Wut, die der Fremde ausstrahlte, sondern eine eisige Kälte, die wie ein Wintersturm über sie hinwegbrauste. Für einen Augenblick schwankte sie, ergriffen von einer seltsamen Ehrfurcht, einer fremden Stimme, die ihr befahl, das Knie vor ihm, dem Dominanten, dem Rudelführer zu beugen. Doch gleich fing sie sich wieder, durchpulst von einer hellen, heilenden Wut.

»*Farkasember!*«, schnappte sie auf Ungarisch. *Werwolf.* Und dann schrie sie noch einmal und mit schriller, fast überkippender Stimme: »Wolf!«

Nichts anderes zählte mehr. Die Schlacht und die Soldaten ringsum wurden bedeutungslos. Es gab nur noch den Werwolf, der bei ihren Worten erstarrt war. Der Werwolf, der zum Wolfsbund gehören musste, den Mördern ihres Vaters und Entführern ihres Bruders. Sein Kopf ruckte mit einer vogelgleichen Bewegung herum, sein Blick bohrte sich in Ildikos Herz wie ein vergifteter Pfeil. Ein türkischer Soldat attackierte ihn, und er hob seine Streitaxt, wich zurück in den Nebel zwischen den Bäumen. Unter einem einzigen Hieb ging der Soldat zu Boden. Ildiko stürmte nach vorne, sprang über Wurzeln und Gefallene, stieß kämpfende Soldaten beiseite und durchquerte den letzten Nebelschleier mit einem wütenden Brüllen. Sie riss ihren Dolch in die Höhe, als ihr Schrei in einem überraschten Ächzen verklang. Der Fremde war verschwunden.

* * *

In der Tatarenfestung Ulunkhetir, Juni 1476

Janko ging langsam über den sonnenbeschienenen Hof der Festung. Wie so oft waren dort einige Dutzend Männer mit Kampfübungen beschäftigt. Ihr Keuchen und Knurren hallte von den Wänden wider.

Er schlug einen Bogen um sie. Nach wie vor war ihm nicht wohl dabei, sich zwischen den zahlreichen Werwölfen des Khans zu bewegen. Ihre Waffen schreckten ihn genauso wie ihr wildes Gebaren. Und wie sollte er um Gottes willen damit umgehen, dass sie ihm nach wie vor mit dieser unerklärlichen Ehrfurcht begegneten? Aus diesem Grund versuchte er meist, ihnen aus dem Weg zu gehen. Inzwischen kannte er sich in der Festung recht gut aus, und so wusste er, dass unter dem Hof zahlreiche unterirdische Gänge die Türme und Mauern miteinander verbanden; wenn er allein war, wählte er diese Wege, die von den Männern eher gemieden wurden. Doch heute war er in Begleitung: Nikolaj hatte ihm einen stummen Kerl mit der Statur eines Bullen zugewiesen, der hinter ihm herging und einen riesigen Stapel Bücher und Pergamentrollen schleppte, den sich

Janko aus der Bibliothek des Khans geliehen hatte. *Aus dem Geierturm.* So nannten die Männer den höchsten der fünf Türme. Er war nicht spitz wie die anderen, sondern hatte eine flache Krone, die sie Geiernest nannten. In den oberen Stockwerken befanden sich Nikolajs Studiergemächer, die keiner außer ihm je betrat. Janko hatte der schwindelerregend steilen Treppe bis zum siebten Stockwerk folgen dürfen. Dort in der Bibliothek hatte Nikolaj ihn alleine gelassen. Janko war immer noch erstaunt über das Vertrauen, das er dahinter zu spüren meinte. Selten hatte er einen so einnehmenden Mann wie den Khan getroffen. Doch noch immer war er vorsichtig. Wie konnte sich Nikolaj nur in dem einen Atemzug so brüderlich und entgegenkommend zeigen und im nächsten beiläufig erwähnen, dass er die anderen Ältesten stürzen wollte? Janko fiel es eindeutig leichter, Schriften zu lesen, als das Verhalten von Menschen und Werwölfen zu deuten.

Radau auf der anderen Seite des Hofes lenkte ihn ab. Er hörte Geknurre und Geschnappe, und dann roch er das Blut eines frisch verendeten Tieres. Unwillkürlich blieb er stehen.

Plötzlich schoss ein schwarzer Wolf hinter einem der Schuppen hervor, der einen Körper mit sich schleifte, und ein hellbrauner Wolf folgte ihm. Nur einen halben Steinwurf von Janko entfernt holte der Hellbraune den Schwarzen ein.

Der Anblick, der Geruch und die Geräusche beschleunigten Jankos Puls. Die zwei jungen Rüden stritten sich um eine tote Wildziege, aus deren offener Kehle immer noch Blut tropfte. Speichel füllte Jankos Mund, und sein Magen verkrampfte sich. *Herr, sei mir gnädig.*

Die anderen Männer auf dem Hof hatten ihre Waffen sinken lassen und kamen nun ebenfalls heran. Jäh war Janko von ihnen umringt, doch er wich nicht zurück, so gebannt war er von dem Kampf. Der Hellbraune ging mit gefletschtem Maul zum Angriff über, um dem anderen die Beute zu entreißen. Mit Klauen und Zähnen prallten die beiden Wölfe aufeinander. Der Schwarze vergrub seine Zähne im pelzigen Hals des anderen und

schüttelte ihn; doch mit einem geschmeidigen Satz rollte der Hellbraune zur Seite, nur um nach der Schnauze des dunklen Rüden zu schnappen.
Aus der Kehle der Männer drang ein unwillkürliches Knurren, Fäuste zuckten, unterdrücktes Winseln war zu hören.
»Pack ihn, Ilgur!«, zischte einer.
Ein weiteres Mal verkeilten sich die beiden Körper belfernd ineinander. Dann ergab sich der Schwarze jaulend und schlich mit einer fellbedeckten Keule im Maul davon. Der Hellbraune blickte ihm noch einen Augenblick desinteressiert hinterher, um dann seine Zähne in Muskeln und Knochen zu schlagen und den Brustkorb der Ziege aufzureißen.
Damit schwand auch das Interesse der anderen Männer, die sich abwandten und wieder zu ihren ursprünglichen Tätigkeiten zurückkehrten; nur Janko blieb stehen. Immer noch tobte sein Wolfsblut im Nachklang des Kampfes, und sein Mund war feucht von Speichel. All die Monde ohne Verwandlung, sie hatten ihn glauben lassen, er könne den Wolf aus seiner Welt bannen. Doch er hatte sich etwas vorgemacht. Etwas fehlte ihm, fehlte ihm so sehr, dass er sich innerlich zerrissen fühlte. Körper, die über die nächtlichen Hügel jagten. Schnauzen, die sich aneinanderrieben. Und seine Wolfsgestalt war untrennbar mit einer anderen Erinnerung verbunden: seiner Familie. So weit weg war sie, er konnte sich kaum noch ihrer Gesichter entsinnen. Seit er die Verbindung zu Ildiko verweigerte, wusste er noch nicht einmal, wer von ihnen noch lebte. Traurig starrte er vor sich hin.
»Junge.«
Er fuhr herum. Saych stand hinter ihm. Er trug schwere Reiterstiefel und roch nach Pferd, und seine schwarzen Haare waren vom Wind zerzaust. Der Tatar musterte erst Janko aus schmalen Augen, dann den fressenden Wolf.
»Junge Wölfe, keine Disziplin.« Er verzog die Lippen zu einem Strich. »Wenn die Ziege ihnen gehört, dann ist es erlaubt. Wenn sie dem Khan gehört, wird er sie bestrafen.«

»Wie würde er das tun?«, fragte Janko leise. »Würde er sie auspeitschen lassen? In einen Käfig sperren?«
»*Bayartay.*« Mit einer Handbewegung scheuchte Saych den Buchträger weg, der immer noch neben ihnen stand. »Verschwinde.«
Erst dann schaute er Janko argwöhnisch an. »Warum fragst du?«
Janko zögerte erst, doch dann brach es aus ihm hervor. »Der Khan spricht von den Ältesten des Wolfsbundes, als wären sie tot. Er hat sie umbringen lassen, nicht wahr? Obwohl sie doch Werwölfe sind, wie wir. Und meine Familie. Hätte er sie auch jederzeit getötet, um mich zu bekommen?«
»Er bringt Opfer«, sagte Saych. »Das muss ein Anführer tun. Und deine Familie ist nicht tot.«
»Mein Vater schon.«
»*Tiym,* dein Vater.« Saych hob die Hände. »Das waren die Türken. Ich hatte andere Befehle.«
»Du hast meine Mutter entführt«, gab Janko zu bedenken.
»Hätte ich sie lieber töten sollen? Ich konnte sie nicht zurücklassen«, sagte Saych. Er machte ein verkniffenes Gesicht, und früher hätte Janko dies für ein Zeichen von Wut gehalten. Doch jetzt erkannte er: Saych sah tatsächlich verletzt aus. »Ich lösche nicht einfach so Familien aus«, sagte er. »Meine Eltern wurden vor meinen Augen getötet. Und meine Schwestern wurden wie ich als Sklavinnen verkauft.«
Seine Schwestern. Janko senkte den Kopf. Niemand hier wusste von seiner eigenen Schwester, und so sollte es auch bleiben.
»Deine Mutter hat in Trabzon noch gelebt, genauso die anderen«, fuhr Saych fort. »Der Stadthauptmann hat nur den Befehl bekommen, die Gefangenen festzuhalten, bis wir auf dem Meer sind.«
Zu seiner eigenen Überraschung glaubte Janko ihm.
»Auf dem Meer hast du mir versprochen, meine Familie leben zu lassen, wenn ich mit dir mitkomme«, sagte er. »Ich will, dass dies auch weiterhin gilt.«
»Ja«, erwiderte Saych einfach.

»Und der Khan?«, bohrte Janko nach. »Wird er sie in Ruhe lassen?«
»Junge.« Saych schüttelte den Kopf, als ob er begriffsstutzig wäre. »Bald bist du unser Anführer. Auch der Khan wird dann nichts mehr tun, was du nicht willst.«
»Tatsächlich?« Er konnte es nicht glauben. »Doch wann wird es so weit sein? Und was wird er von mir dafür verlangen?«
Saych hob die Achseln. »Er wird dir das alles sagen, wenn er so weit ist.«
Frustriert seufzte Janko und entlockte Saych damit sein übliches, unergründliches Lächeln.
»Du kämpfst nicht gern mit Säbeln, nicht wahr?« Er deutete auf die Männer, die auf der anderen Seite des Hofs immer noch ihre Waffenübungen absolvierten. Janko hatte gestern erst Saychs Vorschlag abgelehnt, sich ihnen anzuschließen. »Du hast deine Waffe hier.« Der Tatar deutete auf seine Stirn. »Das ist gut. Gebrauche sie, Junge.«
Immer noch lächelnd, ging er davon.

* * *

In der Walachei, Juni 1476

Adem eilte mit eingezogenem Kopf durch das Lager. Mit dem fortschreitenden Abend überzog sich der Himmel bleiern, der dunkle Schatten von Regenwolken stürmte mit der Schnelligkeit einer angreifenden Reiterei über die Waldhügel auf sie zu. Zeltwände flatterten und knallten im Wind.
Nur wenige Stunden nach dem siegreichen Kampf gegen die Moldauer hatte der Pascha nach Adem rufen lassen, um ihn für seinen geistesgegenwärtigen Einsatz zu loben. Für jeden toten Christen hatte er ihm im Namen des Sultans eine Goldmünze ausgehändigt – dreißig Stück insgesamt. Blutgeld, nichts anderes war es, und Adem war der Wert gleichgültig. Dafür hatte er

nicht gekämpft. Außerdem hatten sie nicht ihm den Sieg zu verdanken, sondern der Werwölfin.
Bislang hatte Adem dem Pascha nichts von ihrer Identität berichtet, ebenso wenig von dem Pergament und der Prophezeiung. Welch Ironie: Er wollte den rechten Augenblick abwarten, um seinen Dienstherrn davon überzeugen, ihn weiterhin mit den Werwölfen zusammenarbeiten zu lassen. Denn eines wusste er, seit er die Zeichen auf dem Pergament gesehen hatte: Auf mysteriöse Weise war sein Schicksal mit dem ihren und dem des entführten Jungen verbunden. Darüber hinaus hatten sie in dem Wolfsbund einen gemeinsamen Feind. Heute waren sie ihm schon so nahe gekommen, und doch war er ihnen entwischt: Pavel, der Älteste ihrer Feinde. Adem hatte ihn genauso erblickt wie die Werwölfin, und selbst wenn er ihn noch nie vorher gesehen hatte, hatte ihm sein Instinkt sofort verraten, wer er war.
Beim Pascha hatte er angesetzt, von alldem zu berichten. Doch wie bei ihrem letzten Gespräch schien der Eunuch zu ungeduldig, um sich auf Adems Bericht einzulassen. »Einer der Werwölfe hat die Feinde entdeckt? Was hat er überhaupt dort allein im Wald getrieben?«, unterbrach er Adem schon nach wenigen Sätzen und schmetterte seine Erklärung mit missbilligenden Worten ab: »Du lässt sie also ihren Trieben nachgehen, ohne sie dabei zu überwachen? Hauptmann, sie tanzen dir auf der Nase herum!«
»Es erschien mir der schnellste Weg, um ihr Vertrauen zu erlangen«, begann Adem geduldig zu erklären. »Nur so konnte ich von ihnen erfahren, dass …«
»Das Vertrauen eines Sklaven erlangt man vielleicht, wenn man ihm die Freiheit schenkt, doch was kann man dann noch mit ihm anfangen?« Das Lächeln des Paschas war kalt. Es schien ihm mehr Freude zu bereiten, Adem zurechtzuweisen, als ihm zuzuhören.
»Du selbst hast einst gesagt, dass die Tiere zu unberechenbar seien für uns, dass ihre Anwesenheit im Lager eine stete Gefahr

sei.« Er trug ihm das also immer noch nach. »Wenn du sie nun zu deinen Schoßhündchen machen willst, dann tu das. Aber halte sie dabei stets an der kurzen Leine.«
Adem nickte knapp, während er sich seine nächsten Worte zurechtlegte. Stolz stritt in ihm mit Besonnenheit.
Der Pascha schien allerdings gar keine Antwort zu erwarten. »Vorerst will ich nichts weiter über sie hören, bis du Gábors Sohn und das Nest dieser Tiere aufgespürt hast.« Seine hellblauen Augen waren blank wie zwei Gebirgsseen, als er Adem musterte. »Oder hast du inzwischen Skrupel, sie auszurotten? Mein Hauptmann, du scheinst noch viel darüber lernen zu müssen, wessen Nähe du abends am Lagerfeuer suchen solltest, wenn du dich so leicht beeindrucken lässt.«
Wie meinte er das? Was wusste er? Scham und Verlegenheit hatten Adem in diesem Moment mit heißer Umarmung gepackt. Er hatte natürlich an das Mädchen gedacht, an die verbotene Qual, die er in ihrer Nähe verspürte, und verwirrt hatte er alles vergessen, was er seinem Dienstherrn noch hatte erzählen wollen. Rasch war er aus dem Pavillon des Paschas geflohen.
Inzwischen sah er allerdings klarer. Der Pascha konnte nichts von dem Mädchen wissen, und erst recht nichts von den Träumen. Doch er wusste mehr, als Adem ihm berichtet hatte. *Halte sie an der kurzen Leine.* Wie dumm von ihm, dass er nicht daran gedacht hatte! Natürlich befolgte der Pascha seinen eigenen Ratschlag. Jemand aus Adems Trupp musste ihn regelmäßig informieren, wie Adem mit den Gefangenen umging. Jemand, der über ihre wölfische Natur Bescheid wusste. Und da gab es nur einen, der hasserfüllt genug war. Noch wollte er es nicht glauben. Doch schon grub sich die Enttäuschung tief in sein Herz. Wenn er Birkan nicht mehr trauen konnte, wem dann überhaupt? Niemandem mehr. Indem er ihre Geheimnisse teilte und selbst eines davon auf dem Rücken trug, hatte er sich tiefer in die Belange der Werwölfe verstrickt, als er jemals gewollt hatte.

Der Pascha würde es niemals verstehen. Er, der einzig an Geld und an Macht glaubte, und an die natürliche Unterlegenheit all jener, die ihm dienten. Er würde die Macht, die eine Prophezeiung über jene entfalten konnte, die an sie glaubten, niemals begreifen. Doch Adem, der selbst an etwas Höheres glaubte, der jeden Tag das Übernatürliche sah, wenn er mit den Werwölfen sprach, nahm die Prophezeiung und ihre Anhänger ernst. Und deshalb war er sich sicher, dass den Türken große Gefahr drohte. Deshalb half er Gábors Tochter. *Nur deshalb.*

Er fuhr sich über die Stirn und verlangsamte seinen Schritt. Er hatte sein Ziel erreicht. Vor dem Eingang des schlichten Zelts saßen mehrere Derwische, und ihre weißgekalkten Gesichter blickten ausdruckslos zu ihm hoch. Der alte Diener Orhan saß unter ihnen und winkte ihn mit einem fröhlichen Grinsen hinein.

Harun war allein. Er saß mit überkreuzten Beinen auf einem großen Teppich und beugte seinen knochigen Rücken im kargen Licht zweier Kerzen über ein Schriftstück.

Als er aufschaute, wirkte sein Blick unscharf und entrückt, als würde er seinen Besucher zunächst nicht erkennen. Nur langsam schien er in die hiesige Welt zurückzukehren, dann fuhr er sich lächelnd durch den grauen Bart.

»Setz dich, mein Sohn.« Er deutete auf den Hocker vor sich.

Adem senkte respektvoll den Kopf. Ihm widerstrebte es, höher zu sitzen als der Gelehrte, deshalb zog er seinen Mantel aus und ließ sich neben dem Hocker auf dem Teppich nieder.

»Heute Morgen hast du deinen Trupp zu einem Sieg geführt«, sagte Harun. »Es muss ein beeindruckender Kampf gewesen sein, denn mich haben mehrere Befehlshaber lobend auf meinen Neffen angesprochen.« Er musterte Adem mit einem aufmerksamen Blick. »Mir scheint, dein Ansehen wächst. Freust du dich darüber?«

Das war eine Frage, die nur sein Onkel stellen konnte. »Es war nicht mein Ansinnen, jemanden zu beeindrucken.« Er mühte sich um ein Lächeln. »Ruhm ist ein flüchtiges Gut. Morgen schon wird ein anderer die Ehre haben, meinen Platz in den Gesprächen einzunehmen.«

Harun nickte. »Gut, dass dein Herz nicht an solchen Dingen hängt«, sagte er. »Das kann dir viel Ungemach ersparen.«

Orhan betrat das Zelt und reichte ihnen Zinnbecher mit heißem Wasser, das nach Kümmel und Anis roch. Harun hielt sein Gesicht über das dampfige Gebräu und erschauerte.

»Je älter meine Knochen werden, desto häufiger frieren sie.« Er hob die Schultern. »Ich hoffe nur, dass es im Himmelreich warm ist. Doch hör nicht auf das dumme Geplauder eines Greises, Adem. Du kommst sicherlich wegen des Schriftstücks, das du mir letzte Woche gebracht hast?«

Adem nickte. »Konntest du inzwischen jemanden finden, der die Schrift lesen kann?«

»Nun«, Harun wiegte den Kopf. »Du sagtest ja, ich solle es möglichst vertraulich behandeln.« Wenn er neugierig auf Adems Gründe war, behielt er es gut für sich.

»Nur wenige alte Gefährten aus der Zeit Akşemseddins sind mit uns auf diesem Feldzug, und bislang konnte mir keiner weiterhelfen. Allerdings gibt es noch andere, die ich fragen will. So erinnere ich mich an den Neffen eines alten Freundes, der als Schreiber in jenen abgelegenen Gegenden der Tataren war und heute im Gefolge des Gazi Mustafa Pascha reist.«

Adem nickte und versuchte, seine Ungeduld zu zügeln. Wenn er seinen Onkel zur Eile anstachelte, würde er nichts erreichen außer sanftem Tadel, denn die Zeit schien für den Gelehrten immer schon gemächlicher als für einen Krieger zu verstreichen.

»Führt dich noch etwas anderes hierher, mein Sohn?«, fragte Harun plötzlich. Sein scharfsichtiger Blick hielt Adem fest. »Deine Schultern sind schwer, und deinen Augen fehlt Glanz. Mir scheint, dich bedrückt etwas, das nichts mit diesem Feldzug zu tun hat.«

Und ob. Adem seufzte. Und doch konnte er seinem Onkel nicht die Wahrheit sagen. Von einem plötzlichen Impuls getrieben, stellte er eine Frage, die doch nicht annähernd alles beschrieb, was ihm auf der Seele brannte: »Kann Gott uns mit falschem Begehren strafen, um uns zu prüfen?«

Harun verschränkte die Finger. »Sprichst du vom Begehren nach Ruhm, nach Reichtum, nach Macht? Oder von der Fleischeslust nach einer Frau?«

»Von Letzterem.« Adem senkte den Kopf. Seine Wangen glühten, als wäre er wieder ein Knabe. »Sie ist keine von uns, vielleicht wohnt der Scheitan in ihr.« *Sie ist kein Mensch.* Doch das konnte er nicht sagen.

»Der Scheitan?« Harun hob die Augenbrauen. »Du gebrauchst harsche Worte. Ist sie eine gottesfürchtige Frau, die dem Allmächtigen lediglich auf die Weise einer Christin oder einer Jüdin dient? Dann muss das Böse in ihr keine Heimstatt haben, dann ist sie sehr wohl eine Dienerin des Herrn.«

Adem erschienen Haruns Worte zu nachgiebig.

»Onkel, ich bin kein Geistlicher«, sagte er skeptisch. »Aber wenn wir alle dem gleichen Herrn dienen, ob Muslims oder Christen, warum sollten wir dann überhaupt gegeneinander kämpfen? Wären wir dann nicht alle gleich?«

»Wir sind gewiss nicht alle gleich vor Gott«, erwiderte Harun. »Doch der Koran sagt auch: Jeder hat eine Richtung, auf die er eingestellt ist, Jude, Christ oder Moslem. Und ein Gebot teilen sie: Wetteifert nach guten Dingen! Wo immer ihr sein werdet, wenn das Ende naht, Gott selbst wird euch am Jüngsten Tage allesamt prüfen.« Er strich sich durch den Bart. »Nicht jeder Mullah ist ein Heiliger, nicht jeder Ungläubige zur Hölle verdammt. Frage also nicht das Gesetz, sondern dein Herz: Kann diese Frau vor Gottes Güte bestehen? Gott blickt nicht auf das Äußere, sondern auf das Innere, und das solltest du auch tun.«

»Das Innere«, murmelte Adem. Er sah ihre goldenen Augen vor sich, ihre aufrechte Haltung. Sie war weder arglistig noch falsch. Doch war sie deshalb gut? Ach, seine Gedanken waren wirr, zu nichts zu gebrauchen. Und doch war er froh, mit seinem Onkel zu reden. Er war ein Mann, der das glaubte, was er sagte, und der ohne einen Zweifel der Ansicht war, durch gute Worte etwas Gutes zu bewirken.

Wenn Worte allerdings nicht mehr ausreichten? Was, wenn er eines Tages eine Entscheidung treffen musste, die ihn noch weiter weg führte von allem, was er kannte und einst für richtig gehalten hatte? Eine dunkle Ahnung hatte ihn ergriffen, und sie machte ihm Angst, zum ersten Mal seit langer Zeit.

31. KAPITEL

Umland von Ulunkhetir, Juli 1476

Zwischen den Gewitterwolken glühte die Sonne über der Steppe wie ein Feuerball. Janko nahm seine Mütze ab, um seine Stirn zu kühlen. Der Wind strich jedoch über seine Haut wie eine heiße Hand. Nikolaj und Saych ritten an Jankos Seite, gefolgt von fünfzehn weiteren Werwölfen. In forschem Trab durchquerten sie das Grasmeer, das sich weit über jede Vorstellung hinaus um sie herum ausbreitete. Seit vier Stunden waren sie unterwegs, und Janko spürte allmählich schmerzhaft das Reiben des Ledersattels an seinen Schenkeln. Zu lange war es her, dass er draußen gewesen war. Doch vermisst hatte er es nicht; die letzten Wochen waren prall gefüllt gewesen mit dem Studium der Dokumente. Er hatte damit begonnen, sich die tatarische Schreibweise anzueignen. An manchen Abenden hatte der Khan ihm geholfen, die Fragmente zu übersetzen, die er noch nicht verstand. Sagen und Geschichten aus der Welt der Tataren hatten ihm einen neuen Einblick in ihre Gebräuche gegeben.

Die *Geheime Geschichte,* so hieß das Schriftwerk, das vor mehreren hundert Jahren von Dschingis Khans Sippe verfasst worden war und von alldem erzählte, was der Herrscher erlebt und getan hatte. Andeutungen auf die Werwölfe fand er jedoch nur zwischen den Zeilen, denn wie die Bibel war die *Geheime Geschichte* eine Schrift der Menschen. So blieb ihm nicht viel mehr als seine Vorstellungskraft. Wie es für Temudschin wohl gewesen sein musste, durch all die fernen Länder zu reiten und dort auf Spuren anderer Werwölfe zu stoßen? Wie überrascht musste er gewesen sein, als er von der uralten Anbetung eines Wolfsgottes namens Anubis erfuhr!

»Worüber grübelst du, Shilae?«, fragte Nikolaj und riss ihn damit aus seinen Gedanken. Seine grauen Haare umwehten sein Gesicht wie eine Wolfsmähne, und seine Augen glühten von dem Genuss, den ihm der Ritt sichtlich bescherte. »Über die Überraschung, die ich dir versprochen habe, oder über all das neue Wissen, das du in der Festung zurückgelassen hast?«

Janko musste lächeln. »Über Letzteres«, gab er zu.

»Und was beschäftigt dich genau?« Der Khan zupfte mit einem Schnalzen am Zügel, und sein grauer Hengst verlangsamte kaum spürbar seinen Schritt.

»Ihr habt mir berichtet, dass Temudschin oder Dschingis Khan, wie sie ihn nannten, bei seinen Feldzügen auf die Geschichten des zwölften Stamms gestoßen ist«, sagte Janko. »In seinen Aufzeichnungen findet sich allerdings wenig darüber. Ich frage mich, wie konnte ein Tatar wie er diese fremden Gebräuche mit seinem eigenen Leben in Einklang bringen? Sein Glaube war ein ganz anderer.«

Genauso wie sein eigener, doch das sagte er nicht.

Nikolaj nickte. »Auf den ersten Blick magst du recht haben, wenn du auf die Unterschiede zwischen den Kulturen schaust«, sagte er. »Doch wenn du tiefer blickst, findest du die Gemeinsamkeiten. Nicht nur die Ägypter glaubten, dass die Zwölf der ganzen Welt ordnend zugrunde liegt. Die Zwölf ist eine heilige Zahl bei fast allen Völkern. Zwölf Monde kommen und gehen in einem Jahr, zwölf Tierkreiszeichen bestimmen die Schicksale. In Asgard, dem Heim der nordischen Götterwelt, leben zwölf Gottheiten. Zwölf Imame sind die Nachfolger Mohammeds. Die himmlische Stadt Jerusalem hat zwölf Tore, auf denen zwölf Engel stehen. Es gibt sogar die Legende, dass einer der zwölf Apostel Jesu ein Werwolf gewesen sein soll.« Janko riss die Augen auf, doch Nikolaj sprach bereits weiter. »Auch die Tataren wussten um die Bedeutung dieser Zahl. Deshalb war es für Temudschin nur natürlich, die Idee zu übernehmen. Aber vergiss nicht, dass er nie dazu kam, sein Reich nach diesem uralten Gesetz zu strukturieren – die Menschen haben ihn zuvor ermordet.«

»Doch war es nur das Gesetz, dem er sich verschrieb, oder auch der zugrundeliegende Glaube an Anubis, den ersten Werwolf?«, fragte Janko. »Wurde Temudschin sein Anhänger wie damals Benjamin?«

Nikolaj wurde für einen Moment still. »Ich sehe, worauf du hinauswillst«, sagte er schließlich. »Dir geht es nicht um den Glauben der Tataren, sondern um deinen eigenen.«

Janko senkte den Kopf, doch dann nickte er.

»Als der christliche Wolfsbund sich gründete, verwehrte er sich aus ebensolchen Glaubensgründen den alten Mysterien, verteufelte sie gar als Heidentum und Götzenanbeterei«, fuhr Nikolaj fort. In seiner Stimme klang Härte, wie jedes Mal, wenn er über den Bund sprach. »Doch damit leugnen die Mitglieder des Bundes ihre eigene Geschichte und Herkunft. Wir sind keine Menschen, Shilae.« Seine grauen Augen durchbohrten Janko. »Das Christentum ist jedoch eine Religion der Menschen, ebenso der Islam und der Glaube der Tataren an Vater Himmel und Mutter Erde. Und was tun die Menschen seit Urzeiten? Wegen dieser Religionen führen sie Kriege gegeneinander, säen Hass und Verzweiflung, nur um sich gegenseitig davon zu überzeugen, dass ihr Glaube der einzig richtige ist.«

»Die Kriege mögen falsch sein, aber sie ändern nichts an der Gewissheit der Gläubigen«, wandte Janko ein. »Der christliche Gott ist der einzig wahre Gott, heißt es in der Bibel. Er hat uns alle erschaffen.«

»Uns alle?« Nikolaj hob die Augenbrauen. »Adem und Eva, so heißt es, hat er geschaffen. Und ihre Nachkommen, die Menschen. Doch über unser Blut findest du nichts dergleichen im christlichen Glauben, nur Raunen über Dämonen und Teufelswesen.« Seine Miene war ernst, beinahe traurig, als er nach Jankos Hand griff.

»Was versprichst du dir davon, wenn du an dieser Religion festhältst, obwohl sie dich doch verteufelt? Was hat dieser Gott bisher schon für dich getan? Hat er dich jemals beschützt, dir jemals den richtigen Rat gegeben?«

Janko zog verstört seine Hand zurück. Der Khan seufzte, doch er ließ ihn gewähren. Während sie schwiegen, bohrten sich die Zweifel wie Eiszapfen in Jankos Brust. Es stimmte, all seine Gebete waren ungehört verhallt. Gott hatte ihm nicht geholfen, als man ihn gefangen genommen hatte. Im Gegenteil, er hatte zugelassen, dass seine Familie auseinandergerissen und Janko in diese fremde Welt geschleudert worden war, wo er nun alleine zurechtkommen musste. Wenn Gott so mächtig war, warum hatte er ihn im Stich gelassen? Weil es nicht seinem Willen entsprach, einem Werwolf zu helfen? Janko erzitterte, in seinen Grundfesten erschüttert.

»Ich möchte niemandem seinen Glauben nehmen«, sagte der Khan sanft. »Die Menschen brauchen ihn, so wie sie feste Regeln für ihr Leben brauchen, um sich nicht in den Wirrnissen der Welt zu verlieren. Wir sind so viel stärker als sie. Doch auch wir sind sterbliche Wesen, und wir können nicht ohne einen Glauben existieren. Einen eigenen, der unserem Blut gerecht wird. Und wir haben ihn. Wir haben die uralten Zeugnisse, wir haben die Mysterien des Einen, der zugleich der erste Werwolf und der Zwölfte im Gefüge der Welt war. Die Erde selbst hat ihn erschaffen, aus Sand und Blut und dem Licht des Vollmonds. Er war ein Gott, und er gab seine Kraft durch den Biss an seine Anhänger weiter.« Nikolajs Augen hatten die Farben der Gewitterwolken. »Diese Mysterien sind nicht nur Geschichten. Sie können wieder Wirklichkeit werden, wenn wir uns darauf einlassen.«

Wenn du dich darauf einlässt, sagte sein Blick. Etwas lag darin, ein tiefer Hunger, der Janko zurückschrecken ließ. Und doch hatte der Gedanke auch etwas Tröstliches. Ein Gott der Werwölfe. Der sie nicht für ihr Blut verurteilte, sondern willkommen hieß. Er haderte, hin- und hergerissen zwischen Neugier und Zweifel.

»Wie soll ich denn unterscheiden, was Geschichten sind und was Wirklichkeit?«, sagte er schließlich.
»Du verlangst einen Beweis?« Nikolaj zog die silberne Kette aus dem Kragen seines *Deels* hervor. »Du hast die Kraft des Medaillons doch bereits gespürt, nicht wahr?«
Janko zögerte. Er erinnerte sich an die Empfindung der fremdartigen Wesenheit, an den Schauder, als er das Medaillon angefasst hatte. Dunkelheit, Knochen, uralter Staub. Wenn er die silberne Wolfsfratze anschaute, vermeinte er fast, den Ruf wieder zu hören, flüsternd, lockend. *Ich warte auf dich.* Und doch war das nichts, was ihm nicht auch seine Vorstellungskraft vorgaukeln konnte.
»Du erinnerst dich, doch du glaubst es nicht.« Nikolaj seufzte. »Es wird Zeit, dass ich dir mehr zeige. Wenn wir zurück in der Festung sind. Doch zuerst haben wir ein anderes Ziel.« Er deutete nach vorne, und Janko konnte zu seiner Überraschung in der Ferne die Umrisse von Jurten ausmachen, mehr als dreißig der tatarischen *Gers*. Und schon strömten Menschen zwischen ihnen hervor, klein und so zahlreich, dass sie Janko an Ameisen erinnerten. Sie stießen aufgeregte Rufe aus und rannten den Werwölfen entgegen.

* * *

Războieni, Königreich Moldau, Juli 1476

Ildiko hatte Hunger. Er war ein gähnendes, dunkles Loch in ihrem Bauch, das seit Tagen nicht richtig gefüllt worden war und sie gereizt und ruhelos zurückließ. Seit mehr als einer Stunde streifte sie durch das Lager, um etwas zu erbetteln oder zu tauschen, doch vergeblich. Mürrisch machte sie sich auf den Rückweg zu ihrem Lagerplatz, wo die anderen sicherlich schon auf sie warteten.
Auf einer Anhöhe hielt sie inne und schaute sich um. Überall blickte sie in hohlwangige Gesichter.

Gerade brach die Nacht herein, und auf den freien Flächen flammten vereinzelte Feuer auf, obwohl es kaum etwas zu kochen gab. Auf allen Hügeln konnte sie die Lichter leuchten sehen, wie Spiegelungen der Sterne. Es sah alles so friedlich aus. Und doch war es das nicht. Denn auch dort unten im flachen Tal flackerten Feuer. Sie leuchteten verhalten zwischen den Bäumen hindurch, als könnten sie durch ihr Licht zu viel verraten. Dort unten lagerte das Heer von Stefan von Moldau.

Ildiko hielt inne, während sie an die letzten Wochen dachte. Die Türken waren ohne Unterlass nach Norden durch die Walachei marschiert, und der Mangel an Nahrung hatte ihnen zunehmend zugesetzt. Die Männer aßen unreife Früchte, von denen sie Magenschmerzen und Durchfall bekamen. Viele von ihnen glichen inzwischen mit ihren schmutzigen, sonnengebräunten Gesichtern und den abgerissenen Kleidern eher Vagabunden als Soldaten. Der Gegner war währenddessen immer kühner geworden, als spürte er die sich ausbreitende Schwäche. An den Rändern des Feldzugs kam es immer häufiger zu Gefechten, bei denen die ortskundigen Feinde ihr Wissen nutzten, um so viel Schaden wie möglich anzurichten und sich dann wie eine glitschige Schlange jedem Zugriff zu entziehen.

War der Feldzug bereits vor der Schlacht gescheitert? Bis vor wenigen Tagen noch hatte Ildiko es befürchtet. Doch nun waren sie ihrem Ziel plötzlich überraschend nahe. Den türkischen Reitertruppen war es gestern endlich gelungen, das Moldauer Heer in diesem Tal in die Zange zu nehmen.

»Morgen früh bekommt jeder einen Teller Wassersuppe, und dann wird der Angriffsbefehl erteilt«, hatte sich Arpad heute Mittag grimmig geäußert. »Bevor die Männer noch entkräfteter sind.«

Auch bei Adem hatte Ildiko eine gespannte Erwartung wahrgenommen. Der ganze Tag hatte der Vorbereitung der Schlacht gegolten. Viele Soldaten hatten gefastet – was angesichts der wenigen Nahrung kaum einen Unterschied machte – und unter der Anleitung von Derwischen um Allahs Führung gebetet.

Hunderte Männer hatten Bäume gefällt, Barrikaden für das Geschützfeuer errichtet, Gräben ausgehoben und Wagenburgen zusammengeschoben. Waffen waren geschärft und geölt worden, und die Befehlshaber hatten sich getroffen, um Strategien zu erörtern. Auch bei den Moldauern hatte Ildiko ähnliche Vorbereitungen aus der Ferne beobachtet.

Sie erschauerte, während sie nun über das Tal hinwegblickte. »*Allahu akbar!*«, riefen um sie herum die Muezzins die Männer zum Abendgebet. »*Allahu akbar!*«

Obwohl Ildiko das Bedürfnis eigentlich fremd war, fühlte sie den Wunsch in sich aufsteigen, ebenfalls zu beten. Ob beim Herrgott der Christen oder beim Allah der Moslems, sie hatten jede Fürsprache im Himmel nötig! In der Schlacht würde ihr Rudel dem Wolfsbund gegenüberstehen, daran hatte sie keine Zweifel. Außerdem beunruhigte es sie, dass es ihr nicht gelang, eine Verbindung zu Janko aufbauen. Wenn er sich hier im Heerlager des moldauischen Königs aufhielt, hätte sie ihn doch spüren müssen! Aber da war nichts, nicht die kleinste Verbindung. Sie mussten einen Weg gefunden haben, ihn vor ihr zu verbergen.

Sie ließ sich auf ihre Fersen nieder, um die Soldaten nicht bei ihrer Andacht zu stören. Unten im Tal leuchteten die Feuer plötzlich heller auf, als fegten die Gebete der Türken wie ein Windstoß über sie hinweg. Was konnte sie nur tun, um ihrem Bruder zu helfen? Sie fühlte sich hilflos. Das Pergament aus dem Medaillon, das ihnen vielleicht mehr über die Pläne der Entführer verraten konnte, war immer noch nicht wieder in ihre Hände gelangt. Sie wusste, dass Adem es seinem Onkel Harun gegeben hatte, weil sie ihn bei seinem ersten Gang dorthin beschattet hatte. Doch obwohl sie ihn seitdem täglich danach fragte, hatte sie noch keine Antwort erhalten. Vielleicht war sie ihm gegenüber zu leichtgläubig, und Ilai und Arpad hatten doch recht mit ihrem Misstrauen. Wusste Adem längst, was auf dem Schriftstück geschrieben stand, und hielt es vor ihr zurück? Er war klug genug, um zu erkennen, dass die Werwölfe nichts mehr an die Türken binden würde, sobald sie herausfanden, wo Janko gefangen war. Vielleicht hatte Adem auch den geheimen Befehl, sich an ihre Fersen zu heften, bis sie Janko befreit hatten, und sie dann alle zu eliminieren. Diese Befürchtung ließ sie wütend und traurig zugleich werden. Andererseits würde auch sie nicht zögern, ihn zu töten, wenn er sich ihr in den Weg stellte – oder?

»*As-salamu alaikum wa rahmatu-llah …*« Unwillkürlich flüsterten ihre Lippen die Worte der Soldaten mit, die sie inzwischen schon Hunderte Male gehört hatte. Wieder glitt ihr Blick über das Tal. Der Geruch von Holzrauch zog zu ihr empor. Hoch stiegen die Flammen, als brieten die Moldauer ganze Ochsen über ihren Feuerstellen. Feuerstellen? Sie runzelte die Stirn. Die flackernden Lichter wuchsen, manche verbanden sich bereits zu einzelnen, größeren Brandstätten. Sie hörte Holz prasseln, dann das Krachen eines Baumes.

»Feuer«, flüsterte sie. Dann rief sie es und sprang auf die Beine. »Feuer!«

Um sie herum zuckten die Männer zusammen und unterbrachen ihr Gebet. Sie starrten ins Tal hinunter, und mittlerweile brauchte es nicht mehr Ildikos scharfe Wolfsaugen, um das Offensichtliche zu erkennen. »Feuer!«, wurde ihr Ruf von den menschlichen Kehlen aufgegriffen. »Die Moldauer zünden das Tal an!«

»Sammelt euch, Männer!« Ein berittener Hauptmann trieb sein Pferd zwischen ihnen hindurch. »Sammelt euch bei euren Truppen und wartet auf weitere Befehle.«

Janitscharen, Kurden, Serben, Sipahi und einfache Fußsoldaten strebten auseinander und eilten die Wege entlang. Ildiko huschte zwischen ihnen hindurch, nutzte Unterholz und Abkürzungen, um möglichst schnell zurück zu ihrem Lagerplatz zu kommen.

Ihre Zelte befanden sich auf der Ostseite des Hanges, am Rande eines kleinen Wäldchens, das den Holzfällern bisher nicht zum Opfer gefallen war. Hier war von der Aufregung des restlichen

Heers noch nichts zu spüren. Arpad, Miklos und Ilai saßen zwischen den anderen Soldaten um ein Feuer. Arpad ließ gerade eine seiner üblichen Zoten hören, und die Männer lachten. Miklos lächelte versonnen, blickte dann jedoch auf. Trotz seiner Blindheit bemerkte er Ildikos Ankunft als Erster. Ilai spielte geistesabwesend mit einer kleinen Flöte herum, die er in den letzten Tagen aus Kirschholz geschnitzt hatte. Ildiko vermied es, ihn direkt anzublicken.

»Unten im Tal brennt es«, rief sie. »Im Heerlager der Moldauer.«

Sofort sprangen die Männer auf. »Wie? Was ist geschehen?«

»Allah ist gerecht«, bemerkte einer grinsend. »Er schürt ihnen heute schon das Höllenfeuer.«

»Da wär ich mir nicht so sicher.« Arpad strich sich durchs rote Haar und ließ dann eine seiner Pranken auf Ildikos Schulter fallen. »Wo ist das Feuer genau?«, wollte er wissen. »Mitten im Tal oder am Rand? Ist es eine große Brandstätte, oder mehrere kleine?«

Ildiko kniff die Augen zusammen, versuchte, sich genau zu erinnern. »Es brennt am Rand, da wo es bereits den Hang hinaufgeht zum Janitscharenlager. Es ist nicht nur ein Feuer, sondern mehrere, fast wie ein Halbkreis …« Sie ballte die Fäuste. »Das ist kein Zufall. Sie wollen die Janitscharen ausräuchern!«

Arpad nickte grimmig, als hätte er dies geahnt. »Diese Halunken. Sie haben wenig zu befürchten, sie haben dort unten den Fluss. Wahrscheinlich haben sie deshalb heute den ganzen Tag Holz geschlagen und Wassergräben ausgehoben – um ihr Lager vor dem Brand zu schützen, den sie jetzt die Hügel hinaufjagen. Die Bäume sind trocken wie Zunder. Das Feuer wird uns zwingen, unser Lager abzubrechen, und genau diese Verwirrung werden sie für einen Angriff nutzen.«

»Wohl gesprochen«, sagte Adem und sprang von seinem Pferd. »Ich war gerade bei einer Besprechung im Zelt des Paschas. Sie wurde wegen des Feuers unterbrochen. Alle verfügbaren Fußtruppen werden zusammengerufen, um die Schneise unterhalb des Janitscharenlagers zu verbreitern. Meldet euch beim Kommandanten der Arsenaltruppen. Er überwacht die Arbeiten und wird euch einteilen. Ihr drei«, er deutete auf Ildiko, Miklos und Ilai, »bleibt hier, um das Lager im Blick zu behalten.« Als spürte er, dass Ildiko widersprechen wollte, warf er ihr rasch einen scharfen Blick zu, den sie mit hochgezogenen Augenbrauen erwiderte.

»Ich begleite den Pascha zum Sultan«, fuhr er fort. »Ihr sammelt euch wieder hier, sobald der Kommandant euch nicht mehr benötigt. Falls es in der Zwischenzeit zu einem Angriff kommt, hört ihr auf Arpads Befehle.«

Ildiko riss die Augen auf. Auch die anderen machten verblüffte Gesichter. Arpad grinste überrascht. Die meisten konnten es nicht verhindern, zuerst ihn und dann Birkan anzuschauen, der mit wütender Miene die Arme verschränkte.

»Das kannst du nicht …«, setzte er an, doch Adem unterbrach ihn rüde.

»Wir haben keine Zeit für Diskussionen. Tut, was ich sage.« Und schon schwang er sich wieder auf sein Pferd und verschwand in der Dunkelheit.

Während die Männer zu ihrem Einsatz aufbrachen, ließ Ildiko sich bei Miklos und Ilai nieder.

»Welch seltsame Wahl für einen Stellvertreter«, sagte Miklos leise.

Ildiko nickte. »Arpad versteht mehr als die meisten vom Krieg«, gab sie jedoch zu bedenken. »Und vielleicht will Adem uns damit beweisen, dass er uns vertraut.«

Ilai schnaubte, doch er hielt den Blick gesenkt und sagte nichts.

Miklos wiegte den Kopf. »Ich frage mich, wann er seinen Dienstherrn über diese Entscheidung informiert.«

Sie verfielen in Schweigen. Während Miklos entspannt dreinblickte, fühlte sich Ildiko durch die Stille verlegen. Jetzt, da das Lager menschenleer war und sie nichts zu tun hatten, als zu warten, fiel ihr beileibe keine Ausrede mehr ein, warum sie einem klärenden Gespräch mit Ilai immer noch auswich. Sie konnte seinen warmen Körper neben sich spüren, roch seinen vertrauten Duft, der ihr Herz schneller schlagen ließ. Und doch fürchtete sie seine Gegenwart mehr als die Schlacht. So atmete sie auf, als er die Flöte an die Lippen setzte und die Stille durch eine kleine, melancholische Melodie unterbrach.

Bedächtig ließ sie ihren Blick durch das Lager gleiten, spitzte die Ohren für die Geräusche der Nacht, die ohne das Gemurmel, Gelächter und Geschnaufe der Soldaten viel reiner zu ihnen drangen. Dafür hörte sie plötzlich noch etwas anderes. Angespannt drehte sie den Kopf und hielt den Atem an. Auch Miklos richtete sich auf.

»Spiel weiter«, flüsterte sie Ilai zu und erhob sich lautlos. »Ich bin gleich zurück.«

Wie ein Schatten huschte sie von Zelt zu Zelt, duckte sich unter einem Wagen hindurch, verharrte unter dem Geäst einer Eiche. Und dann sah sie ihn. Er bewegte sich beinah so lautlos wie sie von Deckung zu Deckung, die Schnauze dicht über dem Boden und die Ohren gespitzt. Ein dunkelgrauer Wolf, der zielstrebig durch das ausgestorbene Lager schlich.

Ihr Herz schlug hart und fest, während sie gegen den ersten Impuls ankämpfte, sich auf ihn zu stürzen, und sich stattdessen an seine Fersen heftete. Was auch immer er vorhatte, es konnte nichts Gutes sein. Allmählich wurden die Zelte prächtiger, die Feuerstellen etwas belebter. Trotzdem schienen selbst die meisten Bediensteten der Würdenträger, die hier lagerten, gegen das Feuer zu kämpfen, statt bei ihren Herren zu sein.

Was, wenn der Brand wirklich ein Ablenkungsmanöver war, aber nicht für einen Angriff der Moldauer, sondern für das, was dieser Werwolf vorhatte? Ildiko knirschte mit den Zähnen. Dann wuchs ihr Argwohn zu einem ungeheuren Verdacht, als sie sich dem prachtvollsten Zelt des Feldzugs näherten: der Unterkunft des Sultans.

Bemalte Lederbahnen und purpurnes Tuchleinen, bunt gewirkte Teppiche mit goldenen Fransen und gedrechseltes Zeltgestänge fügten sich zu einer großen Zeltburg mit mehreren Eingängen zusammen. Ildiko sah, wie der Wolf um die Zelte schlich. Würde er es tatsächlich wagen, den Sultan in seiner eigenen, streng bewachten Lagerstätte anzugreifen? Plötzlich stritten sich Zweifel, Hass und Bewunderung in ihr. Wenn sie sich nun einfach zurückzog, wenn sie den Dingen ihren Lauf ließ ... doch dann biss sie sich auf die Lippen. Sie konnte doch nicht ernsthaft in Erwägung ziehen, den Wolfsbund bei seinen Missetaten zu unterstützen! Außerdem, wenn der Sultan in den Fängen eines Wolfs starb, wen würde Sulejmân-Pascha als Erste verdächtigen? Nein, sie musste zum Schutz ihres Rudels handeln! Mit einem Grollen auf den Lippen folgte sie dem Wolf. Sie roch Wut und eine gefährliche Entschlossenheit. Spätestens jetzt hatte sie nicht mehr den geringsten Zweifel an seiner Mission.

Als drei Wachmänner bei ihrer Runde um das Zelt an ihnen vorbeikamen, kauerte er sich hinter einem Karren zusammen. Auch Ildiko verbarg sich.

Die Wachen waren nur wenige Mannslängen an dem Versteck des Wolfs vorbei, als sein dunkler Körper aus dem Schatten schnellte, direkt auf das Zelt zu. Noch im Sprung duckte er sich, dann schlüpfte er unter der Plane hindurch. Das alles hatte nicht mehr als einen Herzschlag gedauert.

Ildiko schnappte nach Luft und sprang aus ihrem Versteck. Doch sie war erst wenige Schritte weit gekommen, als einer der Wachmänner sie bemerkte.

»He!« Im Laufschritt kam er auf sie zu. »Sich vor dem Zelt des Padischa herumzutreiben, ist verboten!«

Behende wich sie aus, als er nach ihr greifen wollte, und schob sich dabei näher an das Zelt heran. »Ein Wolf«, rief sie atemlos. »Ich habe gesehen, wie er ins Zelt eingedrungen ist. Der Sultan ist in Gefahr.«

»Ein Wolf?« Der Mann hob die Augenbrauen.

»Genau hier.« Sie deutete auf den Boden der Zeltplane, den schmalen Streif zwischen Tuch und Gras, und biss sich dabei frustriert auf die Lippen. Nur als Tier würde sie gelenkig genug sein, ebenfalls durch diesen Spalt zu schlüpfen. Doch weder konnte sie sich verwandeln noch den Wachmann überzeugen, der bereits den Mund zu einem Grinsen verzog. Es gab nur einen Weg. Als er erneut ihren Arm packen wollte, rammte sie ihm die Schulter in die Brust, duckte sich unter dem Griff des Nächsten hindurch und rannte zum Eingang, der einen halben Steinwurf entfernt war.

»Stehen bleiben!«, riefen die Männer, und die zwei Bostanji an der Pforte traten heraus, um zu sehen, was der Grund für den Lärm war. Ildiko war zwischen ihnen hindurchgeschlüpft, bevor die Männer überhaupt reagieren konnten.

Sie kam in einem schmalen Zeltgang heraus, den sie entlanghetzte, bis sich ein weiter Raum vor ihr öffnete. Mehr als zwanzig Männer saßen auf Teppichen und waren in murmelnde Gespräche vertieft. Ildiko sah Sulejmân-Pascha unter ihnen, in einem prächtig leuchtenden Kaftan aus Silberfäden. Hinter ihm stand schwarz und aufrecht Adem und schien mit gerunzelter Stirn zu lauschen.

Schon ertönten hinter Ildiko die Rufe der Bostanji, und die ersten der Versammelten wandten sich zu ihr um. Sie ignorierte sie. Links war ein Durchgang, der prächtig mit goldenen Kordeln geschmückt war.

Mit großen Sprüngen durchquerte sie den Raum, stieß mehrere Männer beiseite und rannte hindurch. Schon konnte sie den Werwolf riechen. Er musste ganz in der Nähe sein. Sie bog um eine Ecke, schob einen seidenen Vorhang beiseite, und dann war sie da.

Ein Windspiel klimperte im Luftzug. Der Duft von Ambra und Zimt erfüllte den prachtvollen Raum. Dort, zwischen edelsteingeschmückten Kissen und Sitzpolstern, stand der Sultan. Ildiko erkannte seine massige, leicht gekrümmte Gestalt sofort. Zwei Sklaven halfen ihm in einen samtenen Kaftan. Einer erblickte sie und schrie auf.

Ildiko nahm sich nicht die Zeit, stehen zu bleiben. Sie konnte die sechs Bostanji riechen, die in den Schatten hinter den Vor-

hängen lauerten. Doch keiner schien den Wolf zu sehen, der sich hinter der Bettstätte anschlich und nun zum Sprung ansetzte. Seine Augen funkelten im Widerschein der Öllampen.
Mit einem Brüllen warf Ildiko sich am Sultan vorbei und zog gleichzeitig ihren Dolch. Rings um sie gellten weitere Schreie. Waffen klirrten, Männer trampelten. Nichts davon war wichtig. Der Wolf fuhr herum und duckte sich, entblößte knurrend seine Fangzähne. Doch schon war Ildiko über ihm. Ihr Dolch zischte durch die Luft, fuhr in einer geraden, wuchtigen Bewegung nach unten. Sofort zog sie den Arm wieder zurück. Seine Zähne schnappten ins Leere. Ein jaulendes Pfeifen drang aus seiner Kehle. In seinen aufgerissenen dunklen Tieraugen konnte sie Überraschung lesen und dann die panische Erkenntnis, dass er verloren hatte. Blut lief warm über sein Fell und tränkte Ildikos Kaftan. Ihr Dolch steckte bis zum Heft in seiner Brust.
Doch sie hatte keine Zeit, innezuhalten. Während er ein letztes Mal gurgelnd den Atem ausstieß, rollte sie sich instinktiv zur Seite. Eine Säbelklinge zischte an ihrem Gesicht vorbei und schlug in den hölzernen Bettpfosten ein. Ildiko robbte nach vorne, über die Leiche des Wolfs hinweg, dann sprang sie mit einer fließenden Bewegung auf und rammte dem Bostanji, der plötzlich vor ihr stand, ihren Fuß in den Bauch. Stöhnend sackte er zusammen. Sie entriss ihm seinen Säbel, tänzelte einen Schritt zur Seite und drehte sich gleichzeitig um. Drei Bostanji umrundeten die Bettstatt, wollten sich zugleich auf sie stürzen und behinderten sich für einen kurzen Augenblick gegenseitig. Zwei weitere schützten den Sultan mit ihren kräftigen Körpern, als drohte ihm immer noch Gefahr.
Die Sklaven schrien misstönend und schrill: »Er wollte ihn töten! Er wollte den Sultan angreifen, zusammen mit seinem Hund!«
Ildiko riss den Säbel in die Höhe, parierte mehr schlecht als recht den ersten Angriff. Schmerz schoss durch ihre Schulter, doch schlimmer als das war die Erkenntnis, dass sie Opfer eines tödlichen Irrtums geworden war.

»Ich war es nicht«, rief sie und wich einen Schritt zurück. Sie duckte sich unter dem nächsten Hieb hindurch und versetzte dem Mann mit ihrem Säbel eine tiefe Wunde in die Seite. Doch schon drang der Nächste auf sie ein. Sie vollführte eine blitzartige, halbkreisförmige Bewegung mit ihrer Waffe, und der Säbel ihres Angreifers wirbelte davon; zusammen mit der Hand, die ihn hielt. Mit hervorquellenden Augen starrte er den Armstumpf an und begann zu brüllen, doch seine eigenen Kumpane stießen ihn zur Seite, um Ildiko weiter anzugreifen. Sie keuchte; beide ihrer Treffer waren vom Glück bestimmt gewesen und ließen sich wohl nicht wiederholen. Zwar war sie dank ihres Wolfsbluts schneller und wohl auch stärker als die Bostanji, doch sie waren in der Überzahl und viel erfahrener im Kampf. Ein Blick zum Eingang zeigte ihr, dass bereits weitere Männer hereinstürmten. Unter ihnen war auch Adem. Mit bleicher Miene starrte er sie an. In seinem Gesicht las sie keine Wut, nur Entsetzen.

»Ich war es nicht«, schrie sie erneut, und dieses Mal waren ihre Worte nur an ihn gerichtet. »Ich wollte den Sultan beschützen!«

Ein Faustschlag ließ sie taumeln. Statt ihr Gleichgewicht wiederzufinden, ließ sie sich fallen, rollte über den Teppich und zog den Kopf ein. Hitze zerschmolz ihre Knochen, ihre Haut zog sich zusammen und zerfloss dann in einem glühenden Strom. Geräusche und Gerüche vermengten sich zu einem unwirklichen Sog. Sie streckte die Pfoten und schnappte nach den Händen und Füßen, die vor ihr zurückzuckten, dann schlüpfte sie unter der Zeltplane hindurch in die Nacht hinaus.

32. KAPITEL

Tatarenland, zur gleichen Zeit

Der Himmel färbte sich bereits azurblau, als sich die Bewohner der *Gers* in der Mitte ihrer Siedlung sammelten. Mehrere Feuer flackerten und versprühten Funken.

Janko saß auf einem Stuhl aus Holz und glänzendem Leder. Er konnte die Anwesenheit Saychs spüren, der bewegungslos hinter ihm stand. Auch die anderen Werwölfe verharrten im Stehen. Die Menschen hatten sich hingegen auf Kissen und Teppichen auf dem Boden niedergelassen, manche knieten auch und starrten mit großen Augen zu ihm empor.

Janko studierte ihre flachen Gesichter, die sich untereinander so ähnlich waren. Er konnte sie riechen, jeden einzelnen der etwa zweihundert Männer, Frauen und Kinder. So lange hatte er nicht mehr unter Menschen geweilt, dass ihm ihr Duft seltsam flach erschien, hell und unvollkommen, denn ihnen fehlte die dunkle Note der Werwölfe. Stattdessen roch er Ehrerbietung, Erwartung, ja fast schon hündische Unterwürfigkeit, die in ihm eine Mischung aus unfreiwilligem Stolz und Unbehagen weckte. Nikolaj hatte recht – so vieles trennte sie von ihnen, viel mehr als nur ein Biss oder eine nächtliche Jagd.

»Shilae«, hörte er sie flüstern, wenn sie ihn ansahen. »Welch Ehre für uns, dass er der Wolfsweihe beiwohnt.«

Direkt nach ihrer Ankunft war Nikolaj im größten *Ger* verschwunden. Janko wusste nicht, was er dort getan hatte, er hatte nur leises Gemurmel durch die Zeltplanen hören können.

Ihm selbst war in den letzten Stunden von Frauen und Mädchen häppchenweise Essen gereicht worden. Mehrere Männer

hatten Lieder angestimmt, monotone, getragene Gesänge mit hoher Stimme, die Geschichten von Ahnengeistern und Abenteuern, kalten Wintern und wilden Yaks erzählten.
Doch nun waren die Gesänge verstummt, und Spannung lag so greifbar in der Luft, dass sich die Haare auf Jankos Armen aufrichteten. Die Flammen der Feuerstelle in der Mitte des Platzes schlugen hoch in die Abendluft. Zwei Stühle wurden gebracht und neben den Flammen aufgestellt.
Und dann öffnete sich die Tür des großen *Gers*, und alle Köpfe wandten sich in diese Richtung. Ein alter Tatar trat heraus, dessen reich bestickter *Deel* und aufrechte Haltung von einer ehrwürdigen Stellung in der Sippe zeugten. Hinter ihm folgten zwei Jungen. Sie mochten vielleicht zwölf oder dreizehn Jahre zählen und trugen Umhänge aus grauem und braunem Fell. *Wolfsfell.* Janko hielt die Luft an. Kapuzen mit spitzen Ohren waren über ihre Köpfe gestülpt. Während sie hinter dem Alten hergingen, bemühten sie sich um die gleiche aufrechte Haltung wie er. Die Menschenmenge raunte. Janko sah, wie mehrere Frauen sich an den Händen fassten. In ihren Mienen meinte er Ergriffenheit zu lesen.
Und schon stimmte jemand einen neuen Gesang an. Doch dieses Mal wurden keine Worte gesungen, nur kehlige Laute und langgezogene Töne, die Janko einen Schauer über den Rücken jagten. Wie die Sänger es auch anstellen mochten, es klang so, als drängten mehrere Töne auf einmal aus ihren Kehlen, an- und abschwellend wie der Wind, der durch die Gräser der Steppe fuhr.
Die beiden Jungen wurden zu den Stühlen geführt und ließen sich darauf nieder. Janko roch ihre Angst, doch auch noch etwas anderes: Stolz. Sie waren auserwählt, so wie er. Langsam ahnte er, welche Prüfung auf sie wartete.
Dann trat der Khan aus der Jurte. Vier seiner Männer flankierten ihn mit grimmigen Mienen. Sie hielten Fackeln, die ein düsteres Schattenspiel auf Nikolajs hageres Gesicht warfen. Seine schwarze Robe schien jedoch jedes Licht zu schlucken. Die Menschen duckten sich unter seinem herrischen Blick, während

er zwischen ihnen hindurchschritt. Nur als er zu Janko herübersah, meinte dieser kurz Wärme, ja sogar Heiterkeit in den grauen Augen aufblitzen zu sehen.
Zwischen Janko und den beiden Jungen blieb er stehen. Die Gesänge verstummten, und der Khan hob seine Stimme.
»Heute sind wir hier, um dem Einen die Ehre zu geben«, rief er mit volltönender Stimme. »Dem Wolf, dem Himmlischen Tier, der den Zwölften für sich fordert zum Frieden unter dem Mond und den Sternen.«
Er riss den Kopf in den Nacken und stieß einen Schrei aus, ein kehliges, tiefes Brüllen.
»Tshono«, riefen die Menschen. »Anubis«, bellten die Werwölfe. Und der Schrei des Khans verwandelte sich in ein Heulen, das sie alle übertönte. Er warf die schwarze Robe von sich wie unnützen Ballast. Dann hob er die Hände, die wie Klauen gebogen waren. Fell überzog seinen Körper. Knochen knackten, Gliedmaßen streckten und krümmten sich. Sein Mund schob sich nach vorne und wurde zu einer Schnauze, weiß blitzende Fangzähne schossen hervor. Janko hielt den Atem an angesichts der Majestät der Verwandlung, die in ihm den Drang weckte, es ihm gleichzutun. Mit beiden Händen klammerte er sich an der Stuhllehne fest. Die Menschen hingegen stöhnten leise und verströmten den scharfen Geruch von Angst. Der Khan ließ sich auf die Knie nieder und schüttelte sich, und dann war er ein riesiger, grauer Wolf, ein Körper voller Eleganz und mit der Kraft einer wilden Kreatur. Er streckte sich und warf einen arroganten Blick über die Menschen hinweg. Niemand wagte es, zu schreien, ja, kaum einer holte Luft, und doch floh auch keiner, so stark schien ihr Vertrauen zu sein, dass dieser Wolf sie nicht angreifen würde. Janko war starr vor Verwunderung und auch vor Ehrfurcht. *Wir sind so viel stärker als sie.*
Der graue Wolf trabte einmal durch die atemlos verharrende Menschenmenge, und fast schien es Janko, dass er seine Lefzen zu einem Lächeln verzog. Dann wandte er sich den beiden Jungen zu, die auf ihren Stühlen leise wimmerten. Mit einem Satz

war der Wolf bei dem ersten. Als er sein Maul aufriss und die Zähne entblößte, wandte der Junge den Kopf ab, doch hielt ansonsten still. Er schrie erst, als sich die Zähne des Tiers in seinen Arm bohrten.
Janko sah und roch das Blut, das aus den tiefen Bissspuren floss und auf den Boden tropfte. Der Junge krümmte sich vor Schmerz zusammen, doch der Wolf hatte schon von ihm abgelassen und lief zu dem anderen Jungen hinüber. Auch ihn biss er in den Arm, und dann umrundete er ein letztes Mal das Feuer und verschwand mit einigen mächtigen Sätzen im Eingang des großen *Gers*.
Es herrschte Stille auf dem Platz, nur die Feuer zuckten im Wind. Der Khan trat in seiner Menschengestalt aus der Jurte. Die Tataren brachen in lauten Jubel aus, und ihre Gesichter glänzten vor Erleichterung und Anbetung. Erneut wurde Essen aufgetischt, Gesänge wurden angestimmt, und die Feuer flackerten hoch in den kühlen Nachthimmel. Die Wunden der beiden Jungen wurden versorgt, dann hüllte man sie in *Deels* und bettete sie auf Felle. Ihre Gesichter waren bleich und sprachen bereits von dem Fieber, das sie ereilen würde, wenn die Verwandlung begann.
Janko beobachtete, wie Menschen zu ihnen kamen und ihnen kleine Geschenke überreichten.
»Sie sind die zwölften Söhne ihrer Sippe«, sagte Nikolaj neben ihm. Immer noch glühte in seinen Augen dunkel der Wolf. »Sieh, die Menschen betrachten es als Ehre, wenn jemand von ihnen zum Wolf geweiht wird. So soll es sein.«
Janko nickte nachdenklich. »Kommen die beiden mit uns?«,
»Natürlich.« Nikolaj lächelte. »Wir sind jetzt ihr Rudel, ihre Familie. Wenn sie ihre früheren Angehörigen wiedersehen, dann nur, um über sie zu wachen und sie zu beschützen.«
Wenig später machten sie sich für den Aufbruch bereit.
Zwei Werwölfe nahmen die bereits halb bewusstlosen Jungen zu sich aufs Pferd. Menschen führten unter tiefen Verbeugungen Packpferde heran, die schwer mit Stoffballen, Weizensäcken und Fässern voller Käse beladen waren. Saych überwachte

die Vorbereitungen, und als Janko neugierig neben ihn trat, nickte er ihm zu.
»Der zwölfte Teil«, sagte er. Janko musste wohl verständnislos dreinschauen, denn er fügte hinzu: »Den zwölften Teil von ihrem Besitz geben sie uns für ihren Schutz – so ist es vereinbart.«
Von diesen Abgaben also lebte das Rudel. Janko fand das einleuchtend. Er wollte bereits zu seiner Stute hinübergehen, als sich ein letztes Mal die wartende Menschenmenge öffnete. Ein Mann mit gefesselten Händen hinkte hindurch. Zwei Werwölfe trieben ihn mit barschen Worten vor sich her. Blutergüsse verunstalteten sein Gesicht, und die Leute spuckten aus, als er vorüberkam.
»Was ist mit ihm?«, fragte Janko überrascht.
»Er ist ein Lügner und Dieb«, knurrte Saych. »Er hat seine Nachbarn bestohlen und mit der Frau seines Bruders geschlafen.«
»Und er kommt mit uns?« Mit gerunzelter Stirn beobachtete Janko, dass der Mann unbeholfen auf ein Pferd stieg. Seine Hände wurden an den Sattel gebunden, und einer der Werwölfe nahm das Tier fest am Zügel.
»Wir werden ihn seiner gerechten Strafe zuführen«, sagte Nikolaj, der lautlos aufgetaucht war. »Das gehört ebenfalls zu unseren Aufgaben, wenn wir die Menschen führen wollen.«
Voller Verachtung musterte er den Gefangenen, als dieser neben seinem wölfischen Wächter an ihnen vorbeiritt. Und auch Janko verzog unwillkürlich den Mund, denn der Mann roch nach Schwäche, nach Kot und Schweiß, und er blickte dumpf wie ein Yak vor sich hin.
»Komm.« Nikolaj legte ihm eine Hand auf den Rücken. Warm und kräftig fühlte sie sich an, und Janko konnte nicht anders, als das strahlende Lächeln des Khans zu erwidern. Ehrerbietig machten ihnen die Menschen Platz, als sie zwischen ihnen hindurch zu ihren Pferden schritten. »Reiten wir nach Hause.«

* * *

Războieni, Königreich Moldau, in der gleichen Nacht

»Es waren zwei dieser Bestien. Eine ist tot, doch die andere ist noch irgendwo da draußen.« Der Sultan stand mit geballten Fäusten vor ihnen und zitterte vor Zorn.

Adem verharrte mit gesenktem Blick, ebenso der Pascha und die Handvoll Bostanji, die der Sultan nicht hinausgeschickt hatte. Aus den Augenwinkeln konnte Adem die Leiche des Wolfs sehen, der nach den Fußtritten der Leibwächter mehr einem blutigen Lumpen als einem Körper glich. Immer noch war er fassungslos.

Das Mädchen, mit erhobenem, blutigem Säbel. Ihr wilder Blick, ihre pfeilschnellen Bewegungen, die in der Luft zu verschwimmen schienen, als sie sich gegen die Männer zur Wehr setzte. Noch nie hatte er jemanden so kämpfen sehen. Er hatte ihre Worte gehört. *Ich war es nicht.* Tatsächlich hatte der tote Wolf weder das helle Fell von Miklos noch das rote von Arpad.

»Ich will sie alle tot sehen!«, rief der Sultan. Seine Blicke durchbohrten die Anwesenden wie glühende Lanzenspitzen. »Du.« Plötzlich blieb er vor Adem stehen. »Du hattest die Aufsicht über die drei Bestien. Wenn ihr mir ihre Köpfe nicht bringt, wirst du deinen für sie hinhalten müssen.« Weiterhin hielt Adem den Kopf gesenkt, wie es sich für einen Hauptmann seines Ranges gehörte, doch er konnte nicht länger an sich halten.

»Ich glaube nicht, dass es jene drei waren, die Euch angriffen, höchster Herr«, sagte er. Der Pascha neben ihm sog scharf die Luft ein, und auch die Bostanji runzelten ungläubig die Stirn, dass er es wagte, das Wort zu ergreifen. Und doch sprach er weiter. »Ich glaube vielmehr, dass jenes zweite Wesen Euch verteidigen wollte. Immerhin steckte sein Dolch in dem toten Wolf …«

»Willst du damit sagen, dass ich meinen eigenen Augen nicht trauen kann?«, brüllte der Sultan. Sogleich packten zwei der

Bostanji Adem an den Armen, bereit, ihm für diese Beleidigung die Kehle durchzuschneiden. Und für einen Augenblick schien alles in der Schwebe. Adem verharrte mit geschlossenen Augen, lauschte ein letztes Mal dem dummen, dumpfen Schlag seines Herzens, das ihm das alles eingebrockt hatte.

Dann wedelte der Sultan mit der Hand durch die Luft. »Sulejmân bleibt, ihr anderen geht«, grollte er. »Und kommt erst wieder, wenn ihr die Wölfe erlegt habt. Allah hat mir das Leben heute Nacht nicht geschenkt, um es mit euch zu verplempern, sondern um eine Schlacht vorzubereiten.«

Auf dem Weg nach draußen warf Adem dem Pascha einen letzten Blick zu. Er war sein Dienstherr, seit er ein Kind gewesen war. Doch jetzt las er in dessen Miene nur Geringschätzung und Ärger, als wäre Adem nichts als eine Kakerlake, die sich erdreistet hatte, ihm ins Essen zu krabbeln. Von ihm hatte er keine Unterstützung zu erwarten. Das überraschte ihn nicht. Es enttäuschte ihn nicht einmal mehr. Er straffte die Schultern und wandte sich ab.

Draußen atmete er tief durch. Dabei ignorierte er die Würdenträger, die sich aufgeregt vor den Zelten scharten. Sollten sie sich nur das Maul zerreißen! Die wenigsten hatten gesehen, was sich wirklich zugetragen hatte.

Er wandte sich den fünf grau gekleideten Bostanji zu, die ihm dicht auf den Fersen gefolgt waren und ihn mit hochgezogenen Augenbrauen musterten. Sie waren die persönlichen Wachen des Sultans, die ihn nicht einmal in seinem Schlaf verließen und deshalb über alle Vorgänge Bescheid wussten; und sie waren auch seine verschwiegenen Meuchelmörder und Attentäter, die ein Leben nahmen, ohne mit der Wimper zu zucken. Die Begegnung mit den Werwölfen musste dennoch neu für sie sein – doch ihre Arroganz hielt sie anscheinend davon ab, Fragen zu stellen.

»Trommelt die Männer zusammen«, befahl der älteste von ihnen. »Und gebt den Wachen an den Ein- und Ausgängen des Lagers Bescheid, niemanden mehr hinauszulassen. Wir werden die ganze Armee auf den Kopf stellen, bis wir sie haben. Wir wissen, wie sie aussehen, und wir wissen, wie sie heißen. Das sollte vorerst genügen. Du, Yüzbaşı«, er wandte sich an Adem, »wirst ein paar von uns zu deinem Lagerplatz führen. Vielleicht waren sie dumm genug, dorthin zurückzukehren.«

Adem widersprach nicht. Doch seine Gedanken rasten. Wie sollte er sich verhalten, wenn sie die Werwölfe fanden? Er glaubte, dass sie unschuldig waren. Doch sein Leben galt nun gegen ihres, daran hatten die Worte des Sultans keinen Zweifel gelassen. Er setzte eine forsche Miene auf. Er würde sich unterwegs einen Plan überlegen müssen.

Endlich kam ein Bediensteter mit Adems gesatteltem Pferd. Er saß auf, und drei der Bostanji folgten ihm. Sie ritten durch das Feldlager, das sich allmählich wieder mit müden Soldaten füllte.

»Das Feuer wütet noch immer«, rief einer von ihnen den anderen zu. »An einer Stelle hat es die Schneise übersprungen. Mit dem Wind zieht es weiter nach Osten, auf die Pferdekoppeln zu.«

Adem konnte den Rauch riechen, als er sich der kleinen Ansammlung von Zelten näherte, die seinem Trupp Unterkunft boten. Wie ausgestorben lag der Platz inmitten der jungen Eichen da. Dann sah er den Geistwolf des Mädchens aus dem Unterholz hervorlugen. Er presste die Zähne zusammen. Sie war tatsächlich hier! *Opfere sie, damit du leben kannst,* raunte eine Stimme in ihm. Doch es war nicht seine. Und plötzlich wusste er mit klarer Bestimmtheit, was er zu tun hatte.

»Sie sind weg«, sagte er laut. »Wahrscheinlich schon seit Stunden. Ich habe sie alle drei zu den Arbeiten an der Feuerschneise geschickt, und wahrscheinlich haben sie von dort ihr Attentat ausgeführt und sind gleich geflohen.«

»Haben sie Waffen hier, oder ein Zelt?«, fragte einer der Bostanji. Er schnalzte mit der Zunge, und die beiden anderen sprangen von ihren Pferden und liefen mit suchenden Blicken die Zeltreihen entlang.

»Nein«, erwiderte Adem. »Und auch keine Pferde. Es gibt keinen Grund für sie, hierher zurückzukehren. Wir sollten zur Schneise reiten. Dort sind meine anderen Männer. Sie werden uns sagen können, wo sie die drei zuletzt gesehen haben.«
»Wie du meinst.« Der Bostanji rief seinen Männern ein Kommando zu, und im nächsten Moment saßen sie wieder auf ihren Pferden.
»Wartet.« Adem senkte den Blick, als schämte er sich. »Ich habe weder meinen Säbel noch meinen Bogen bei mir. Vermutlich hat mein Bediensteter sie in mein Zelt gelegt, oder sie sind noch in der Truhe auf dem Karren. Ich weiß es nicht genau.« Umständlich mühte er sich aus dem Sattel. »Wenn ihr kurz wartet … ich möchte ihnen nicht unbewaffnet gegenübertreten.«
Ein Soldat, der nicht wusste, wo seine Waffen waren? Die Blicke der Bostanji funkelten vor Verachtung.
»Such deine Ausrüstung, und dann komm nach«, schnaubte der Anführer. »Wir haben keine Zeit zu verlieren.«
Sobald die Graugekleideten fort waren, band Adem seine Stute an einen Pfosten und eilte zwischen den Zelten hindurch zum Eichenwald.
Die Schatten der Bäume umfingen ihn wie ein dunkler Mantel, Äste knackten unter seinen Füßen. Er sah kaum seine Hand vor Augen.
»Ich weiß, dass ihr hier seid«, sagte er.
Im nächsten Augenblick stand das Mädchen vor ihm. Nur ihre Augen leuchteten in der Dunkelheit.
Hinter ihr fragte Miklos: »Woher wusstest du es?«
Adem schwieg.
»Du hast uns nicht verraten«, sagte das Mädchen, und er meinte Staunen in ihrer Stimme zu hören. Dann grollte sie, ein Laut, der ihm durch Mark und Bein ging. »Ich war so dumm. Ich wollte den Sultan vor einem Wolf beschützen, der durchs Lager geschlichen kam. Stattdessen werden wir jetzt als Attentäter gejagt.«

»Ihr müsst fliehen«, sagte Adem. »Bostanji durchkämmen das Lager und riegeln die Ausgänge ab. Geht durch den Wald, geht als Wölfe.«
»Nein.« Sie schüttelte den Kopf. »Wir müssen auf Arpad warten. Außerdem brauchen wir Pferde. Ilai kommt mit uns.«
Jetzt, da sich seine Augen an die Nacht gewöhnt hatten, sah Adem den Roma dicht neben ihr stehen. Er spürte einen Stich von Eifersucht.
»Ich habe keine Pferde für euch«, erwiderte er. »Und wenn ihr euch welche beschafft, dann will ich das nicht wissen.«
»Du hast genug für uns getan«, sagte Miklos. Es raschelte, und dann legte er seine Hand auf Adems Arm. »Wir können es dir nicht vergelten.«
»Doch«, sagte Adem leise. »Indem ihr verhindert, dass sich die Prophezeiung gegen mein Volk richtet. Befreit Gábors Sohn, und sorgt dafür, dass er nicht mehr in die Hände der falschen Leute gerät.«
»Nichts anderes wollen wir«, zischte das Mädchen.
Miklos seufzte. »Wenn wir nur wüssten, wo er ist. Inmitten der Wirren des Krieges fiele es uns leichter, eine Perle auf dem Meeresgrund zu finden als ihn.«
Adem rieb sich über die Nasenwurzel. Es war Zeit, dass er ging, bevor die Bostanji Verdacht schöpften. Es war Zeit, dass er sich eine Überlebensstrategie für sich selbst einfallen ließ, weil er bald wieder dem Sultan gegenüberstehen würde, um sein Scheitern einzugestehen. Und doch ließen ihm die Sorgen der Werwölfe keine Ruhe.
»Vielleicht ist er in der Zitadelle von Neamt, zwei Tagesritte von hier im Norden«, sagte er. »Die Späher des Paschas sagen, dort hätte der moldauische König sein Hauptquartier aufgeschlagen. Er hat die Festung vor kurzem als Lehen an seinen neuen Feldherrn gegeben, an Pavel von Breunen.«
Das Mädchen sog pfeifend die Luft ein. Miklos drückte Adems Arm. »Und erneut hast du uns geholfen«, murmelte er.
»Höchste Zeit für uns, zu verschwinden«, sagte plötzlich jemand hinter Adem.

»Arpad«, rief das Mädchen. »Weißt du, was …«
»Die Spatzen pfeifen es schon von den Zeltstangen«, knurrte Arpad und schob sich an Adem vorbei. Er roch nach Qualm und Schweiß. »Anscheinend suchen die Bostanji nach irgendwelchen Wölfen, die den Sultan angefallen haben sollen. Derweil brennt das Feuer dort unten weiter, und ich glaube, die ersten Moldauer schleichen durch den Wald und warten auf die Morgendämmerung, um angreifen zu können.« Er schnaubte. »Da werde ich mir wohl eine Schlacht entgehen lassen müssen. Aber um ihn müssen wir uns noch kümmern.« Er deutete mit dem Daumen hinter sich. Zuerst dachte Adem, er meinte ihn. Seine Hand wanderte bereits zu dem Dolch, den er im Stiefelschaft verborgen hielt, als er bemerkte, dass die Werwölfe an ihm vorbeiblickten.
»Birkan«, zischte das Mädchen. »Er ist dir gefolgt?«
»Hartnäckig wie eine Klette.« Arpad zog seinen Säbel.
Adem fuhr herum und kniff die Augen zusammen. Er sah jemanden zwischen den Zelten herumschleichen, doch auf die Entfernung hätte er ihn nicht benennen können.
»Ich kümmere mich um ihn«, sagte er rasch. »Geht jetzt.«
Er wollte das Mädchen noch einmal ansehen, wollte wenigstens einen letzten Blick von ihr. Doch er eilte ohne sich umzudrehen aus dem Wald hinaus und auf Birkan zu.
In der Ferne hörte er ein Horn blasen, einmal, zweimal. Das Signal der Janitscharen, die zum Angriff riefen.
»Was suchst du hier?«, rief er schroff. »Solltest du nicht an der Schneise sein?«
»Was suchst *du* hier?«, erwiderte Birkan gedehnt. Wenn er überrascht war, ließ er es sich nicht anmerken. »Hilfst du den Bestien bei der Flucht? Ich bin dem Roten hierhergefolgt, doch statt ihm stehst du plötzlich vor mir, sein neuer bester Freund.« Nichts als Hass spiegelte sich in seinen Augen. »Das mag ich nicht für einen Zufall halten.«
»Halte es, für was du willst«, sagte Adem betont ruhig. »Ich bin nur hier, um meine Waffen zu holen. Arpad habe ich nicht gesehen.«

Ein weiteres Horn griff nun das Signal auf, sein durchdringender Ton durchschnitt die Nacht wie eine Warnung. »Deine Waffen?«, erwiderte Birkan lauernd. »Als ich gerade nachschaute, waren sie noch in den Satteltaschen deiner Stute, Wolfküsser.« Er hob seine Streitkeule.
Adem gefror innerlich. Was war nur aus ihrer Freundschaft geworden? »Ein Angriff auf einen Hauptmann ist schlimmer als Desertion«, zischte er. »Willst du hingerichtet werden, nur weil du eine kindische Eifersucht pflegst? Ich habe den Wolf aus einem einzigen Grund zu meinem Stellvertreter ernannt: weil ich sein Vertrauen erlangen wollte.«
»Vertrauen.« Birkan trat einen Schritt auf ihn zu, die Streitkeule hoch erhoben. »Mein Vertrauen hast du schon längst verspielt, ebenso das des Paschas. Keiner wird sich beschweren, wenn ich einen Verräter umbringe.«
»Das stimmt!«, rief Arpad und stieß seinen Dolch von hinten in Birkans Kreuz. Keuchend sackte der Türke zusammen.
Adem schloss die Augen. Er wollte Birkans Todeskampf nicht sehen. Trauer und Zorn kämpften in ihm. Er hatte Arpad heranschleichen sehen, und er hatte gewusst, was passieren würde. Sein Leben gegen Birkans, so weit war es also gekommen. Er seufzte vor Abscheu vor sich selbst, vor dem Abgrund, dem er entgegentaumelte. Wieder tönte das Horn der Janitscharen, näher dieses Mal. *Sammelt euch, tapfere Osmanen,* sagte das Signal. *Sammelt euch für die Schlacht.* Nie hatte Adem sich weniger bereit gefühlt.
»Nichts zu danken.« Arpad zog seinen Dolch aus Birkans Rücken und warf sich den Toten über die Schulter. »Ich bringe ihn in den Wald, dann kann er morgen als ehrbarer Gefallener geborgen werden.« Seine Augen funkelten, und der Wolfsschatten wogte über seinem Kopf wie eine Gewitterwolke. »Viel Erfolg im Gefecht.«
Dann war das Mädchen neben Adem. Für den Bruchteil eines Herzschlags spürte er, wie sich ihre Hand in die seine schob.

»Pass auf dich auf«, wisperte sie. Ihre Wölfin musterte ihn aus klugen Augen. Im nächsten Moment liefen sie beide schon leichtfüßig von ihm weg, zwei anmutige Gestalten, die im Mondlicht zu tanzen schienen. Abschiedsschmerz tobte plötzlich in Adems Brust.

»Wie heißt du überhaupt?«, flüsterte er töricht, als könnte er wenigstens ihren Namen festhalten.

Sie drehte sich um und schenkte ihm ein letztes Lächeln, das ihn bis in die Schlacht begleiten würde. »Ildiko.«

* * *

Adems Stiefel knirschten auf dem trockenen Laub, als er sich aufrichtete, um zwischen den Bäumen hindurchzuspähen. Links und rechts von ihm warteten seine Männer, und er hörte ihren unterdrückten Atem. Sie hatten den Befehl, die Armbrustschützen vor den Feinden abzuschirmen, und so standen sie nun in erster Front, während hinter ihnen die Bolzen in den gespannten Armbrustsehnen vibrierten.

Unter dem dichten Blätterdach war die hereinbrechende Morgendämmerung nur zu erahnen. Doch im Osten sah Adem den Feuerschein, dort, wo das Lager der Janitscharen brannte. Er färbte die Dunkelheit unter den Bäumen mit einem roten Schimmer, manchmal auch einem schmutzig gelben Glühen, wenn die Flammen in einem Windstoß hoch emporloderten. So musste es im *Dschahannam* aussehen, in der Feuergrube der Hölle!

Kampflärm drang zwischen den Bäumen herüber, dazwischen das dumpfe Donnern der Kanonen. Seit über einer Stunde schon wurde dort am östlichen Hügel gefochten, und bisher schienen die Türken trotz ihrer übermächtigen Zahl nicht im Vorteil.

Adem knirschte mit den Zähnen. Er hatte die Augenringe in den rußverschmierten Gesichtern seiner Männer gesehen, ihre hohlwangige Müdigkeit. Sie kamen direkt von den Arbeiten an den Feuerschneisen, und er hatte ihnen nicht einmal eine Rast gönnen können, bevor der Einsatzbefehl des Paschas gekommen war. Nun standen sie an vorderster Front, ausgelaugt von der schlaflosen Nacht, und so mancher würde das Tageslicht wohl nicht wieder erblicken.

Das galt auch für ihn. Düsternis umschattete seine Gedanken. Vielleicht war es besser, ehrbar in der Schlacht zu sterben, als von den Schergen des Sultans hingerichtet zu werden.

Plötzlich bewegte sich etwas vor ihm. Er hielt den Atem an. Silbergraue Lichter glitten durch die Dunkelheit wie Rauch im Mondlicht. Für einen Moment war er unsicher, was er dort sah. Dann verwandelten sich die silbernen Schemen in rote, und ihm wurde bewusst, dass es Männer waren. Die Feuersbrunst spiegelte sich auf ihren Rüstungen.

Zu Fuß kamen sie zwischen den Bäumen hindurch, Hunderte Ritter und ihre Knechte. Ihre Metallharnische waren so blank gescheuert, dass sie das Licht zurückwarfen. Sie rückten unter dem roten Banner von Moldau vor, auf dem golden der Ochsenkopf glänzte. Ihre Visiere waren geschlossen, und ihre Schwerter blitzten im Feuerschein. Sie wirkten nicht länger durchscheinend, sondern wie Gestalten aus brennendem Metall, Dämonen aus dem *Dschahannam*, der Tod, der durch die Dunkelheit zu ihnen kam. Und Adem hieß sie mit einem grimmigen Lächeln willkommen.

»*Hadi!*«, rief der Hauptmann der Armbrustschützen, und seine Männer legten an. Schon sirrten die ersten Bolzen durch die Nacht. Eisenspitzen bohrten sich scheinbar mühelos durch das dünne Metall der Rüstungen. Männer taumelten, fielen auf die Knie. Doch hinter ihnen drangen weitere Ritter vorwärts, und Adem konnte ihre fremdartigen Kampfschreie hören, in einem Walachisch, das er nur schwer verstand: »Für Christus und Johannes den Täufer!«

»Vorwärts«, rief er seinen Männern zu und riss seine Waffen in die Höhe. In der linken Hand hielt er seinen schweren Krummsäbel, seine Rechte umfasste fest einen Dolch. Nun würde sich zeigen, welchen Tod das Schicksal für ihn bereithielt. *»Allahu akbar!«*

Er sprang zwischen den Bäumen hindurch und den Feinden entgegen. Schon traf er auf seinen ersten Gegner. Der Mann war jung unter seinem blonden Bart, vielleicht jünger als Adem, und seine Augen funkelten voller Hass.

»Gloria Patri et Filio«, schrie er. *»Et Spiritui Sancto!«* Adem ließ seine Hand mit dem Dolch auf den Oberschenkel sinken. Er öffnete seine Deckung gerade so weit, dass er den Mann zu einem Angriff mit dem Schwert provozierte. Als der Hieb kam, zog er das Bein zurück, lenkte das Schwert mit seinem Säbel ab und rammte die Klinge seines Dolchs in die ungeschützte Kehle des Mannes. Der Ritter riss die Augen auf in einer Fontäne von Blut und stürzte nach hinten. Adem setzte über ihn hinweg und wandte sich dem Nächsten zu. Der hieb mit einem Streitkolben nach seinem Kopf, doch er duckte sich, um dem Schlag auszuweichen, und rammte ihm zugleich seinen Säbel gegen die Beine. Der Gegner sackte auf die Knie. Adem klemmte sich den Dolch zwischen die Zähne, entriss ihm den Streitkolben und erschlug den Mann mit seiner eigenen Waffe. Danach rang er einen Moment nach Luft, schmeckte etwas Bitteres in seiner Kehle. Er schluckte die Galle hinunter. *Schau ihnen nicht in die Augen. Bring sie um, bevor sie dich erwischen!* Ein Schritt nach vorne, ausweichen, parieren.

Der Kampf ging weiter. Immer neue Angreifer stürzten auf ihn zu. Adems Kaftan riss unter zahlreichen Hieben, doch das Kettenhemd, das er daruntertrug, hielt stand. Unter der Helmkappe und den Panzerhandschuhen floss ihm der Schweiß aus allen Poren. Er keuchte. Seine Kehle brannte, und sein Mund war trocken. Todesschreie und gebrüllte Befehle zerrissen die Dämmerung. Um ihn herum erblickte er irgendwann nur noch Gegner. Er hatte sich zu weit vorgewagt.

Sogleich wich er zurück. Sein Körper ächzte unter der Anstrengung, der leere Magen und der fehlende Schlaf forderten ihren Tribut. Er sah einen, zwei, drei seiner Männer zu Boden gehen.

Er sah, wie die Armbrustschützen, die er doch verteidigen sollte, niedergemetzelt wurden, während sie noch versuchten, neue Bolzen einzulegen.
Immer mehr Christen drängten den Hang herauf. Ihre Gesichter wirkten frisch ausgeruht, und ihre grimmigen Rufe klangen in seinen Ohren wie Hohngelächter. Schritt für Schritt wichen die Türken zurück. Wo war ihre Kampfkunst, ihr Durchhaltevermögen? Adem war erschüttert, und doch fehlte auch ihm selbst die Stärke, gegen die Feinde standzuhalten.
Er erreichte den Waldrand und stolperte hinaus in die Dämmerung. Fahles Licht fiel über die Wiese, Rauchwolken wogten am Himmel und verhüllten das Antlitz der aufgehenden Sonne. Die Ritter riefen Lobpreisungen ihrer Heiligen, während sie über den Hügel schwärmten und die ersten Zelte umstießen. Adem sah Janitscharen flüchten, sah, wie die Feuersbrunst am Horizont wütete, wo niemand mehr sein Leben aufs Spiel setzte, um den Brand einzudämmen.
»Allah, wir sind verloren«, ächzte ein Mann neben ihm und sank entkräftet auf die Knie. Adem spürte, wie die Schwäche auch nach ihm griff. Wie kalter Nebel umhüllte sie ihn und ließ seinen Kopf leicht und leer werden. Die Zeit dehnte sich unendlich vor ihm aus, die Schlacht, das Elend, der Schmerz. Angst ergriff ihn, nicht vor dem Tod, sondern vor dem Aufgeben, dem schlimmsten inneren Feind. Das konnte er nicht zulassen. Mit zitternder Hand hob er seinen Säbel. Er würde kämpfend untergehen.
Ein Schrei ließ ihn innehalten, ein Brüllen, von Hunderten Kehlen fortgesetzt. Es klang nach Staunen und Ehrfurcht zugleich, ein Ausruf aus tiefstem Herzen und mit der Stimme des Krieges.
»Der Padischah! Der Padischah!«
»Beim Allmächtigen«, murmelte ein Mann neben ihm, und seine Augen leuchteten. Adem fuhr herum und sah, was er sah.
Den Sultan selbst, auf seinem riesigen Schlachtross. Er hielt den massigen Körper hoch im Sattel aufgerichtet, und auf seinem

Gesicht war Stolz zu lesen. In der Linken trug er einen Schild, und in seiner Rechten glänzte ein Säbel aus scharf geschmiedetem Damaszener Stahl.
Zwei Reiter stürmten voran, und sie trugen die *Sancak-i şerif*, die Fahne des Propheten. Und auch der Sultan trieb sein Pferd vorwärts, als gelte es, den Boden unter den Hufen zu zermalmen.
»Folgt mir, Krieger der Osmanen«, rief er über das Feld, rief es immer wieder wie eine beschwörende Botschaft. Hinter ihm ritten die Sipahi, und daneben rannten die Janitscharen. In ihren Gesichtern glühte eine neue Zuversicht. Und auch Adem spürte, wie die Woge aus Stolz und Ehrfurcht über ihn hinwegströmte und ihn mitriss, und er reihte sich an ihrer Seite ein.

33. KAPITEL

Königreich Moldau, später am Morgen

Der Kampflärm war weit entfernt, und doch hallte er in Ildikos unruhigen Träumen nach. Schon nach wenigen Augenblicken, so schien es ihr, erwachte sie wieder, doch es war Vormittag, und der Lärm in der Ferne war verstummt. Sie spähte zwischen den Holzbohlen nach draußen, lauschte auf das Rauschen in den Ästen von Eichen, Eschen und Tannen. Im Unterholz aus Weißdorn und Ginster pfiffen Vögel, und irgendwo plätscherte ein Bach. Doch der Himmel hatte die fahle Farbe von Knochen, und das Feld hinter den Bäumen war schwarz von verbrannten Halmen. Immer noch hing Rauch in der Luft, haftete wie klebrige Spinnenfäden an Haut und Haaren.

Hinter ihr regten sich die Pferde im Stroh. Sie drehte sich um und sah in den armseligen kleinen Schafstall hinein, den sie verlassen vorgefunden hatten. Arpad hielt am Eingang Wache. Er saß auf dem Boden, den Säbel quer über die Schenkel gelegt, und erwiderte ihren Blick mit ausdrucksloser Miene.

Er war wütend auf sie, das wusste sie wohl. Sie selbst war wütend auf sich, so überstürzt gehandelt zu haben, doch aus anderen Gründen als er. Arpad war schlichtweg zornig, dass sie ihn um das Vergnügen der Schlacht gebracht hatte. Denn der Krieg war seine wahre Religion, ein Altar, an dem die Werwölfe noch knien würden, wenn alle anderen Götter zu Staub zerfallen waren. Nie hatte sie das mit solcher Klarheit gesehen. Es war der Drang, einen Durst zu löschen, eine Gier zu stillen, die sich in

ihrem uralten Wolfsblut gründete, und Arpad war ihm vollkommen ergeben.
Sie wandte sich ab. Früher einmal hatte sie sich Arpad verwandter gefühlt als ihrem Vater. Arpad hatte ihre Wut immer verstanden, ja, er hatte sie sogar begrüßt. Doch nun wusste sie, dass sie sich genau darin unterschieden. Denn sie hatte sich verändert. Sie wollte nicht mehr töten, sondern nur noch ein Leben retten – das ihres Bruders. Deshalb war sie wütend auf sich: Sie hatte die Fährte des Wolfsbundes verloren, als sie den Attentäter getötet und den Hass des gesamten Heers auf sich gezogen hatte. Sie hatte sich um die Möglichkeit gebracht, Pavel in der Schlacht gegenüberzutreten. Sie hatte das Pergament aus dem Medaillon aufgeben müssen. *Und Adem.* Ihr Herz zog sich zusammen.
Das war aber nicht alles. Sie schaute zu Miklos und Ilai, die beide schliefen. Der Blinde und der Mensch, sie vertrauten ihr, und sie hatte leichtsinnig ihre Leben aufs Spiel gesetzt. Es gab nur eines, womit sie das zumindest zum Teil wiedergutmachen konnte. Sie erhob sich und weckte Ilai, indem sie seine Hand berührte.
»Wir müssen reden«, sagte sie leise. »Komm.«
Arpad ließ sie mit einem mürrischen Nicken ziehen.
»In einer Stunde brechen wir auf«, brummte er ihnen hinterher.
Die Luft war feucht und kühl. Gemächlich gingen sie den Waldrand entlang, Ilai auf dem Feld und Ildiko im Schatten der Bäume. Einmal berührte Ildikos Schulter seine Brust, und sie spürte seinen Blick, der voller Verlangen und Unsicherheit war. Sie wandte ihr Gesicht ab, während ihr Herz schnell und hart schlug. Wo war die Vertrautheit geblieben, die sie früher wie selbstverständlich aneinandergeschmiedet hatte? Jetzt kam er ihr vor wie ein Fremder, und das Gefühl war aufregend und unangenehm zugleich.
»Hier.« Sie deutete auf einen Baumstamm, der im Gras lag. Ginsterbüsche schützten ihn vor neugierigen Blicken. Ilai nickte und ließ sich neben ihr nieder. Verstohlen musterte sie ihn. Er

hatte den Turban abgenommen, sobald sie das Feldlager verlassen hatten, und nun trug er die dunklen Haare wie früher zu einem Zopf gebunden auf dem Rücken. Unter dem Kaftan sah er mager aus. Deutlich traten seine Wangenknochen hervor, und seine Augen wirkten größer als jemals zuvor. Heute hatte er nichts von der Leichtigkeit eines Spielmanns. Und trotzdem war er ihr Ilai, der Freund, den sie seit ihrer Kindheit kannte und liebte. Den sie niemals verdient hatte. Und den sie nicht beschützen konnte. Ihr Herz tat einen einzelnen, schweren Schlag.

»Ich weiß, was du sagen willst«, sagte er plötzlich und wandte sich ihr zu. Traurige Entschlossenheit lag in seinen Augen. »Du bist die Wolfsfrau, du bist stärker und wilder, als ich es jemals sein kann. Du schätzt vielleicht meine Lieder, aber du kannst mich nicht lieben, weil ich nur ein Mensch bin.«

Nur ein Mensch … Seine Worte hallten in ihrem Inneren nach, und sie waren so richtig und falsch zugleich, dass sie erschauerte.

»Ilai, darum geht es nicht«, setzte sie an.

»Oh doch, darum geht es«, widersprach er mit eindringlicher Stimme. »Und deshalb gibt es nur einen Weg, wie wir zusammenkommen können. Du musst mich verwandeln.«

Überrascht starrte sie ihn an. Er griff nach ihrer Hand, eine federleichte Berührung.

»Beiß mich«, sagte er. »Als Werwolf kann ich an deiner Seite sein. Meine Verletzungen werden schneller heilen, ich werde länger leben. Ich werde so sein wie du.«

Seine braunen Augen bannten sie wie ein uralter Zauber und weckten einen Sturm an Gefühlen in ihr. Er meinte es ernst. Er würde alles aufgeben, um bei ihr zu sein. Und sie wollte es auch, wollte es so sehr, dass es ihr Herz zerriss. *Schlinge deine Arme um mich,* sang ihr Innerstes. *Küsse meine Schmerzen fort, mache mich heil mit deinen Wunderliedern.*

Seine Liebe war wie ein kostbares, verrücktes Geschenk, und ihr Wolfsblut war das Einzige, das sie ihm im Austausch dafür geben konnte. Aber dies war kein Geschenk, nicht für ihn. Es war ein Opfer, das er bringen würde, ein Fluch wider seine Natur. Denn er wollte kein Werwolf sein, er konnte es gar nicht wollen. Er liebte sie nicht wegen, sondern *trotz* ihres Wolfsbluts. Denn er war anders als jeder in ihrem Rudel. Er war sanft, er war zerbrechlich und im Innersten zum Guten bestimmt.

»Nein«, sagte sie. Das Wort klang wie ein Peitschenschlag, unter dem sie beide zusammenzuckten. »Es wäre falscher als alles andere, was ich bisher getan habe. Und du weißt es tief in deinem Inneren, Ilai. Du wirst niemals sein wie ich, und du würdest dein Wolfsblut hassen.« Sie rang nach Worten. Ilai hatte den Blick abgewandt und starrte mit gesenktem Kopf zu Boden. Eine Locke löste sich aus seinem Zopf und fiel ihm ins Gesicht, und sie musste sich zurückhalten, nicht die Hand danach auszustrecken und sie zurückzustreichen. »Außerdem braucht dich deine Familie«, fuhr sie fort. »Du gehörst zu ihnen, nicht zu uns. Du wirst irgendwann das Oberhaupt deiner Sippe sein, und sie brauchen dich, damit du sie vor den Verfolgungen der *Gadžos* schützt.«

Sie senkte den Kopf. »Einst hat mein Rudel geschworen, euch zu schützen, vor vielen Jahren, als die Situation noch eine andere war. Es wurde ein Bündnis geschlossen, bei dem deine Familie als Gegenleistung schwor, den Werwölfen zu dienen. Doch dieses Bündnis ist schon lange aus dem Gleichgewicht geraten. Wir haben unseren Schwur nicht erfüllt, sondern dagegen verstoßen. Wir brachten euch doch erst recht in Gefahr. Dein Vater und Gitano sind wegen uns gestorben.« Sie schaute ihn an, und auch er hob den Kopf. Für einen zeitlosen Augenblick verschmolzen ihre Blicke.

»Sag es nicht!« Schrecken war in seine Augen geschrieben, als er erkannte, was sie vorhatte. Und sie wollte es auch nicht aussprechen, sie wollte doch, dass er bei ihr blieb! Mit einem tiefen Atemzug versuchte sie, sich gegen ihre Gefühle zu wappnen. Denn es gab keinen anderen Weg, sie hatte die Entscheidung bereits getroffen.

»*Felmentem a cigány nemzetséget a szövetség alól, amelyet Lia és Viktor egykór kötött.* Ich entbinde die Sippe der Roma von dem Bündnis, das Lia und Viktor einst geschlossen haben«, sagte sie auf Ungarisch. »*Se függőség, se kötelezettség ne álljon többé közöttünk.* Keine Dienste und keine Schuld sollen mehr zwischen uns stehen.« Sie schloss die Augen. »Ilai, ich gebe dich frei.«

* * *

Das matte Licht des Vormittags überzog die öligen Rauchschwaden mit einem gelben Schein. Irgendwo hinter diesem düsteren Nebel bliesen die Trompeten der Christen zum Rückzug. Adem beobachtete, wie die letzten von ihnen im Wald verschwanden, fliehende, stolpernde Schemen im Dunst. Dann sank er auf die Knie, lehnte sich gegen die Reste eines Zeltgestänges, legte sein Gesicht in seine Hände und schloss die Augen. Einige kostbare Momente lang fühlte er sich allein in einer unendlichen Stille, in die er keine Fragen schickte und aus der auch keine Antworten kamen.

Bald hörte er jedoch wieder das jammernde Rufen der Verwundeten und ihre heiseren Gebete, mit denen sie Allah um Gnade baten. Er hob den Kopf. Sein Nacken war steif, und seine Schulter schmerzte bei jeder Bewegung. Was er um sich herum sah, war so grauenhaft, dass sein Verstand sich weigerte, es zu begreifen.

Es war, als hätte ein Sturm gewütet, der die zertrampelten Reste von Zelten, Karren und Barrikaden, der Menschenkörper aufgewirbelt und höhnisch lachend wieder in den rußigen Dreck hatte fallen lassen. Verdreht und verkeilt übersäten die Leichen von Türken und Christen die Hügel. Es mussten Tausende sein in dieser Ödnis des Todes, und manchmal war der Boden um sie herum sumpfig von Blut. Dazwischen saßen zerlumpte Kämpfer mit betäubten, gleichgültigen Gesichtern oder mit dem starren Blick der seelisch Erschütterten. Sie waren zu erschöpft, um auch nur zu begreifen, dass der Sieg ihnen gehörte, dass der Sultan in einer Schlacht historischen Ausmaßes im letzten Moment das Blatt für sie gewendet hatte.

Schon durchkämmte ein Trupp Janitscharen das Feld. Sie machten die wenigen überlebenden Christen nieder und waren dabei taub für die Rufe nach Erbarmen. Adem wandte sich ab, aber er verurteilte sie nicht. Wäre es ihnen bei einem Sieg der Christen denn anders ergangen?

Nur wenige Ritter, deren glänzende Rüstungen von einer noblen Herkunft zeugten, wurden gefangen genommen, da sie ein hohes Lösegeld versprachen.

Irgendwann richtete Adem sich auf und steckte seinen Säbel zurück in die Scheide, dann suchte er sich langsam seinen Weg zwischen all der Zerstörung hindurch. Er fühlte sich benommen und orientierungslos. Keinen seiner Soldaten hatte er in der letzten Stunde gesehen, und er wusste nicht, wie viele von ihnen überhaupt überlebt hatten. Sollte er zu seinem alten Lager zurück, wo mit viel Glück ein paar Männer und vielleicht auch seine Stute noch auf ihn warteten? Oder sollte er sich gleich den Bostanji ausliefern mit dem Geständnis seines Scheiterns?

Ziellos tappte er vorwärts, an den zahlreichen Verletzten vorüber, und er versuchte, die Schreie der Unglückseligen nicht zu hören.

Dort in der Ferne auf den höheren Hügeln waren die Folgen der Schlacht weniger offensichtlich. Die Zelte standen noch hinter unversehrten Barrikaden. Auf dem Zelt des Sultans flatterte die Fahne des Propheten und verkündete den Sieg, über den sich jedoch niemand zu freuen schien.

Adem taumelte. Er wusste nicht mehr, in welche Richtung er sich wenden sollte. Sein Körper schrie schon nach diesen wenigen Schritten nach nichts anderem als Schlaf, und kurz erwog er tatsächlich, sich einfach am Wegesrand niederzulegen und die Augen zu schließen, so wie es viele Soldaten um ihn herum getan hatten.

»Adem Yüzbaşı!« Ein Ruf schreckte ihn auf. Orhan, der alte Diener seines Onkels, eilte auf ihn zu.
»Efendi, seid Ihr verletzt?« Sein besorgtes Gesicht hüpfte wie ein Irrlicht vor Adems Augen hin und her.
Er schüttelte den Kopf und wollte etwas erwidern, doch aus seiner Kehle kam nur ein Krächzen.
»Euer Onkel hat mich gestern schon zu Euch geschickt«, sagte Orhan. »Doch ich habe Euch nicht gefunden. Er hat etwas für Euch, ein Dokument, sagt er.«
Und plötzlich schien Adems Herz, das doch verstummt war, erneut zu schlagen. Er räusperte sich. »Bring mich zu ihm.«
Onkel Haruns Zelt schien so unberührt vom Krieg, dass Adem ein Ziehen in seiner Brust spürte.
Sein Onkel war nicht da, doch Orhan versprach, nach ihm schicken zu lassen. Dankbar nahm Adem die Waschschüssel und das frische Hemd in Empfang, das der Diener ihm brachte. Mit zitternden Fingern riss er sich im Vorraum zu Haruns Schlafgemach Kaftan und Kettenhemd herunter und schrubbte Dreck und getrocknetes Blut ab, bis seine Haut rot und wund leuchtete. Mit wenigen Schlucken stürzte er dann eine heiße Suppe hinunter und ließ sich endlich auf einem der Teppiche nieder. Nein, er wollte nicht ruhen, nicht an diesem Ort, der ihn doch nur in trügerischer Sicherheit wog. Wenn sein Onkel nicht in den nächsten Momenten vorbeikam, würde er das Zelt verlassen und nach seinen Männern sehen, wie es seine erste Pflicht als Hauptmann war. Und dann seine Strafe erwarten. Doch ihm fielen die Augen zu, und er schreckte erst zusammen, als sich die Tuchbahnen vor dem Eingang wieder hoben.
»Efendi«, zischte jemand. Es war Orhan, und er hatte die Augen weit aufgerissen. »Ihr müsst Euch verbergen!« Mit einer Kraft, die Adem dem Alten nicht zugetraut hätte, zerrte der ihn auf die Beine. »Geht ins Schlafgemach, schnell!« Er ließ Adem wieder los und bückte sich, schob die Waschschüssel und Adems blutbefleckte Gewänder unter einen Stapel Teppiche.

Von draußen erklang das Poltern von Stiefeln. Adem zögerte und wollte nach seinem Säbel greifen, den Orhan gerade jedoch mit einem gezielten Fußtritt unter einer der Zeltwände verschwinden ließ.
Jeder Muskel in ihm wehrte sich dagegen, sich zu verstecken wie ein feiger Verbrecher. Der Anblick des alten Dieners, der sich selbst in höchste Gefahr brachte, um ihn zu retten, gab jedoch den Ausschlag. Adem schob sich zwischen den Vorhängen zu Haruns Schlafgemach hindurch, kroch zwischen die Kissen und Decken, bis er ganz davon bedeckt war, und hielt die Luft an.
»Wo ist er?«, polterte ein Mann mit befehlsgewohnter Stimme. »Wo ist Adem *Yüzbaşı?*«
»Er war hier, Efendi.« Orhans Stimme zitterte. »Er hat eine Suppe gegessen und eine Weile auf seinen Onkel gewartet. Doch vor einer Stunde ist er wieder gegangen, und er hat nicht gesagt, wohin.«
»Er ist also wieder gegangen.« Der Mann grollte. Vorhänge wurden beiseitegerissen, dumpfe Schritte ertönten auf weichen Teppichen. Offenbar schaute jemand in die verschiedenen Gemächer des Zelts. »Bist du dir sicher, alter Mann?«
»Ich sage die Wahrheit, Efendi«, rief Orhan.
Jetzt waren die Schritte ganz nah. Adem hielt still. Seine Hände waren zu Fäusten geballt. Ein weiterer Vorhang wurde beiseitegerissen, jemand schaute ins Schlafgemach herein.
»Quält meinen Diener nicht länger«, sagte da jemand mit besänftigender Stimme. Es war sein Onkel Harun. »Ich vertraue ihm, und das solltet Ihr auch.«
»Nun gut, Sahip.« Die Schritte entfernten sich wieder, ebenso die Stimme. »Doch wenn er hier auftaucht, dann zögert keinen Augenblick, die Bostanji zu rufen. Wir werden nicht eher ruhen, bis wir ihn haben.«
Befehle wurden erteilt, Männer setzten sich in Bewegung. Irgendwann kehrte wieder Ruhe ein.
»Adem«, sagte Harun leise. »Du kannst dich zeigen.«

Adem hob den Kopf und schälte sich aus dem Bettzeug. Sein Onkel stand am Eingang des Gemachs, und sein Gesicht war zerfurcht vor Sorge und gleichzeitiger Erleichterung.
»Dem Allmächtigen sei gedankt, dass du am Leben bist.« Er kam zu ihm, ging in die Knie und strich über die Schulter seines Neffen, als müsste er sich dessen noch einmal vergewissern. »Bleib sitzen, mein Sohn. Bist du verletzt?«
Adem schüttelte den Kopf. »Nur ein paar oberflächliche Schrammen.« Sein Herz raste vor Scham und Erstaunen. »Du hast …«
Doch Harun unterbrach ihn. »Die Oberfläche zeigt sich oft ruhig, doch darunter treiben und drängen die Dinge.« Er sah ihn mit nachdenklichen Augen an. »Ich komme gerade vom Sultan. Er hat in dieser Schlacht gesiegt, doch er empfindet wenig Freude darüber. Gemeinsam mit seinen Geistlichen fleht er Allah um Gnade an, für all die Toten, die diese furchtbare Nacht gefordert hat.«
»Er ist ein gerechter Padischah«, murmelte Adem.
»Und er kann Allah danken, dass er selbst noch am Leben war, um unsere Soldaten zu führen«, erwiderte Harun. Er war aufgestanden und blickte auf Adem herab. Eine neue Schärfe mischte sich in seinen Tonfall. »Was ist gestern Abend geschehen? Die Bostanji sagen, deine Männer hätten ein Attentat auf unseren Herrscher begangen. Deine Männer – und ein Wolf.« Er humpelte zu seinem Lesepult und zog ein Dokument zwischen anderen Schriftstücken hervor. »Und dann lese ich dies, und es bereitet mir mehr Kopfzerbrechen als alle Suren des Korans. Auf welche finsteren Dinge hast du dich eingelassen, Adem?«
Adem senkte den Kopf. Heftige Gefühle stritten in seiner Brust. Verlor er nun auch noch den letzten Menschen, der ihm vertraute? Wie gerne hätte er seinem Onkel alles erzählt. Doch dieser Schwäche durfte er nicht nachgeben, er durfte nicht um seiner selbst willen Harun in eine Welt ziehen, die ihm nur Schaden zufügen konnte.

»Ich habe geschworen, über manche Dinge Stillschweigen zu bewahren«, sagte er deshalb. »Und ich darf diesen Schwur nicht brechen.« Er richtete sich auf. »Doch ich schwöre bei Allah, dass meine Männer mit diesem Attentat nichts zu tun hatten. Im Gegenteil, hätte nicht einer von ihnen eingegriffen, wäre der Sultan gestorben. Ich schwöre zudem, dass ich selbst nichts Verwerflicheres getan habe, als meine Männer zu beschützen.«

Nachdenklich nickte sein Onkel, und dann seufzte er, während er sich wieder neben Adem auf dem Teppich niederließ. »Ich glaube dir«, sagte er. »Nicht nur, weil du mein Neffe bist, sondern weil ich dich kenne, seit deine Mutter dich aus ihrem Schoß gepresst hat. Nur deshalb habe ich mich selbst der Lüge schuldig gemacht, um dir einen Aufschub zu gewähren. Doch die Bostanji und der Sultan selbst, sie halten dich für schuldig, und in diesen wirren Zeiten werden Urteile rasch gefällt und selten widerrufen.« Tiefe Sorge zerfurchte seine Stirn. »Und dieses hier«, er starrte auf das Dokument, das er so vorsichtig zwischen den Fingern hielt, als könnte es ihn verbrennen, »es bereitet mir Sorge. Mehr noch, ich fürchte mich davor, ich fürchte um dich und die Welt. Es ist finsterste Magie, Adem, von der du niemals wissen solltest.«

Adem starrte das Pergament an. Die Worte, die darauf geschrieben standen, waren zu klein, als dass er sie auf die Entfernung hätte entziffern können. Ein Drängen erfasste ihn, eine angstvolle Gier. »Ich muss davon erfahren.«

* * *

Seit mehreren Stunden ritten sie nun, und Ildiko spürte die Stille des Landes beinahe körperlich. Es war kein angespanntes Schweigen, es war die Grabesstille eines verlassenen Gebietes. Tiefe Spuren zeugten von Karrenrädern, Pferdehufen und den Stiefeltritten des moldauischen Heers. Tausende Männer mussten hier vor wenigen Tagen vorbeigekommen sein.

Den wenigen, versprengten Einheiten, denen sie auf ihrem Weg begegneten, konnten sie mühelos ausweichen. Einmal belauschten sie zwei Boten und schlossen aus ihren Worten, dass die Türken gewonnen haben mussten, wenn auch knapp und unter großen Verlusten.

Ildiko war der Sieger gleichgültig. Sie musste jedoch an die Männer aus Adems Trupp denken, deren Gesichter ihr in den letzten Wochen vertraut geworden waren. Wer von ihnen hatte wohl überlebt? Auch an Adem dachte sie, und die Sorge um ihn versetzte ihr einen Stich, so dass sie ihre Gedanken rasch abwandte.

Einmal sahen sie Türken in der Ferne reiten, eine Horde irregulärer *Akinci*-Sturmreiter auf Beutezug, die einen flüchtenden Trupp Ritter verfolgten, vermutlich, um Waffen und wertvolle Gefangene einzuheimsen.

»Wir befinden uns vor dem Rückzug des moldauischen Heers«, sagte Arpad grimmig. »Wenn wir unsere Geschwindigkeit beibehalten, erreichen wir die Zitadelle von Neamt vielleicht noch vor dem Wolfsbund.«

»Wir können nur hoffen, dass Janko nicht in der Schlacht war«, sagte Miklos leise.

»Das war er nicht!«, rief Ildiko und wusste selbst kaum, woher sie die Gewissheit nahm. »Ich habe ihn nirgends gespürt.«

Arpad nickte. »Am besten schleichen wir uns nachts in die Zitadelle und holen Janko heimlich raus, wenn er dort ist. Und dann machen wir uns aus dem Staub, ehe uns die Christen einholen oder die Türken, die nach ihrem Sieg vielleicht noch die eine oder andere Festung belagern wollen.«

Der Nachmittag neigte sich dem Ende zu. Der fahle Himmel war noch eine Spur dunkler geworden, als ob jemand mit einem schmutzigen Lumpen darübergewischt hätte. Hinter einem Wäldchen erblickten sie im Tal eine kleine Siedlung. Die Ansammlung ärmlicher, strohgedeckter Hütten ein Dorf zu nennen, wäre übertrieben gewesen. Es waren weniger als zwei Handvoll windschiefer Katen, und das einzige Gebäude, das aus

Stein erbaut zu sein schien und ein massives Dach hatte, war eine Kirche. Niemand war zu sehen.
»Wir sollten dort vorbeischauen«, meinte Arpad und setzte an, sein Pferd im Schatten des Buschwerks den Abhang hinunterzutreiben.
Ildiko runzelte die Stirn. »Und wenn dort immer noch Menschen sind?« Sie waren übereingekommen, jede Begegnung zu vermeiden.
»Dann sind es ein paar wehrlose Bauern, die uns sagen können, ob wir auf dem richtigen Weg nach Neamt sind«, erwiderte Arpad. »Außerdem sieht das Dorf verlassen aus. Wahrscheinlich sind sie vor ihrem eigenen Heer geflohen. Vielleicht haben sie uns ja was zu essen dagelassen.«
Essen. Seit gestern hatten sie alle nichts als ein paar Brombeeren gegessen. Ildikos Magen zog sich zusammen. Den letzten Kanten Brot und die letzten Streifen Trockenfleisch hatte sie heute Morgen Ilai mitgegeben. Selbst Arpad war anständig genug gewesen, nicht dagegen zu protestieren.
Beinahe hätte es Ilais Stolz nicht zugelassen, diese Dinge entgegenzunehmen, die er offenkundig als Almosen empfand. Doch Miklos hatte sanft auf ihn eingesprochen, mit ehrlichen Worten des Dankes, die Ildiko nicht besser hätte finden können. Und so war Ilai fortgeritten, aufrecht und doch mit gebrochenem Blick, und seitdem schien es Ildiko, als hätte sie einen Teil ihres Herzens mit ihm davongeschickt. Sie tastete nach der kleinen Flöte aus Kirschholz, die er ihr zum Abschied geschenkt hatte und die nun in ihrem Gürtel steckte. Ein hohles Gefäß ohne die Töne, die doch nur der Spielmann ihr hatte entlocken können. Genauso fühlte sie sich selbst, erstarrt und traurig.
Trotzdem hatte sie die richtige Entscheidung getroffen. Miklos und Arpad hatten sie darin noch bestärkt. Der eine hatte nachdenklich genickt, der andere hatte gebrummt: »Gesünder für den Jungen, sich wieder unter Menschen zu bewegen. Er wär uns eh bald zur Last gefallen.«

Und nun brummte Arpad erneut, ungeduldig dieses Mal: »Willst du dir Wurzeln wachsen lassen?«
Ildiko seufzte und setzte ihr Pferd in Bewegung, den Hügel hinunter und auf die Häuser zu. Miklos' Pferd war an ihres gebunden und folgte in kurzem Abstand.
Immer noch war das Dorf ruhig, nicht einmal ein Windhauch schien sich zu regen. Dennoch erfüllte sie der Anblick mit Unbehagen. Und nicht nur der Anblick, auch der Geruch.
»Riecht ihr das?«, fragte sie. Es war nur ein leiser Odem, doch er war widerlich, roch nach Fäulnis, nach ungewaschenen Körpern.
»Das gefällt mir nicht«, flüsterte sie. Doch Arpad schnaubte nur und ritt weiter. Sie passierten gerade die erste Hütte, da wurde der Geruch stärker, übertünchte selbst den Gestank nach Mist aus den Ställen. Ildiko widerstand dem Impuls, sich die Nase zuzuhalten, stattdessen strengte sie ihre anderen Sinne an. Ein offener Fensterladen klapperte im Wind. Und dann wusste sie plötzlich, was sie sonst noch störte. Winzige, verräterische Zeichen. Ein leises Atmen da, das Rascheln von Stoff dort, ein Schleifen von Metall oder das Knacken einer Holzbohle …
»Hier sind Leute«, sagte sie leise. »Sie verstecken sich nur vor uns.«
Miklos hinter ihr zog scharf den Atem ein. »Wir sollten einen anderen Weg wählen«, sagte er drängend. »Wir haben weder Zeit noch Kraft für einen Kampf.«
»Das scheint mir eine überaus vernünftige Einstellung zu sein.« Eine Stimme, frostig und rau wie ein Wintersturm.
Keuchend fuhr Ildiko herum. Ein Dutzend Männer traten aus den Eingängen der Häuser. In den Händen trugen sie Schwerter und Streitäxte, und ihnen allen haftete der gleiche Gestank an – Tarnung, die ihren Werwolfsgeruch überdeckt hatte.
»Haben wir euch«, sagte ihr Anführer. Ildiko wusste sofort, dass es Pavel von Breunen sein musste, und starrte ihn voller ungläubigem Hass an. Er hatte die gelben Augen eines Ha-

bichts. Auch sein Gesicht ähnelte einem Raubvogel, der kleine Kopf mit der niedrigen Stirn, die spitze, hakenförmige Nase über dem Schnurrbart. Sein Mund war ein harter, dünner Strich.

»Das würde ich nicht tun«, sagte er, als Arpad nach seiner Waffe griff. Seine Worte rollten wie eine eisige Welle über Ildiko hinweg. Und wie schon bei ihrer ersten Begegnung griff jener uralte Instinkt nach ihr, befahl ihr, sich seinen Befehlen zu beugen. *Die Dominanz der Ältesten.* Arpad ließ die Hand wieder sinken und schnappte hörbar nach Luft.

»Arpad, Gábors Janitscharenfreund. Miklos, sein Schüler. Und wer zum Teufel bist du?« Pavels Augen durchbohrten sie. Sie erbebte unter seiner Macht, die sie zwingen wollte, zu antworten. Nicht mit ihr! Mit einem wütenden Schrei sprang sie vom Pferd und riss ihren Dolch aus dem Gürtel.

Nur ein Sprung trennte sie von ihm, und doch war er unglaublich schnell. Ihr Dolch stieß ins Leere. Sie fuhr herum. Schon hielt er selbst ein Schwert in der Hand. Seine Augen blitzten.

»Packt sie«, rief er und ging selbst zum Angriff über. Ildiko riss ihre Klinge hoch und empfing ihn mit einem Hieb, der ihn hätte aufspießen müssen. Doch der Älteste blockte ihren Stoß mit seinem Schwert. Und seine Männer bewiesen, dass sie weder Bauern noch menschliche Soldaten, sondern Werwolfkrieger waren. Ihre Bewegungen verschwammen fast in der Luft, so blitzartig kreisten sie Ildiko ein. Aus ihren Augen sprachen schwarz und wütend ihre Wölfe.

Ildiko ließ sich auf die Knie fallen, rollte sich weg und entging so dem ersten Schlag. Metall knirschte im Sand. Sie reckte grollend das Kinn, bereit, sich zu verwandeln.

»Halt«, rief in diesem Augenblick Miklos. »Lass sie leben, Pavel. Wir ergeben uns.«

Und die Männer verharrten in unglaublicher Präzision. Mit erhobenen Waffen standen sie still, bereit, ihre Hiebe jederzeit zu Ende zu führen. Ildiko keuchte. *Töte sie.* Hass pulsierte in ihr, die alte und wohlvertraute Wut, die sie doch zurückschrecken ließ wie eine Hand vor heißem Eisen. Sie zögerte einen Moment zu lang. Plötzlich stand Pavel vor ihr und starrte sie an. Er grinste, aber es war kein menschliches Grinsen. Sie bemerkte eine Bewegung hinter sich, und sie wusste, was sie zu bedeuten hatte, aber sie war nicht mehr in der Lage, sie abzuwehren. Sie spürte nur noch den grausamen Schmerz, als jemand ihr die flache Klinge über den Hinterkopf zog. Dann war da nichts mehr.

34. KAPITEL

Zitadelle von Neamt, Juli 1476

Es war dunkel. Unter sich spürte sie harten Steinboden. Die Luft war klamm. Sie wollte etwas sagen, aber ihre Kehle war ausgedörrt und fühlte sich an wie heißer Wüstensand. Sie blinzelte, und endlich nahm sie etwas wahr. Irgendwo neben ihr brannte eine Kerze, sie roch das Wachs und den rauchigen Docht. Das Licht verwandelte die Schwärze in ein mattes Glühen aus Gelb und verschiedenen Brauntönen.

Etwas raschelte, und dann beugte sich jemand über sie. Stirnrunzeln, Sommersprossen. Hellbraune Augen schauten mit einem Ausdruck von Sorge und Ärger auf sie herab.

»Arpad.« Sie versuchte, sich aufzurichten. Ihr Schädel brummte, als hätte sie einen Kopfsprung von einem Berggipfel gemacht.

»Schscht, langsam.« Eine Hand griff nach ihr, und aus dem Dunkel schälte sich ein weiteres Gesicht. Die blinden Augen von Miklos.

»Was ist passiert?«, flüsterte sie. Mit jedem Atemzug schärften sich ihre Sinne. Fensterlose Steinmauern, schwere Eisengitter an den Seiten. Stroh auf dem Boden. Der Geruch nach altem, eingetrocknetem Blut, nach Exkrementen, Angstschweiß und Schmerz. Jäh erinnerte sie sich.

»Dieser Hund hat mich niederschlagen lassen!« Wütend fuhr sie in die Höhe und ignorierte den Kopfschmerz, der darauf folgte. »Sie haben uns aufgelauert, und wir sind ihnen in die Falle getappt wie dumme Menschen!« Sie stockte. »Wo sind wir?«

»Dort, wo wir hinwollten«, knurrte Arpad. »Im Kerker von Pavels Zitadelle.«
In Pavels Kerker. Ihr Herz schlug einen Trommelwirbel. Sie schloss die Augen, bebend vor Erwartung. »Janko«, flüsterte sie. »Janko.« Sie streckte all ihre Sinne aus, wagte kaum zu atmen. *Bruder, wo bist du?* Und doch blieb es still, grabesstill. Als stünde eine unüberwindbare Mauer zwischen ihnen.
»Er ist nicht hier«, flüsterte sie. Und dann schrie sie es, so laut, dass ihre Stimme kippte, so laut, als könnte sie damit die Mauern in ihrem Inneren zum Bersten bringen. *»Er ist nicht hier!«*
Kraftlos sank sie in die Knie. Ihre Jagd nach ihm, der Feldzug, ihre Gefangenschaft. Alles umsonst.
Eine Ewigkeit schien zu vergehen, eine Zeit, in der sie nichts als graue, dumpfe Hoffnungslosigkeit spürte. Dann saß plötzlich Miklos neben ihr. Er legte den Arm um sie, schloss sie fest und sanft zugleich in eine warme Umarmung. Und dann wiegte er sie, wie es ihre Mutter getan hätte. Unwillkürlich seufzte sie und entspannte ihre Schultern.
»Noch ist nichts verloren«, sagte er leise. »Das Schicksal hat uns hierhergeführt, und es wird uns den nächsten Schritt zeigen, Ildiko.«
»Das Schicksal?« Sie richtete sich auf. Ihre Gedanken wurden allmählich wieder klarer, und sie löste sich aus seinem Arm. »Das Schicksal ist nichts als vermaledeiter Zufall und Irrtum. Ich habe bisher nichts erreicht, nichts!«
»Das stimmt nicht«, sagte Miklos. »*Du* hast das Schicksal der Welt bereits geändert, hast du das vergessen? Du hast Arpad und deinen Vater vor Uzun Hasans Zugriff gerettet, als der fremde Werwolf bereits seine Krallen nach ihnen ausgestreckt hatte. Du hast sie nach Trabzon zur Rettung deiner Mutter geführt. Wegen dir sind Ilai und Arpad mit nach Istanbul geritten, wo dein Einlenken gegenüber Adem mein Leben gesichert hat. Und gestern hast du dem Sultan das Leben gerettet und den Türken damit zum Sieg verholfen. Gott allein weiß, welchem höheren Sinn dies alles dient, doch ich bin sicher, es gibt einen.«

Er wandte ihr das Gesicht zu, als könnte er sie sehen, und plötzlich glätteten sich seine vernarbten Züge. »*Die Welt vor der Verdammnis retten*«, flüsterte er. »Vielleicht hast du dazu schon einen großen Teil beigetragen.«
»Du meinst …« Ihr stockte der Atem. Hielt er etwa sie für die Auserwählte? Sie wollte es nicht aussprechen, wollte, dass sie sich irrte. Doch seine Miene war ernst.
»Er hat recht«, sagte Arpad. »Außer dir wäre keiner stur genug gewesen, bis hierher zu kommen.«
Und für einen Moment ließ sie den Gedanken zu. Sie stellte sich vor, tatsächlich die Prophezeite zu sein, die das Schicksal der Welt bestimmen würde. War es nicht das, was sie gewollt hatte? War nicht ihr erster Impuls, als sie von Jankos angeblicher Bestimmung gehört hatte, Eifersucht gewesen, und Unglauben? Nein. In ihrem Innersten spürte sie, dass es falsch war. Niemand hätte so eine Rolle weniger verdient als sie. Sie war vielleicht stark, manchmal mutig und oft beharrlich, aber sie war nicht allzu klug und vor allem nicht *gut*. Zumindest nicht gut genug. Nicht so wie Janko, der auf seine stille Art immer das Beste aller im Sinn gehabt hatte. Und noch etwas störte sie an Miklos' und Arpads Sinneswandel.
»Ihr sagt das bloß aus einem Grund«, rief sie. »Ihr habt Janko bereits aufgegeben.«
Ihre betroffenen Gesichter waren Antwort genug. Sie rutschte von Miklos fort, wandte beiden treulosen Kerlen den Rücken zu. Doch wie ein Nachtmahr, hohnlachend und tückisch, schlich sich die Angst heran, dass sie vielleicht recht hatten. Dass Janko tatsächlich für sie verloren war.

Es verging eine Zeitspanne, die kaum reichen würde, ein Feuer zu schüren, doch Ildiko kam sie so lange vor, dass sie fast erleichtert war, als sie Schritte vor der Kerkertür hörte. Sie sprang auf, ebenso die anderen beiden. Ein Schlüssel knirschte im Schloss, und kurz darauf öffnete sich die Tür. Vier Werwölfe in Harnischen und voller Bewaffnung kamen herein, und hinter ihnen Pavel, der neben den Rittern klein und hager aussah. Noch ein Werwolf folgte ihm, ein schmaler Junge mit braunen Knopfaugen und in einer Mönchskutte, der kaum mehr als fünfzehn Jahre zählen konnte. »Also bist du endlich aufgewacht.« Pavel sprach ungarisch mit einem harten Akzent. Er warf Ildiko einen zufriedenen Blick zu, den sie mit einem hasserfüllten Grollen erwiderte. Er trat einen Schritt näher und zog eine verächtliche Grimasse, während er sie musterte. Und doch konnte sie Verwirrung in seinen gelben Augen lesen, und dies bestärkte sie darin, ihm unverhohlen ins Gesicht zu starren. *Einem Ältesten kannst du niemals länger in die Augen blicken, ohne dass dich sein Wolf in die Knie zwingt,* erinnerte sie sich an Arpads Worte. *Ihr Wolf ist so stark, dass du sie nicht belügen kannst. Du musst ihnen einfach gehorchen.* Nun, wie es aussah, galt schon mal das Erste nicht für sie!

Pavel verengte die Augen. »Wer bist du?«, zischte er.

Ildiko hob die Schultern und grinste ihm ins Gesicht.

»Sag mir deinen Namen!«, knurrte der Älteste. *Ein direkter Befehl.* Sie spürte, wie seine Kraft wie eine eisige Welle gegen ihren Widerstand brandete, doch sie schwieg.

Arpad und Miklos atmeten erstickt, und die Ritter im Raum wirkten konsterniert. Der Mönch starrte sie gar mit aufgerissenen Augen an.

»Nun gut«, sagte Pavel mit gefährlich leiser Stimme, und sie hörte, wie seine Wut dahinter brodelte. »Ich kann riechen, dass du ein Weib bist. Vielleicht sollte ich dich an die Kette legen wie eine räudige Hündin, und dann lasse ich dich von meinen Männern besteigen, bis du mehr Lust hast, mir zu antworten.«

»Pah!« Ildiko war es nach dieser Drohung ganz und gar nicht mehr nach Widerspruch zumute, doch etwas in ihr trieb sie weiter an, eine dunkle, zerstörerische Wut. Was hatte sie denn noch zu verlieren? »Ich bin zäher, als du glaubst, alter Mann.«

Miklos neben ihr stöhnte auf. Arpad ballte die Fäuste.

In Pavels Augen glühte die Wut seines Wolfs wie gelbes Feuer. »Du vielleicht«, zischte er. »Aber er nicht.« Im nächsten Augenblick presste er Miklos einen Dolch gegen die Kehle.
»Sprich mit mir, Weib, sonst stirbt er.«
Ildikos Genugtuung zerrann wie Sand zwischen ihren Fingern. Sie ballte die Fäuste, doch sie hatte keine Wahl. Sie presste die Worte zwischen ihren Lippen hindurch.
»Ich bin Gábors und Veronikas Tochter.«
Plötzlich legte Pavel den Kopf in den Nacken und bellte, ein raues, widersinniges Geräusch, das Ildiko erst nach einiger Zeit als Lachen identifizierte. »Eine Tochter also. Der Herr straft uns auf sonderbare Weise.«
Als er sie wieder anschaute, wusste sie nicht, was sie in seinen Augen las. War es Empörung, war es Enttäuschung? Sein Lachen erlosch. »Ich wusste es«, flüsterte er. »Dass aus der Verbindung zwischen der Auserwählten und dem Türken nichts Gutes entsteht. Ein Weib als Spross einer befleckten Prophezeiung. Das wird uns niemals vor der Verdammnis bewahren.«
Ildikos Herz machte einen Satz. Wusste Pavel etwa gar nichts von Janko? Waren sie die ganze Zeit in die Irre gelaufen?
»Wo ist Gábor?«, fragte er und unterbrach damit ihre Gedanken. »Wo verbirgt sich der feige Hund vor mir?«
Wie um zu zeigen, dass er es ernst meinte, ritzte seine Dolchspitze Miklos' Haut. Ein Blutstropfen rann den narbigen Hals des Blinden hinab.
»Vater ist tot«, stieß Ildiko hervor. »Die Türken haben ihn umgebracht.« Und wieder spürte sie den alten Schmerz, gepaart mit bitterem Zorn.
Pavel hob ungläubig die Augenbrauen. »Stimmt das?«, fragte er Arpad, der mit zusammengebissenen Zähnen nickte.
»Warum zum Teufel kämpft ihr dann für sie?«, polterte der Feldherr los. »Wenn es mir nicht so widersinnig erschienen wäre, hätte ich euch längst hinrichten lassen für das, was ihr getan habt.«
Was sie getan hatten? Ildiko verengte die Augen.

Miklos wagte mit gesenktem Kopf die Frage: »Was wirfst du uns vor?«
Pavel funkelte ihn über die Dolchklinge hinweg an, und für einen Augenblick fürchtete Ildiko, dass er ihm ohne Antwort einfach die Kehle durchschneiden würde.
»Das Attentat«, zischte er.
»Ja, ich habe den feigen Anschlag auf den Sultan verhindert«, rief sie wütend. »Vater hat mir einst berichtet, dass der Wolfsbund lieber heimlich mordet, als sich einer ehrlichen Schlacht zu stellen. Jetzt hab ich es selbst gesehen. Hunde!« Sie spuckte ihm das Wort vor die Füße.
Er fuhr zu ihr herum und nahm den Dolch von Miklos' Kehle. Seine Augen waren blank vor Überraschung. Es war beinahe, als könnte sie seine Gedanken lesen. Etwas stimmte hier nicht, ganz und gar nicht. Doch schon hatte er sich wieder im Griff, zurück blieb nur ihr eigenes, ersticktes Keuchen.
»Ich spreche von dem Attentat auf meinen König, Stefan von Moldau«, sagte er eisig. »Von den zwei Werwölfen, die sich am Vorabend der Schlacht bei ihm einschlichen, um ihn und mich zu ermorden. Einen tötete ich, doch der andere entwischte. Doch das wisst ihr bereits, nicht wahr? Ebenso, wie ihr wisst, dass wir den verletzten König hierher in Sicherheit brachten. Eure Schuld ist es, dass die Christen ohne die Unterstützung meines Rudels kämpfen mussten, eure Schuld ist es, dass wir verloren haben.« Er knirschte mit den Zähnen. »Aber ich ahnte bereits, dass ihr uns folgen würdet. Jemand aus meinem Rudel versorgt euch mit Informationen. Niemand sonst wusste, wo der König und ich uns am Abend des Attentats aufhielten. Ich will, dass ihr mir den Namen dieses Verräters nennt.«
Ildiko war so erstaunt, dass ihr die Worte fehlten.
»Mit alldem haben wir nichts zu tun, Pavel«, sagte Miklos in das Schweigen hinein. »Gábors Rudel hat sich niemals gegen den Wolfsbund gestellt. Alles, was wir in den letzten achtzehn Jahren wollten, war ein Leben in Freiheit.«
»Das soll ich glauben?«, schnaubte Pavel.

»Stell mir deine Fragen, stell sie so, dass ich antworten muss«, sagte Miklos ruhig. »Du kanntest mich schon, als ich noch Gábors halbwüchsiger Schüler war. An deiner Seite habe ich in Belgrad gekämpft. Und damals wie heute ist eines gleichgeblieben: Du bist der Älteste, ich kann dich nicht belügen.«
Pavel und der Mönch wechselten einen Blick. Der Junge senkte die Schultern, doch er schüttelte dabei unmerklich den Kopf. Misstrauisch starrte Ildiko ihn an.
»Das dachte ich auch«, knurrte der Feldherr. »Doch Cecilio hier hat mich eines Besseren belehrt. Er kam aus Rom, um mich zu warnen. Ich weiß von den Anschlägen auf die anderen Ältesten. Euch türkischen Teufeln ist nichts heilig. Von Cecilio weiß ich auch, dass ihr über eine dämonische Kraft verfügt, die euch den Ältesten widerstehen lässt. Doch damit hat es nun ein Ende!« Seine Augen schossen gelbe Blitze. »Ihr mögt mich belügen können, doch unter der Folter spricht zuletzt jeder Mann die Wahrheit. Betet um euer Seelenheil, denn heute Abend werdet ihr mich anbetteln, euch zu töten.«

* * *

Adem kniff die Augen zusammen, als er im Licht der Mittagssonne zur Zitadelle hinaufstarrte. Eine graue Trutzburg war sie, errichtet als Teil der moldauischen Verteidigungslinie. Wie ein unzerstörbarer Fels thronte sie über dem kleinen Städtchen Neamt.
Mit seinem militärisch geschulten Blick registrierte er die Höhe der Mauern, die Schießscharten, die Steile des Abhangs. Nur über einen schmalen, gewundenen Weg, der jeden Neuankömmling schutzlos und offen präsentierte, war die Zitadelle zu erreichen. Damit war sie so gut wie uneinnehmbar.
Nun gut, sie alleine zu erstürmen, überstieg sowieso seine Fähigkeiten. Adem seufzte und sah an sich herunter. Er trug den hemdartigen Leibrock der hiesigen Bauern, darunter Beinlinge, die mit Bändern an einem Gürtelstrick befestigt waren. Auf

dem Kopf trug er eine Art Haube, die seinen Nacken vor der Sonne schützte. Mit seiner dunklen Haut fiel er in dieser Verkleidung am wenigsten auf. Doch das kratzige Leinen scheuerte auf seiner Haut, und die Holzsohlen seiner Schuhe klapperten bei jedem Schritt. Er hatte die Gewänder aus einem verlassenen Dorf, an dem er auf seinem Ritt vorbeigekommen war. Ein einfacher Ritt? Sich selbst konnte er nichts vormachen. *Dein Kopf für die ihren.* Er hatte die Worte des Sultans noch im Ohr. Er war auf der Flucht. Denn obwohl all seine Handlungen, die ihn hierher nach Neamt gebracht hatten, nur dem einen Ziel folgten, seinem Volk zu dienen, änderte dies nichts an der Tatsache, dass er nun ein Gesetzloser war. Die Christen würden ihn ebenso töten wie die Bostanji, wenn sie herausfanden, wer er war.
Er seufzte erneut. Vor einer Stunde hatte er sich durch das Stadttor geschmuggelt. Rasch, doch nicht zu forsch war er danach durch die gewundenen Gassen gestreift, an weiß verputzten Häuserzeilen mit Fachwerk und spitzen Dächern vorbei, die ihm fremdartig erschienen. Die Fensterläden waren meist geschlossen, und die Fassaden sahen abweisend aus. In der ganzen Stadt herrschte eine niedergedrückte, beinahe ängstliche Stimmung, denn die Kunde von der christlichen Niederlage war bereits hier angekommen. Die Bewohner schienen sich mehrheitlich in ihren verrammelten Häusern zu verstecken, und auf den Stadtmauern patrouillierte die Miliz. Mönche eilten mit wehenden Kutten an ihm vorbei, und er sah sie an die Türen klopfen, um die Menschen um milde Gaben für die Verwundeten zu bitten, die bald hier eintreffen würden. Ihre ernsten Gesichter erinnerten ihn an die Derwische seines eigenen Volkes. *Vielleicht sind sie tatsächlich nicht einmal so verschieden.* Einmal hörte er auch die Kirchenglocken läuten, ein volltönender, melodiöser Klang, der ihn merkwürdig berührte.
Er hatte die Bewohner nicht ansprechen wollen, da er sich mit seinem starken Akzent sicher verdächtig gemacht hätte, doch es war ihm gelungen, ein Gespräch im Hinterhof eines Wirtshau-

ses zu belauschen. Der König selbst war in der Zitadelle. Schwer verletzt, munkelten die einen, an einem neuen Schlachtplan feilend, die Nächsten. Gestern war er hier angekommen, eskortiert von seiner Leibwache und dem Feldherrn Pavel von Breunen und dessen Männern. Deshalb hatte er also keinen Werwolf in der Schlacht gesehen! Und was er außerdem hörte, jagte ihm einen Schauer über den Rücken: Der Feldherr war gleich nach seiner Ankunft wieder aufgebrochen, doch gestern Nacht hatte man ihn mit drei türkischen Gefangenen zurückkehren sehen. Man sagte, die Männer seien für einen heimtückischen Angriff auf den König verantwortlich und warteten nun im Kerker der Zitadelle auf ihre Hinrichtung. Es musste sich um Ildiko, Arpad und Miklos handeln!
Er hatte sie hierhergeschickt, und nun musste er zu ihnen gelangen, koste es, was es wolle. Er strich sich über den Leibrock. Darunter verbarg er nicht nur seinen Dolch, sondern auch das Pergament mit dem übersetzten Text.
Er ging weiter, bis er das nördliche Torhaus an der Stadtmauer erblickte. Hier musste er die Wachen passieren, die den Zutritt zu dem Weg hinauf zur Zitadelle kontrollierten. Und oben wartete ein weiteres Tor auf ihn, durch das sie ihn gewiss nicht einfach so hineinlassen würden.
Einer der Wachmänner warf ihm schon einen misstrauischen Blick zu. Wenn dies der Eingang zum Serail des Sultans gewesen wäre, hätte er ihn wahrscheinlich schon dafür festgenommen, dass er hier herumlungerte. Adem wandte sich ab und bog in die nächste Gasse ein. Er brauchte dringend eine List! Er schob sich in den Schatten eines Durchgangs und wartete, bis ihm schließlich der Zufall zu Hilfe kam.
Es war bereits Spätnachmittag, als mehrere mit Getreidesäcken und anderen Gütern beladene Ochsenkarren an ihm vorbeirumpelten. Jeder Wagen wurde von drei bewaffneten Knechten geführt, die sich wachsam umsahen. Sicherlich wurde auch für die Moldauer die Nahrung knapp, deshalb waren die Lebensmittel auf den Wagen kostbares Gut. Der letzte Wagen war al-

lerdings mit weit weniger wertvollen Heuballen beladen und wurde nur von einem Mann begleitet. Nicht weit von Adem entfernt hielt er abrupt an, während die Burschen am Tor mit den Wachen debattierten. Adem schlüpfte aus seinen Holzschuhen und schob sich hinter der Pforte hervor. Der Ochsenknecht des Heuwagens wandte ihm den Rücken zu. Lautlos eilte Adem über das Pflaster. Schon war er hinter dem Wagen, zog sich am Holz empor und schwang ein Bein über den Rand. Einer der Ballen schwankte, als sich der Karren unter dem neuen Gewicht neigte. Mit einem geflüsterten Fluch griff Adem nach dem Ballen und hielt ihn gerade noch fest, bevor er die ganze Ladung zu Fall brachte. Er musste wahnsinnig geworden sein, so ein Risiko einzugehen! Doch nun war es zu spät, um noch zu zögern. Er zog den Kopf ein und tauchte tief zwischen die duftenden Stapel, wühlte sich vorsichtig so weit wie möglich hinein.

Der Wagen setzte sich mit einem Ruck wieder in Bewegung. Schaukelnd ging es vorwärts. Die Ochsen schnaubten und muhten, als der Weg immer steiler wurde. Endlich hielten sie erneut an. Stimmen ertönten, Fragen und Antworten. Das Heu dämpfte die Worte zu einem Murmeln.

Dann ging es weiter, über eine kleine Stufe, auf härteren Boden, Felsgestein. Als der Wagen schließlich anhielt, verharrte Adem bewegungslos, bis die Schritte und Stimmen der Knechte sich entfernten. Dann wühlte er sich vorsichtig empor und lugte zwischen zwei Ballen hinaus. Der Karren stand im Schatten eines Hofs, der von dicken Mauern umgrenzt war. Holzschuppen duckten sich daneben. Adem kannte die Festungen der Christen aus früheren Belagerungen. Dies musste einer der äußeren Burgringe sein, der den Stallungen vorbehalten war.

Die anderen Karren mit den Nahrungsmitteln waren nicht mehr zu sehen, wahrscheinlich waren sie weitergerollt, in den inneren Kern der Festung hinein. Der Knecht des Heuwagens entfernte sich gerade laut palavernd mit einem weiteren Mann, und Adem nutzte ihre Unaufmerksamkeit, um vom Wagen zu gleiten. Er verbarg sich in einer Nische zwischen den Ställen und der Steinwand und rang erst einmal nach Luft. *Zeit für einen neuen Plan.*

Er sah hinauf zu den Zinnen, die den Wehrgang umsäumten, auf dem einfache Fußsoldaten patrouillierten. Er versuchte, sich einzuprägen, in welchem Abstand sie vorbeikamen. Schnell, aber ohne zu rennen, ging er an den leeren Stallungen entlang bis zu einer der Pforten, die zum Wehrgang hinaufführten. Vorsichtig zog er sie auf. Eine steile Treppe führte hinauf. Die mehr als meterdicken Wände der Mauer verschluckten jeden Laut. Trotzdem bewegte er sich so still wie möglich über die Stufen. Als er vorsichtig die nächste Tür aufstieß, blendete ihn für einen Moment die Helligkeit. Ein strenger Wind trieb Wolken an der Abendsonne vorbei. Zwischen den Zinnen sah er ins Tal hinunter, auf die rot glänzenden Dächer von Neamt, dahinter ein Flickenteppich von Feldern und Wald, der mit dem dunstigen Horizont verschmolz.

Behutsam schob er sich aus der Nische des Treppenhauses und lugte um die Ecke des Wehrgangs. Dort kam der nächste Soldat, noch einen guten Steinwurf entfernt. Er schlurfte gemächlich und streckte das Gesicht gegen den Wind. Sofort zog sich Adem wieder zurück und wartete mit angehaltenem Atem. Schritte ertönten, wurden lauter. Dann war der Soldat neben ihm.

Adem packte den Mann am Nacken und zog ihn zu sich in die Nische. Ehe der Kerl noch wusste, wie ihm geschah, riss er ihm den Helm vom Kopf und schmetterte seine Stirn gegen die Wand. Einmal, zweimal. Mit einem dumpfen Ächzen ging der Mann in die Knie. Adem packte den Bewusstlosen unter den Achseln und zog ihn ins Dunkel der Treppe. Sein eigenes Herz schlug schnell und kräftig, doch er fühlte sich erstaunlich ruhig. *Wenn dem Kamel zu wohl ist, geht es über Treibsand.* Doch er hatte keine andere Wahl. Er schleifte den Mann die Stufen hinunter, stieß die Pforte unten auf und zerrte ihn in den Spalt zwischen Stall und Mauer.

Wenig später hatte er den Soldaten entkleidet und schlüpfte selbst in dessen Kettenhemd, Helm und Umhang. Bevor er ging, musste er etwas tun, das er nicht gerne tat, doch wenn der Mann erwachte, wäre er eine unkalkulierbare Gefahr für ihn. Mit zusammengebissenen Zähnen schleifte er den Soldaten tiefer in den Graben hinein, dann tötete er ihn mit einem gezielten Dolchstich ins Herz und bedeckte die Leiche mit Heu.

Das Tor zum inneren Burgbereich passierte er, ohne dass die Wachen ihm auch nur einen zweiten Blick zuwarfen. Und plötzlich fand er sich mitten im Gewühl von Menschen wieder, die alle ihren Geschäften nachgingen. Von einer Kriegsstimmung war dabei nichts zu merken, offenbar fühlten sich in dieser Festung alle sicher. Er sah Handwerker, die mit lauten Hammerschlägen einen neuen Verschlag errichteten; Soldaten, die ihre Klingen mit Lumpen voller Fett polierten; einen Schwarm kichernder Mägde, die ihnen freche Blicke zuwarfen. Er bemerkte die Aufgänge zu den Wehrtürmen und rundum die schmalen Fenster, hinter denen sich die Gemächer der Bewohner verbergen mussten. Doch wo waren die Kerker?

Er hielt einen Jungen an, der eine riesige Speckseite auf der Schulter trug und in Richtung der Küchengebäude unterwegs war. Der Knabe musterte ihn nach seiner Frage so misstrauisch, dass Adem für einen Moment fürchtete, er hätte einen Fehler begangen. Er setzte ein mürrisches Gesicht auf und funkelte den Jungen so finster an, dass dieser sofort den Blick senkte und ihm den Weg zu einem der Türme wies.

»Dort hinter den Soldatenstuben geht es hinunter«, murmelte er. Adem eilte ohne Dank davon, weil er merkte, dass die Blicke des Jungen ihm folgten. Erst als er aus dessen Blickfeld war, hielt er inne. Hier wurde die Meute an Soldaten dichter, und es mischte sich der eine oder andere Ritter und Edelmann darunter. Er stockte unwillkürlich, als er drei Werwölfe unter ihnen sah. Müßig lehnten sie an einer Mauer und musterten die Vorbeigehenden unter halbgeschlossenen Lidern hervor, während ihre Wolfsschatten über ihnen wogten. Wie selbstverständlich machten die Menschen einen Bogen um sie und warfen ihnen ehrfurchtsvolle Blicke zu. Ein plötzlicher Hass erfüllte Adem. Er wandte den Blick ab, denn er wusste, dass sie seinen Herzschlag hören und seine Gefühle riechen konnten. Wie beiläufig stieß er die Tür zu einer der größeren Wachstuben auf und ging zwischen den Reihen der Männer hindurch, die auf groben Holzbänken saßen, Bier tranken und etwas aßen, während sie auf die Wachablöse warteten. Und schon formten sich Adems Gedanken zur nächsten waghalsigen Idee. Mit ernstem Gesichtsausdruck, so dass niemand an einem offiziellen Auftrag zweifelte, schnappte er sich zwei Wasserkrüge, klemmte sich zwei Brote und einen großen Laib Käse unter den Arm und verließ den Raum wieder, ehe jemand Fragen stellen konnte. Dann machte er sich auf den Weg zum Kerker.

Zu seiner Verwunderung war die Tür offen und unbewacht. Hier schien sich wirklich jeder gewiss zu sein, dass es kein Feind in die Festung schaffen würde! Er betrat einen kleinen Vorraum, in dem eine Treppe nach unten und eine nach oben führte. Ohne Zögern machte er sich an den Abstieg. Fackeln in Wandhalterungen spendeten ein flackerndes, aber nur schwaches Licht. Die Wände verströmten Kälte, und die unebenen Stufen waren glitschig.

Die Treppe endete nach vierzig Stufen vor einer aus massiven Bohlen gefertigten Tür, die mit schweren Eisenbändern verstärkt war. Obwohl die Tür nicht verschlossen war, kostete es ihn enorme Anstrengungen, sie weit genug aufzuschieben, um durch den Spalt schlüpfen zu können. Der grob ausgehauene Raum am Ende eines Gangs war besser beleuchtet. Dort sah er Gerätschaften, die nur der Folter dienen konnten: eine Streckbank, eiserne Klammern und Peitschen, die an der Wand hingen. Zwei Männer saßen inmitten der schauerlichen Umgebung und spielten scheinbar müßig Karten. Adem war sich vollkommen sicher, kein Geräusch gemacht zu haben. Trotzdem blickten sie gleichzeitig auf, und aus ihren Gesichtern sprach Wach-

samkeit und Misstrauen. Mit einem Satz waren sie auf den Beinen. Er sah ihre Wolfsschatten, und alles in seinem Inneren schrie *Gefahr*. Niemals würde er an ihnen vorbeikommen. Doch statt zurückzuweichen, rief er: »Gott zum Gruß, Herren!«
Diese Formel hatte er auf dem Festungshof vorhin häufiger vernommen. Er schritt rasch und mit energischen Bewegungen aus und trug die Lebensmittel wie einen Schild vor sich her. »Ich bringe Essen für die Gefangenen.«
»Für die Gefangenen oder für uns?« Der erste der beiden Männer grinste. Der andere musterte ihn mit strengem Blick. Adem las deutlich in seinen Augen, dass er sich fragte, wer zum Teufel der Kerl überhaupt war, der da auf ihn zukam; und sein Misstrauen schien die Oberhand über seinen Hunger zu gewinnen. »Wer schickt dich?«, bellte er.
Adem hob die Schultern und blieb vor ihnen stehen. »Die Küche«, sagte er. »Auf Befehl vom Herrn von Breunen.«
»Sollen sich die drei den Magen vollschlagen, bevor er sie in die Mangel nimmt?« Der Erste grinste immer noch. »Ich bezweifle, dass sie viel Appetit haben. Stell die Sachen dorthin.« Er deutete auf die Streckbank. »Wir werden sie ihnen bringen.«
Adem zögerte. »Was sind das für Gefangene?«, fragte er, um einen neugierigen Tonfall bemüht. Er hatte sich die fremden Worte vorher sorgfältig zurechtgelegt. »Es heißt, sie haben den König überfallen. Sind es Verrückte? Janitscharen? Oder gar Assassinen aus dem Orient?«
»Assassinen?« Der Erste hob die Augenbrauen, während der andere Adem immer noch schweigend musterte. »Ihr zerbrecht euch in den Wachstuben wohl den Kopf über sie.« Er lachte. »Schließt Wetten ab, nicht wahr? Das haben wir früher auch getan.« In seiner jovialen Art erinnerte er Adem an Arpad. Und wäre da nicht seine Zugehörigkeit zum Wolfsbund gewesen, hätte er ihn vielleicht sogar sympathisch finden können.
»He«, unterbrach ihn da der andere. Etwas an seinem Blick gefiel Adem ganz und gar nicht. »Ich kenne dich«, zischte er. »Sind wir uns schon einmal begegnet?«

»Nicht, dass ich wüsste«, sagte Adem vorsichtig. Er stellte das Essen auf der Streckbank ab, um eine kurze Pause zu gewinnen, aber auch, um die Hände frei zu haben. »Ich bin nur ein einfacher Soldat, Herr.«
»Mit einer seltsamen Aussprache.« Der Werwolf blähte die Nasenflügel. »Und einem einprägsamen Geruch.«
»Geruch?« Adem riss in gespielter Verblüffung die Augen auf. »Wollt Ihr mich narren?«
»Willst *du* mich narren?« Der Werwolf trat einen Schritt auf ihn zu. Dunkel blitzten seine Augen. »Ich habe mich geirrt. Ich habe dich noch nie getroffen. Doch ich kenne deinen Odem.« Wieder schnüffelte er. »Drei Mal habe ich ihn bisher gerochen. An Karel. An Jan. Und vier Monde später an Tomaš.« Er zog sein Schwert. Adem wich zurück und griff gleichzeitig nach seiner Waffe.
Der andere Werwolf hatte sein Grinsen verloren und hielt plötzlich eine Streitaxt in der Hand.
»Der Wolfstöter«, rief er, und in seiner Stimme klangen Unglauben und Wut zugleich. »Du bist der türkische Wolfstöter, der auf uns Jagd macht.« Er bleckte die Zähne. »Was für ein Fang für uns!«
Gleichzeitig stürmten sie auf Adem ein. Er riss sein Schwert in die Höhe und sprang zurück. Die Waffe war ihm fremd, lag schlecht ausgewogen und glitschig in seiner Hand. Beim ersten Zusammenprall mit dem gegnerischen Schwert sprang sie ihm aus den Fingern und landete mit einem Klirren auf dem Boden. Er war verloren. Sein Herz hämmerte gegen seine Brust. Doch er hatte immer noch seinen alten, kleinen Dolch, den er jetzt aus seinem Gürtel riss. Er ging in die Knie, so dass die Streitaxt ins Leere traf, und stach mit dem Dolch nach seinem Gegner. Der Mann jaulte, als er ihn am Oberschenkel erwischte.
Dann sauste das Schwert auf ihn herab. Ein tödlicher Schlag, gezielt in seinen Nacken. Er warf sich zur Seite. Zu spät. Das Kettenhemd knirschte, Metallringe zersprangen unter der

Wucht des Schlages. Ein brennender Schmerz durchfuhr seine Schulter, raste durch Arm und Rücken. Er schrie auf und fiel nach hinten. Der Dolch entglitt seinen Fingern. Schlieren zogen an seinen Augen vorbei, grau und rot. Nur schemenhaft sah er erneut das Schwert, hoch erhoben über ihm. Blut tropfte herab, sein Blut. Da war sie also, die Hand des Allmächtigen, bereit, ihn zu zermalmen.

»Der hat erst mal genug«, sagte jemand jedoch. »Werfen wir ihn in die leere Zelle und holen den Feldherrn.«

35. KAPITEL

Zitadelle von Neamt, Juli 1476

Ildiko kauerte am Boden, als die Tür zur Nachbarzelle geöffnet wurde. Rötlicher Lichtschein fiel herein, der Luftzug brachte ihre eigene Kerze zum Flackern. Einer von Pavels Männern betrat die Nachbarzelle. Er trug jemanden über der Schulter, den er nun nachlässig auf den strohbedeckten Boden warf. Ildiko roch Blut. Und noch etwas anderes. Etwas, das sie aufspringen und mit beiden Händen das Gitter packen ließ. Sie starrte die gekrümmte Gestalt auf dem Boden an, und ihr Herz schlug so schnell und hart, dass sie meinte, es müsse bersten.

Pavels Mann zischte: »Wolfstöter«, und versetzte dem Gefangenen einen Tritt, der ihn aufstöhnen ließ. Dann verließ er die Zelle und schloss die Tür hinter sich.

»Adem«, flüsterte Ildiko. »Adem, kannst du mich hören?«

Wie kam er hierher? Und sein Blut, so viel Blut, es färbte die Luft in beiden Zellen mit Kupfer.

Er hob den Kopf und blinzelte schwach. Seine Augen waren verschleiert vor Schmerz. Er flüsterte etwas, das sie nur mit Mühe als ihren Namen identifizieren konnte.

»Was macht der hier?«, knurrte Arpad. Auch er packte die Gitterstäbe, blickte jedoch eher grimmig als besorgt hinüber. »Bist du uns gefolgt? Wolltest du uns doch noch deinem Sultan ausliefern? Und warum Wolfstöter?«

»Nicht ausliefern«, flüsterte Adem. Endlich schien sich sein Blick etwas zu klären. Doch seine Wangen waren bleich, und seine Augen lagen tief in den Höhlen. Mit einem Arm zog er sich nach vorne und robbte zu ihnen herüber.

»Hört ihr seinen Herzschlag nicht? Er verliert zu viel Blut«, sagte Miklos, und während er noch sprach, schlüpfte er schon aus seinem Hemd und zerriss einen Teil davon in Streifen. »Drück ihm das auf die Wunde, Ildiko.« Seine Stimme war drängend.

Ildiko nahm den Stoff, ging auf die Knie und griff nach Adems Hand. Die Abstände zwischen den Gitterstäben waren zwar zu schmal, um hindurchzuschlüpfen, doch breit genug für ihren Arm. Seine Finger waren warm und feucht.

»Zieh das Kettenhemd aus«, sagte sie. Adem stöhnte, während sie ihm half, so gut es ging, das schwere Metall über den Kopf zu ziehen. Als er mit der verletzten Schulter durch die Öffnung musste, meinte sie für einen Augenblick, er werde bewusstlos, so bleich wurde er. Doch er schaffte es, und im nächsten Moment zog sie ihn nahe genug ans Gitter heran, um die Wunde zu begutachten. Der Arm hing halb abgetrennt wie ein lebloser Gegenstand an ihm herab. Sie zischte. Nicht nur die Haut war von einem Schwerthieb durchschlagen, auch Muskeln und Sehnen, und darunter der Knochen. Blut pulste in starken Strömen aus ihm heraus. Sofort presste sie den Stoff auf die Wunde.

Erneut stöhnte er. Sein Atem ging schwer. Die Schmerzen mussten ihm schier den Verstand rauben. Doch die Finger seines gesunden Arms tasteten über den braunen Leinenrock, den er trug. »Das Pergament«, flüsterte er. »Mein Onkel hat es übersetzt.«

Alle drei Werwölfe hielten inne.

»Wo hast du es?« Arpad rutschte dicht neben Ildiko und langte ebenfalls durch das Gitter. Er schob Adems Hand beiseite und nestelte an der Schnürung auf seiner Brust, dann zog er ein zusammengefaltetes Schriftstück hervor.

»Deshalb bist du uns hinterhergeritten?«, fragte Ildiko. »Um uns das zu bringen?«

Ihre Gefühle flogen einen wirbelnden Kreis zwischen Verblüffung und Unglauben, Verwirrung und Dankbarkeit.

Adem nickte. Seine Augen suchten ihren Blick. Etwas lag darin, das sie schwindeln ließ. Eine seltsame Intensität, als redete er stumm mit ihr, doch in einer Sprache, die sie nicht verstand. Oder doch? Sie riss sich los und wandte sich Arpad zu, der das Papier auffaltete und gleichzeitig die Kerze näher heranzog, um besseres Licht zu haben.

Ganz oben waren filigran eingezeichnet die fünf Symbole, die sie bereits kannten. Das Schwert, das Viereck, die gezackte Linie. Der Falke, der sitzende Hund.

»Anubis«, flüsterte Adem. »Mein Onkel hat es mir erklärt. Es sind Symbole aus Ägypten, eine jahrtausendealte Schrift. Sie stehen für den Namen Anubis.«

»Wer ist das?«, fragte Ildiko.

»Eine ägyptische Gottheit. Der Herr über das Totenreich. Die Ägypter sagten, er habe einen Hundekopf. *Manchmal lässt er sich dazu herab, auf Menschenfüßen zu gehen. Furchterregend sind jedoch seine Zähne, und wen er beißt, wird sein wie er.* So steht es in alten Mysterien der Römer, die einst den Nil eroberten, sagt mein Onkel.«

»Ein Werwolf-Gott«, flüsterte Miklos.

»Doch was hat das mit Janko zu tun?«, fragte Ildiko.

»Tragt den Text laut vor«, sagte Miklos. Stockend entzifferte Arpad die arabischen Worte, und Adem unterstützte ihn, wenn er nicht weiterkam, als hätte er die Sätze bereits auswendig gelernt.

Allmächtiger, Ewiger, allesverschlingender Gott.
Wir tragen dein Blut als Vermächtnis und Ehre.

Auf den roten Felsen von Ulunkhetir rufen wir dich an, Dunkler Geist des Mondes und der Nacht!

Bei den Pharaonen Hedju-Hor, Iri-Hor, Narmer, Niheb beschwören wir dich. Verbreite deinen Atem wieder unter uns wie zu uralter, heiliger Zeit.

Bei den Israeliten Benjamin, Addar, Saul und Mordechai beschwören wir dich. Führe uns, den zwölften Stamm wieder zu errichten, damit wir die Eingestaltigen lenken können.

Bei den kraftvollen Ahnen des Ostens und des Nordens, bei Temudschin und Fenris, die uns dein Blut gegeben haben, beschwören wir dich. Gibt uns etwas von deiner Stärke, dass wir uns den ungeweihten Rudelführern widersetzen können.

Dein Atem, dein Stamm, deine Stärke.
Wir beschwören dich bei deinem roten Lebenssaft, deinem heiligen Knochen. Hilf uns, den Auserwählten zu finden und seine Kraft in deinem Namen zu bannen. Stell seine reine Geburt in die Dienste Nikolajs, des Grauen, nimm sein freiwillig gegebenes Blut, auf dass du auferstehst in unserer Mitte.

Ildiko runzelte die Stirn. In ihren Ohren klang der Text wirr, voller Namen, die sie nicht kannte, und dunkler Andeutungen, die sie nicht verstand.

»Eine Beschwörung«, murmelte Miklos. »Lies sie noch einmal.«

Ohne Widerspruch folgte Arpad seiner Bitte.

»Verstehst du sie?«, fragte Ildiko.

»Manches vielleicht«, murmelte Miklos nachdenklich. »Offensichtlich hat der Wolfsbund tatsächlich nichts mit Jankos Schicksal zu tun – es sei denn, sie hätten sich ganz und gar vom Christenvolk abgewandt. Denn es scheint, dass die Werwölfe, die Janko entführt haben, Anubis anbeten. Den Hundegott aus der Wüste. Ich habe von ihm in alten Überlieferungen der Menschen gelesen.« Er hielt inne, um Atem zu holen. »Doch der Text bezieht sich auch auf die Bibel, auf den zwölften Stamm Benjamin. Zwölf Sonnenstrahlen hat das Medaillon, erinnert ihr euch? Nur einer davon war silbern. Vielleicht bestand einer der Stämme aus Werwölfen?«

»Pah, Josef und seine elf Brüder, das sind doch alte Märchen«, sagte Arpad und hob die Schultern. »Sie werden in der Kirche erzählt, damit die Priester gebildet wirken, und die Menschen sind dumm genug, ihnen alles zu glauben.«

»Vielleicht sind manche der Erzählungen eher Mythen als Tatsachenberichte, doch sie haben sicherlich einen wahren Kern«, entgegnete Miklos. »Der Text nennt aber noch weitere Namen, Temudschin und Fenris. Von Ersterem habe ich noch nie gehört. Doch Fenris, das ist ein Wesen aus nordischen Sagen. Ein Wolf, der göttliches Blut hat. Am Ende aller Tage soll er wieder erscheinen. Und da war noch ein weiterer Name.« Miklos runzelte die Stirn. Ildiko staunte über sein Gedächtnis.

»Nikolaj«, flüsterte Adem. »Nikolaj, der Graue.« Er bebte unter Ildikos Handgriff, als wollte er sich aufrichten. Fest drückte sie seine Schulter, während er sich am Gitter hinaufzog, bis er dagegengelehnt saß. Schweiß war auf seiner bleichen Stirn. »Vielleicht kenne ich ihn«, sagte er.

»Du?«, sagte Arpad ungläubig.

»Reiß meinen Kittel auf«, flüsterte Adem an Ildiko gewandt. »Hinten, auf meinem Rücken. Ich will euch etwas zeigen.«

Mit einer Hand hielt sie immer noch das Tuch auf seine Wunde gepresst, das inzwischen durchtränkt war von seinem Blut. Mit der anderen tat sie, worum er gebeten hatte. Unter den Fingern spürte sie seine warme Haut.

Er räusperte sich, als versuchte er, seine alte Stimme wiederzufinden. »Die Narben«, sagte er. »Seht ihr sie?«

Arpad und Ildiko beugten sich über ihn. Tatsächlich, da waren Narben, die sich an seiner Wirbelsäule entlangzogen. Handtellergroße weiße Wulste und Linien, die ein seltsames Muster auf seiner ansonsten unversehrten Haut formten.

»Kommt euch das bekannt vor?«

»Nein.« Ungeduldig biss sich Ildiko auf die Lippen. »Worauf willst du hinaus?«

Doch Arpad stieß ein ungläubiges Brummen aus und starrte von Adems Rücken auf das Papier, dann wieder zurück. »Der

Kerl trägt die Zeichen für Anubis eingeritzt«, rief er. »Willst du uns narren?«
»Nein.« Adem seufzte. »Aber ich will euch erzählen, warum sie mich den Wolfstöter nennen.«

* * *

Später hielt Ildiko immer noch Adems Schulter fest. Blut klebte an ihren Händen, doch sie achtete nicht darauf. Nach seinem Bericht war Adem in einen leichten Dämmerschlaf gefallen und hatte die Werwölfe schweigend und nachdenklich zurückgelassen.
»Und nun?«, schnaubte Arpad schließlich. »Ein Mensch, der wegen einer Zaubernarbe Geistwölfe sehen kann? Werwölfe, die einen Hundegott anbeten? Das hilft uns alles nicht weiter. Ich schlage vor, sobald Pavel wieder auftaucht, versuchen wir es mit der guten alten Überrumpelungstaktik. Ildiko, du bist die Einzige, die ihn angreifen kann. Du schlägst ihn bewusstlos. Dann kämpfen wir uns unseren Weg hier raus.«
»Und Adem?«, fragte Ildiko. Sorgenvoll musterte sie das bleiche Gesicht des Türken. Sein Atem ging flach und stoßweise, und seine Haut fühlte sich klamm an. »Wir können ihn nicht zurücklassen. Wenn er nicht in den nächsten Stunden am Blutverlust stirbt, werden sie ihn töten.«
»Na und?«, sagte Arpad. »Das hat er sich mit seinem Jagdeifer selbst eingebrockt. Meine Güte, wenn er die Wahrheit sagt, muss er mehr als ein Dutzend von uns getötet haben.«
»Trotzdem kam er hierher, um uns zu helfen«, warf Miklos ein. »Jetzt braucht er unsere Hilfe. Außerdem kennt er Nikolaj und kann uns vielleicht helfen, Janko zu finden.«
»Janko ist verloren«, sagte Arpad schroff. Er ignorierte Ildikos empörten Blick. »Wir wissen doch gar nicht mehr, wo wir noch nach ihm suchen sollen. In Ägypten etwa?«
»Oder bei den Tataren«, sagte Miklos leise. »Die Schrift deutet doch …« Er verstummte. Sie alle vernahmen die Schritte vor der Tür.

»Wir müssen Pavel die Wahrheit sagen«, flüsterte Miklos. »Nur dann haben wir die Aussicht, dass er uns gehen lässt.«
»Wir müssen ihn töten«, grollte Arpad. »Sonst kommen wir hier niemals lebend raus.« Er blickte Ildiko an, und auch Miklos reckte sein blindes Gesicht in ihre Richtung. Sie zögerte. Schon drehte sich der Schlüssel im Schloss.
»Kein Kampf«, flüsterte sie und schob sich das Pergament unter ihr Hemd.
Sogleich waren sie von den Werwölfen des Bundes umringt, die mit Fackeln in ihre Gesichter leuchteten. In der Tür wartete Pavels schmaler Umriss, die Hände in die Hüften gestemmt. Sein dunkler Geruch war wie eine Gewitterwolke. Und obwohl sie sein Gesicht nicht sah, spürte sie die Wut, die in ihm brodelte, während er sie musterte.
»Der Wolfstöter. Ich kann ihn riechen, er ist es«, knurrte er. »Und da liegt er halb in den Armen des Weibchens. Warum wundert es mich nicht, dass ihr ihn kennt?«
Mit einem Satz war er heran, packte Ildiko am Kragen und stieß sie gegen das Gitter, so dass sie Adem loslassen musste. Er war schnell, schneller als alle anderen Werwölfe, die sie bisher getroffen hatte. Seine Augen funkelten stechend. »Wie lange arbeitet er schon für euch?«
Das Metall bohrte sich in ihren Rücken. Sie hätte sich vielleicht aus seinem Griff befreien können, doch sie versuchte es nicht. Wenn sie ihr Rudel retten wollte, dann musste sie ruhig bleiben, so schwer ihr das auch fiel.
»Willst du tatsächlich die Wahrheit wissen, Feldherr?«, fragte sie. »Dann hol einen Medicus, der den Türken versorgt. Anschließend werden wir mit dir reden.«
»Einen Medicus für einen Toten?« Er lachte bellend, allerdings lachten seine Augen nicht mit. »Möchtest du vielleicht noch ein schönes Kleid und für Miklos ein Paar neue Augen?« Sein Griff an ihrer Kehle war so fest, dass er ihr die Luft abschnürte.
»Pavel«, sagte da Miklos plötzlich. »Ich wiederhole meine Offerte im Gedenken an unsere gemeinsamen Zeiten. Hör dir an,

was ich zu erzählen habe, und entscheide dann, was mit uns zu geschehen hat.«
Ildiko krümmte sich unter Pavels Griff. Wollte Miklos Pavel tatsächlich in alles einweihen? Arpads Schnaufen klang, als hielte er dies nicht für eine sonderlich gute Idee.
»Eine Bedingung habe ich jedoch«, fuhr Miklos fort. »Du sagtest selbst, unter deinen Männern sei ein Verräter. Schick sie während unseres Gesprächs hinaus, damit du hinterher entscheiden kannst, wie viel sie erfahren sollen.«
Pavel verengte die Augen. »Du kannst nicht wirklich glauben, dass ich darauf reinfalle und mich alleine mit euch dreien auf einen Plausch einlasse. Aber immerhin bist du der Einzige von euch, der etwas Denkvermögen beweist. Es könnte also durchaus unterhaltsam werden.« Abrupt ließ er Ildiko los und wischte sich die Hand an der Hose ab, als hätte er Unrat berührt. »Bringt ihn hinaus, ihn verhöre ich als Ersten!«
Sie zerrten Miklos an den Armen nach draußen.
»Nein«, keuchte Ildiko und wollte hinterher, doch Miklos schüttelte den Kopf. »Ich werde ihn überzeugen«, wisperte er, allerdings nicht leise genug, denn Pavel schnaubte, als er sich abwandte und hinter den Männern hinaustrat.
Die Tür schloss sich hinter ihnen, und bis auf das flackernde Licht der halb heruntergebrannten Kerze wurde es wieder dunkel.
»Reden, reden.« Arpad knurrte. »Miklos wird noch versuchen, mit Worten die Welt zu verändern, während ihm jemand die Kehle durchschneidet. Er wird damit nichts bewirken. Pavel leidet viel zu sehr unter Verfolgungswahn, um ihm irgendwas zu glauben.«
Ildiko ignorierte sein Gemurre. Sie hatte sich wieder zu Adem hingekauert. Sein Atem ging leise und unregelmäßig, und sein Puls war kaum noch zu vernehmen. Sie konnte beinahe spüren, wie das Leben mit jedem Herzschlag aus ihm herausfloss, ein schwacher, dünner Strom, der bald versiegen würde.
»Er schafft es nicht«, sagte Arpad unnötigerweise. »Er hat zu viel Blut verloren.«

»Das kann ich nicht zulassen«, flüsterte Ildiko. Nicht noch ein Toter, an dem sie die Schuld trug. *Nicht er.* Sie streckte die Hand aus und streichelte sein blasses Gesicht. Alle Härte war aus seinen Zügen gewichen, nur seine Stirn war gerunzelt, als gingen ihm schwere Gedanken durch den Kopf. Endlich wusste sie, warum er ihr immer schon so anders erschienen war als die anderen Menschen. Warum er niemals Angst vor ihr gehabt hatte.

Wolfstöter. Der Name ließ sie schaudern. Und doch konnte sie keinen Groll gegen ihn fühlen. Denn er war ehrenhaft genug gewesen, seinen Hass zu überwinden, er hatte sich geändert. Und zum Dank würde er nun sterben.

»Nein«, flüsterte sie, und es schien ihr, als würde etwas in ihr zerbrechen. Er durfte nicht gehen, nicht heute, nicht jetzt. Sie hatte ihn doch gerade erst kennengelernt.

Plötzlich musste sie an Ilai denken, den sie verloren hatte. An seine Bitte, die ihr so falsch erschienen war. *Meine Verletzungen werden schneller heilen, ich werde länger leben. Ich werde so sein wie du.* Sie hatte ihn lieber weggeschickt, als seiner Bitte nachzugeben. Doch Adem? Der Gedanke ließ ihr Herz flattern. Er war weder so sanft noch so zerbrechlich wie Ilai, und er hatte eine dunkle Seite, so wie sie.

In einem jähen Entschluss packte sie seinen Arm und zog ihn durch das Gitter zu sich heran. So kalt war er, so still, und er roch so vertraut … Sie senkte ihr Gesicht in seine Handfläche, als wollte sie es darin vergraben. Es war wider alle Vernunft und gegen alle Regeln ihres Rudels – und doch das einzig Richtige. *Vergib mir.* Als die Zähne in ihrem Mund zu spitzen Wolfsfängen wuchsen, schloss sie die Augen. Dann biss sie zu.

Blut in ihrem Mund, warm und süß. Seine Haut, sein Geruch. Auf nichts anderes konzentrierten sich ihre Sinne. Die Wölfin in ihr knurrte vor Freude. Tief senkte sie ihre Zähne in sein Fleisch. Und doch war es kein Jagdtrieb, den sie fühlte, kein Verlangen, zu töten oder zu fressen. Es war ein bedeutungsvolleres Begehren, das nicht danach strebte, etwas zu erlangen, sondern etwas zu geben. Sie spürte den dunklen Sog, hörte die Stimmen ihrer Ahnen, die seit Anbeginn der Zeiten ihre Schnauzen zum Gesang an den Mond hoben, sah ihre Pelze im fahlen Licht schimmern, schlanke Körper, die an ihr vorbeiwirbelten, geboren und gestorben im ewigen Kreislauf des Bluts. Sie spürte das Rauschen ihres eigenen Bluts voll praller Lebendigkeit, den roten Fluss, der sie alle miteinander verband …

»Hör auf damit!« Jemand packte sie an der Schulter und riss sie zurück. Sie sprang auf und fuhr mit gefletschten Zähnen herum. Es war Arpad, und sein Gesicht war verzerrt vor Wut und Fassungslosigkeit. Er wich vor ihr zurück.

»Bist du verrückt geworden?«, schnappte er. Sie wollte sich auf ihn stürzen, wollte ihn packen und schütteln wie ein wehrloses Stück Beute. Doch dann löste sich der Bann, und zurück blieb nur ein dumpfer Schauder. Sie blickte auf Adem hinab. Immer noch lag er still, als hätte sich nichts verändert. Doch dort, in seiner Handfläche, waren tief und blutig die Abdrücke ihrer Zähne eingegraben.

»Das war ein verdammter Fehler«, knurrte Arpad. »Ein Türke als Werwolf, pah! Und selbst wenn er den Biss überlebt – Pavel wird ihn umbringen.«

»Du warst damals auch ein Türke, als Vater dich biss.« Ildiko wandte den Blick nicht von Adem ab. »Außerdem hat Miklos es schon gesagt: Wir brauchen ihn.«

»Wir brauchen nicht ihn, sondern ein verdammtes Wunder!«, sagte Arpad. Er starrte Adem an, als sähe er einen völlig Fremden vor sich. Dann zog er sich grummelnd in eine Ecke zurück, und das ließ ihn hilfloser erscheinen als alle seine Flüche zusammen.

Ildiko ließ ihn in Ruhe. Sie griff nach Adems Hand und wickelte ein Stück Stoff um die Wunde, dann legte sie ihren Kopf auf den kalten Stein. Nun lag es in den Händen höherer Mächte, ob er überlebte oder nicht. Ob sie alle überlebten.

Sie sprachen nicht mehr, bis sie endlich Schritte auf dem Gang vernahmen. Ein Werwolf riss die Tür auf.
»Mitkommen, beide!«, bellte er.
Ildiko warf einen letzten Blick auf Adem. An seinem Zustand schien sich nichts geändert zu haben.
Niedergeschlagen folgte sie Arpad hinaus. Vier Werwölfe fesselten sie mit schweren Eisenketten. Immerhin war der Folterraum leer, und die Geräte schienen nicht benutzt worden zu sein. Hoffentlich war Miklos noch am Leben!
Still schritt sie zwischen ihren Gefangenenwärtern den Gang entlang. Aufmerksam prägte Ildiko sich den Weg ein. Es ging eine Treppe hinauf, dann einen weiteren Gang entlang, und schließlich folgten sie ein kurzes Stück einem Wehrgang im Freien. Endlich kamen sie in einen weiteren Gang, der zu einem Wohntrakt gehörte. Werwolfsgeruch krallte sich hier in Wände und Türen wie ein unsichtbares Klettengewächs. Waren dies die Quartiere des Wolfsbundes?
Ihre Unruhe wuchs, als sie am Ende des Gangs in einen größeren Vorraum kamen, in dem sich sicherlich zwanzig Werwölfe tummelten. Die meisten von ihnen waren große, kräftige Kerle, und ihre schlichte, doch hochwertige Kleidung sprach die Sprache gutverdienender Söldner. Die misstrauische Spannung in der Luft war beinahe mit den Händen zu greifen. Nur widerwillig machten die Männer Platz, während die Gefangenen zwischen ihnen hindurchgingen.
Eine dicke Eichentür führte in einen karg eingerichteten Versammlungsaal. Grobgezimmerte Tische und Bänke waren an die Wände gerückt. In der Mitte des Raums stand Pavel mit verschränkten Armen und blickte ihnen entgegen. Ildiko spürte die eisige Kraft seines Wolfs, doch etwas daran war anders. Seine Dominanz strahlte nicht mehr so viel Wut aus, sondern wirkte eher zweckmäßig. Worum ging es hier?
Hinter ihm warteten der junge Mönch und ein nervös zitternder Mann in einem grünen Seidenwams, der eindeutig ein Mensch war. Ildikos Blick schweifte über ihn hinweg und blieb

an Miklos hängen. Er stand gefesselt an der Wand. Ihr Herz machte einen Satz. Er sah erschöpft aus, doch nicht weiter verletzt.

»Kettet sie neben ihn.« Pavel deutete auf ein paar Eisenringe, die neben Miklos in der Wand eingelassen waren. »Und bringt mir den Brief, den wahrscheinlich das Weib in seiner Kleidung verborgen hat.«

Zähneknirschend ließ Ildiko sich gefallen, dass einer der Wärter sie abtastete, bis er schließlich das Papier herauszog. Er unterließ es nicht, sie dabei anzugrinsen, bevor er zu seinem Herrn trabte und ihm mit einem hündischen Nicken das Dokument aushändigte. Während Ildiko an die Wand gekettet wurde, beobachtete sie, wie Pavel das Papier mit zusammengekniffenen Lippen studierte. Schließlich blickte er auf und machte eine ungeduldige Handbewegung zu seinen Männern hin, die breitbeinig neben den Gefangenen ausgeharrt hatten.

»Hinaus mit euch zu den anderen, bis ich euch rufe«, knurrte er. Pavel wartete, bis die Tür hinter seinen Männern ins Schloss gefallen war, dann reichte er dem Menschen das Papier und sagte ein paar Worte in einer fremden Sprache zu ihm, ohne den Mann dabei auch nur eines Blickes zu würdigen. Stattdessen starrte er Miklos mit undeutbarer Miene an. »Jetzt werden wir sehen, ob du die Wahrheit gesagt hast.«

Sie warteten, während die Augen des Menschen wie Ameisen über das Papier irrten. Dann begann er zu sprechen, in der gleichen Sprache wie Pavel vorhin, die Ildiko inzwischen für Moldauisch hielt. Augenscheinlich übersetzte er das Dokument, denn sie erkannte einige Begriffe wieder. *Ulunkhetir. Benjamin. Temudschin. Nikolaj.*

Als er zum Ende kam, war Pavels Miene immer noch keine Regung abzulesen. Er wechselte noch einige Worte mit dem Mann, ehe dieser ihm das Dokument zurückgab und mit einem hörbaren Aufatmen hinaushuschte.

»Der Sekretär des Königs bestätigt deine Geschichte.« Pavel runzelte die Stirn, als hätte er damit nicht gerechnet. Oder eher, als gefiele ihm nicht, was dies bedeutete, dachte Ildiko voller Hoffnung. »Ich kann nicht glauben, dass so ein Pamphlet tatsächlich bewirkt, dass mich mein eigener Mann ungestraft belügen und verraten kann.«

»Doch so steht es wortwörtlich in dieser Beschwörung«, sagte Miklos, und seine Stimme klang fest. »*Gib uns etwas von deiner Stärke, dass wir uns den ungeweihten Rudelführern widersetzen können.* Wer auch immer ein Medaillon mit dieser Beschwörung besitzt, ist gegen die Dominanz der Ältesten immun.«

»Das stimmt«, sagte der Mönch plötzlich. Seine Stimme klang hell. »Bedrich und Bohumil, die Mörder meines Onkels, haben ebenso ein Medaillon getragen, und noch nie zuvor habe ich gesehen, dass jemand einen Kampf gegen ihn bestanden hätte. Ihr habt die Zeichnung gesehen, die ich von der Kette angefertigt habe, Herr von Breunen.«

»Das mag sein.« Pavel strich sich über den Schnurrbart. »Doch die Mythen um den zwölften Stamm sind nicht mehr als das – alte Geschichten aus Zeiten, in denen der Wolfsbund sich erst gründete.«

»Selbst wenn es nur Geschichten wären – jemand glaubt so fest daran, dass er dafür Morde begeht«, sagte Miklos in beschwörendem Tonfall. »Wir müssen unser Wissen über diese Männer zusammentragen. Wir müssen die Erkenntnisse, die uns dieser Text bringt, miteinander teilen.«

Pavel schnaubte verächtlich. »Als Erstes will ich immer noch die fassen, die hinter dem Attentat auf meinen König stecken«, zischte er. »Alles andere ist zweitrangig.«

»Das verstehe ich«, erwiderte Miklos leise. Demütig senkte er sein blindes Haupt. »Jetzt weißt du jedoch einen Weg, wie du den Verräter in deinem eigenen Rudel finden könntest.«

»Wenn dies nicht alles eine List ist, mit dem Ziel, mich zu verwirren.« Pavels Blick durchbohrte die Gefangenen, und seine Augen waren klar und gelb wie Topase. Es gefiel ihm sicherlich nicht, von Miklos gesagt zu bekommen, was er zu tun hatte, dachte Ildiko. Doch er war ein Heerführer und als solcher wahrscheinlich ein gewiefter Stratege, und dies war der Punkt, wo Miklos' Worte bei ihm wohl doch etwas bewirkten.

»Versuchen wir es«, knurrte er schließlich. »Cecilio, ruf den Ersten.«

In den nächsten Minuten wurde Ildiko endlich klar, was Miklos für Pavel ersonnen hatte. Die Männer kamen einzeln herein, und für jeden war der Vorgang der gleiche: Zuerst befahl Pavel ihnen, sich ihrer Kleidung zu entledigen. Als sie nackt vor ihm standen, stellte er ihnen Fragen zu dem Attentat, und seine Kraft zwang sie wortwörtlich in die Knie. Keiner schien seinem Blick standhalten, geschweige denn ihn anlügen zu können. Cecilio durchsuchte währenddessen gründlich ihre Kleidung. Waren sie fertig, wies Pavel sie an, sich wieder anzukleiden und am hinteren Ende des Saales zu sammeln.

Die Zeit zog sich, während ein Verhör dem anderen folgte. Hatte Pavel sich geirrt, gab es vielleicht gar keinen Verräter? Die Gruppe der Männer, die den Vorgängen still zuschaute, wuchs, und mit ihr auch die Spannung in der Luft. Sie alle mussten sich fragen, was ihr Rudelführer mit dem seltsamen Vorgehen bezweckte, und doch zwang sie seine Überlegenheit, ihm stumpf zu gehorchen. Widerwille stieg jäh in Ildiko auf. Niemals könnte sie sich jemandem so blind unterwerfen!

Dann kam der Augenblick, auf den sie alle gewartet hatten. Der Mann war wie viele seiner Kumpane ein Hüne. Sein Gesicht war vernarbt von zahlreichen Kämpfen, und seine dunklen Augen blickten ausdruckslos zu Boden, während er sich vor seinem Ältesten verneigte. Widerspruchslos folgte er auch dem Befehl, sich zu entkleiden. Doch Ildiko spürte, dass etwas mit ihm nicht stimmte. Es war seine Haltung, seine Stimme, etwas, das in ihm mit seltsamer Kraft vibrierte und verschwand, als er sein Hemd auszog. Sie richtete sich in ihren Fesseln auf und starrte den Mann mit neuer Aufmerksamkeit an. Pavel schien zu merken, dass ihr etwas aufgefallen war, denn er warf ihr einen Blick zu, während seine schmalen Lippen noch schmaler wurden. Dann begann er mit der Befragung.

Es war ein Kampf, der nun folgte, ein aussichtsloser und grausamer Zwiestreit, in dem sich der Hüne unter den Fragen wand, als könnte er ihnen entkommen, und doch unter der Kraft seines Ältesten schließlich einknickte, in Stottern ausbrach und schließlich verstummte. Sein nackter Körper war in Schweiß gebadet. Immer näher trat Pavel an ihn heran, immer finsterer blickten seine Augen, während die Dominanz seines Wolfs wie ein Eissturm über den Hünen hinwegfegte.
Ildiko bemerkte, wie alle Werwölfe außer ihr erschauerten oder gar aufjaulten, von ihren Wölfen zu einer geduckten Haltung gezwungen. Auch Miklos und Arpad reagierten mit dieser tierhaften Demut, fast waren sie für Ildiko nicht wiederzuerkennen. Ihre Abneigung gegen Pavel wuchs.
Dann zog Cecilio mit einem triumphierenden Aufschrei das Medaillon aus einer versteckten Tasche des Hemdes. Das verzweifelte Gesicht des Hünen wandelte sich zu einer Fratze des Irrsinns.
»Ja«, kreischte er plötzlich und riss mit den Händen an seinen Haaren, als könnte er so den Qualen entkommen, die auch nur der Versuch, sich Pavels Fragen zu widersetzen, in ihm ausgelöst haben musste. »Ich habe dich verraten, dich und den König.«
»Warum?«, donnerte Pavel. Der Hüne wand sich wie unter Krämpfen, doch dabei grinste er entrückt, als sähe er nicht den Feldherrn, sondern jemand anderen vor sich.
»Die Oberen der Menschen müssen fallen, damit die Welt erneuert wird«, leierte er herunter. »Die Ältesten des Bundes müssen sich unterwerfen oder weichen, damit der zwölfte Stamm erwachen kann. Zu Ehren Anubis' atmen und dienen wir, und vor Nikolaj beuge ich mich.«
Pavel packte den knienden Hünen an der Schulter, und der Verräter stöhnte auf, als bohrten sich glühende Kneifzangen in seine Haut. Nur die Lippen hatte er immer noch zu einem wahnwitzigen Grinsen verzogen.
»Wer ist dieser Nikolaj?«, bellte Pavel. »Wie viele Männer hat er hinter sich?«

»Er ist der Graue«, flüsterte der Hüne. »Er ist der Älteste, der über die besondere Macht Anubis' verfügt. Er hat den Prophezeiten zu sich geholt, um mit seinem Blut die Welt zu unterwerfen.« Plötzlich begann er zu lachen. »Viel mehr weiß ich nicht. Und was ich nicht weiß, kann ich auch nicht verraten!«

»Den Prophezeiten?« Pavel runzelte die Stirn und warf einen Blick zu Ildiko hinüber. Sie stöhnte innerlich auf. Hatte der treue Miklos versucht, dieses Geheimnis zu bewahren? Dann war es umsonst gewesen.

»Gábors Sohn«, sagte der Hüne. »Sein Erstgeborener.« Auch er warf nun einen verächtlichen Blick zu Ildiko. »Nicht dieses Weib, von dem bisher keiner wusste.«

Ildiko hielt es nicht mehr aus. »Wo ist mein Bruder«, rief sie. »Sag mir, was ihr mit ihm vorhabt.«

Sie hatte nicht wie Pavel die Macht, ihn zu einer Antwort zu zwingen, doch sie hatte ihre Fäuste und ihre Zähne, und bei allen Wölfen, aus den Fesseln konnte sie sich im Nu befreien! Hasserfüllt starrte sie zu ihm hinüber. Seine Miene zeigte allerdings keine Angst, sondern nur den Wahn eines fanatischen Gläubigen.

»Er wird ein Gefäß für Anubis sein«, raunte er. »Am ersten Vollmond des Herbstes wird er das Blutopfer vollbringen.« Er fletschte seine Zähne voller Triumph. »Und ihr könnt nichts dagegen tun!«

Blutopfer? Eine eiskalte Hand griff nach Ildikos Herz. Doch ehe sie etwas sagen konnte, sauste Pavels Hand wie eine Peitsche durch die Luft. Die Ohrfeige warf den Hünen zu Boden, wo er wimmernd nach Luft schnappte.

»Über Gábors Sohn reden wir später«, zischte Pavel. »Denn vielleicht weiß ich bereits, wo er sich aufhält.« Und dann warf er einen Blick zu Ildiko hinüber, in dem Verschlagenheit und Genugtuung zugleich lagen. »Sag mir alles über Ulunkhetir, Dschingis Khans rote Festung.«

* * *

Jankos Herz klopfte so schnell, dass er meinte, es würde zerspringen. Doch nicht die unzähligen Treppenstufen, die ihn in diese schwindelerregende Höhe geführt hatten, waren schuld daran, sondern die Aufregung vor dem, was ihn erwartete. Zum ersten Mal war er hier, im neunten Stockwerk des Geierturms. Er war alleine gegangen, niemand anderem hatte der Khan erlaubt, hierherzukommen.

Nun stand er vor einer schweren Holztür, die einen Spalt offen stand. Vorsichtig schob er sie auf. Sie knarrte. Es klang wie ein Knurren und jagte ihm einen Schauer über den Rücken. Er atmete tief durch, dann trat er hinein.

Zuerst fiel ihm auf, wie der Wind pfiff. Ringsum waren Fensteröffnungen, deren Läden weit offen standen, um das Mondlicht hereinzulassen. Er sah überall spitze Winkel und schiefe Flächen, Erker und Vorsprünge, die es ihm unmöglich machten, die Tiefe des Raumes zu schätzen. Die verzerrten Schatten wild flackernder Fackeln tanzten über die dunkelroten Wände – ein riesiger Wolfskopf hier, ein schwankender, spitzer Schatten dort, ein kauerndes Tier von unbestimmter Gestalt in einer anderen Ecke.

Er wollte zurückschrecken, als einer der Schatten sich erhob und auf ihn zukam. Doch schon erkannte er Nikolajs hagere Gesichtszüge, die klaren, grauen Augen.

»Willkommen, Shilae«, sagte der Khan leise, und doch übertönte seine Stimme das Heulen des Winds. Er trug die gleiche schwarze Robe, die er auch in der Tatarensiedlung vor seiner Verwandlung getragen hatte. »Folge mir.«

Es waren nur wenige Schritte, doch der Weg erschien Janko viel länger, als ob der Raum die Entfernungen verzerrte. Er sah einen schwarzen Vorhang, der etwas verdeckte. Wände neigten sich auf ihn zu und verschwanden wieder. Nur eine der Erhebungen blieb, ein quadratischer Stein, der aus der Wand hervorragte. Im Licht der Fackeln schienen sich die unzähligen kleinen, schwarzen Zeichen, die ihn bedeckten, wie Ameisen zu bewegen. Erst als er davorstand, erkannte er, was es war: ein Altar. Angst und Schauder ergriffen ihn, doch dann spürte er Nikolajs warme Hand auf seiner Schulter.

»Fürchte dich nicht.« Der Khan lächelte. »Dies ist nur meine eigene kleine Nachahmung eines Tempels, der meinem Glauben gerecht wird.«

Janko nickte. »Zeigt es mir«, forderte er den Khan auf. »Zeigt mir, warum ich hier bin.«

Der Khan griff in eine der Nischen und holte eine Schatulle hervor. Sie war aus schwarz glänzendem Holz, in dem sich die Reflektionen der Flammen spiegelten, als würde ein düsteres Feuer in ihr brennen.

»Für dies habe ich all die Reisen meines Lebens auf mich genommen«, sagte er. »Ich habe mein Rudel in den ewigen Wäldern des Nordens verlassen, als ich fast noch ein Junge war, denn damals spürte ich schon die Kraft eines Ältesten, spürte schon, dass ich zu anderem bestimmt war als dem Leben unter Nordmännern und Rentierjägern. Ich suchte die Weiten der Steppe, horchte und lernte von den Gräsern und dem Wind. Und sie führten mich mit meinem neu gegründeten Rudel hierher, nach Ulunkhetir. Hier in dieser Kammer fand ich Temudschins Schriften. Sie berichteten mir von den Mysterien, und ich war ein staunender Schüler. Aus ihnen erfuhr ich auch hiervon.« Er streichelte die Schatulle, als wäre sie lebendig. »Dem uralten Geheimnis von Anubis' Macht. Ich ließ mein Rudel zurück und folgte der Fährte der Legenden bis in die Wüste Dscheret, fahndete nach verschollenen Schriften in Jerusalem und Alexandria. Und die Fährte, die ich fand, brachte mich schließlich nach Istanbul. In der Schatzkammer des osmanischen Sultans, so hieß es, würde ich finden, was ich begehrte. Doch freiwillig hätte der Sultan mir nie zugestanden, was durch die Eroberungszüge seines Vaters in seine unwissenden Hände geraten war. Also blieb mir keine andere Wahl, als mir heimlich Zutritt zum Serail zu verschaffen. Meine Unerfahrenheit in solchen Dingen mag vielleicht entschuldigen, dass

mich die Janitscharen ertappten. Mir gelang es im letzten Moment, meine Beute zu verstecken.« Mit einer achtsamen Bewegung stellte der Khan die Schatulle auf den Altar.
»Die Narben, die mir die Türken danach zugefügt haben, heilten, doch nie werde ich vergessen, zu welcher Grausamkeit die Menschen fähig sind«, fuhr der Khan fort. »Es dauerte zwei Jahre, bis ich durch günstige Umstände wieder das Tageslicht außerhalb des Kerkers erblickte. Ich konnte meine Beute wiedererlangen und fliehen.«
Ein Schloss klickte. Der Khan hob den Deckel der Schatulle. Laut intonierte er Worte, die in Jankos Ohren fremd klangen.
»Anubis dsched medu tepi-dju in hor-em-heb meri.«
War das Ägyptisch? Janko konnte nicht anders, als fasziniert zu lauschen. Die klare, volltönende Stimme des Khans brannte sich in sein Gedächtnis ein und hinterließ dort eine flammende, rote Spur, die niemals mehr erlöschen würde.
»Neb taui neb chau, neb-ta-djeser setep-en-ra maa-cheru imentet imiut …«
Ein Geruch verfing sich in seiner Nase, dunkel und so alt wie die Welt selbst. Jäh hatte Janko das Gefühl, als würde etwas nach seinem Bewusstsein greifen. Es war wie ein pochender Kopfschmerz, der jedoch nicht hinter seiner Stirn, sondern irgendwo außerhalb saß, weit weg und doch viel zu nah. Eine Leere, die doch nicht leer war. Eine fremde Kraft, die in ihn drang, ihn wie ein Schatten umfing und gleichzeitig hinabzog in einen Strudel, immer tiefer, immer schneller, so dass seine Sinne sich in einem geräuschlosen Sturm drehten.
Die Luft ringsum verschwamm plötzlich in einem diffusen Schimmer, der die ganze Welt durchscheinend machte – als wäre er hier und doch woanders. Wie durch einen Schleier sah er, dass der Khan etwas aus der Schatulle hob. Einen fahlen, flachen Stein, der so lang war wie seine Handfläche und spitz zulief. Nein, es war kein Stein, es war mehr. Es schimmerte wie Perlen im Dunkel der See, und es war der Mittelpunkt all jener fremden Empfindungen.

»Anubis' Knochen«, hörte er Nikolaj wie aus der Ferne murmeln.

Janko stöhnte auf. Der Strudel packte ihn erneut, wurde schneller und dunkler. Plötzlich sah er nicht mehr den Khan und das flackernde Zimmer, plötzlich sah er etwas anderes, etwas, das ihm schier den Atem raubte.

Ein in ein Wüstental geschmiegter Tempel, riesig und schwarz unter einem azurblauen Sternenhimmel. Er war umgeben von niedrigen Felswänden und einem Ring von Säulen, die das Antlitz von Wölfen trugen.

Noch schien der Tempel öde und leer, und doch wusste Janko, dass etwas darin lebte, ein Wesen, das sich bereits regte und schläfrig nach ihm Ausschau hielt, ein Wesen mit spitzen Ohren und glühenden Augen, das ihm fremd und doch so vertraut war.

»Wer bist du?«, flüsterte er und duckte sich gleichzeitig unter der erbärmlichen Menschlichkeit seiner Stimme.

Als Antwort ertönte ein Murmeln, gespenstische Töne aus Hunderten Kehlen, Klagen und wirbelnde Laute. *Mein Kind, mein Kind …* Es sprach in seinem Kopf, dunkel und hungrig, doch gleichzeitig so sanft und lockend, dass Jankos Innerstes erbebte. *Komm zu mir.*

Janko spürte, wie seine Füße sich ohne sein Zutun bewegen wollten. Unausweichlich, unauslöschlich zog ihn der Tempel an. Rot glühten die Fenster des Tempels, rot wie Blut. Und obwohl die Ödnis schrecklich war, fühlte er keine Angst. Die Leere der Nacht war sein Zuhause, die Stimme, die ihn rief, war seine eigene. *Komm zu mir.*

Ihn packte das unwiderstehliche Bedürfnis, dorthin zu gehen, dort wo alles begann und alles endete. Wo er selbst Beute und Jäger sein würde, Kind und Vater, Diener und König und Allesverschlinger …

»Shilae.« Jemand rüttelte ihn an der Schulter, hielt ihn fest. Verdrossen wollte er die Hand fortwischen, die ihn auf seinem Weg störte, doch sie wich nicht. »Shilae!«

Er fuhr mit gefletschten Zähnen herum. Der Tempel, die Nacht, die Ödnis, sie verschwanden in einem Schatten, nur das Gefühl blieb, dass noch jemand hier war, eine Wesenheit, die außerhalb von Nikolaj und ihm stand, die wartete, beobachtete, ihn begleitete. Und da war noch etwas, ein dunkler Hunger, der ihn mit jedem Schlag seines Herzens durchpulste und stärker wurde, der Hunger eines Wolfs, der allzu lange nicht mehr auf die Jagd gegangen war. Speichel lief in seinem Mund zusammen. Er knurrte.
»Shilae.« Der Khan war einen Schritt zurückgewichen. Schreck zeichnete seine bleichen Züge, doch da waren auch Freude und Ehrfurcht. »Er hat dich erkannt, das spürte ich«, flüsterte er. »Hat er zu dir gesprochen?«
Der Junge runzelte die Stirn. Hatte der Khan nicht das Gleiche gesehen wie er? Er erblickte den schimmernden Knochen in Nikolajs Hand. Ihn erfasste das Bedürfnis, ihn dem Ältesten zu entreißen. Nicht der Khan war dazu bestimmt, diesen Knochen zu halten, er war es!
Warte, flüsterte jedoch eine Stimme in seinem Verstand, dunkel, besänftigend. *Noch ist es nicht so weit.*
Anubis. Er erschauerte, als er diesen Namen dachte, und er fühlte, wie das Wesen leise lachte. War es tatsächlich ein Gott? Ein Wolf? Fest stand, Anubis war genauso wirklich wie er selbst und noch mehr. *Ich bin du.*
Überraschung und Aufregung ergriffen ihn, zugleich ein letztes Zögern. War das wirklich die Wahrheit?
Doch ein Gefühl, das so stark war, konnte keine Lüge sein. Ja, er wollte es, und deshalb glaubte er es. Er straffte die Schultern.
»Ich bin Shilae«, sagte er zu dem Khan, und er sah ihn so fest an, dass der Älteste den Blick senkte. »Und nichts hält mich hier in diesen Mauern, wenn ich es nicht will.«
Plötzlich flackerte etwas in Nikolajs Miene auf. Sorge? Wut? Doch der Mann hielt still, schien ergeben darauf zu warten, dass der Junge weitersprach. »Ich bleibe jedoch, bis ich weiß, welche Aufgabe Anubis für mich hat. Nicht als dein Gefangener, sondern als dein Gast.«

Nikolaj verzog seinen Mund zu einem Lächeln.

»Natürlich«, erwiderte er. Er wandte sich ab und legte den Knochen wieder in die Schatulle. Er schien nicht zu merken, wie wachsam der Junge jede seiner Bewegungen beäugte.

»Meri heb-em-hor dju-tepi medu dsched Anubis«, murmelte er. Und Shilae lächelte, denn er erkannte die Wortwahl von vorhin wieder. Dank seines Gedächtnisses verstand er nun das unsichtbare Muster hinter Nikolajs Gebet.

»Ich bette dich wieder zur Ruhe, mein Gott«, flüsterte der Khan. Das Schimmern des Knochens schien zu erlöschen, sein Geruch nur noch leicht wie ein Windhauch zu sein. Doch Shilae fühlte, dass der Wolfsgott ihn nicht verlassen hatte. Er würde warten, hier in dieser leblosen Hülle des Knochens, aus der ihn nur der Auserwählte befreien konnte. *Bald,* schien er zu flüstern. *Bald gehen wir zusammen jagen.*

Und wieder spürte Shilae den Hunger, der an seinen Eingeweiden riss, und er fühlte, wie sich seine Hände zu Krallen formten. Er musste hinaus, er musste rennen unter dem Mondlicht, wo der Wind durch seinen Pelz pfiff und seine Pfoten lautlos durch das Gras streiften.

Der Khan schloss die Schatulle und drehte sich zu ihm um. Er schien sogleich in Shilaes wilder Miene zu erkennen, welches Bedürfnis ihn antrieb, denn er lachte laut und freudig auf.

»Er hat endlich wieder den Wolf in dir geweckt!«, rief er. »Wohlan, dann werden wir ihm zu fressen geben!«

36. KAPITEL

Zitadelle von Neamt, in der gleichen Nacht

Kälte und Dunkelheit hüllten Adem ein, so undurchdringlich und still, dass er für einen Augenblick glaubte, er wäre gestorben. Doch ein Toter schnappte nicht nach Luft, und sein Herzschlag glich auch nicht einem Trommelwirbel. Adem setzte sich auf. Eine Decke glitt von seinen Schultern. Unter sich ertastete er Stroh, darunter harten Steinboden. Ein brennender Schmerz fuhr durch seinen linken Arm, als er ihn belastete. Er berührte seine Schulter. Ein Verband aus Leintuch, fest verschnürt. Sein restlicher Oberkörper war nackt. Er fuhr sich über das Gesicht. Stoppeln auf seinen Wangen. Seine Haut glühte, als hätte er Fieber. Und immer noch sah er nichts und hörte er nichts außer seinem eigenen Atem.

»He!«, rief er. Steinwände warfen seine Stimme zurück. Das Echo war abgehackt, dumpf, als wäre der Raum nicht sonderlich groß. Und endlich kam seine Erinnerung zurück. Die Zitadelle von Neamt. Seine Verletzung. Er war im Kerker. Und es war ein Wunder, dass er noch lebte.

»Ildiko?«, rief er. »Arpad? Miklos?« Niemand antwortete. Allerdings hing ihr Geruch immer noch in der Luft. Ihr Geruch? Er runzelte die Stirn. Jetzt roch er auch das trockene Blut, das in die Bodenritzen gesickert war, er roch den Moder, der sich in dem Stein festgesetzt hatte. Er roch auch seinen eigenen Schweiß, und der war unangenehm scharf.

Dann hörte er plötzlich Schritte. Geschwind und leise kamen sie den Gang vor seiner Tür entlang. Zu leichtfüßig für die Stiefeltritte der Soldaten. Für einen Moment wunderte er sich, war-

um er sie wahrnahm, doch der Gedanke brach ab, als sich ein Schlüssel drehte.
Zuerst sah er in blendendes Licht. Dann gewöhnten sich seine Augen daran, und er erkannte Ildikos Gesicht gegen den Umriss der Tür. Ihre goldenen Augen spiegelten den Lichtschein ihrer Öllampe wider. Auch ihre Haut schien zu glühen, fast meinte er, ihr Blut darunter fließen zu sehen, so lebendig erschien sie ihm.
»Du bist wach!« Sie lächelte ihn an, und im nächsten Moment saß sie neben ihm auf dem Boden. »Wie geht es dir?«
»Gut.« Er zögerte. »Erstaunlich gut. Wie lange bin ich schon hier?«
Sie blinzelte, und ihre bronzenen Augen verdunkelten sich etwas. »Du lagst vier Tage im Fieber.«
»Vier Tage!« Er keuchte auf. Fragen über Fragen strömten durch seinen Kopf, doch er stellte zunächst nur eine. »Warum bist du frei?«
»Pavel hat uns freigelassen.« Sie lehnte sich zurück, gegen das Gitter. »Wir haben ihm alles erzählt – über das Dokument, über Jankos Entführung und unsere Suche. Er konnte uns sagen, dass Ulunkhetir eine Festung der Tataren ist. Und wir haben herausgefunden, dass uns nicht mehr viel Zeit bleibt.« Die Worte sprudelten nur so aus ihr hervor. »Der Septembervollmond ist in sieben Wochen. An diesem Tag wird irgendwas mit Janko geschehen.«
»Was …« Adem hatte Mühe, ihr zu folgen. »Und Pavel hilft euch?«
»Er hat einen Pakt mit uns geschlossen. Er wird uns unterstützen, weil er dadurch den Tod der anderen Ältesten rächen kann.« Sie schnaubte. »Miklos traut ihm. Und Arpad scheinen Pavels Motive gleichgültig zu sein, solange er sich nur auf einen Kampf freuen darf.«
»Und du?«
»Ich traue ihm kein Stück weit«, sagte sie. »Er schiebt die anderen Ältesten nur vor. Natürlich ist er begierig darauf, Janko in die Finger zu bekommen.«

Adem starrte sie an. Er hatte Probleme mit seiner Aufmerksamkeit. Er verstand, was sie sagte, er verstand auch die Wichtigkeit dessen, doch gleichzeitig war er abgelenkt wie ein kleines Kind. Ihre Haare, die sich auf der Höhe ihres Kinns zu vorwitzigen Locken kringelten und bei jeder ihrer Bewegungen sprangen, als wären sie lebendig. Ihr Atem. Ihr Herzschlag. Ihr Duft, den er noch nie so deutlich wahrgenommen hatte wie heute. Zimt roch er, darunter eine dunkle Süße wie von einer Blume, die er kannte, jedoch nicht zu benennen wusste. Er sah auch ihre Wölfin, deren Augen im Halbdunkel glommen. Allerdings fesselte sie sein Interesse heute kaum. Sie war nur ein geruchloser, stiller Geist, nicht so wirklich wie seine anderen Sinneswahrnehmungen, die Ildiko so unglaublich anziehend machten.

Beim Allmächtigen, reiß dich zusammen! Er holte tief Luft.

»Was ist mit dem Krieg? Was ist mit dem moldauischen König?«, fragte er.

Ildiko runzelte die Stirn, als hätte sie andere Fragen erwartet. »Der Krieg ist vorläufig vorbei«, sagte sie dann jedoch. »Das moldauische Heer hat sich zerstreut. In den letzten zwei Tagen sind mehrere tausend Mann hier vorbeigekommen. König Stefan hat sie fast alle nach Hause geschickt.« Sie zögerte. »Er scheint ein eindrucksvoller Mann zu sein«, sagte sie. »Mehr geliebt als gefürchtet. Jedes Mal, wenn er sich in der Zitadelle zeigt oder einen Ausritt unternimmt, jubeln die Menschen ihm zu. Und das, obwohl er doch eine Schlacht verloren hat und wegen des Attentats nicht einmal selber kämpfen konnte. Sie feiern die Niederlage mehr als die Türken ihren Sieg.«

»Was ist mit den Türken?« Adem richtete sich auf.

»Dem Sultan hat sein Triumph nichts gebracht«, sagte sie leise, als wollte sie Rücksicht auf seine Gefühle nehmen. »Er hat den Rückzug nach Edirne befohlen, ohne Neamt oder eine der anderen Festungen noch zu belagern. Die Moldauer sagen, dass das Feuer alle seine Kanonen zerstört hat. Außerdem sind inzwischen angeblich mehr türkische Soldaten an Hunger gestorben als in der Schlacht.« Sie runzelte die Stirn. »Und nicht zu vergessen, die Pest soll im türkischen Heer wüten. Ich weiß jedoch nicht, was daran Wahrheit ist und was schadenfrohes Gerücht.«

Adem knurrte. Die Christen zerrissen sich also die Mäuler! Eine fremde, dunkle Wut stieg in ihm auf und ließ ihn die Fäuste ballen. »Diese Bastarde«, knurrte er. Er würde ihnen schon zeigen, wie sich ein Schwert in den Rippen anfühlte. Er würde …

»Adem.« Ildikos Stimme durchbrach seine Gedanken. Sie starrte ihn an, und ihr Gesichtsausdruck war seltsam. Lauernd, fast ängstlich. »Beruhige dich.«

Das entfachte seine Wut noch mehr. Was stellte sie sich so an? Sie musste doch am ehesten seine Empörung verstehen! Er konnte ihren Herzschlag hören, der fast schon provozierend ruhig blieb. Feuer kreiste dagegen in seinen Adern, und jäh hielt ihn nichts mehr im Sitzen. Er sprang auf und warf einen wilden Blick um sich. Der Raum war so bedrückend eng wie ein Käfig.

»Ich will hier raus«, grollte er. Seine Hände formten sich zu Krallen.

»Setz dich!« Ildiko funkelte ihn an. »Ich muss dir etwas über dich sagen.«

»Über mich?« Es fiel ihm schwer, ihr seine Aufmerksamkeit wieder zuzuwenden. Doch ihr ernster Blick ernüchterte ihn. Er ahnte, was sie sagen wollte. Er war immer noch ein Gefangener, es konnte nicht anders sein. »Will Pavel mich hinrichten lassen?«

»Nein«, rief sie aus. Sie packte ihn bei der Hand und zog ihn zurück auf die Knie. Erst sträubte er sich, doch dann gab er nach. Plötzlich waren sich ihre Gesichter sehr nah. Und wieder nahm er ihren Duft ganz intensiv wahr. Ihre süße Weiblichkeit, darunter die dunkle Note ihres Wolfseins. Es war, als entzifferte er eine fremde Sprache. Fasziniert schloss er die Augen, sog den Duft tief in sich ein. »Pavel hat zugesichert, dir nichts zu tun«, sagte Ildiko. »Wenn du dich seinem Rudel anschließt.«

»Seinem Rudel?« Er echote die Worte, ohne sie zu verstehen. Was sollte er denn unter den Wölfen? Langsam, zögernd öffnete er die Augen wieder. Die Gerüche. Ihre Gesichtszüge, so scharf in jeder Einzelheit trotz des dämmrigen Lichts. All die Geräusche, die auf ihn einströmten, wenn er nur hinhörte. Ihrer beider Herzen wie dunkle Trommelschläge, das Rascheln der Kleider auf ihrer Haut, das stete Tropfen von Wasser irgendwo im Raum. Er hatte sie bisher kaum wahrgenommen, doch sie waren da, wie Wellen in einem Teich, die niemals verebbten. Eine eisige Faust griff nach seinem Herzen.
Das konnte nicht sein. Er war doch immer noch der Gleiche. Oder nicht? Er fuhr herum. Sein Schatten! Er sah etwas Dunkles in seinem Augenwinkel, doch im nächsten Moment war es verschwunden. Er schnappte nach Luft und riss den Kopf zur anderen Seite. Saß da jemand in seinem Nacken und lachte höhnisch? Als hätte jemand einen Schleier gelüftet, konnte er sie plötzlich spüren, die dunkle Kreatur. Bilder von Wölfen flogen vor seinem inneren Auge vorbei. Pelzige Körper, gebleckte Zähne. Er hatte sich geirrt. Die Bestie war nicht hinter ihm, sie war *in* ihm.
»Nein«, stöhnte er. Dann schnellte er vor und packte Ildiko bei den Schultern. Wut durchflutete ihn mit neuer Intensität. Er wollte sie schütteln, wollte sie hetzen für das, was sie ihm angetan hatte. Rote Schlieren färbten sein Blickfeld, als wäre die Welt in Blut getaucht.
»Adem, hör auf damit.« Sie sprach so bestimmt, als wäre er ein Kind, und mit nur einer Bewegung schubste sie ihn zurück, so dass er auf dem Hintern landete.
»Du Miststück«, grollte er.
Sie verschränkte die Arme, und jetzt konnte er auch Wut in ihrem Blick lesen. »Und du bist ein Trottel«, rief sie. »Ich musste es tun, sonst wärst du jetzt tot. Wäre dir das lieber?«
»Vielleicht.« Er konnte nicht verhindern, dass er zitterte. Noch vermochte er die Wahrheit und ihre Konsequenzen nicht ganz zu begreifen.

»Allah«, murmelte er. »Allah, steh mir bei.«
»*Ich* werde dir beistehen.« Ildiko griff nach seiner Hand und zog ihn in die Höhe. »Komm mit.«
»Ich …« Zuerst wollte er sich wehren, doch dann folgte er ihr wie betäubt hinaus in den Gang. Seine Beine schmerzten vom langen Liegen, doch sie trugen ihn.
»Hier entlang.« Zu seinem Erstaunen gingen sie nicht die Treppe hinauf zur Festung, sondern Ildiko öffnete mit einem Schlüssel eine weitere Tür, hinter der sich eine Treppe nach unten verbarg.
»Ein weiterer Weg nach draußen«, sagte sie leise. »Nur wenigen bekannt. Pavels Männer nutzen ihn für ihre nächtlichen Verwandlungen.«
Sie hielt die Öllampe hoch. Jetzt erst sah Adem, dass sie nicht mehr den einfachen Kittel trug – sondern ein Kleid. Es war aus blauem Leinenstoff und fiel locker über ihre Hüften, nur von einem schmalen Gürtel an der Taille gehalten. Es ließ sie anders erscheinen, weicher und sanfter als sonst.
Sie versetzte ihm einen schmerzhaften Stoß gegen die Schulter.
»Starr nicht so«, murrte sie. »Pavel hat mir das Kleid gegeben. Er hält nichts davon, dass Weiber sich für Männer ausgeben. Solange ich noch hier bin, muss ich mich fügen.«
Solange sie noch hier war? Die Worte irritierten ihn, doch er war beschäftigt genug damit, all die neuen Gedanken und Eindrücke zu begreifen.
Irgendwann kamen sie an eine weitere eisenverstärkte Tür. Ildiko schob den Riegel zurück. Adem trat hinter ihr hindurch.
Verblüfft sah er sich um. Der Raum war klein und weiß verputzt. Ein einfaches Holzkreuz hing an der Wand, über einem Steintisch, der mit besticktem Leinen bedeckt war. Kerzen steckten in Halterungen, kleine vergitterte Luken ließen Nachtluft herein.
»Eine Kapelle«, sagte Ildiko. »Ein christliches Gebetshaus«, fügte sie hinzu.

»Das weiß ich«, knurrte er. Doch es interessierte ihn viel weniger als das, was durch die Luken zu ihnen hereindrang. Er hob das Gesicht. Das fahle Licht übte einen unwiderstehlichen Sog auf ihn aus. Dort draußen wartete etwas auf ihn. Etwas Mächtiges, das ihn zu sich zog, so zwingend, als wären sie durch eine unsichtbare Nabelschnur miteinander verbunden.

Und Ildiko nickte, als wüsste sie, was er fühlte. Sie öffnete eine weitere Tür. Schon stand Adem an der Schwelle. Die Nacht ergriff ihn wie ein Rausch. Was der Sommerwind nicht alles mit sich trug! Er roch Farben und Klänge zugleich, ein Orchester an Tönen und Echos, in einer unendlichen Tiefe. Das Harz der Bäume, das Grün der Farne, die feuchte Erde, die Blüten! Und über allem hörte er den brausenden Chor des Waldes.

Dann trat er hinaus, und das Licht des Mondes packte ihn mit aller Kraft, ließ ihn taumeln und den Kopf heben zu einem wilden Schrei. Knochen zerrten und knackten unter seiner Haut. Wie Feuer war der Schmerz, und sein Körper loderte auf wie ein trockenes Holzscheit. Erneut schrie er, und nun schwang auch Furcht darin mit, denn zum letzten Mal kämpfte sein Verstand gegen das Unausweichliche an. Er starrte auf seine Hände, die sich zu Ballen zusammenzogen. Nägel wurden zu Krallen, schwarzer Flaum überzog seine Haut. Dann zwang ihn eine Macht in die Knie. Er fiel nach vorne und bog den Rücken durch. Achtlos wischte er den Verband von seiner Schulter, riss seine Hose entzwei. Er musste das Mondlicht auf all seinen Gliedern spüren! Er keuchte, als seine Muskeln sich streckten, und dann schoss ein neues Gefühl in ihm empor, eine unbändige Freude. Er wollte singen, in das überschäumende Lied des Lebens einstimmen, das er um sich herum vernahm. Er riss den Kopf in den Nacken und heulte. Dann sprang er los, in langgestreckten Sätzen, ein schwarzer Wolf, der zwischen den Schatten des Waldes verschwand.

* * *

Ulunkhetir, zur gleichen Zeit

Shilae ließ die Knöchel unter dem Umhang knacken. Sein ganzer Körper bebte vor Anspannung, während er über die schmale Brücke blickte, die von der Festung über den Fluss führte, hinab auf die nächtliche Steppe.

Jagen, flüsterte eine tonlose Stimme in seinem Inneren. *Hunger.* Und er wusste nicht, ob er selbst es war, der es flüsterte, oder der uralte Gott, sein neuer, unsichtbarer Gefährte.

Ungeduldig blickte er sich um. Saych und der Khan redeten miteinander, doch er interessierte sich nicht für ihre Worte. Er wollte auf die Jagd gehen! Endlich kamen sie heran, und in ihren Gesichtern konnte er den gleichen Hunger lesen.

»Die Beute ist bereits freigelassen worden«, sagte der Khan, und seine Augen funkelten vor Vorfreude. »Sie hat zwei Stunden Vorsprung.«

Shilae wusste, dass sie Tiere züchteten, um sie zu jagen, da das Umland nicht genug Wild für ein Rudel dieser Größe bereithielt. Er mahlte mit den Zähnen. Ob ein zahmes Yak oder eine Ziege die gleiche Herausforderung boten wie ein wild geborenes Tier, bezweifelte er. Doch so lange hatte sein Wolf auf die Jagd überhaupt verzichtet, dass er heute Nacht damit zufrieden sein würde.

Eine Handvoll weiterer Männer gesellten sich zu ihnen, und sie schritten über die Brücke. Am Ufer des Flusses, neben einem Wasserfall, ließen sie ihre Mäntel fallen. Shilae spürte das Gras unter seinen nackten Füßen. Er sah, wie die Männer sich krümmten und schrien, als ihre Körper sich schwerfällig und voller Schmerzen der Verwandlung ergaben. Plötzlich musste er lachen. Ohne jedes weitere Zögern riss er den Kopf in den Nacken und verwandelte sich mit einer fließenden Bewegung in einen erdbraunen Wolf.

Er riss das Maul auf und heulte, und die anderen Wölfe fielen mit ein. Mit einem Satz rannte er los, erfüllt von der Herrlichkeit der Nacht und dem Wunder seines geschmeidigen Körpers.

Gräser, Büsche und Felsblöcke huschten an ihm vorbei. Er spürte mehr, als er sah, dass die anderen ihm folgten. Sie waren langsamer als er, niemals würden sie ihn einholen. Kurz erfasste ihn die Erinnerung an einen anderen, etwas dunkleren Körper neben ihm. Er sah die hellwachen, goldenen Augen einer Wölfin, erinnerte sich an ihr neckisches Stupsen, an geschwisterliche Rangeleien. Ob sie heute Nacht ebenfalls jagte? Doch er hatte sich geschworen, sie aus seinem Kopf zu verbannen, zu ihrem eigenen Schutz. Kurz wunderte es ihn, wie leicht es ihm fiel, seine Gedanken von ihr abzuwenden. Doch so viel anderes lag in der Luft, Hunderte Sinneseindrücke, die wie Honig in seinem Maul schmeckten. Das Rauschen des Grases mischte sich mit dem Rauschen seines Bluts, während er weiterpreschte. Noch im Lauf erwischte er ein Kaninchen, zerriss seinen Körper in einem Wirbel aus Fell und Blut und schlang es hinunter. Danach trabte er langsamer, senkte die Schnauze auf den Boden. Es war Zeit, auf das Rudel zu warten, Zeit, eine Fährte für die gemeinsame Jagd aufzunehmen.
Endlich kamen sie heran. Er erkannte den Khan in dem riesigen grauen Wolf mit den hageren Gliedmaßen. Der sehnige kleine Rüde hinter ihm war Saych. Die Weise, wie er Shilae mit der Schnauze über die Schulter fuhr und dann den Kopf senkte, sagte voller Respekt: *Junge, du bist schneller als der Wind.*
Die anderen Wölfe waren für Shilae nur Schatten, und doch gehörten sie zu ihm, und er begrüßte sie mit einem Bellen, als sie sich ihm anschlossen.
Seite an Seite liefen sie weiter über die Ebene, bis einer von ihnen leise kläffte. *Beute.* Mit gespitzten Ohren und glühenden Augen sammelten sie sich um ihn.
Shilaes Muskeln zitterten voller Spannung, als er die Witterung aufnahm. Er konnte die Ausdünstungen eines großen Körpers riechen. Der Odem von Angstschweiß, von tiefem Entsetzen. Umgeknickte Halme schimmerten im Mondlicht. Stiefeltritte. Ein zertrampelter Menschenpfad zog sich durchs Gras, sprach von panischer Flucht.

Er legte die Ohren an und knurrte. Dies war nicht die Beute, die er hetzen wollte, dies war falsch und verboten! Doch die anderen setzten sich bereits hechelnd in Bewegung. Der Khan drehte sich zu ihm um und wedelte auffordernd mit dem Schwanz. *Komm.*

Immer noch zögerte Shilae. Jede Faser seines Wolfs wollte weiterstürmen. Und doch widersprach diese Jagd allem, was er gelernt und einst für richtig und wahr gehalten hatte.

Schon hatte das hohe Gras die Körper der anderen Wölfe verschluckt. Nur ihr Bellen hörte er noch in der Ferne. *Hunger,* regte sich wieder jene tiefe, uralte Stimme in ihm. *Die Beute gebührt uns.* Und sie wischte jeden Skrupel hinfort. Er sprang mit einem Satz nach vorne und ergab sich dem Rausch der Jagd.

* * *

Zitadelle von Neamt, am nächsten Tag

Als Adem aus dem Schlaf erwachte, hoffte er für einen gnädigen Augenblick, dass alles nur ein Traum gewesen war. So hell und vertraut schien die Mittagssonne durch die schmalen Fensterluken herein, so alltäglich fühlten sich seine schläfrigen Arme und Beine an. Die Verletzung an seiner Schulter war nur noch ein leises Ziehen.

Dann spürte er es. Es war kein Schatten, wie hatte er es jemals für einen halten können? Es war genauso wirklich wie er selbst, das Wesen, das in einem Teil seines Kopfes kauerte, ihn mit wachsamem Blick zu beobachten schien, mit den schwarzen Augen des Wolfs. Er spürte, wie tausend Sinnesreize auf ihn einströmten und ihn zu überwältigen drohten. Der Duft des Strohs und des Bettlakens, das Wispern des Windes, das Rascheln von Dingen auf allen Seiten.

Er zwang sich, ruhig durchzuatmen und die Panik zurückzudrängen. Wenn er einen Ausweg finden wollte, brauchte er klare

Gedanken. Doch ebendiese Gedanken sagten ihm, dass es keinen Ausweg gab. Er war kein Mensch mehr, und gleichgültig, wie sehr er seine neue Natur leugnete, bald würde sie wieder von ihm Besitz ergreifen und ihn in der nächsten mondklaren Nacht zwingen, sich erneut zu verwandeln.

Er sprang auf, doch als er nach dem Türknopf griff, wusste er schon, dass die Tür abgeschlossen war. Dumpf erinnerte er sich daran, dass Ildiko ihn in der Morgendämmerung hierhergebracht hatte. Er erinnerte sich an das Geräusch des Riegels, der von außen umgelegt wurde. Davor hatten sie gemeinsam im Wald die reine, ungezügelte Freude am Laufen und Rennen gespürt, hatten in ihrer Wolfsgestalt die Geheimnisse der Nacht entdeckt. Sie waren herumgetobt, als wären sie schon immer Gefährten gewesen. Und sie hatten gejagt, hatten ein Reh gehetzt und erlegt. Immer noch spürte er die Süße der Beute im Mund. Er schluckte und schob die Erinnerung von sich fort. Wie hatte er Ildiko je vertrauen können!

Nein, er wollte nicht zulassen, dass Verzweiflung ihn packte. Doch noch nie hatte er sich so fremd, so verloren gefühlt. Niemals würde er in sein altes Leben zurückkehren können. Ein irrwitziges Lachen wollte aus ihm herausbrechen. Allah bewies wahrlich einen finsteren Sinn für Ironie – denn der Wolfstöter war nun selbst ein Werwolf.

So grübelte er weiter, hin- und hergerissen zwischen Wut und Furcht, bis sich gegen Abend die Tür zu seiner Kammer öffnete. Pavel trat herein. Adem erkannte ihn sofort. Der stahlgraue Schnurrbart, die knorrige Gestalt, die trotz seines Alters vor Kraft zu strotzen schien. Er sah in die gelb leuchtenden Augen. Wie eine eisige Welle flutete der dunkle Geruch von Pavels Wolf über ihn hinweg.

Senk den Blick, jaulte die Kreatur in Adems Hinterkopf. Die zwingende Dominanz der Ältesten! Die gefangenen Werwölfe hatten ihm davon erzählt, und nun spürte er sie am eigenen Leib. *Er ist der Anführer, beuge dich vor ihm!* Und schon sackten seine Schultern nach unten, und er musste sich abwenden. Doch vorher erblickte er noch das zufriedene Lächeln in Pavels Gesicht. Abneigung wallte in ihm auf, gegen den Feldherrn, aber auch gegen sich selbst. War er dem Tier in sich schon so unterlegen?

»Wolfstöter.« Pavels Stimme klang rau wie rostiges Eisen. »Wir hätten dich umbringen sollen, als du noch ein Mensch warst.« Allerdings klang er nicht so drohend, wie Adem erwartet hätte.

»Setz dich«, fügte Pavel hinzu.

Adem zögerte. Etwas in der Stimme des anderen wollte ihn erneut zwingen, zu gehorchen. Doch dieses Mal stemmte er sich mit aller Kraft gegen den Instinkt der Kreatur. Er erzitterte unter dem Ansturm, taumelte wie eine Birke im Eiswind. Er ballte die Fäuste. Niemals wollte er den Kopf vor diesem Fremden beugen! Und plötzlich spürte er, wie die Kraft der Worte schwächer wurde. Ungläubige Hoffnung regte sich in ihm. Konnte er tatsächlich widerstehen?

»Setz dich!«, widerholte Pavel, diesmal in schärferem Tonfall. Und wieder stemmte sich Adem dagegen, wieder spürte er, dass er sich der Dominanz des Rudelführers nicht beugen musste. Triumph und Furcht packten ihn gleichermaßen. Was hatte das zu bedeuten? Hatte es etwas mit seiner Narbe zu tun? Oder mit Ildikos besonderem Blut?

Beug dich ihm trotzdem, flüsterte eine Stimme, und dieses Mal war es sein menschlicher Verstand. *Lass ihn nicht ahnen, dass etwas nicht stimmt.*

»Na also«, knurrte Pavel, als Adem sich niederließ. »Über unsere Grundsätze musst du noch einiges lernen.« Er strich sich über das Kettenhemd, das er nie abzulegen schien. Seine Hände waren zerfurcht von Falten und alten Narben, doch sicherlich war ihr Griff hart wie Stahl. Dieser Feldherr war es gewohnt, dass man ihm gehorchte, und ein abweichendes Verhalten würde er nicht dulden.

»Nur dem Biss des Weibs hast du zu verdanken, dass du überhaupt noch lebst«, knurrte er. »Einige aus dem Rudel fordern

immer noch deinen Tod. Denn du hast mindestens vier meiner Männer getötet, wenn nicht mehr. Doch bei mir gibt es ein eisernes Gesetz, und es gilt für alle, die sich mir unterwerfen: Was vor dem Biss war, zählt nicht.« Er verschränkte die Arme. »Heute Nacht nach dem Bankett wirst du mir den Eid des Wolfsbundes schwören. Du erhältst einen neuen Namen, und du wirst alles hinter dir lassen, was einmal war. Dein Volk, deine alten Loyalitäten, deinen Glauben. Du wirst der Geringste in meinem Rudel sein. Und nur wenn du dich als brauchbar erweist, kannst du das irgendwann vielleicht ändern.«
Als brauchbar erweisen? Adem musste nicht aufsehen, um die Gier in Pavels Miene zu lesen. Oh ja, er konnte ein nützliches Werkzeug sein – ob als Informant oder gar als Spion. Denn als Yüzbaşı wusste er wahrscheinlich mehr über die Strategien und Ziele des Osmanischen Reichs als Pavels gesamter Bund. Und gleichgültig, was der Feldherr über Rudelgesetze sagte, nur aus diesem Grund hatte er ihn wohl am Leben gelassen.
Er schloss die Augen. Alles in ihm schrie danach, dem Mann seine Abscheu ins Gesicht zu brüllen. Doch er musste klüger sein als seine Gefühle, musste Ruhe bewahren, um später nachdenken zu können.
Pavel schnaubte, wartete auf eine längst fällige Antwort.
»Ich danke für Euer Angebot«, sagte Adem leise. »Ich nehme es an.«
»Natürlich tust du das.« Pavel wandte sich mit einer brüsken Bewegung um. »Halte dich für das Essen bereit.«

Bald darauf umbrausten die Gerüche des königlichen Banketts Adem wie Brandungswellen. Der Mief ungewaschener Körper und feuchter Kleidung, der Duft von Braten und frisch gebackenem Brot, der Gestank von Alkohol und Urin. Und überall waren Stimmen, die auf ihn einzureden schienen, schrill und ohne Entrinnen. Dazu das Rascheln der Gewänder, das Schnaufen und Trampeln der Körper, das Zischen der Fackeln, das Klimpern der Musikanten.

Er wollte die Hände auf Ohren und Nase legen, um all die Eindrücke abzudämpfen, wollte davonrennen, irgendwohin, wo die Kreatur ihn nicht überforderte. Stattdessen atmete er flach und versuchte mit purer Willensanstrengung, seinen Puls zu beruhigen.

Absonderlich erschien es ihm, dass auf den grobgehauenen Bänken Frauen und Männer bunt durcheinander saßen, und sie stießen sich mit den Ellbogen, als gäbe es weder Sitte noch Scham. Die Männer trugen Waffen, was ihn ebenso wunderte wie das nachlässige Verhalten der Diener, die erst die Karaffen und Fleischplatten nachfüllten, wenn sie barsch gerufen wurden. Selbst ohne seine neuen Sinne wäre ihm dieses Essen wirr und verroht erschienen. Doch er gestand sich ein, dass er kein Recht hatte, sich über diese Leute zu erheben, er war nur ein Flüchtling, ein Gesetzloser gar – und nicht einmal mehr ein Mensch.

Selbst die Männer des Wolfsbundes, die um ihn herum saßen, schienen ihn zu ignorieren, als umgäbe ihn eine unsichtbare Mauer. Nur bisweilen spürte er ihre argwöhnischen Blicke auf sich ruhen, die meisten von ihnen hielten jedoch ihre Aufmerksamkeit auf die Spitze der Tafel gerichtet. Dort saß Pavel mit seiner harten, wachsamen Miene, die er niemals abzulegen schien. Neben ihm saß ein Mensch, ein Riese mit einem blonden Bart, dessen Stimme tief und selbstbewusst klang. Nicht einmal sein Gewand unterschied ihn von den anderen Menschen, doch Adem wusste, wer er war. Stefan, der König von Moldau. Während der Mann mit der linken Hand lebhaft gestikulierte, hing sein rechter Arm leblos herab. War das die Verletzung, die ihm die fremden Werwölfe zugefügt hatten?

Doch Adems Gedanken waren unkonzentriert, und immer wieder irrte sein Blick in eine bestimmte Richtung. Jedes Mal stockte sein Herz. Dort, nur ein Dutzend Plätze weiter, saß Ildiko. Ihr Duft kitzelte seine Nase, so süß und berauschend, als säße sie direkt neben ihm.

Sie hielt sich sehr aufrecht. Wieder trug sie ein Kleid, dieses Mal ein dunkelrotes Gewand mit goldenen Säumen, das ihre Schultern umschmeichelte und den Ansatz ihrer Brüste so unverhohlen zeigte, dass er nach Luft schnappen musste. So anmutig sah sie aus, so klar und fein waren ihre Züge, dass auch die Menschenmänner verstohlen zu ihr herübersahen. Allerdings sahen sie sicherlich nicht dasselbe wie er: weder den Dolch, den sie in ihrem Ärmel zu verstecken versuchte, noch die widerspenstigen Locken, die sich gegen die strenge Flechtfrisur wehrten. Ihre Haut trug einen goldenen Schimmer, ja, ihre Miene glühte, ganz anders als die bleichen, blutarmen Adelsfrauen der Menschen. Ildiko strahlte pures Leben aus, ein wildes Temperament, das sie nur mühsam unter all der Verkleidung in Schach hielt. Und noch etwas sah er, als sich ihre Blicke für einen Augenblick trafen: Sie fühlte sich in diesem Saal zutiefst unwohl, genauso wie er. Doch schon wandte sie sich wieder ab, schürzte mürrisch die Lippen und starrte über die Häupter der Versammelten hinweg. Miklos und Arpad, die neben ihr saßen, schienen von ihrer Stimmung indes nichts zu merken. Miklos saß still wie ein Fels, und an seiner aufmerksamen Miene konnte Adem ablesen, dass er den Gesprächen ringsumher lauschte. Arpad schwenkte dagegen ausgelassen seinen Becher und brüllte nach mehr Wein. Er war eindeutig ein Mann, der sich überall zu Hause fühlen konnte.
Der König erhob sich von seinem Platz. Eine Handbewegung von ihm brachte die Menge zum Schweigen. Seine Stimme schallte weit und klar durch den Saal. Über die verlorene Schlacht sprach er, über Tapferkeit und die Gnade des christlichen Gottes, der die Leben der meisten Moldauer verschont hatte. Adem fiel es nicht schwer, seiner Sprache zu folgen. Es war keine schnelle, flammende Rede, wie er sie von den Anführern der Osmanen gewohnt war. Es fehlten auch die kultivierten Wortornamente aus Bildern und Zitaten, derer sich die Wesire des Diwans bedienten. Trotzdem bestachen die Worte des Königs durch ihre würdevolle Schlichtheit. Respekt, ja, Ehrfurcht

zeichneten sich auf den Gesichtern der Zuhörer ab. Und Adem begriff plötzlich: Diese Menschen waren anders, aber nicht weniger klug oder empfindsam als die Osmanen. Und wenn er die Unterschiede zwischen den Völkern beiseitewischte, waren sie alle nur lebende Wesen unter der Himmelskuppel, die sich mühten, inmitten von unruhigen Zeiten ihren Weg zu finden, ihre Familien zu schützen und ihren Herren zu dienen.

»Pavel von Breunen«, sagte der König und riss ihn damit aus seinen Gedanken. »Zuletzt möchte ich meinen Becher auf meinen treuen Feldherrn erheben.« Er reckte die linke Hand mit dem Kelch hoch in die Luft und lächelte den Werwolf an. »Er hat mir das Leben gerettet bei einem feigen Anschlag der Türken.«

Adem durchfuhr es kalt. Das war eine Lüge! Doch der König schien es aufrichtig zu meinen. Wusste er gar nicht, wer in Wirklichkeit hinter dem Anschlag steckte?

»Pavel wird in den nächsten Tagen mit vierzig seiner Gefolgsmänner aufbrechen, um die Attentäter unter den Muselmanen zu jagen«, fuhr der König fort. »Wünschen wir ihm Glück und Gottes Segen, auf dass er mir ihre Köpfe bringt!«

Und während die Menschen aufsprangen, ihre Becher hoben und Hochrufe anstimmten, forschte Adem in Pavels Miene. Wut erfasste ihn, als er dort nichts als Zufriedenheit las. Wollte er den Hass zwischen den Völkern mit solchen Lügen immer weiter schüren? Nein, einem solchen Mann konnte er niemals dienen!

Auch jemand anders schien die allgemeine Freude nicht teilen zu können. Ildiko war aufgestanden, mit gesenktem Kopf und bebenden Schultern. In dem Tumult schien es keinem aufzufallen, dass sie mit einer abrupten Bewegung herumfuhr und sich mit wehendem Kleid einen Weg zwischen den Menschen suchte – weg von den Feiernden, in Richtung der Ausgänge. Eng an ihre Fersen geschmiegt, folgte ihr die Wölfin.

Plötzlich ergriff Adem eine furchtbare Ahnung. Sofort schoss er in die Höhe. Keiner hielt ihn auf, als er Ildiko hinterhereilte.

* * *

Ildiko hetzte durch die dämmrigen Gänge, die bis auf ein paar Bedienstete verlassen waren. Sie biss sich auf die Lippen. Nur nicht innehalten, nur nicht zögern! Vor allem durfte sie sich nicht Miklos' bekümmerten Gesichtsausdruck vorstellen, nicht Arpads Wut, wenn sie entdecken würden, dass Ildiko sie verlassen hatte, um ihren Weg zu Janko alleine zu finden.
So viele Gedanken flogen ihr durch den Kopf, dass sie erst am Wehrgang zum Wohntrakt merkte, dass ihr jemand folgte. Angespannt hielt sie inne und griff nach dem Dolch in ihrem Ärmel. Hatte Pavel jemanden auf sie angesetzt?
Die eiligen Schritte wurden lauter, bis ihr Verfolger um die Ecke bog. Es war Adem. Erleichterung und Frust packten sie zugleich. Warum ausgerechnet er?
»Was willst du?«, fauchte sie.
Kurz vor ihr blieb er stehen. Sie konnte hören, wie schnell sein Herz von dem raschen Lauf schlug, doch seine Miene verriet nichts.
»Mit dir reden«, sagte er und zog seine Augenbrauen hoch, was ihm etwas Raubtierhaftes und ungemein Attraktives verlieh. Sie musste unwillkürlich an seinen Wolfskörper denken, an die elegante Unbekümmertheit, mit der er letzte Nacht an ihrer Seite gejagt hatte. Als hätte der Wolf immer schon in ihm gesteckt. Sie ballte die Fäuste. Er verwirrte sie, und das passte ihr gar nicht.
»Was tust du hier?«, fragte er.
»Ich musste raus aus diesem stickigen Saal. Raus aus diesem Ding.« Sie deutete auf das Kleid, das ihr die Luft abschnürte. Adems Blick folgte ihrer Handbewegung und glitt an ihr herab, über den Stoff, der sich am Oberkörper schamlos eng anschmiegte und viel zu viel von ihren Brüsten präsentierte. Wütend verschränkte sie ihre Arme.
Sofort sah er ihr wieder in die Augen, und seine Miene war ernst. »Ich verstehe«, sagte er leise.
»Ach ja?«, rief sie. »Pavel hat mir dieses Kleid angeordnet. Als wäre ich eine Puppe, die er anziehen und vorführen kann. Seine

Nichte, so hat er mich den Menschen vorgestellt, ohne mich vorher überhaupt zu fragen. Hast du gesehen, wie sie mich alle anstarrten? Arpad hat mir tatsächlich Komplimente gemacht, dem hübschen *Weibchen,* das sich nun endlich wieder auf seine angeborene Rolle besinnen kann.«

»Es ist ein hübsches Kleid«, sagte Adem, und schon wollte sie auffahren, als er weitersprach: »Aber in Hosen hast du mir besser gefallen.« Er zuckte die Schultern. »Arpad ist ein Dummkopf. Und Pavel – er interessiert sich nicht für deine Gedanken. Er versucht, dich zu unterwerfen.«

»So ist es«, flüsterte sie. Adem verstand sie. Diese Erkenntnis brachte eine einzelne, traurige Saite in ihr zum Klingen. Sie würde ihn vermissen.

»Pavel möchte, dass wir ihm heute Nacht den Eid schwören und in sein Rudel eintreten«, sagte sie. Immer noch hielt sie die Fäuste so fest geballt, dass sich ihre Nägel in die Handflächen bohrten. »Miklos und Arpad haben bereits zugestimmt. Es sei das Beste für uns, der einzige Weg, Janko zu befreien. Es muss der unterwürfige Instinkt ihres Wolfs sein, der aus ihnen spricht. Wie könnte es sonst sein, dass sie das glauben? Nachdem wir jahrelang auf der Flucht vor dem Wolfsbund waren? Vater hat niemals gewollt, dass Pavel meinen Bruder in die Hände bekommt, und nun wollen sie ihn freiwillig ausliefern.«

»Auch ich soll den Eid leisten«, sagte Adem.

»Ich weiß.« Sie senkte den Kopf. Dann fühlte sie plötzlich seine Hand unter ihrem Kinn. Er hob es an, so dass sie ihm in die Augen schauen musste. Als wäre sie ein Kind! Doch sie befreite sich nicht.

»Du wolltest mir das Leben retten«, sagte er leise. »Doch du hast es mir genommen.« Seine grauen Augen waren dunkel wie Gewitterwolken. Sie konnte seinen Wolf darin sehen, las Wut und Qual zugleich. Sie erzitterte. Was hatte sie ihm nur angetan?

»Du bist doch Widrigkeiten gewohnt. Du wirst einen Weg finden«, flüsterte sie. Doch sich selbst konnte sie nichts vormachen.

Durch den Biss würde er bald wie die anderen sein. Er würde sich vor Pavel ducken und sich daran gewöhnen, der kleinste Teil eines Rudels zu sein.

»Lass mich gehen«, sagte sie.

»Nein.« Plötzlich ließ er ihr Kinn los und umfasste stattdessen ihre beiden Schultern, schob sie gegen die Wand. Sein Gesicht war ganz nah. Die Hitze seiner Hände brachte ihre Haut zum Glühen. »Wenn du sagst *gehen*, dann meinst du nicht nur den Weg zu deiner Kammer, nicht wahr? Du willst fort von hier. Du willst Miklos und Arpad zurücklassen und deinen Bruder alleine retten. Das lasse ich nicht zu.« Sein Ton war fest und bestimmt. »Ich werde mit dir gehen.«

Sie grollte. War sie so durchschaubar? Doch sie hatte keine Lust, ihr Vorhaben weiter zu leugnen.

»Das wirst du nicht!« Sie wollte seine Hände von ihren Schultern schieben, doch stattdessen packte er sie an den Handgelenken und hielt sie fest. Sein Duft verwirrte sie, genauso seine Augen, die sie nicht losließen. Oh, sie war stärker als er, mit einem Tritt könnte sie ihn jederzeit zu Fall bringen!

»Es ist zu weit für dich«, fuhr sie ihn an, befreite sich jedoch nicht aus seinem Griff. Sie dachte an die Karte, die Miklos von Pavel ausgeborgt hatte. Sie selbst hatte dem Blinden die Orte vorlesen müssen, hatte seinen Finger zu dem Punkt geführt, an dem der Verräter noch vor seiner Hinrichtung die rote Festung eingezeichnet hatte. Seitdem erschien ihr *Ulunkhetir* gleichbedeutend mit dem anderen Ende der Welt. *Sieben Wochen,* hämmerte es in ihrem Kopf. Sieben Wochen hatte sie nur noch Zeit, bis vielleicht etwas Furchtbares mit Janko geschehen würde. Und sie verfügte nicht über Pferde wie Pavels Rudel.

»Du wirst mich nur aufhalten«, stieß sie hervor. »Außerdem kannst du dich Pavels Befehlen nicht widersetzen. Wenn er dich bei der Flucht ertappt, reicht ein Wort von ihm, und du wirst dich wie ein Hund zu seinen Füßen krümmen.« Es tat ihr leid, das so harsch zu formulieren, doch es war die einzige Möglichkeit. Sie musste alle Brücken hinter sich abbrechen, musste den

Weg zu Janko alleine gehen, dann brachte sie wenigstens niemanden mehr in Gefahr.

Für einen Moment schwieg er, schien ihre Worte tatsächlich zu überdenken. Doch dann schüttelte er den Kopf, und sein Ton war genauso bestimmt wie zuvor, als er wiederholte: »Ich gehe mit dir.« Und wieder kam sein Gesicht so nah, dass es nur noch eine Handbreit von ihrem entfernt war.

»Wenn du vor mir davonläufst, werde ich deiner Fährte folgen. Und wenn du mich aufhalten willst, werde ich gegen dich kämpfen.« Plötzlich lächelte er grimmig. »Du hast mich erschaffen, und jetzt wirst du mich nicht mehr los. Selbst Pavel kann mich nicht aufhalten. Seine Befehle binden mich nicht.«

»Ach nein?« Ungläubig starrte sie ihn an.

»Das ist mein Ernst«, sagte er. Sein Griff um ihre Handgelenke war nun so fest, dass es sie schmerzte. Sie konnte es kaum glauben, dass sie ihn gewähren ließ. Wie gebannt wartete sie auf seine nächsten Worte. »Ich habe es zwar vor ihm verborgen, doch ich kann ihm widerstehen. Vielleicht liegt es an der Narbe. Vielleicht liegt es auch daran, dass ausgerechnet du mich gebissen hast.« Er seufzte. »Ich gehöre genauso wenig in sein Rudel wie du, Ildiko. Aber wohin gehöre ich dann? Ich habe keine Ahnung. Ich weiß nichts über den Wolf in mir. Es ist deine Aufgabe, mir zu zeigen, wie ich mit meiner neuen Natur umgehen muss.« Seine Miene war von einem tiefen Ernst erfüllt, und einer Entschlossenheit, die sie kannte – sie erinnerte Ildiko an sich selbst.

»Du wirst es mir beibringen«, sagte er. »Und ich werde dir helfen, deinen Bruder zu retten.«

37. KAPITEL

Zwischen Moldau und Tataren-Land, August 1476

Sechs Nächte später stand Ildiko auf einem Hügel zwischen den knorrigen Stämmen einiger Eichen und blickte auf das Schwarze Meer hinab. Im Licht der heraufziehenden Morgendämmerung glänzte das Wasser matt. Es wirkte unberührt und unendlich weit.

Obwohl die Sommernacht warm war, schlang sie die Arme fest um ihren Kittel. So viele Meilen war sie in den letzten Nächten gerannt. Sie hatte Felsen und schroffe Täler passiert, Burgen, die weit oben auf den Wänden thronten. Sie hatte die Spuren von Wildschweinen und Bären in den Tiefen der Wälder gewittert, auf Pfaden, die noch kein Mensch jemals betreten hatte. Endlich war sie an den Fluss Dnister gekommen, dessen braune Wassermassen sich gemächlich Richtung Südosten wälzten. Der breite Strom hatte sie quer durch das Königreich Moldau nach Südosten geleitet, durch weites Marschland und fruchtbare Auen, vorbei an kleinen Dörfern mit spitzen Kirchtürmen, flüchtig und namenlos für die vorüberziehende Wölfin.

Und jetzt war sie hier, zurück an dem Meer, das sie zuletzt vor Istanbul erblickt hatte. Wie viel Zeit war seitdem vergangen! Sie war müde. So wenig hatte sie erreicht.

Ein Teil von ihr wollte trotzdem einfach weiterlaufen, rennen, bis sie vor Anstrengung zusammenbrach. Solange sie in Bewegung war, musste sie nicht nachdenken, hatte sie nicht das Gefühl, unter all der Ungewissheit zerspringen zu müssen.

Seit ihrem Aufbruch aus Neamt schreckte sie täglich mit polterndem Herzen aus dem Schlaf. Jedes Mal hatte sie von Janko geträumt, immer und immer wieder das Gleiche. Sein Gesicht, als sie ihn das letzte Mal gesehen hatte. Mit den aufgerissenen blauen Augen, hilflos und verwirrt wie ein Kind. Sie hatte ihn im Stich gelassen. Und jetzt war er in den Händen einer bösen Sekte, und sie konnte ihn nicht spüren, nicht erreichen. Und in wenigen Wochen würde etwas Schreckliches mit ihm geschehen. Sie rieb sich über die Augen und bewegte sich auch nicht, als sie Schritte hinter sich hörte.

»Kannst du nicht schlafen?« Adem trat neben sie.

Sie drehte sich nicht zu ihm um. »Ich bin nicht müde.«

»Du musst aber müde sein«, widersprach er. »Wir sind die ganze Nacht gelaufen, und gestern Nachmittag hast du Rebhühner gejagt, statt zu ruhen.«

Sie biss sich auf die Lippen. Wollte er ihr etwa auch noch Vorwürfe machen? Doch als sie ihn ansah, wirkte seine Miene nur ehrlich besorgt. Und plötzlich hatte sie das Verlangen, ihren Kopf an seine Schulter zu legen und von ihm ermutigende Worte zu hören; dass sie ihrem Ziel jeden Tag näher kamen und all die Strapazen der letzten Monde nicht umsonst gewesen waren, dass sie nicht nur einem Geist hinterherjagte, der nichts mehr mit ihrem Bruder zu tun hatte. Stattdessen wandte sie sich ab.

»Ich bin nicht müde«, wiederholte sie. Ihre Stimme klang gefährlich brüchig. Sie ballte die Fäuste. »Wir werden nur ein paar Stunden ruhen und so bald wie möglich wieder aufbrechen.«

Er hob nur die Augenbrauen.

»Du weißt ganz genau, dass wir keine Zeit zu verlieren haben«, fuhr sie ihn an. »Vermutlich sind Pavel und seine Männer dicht hinter uns. Willst du Däumchen drehen, bis sie uns eingeholt haben?«

Ihr Herz hämmerte. Sie spürte seinen Blick wie ein Brennen. Wieso hatte sie nur immer das Gefühl, dass er sie durchschaute? Doch eine Weile sagte er gar nichts, und sie merkte, wie ihre Atemzüge allmählich wieder ruhiger wurden.

»Werden wir ab hier der Küstenlinie folgen?«, fragte er unvermittelt. Seine Stimme klang sachlich. Sie drehte sich wieder zu ihm um. Er hatte den Blick nach Osten gewandt, wo sich der Horizont bereits hellrot färbte. Sie musterte das kantige Profil seines Gesichts. Früher hatte sie seine Nachdenklichkeit für Arglist gehalten, sein ruhiges Auftreten für eine bewusste Provokation. Jetzt allerdings kannte sie die innere Stärke dahinter.

Sie musste lächeln, und sie spürte, wie das Lächeln die kalte Verzweiflung in ihr auftaute. Sie hatte Adem bisher kaum etwas über ihre Reiseroute verraten, ja, überhaupt kaum mit ihm gesprochen, obwohl sie wusste, dass er darauf wartete. Stattdessen hatte sie ein so kompromissloses Tempo angeschlagen, dass sie sich sicher gewesen war, er würde nicht mithalten können. Er hatte sich allerdings als verlässlicher Begleiter erwiesen. Mehr als das, sie staunte, wie ausgeprägt seine Wolfssinne waren; auch die Verwandlung schien ihm so leicht zu fallen, als wäre er kein Frischling, sondern seit Jahren einer von ihnen. Und doch war er als Wolf nicht ganz so stark wie sie. Auch wenn er meist wie ein Schatten auf ihrer Fährte blieb, fiel er manchmal zurück, und morgens war er meist so erschöpft, dass er den ganzen Tag wie ein Toter schlief, als Mensch und tief verborgen im Unterholz. Doch statt ihn dort zurückzulassen, nutzte sie einen Teil seiner Schlafenszeit, um für sie beide nach Nahrung zu jagen. Denn eines hatte sie sich gleich zu Anfang eingestehen müssen: Sie wollte, dass er bei ihr blieb.

Also warum noch zögern? Neue Entschlossenheit erfüllte sie. Sie griff in den einfachen Beutel, den sie um die Hüfte geschnürt trug, und zog ihren wertvollsten Besitz hervor: die Karte.

»Hier.« Sie deutete auf die gewundene Linie, die in einer blau schraffierten Fläche verschwand. »Das ist der Fluss Dnister, dem wir bis an seine Mündung gefolgt sind.«

Ihr Finger wanderte weiter, den Küstenstreifen entlang. »Wir werden nun dem Schwarzen Meer nach Osten folgen, bis wir an die Ufer des Flusses Dnepr kommen. Dort beginnt die Halbinsel des Khanats der Krim. Wir verlassen das Meer und folgen stattdessen dem Dnepr ein Stück.«

»Mitten hinein ins Tatarenland«, murmelte Adem. Er beugte sich neben ihr über die Karte. Seine Haare fielen ihm in die Stirn, und mit einer nachlässigen Bewegung strich er sie zurück. Sie nickte und holte tief Luft. Er roch gut, nach Bäumen und Wind und dem Salz des Meeres, in dem er sich vorhin gewaschen hatte.

Eilig sprach sie weiter. »Dort, wenn der Fluss sich nach zwei Tagesreisen nach Norden wendet, verlassen wir ihn und laufen weiter nach Osten. Wir folgen dem nördlichen Ufer des Meeres von Azak, und dann …« Sie verstummte. Ihr Finger wanderte durchs Nirgendwo. *Steppe* hatte jemand dorthin geschrieben. Dann kam das ungelenke Kreuz, das Nikolajs Mann eingezeichnet hatte.

»Hier befindet sich die Festung Ulunkhetir«, sagte sie. »Pavel kennt ihren Namen aus alten Mythen, hat er gesagt. Dschingis Khan selbst soll sie errichtet haben.«

»War Dschingis Khan ebenfalls ein Werwolf?«, fragte Adem, und als sie nickte, lächelte er nachdenklich. »Warum wundert mich das nicht?«

Eine Zeitlang sahen sie auf das Wasser hinaus und hingen schweigend ihren Gedanken nach.

»Mir kommt das alles verworren vor«, murmelte Adem. »Eine fremde Gottheit, die aus Ägypten stammt. Werwölfe, die Älteste, Sultane und Könige ermorden wollen. Wollen sie die Welt beherrschen?«

Ildiko rollte die Karte wieder zusammen. »Während du im Fieber lagst, hat Miklos versucht, sich einen Reim auf all das zu machen. Er hat einige ältere Schriften des Wolfsbundes gewälzt und mit Pavel debattiert.« Und sie hatte nur die Hälfte davon verstanden. »Die Anhänger von Anubis und den Mythen des zwölften Stamms glauben anscheinend, dass jeder zwölfte Mann ein Werwolf sein soll. Sie glauben, dass sie den Menschen so weit überlegen sind, dass diese ihre Diener sein sollten. Das widerspricht gänzlich der Auffassung des christlichen Wolfsbundes. Der sagt nämlich, dass die Werwölfe nur in kleiner, aus-

gewählter Zahl und im Verborgenen Gott und den Menschen dienen sollen.«
»Und was meinst du?«, fragte Adem. »Welchen der beiden Wege hältst du für den richtigen?«
Sie sah ihn an. Ihm musste das alles noch fremder erscheinen als ihr. Jeden Morgen, wenn er sich wieder in einen Menschen verwandelte, kniete er sich auf den Boden und betete zu Allah. Sie konnte sich kaum vorstellen, wie er seinen Glauben und seine neue Natur miteinander in Einklang brachte.
»Ich glaube, dass keiner von ihnen recht hat«, sagte sie schließlich und ballte die Fäuste. »Weder sollten wir uns irgendwelchen Königen und ihrer Gier nach Macht verpflichten noch uns selbst zu Herrschern aufschwingen. Beides endet schlimm, das haben wir doch gesehen. Wir sollten die Menschen einfach in Ruhe lassen und unseren eigenen Weg finden.«
»Vielleicht ist das für manche ein zu großes Opfer?«, erwiderte Adem. »Du warst immer schon ein Wolf. Du musstest keine menschliche Familie und keinen Dienstherrn zurücklassen.«
»Aber ich habe Menschen getötet. Und fast jeden Menschen, an dem mir etwas lag, habe ich in Gefahr gebracht oder verletzt.« Sie dachte an Ilai. Dann sah sie Adem an. »Oder ich habe ihn gebissen.«
In seinen Augen spiegelte sich die Morgenröte, während er über ihre Worte nachdachte.
»Dir liegt also etwas an mir?«, sagte er leise.
Das war nun gar nicht die Antwort, die sie erwartet hatte. Wollte er sich über sie lustig machen? Hitze schoss in ihre Wangen. Sie wollte sich abwenden, da griff er nach ihrer Hand.
»Ich will dir etwas sagen«, begann er. »Es hat nichts mit unserem Ziel zu tun, und vielleicht willst du es nicht hören. Doch mir lässt es keine Ruhe.«
Sie fühlte ein Kribbeln, als ob Hunderte Ameisen ihr Rückgrat emporkrochen. Worauf wollte er hinaus?
»Ich habe dir kaum eine andere Wahl gelassen, als mich mitzunehmen. Das war ein Fehler. Ich merke jeden Tag, dass es dir

schwerfällt, meine Begleitung zu akzeptieren. Du bist immer noch wütend auf mich. Und manchmal möchte ich dich ebenfalls verfluchen für das, was du mir angetan hast.« Er hob die Schultern. »Unser Verhältnis ist gelinde gesagt kompliziert.«

»Kompliziert«, echote sie und schalt sich zugleich dafür. Fiel ihr denn nichts Besseres ein, als ihm nachzuplappern wie ein dummes Kind? Und doch hatten seine Worte eine Furcht in ihr geweckt. »Hasst du mich, ist es das?«, fragte sie beklommen. »Für den Biss?«

Er ließ ihre Hand los und schaute zur Seite. Seine dunklen Augenbrauen fuhren dicht zusammen, und eine senkrechte Falte grub sich auf seiner Stirn ein.

»Nein«, sagte er. »Auch wenn es vielleicht besser wäre.« Er trat einen Schritt auf sie zu, hob seine Hand und strich ihr eine Haarsträhne aus dem Gesicht.

Die Intimität der Berührung ließ ihren Puls so schnell pochen, dass es beinahe unangenehm war. Doch sie konnte sich nicht rühren, konnte nur dastehen und ihn mit allen Sinnen wahrnehmen. Seinen Duft, seinen Herzschlag. Die kantige Linie seines Kinns. Während der Rest der Welt hinter grauem Nebel verschwand, war seine Nähe so intensiv, als könnte sie ihn auch schmecken und spüren. Sie neigte den Kopf und schmiegte ihre Wange in seine Hand.

»Ich hasse dich auch nicht«, flüsterte sie.

Im nächsten Moment umschlang sein freier Arm ihre Hüfte, zog sie mit einer solchen Wucht an sich, dass sie keuchte. Doch nur kurz, denn schon trafen seine Lippen ihren Mund. Er schmeckte nach Salz und nach Fleisch, nach Mond und nach Wildnis, und seine Haut war heiß, als würde er brennen. Oder war sie es, die brannte? Sie schloss die Augen und presste sich an ihn, öffnete ihre Lippen, um jede Distanz zwischen ihnen zu überwinden. Wut und Furcht, Zweifel und Verlangen. Ihre Verzweiflung, ihre Hoffnung. Alle Gefühle der letzten Zeit stürmten gleichzeitig durch sie hindurch und schienen in diesem Kuss einen Ausweg zu finden.

»Das ist doch schon mal ein Anfang«, murmelte er, als er sich von ihr löste, damit sie um Luft ringen konnten. Sie öffnete die Augen; sein Gesicht war angespannt und gelöst zugleich, und seine Augen glänzten fiebrig. Ohne Zurückhaltung starrte er sie an.

»Aber wenn es kein Hass ist, was ist es dann?«

Ja, was? Sie erzitterte. Es war ein Schock, aber keine Überraschung, als sie sich zumindest über ein Gefühl klarwurde. Sie begehrte ihn, so heftig, wie sie es noch nie gefühlt hatte. Sie wollte ihn nicht nur schmecken, sie wollte ihn packen und verschlingen wie eine Beute, bis nichts mehr von ihm übrig blieb. War das wirklich sie? Oder sprach da das Tier aus ihr, das sich rücksichtslos nahm, was es wollte, ohne Reue, ohne einen Gedanken an morgen? Sie erschauerte.

Und wenn schon – zu kostbar war jeder Augenblick, in dem sie sich lebendig fühlte, zu nahe waren sie beide dem Tod schon gewesen und würden es wieder sein. Deshalb wischte sie beinahe trotzig jeden Zweifel weg.

Ihre Hände fanden ihn, spürten seine Muskeln unter dem Stoff. Ungeduldig riss sie an dem knielangen Kittel, den er trug, und schob ihn nach oben, bis sie den Saum ertastete. Dann glitten ihre Finger unter den Stoff. Haut, warm und fest. Ein Knurren kam aus ihrer Kehle, und er erwiderte es. Nun zerrte er ebenfalls an ihrer Kleidung, drängte sich fester an sie. Die ganze Zeit ließ sein Blick sie nicht los. Seine Augen bannten sie wie eine Fessel. Es war keine Zuneigung, die sie darin las, keine Zärtlichkeit, nur die gleiche harte, kompromisslose Begierde, die sie selbst empfand.

Seine Hände fanden endlich ihre Haut. Er packte ihre Schenkel und hob sie an, und sie schlang ihre Beine um ihn, warf den Kopf in den Nacken. Ein Schauer raste wie ein glühender Strom durch ihren Körper. Ein letztes Mal erschütterte Furcht ihr Herz. Machte sie gerade einen dummen, unwiderruflichen Fehler? Doch sie konnte nicht mehr aufhören, wollte es auch nicht mehr.

Adem taumelte einen Schritt, dann noch einen, und plötzlich schrammte ihr Rücken über den Stamm eines Baumes. Er presste sie dagegen. Sie schrie auf, doch nicht vor Schmerz. Nun war nichts mehr als Hitze zwischen ihnen, und alle Zweifel flogen hinfort, als ihre Körper endgültig die Führung übernahmen.

* * *

Ulunkhetir, zur gleichen Zeit

Shilae stand vor dem Altar im Geierturm. Er spürte das Licht der aufgehenden Sonne auf seiner Haut. Wind wehte sanft und warm durch die offenen Fenster, und die Fackeln waren vor Stunden erloschen.

Shilae hielt die Augen geschlossen, und doch sah er mehr als je zuvor. Vor ihm der Tempel, dunkel im Wüstensand. Schatten, die ihn umwogten, nicht angreifend, sondern demütig wartend auf seine Worte. Und dort das rote Glühen, das aus allen Ritzen des Gebäudes drang, ein Feuer, das verschlang und verzehrte und doch niemals erlosch. Ruhig war die Welt hier, und doch war sie lebendig, und sie war ihm so vertraut, als gehörte sie bereits ihm.

Nicht mehr lange, hörte er die Stimme, die wie seine eigene klang. *Nicht mehr lange, und wir sind auf immer zusammen.*

Und Shilae öffnete die Augen, blickte auf den Knochen herab, der vor ihm in der Schatulle lag. Er schien zu schimmern, durchpulst von der Macht des Gottes, der in ihm wohnte.

Noch nie hatte sich Shilae so stark gefühlt, so sicher in dieser Welt, die doch immer sein Feind gewesen war. Denn er war nicht allein. Uraltes Wissen wartete auf ihn, uralte Stärke. In seinen Visionen hatte er ihn gesehen: Anubis, den Wolf mit den glühenden Augen, schneller als ein Wüstensturm und schwärzer als die Nacht. Geboren aus Blut und Erde und Mondlicht, dort an der Wiege der Welt. Shilae hatte die Priester gesehen, die ihm dienten, einst Menschen, doch dann in seinem Blut geweiht. Er hatte gesehen, wie Pharaonen und afrikanische Könige ihr Haupt vor ihm beugten. Und Anubis hatte den Menschen die Weisheit geschenkt, nach der sie verlangten, hatte ihre Häuser vor Feinden verteidigt, sie genährt und ihre Gaben entgegengenommen.

Shilae hatte die Macht des Gottes in seinen Adern gespürt, als er auf der Jagd gewesen war. Wie hatte er von sich selbst einst glauben können, mehr Mensch als Wolf zu sein? Die Menschen waren ihm immer schon fremd gewesen. Ihre schrillen Reden, ihre flachen Gerüche, ihre schwerfälligen Körper. Seine Eltern hatten ihn gelehrt, sie zu achten, doch niemals hatte er wie sie oder Ildiko mit ihnen Freundschaften schließen können. Er hatte es für seine eigene Schuld gehalten, für Schüchternheit oder Furchtsamkeit gar, doch nun wusste er, dass ihn etwas Grundlegendes von ihnen trennte. *Und so soll es sein,* flüsterte tröstlich die Stimme in seinem Inneren. Auch Anubis' Antlitz war niemals menschlich gewesen. Niemals hatte er sich unter sie gemischt, denn er war ihr Gott und sie seine Diener gewesen.

Und als Shilae sich der Hetzjagd auf den Menschen angeschlossen hatte, als er gemeinsam mit seinem neuen Rudel den tatarischen Gefangenen zu Fall gebracht und seine Zähne in sein Fleisch geschlagen hatte, war ihm klargeworden, dass der Gott recht hatte. Sie waren nicht grausam, sondern gerecht. Die Menschen selbst hatten ihren Artgenossen doch an die Werwölfe ausgeliefert, in dem Vertrauen, dass diese das richtige Urteil über seine Verbrechen fällen würden. Und war eine Jagd nicht statthafter als eine Hinrichtung? Bis zuletzt hatte der Mensch eine Hoffnung hegen können, zu entkommen – und als ihm dies nicht gelungen war, durfte er immerhin im Fleisch seiner Richter weiterleben.

Shilae hatte es in seinen Visionen, die ihn wie Träume heimsuchten, gesehen: Als Anubis sich nach Jahrhunderten aus seinem irdischen Leib verabschiedet hatte, war auch ein Teil von ihm lebendig geblieben – nicht nur in den Gebeten seiner Anhänger und im Blut seiner Nachkommen, sondern auch in dem Knochen, den ein treuer Diener auf sein Geheiß verwahrt hatte. Dieser Knochen war mehr als eine uralte Reliquie, in ihm schlummerte nun Anubis' Geist, geduldig wartend auf den, der kommen würde und stark genug war, ihn in sich wiederzuerwecken.

Shilae hatte seit jener Nacht der ersten Jagd keine Zweifel mehr, dass er derjenige war, der es konnte. Es versetzte ihn immer noch in Staunen, und manchmal fürchtete er sich auch davor. Nie hätte er zu träumen gewagt, dass ein schmächtiger Junge wie er zu so einem Schicksal auserkoren sein könnte. Doch er war gar nicht schwach, das hatte er sich bloß einreden lassen. Nun war alles anders; nun gab es Werwölfe, die ihn respektierten, einen Khan, der ihm dienen wollte, und einen Gott, der ihn erkannt hatte.

Er wandte sich um und blickte zu Nikolaj, der hinter ihm stand. »Ich bin so weit«, sagte er. »Ich bin bereit, beim nächsten Vollmond mein Blut mit seinem Geist zu vereinen.«

38. KAPITEL

Im Tatarenland, August und September 1476

Adem lag schlaflos im Schatten des Dickichts. Über der Steppe brannte die Nachmittagssonne, doch hier war es kühl, und der Wind zupfte so behutsam an den Zweigen, als wären sie die Saiten eines kostbaren Musikinstruments.

Ildiko lag eng an ihn geschmiegt. Ihr Kopf ruhte auf seiner Brust, und ihre Beine waren mit den seinen verschlungen. Er roch ihren zimtigen Duft, der ihm inzwischen so vertraut war wie sein eigener. Heute schienen sie endlich einmal keine Alpträume zu quälen, denn ihr Körper war weich und entspannt. Vorsichtig strich er über ihre Schultern und ihren Rücken, spielte mit ihren halblangen Locken, während er ihrem regelmäßigen Atem lauschte.

Wenn sie wach war, hielt er sich mit solch liebevollen Gesten zurück. Sie wollten nicht recht zu der rauen Leidenschaft passen, mit der sie sich nun schon seit einigen Tagen aufeinanderstürzten, wenn ihre Körper nach den nächtlichen Strecken nicht zu erschöpft dafür waren. Ob Ildiko wohl zurückschrecken würde, wenn sie wüsste, wie viel Zärtlichkeit er für sie empfand? Sie war so wild und ungebunden, die freieste Kreatur, die er jemals getroffen hatte. Er sah auch ihre Wölfin, ihren geisterhaften bronzenen Umriss, der im Gebüsch lag und ihn still beobachtete.

Er hatte es gelernt, ihren Blick auszuhalten, doch es beschäftigte ihn, dass er nichts darin lesen konnte. Prüfte sie ihn? Verachtete sie ihn? Oder war sie nur ein seelenloser Schatten, der gar nichts empfinden konnte?

Seine Grübeleien verloren sich allerdings rasch in der angenehmen Leere, die diesen Nachmittag erfüllte.
Er musste wohl wieder eingeschlummert sein, denn als Ildiko aufschrie, fuhr er in die Höhe. Dank seines wölfischen Instinkts war er jedoch innerhalb eines Wimpernschlags hellwach und kauerte angriffsbereit auf den Fersen. Ildiko kniete vor ihm. Ihre Augen funkelten wie Goldstaub.
»Ich habe ihn gespürt«, flüsterte sie. »Ich kann ihn immer noch spüren.«
»Deinen Bruder?«
Sie nickte. »Er ist dort.« Sie deutete nach Osten, und ihre Stimme bebte vor Aufregung.
Adem dachte daran, was sie ihm über die geheimnisvolle Verbindung zu ihrem Zwilling berichtet hatte. Manchmal hatte er in den letzten Wochen das Gefühl gehabt, dass diese Trennung Ildiko nahezu körperliche Schmerzen bereitete. Jetzt konnte er das Glück und die jähe Hoffnung in ihren Augen lesen, und er freute sich für sie.
»Wie geht es ihm?«, fragte er. »Kannst du ihn mit deinen Gedanken erreichen?«
Sie schloss die Augen. Ihr Gesicht nahm einen nach innen gerichteten Ausdruck an. Gebannt musterte er den weichen Bogen ihrer Wangen, die vollen Lippen, die dunklen Wimpernkränze. Dann sah er, wie ihre Wangen bleich wurden, wie sie ihre Augenlider zusammenpresste wie unter einer unsichtbaren Anstrengung.
Endlich öffnete sie die Augen wieder, und er konnte eine tiefe Beunruhigung darin lesen.
»Er ist da, und doch ist er es nicht«, flüsterte sie. »Er kommt mir fremd vor, als wäre er jemand anders.« Sie biss sich auf die Lippen. »Nein, ich weiß, dass er immer noch mein Bruder ist. Doch Dunkelheit ist dort bei ihm. Sie ist überall um ihn herum.« Sie schauderte. »Und sie fühlt sich an, als wäre sie lebendig. Als ich nach Janko rief und versuchte, zu spüren, was er spürte, reagierte er nicht. Als würde ihn die Dunkelheit vor mir abschirmen.

Doch etwas anderes in ihr … es reagierte. Es suchte nach mir. Es war wirklich unheimlich.«
Sie griff nach Adems Hand. Er drückte ihre Finger, während er über das, was sie gesagt hatte, nachdachte.
»Könnte das dieser fremde Gott sein?«, fragte er. »Anubis?«
Ildiko starrte ihn an. »Keine Ahnung«, flüsterte sie. Verwirrung zeichnete ihre Züge. »Die Roma glauben an verschiedene Götter. An Chandra, die Mondgöttin, oder Saraswati, die Göttin der Weisheit. Ich weiß nur, es braucht jemand Klügeren als mich, um zu sagen, welche Götter existieren und welche nicht. Doch ich dachte, dass du allein an Allah glaubst.«
»Das tue ich«, sagte Adem. »Doch ich weiß auch, dass es andere Kräfte gibt. Finstere.« Er schauderte. »Damals, als mich dieser Mann mit den Anubis-Zeichen gebrandmarkt hat, der Mann, den ich für Nikolaj halte, habe ich so etwas gespürt. Wenn sich der Wolf in mir regt, ist es manchmal ein ähnliches Gefühl.«
»Die dunkle Seite«, murmelte Ildiko. Ihre Augen wurden groß. »So nenne ich sie. Sie schlummert in jedem von uns Werwölfen, daran glaube ich seit langem. In mir ganz besonders.« Sie senkte ihren Blick. »Schlimmes ist passiert, weil ich ihr gedankenlos gefolgt bin. Doch Janko, er war immer so unschuldig und still. Ich kann nicht glauben, dass ausgerechnet er der dunklen Seite erliegen würde.«
Adem hob die Schultern. Er kannte ihren Bruder nicht, wie konnte er da ein besseres Urteil fällen als sie? Doch niemand war unschuldig, dessen war er sich sicher. Und je stiller jemand war, desto düsterer konnten seine Gedanken sein, ohne dass ein anderer davon ahnte.
»Wir werden es herausfinden«, sagte er mit fester Stimme. Sie seufzte. Doch dann blickte sie auf. Entschlossenheit stand in ihrem Blick. Ihre Finger drückten seine, und ihr Griff war warm und fest.
»Du hast recht.« Sie lächelte ihn grimmig an. »Jetzt, da ich ihn wieder spüre, wird ihn keine Macht der Welt mehr vor mir verstecken können.«

* * *

Die Tage vergingen in einem gleichmäßigen Fluss. Nach dem Meer von Azak änderte sich die Landschaft, durch die sie kamen, kaum noch; Steppe breitete sich um sie herum aus, die nach Beifuß und Wermut und Hunderten anderen Kräutern und Gräsern duftete.
Manchmal staunte Ildiko, wie schnell Adem und sie vertraut miteinander geworden waren; zwar redeten sie wenig, doch es war, als kannten ihre Körper in beiden Gestalten eine eigene Sprache, mit der sie sich wortlos verständigten. Und wenn sie Adem beim Laufen oder Schlafen beobachtete, schien es ihr manchmal, als könnte sie sich nicht sattsehen an ihm. Spürte er das Gleiche? Obwohl sie nicht darüber sprachen, hoffte sie es; nur manchmal, wenn sie selbst vor der Heftigkeit ihrer Gefühle zurückschreckte, fürchtete sie, dass er sie nicht erwidern könnte. Er war immerhin den größten Teil seines Lebens ein Mensch gewesen, ein gebildeter, vielleicht sogar wohlhabender Hauptmann, der eine Familie und Kameraden gehabt hatte; vermutlich hatte es sogar andere Frauen gegeben, zarter und schöner, als Ildiko es in ihrer rauen Welt je sein konnte. Was hatte sie ihm schon zu bieten? Und doch blieb er bei ihr, und wenn sie sich liebten, konnte sie das gleiche Verlangen in seinen Augen lesen, das sie selbst empfand.
In einer klaren Nacht erreichten sie schließlich eine Felsenklippe, die sich wie eine Schneise durch das Land zog.
Der Mond stand bereits als fast volle Scheibe über ihnen. Ildiko spürte seine Kraft, die die Grassteppe hinter ihnen in ein schimmerndes Silbermeer verwandelte. Noch zwei Tage waren es bis zum ersten Vollmond des Herbstes.
Atemlos hielten sie inne, spähten in ihren Wolfsgestalten zwischen den Felsen hindurch auf die Ebene hinunter. Links unterhalb von ihnen konnte Ildiko Lichter ausmachen. Sie glommen schwach, doch für sie waren sie wie Leuchtfeuer. Dort war ihr Ziel!
Adem fuhr ihr mit seiner Schnauze über den Rücken, und sie sprang mit wedelndem Schwanz einmal um ihn herum, um ihm

ihre freudige Aufregung mitzuteilen, bevor sie sich weiter ihren Weg zwischen den Felsen hindurch suchte. Adem hielt sich dicht hinter ihr.

Als sich der Horizont bereits grau färbte, erblickte sie unterhalb der Klippe eine Festung. Schroffe Türme ragten in die Luft, und in den Schießscharten glühten Lichter wie die Augen von Spähern. Das musste Ulunkhetir sein!

Ihr Herz schlug einen Trommelwirbel. Sie konnte Janko dort unten spüren, wie ein weiteres Licht in der Dunkelheit, das nur für sie leuchtete.

Allerdings schien es über die Klippen keinen offensichtlichen Weg nach unten zu geben. Der Verräter in Pavels Rudel hatte von einem bewachten Höhlengang gesprochen.

Sie stupste Adem an und hieß ihn, im Schutz eines Felsens auf sie zu warten. Lautlos schlich sie alleine weiter, bis der Wind einen untrüglichen Geruch heranwehte: Werwölfe vor ihr. Sie hielt inne und duckte sich. Vier Männer roch sie, Waffen und Leder und den Ruß mehrerer Fackeln. Vorsichtig zog sie sich zu Adem zurück.

Sie verwandelten sich in Menschen, um sich zu beraten.

Und Adem wartete mit einem Vorschlag auf, der Ildiko mehr als alles andere überraschte.

»Das kann ich nicht zulassen«, protestierte sie. »Sie werden dich gefangen nehmen und töten.«

»Das glaube ich nicht«, sagte er, dann zuckte er mit den Schultern. »Jedenfalls nicht sofort, wenn Nikolaj der Mann ist, für den ich ihn halte.«

»Und was willst du ihm sagen?«

»Einen Teil Wahrheit, einen Teil Lüge.«

»Er wird dir nicht glauben.«

»Oh doch, das wird er«, widersprach Adem. »Er ist schließlich ein Ältester, er wird niemals annehmen, dass ich ihn irreführen kann. Sobald er mich in sein Rudel aufgenommen hat, kann ich mich frei in der Festung bewegen. Ich werde deinen Bruder suchen können.«

»Du schaffst das niemals alleine.« Sie ballte die Fäuste. Er durfte sich nicht in solche Gefahr begeben; nicht, ohne dass sie ihn beschützen konnte.

Als hätte er ihre Gedanken gespürt, kniff er die Augen zusammen.

»Deine Worte klingen wie eine Beleidigung«, sagte er. »Gut, dass du sie nicht so gemeint haben kannst.« Er schnaubte. »Ich weiß, worauf ich mich einlasse. Ich bin schon als Mensch in ähnlich gefährlichen Situationen gewesen. Oder fällt dir eine andere Möglichkeit ein, dort hineinzukommen? Sie sind viele, wir nur zu zweit. Wenn wir uns keiner List bedienen, werden wir scheitern.«

Sie öffnete schon den Mund, um ihm zu widersprechen, entschlossen, nicht nachzugeben. Doch er reckte das Kinn, und sie las die gleiche Unbeugsamkeit in seinem Blick. Er würde nicht einlenken, nicht, ehe sie einen besseren Vorschlag hatte. Und leider fiel ihr tatsächlich keiner ein. Sie knirschte mit den Zähnen.

»Unter einer Bedingung stimme ich zu«, sagte sie widerwillig.

»Und welche wäre das?«, fragte er misstrauisch.

»Ganz einfach.« Sie funkelte ihn an. »Ich werde hier nicht untätig auf dich warten.«

Morgendunst stieg wie Nebel aus dem Gras auf, als sie ihren Plan ein zweites Mal durchgesprochen hatten. Ein beklommenes Schweigen entstand zwischen ihnen.

»Geh jetzt«, sagte sie.

»Ildiko …«

»Wir werden uns bald wiedersehen.« Sie wich seinem Blick aus. Der Abschied fiel ihr so schon schwer genug, doch das musste er nicht wissen. »Wir werden das gemeinsam zu Ende bringen.«

Adem verharrte, als wartete er auf etwas. Schließlich nickte er langsam. Als sie schon glaubte, er wolle sich tatsächlich abwenden und einfach gehen, streckte er seine Hand nach ihr aus. Seine Berührung durchfuhr sie glühend heiß.

»Wir bringen das zu Ende«, sagte er. Etwas in seiner Stimme ließ sie den Kopf heben. Seine Augen schimmerten in dunklem Silber. »Doch dann möchte ich weiterhin meine Zeit mit dir verbringen, du stures Wesen. Nicht im Krieg, nicht auf der Jagd, sondern einfach so.« Er beugte sich zu ihr und küsste sie, und seine Lippen waren hart und entschlossen.

»Das wäre … du …« Sie wusste plötzlich nicht mehr, wie man einen Satz beendete.

Er fuhr ihr mit dem Finger über die Lippen. »Wir werden genug Gelegenheit zum Reden haben.«

Jetzt war sie es, die ihn zu sich heranzog und küsste, wild und ungestüm. Wie konnte sie ihn nur gehen lassen?

Irgendwann stieß sie ihn fast schon gewaltsam von sich weg.

»Los jetzt«, flüsterte sie.

Und er wandte sich um und ging davon, eine Gestalt in einem verwaschenen Kittel, die sich zügig und ohne einen Blick zurück ihren Weg durch die Felsen suchte.

Ildiko nahm wieder den Körper ihrer Wölfin an und folgte ihm, bis er auf den großen Felsen zuging, hinter dem die fremden Werwölfe warteten. Sie kamen mit gezückten Waffen hervor. Er hob die Hände und schritt langsam auf sie zu. Hätten sie ihn angegriffen, hätte Ildiko keinen Augenblick gezögert, einzugreifen; doch so verharrte sie mit gefletschten Zähnen tief im Gras verborgen und beobachtete, wie sie ihn durchsuchten und schließlich in den Schatten des Felsens führten, wo versteckt hinter Steinen die Schwärze einer Höhle auf sie wartete. Zwei Männer verschwanden mit Adem darin, die anderen beiden bezogen wieder ihre verborgenen Posten.

Ildiko schlich davon. Sie folgte der Klippe nach Norden. Manchmal spähte sie hinunter auf die düstere Festung, deren Türme im Sonnenaufgang purpurn zu glühen begannen. *Die rote Festung.* Die Farbe erinnerte sie an Blut.

* * *

Seit er den Hof der Festung betreten hatte, stachen und juckten die Narben auf Adems Rücken so unangenehm, als krabbelten Insekten darauf herum. Er versuchte, das Gefühl zu ignorieren, doch es beunruhigte ihn.

Er hatte sich den Wachen nicht verständlich machen können, denn sie sprachen keine der Sprachen, die ihm geläufig waren. Er konnte nur hoffen, dass sie ihn zu jemandem bringen würden, der ihn verstand, statt ihn gleich in den Kerker zu werfen. Während sie ihn grob über den Hof stießen, hielt er den Blick gesenkt. Trotzdem versuchte er unauffällig, so viel wie möglich von seiner Umgebung mitzubekommen. Die Mauern und der Steinboden leuchteten in der Morgensonne so tiefrot, purpurn und golden, dass sie seine Augen blendeten.

Männer eilten über den Hof, mit allerlei Arbeiten beschäftigt. Die meisten trugen die Gewänder der Tataren, und sie alle waren Werwölfe. Sie bellten sich über seinen Kopf hinweg fremde Worte zu. Er konnte ihre argwöhnischen Blicke spüren, doch vor allem roch er ihren dunklen Odem, der seinen eigenen Wolf wachsam und nervös machte. Spannung hing in der Luft wie Unwetterwolken. Nur ein dreister Blick, eine unachtsame Bewegung, und die Gewalt würde sich über ihm entladen wie ein Gewitter. Doch auch zu viel Angst zu zeigen, würde sie provozieren, sagte ihm sein wölfischer Instinkt. Also versuchte er, seine Schultern entspannt und seinen Puls ruhig zu halten. Er war kein Mensch mehr, sondern einer von ihnen, wie irrsinnig ihm dieser Gedanke auch immer noch schien. In Ildikos Nähe hatte er mit seinem Wolf zwar zuletzt einen mürrischen Waffenstillstand geschlossen – die Zuneigung zu ihr hatte sie geeint. Doch hier war ihm das eigene Blut wieder genauso fremd wie diese grobschlächtigen Kerle, mit denen er es teilte.

Die Wachen schickten einen Mann voraus, und dann warteten sie mit ihm am Fuße eines Turmes. Erst nach einer Weile kehrte der Mann zurück, und nach einem kurzen Wortwechsel hießen sie Adem, zwischen ihnen die Treppen hinaufzusteigen. Im

Inneren war es dämmrig und kühl. Mit jeder Stufe stieg Adems Anspannung.
Sie hielten vor einer Tür, die sich knarrend öffnete. Mit einem groben Schubs stießen sie ihn durch die Öffnung. Er fiel auf die Knie. Sein Kittel schabte über den kalten Steinboden. Keuchend zog er den Kopf ein.
Mit übermenschlicher Schärfe konnte er die Gerüche der Anwesenden vor sich wahrnehmen. Drei Werwölfe. Einer von ihnen war ein Tatar, er roch nach Gras und Steppe und war nicht mehr ganz jung. Der Zweite war ein Ältester. Wie bei Pavel tobte seine Dominanz über Adem hinweg und ließ seinen Wolf furchtsam erschauern. Hatte die kalte Kraft des Böhmen sich jedoch wie ein Wintersturm angefühlt, so ähnelte sie bei diesem Mann eher einem Steppenwind – trocken und warm, mit der peitschenden Härte von fliegenden Sandkörnern.
Es war allerdings der Geruch des dritten Werwolfs, der Adem aus der Fassung brachte. Unauffällig, fast sanft war er im Vergleich zu der Schärfe der anderen. Etwas fehlte darin. Dieser Geruch ließ sich nicht einordnen in Kategorien wie Dominant oder Unterlegen. Es war, als wäre diese Person ein Werwolf außerhalb jeder Ordnung. Und Adem kannte den Geruch, kannte ihn so gut, dass er für einen schrecklichen Augenblick geglaubt hatte, sie hätten sie vor ihm gefangen genommen und hierhergeschleift. Er zitterte.
»Aufstehen«, sagte eine ruhige, melodiöse Stimme auf Türkisch, die ihm einen Schauer über den Rücken jagte. Er gehorchte.
Vorsichtig hob er den Kopf. Nur ein winziger Blick über den Tisch hinweg genügte. Das schmale Gesicht, die Wangenknochen, die großen Augen mit den dichten Wimpernkränzen, sie kamen ihm bekannt vor. Allerdings waren die braunen Haare glatt und die Augen blau, und die Anmutung des Gesichts war eindeutig männlich. Ildikos Bruder.
Adems Herz trommelte ungläubig in seiner Brust. Er hatte Janko als Gefangenen im Kerker vermutet, stattdessen saß er hier

an dieser reichlich gedeckten Frühstückstafel. Wie konnte das sein?
Doch er durfte den Jungen nicht zu lange anstarren, wenn er sich nicht verraten wollte. Eilig glitt sein Blick von ihm weg und über einen Tataren mit flachem, ledrigem Gesicht.
Dann heftete er seine Augen mit kaum überwindbarer Beklemmung auf den Sprecher. Er war groß und schlank mit asketischen Zügen, die trotz ihrer Hagerkeit gutaussehend waren, von der inneren Stärke des Ältesten beseelt. Graue Haare bauschten sich wie eine Mähne um seinen Kopf, und die ebenfalls grauen Augen wirkten wach und stechend. Obwohl er kaum älter als damals schien, war er es, keine Frage: der Gefangene aus dem Serail, der ihn vor all den Jahren mit der Narbe gezeichnet hatte. Und wie damals sah Adem in seinen Augen nur Kälte und Finsternis. Jäh packte ihn ein Grauen, das er längst vergessen geglaubt hatte, der Schrecken eines Kindes vor seinem Nachtmahr, der plötzlich leibhaftig vor ihm stand. Nein, er musste seine Furcht wahrlich nicht spielen. Er presste seine Hände aufeinander und wandte den Blick von dem Mann ab.
Eine Ewigkeit schien zu vergehen, während ihn die drei Werwölfe schweigend betrachteten.
»Ich kenne dich irgendwoher.« In der Stimme des Ältesten schwang Argwohn, doch auch leise Verwirrung. »Wer bist du?«
Adem verschränkte die zitternden Hände hinter dem Rücken und starrte auf seine nackten Füße hinab. Wenigstens musste er auf diese Frage nicht mit einer Lüge antworten, denn er bezweifelte, ob er die Kraft dafür gehabt hätte.
»Ich bin Adem, ein Yüzbaşı aus Istanbul.«
»Adem«, wiederholte der Mann, und dann brach er in ein klangvolles Lachen aus. »Natürlich. Der Junge im Serail. Schau mich an, Adem.«
Schau mich an. Die gleiche Stimme wie damals. Und Adem hob den Kopf. Grau wie Nebel waren die Augen des Ältesten, und

ihr Blick glitt wie kalte, feuchte Finger über Adems Züge. Und Adem spürte seine Kraft, die seit damals noch gewachsen war, er sah den wogenden schwarzen Wolfsschatten hinter seinem Körper, doch noch mehr roch er ihn mit seinen neu geschärften Sinnen. Wieder juckte seine Narbe. *Wende dich ab,* flüsterte der Wolf in seinem Inneren, und Adem gehorchte.
Der Älteste lachte immer noch. »Ausgerechnet du. Der Wolfstöter.« Er wandte sich von ihm ab und sah zu den anderen beiden Werwölfen. Adem riskierte einen Blick auf den Jungen. Janko sah bleich und geistesabwesend aus. Und dort, zusammenkauert zu seinen Füßen, als schliefe er, lag sein Wolf. Adem konnte nicht anders, als das wunderschöne Geistertier zu betrachten. Jankos Wolf war nicht golden wie Ildikos, sondern schimmerte in einem bläulichen Silberton.
»Ich wollte damals einen Beweis für die Macht des Knochens«, fuhr der Älteste fort und riss Adem damit aus seinen Beobachtungen. »Und so zeichnete ich Adem mit der Knochenspitze, zeichnete ihn mit den Hieroglyphen des Anubis, so wie ich es in alten Überlieferungen gelesen hatte. Damals dachte ich, der Zufall hätte meine Wahl bestimmt. Doch er hat sich mit den Jahren als eines meiner wirksamsten Instrumente gegen den Wolfsbund erwiesen. Beinahe zu wirksam waren seine Feldzüge gegen die Werwölfe. Statt Pavels Männern hat er immer wieder auch einige meiner Leute erwischt.«
Sein Instrument? Adem riss den Kopf hoch. Er wollte aufschreien vor Wut und Erniedrigung, doch kein Ton kam über seine Lippen. Das konnte nicht sein, das widersprach allem, was er bisher gelebt und geglaubt hatte.
Der Älteste wandte sich ihm mit einem so breiten Lächeln zu, dass es ihm wie Hohn schien.
»Eigentlich sollten dich letzten Winter drei meiner Leute zur Strecke bringen, wie du sicherlich weißt«, sagte er. »Und jetzt stehst du vor mir, selbst ein Werwolf. Wie kann das Schicksal uns einen größeren Beweis für Anubis' Macht liefern? Sag, wie es dazu gekommen ist!«

Adem taumelte. Immer noch rauschten Nikolajs Worte in seinem Kopf. *Mein Instrument.* Niemals! Er griff nach dem letzten, was ihm blieb und ihn zusammenhielt: seinem Stolz. Und der gab ihm die Kraft, gegen den Ältesten zu bestehen und mit einer Lüge zu antworten.

»Ich weiß nichts von einem Anubis«, entgegnete er. »Es war einer von Pavels Männern, der mich biss, in der Schlacht gegen Moldau. In der gleichen Nacht, in der Werwölfe sowohl ein Attentat auf den Sultan als auch auf den moldauischen König verübten. Beide scheiterten sie.«

»Ach nein«, rief der Älteste in gespieltem Erstaunen aus. Doch sein Lächeln wurde schmal.

»Welche Attentate?« Zu Adems Überraschung war es Janko, der fragte. Er sprach leise, und der Blick, den er von Adem zu Nikolaj schweifen ließ, war grüblerisch. Sein Verhalten war so anders als das seiner ungestümen Schwester, dass Adem plötzlich kaum mehr Ähnlichkeiten zwischen ihnen sah. »Haben deine Männer diese Angriffe verübt?«, fragte Janko den Ältesten.

Adem sah, wie Nikolaj zögerte. Und wieder fragte er sich, in welchem Verhältnis Ildikos Bruder und der Älteste standen. Warum erlaubte Nikolaj einem Gefangenen, solche Fragen zu stellen?

»Ja«, gab der Älteste zu. Er versuchte tatsächlich, zerknirscht dreinzublicken. »Ich habe vor ein paar Tagen bereits Nachricht erhalten, dass die Anschläge missglückt sind. Ich war wohl zu voreilig in meinem Eifer, endlich Taten statt Worte sprechen zu lassen. Doch ich hielt die Schlacht für die beste Gelegenheit, den Menschen zu zeigen, wie verabscheuenswert ihre Kriege sind, wie verblendet ihre Herrscher. Verzeih mir, Shilae, dass ich dich darüber nicht unterrichtet habe.«

Rechtfertigte er sich mit diesen salbungsvollen Worten etwa vor dem Jungen? Und wer im Namen des Allmächtigen war Shilae? Adem versuchte, seine Verwirrung hinter einer dumpfen Miene zu verstecken.

»Natürlich«, gab Janko mit tonloser Stimme zurück, dann verstummte er. Nikolaj wandte sich abrupt Adem zu. Von seiner Zerknirschung war nichts mehr zu spüren.
»Wie bist du hierhergekommen?«, fragte er lauernd. »Wer hat dir von diesem Ort erzählt?«
Jetzt kam es darauf an. Adem kämpfte gegen den inneren Widerstand seines Wolfs an, hielt die Hände hinter dem Rücken immer noch zu Fäusten geballt.
»Niemand«, log er mit zitternder Stimme. Er räusperte sich. »Niemand«, wiederholte er fester. »Pavels Mann ließ mich liegen, er hielt mich wohl für tot. Auch mein Heer ließ mich zurück. Als ich nach drei Tagen aus dem Fieber erwachte, war ich allein mitten im Feindesland. Ich wusste zuerst nicht, was mit mir geschah, als ich mich verwandelte. Doch bald genug erkannte ich die Wahrheit. Zurück zu meinem Volk konnte ich nicht, ebenso wenig zog es mich zu Pavel und seinem Bund, die immer noch meine Todfeinde waren. Doch nachts träumte ich von einer roten Festung. Ich träumte von einer Stimme, die zu mir sprach. Meine Narben schienen zu glühen, als ich erwachte.« Seine Stimme bebte vor Anstrengung, weiterzusprechen, gegen Nikolajs Dominanz, gegen sein eigenes Wolfsblut, das sich knurrend gegen die Lüge wehrte. Er hoffte nur, dass seine Zuhörer seinen inneren Kampf für Ergriffenheit hielten. »Etwas zog mich nach Osten, eine Kraft, so stark wie der Mond«, flüsterte er. »Ich folgte ihr – und da bin ich nun.«
Er senkte den Kopf.
»Anubis ist groß«, rief der Älteste aus. Seine Augen glitzerten wie Silbersteine. »Zeig uns deine Narben.«
Adem wandte sich um und öffnete seinen Kittel an der vorderen Schnürung, so dass er von seinen Schultern glitt. Plötzlich spürte er Finger auf seiner Haut. Er erschauerte vor Widerwillen.
»Rot wie am ersten Tag«, murmelte der Älteste in seinem Nacken. Lautlos war er herangekommen. »Schau sie dir an, Shilae. Sind sie nicht das Zeichen für Anubis' Macht?«

Wenn er mit Shilae Janko meinte, so hörte Adem zumindest keine Antwort. Erst als er den Ältesten zurückweichen spürte, schloss er seinen Kittel wieder und drehte sich um.

»Und was machen wir nun mit dir?« Der Älteste sah ihn nachdenklich an. »Selbst wenn du die Wahrheit sprichst, du kennst weder unsere Sitten noch unseren Glauben. Im Gegenteil, all deine bisherigen Taten waren offensichtlich gegen uns gerichtet.«

»Nehmt mich in Euer Rudel auf«, bat Adem. »Ich werde lernen, und ich werde dienen.«

»Dienen wirst du uns so oder so«, erwiderte Nikolaj mit einem Lächeln. »Was meinst du, Shilae? Sollen wir ihn in unser Rudel aufnehmen? Oder als Opfer für Anubis hinrichten lassen, als Zeichen für unsere Männer, dass die Macht des Gottes sogar unsere Feinde wehrlos in unsere Hände treibt?«

Adem wurde kalt. Mit zusammengebissenen Zähnen starrte er den Jungen an, der über sein Schicksal entscheiden sollte.

»Ich denke nicht, dass wir ihn töten sollten«, sagte Janko leise. »Er ist ein Werwolf, einer von uns, und er scheint auf seine früheren Taten nicht mehr stolz zu sein. Er sollte die Möglichkeit erhalten, Teil dieses Rudels zu werden.« Er erwiderte Adems Blick. In seinen blanken, blauen Augen war etwas zu lesen, das Adem nicht deuten konnte. Verständnis? Er hoffte es. Ildiko hatte erzählt, wie klug ihr Bruder war. Vermutlich war sein Verhalten angesichts dieses verrückten Rudelführers genauso Überlebenstaktik wie Adems.

»Du hast entschieden, Shilae«, sagte der Älteste. »Saych, kümmere dich um Adem.«

Beobachte ihn genau, so deutete Adem den beredten Blick, den Nikolaj mit dem Tataren wechselte. Und Saych nickte mit grimmigem Lächeln, dann stand er auf, packte Adem am Arm und führte ihn hinaus.

* * *

Ildiko wartete, bis die Sonne im Westen versank und der Schatten auf den ostwärts gerichteten Klippen noch dunkler wurde.

Ihre Anspannung war über den Tag hinweg stetig gewachsen. Zwei Mal hatte sie kleinere Trupps von Werwölfen beobachtet, die über die Steppe geritten kamen und in dem Höhlengang verschwanden. Sie waren mit den Mänteln der Tataren gekleidet, doch ihre Gesichter zeugten von unterschiedlichsten Herkunftsländern – und sie alle schienen glänzender Laune zu sein. Was auch immer sie zu der Festung führte, Ildiko war sich sicher, dass es mit dem morgigen Vollmond zu tun hatte.

Am Nachmittag war sie die Klippe entlanggeschlichen und hatte über den Rand gespäht. Es schwindelte ihr zwar nicht von der Höhe, doch sie war ihr unangenehm. Einen anderen Weg würde es jedoch nicht für sie geben, und so verdrängte sie ihre Angst, so gut es ging.

Erst in einer Stunde Entfernung von der Festung hatte sie gefunden, wonach sie gesucht hatte: einen gezackten Riss in der Wand, der sich bis fast zum Boden hinunterzog. An manchen Stellen ragte karges Buschwerk hervor, an anderen fiel der Fels so steil ab, dass nur der nackte Stein zu sehen war. Ildiko ließ sich Zeit, die Wand zu studieren, die schroffen Unebenheiten, die steilen Kanten. Zweihundert Mannslängen, schätzte sie, ging es hinunter bis zum Fluss, der am Rand der Felswand schäumte.

Und jetzt, in der Dämmerung, konnte sie es nicht mehr länger hinauszögern. Sie krempelte die Ärmel ihres Kittels hoch und schnallte sich ihren Beutel auf den Rücken. Ein tiefer Atemzug, ein letzter Blick, dann schob sie ihren Fuß über die Kante.

Der Fels war von einem hellen Rostrot, das in der Dämmerung zu einem Braun verblich. Sie schob sich ein Stück in den Riss hinein, der hier oben etwa eine Mannslänge breit und ebenso tief war. Hier war es kühl und schattig, und an manchen Stellen war der Stein feucht.

Es war anfangs nicht leicht, sich zu bedächtigen Bewegungen zu zwingen, doch sie prüfte jeden Griff, versicherte sich bei jedem Tritt, dass sie nicht rutschte.
Allmählich wurden die Schatten noch tiefer, die Farbe des Horizonts wechselte von Hellgrau zu dunklem Blau, in dem die ersten Sterne blinkten. Es kam ihr vor, als kletterte sie schon eine Ewigkeit, und nur ihre scharfen Wolfsaugen ermöglichten es ihr, jeden Tritt und jeden Halt im Fels noch genau zu sehen. Kein anderer Laut drang zu ihr als ihr eigener Atem, der Schlag ihres Herzens und das Rauschen des Flusses unter ihr. Sie traute sich nicht, nach unten zu schauen. Stattdessen lugte sie nach oben, wo sich ein Stern im Riss verfangen hatte und sanft zu ihr herunterleuchtete. So weit weg war er! Der Anblick gab ihr neuen Mut.
Während sie all ihre Sinne auf den Abstieg konzentrierte und das Rauschen des Flusses unter ihr immer lauter wurde, brach endgültig die Nacht herein.
Und dann, mit zitternden Muskeln und zerschrammten Füßen, einem schmerzenden Rücken und trockenem Mund, erreichte sie den Boden der Klippe. Sie lachte und hielt ihr Gesicht in die Gischt des Flusses, der nur noch wenige Fußlängen unter ihr dahinströmte. Mit letzten Kräften kletterte sie noch ein Stück die Wand entlang, bis der Fluss breit und flach genug war, um hindurchzuwaten. Auf der anderen Seite ließ sie sich im Schutz eines Felsens nieder. Nur einen kurzen Augenblick der Ruhe, bevor sie sich an den Fußmarsch zur Festung machte! Sie schloss die Augen und wartete darauf, dass sich ihr Puls beruhigte.

* * *

Adem verbarg sich hinter einem Torbogen und spähte über den Festungshof. Immer noch trieben sich Dutzende Männer hier herum, trafen sich an Feuerstellen, tranken vergorene Milch und genossen die warme Sommernacht. Im Laufe des Tages war er zu der Einschätzung gekommen, dass sich etwa hundertfünfzig Mann in der Festung befinden mussten – und mit jeder Stunde trudelten mehr von ihnen ein. Einige kamen von Westen her durch den Höhlengang der Felswand, die meisten jedoch von der tiefer gelegenen Ebene her, die sich scheinbar endlos nach Osten erstreckte.

Auch wenn er ihre Sprache nicht verstand, las er doch die Erwartung in ihren Gesichtern, sah die Vorbereitungen auf den Gängen und Höfen und erkannte, dass sie sich nur aus einem Grunde versammelt hatten: dem morgigen Fest des Vollmonds. Was mochte dann geschehen? Bisher hatte sich für ihn keine Gelegenheit ergeben, mehr darüber herauszufinden, geschweige denn mit Janko zu reden. Stattdessen hatte er selbst den Tag damit verbracht, bei den Vorbereitungen zu helfen. Zwar durchblickte er die Befehlsstrukturen der Festungsbesatzung noch nicht ganz, doch instinktiv konnte er aus Verhalten und Geruch der Männer eine strenge Rudelhierarchie erkennen, in die sich jeder einfügte. Und für die Rangniedersten gab es wohl vor allem ein Betätigungsfeld: die Küche.

Nachdem Saych ihm klobige Schuhe und einen jener tatarischen Mäntel gegeben hatte, hatte er Adem dort zu Arbeiten eingeteilt. Gemeinsam mit zwei halbwüchsigen Jungen, die wie Kinder herumtobten und sicherlich kaum länger Werwölfe waren als er selbst, hatte er Vieh aus den Stallungen zum Schlachten in die Küchengebäude getrieben, hatte in großen Trögen Milchrahm zu Butter gerührt und Weizenkörner zu Mehl geschrotet, bis ihm die Schultern weh taten. Immerhin hatte ihn das von allzu tiefschürfenden Gedanken abgehalten – denn er hatte noch nicht verwunden, was Nikolaj zu ihm über seine Zeit als Wolfsjäger gesagt hatte.

Wie zufällig war Saych ab und zu vorbeigekommen, um zu sehen, wie er sich schlug; und Adem hatte sich gehütet, ihm allzu viele Fragen zu stellen, selbst wenn sie ihm auf der Zunge brannten. Welche Gedanken auch immer hinter Saychs undurchschaubarer Miene vorgingen, sein Misstrauen gegenüber

Adem war offensichtlich; seine Fragen über Adems Herkunft und seine Reise von Moldau ins Tatarenland dienten eindeutig dazu, ihn zu prüfen, und selbst wenn er ihn mit den beiden Jungen allein ließ, war sich Adem sicher, dass er irgendwo in der Nähe war.

Erst jetzt, nach einem kargen Abendessen und nachdem ihm Saych eine Ecke in einem der Küchenräume als Schlafplatz zugewiesen hatte, war es Adem gelungen, sich davonzuschleichen.

Aus der Ferne hatte er vorhin Janko erblickt, der mit gesenktem Kopf alleine über den Hof gewandert war. Zu seinem Erstaunen waren ihm die anderen Werwölfe respektvoll ausgewichen. Adem hatte beobachtet, in welchem der Eingänge zum Wohntrakt Janko verschwand, und nachdem er sich ein weiteres Mal überzeugt hatte, dass Saych nicht in der Nähe war, schlenderte er wie beiläufig zwischen den lagernden Männern hindurch und verschwand in der offenen Eingangstür.

Zwischen all den Gerüchen der Männer, die sich hier tagtäglich aufhielten, war es nicht einfach für ihn, Jankos frische Spur herauszufiltern. Er erinnerte sich an das, was Ildiko ihm beigebracht hatte. *Ignoriere alle anderen Eindrücke.* Mit forschem Schritt stieg er die Treppe nach oben. Nur vereinzelt spendeten Fackeln an den Wänden ein spärliches Licht. Er folgte zwei Gängen, bis er an eine Tür kam, durch die Janko gegangen sein musste. Er lauschte, doch er hörte niemanden dahinter. Was nun? Ihm blieb wohl nur eines übrig: Er klopfte.

Einen Wimpernschlag später stand Janko vor ihm. Er hatte seinen Mantel ausgezogen und trug nur ein ärmelloses weißes Hemd über Pluderhosen. Schmal, ja grazil sah er darin aus, und seine Haut war fast ebenso hell wie der Leinenstoff. In seinen aufgerissenen blauen Augen waren Überraschung und Schreck zugleich zu lesen.

»Was willst du?«

»Lass mich hinein«, bat Adem leise. »Ich muss mit dir reden.«

»Mit mir?« Janko runzelte die Stirn. »Ich kenne dich nicht.«

»Nein.« Adem warf einen Blick den Gang hinunter. Waren da Schritte? »Aber du kennst Ildiko«, flüsterte er beschwörend. »Lass mich rein.«
Ildiko hätte ihn an Jankos Stelle sicherlich sofort mit argwöhnischen Fragen bedrängt, statt ihn hereinzulassen. Doch ihr Bruder war anders als sie. Mit einem perplexen Gesichtsausdruck wich der Junge zurück. Sofort schlüpfte Adem zu ihm hinein und schob die Tür hinter sich zu.
Er befand sich in einem großzügigen Zimmer mit einem Tisch voller Dokumente und einem breiten Bett. Neben Janko war sein silberner Geistwolf aufgetaucht. Mit leichtfüßiger Eleganz bewegte er sich auf Adem zu, um dicht vor ihm mit gefletschten Zähnen stehen zu bleiben.
»Was weißt du von Ildiko?«, fragte Janko mit gepresster Stimme.
»Dass sie deine Schwester ist«, erwiderte Adem. Er versuchte, Jankos unruhigen Blick einzufangen. Alles hing nun davon ab, dass der Junge ihm vertraute. »Ich habe gelogen. Ich bin nicht aufgrund von Träumen hier. Ich bin wegen dir hier. Zusammen mit Ildiko.«
»Aber wie …«, stotterte Janko und wich erneut einen Schritt zurück. Sein Gesicht war bleich. »Warum konntest du den Khan und mich belügen?«
Das war nicht die Frage, die Adem als Erstes erwartet hätte. »Weil Ildiko mich gebissen hat«, sagte er ruhig. »Sie ist anders, so wie du.«
»Sie ist hier«, flüsterte Janko. »Ausgerechnet jetzt. Was will sie?«
Wenn sich Janko über ihre Nähe freute, dann verbarg er es gut. *Zu gut.* Adem kniff die Lippen zusammen. Etwas riet ihm, vorsichtig zu sein. »Ildiko folgt deinen Spuren seit deiner Entführung«, sagte er langsam. »Wir wollen dich aus Nikolajs Gefangenschaft befreien.«
»Ich bin nicht gefangen.« Janko schüttelte heftig den Kopf, um seinen Worten Nachdruck zu verleihen. »Alles ist anders, als sie glaubt.« Wachsam fixierten seine blauen Augen Adem. »Wo ist sie? Hat sie sich in der Festung versteckt?«

»Nein«, erwiderte Adem. Er beschloss plötzlich, einen Teil der Wahrheit für sich zu behalten. So seltsam, wie sich Janko verhielt, konnte er ihm noch nicht trauen. »Es ist zu gefährlich für sie in der Festung, deshalb wartet sie einige Stunden von hier oberhalb der Felswand auf uns. Komm mit mir, dann gehen wir zu ihr. Wir können die Nacht nutzen und fliehen.«

»Ich fliehe nirgendwohin«, widersprach Janko. »Ich gehöre hierher, zu diesem Rudel. Ich habe eine Aufgabe zu erfüllen.«

»Janko, du …«

»Mein Name ist nicht mehr Janko.« Er richtete sich auf. »Ich bin Shilae. Ich bin auserwählt, und morgen werde ich meinen Körper Anubis weihen.«

»Du wirst was?« Ungläubig starrte Adem ihn an. Alles in ihm verlangte danach, den Jungen zu packen und zu schütteln. Janko schien seinen Aufruhr zu spüren, denn er verengte die Augen. Und plötzlich strahlte er eine stolze Entschlossenheit aus, eine dunkle Kraft, die wie eine Windbö durch den Raum fegte. Adem krümmte die Schultern. Die Narbe stach wie ein Dolchstoß in seinem Rücken. Trotzdem musste er Janko widersprechen, musste ihn davon überzeugen, wie irrsinnig dies alles war. »Nikolaj hat dich gewaltsam entführen lassen, hast du das vergessen?«, sagte er eindringlich. »Mehr noch, er ist ein Mörder. Werwolfälteste in ganz Europa wurden von ihm getötet. Auch auf Pavel wurde ein Anschlag verübt.«

»Pavel?«, fragte Janko. Jäher Argwohn sprach aus seinem Blick. »Pavel von Breunen? Ist Ildiko vielleicht gar nicht hier? Steckt allein der Wolfsbund hinter deinem Auftauchen?«

»Sie ist hier.« Adem wollte beschwichtigend seine Hände heben, doch das gefletschte Maul von Jankos Wolf, der sich immer näher an ihn heranschob, ließ ihn davon Abstand nehmen. »Vertrau mir. Sie vermisst dich. Sie ist dir ums Meer und durch die Steppe gefolgt. Sie hat vielfach ihr Leben riskiert, weil sie Angst um dich hat.« Er holte tief Luft. »Kannst du sie nicht fühlen? Sie hat mir erzählt, dass du das kannst. Sie will dich nach Hause holen.«

Jankos Gesicht war während seiner Rede erstarrt, als wäre es aus Stein. Verstand er nicht, was Adem sagte? Allmählich fühlte sich Adem hilflos.

»Sie will dein Bestes«, fügte er hinzu. »Im Gegensatz zu Nikolaj.«

Endlich schien sich etwas in Jankos Miene zu regen.

Rasch sprach Adem weiter: »Du hast es doch selbst gehört. Der Khan hat mit mir und meinem Leben nur gespielt.« Nun musste er an sich halten, um nicht wie Jankos Wolf die Zähne zu fletschen. »Und dir ergeht es nicht anders. Ich war selbst Zeuge davon. Er hat dir nichts von den Anschlägen auf den Sultan und den König erzählt. Was verschweigt er dir noch? Welchen Vorteil hat er selbst von alldem?« Er holte tief Luft. »Was er auch sagt, er spielt nur mit dir, Janko.«

»Nein!« Jäher Hass färbte Jankos Blick dunkel. Und Adem erkannte, dass er einen Fehler begangen hatte. »Nikolaj ist der Erste, der *nicht* mit mir spielt. Er schätzt mich für das, was ich bin. Er will mich nicht verstecken wie meine Eltern oder als Diener halten wie der Wolfsbund. Im Gegenteil, wenn ich Anubis geweiht bin, wird Nikolaj *mein* Diener sein.« Er ballte die Fäuste und verzerrte sein Gesicht zu einer Grimasse des Eifers. »Gemeinsam werden wir den zwölften Stamm wieder errichten. Wir werden uns nicht mehr verbergen vor den Menschen. Niemand aus unserem Volk wird mehr von Männern wie dir als Teufelswesen gejagt werden, und die Kriege der Menschen werden beendet sein.«

Adem wurde kalt vor Entsetzen. Dies konnte nicht Ildikos Bruder sein, nicht dieser fanatische Gläubige. *Ein Kind, das allein die Welt aus der Verdammnis retten kann.* Die Worte der Prophezeiung erschienen ihm jetzt wie Hohn. Dieser Junge würde sie alle ins Verderben stürzen.

»Saych«, sagte Janko plötzlich. »Du kannst hereinkommen.«

Und ehe Adem zur Tür herumfahren konnte, spürte er den kalten Stahl einer Klinge im Nacken. »Schaff ihn mir aus den Augen«, befahl Janko, und nichts als Hass klang in seiner Stimme. »Er ist ein Verräter, der den Tod verdient hat.«

39. KAPITEL

Ildiko erreichte die Festung, als der Mond in seinem Zenit stand. Sein Licht hatte es ihr erschwert, sich unbemerkt über die Ebene der Festung zu nähern. Nur wenn Wolkenfetzen ihn verdunkelten, hatte sie sich von Busch zu Felsen geschlichen, sorgfältig jede Deckung ausnutzend. Unterhalb der Brücke kämpfte sie sich durch den Fluss, dann stand sie im Schatten der Festungsmauer.

Vom Tor tönten Stimmfetzen und raues Gelächter zu ihr herüber, das Prasseln von Feuer und so etwas wie eine Melodie, die jemand auf den Wehrgängen mehr schlecht als recht vor sich hin brummte. Sie hörte auch den Wind, der sich mit einem hohlen Summen zwischen den Türmen und Mauern verfing.

Immer noch schmerzten ihre Zehen und Finger, doch es gab keinen anderen Weg in die Festung hinein: Wieder musste sie klettern. Sie tastete die Wand ab. Früher war sie glatt gewesen, aber die Festung war alt; viele Generationen lang hatten Steppenwind und Winterfrost Zeit gehabt, an ihren Mauern zu nagen. Bedächtig zog sie sich in die Höhe. Nach den Strapazen an der Felswand war jeder Schritt eine Tortur.

Eine knappe Mannslänge unter der Zinnenkrone des Wehrgangs hielt sie inne. Ein Wachposten näherte sich, sie konnte seine Schritte über sich hören. Atemlos presste sie sich an die Wand. Er ging vorüber, ohne sie zu bemerken.

Rasch kletterte sie das letzte Stück in die Höhe und setzte mit einem Sprung über die Mauerkrone, huschte geduckt zum Ende des Wehrgangs und warf einen Blick in den Festungshof hinab. Feuerstellen glommen. Mehr als dreißig Männer lagen auf Strohballen und Mänteln und schienen zu schlafen. Sie schluckte. Dies waren keine Menschen, sondern Werwölfe. Wenn nur einer von ihnen etwas Verdächtiges witterte, war sie gegen ihre Übermacht verloren. Zum ersten Mal zauderte sie. Wie sollte sie Adem und Janko hier finden? Doch mit jedem Augenblick, den sie wartete, stieg das Risiko, entdeckt zu werden.

Am Fuße einer der Türme nahm sie eine Bewegung wahr. Zwei Männer traten heraus. Einer von ihnen taumelte. Es war Adem. Vor Schreck wurde ihr übel. Seine Handgelenke waren auf dem Rücken gefesselt, und der andere Mann, ein Tatar mit wettergegerbtem Gesicht, stieß ihn grob vorwärts.

Sie überwand ihren ersten Schrecken rasch. *Nur einer.* Wenn sie nahe genug herankam, konnte sie den Tataren vielleicht unauffällig überwältigen. Sie vergewisserte sich, dass keine Patrouille in der Nähe war, dann schlich sie zur nächsten Pforte, die sie hinunter in den Hof führte.

Gut vierzig Treppenstufen später duckte sie sich hinter einem Torbogen und spähte erneut über die mondbeschienene Fläche der Pflastersteine. Einen Steinwurf entfernt lagerten die ersten Männer. Zwischen ihnen kamen nun Adem und sein Wärter hervor. Adem hielt den Kopf gesenkt, doch als er sich auf Geheiß des Tataren zur Seite wandte, konnte Ildiko für einen Augenblick sein Gesicht erkennen. Es war so bleich und verstört, als hätte er den Teufel gesehen. Ihr Hals schnürte sich zu.

Noch nie war sie so mit den Schatten verschmolzen, hatte sich so lautlos ihren Weg gestohlen. Schließlich verschwanden Adem und der Tatar in einer engen Gasse zwischen zwei Ställen. Dorthin konnte sie ihnen nicht folgen, ohne entdeckt zu werden. Ihr blieb nichts anderes übrig, als sich hinter ein paar morsche Pferdetröge zu kauern und zu warten. Es schien eine Ewigkeit zu vergehen, dann erschien der Tatar wieder. Nicht weit von ihr entfernt blieb er stehen und sog prüfend die Luft ein. Sie duckte sich tiefer und konnte beinahe körperlich spüren, wie sein Blick über die Stallungen und ihr Versteck glitt. Hatte er sie entdeckt? Doch nach einiger Zeit verklangen seine Schritte.

Sie spurtete die Gasse entlang, dann spähte sie mit angehaltenem Atem um die Ecke. Grob aus dem Fels gehauene, meist fensterlose Gemäuer drängten sich um einen engen Hinterhof. Und da war Adem. Zwischen offenen Schweinekoben sah sie Gitterstäbe, dahinter seinen gekrümmten Körper. Der Tatar hatte ihn wie ein Tier in einen Käfig gesperrt! Schon war sie bei ihm und flüsterte seinen Namen.
Er blickte auf, Bestürzung in seinem Blick.
»Keine Sorge, ich hol dich raus«, flüsterte sie. Mit beiden Händen rüttelte sie an der Käfigtür, dann erst sah sie das massive Schloss zwischen den Eisenstreben.
»Er hat den Schlüssel mitgenommen«, flüsterte Adem. Er beugte sich vor und ergriff ihre Hand. Seine dunklen Augen schimmerten. So nah war er ihr, und doch von ihr getrennt.
»Was ist passiert?«, flüsterte sie. »Wie haben sie dich erwischt?«
Er verzog den Mund, und seine Miene war so hart und niedergeschlagen zugleich, dass sie Angst vor seinen Worten bekam.
»Janko«, sagte er. Und dann erzählte er ihr, was geschehen war.

* * *

Shilae saß mit gekrümmten Schultern auf einem der Kissen in Nikolajs Kammerflucht. Immer noch konnte er nicht fassen, was er heute Nacht von dem Türken gehört hatte. Ildiko war hier, ganz in der Nähe!
Er blickte zum Fenster, durch das der rötliche Glanz der Morgendämmerung hereindrang. Nikolaj stand dort mit dem Rücken zu ihm und blickte hinaus, eine schwarze, aufrechte Gestalt im Gegenlicht. Saych lehnte neben ihm an der Wand.
Was hatte Nikolaj gesagt? Für einen Moment hatte Shilae das Gefühl, als entglitte ihm die Gegenwart, als wären die Visionen, die er inzwischen Nacht für Nacht von Anubis empfing, wirklicher als das geworden, was um ihn herum geschah. Er schloss die Augen und konzentrierte sich. Nikolaj hatte ihn gelobt, jetzt wusste er es wieder. Für sein entschlossenes Handeln, den Ver-

räter sofort von Saych wegsperren zu lassen. Ein Lob, über das sich Shilae vor wenigen Tagen noch unbändig gefreut hätte. Doch dieses Mal hatte es sich schal angefühlt. Was war nur los mit ihm? Nikolaj war sein Ratgeber, sein Förderer, derjenige, der ihm alles ermöglichte. Wenn er ihm nicht vertrauen konnte, wem dann? Doch die Worte des Türken hatten Zweifel in seinem Inneren gesät, spitze, kleine Dornengewächse, die sich schmerzhaft in seine Gedanken bohrten.

»Deine Schwester.« Nikolaj drehte sich zu ihm um. Mit wenigen Schritten war er heran und setzte sich ihm gegenüber auf einen Hocker. »Du hast mir bisher nie von ihr erzählt.« Sein Gesicht war bekümmert, und in seinen grauen Augen schimmerte eine Empfindsamkeit, die Shilae betroffen den Kopf senken ließ.

»Es tut mir leid«, sagte er leise. »Ich habe dir nicht ganz vertraut. Meine Mutter, meine kleine Schwester, sie sind alles, was mir von meiner Familie noch bleibt. Ich wollte sie vor jedem Leid schützen.«

»Du weißt, dass du hier eine neue Familie gefunden hast«, erwiderte Nikolaj. Shilae nickte.

»Dies bedeutet jedoch nicht, dass du auf deine alten Bande verzichten musst«, sagte der Khan. »Im Gegenteil. Wir werden deine Schwester zu unserem Fest heute Abend willkommen heißen, was hältst du davon? Wir werden sie von ihrem Irrtum überzeugen. Sie soll mit uns feiern.«

»Nichts wünsche ich mir mehr«, sagte Shilae, und das stimmte. Sie war seine Schwester, die er einst mehr als alles andere geliebt hatte. Trotzdem konnte er sich nicht über Nikolajs Worte freuen. Der Khan kannte Ildiko nicht, weder ihre Sturheit noch ihren Stolz. Sie würde nicht verstehen, was Shilae wichtig war, sie hatte es noch nie verstanden. Ärger und Sorge kämpften in ihm. Was, wenn sie alles ruinierte?

»Wo ist sie?«, fragte Nikolaj. »Was hat dir Adem gesagt?«

»Nicht viel«, erwiderte Shilae. »Irgendwo oberhalb der Klippe soll sie sein.« Er verschwieg, dass er sie früher an jedem Ort der Welt hätte aufspüren können. Doch er hatte die Verbindung abgebrochen, und so wie es schien, war dieser Entschluss unwiderruflich. Vorhin erst hatte er zögerlich seine Fühler nach ihr ausgestreckt und nichts gefunden als Dunkelheit. Dunkelheit und Anubis' betörende Stimme.

»Eines müssen wir allerdings bedenken.« Nikolaj seufzte. »Wir können den Worten des Türken nicht trauen. Vielleicht ist deine Schwester nicht alleine. Vielleicht ist es eine bösartige List, und der Wolfsbund wartet bei ihr. Ich traue Pavel alles zu, auch, dass er deine Schwester als Werkzeug missbraucht, um dich in seine gierigen Hände zu bekommen. Deshalb wäre es äußerst leichtsinnig, wenn du dich selbst auf die Suche nach ihr machst. Lass mich einige Männer ausschicken.«

Shilae erstarrte, als eine neue Angst nach ihm griff. Ein Kampf zwischen den Rudeln und in der Mitte Ildiko, deren Furchtlosigkeit sie allzu oft zu Leichtsinn verleitete …

»Ihr darf nichts passieren«, stieß er hervor. »Gleichgültig, was sie sagt oder tut.«

»Das verstehe ich«, sagte Nikolaj. Doch er zögerte. »Wir werden unser Möglichstes tun …«

»Ich werde sie suchen«, sagte Saych plötzlich. Noch nie hatte Shilae erlebt, dass der Tatar seinen Khan unterbrochen hatte. Doch Saych sah nicht Nikolaj an, sondern ihn. Und Shilae konnte in seinen schwarzen Augen Ergebenheit lesen und die Erinnerung, die sie beide teilten, das Wissen um ein zwei Mal gesprochenes Ehrenwort. »Ich werde dafür sorgen, dass sie unbeschadet bleibt.«

* * *

Als die Sonne aufging, kehrte Ildiko von einem Erkundungsgang durch die Festung zurück. Sie war gereizt und niedergeschlagen; weder Janko noch den Tataren hatte sie finden können. Und jetzt, da der Morgen angebrochen war und die Werwölfe des Khans sich von ihren Lagern erhoben, wurde es immer riskanter, sich durch die Festung zu bewegen.

Obwohl Adem protestierte, hatte sie beschlossen, in seiner Nähe zu bleiben. »Wenn dieser Saych mit dem Schlüssel kommt, muss ich da sein, um dich zu befreien«, sagte sie grimmig. »Außerdem gibt es keinen besseren Ort, um nicht gefunden zu werden.« Sie deutete auf die Schweinekoben. Grunzend wühlten die Tiere in der Erde und verbreiteten einen Gestank, der die Nase eines jeden Werwolfs betäuben musste – und es hoffentlich unmöglich machte, den verräterischen Duft eines weiblichen Werwolfs zu wittern. Außerdem befanden sich noch zwei weibliche Wesen in der Nähe. Auf der anderen Seite der Schweinekoben stand ein weiterer Käfig, noch verdreckter, noch kleiner als der von Adem. Zwei Frauen und ein Mann saßen darin so eng aneinandergedrängt, dass sie nicht einmal die Beine ausstrecken konnten. Es waren Menschen, und sie wiesen die Tracht und die typischen Gesichtszüge der Tataren auf. Ihre apathischen Mienen und der Geruch ihrer Kleidung zeugten davon, dass sie schon einige Tage hier verharrten, nachts in der Kälte und tagsüber in der prallen Sonne. Ildiko war zu ihnen hinübergeschlichen und hatte sie aus dem Verborgenen heraus beobachtet. Wut und Mitleid zugleich hatten ihr Herz erfüllt. Was für Barbaren waren es, die Menschen so etwas antaten!
Und Janko war einer von ihnen. Immer noch wollte sie nicht glauben, was Adem ihr erzählt hatte. Es gab nur eine Erklärung dafür: Dieser Nikolaj musste ihm mit Terror und Angst den Verstand geraubt haben. Oder der fremde Gott hatte ihn verzaubert. Denn warum sollte ausgerechnet Janko seinen Entführern mehr glauben als seiner Schwester? Warum reagierte er nicht auf die stummen Rufe, die sie fortwährend nach ihm aussandte? Was auch dahintersteckte, sie musste mit ihm sprechen und ihn von dem Irrsinn des Mannes überzeugen, in dessen Fängen er sich befand.
Plötzlicher Tumult ließ sie aufschrecken. Der Lärm kam aus dem Gebäude über ihnen. Sie sprang unter ein niedriges Dach aus Holzlatten, dann spähte sie zwischen den Brettern nach oben. Zwei Stockwerke über ihr befanden sich einige schmale

Fenster, und aus ihnen ertönten Waffengeklirr, das Trappeln von Stiefeln und gebellte Kommandos. Vom großen Festungshof drang ähnlicher Lärm zu ihnen herüber.

»Warte«, zischte Adem, doch schon war sie an ihm vorbei und lief die Gasse hinunter. Sie musste erfahren, was dort vor sich ging! Im nächsten Hof verbarg sie sich wie in der Nacht zuvor hinter den Pferdetrögen. Werwölfe kamen aus den Gebäuden oder eilten von den anderen Höfen herbei. Pferde wurden gesattelt, Waffen an Gürtel geschnallt und Stiefel geschnürt. Ildiko konnte Saych sehen, der mit schnarrender Stimme Kommandos erteilte. Sie sah die ausgebeulten Taschen seines Mantels und ballte die Fäuste. Selbst wenn er den Schlüssel zu Adems Käfig bei sich trug, im Augenblick gab es keine Möglichkeit, an ihn heranzukommen. Vierzig Männer waren es, die sich schließlich unter seiner Führung forschen Schritts auf den Weg machten. Sie schlugen nicht den Weg zur Brücke und zum Fluss ein, sondern eilten nach Westen, auf die Felsenwand zu. Was wollten sie dort? Obwohl sie keines ihrer Worte verstanden hatte, durchfuhr sie ein Gedanke wie ein vernichtender Blitzschlag. Machten sich diese Männer etwa auf die Jagd nach ihr?

Zitternd verharrte sie, unfähig, des Schocks Herr zu werden. Janko hatte sie tatsächlich verraten. Ihr eigener Zwillingsbruder, der doch ein Teil von ihr war, ein Stück ihrer Seele. Es fühlte sich an, als wühlte ein Tier in ihrem Brustkorb und risse ihr das Herz in Fetzen. Tränen liefen ihr über die Wangen, tropften auf ihren Handrücken und rannen über ihre Finger, hinterließen eine weiße Bahn auf der Schicht aus Schmutz.

* * *

Als Schritte ertönten, schreckte Adem aus seiner halb sitzenden, halb liegenden Haltung auf. Saych kam mit einer so grimmigen Miene auf ihn zu, dass er sich in die Hocke aufrichtete und unwillkürlich die Fäuste hinter dem Rücken ballte, bereit, sich gegen jeden Angriff zu verteidigen.

Von Ildiko war nichts zu hören und zu sehen. Er vermied es, zu dem Holzverschlag zu schauen, hinter den sie sich vorhin zurückgezogen hatte.
Dem Stand der Sonne nach waren seitdem mehrere Stunden vergangen. Die Hitze brannte durch die Käfigstreben auf ihn herab, badete seinen Körper in Schweiß und dörrte zugleich seine Kehle aus.
Saych starrte aus schmalen Augen zu ihm herein. Jetzt erst sah Adem die drei Männer, die ihm gefolgt waren. Besorgt biss er sich auf die Lippen. Gegen vier bewaffnete Werwölfe kam Ildiko keinesfalls an. Er konnte nur hoffen, dass sie dies ebenfalls einsah und in ihrem Versteck blieb.
»Türke«, knurrte Saych mit hartem Akzent. »Du Shilae belügst.«
Adem blieb stumm. Solange er nicht wusste, worauf der Mann hinauswollte, war dies sicherlich die klügste Strategie.
»Kein Mädchen da«, sagte der Tatar. »Aber Pavel und sein Rudel.«
Pavel? Adem riss die Augen auf. Ildiko und er hatten stets angenommen, dass der Wolfsbund sich an ihre Fersen gesetzt hatte, doch dass er so schnell hier war, verblüffte ihn. »Sie durch Steppe kommen. Viele Männer und Pferde. Doch du schon weißt, nicht wahr? Du Shilae täuschst.« Er schnaubte. »Kein Kampf, sondern List – das feige ist. Pavel feige ist. Und er verliert.« Er verzog die Lippen zu einem schmalen Lächeln. »Tataren unsichtbar sind wie Wind. Pavel uns nicht sieht. Er in Falle läuft, heute Abend, oben am Fels. Wir ihn werfen über Klippe. Opfer für Anubis.« Er verstummte wieder und sah Adem mit einem strafenden Blick an. »So viele Werwölfe sterben werden, nur weil dumm«, sagte er leise. »Sie nicht verstehen, was gut ist für unser Volk. Du auch. Du stirbst heute Abend. Mit ihnen.« Er nickte zu dem anderen Käfig hinüber. Adem hielt die Fäuste hinter dem Rücken geballt. *Heute Abend also.*
Er gab jede Zurückhaltung auf. »Was wird bei dem Fest wirklich geschehen?«, fragte er. »Was habt ihr mit Janko vor? Werdet ihr ihn opfern, zur Ehre eures Gottes?«

»Opfern?« Saych gluckste. »Shilae Auserwählter ist. Neu geboren bei Vollmond. Er wird sein Anubis.«
Adem versuchte, hinter den Worten einen Sinn zu erkennen, doch er konnte es nicht. Krampfhaft suchte er nach einer weiteren Frage. Doch Saych unterbrach seine Überlegungen.
»Ich nicht Geschichten erzähle«, sagte er. »Ich frage. Das Mädchen. Sie bei Pavel ist? Oder sie ist nur Lüge für Shilae?«
Adem versuchte in Saychs Blick zu lesen, doch er konnte keine Gefühle in den schwarzen Augen erkennen. »Warum sollte ich dir das sagen? Damit ihr sie jagen und töten könnt?«
Saych zischte wie eine Schlange. Er schien ehrlich entrüstet zu sein. »Sie seine Schwester ist. Ich nicht töte Familie.«
Adem glaubte ihm nicht. »Sie war niemals hier«, sagte er müde. »Nachdem sie mich gebissen hat, hat Pavel sie in ihre Heimat zurückgeschickt.«
Saych musterte ihn lange, doch Adem hatte nichts mehr zu sagen. Als der Tatar ging, lehnte er sich in dem Käfig zurück und schloss die Augen.
Es verging einige Zeit, bis er ihre leichten Schritte hörte. Als er die Augen öffnete, blickte er in ihre funkelnden goldenen Augen, in ihr zu allem entschlossenes Gesicht.
»Wir brauchen einen Plan«, flüsterte sie.
Bei Allah, er liebte sie wirklich! Wie sehr, das wurde ihm erst jetzt schmerzlich bewusst.
»Ich habe einen Plan«, sagte er leise. »Du schleichst dich aus der Festung. Rette dein Leben, vielleicht auch das von Miklos und Arpad, wenn es noch nicht zu spät dafür ist.« Er hatte keinen Zweifel daran, dass sie unter Pavels Männern waren.
»Nein!« Sie packte die Gitterstäbe, als wollte sie sie mit bloßer Willenskraft entzweibrechen. »Ich werde nicht ohne dich gehen – und auch nicht ohne Janko!«

40. KAPITEL

Shilae spürte Nikolaj an seiner Seite, seine Hand auf seiner Schulter. Er spürte das weiche Fell auf seinem nackten Oberkörper, das sich leicht und warm wie Federn an ihn schmiegte. Er trug den *Jisün* – den geweihten Umhang aus dem Fell weißer Wölfe, genau wie am Tag seiner Ankunft, und genau wie damals schienen ihn die geopferten Tiere mit einem Wispern in ihrer Haut willkommen zu heißen.

Gemessenen Schritts ging Shilae neben dem Khan. Sein gesamter Körper vibrierte vor Spannung und Vorfreude.

Die Zeit für Zweifel war vorbei, die Zeit für Gedanken an seine Schwester, an die Erleichterung und tiefe Enttäuschung zugleich, als er erfahren hatte, dass ihre Anwesenheit nichts als eine Lüge war … Sein Schicksal war ein anderes als ihres, und er musste seinen Weg alleine gehen.

»Anubis, sei bei mir«, flüsterte er. Er wollte die tröstende Gegenwart des Gottes spüren, den dunklen Schemen, der ihn warm wie der Wüstenwind umhüllte. Und dort war er, fern noch, schwach, doch schon die flüsternde Verheißung künftiger Stärke.

Als sie nach draußen auf den Festungshof traten, war es dunkel. Keine Fackeln brannten, kein Feuer, und der Vollmond war von Wolken verdeckt. Ein feierliches, erwartungsvolles Schweigen empfing sie. Nur etwa hundert Männer waren es, denn mehr als ein Drittel von ihnen war auf die Klippe gesandt worden, um heute Nacht gegen die Ungläubigen zu kämpfen.

Shilae ließ seinen Blick über die Gestalten schweifen. Er roch den dunklen Odem ihrer Wölfe, spürte ihre Augen auf sich ruhen. Und zum ersten Mal waren sie ihm nicht unangenehm.

Nicht seinen schwachen, jungen Körper sahen sie, nicht seine Vergänglichkeit. Sie sahen Shilae, den Auserwählten des Anubis, dem sie bald dienen würden.
Dort vorne, am Fuße des nächsten Turms, der wie eine schwarze Lanze in den Himmel stach, stand auf einem hölzernen Podest ein großer Tisch, der heute Nacht doch viel mehr darstellte, Altar und Opferstein. Auf ihm flackerte das einzige Licht, eine blutrote Kerze, die die Schatulle und die anderen Utensilien, die dort standen, in einen warmen Glanz tauchte. Am Rande des Altars wartete Saych. Shilae fühlte Freundschaft und Dankbarkeit. Der Tatar hatte auf die Schlacht gegen Pavel verzichtet, um bei ihm zu sein.
Er nickte ihm zu, während er hinter Nikolaj die Stufen auf das Podest erklomm. Jetzt sah er auch die vier Gefangenen, die mit gefesselten Händen und Füßen neben dem Podest auf dem Boden knieten. Drei Menschen, Verbrecher wie jener, den sie gejagt hatten. Und der Schlimmste von allen, der Werwolf Adem, der ihn mit süßen Worten in eine Falle hatte locken wollen. Shilae warf ihm einen Blick voller Verbitterung zu. Der Türke erwiderte ihn mit dunklen Augen und einer Miene, in der Ernst, aber keine Furcht lag. Wie es schien, wollte er aufrecht in den Tod gehen. Shilae spürte Unbehagen in sich aufsteigen und wandte sich ab.
Nikolaj hob die Hände.
»Anubis, wir beschwören dich«, rief er mit volltönender Stimme. »Allmächtiger, Ewiger, allesverschlingender Gott, dessen Blut wir tragen als Vermächtnis und Ehre.
Auf den roten Felsen von Ulunkhetir rufen wir dich an, Dunkler Geist des Mondes und der Nacht! Stehe auf in unserer Mitte, und führe uns, wenn wir den zwölften Stamm wieder errichten.«
Dann wandte sich Nikolaj an ihn.
»Bist du bereit, dein Blut zu geben, freiwillig und voller Vertrauen in die Herrschaft des Gottes?«, sprach er die vereinbarten Worte. Seine grauen Augen sahen im Kerzenlicht schwarz aus.

»Ich bin bereit«, erwiderte Shilae ohne Zögern. Sein Körper war bis zum Zerreißen gespannt, ein schussbereiter Bogen, auf dessen Sehne der Pfeil der Macht lag, der sein Ziel finden musste.
Nikolaj öffnete die Schatulle und hob den Knochen heraus. Er hielt die fahl schimmernde Reliquie über Shilaes ausgestreckte nackte Arme. Shilae meinte, den Gott zu spüren, der ihn durch die Hand des Khans segnete.
»Anubis dsched medu tepi-dju in hor-em-heb meri«, sprach der Khan.
Ein Raunen ging durch die versammelten Werwölfe. Der Vollmond stieg majestätisch und stolz aus den Wolken auf. Von seinem Glanz geblendet, spürte Shilae, wie das Licht des Gottes auf seinen Körper fiel und durch ihn hindurchströmte. Die Zeit löste sich auf, wurde durchsichtig. Er war nicht mehr Shilae. Er war namenlos, Wolf und Mensch und Kreatur. *Dein Blut, dein Fleisch,* flüsterte die Stimme des Gottes. *Mein Tempel.*
Shilae stöhnte auf. Der Knochen fuhr herab wie ein Schwert. Blut strömte, sein Blut, doch er spürte keinen Schmerz. Es rann über seine Hände, Blut aus zwei klaffenden Wunden floss auf die Erde und in eine tönerne Schale – ein Opfer, das für Anubis vergossen wurde, damit dieser das Leben trinken konnte.
»Er beißt, er siegt.
Er durchbricht die Kraft des Todes.«
Die singenden Stimmen klangen dumpf hinter dem Hämmern seines Herzens. Nikolaj hob den Knochen, legte ihn in die tönerne Schale und tauchte ihn ein in Shilaes Blut.
»Er wird mit dem Blut unseres Geweihten getränkt.
Er wird auferstehen in unserer Mitte.«
Jemand schien zu lachen, tief und grollend und siegesgewiss. Und plötzlich spürte Shilae den Schmerz. Er riss an seinen Armen, wühlte in den klaffenden Wunden, aus denen immer noch sein Lebenssaft auf die Erde strömte.
Etwas Schwarzes wallte über seinem Kopf auf, ein rauchiger Schatten, eine riesenhafte Gestalt, die sich wie eine Wolke vor

den Mond schob. Dann schloss sich die Dunkelheit der Nacht über ihm, verschluckte und verschlang ihn. *Ihr seid alle mein.*
Er sah glühende Augen, das zähnebleckende Grinsen Hunderter Wölfe. Er sah Menschen und Tiere fliehen, hörte Kinder und Frauen weinen, tauchte in die aufgerissenen Augen von Männern, die sich lieber in ihr Schwert stürzten, als sich beißen zu lassen.
Er war im Tempel bei den Priestern mit den dunklen Gesichtern und schwarz-goldenen Kutten, folgte ihrer ehrwürdigen Prozession und hörte ihren an- und abschwellenden Gesang, folgte ihnen bis in ein Wüstental, in dem sie ihr Goldornat abrissen und sich mit geifernden Mäulern auf ihre Opfer stürzten, tobend in einem Bad von Knochen und Blut.
Er war bei Saul und Jonathan und ihrem Stamm, denen das israelitische Volk zujubelte, als sie in die Schlachten gegen die Philister zogen. Bei ihrer Rückkehr duckte sich das gleiche Volk furchtsam unter ihren jähzornig funkelnden Augen, unter Sauls hartem Lachen, das von geschändeten Leichen und Ruinen erzählte, von entfesselten Greueln in Gilboa und dem Terror, den seine Männer über jeden brachten, der nicht zu dienen bereit war.
»*Er wird kommen und herrschen*
bis ans Ende der Welt.«
»Nein«, flüsterte er. »Nein.«
Was hatte er nur getan? Was hatte er angerichtet in seiner Verblendung, in seiner einfältigen, selbstsüchtigen Erbärmlichkeit?
Du allein verfügst über die Reinheit des Bluts, so wie es in den alten Schriften verlangt wird, hörte er Nikolajs schmeichelnde Worte in seinem Kopf widerhallen, eine Erinnerung so klar und kalt wie Eis.
Nur ein paar Tropfen davon als ein freiwilliges Opfer, und er wird wiederauferstehen. Doch er wird ein Schatten sein ohne Körper. Er braucht ein Gefäß, einen Mann, der seiner würdig ist. Und das wird dein Lohn sein. Es gibt vielleicht kraftvollere, kampferprobtere Männer als dich, die sich nach seiner Stärke verzehren, doch du bist

klug und gerecht, du wirst diese Aufgabe meistern. Du wirst seine Macht und seine Unsterblichkeit erhalten. Du wirst er sein.
Er wollte sich gegen die Dunkelheit stemmen, doch seine Kraft floss weiter aus ihm heraus. Nur ein paar Tropfen Blut? Es war viel mehr.
»Nein«, ächzte er. »Allmächtiger Vater, hilf mir!«
Ein lautloser Blitz zerriss die Nacht. Dann noch einer.
Er taumelte zurück, geblendet von dem Licht. Es zischte. Flammen stoben empor. Der Junge fiel auf die Knie und schloss die Augen.

Ildiko riss den Kopf in den Nacken. Wie Sternschnuppen fielen die Brandpfeile von der Klippe herab. Zehn, zwanzig, noch mehr. Die ersten hatten die Festung bereits erreicht. Einer blieb zitternd neben ihr im Dachgebälk stecken, und sie rollte sich erschrocken zur Seite. Männer brüllten auf.
Dann schepperte etwas, und noch mehr Schreie ertönten. Tonkrüge zersplitterten auf dem Pflaster. Sofort liefen Flammen über den Boden wie ein bläulich leuchtender Fluss. Chaos brach aus.
Griechisches Feuer. Ildiko war erschrocken und enthusiastisch zugleich. Ein zerstörerisches Brandmittel aus Schwefel und Öl, das nicht einmal Wasser löschen konnte. Arpad hatte ihr davon erzählt. Arpad, er musste dort auf der Klippe kämpfen! Doch sie schaute kein weiteres Mal nach oben. Stattdessen sprang sie auf. Das war die Gelegenheit, auf die sie den ganzen Abend gewartet hatte – und nun hatte sie keine Zeit zu verlieren!
Sie ergriff die beiden Säbel, die sie zwei dösenden Wachleuten in einem unbeobachteten Moment gestohlen hatte, und steckte sie an ihren Gürtel.
Rasch hangelte sie sich aus dem offenen Dachgebälk, in dem sie sich versteckt hatte, hinunter auf einen Fenstersims, dann sprang sie auf das unter ihr liegende Strohdach des Küchengebäudes. Ein weiterer Pfeil landete neben ihr, und sofort schlugen die Flammen in die Höhe. Rauch stach ihr in die Lunge.

Sie wich aus und rutschte in der Hocke über die Schräge, an den Rand des Daches. Von dort war es nur noch eine Mannslänge bis zum Boden. Niemand beachtete sie. Werwölfe rannten an ihr vorbei, stießen in dem Versuch, den Pfeilen auszuweichen, aneinander.
Mit wenigen Sätzen war sie bei dem hölzernen Podest. Blut tränkte den Boden, Jankos Blut, das er bei der unheimlichen Zeremonie verloren hatte. Wieder sah sie den Knochen tief in seine Handgelenke fahren, sah sein entrücktes, bleiches Gesicht, das ihr nicht wie das ihres Bruders erschienen war, sondern wie die Maske eines seelenlosen Wesens. Sie spürte die Dunkelheit, die nach ihr gegriffen hatte, sah, wie der riesige Schatten sich aufbäumte …
Sie keuchte und verdrängte die Bilder. Das Podest war leer, als wären der wahnsinnige Khan und sein tatarischer Handlanger nur Geister gewesen. Auch Janko konnte sie nirgends entdecken.
Doch zunächst galt ihre Aufmerksamkeit jemand anderem. Adem hatte sich trotz seiner gefesselten Füße aufgerichtet und taumelte nun auf sie zu. Sofort war sie bei ihm. Mit einem der Säbel durchtrennte sie die Stricke. Sie hatten keine Zeit für eine Begrüßung, nicht einmal für eine Berührung.
»Dort.« Seine Augen funkelten. Er deutete auf den dunklen Torbogen hinter dem Podest, darin eine schmale Pforte. »Der Khan hat dort Deckung gesucht. Der Tatar ist mit deinem Bruder hinterher.«
Dann drehte er sich zu den menschlichen Gefangenen um, die sich schreiend aneinanderklammerten, während rechts und links von ihnen Feuerregen niederging. Ildiko verstand ohne Worte. Sie drückte Adem einen der Säbel in die Hand und machte sich auf den Weg.
Der Torbogen hinter dem Podest umfing sie feucht und kühl. Die Tür stand halb offen, und sie sah flackerndes Licht und eine Treppe, die nach unten führte. Ohne Zögern folgte sie ihr.

»Shilae!« Er blinzelte. Jemand rüttelte ihn. »Shilae!«
Saych hielt ihm einen Lederschlauch an die Lippen. Er spürte, wie das scharfe Getränk brennend durch seine Kehle floss. Feuer und dahinter der saure Geschmack vergorener Milch. *Zu viel.* Er musste husten, und das vertrieb den Schleier über seinen Sinnen. Schon ließ Saych den Schlauch achtlos fallen und riss stattdessen von seinem eigenen Mantel Stoffstreifen ab, um sie ihm um die Handgelenke zu wickeln.
»Lass ihn«, sagte eine andere Stimme. Sie verlieh ihm die Kraft, sich aufzurichten und herumzufahren. Nikolaj stand hinter ihnen. Und jetzt erkannte er auch, wo sie sich befanden: In einem der unterirdischen Gänge unterhalb des Hofs. Von oben hörte er Lärm, hörte das Prasseln von Flammen. Rauch zog durch die Luftschächte zu ihnen herab.
»Was ist geschehen?«, rief er.
Doch keiner der Männer machte sich die Mühe, ihm zu antworten. Nikolaj umklammerte die Schatulle, aus der Blut tropfte. In der anderen Hand hielt er einen Dolch. Seine grauen Augen waren hart wie Stein und blickten über ihn hinweg zu Saych.
»Wir müssen das Ritual beenden und Anubis' Kräfte vollends wecken, bevor der Feind in die Festung gelangt«, zischte er. »Lass den Jungen und komm mit.«
Saych runzelte die Stirn. »Brauchst du ihn nicht dafür? Er ist der Auserwählte. Anubis wird in ihm wohnen.«
Nein, das will ich nicht mehr. Der Junge wollte widersprechen, allerdings kam Nikolaj ihm zuvor.
»In ihm?« Der Khan lachte. »Anubis hat doch längst eine andere Wahl getroffen.«
Ihm wurde kalt und heiß zugleich, als er den wahren Sinn dieser Worte begriff. Saych neben ihm keuchte auf.
»Janko!«, rief in diesem Moment eine helle Stimme. Jemand kam um die Ecke des Gangs gebogen. Es war Ildiko.
Er erkannte sie sofort – trotz der tatarischen Männerkleider, trotz des kurzen Haars und des Schmutzes auf ihren Armen und Beinen. Es war ihm, als leuchtete sie wie ein Engel. Und

schon strömten ihre Gefühle auf ihn ein, ihre Angst, ihre Sorge, ihre Zuneigung. Und mit der Verbindung zu ihr kehrte ein Teil seiner Seele zu ihm zurück, umfing ihn mit altvertrauter Innigkeit, als wäre er endlich wieder ganz.

Janko keuchte und lachte zugleich, so dachte er, und doch kam kein Laut über seine Lippen. Als sie ihn erblickte, beschleunigte sie ihre Schritte noch.

Er wollte ihr entgegenlaufen, doch der Khan packte ihn am Handgelenk. Nikolajs Nägel bohrten sich tief in seine Wunde und ließen ihn aufschreien.

»Ist das deine Schwester?«

»Lass ihn los«, schrie Ildiko. Schon war sie bis auf zwanzig Schritte heran.

»Töte sie«, zischte der Khan. »Töte sie, Saych.«

Saych zog seinen Säbel.

»Nein!« Janko wand sich, doch der Griff des Khans war hart wie Eisen. Mit aller Kraft trat Janko gegen sein Knie. Und plötzlich war er frei, stolperte nach vorne, auf Ildiko zu. Sie kam ihm entgegen, packte ihn an den Schultern, und ihre Hände waren warm und fest und rochen nach ihr, nach Rudel und Familie. Er starrte sie an und konnte es noch kaum begreifen, dass sie wirklich leibhaftig vor ihm stand. Doch sie schaute an ihm vorbei. Er drehte sich um.

Saych hatte seinen Säbel erhoben und stand zwischen ihnen und Nikolaj. Der Blick seiner schwarzen Augen traf Janko. Sein Kiefer mahlte, seine schmalen Lippen waren ein weißer Strich. Und doch schien er zu zögern.

»Nein«, flüsterte Janko. »Du hast es versprochen.«

»Töte das Mädchen!«, brüllte der Khan hinter ihm. »Und dann töte ihn auch, bevor er uns noch länger aufhält!«

»Geh zur Seite«, wisperte Ildiko gleichzeitig in Jankos Ohr. Er hörte, wie sie ihrerseits einen Säbel aus dem Gürtel zog. »Ich kann den Tataren besiegen.«

Doch Janko sah immer noch Saych an. War die zerfurchte Miene des Tataren sonst so schwer lesbar gewesen, sah Janko jetzt

Gefühle wie in einem Wirbelsturm über sein Gesicht toben. Wut und Furcht und Zweifel. Saych kämpfte. Er kämpfte gegen den Befehl seines Ältesten an, gegen die unbezwingbare Macht seines wölfischen Instinkts, der ihm gebot zu gehorchen. Er tat einen taumelnden Schritt nach vorne, dann blieb er wieder stehen. »Mein Khan«, krächzte er. »Es ist falsch.«
»Falsch?«, kreischte Nikolaj hinter ihm. Und zum ersten Mal sah Janko sein wahres Gesicht, sah hinter der Maske des sanften Asketen die Fratze aus Wahn und Selbstverliebtheit. »Du wagst es, mir zu widersprechen?«
Der Khan sprang mit einem riesigen Satz nach vorne. Der Dolch in seiner Hand blitzte auf. Er rammte Saych die Waffe ins Kreuz und entriss ihm zugleich den Säbel. Dann stieß er den Tataren auf Janko und seine Schwester zu. »Kein Diener widerspricht mir!«
Saych stolperte. Janko fing ihn auf, bevor er fiel, und war doch selbst so schwach vom Blutverlust, dass er taumelte. Es war Ildiko, die sie beide hielt.
»Junge«, flüsterte Saych. »Halte ihn auf.« Blut gurgelte aus seinem Mund und floss ihm übers Kinn. Sein Gesicht war bleich. Janko spürte entsetzt, wie das Leben aus Saych herausfloss.

Ildiko umfasste Jankos bebende Schultern, während er über dem Mann kauerte. Sie sah seinen Schmerz nicht nur, sie fühlte ihn auch. Ihr Herz öffnete sich, und es war plötzlich gleichgültig, dass er sie heute verraten hatte, dass er Adem zum Tode verurteilt und auf ihre stillen Rufe nicht reagiert hatte. Er war ihr Bruder, und sie konnte seine Empfindungen wieder teilen, nach so langer Zeit. Jetzt erst wusste sie, wie sehr sie ihn vermisst hatte, wie sehr sie ihn brauchte.
»Lass ihn los«, sagte sie leise. Was auch immer der Tatar ihm bedeutete, sie konnten nicht hierbleiben.
Schon ertönten Schritte aus dem Gang hinter ihnen. Und vor ihnen verschwand der Khan mit wehendem Mantel in einem weiteren Korridor.

Janko reagierte nicht auf ihre Worte. Deshalb ließ sie ihn los und wandte sich um, bereit, sich allein dem Gegner zu stellen, der von dort kommen mochte.

Es war Adem. Erleichtert ließ sie ihre Waffe sinken. Seine Miene leuchtete auf, als er sie sah. Schon war er heran und riss sie so stürmisch an sich, als wollte er sie nicht umarmen, sondern erdrücken. Doch so heftig und atemlos diese Berührung war, so rasch war sie auch wieder vorbei.

»Auf dem Hof herrscht immer noch Chaos«, sagte er und ließ sie los. »Doch ich glaube, sie beginnen sich zu fragen, wo ihr Khan steckt. Zwar habe ich die Tür hinter mir verriegelt, doch dieser Gang hier hat sicherlich mehrere Zugänge.«

»Wir müssen so schnell wie möglich hier raus«, stimmte Ildiko ihm zu.

»Nein.« Janko stand auf. »Wir können nicht fliehen. Wir müssen verhindern, dass Nikolaj das Ritual beenden kann.«

»Wie?« Adem kniff argwöhnisch die Augen zusammen.

Janko wandte den Blick zur Seite, als fiele es ihm schwer, ihn anzuschauen. Ildiko spürte sein Missbehagen wie eine kalte Berührung.

»Anubis ist durch mein Blut zum Leben erweckt worden«, sagte er leise. »Doch nun braucht er einen Körper. Eigentlich …« Er zögerte, suchte bedächtig nach Worten, so wie sie ihn kannte. »Es hieß, ich solle es sein, der ihn in sich aufnimmt. Doch der Khan hatte nie vor, diese Macht an mich abzugeben. Er will sich selbst zum Gott machen.«

»Und das willst du verhindern?« Adem ballte die Fäuste. »Damit du dir selbst den Knochen wiederbeschaffen und dies alles weiterführen kannst?«

Ildiko umfasste seinen Arm, doch er entwand sich ihrem Griff. Und auch sie konnte den Blick nicht von Janko lassen, auch sie wartete beklommen auf seine Antwort.

Janko senkte den Kopf. »Ich habe Anubis gesehen«, flüsterte er. »Ich habe ihn sprechen hören. Und doch habe ich nur das wahrgenommen, was ich wollte, und die Augen vor dem verschlossen, was er in Wirklichkeit ist. Erst als mein Blut den Knochen berührte, habe ich erkannt, welches Grauen Anubis' Macht tatsächlich angerichtet hat. Und was sie wieder anrichten wird, wenn wir es zulassen.« Er blickte auf, und in seinen blauen Augen stand eine Entschlossenheit geschrieben, die sie kaum an ihm kannte. »Wir müssen Nikolaj aufhalten und den Knochen zerstören, damit niemals wieder etwas Ähnliches geschieht!«

»Das werden wir.« So groß war die Erleichterung, die Ildiko verspürte, dass es ihr fast schon zum Tanzen zumute war. Janko war wieder er selbst, er war auf ihrer Seite, und sie würde alles tun, um ihm zu helfen und dem Irrsinn ein Ende zu bereiten.

Adem nickte zurückhaltend. Er schien noch nicht gänzlich überzeugt, zu tief saß offensichtlich das Misstrauen, weil Janko ihn an Saych ausgeliefert hatte. Ildiko hatte Verständnis dafür, doch sie sah keinen Sinn darin, Zeit mit weiteren Gesprächen zu verschwenden.

Und die Umstände schienen ihr recht zu geben. Stiefeltritte kamen den Gang entlang, Männerstimmen ertönten.

»Los, folgen wir seiner Spur!« Sie packte Janko bei der Hand.

Janko warf Saych einen letzten Blick zu. Der Tatar lag reglos auf dem Boden. Seine Augen waren geschlossen und sein Atem nur noch ein kaum hörbares Zischen. Er war so gut wie tot, Janko wusste das, trotzdem tat es ihm weh, ihn einfach liegen zu lassen. Aber seine Schwester hatte recht, jeder Augenblick war kostbar, wenn sie Nikolaj aufhalten wollten. Er streifte den Umhang aus weißem Wolfsfell ab und bettete ihn über den Tataren.

Dann wandte er sich um und folgte Ildiko. Zuerst fiel ihm das Laufen schwer, denn seine Glieder waren immer noch schwach vom Blutverlust. Doch er spürte, wie ihn mit jedem Schritt neue Stärke erfüllte. Wie konnte das sein? Ildiko warf ihm ein grimmiges Lächeln zu, und plötzlich wusste er es. Es war *ihre* Kraft, die er spürte, *ihre* Unbeugsamkeit, die ihn mitriss. Wie hatte er nur jemals auf ihre Verbindung verzichten wollen? Sie war so lebensnotwendig wie Schlaf und Nahrung, so erfüllend wie das Licht des Vollmonds für seinen Wolf. Jäh kam ihm ein neuer Gedanke.

»Nikolaj hat gesagt, er braucht das Licht des Monds, um das Ritual zu vollenden«, stieß er hervor. »Ich weiß, wo er hingeht!«

»Dann aber schnell«, zischte der Türke hinter ihm. »Ich denke, wir haben gleich Verfolger.«

Sie begannen zu rennen. Als sie um die nächste Ecke bogen, hörten sie hinter sich Rufe. *Sie haben Saych entdeckt.* Janko erschauerte. Und doch fühlte er keine Angst mehr, als wäre er längst über den Punkt, Furcht zu empfinden, hinaus.

Schon waren sie an der nächsten Abzweigung angelangt.

»Zum Geierturm«, keuchte er und riss Ildiko nach links. Adem folgte ihnen auf dem Fuß. Janko spürte seinen Atem im Nacken wie einen warmen Wind.

Er hatte gesehen, wie Adem Ildiko vorhin umarmt hatte, und er fühlte auch, wie Ildikos Herz flatterte, wenn sie ihn ansah. Waren sie ein Liebespaar? Der Gedanke wühlte ihn auf, denn er tauchte seine Taten in ein noch grausameres Licht. Er hatte den Liebsten seiner Schwester verraten – und er hatte noch so viel Schlimmeres getan. Auch der Mensch, den er zu Tode gehetzt hatte, hatte vielleicht eine Familie gehabt, eine Frau, die ihn nun vermisste.

Die Reue erfasste ihn wie eine Welle, wollte ihn packen und mit sich reißen in einen Abgrund aus Selbsthass und Schuld. Nur Ildikos Hand hielt ihn fest in der Gegenwart.

Steil und schier endlos zogen sich die Treppen den Turm hinauf, und das wenige Mondlicht, das durch die Schießscharten fiel, reichte kaum aus, um den Weg zu erkennen. Zweihundert Stufen waren es bis zum Altarraum – Janko hatte sie gezählt. Etwa alle fünf Stufen, so merkte er jetzt, fiel ein Tropfen Blut von seinem Verband auf den Steinboden. Er biss sich auf die Lippen. Ihre Verfolger würden keinerlei Schwierigkeiten haben, der Fährte zu folgen. Sie waren im fünften Stockwerk, als sie sie von unten hören konnten.

»Schneller«, keuchte Ildiko, doch er brauchte ihren Ansporn nicht.

Endlich endete die Treppe in einem niedrigen Zimmer. Nur eine Tür gab es hier. Janko stieß sie auf und betrat den Altarraum. Er war leer. Zwei in Wandhalterungen glimmende Fackeln verbreiteten ein schummriges Licht, das von den rotschwarzen Wänden aufgesogen wurde, als wären sie lebendige Finsternis. Er hörte, wie Ildiko unter der unheimlichen Atmosphäre des Raums ein unwillkürliches Stöhnen ausstieß – doch ihn schreckten die düsteren Erker, die zuckenden Schatten und unmöglich scheinenden Winkel des Zimmers nicht mehr. Er packte eine der Fackeln und eilte zum Altar. Keine Schatulle stand dort, nur ein paar Kerzenreste klebten auf den schwarzen Malereien.

Er konnte Nikolaj riechen, seinen dunklen, starken Odem, als wäre er noch hier, mitten im Raum. Irgendwo musste sich der Aufgang zum Geiernest befinden! Suchend sah er sich um, witterte erneut, riss schließlich den Vorhang neben dem Altar beiseite. Eine Tür verbarg sich dahinter. Er stieß den Atem voller Spannung aus, dann sog er ihn scharf wieder ein.

»Was ist das?«, fragte Ildiko neben ihm. Auch sie starrte auf das Schloss, das vor den massiven Holzbohlen angebracht war. Der Riegel war armlang und aus Eisen, und er mündete in die seltsamste Konstruktion, die Janko je gesehen hatte. Ildiko packte den Riegel und rüttelte daran, doch er bewegte sich nicht. Janko hielt die Fackel höher und studierte die Vorrichtung. Fünf Metallräder sah er, in der Größe von Armreifen. Auf jedem waren Zahlenreihen von eins bis neun eingraviert. Alle Räder waren halb in die Metallplatte auf der Tür eingelassen und ließen sich einzeln drehen, so dass jeweils fünf frei wählbare Zahlen nebeneinander standen.

»Ein Kombinationsschloss«, sagte Adem hinter ihm. »So etwas habe ich bisher nur einmal gesehen, im Serail des Sultans. Es

benötigt eine bestimmte Ordnung der Zahlen, um sich zu öffnen.«
Die Schritte auf der Treppe wurden lauter.
»Wir müssen sie aufhalten«, rief Ildiko. »Adem, hilf mir, die Tür zu verrammeln. Janko, kümmere dich um das Schloss!«
Janko hörte, wie sie hinter ihm durch das Zimmer eilten und Truhen aus allen Winkeln zogen, um sie vor die Tür zu schaffen. Sein Herz hämmerte vor Aufregung und Sorge zugleich, während sein Mut so rasch das Weite suchte wie eine fliehende Jagdbeute. Als Kind hatte er Rätsel geliebt, doch dieses fürchtete er. Woher sollte er wissen, welche fünf Zahlen Nikolaj verwendet hatte? Sie saßen in der Falle, und er war erneut schuld daran! Das konnte er nicht zulassen. Er starrte das Schloss an, als könnte er es mit reiner Willenskraft zur Preisgabe seines Geheimnisses zwingen. Dann bückte er sich tiefer hinab und hielt die glimmende Fackel nah an die Tür. Dort oberhalb der Zahlenräder waren kleine Figuren ins Metall ziseliert. Er verengte die Augen. Zwei Reiter sah er. Daneben eine Schlangenlinie. Ein Vogel mit ausgebreiteten Flügeln. Ein spitzes Gebäude. Ein Turm?
Der Geierturm. Und plötzlich wusste er es. Er vergaß zu atmen. *Ein altes Kinderlied der Tataren.* Nikolaj hatte es beiläufig erwähnt, als er von Temudschins Abenteuern an der Klippe erzählt hatte. Janko schloss die Augen, um sich seine genauen Worte wieder ins Gedächtnis zu rufen.

> *Dreizehn Feinde jagten ihn, ein Fluss tränkte ihn, vier Geier trugen ihn, fünf Türme errichtete er auf den Leichen.*

Eins. Drei. Eins. Vier. Fünf.
Mit einem leisen Rattern rasteten die Räder ein. Leicht wie durch Butter glitt der Riegel aus dem Schloss.
Vorsichtig schob Janko die Tür auf. Als dunstiger Schleier fiel das Licht des Mondes herab und beleuchtete eine schmale Treppe, die spiralförmig nach oben führte. Er sah, dass die Zah-

lenräder durch die Tür hindurchreichten und auch von außen bedient werden konnten – deshalb also hatte Nikolaj den Durchgang hinter sich verschließen können. Er hörte ihn dort oben murmeln. Mit einem tiefen Atemzug machte er sich an den Aufstieg. Nur einen Augenblick später war Ildiko hinter ihm.

»Lass mich voran«, murmelte sie. In ihrer Hand blitzte der Säbel. Doch Janko schüttelte den Kopf. Es war sein Weg, seine Aufgabe.

Rasch und lautlos erklomm er die Stufen. Dann sah er Stein im Mondlicht schimmern, spürte den Wind im Gesicht. Der Khan stand mit dem Rücken zu ihm auf der anderen Seite der Plattform, etwa zwanzig Schritte entfernt. Er hielt den Knochen hoch über seinem Kopf erhoben. Die schwarze Kutte wehte um seinen hageren Körper, und seine grauen Haare bauschten sich um seinen Schädel wie eine Krone aus Fell.

»Anubis dsched medu tepi-dju in hor-em-heb meri«, murmelte Nikolaj die Beschwörung.

War er so in sein Gebet vertieft, dass er die Herannahenden nicht hörte? Schon war Janko auf der letzten Stufe, trat gerade durch die schmale Pforte, als der Khan herumfuhr und schnell wie ein Schatten auf ihn zusprang. In seiner linken Hand hielt er immer noch den Knochen, doch in der Rechten blinkte Saychs Säbel.

Nur sein wölfischer Reflex rettete Janko. Er warf sich zur Seite und rollte sich auf dem Boden ab. Und hinter ihm erwartete Ildiko den Khan mit gezücktem Säbel. Sie bewegte sich so schnell, dass sie im Mondlicht kaum mehr war als ein verwischter Schemen. Ihre Waffe traf Nikolajs Handgelenk. Er heulte auf und ließ den Knochen fallen. Doch er drang weiterhin mit Saychs Säbel auf Ildiko ein, wollte sie offenbar zurück in den engen Treppengang treiben. Janko sprang wieder auf die Beine, bereit, ihr zu helfen.

»Schnapp dir den Knochen!«, schrie Ildiko, während sie Nikolajs Hieben auswich. »Zerstöre ihn.«

Janko bückte sich und ergriff den fahlen Gegenstand, der gezeichnet war von seinem eigenen Blut.
Nikolaj machte einen Ausfall auf ihn zu. In seinen Augen blitzte kalte Wut. Janko trat einige Schritte zurück und wich dem Säbelstreich des Khans nur haarscharf aus. Er stieß mit dem Rücken gegen die Zinnen des Turms, die Hand abwehrbereit vor sich erhoben. Doch schon war Ildiko wieder zwischen ihm und dem Khan, ein fliegender Irrwisch, dessen rasende Empörung er wie ein loderndes Feuer spüren konnte.
Mit beiden Händen packte er den Knochen und versuchte, ihn entzweizubrechen. Doch wie sehr er sich auch mühte, er schaffte es nicht. Dann hörte er Nikolaj grimmig auflachen und unter Ildikos Säbelhieben den zweiten Teil der uralten Beschwörungsformel hervorstoßen. »*Neb taui neb chau, neb-ta-djeser setep-en-ra maa-cheru imentet imiut.*«
Janko schrie auf. Plötzlich schien der Knochen zwischen seinen Fingern zu brennen. Als er ihn fallen ließ, war seine Handfläche schwarz. Und jäh stiegen Schatten vor ihm aus dem Knochen auf. Tausende von schwarzen Krähenflügeln, die durch die Luft wirbelten wie Ruß und sich dann zu einer Wolke zusammenzogen. Es war der Schatten eines riesigen schwarzen Wolfs. Seine Schnauze war schmal wie die eines Schakals, seine Augen glühten wie das Höllenfeuer. *Anubis.* Sein Geruch nach Verfall und Wüstensand, ein Odem von Dunkelheit und Tod, umwogte Janko und ließ ihn schwindeln. Das war nicht nur ein Wolf, das war mehr. Es lauerte etwas hinter der Schattengestalt in der Tiefe, ein hungriger, gieriger Geist, das Böse selbst, das sein Maul aufriss, um Janko zu verschlingen.
Er will mich. Sein Mund wurde trocken, Furcht ließ ihn taumeln und wimmern. Doch er kämpfte dagegen an. Es war ja seine Feigheit gewesen, die ihn erst in all dies verstrickt hatte! *Dein Verstand ist deine Waffe.* Er hörte Saychs Worte in seinen Gedanken. *Gebrauche ihn.*
Und er tat es, er öffnete seinen Geist bis tief in sein Inneres, wo so viel Wissen verborgen lag.

»*Meri heb-em-hor*«, flüsterte er und suchte in seiner Erinnerung nach der richtigen Ordnung der Worte. Er rezitierte Nikolajs Beschwörungsformeln rückwärts, wie der Khan es einst getan hatte, als er den Knochen wieder in der Schatulle verschlossen und Anubis' Einfluss gebannt hatte.

»*Dju-tepi medu.*«

Eine Wolke schob sich vor den Mond, dämpfte sein fahles Licht zu einer neuen Düsternis herab. Es schien ihm auch, als ob der Blick des Wolfs an Glanz verlor, als ob der Schatten erzitterte und das Wirbeln seiner Gestalt wieder anschwoll, aus Substanz wieder einzelne Rauchwolken wurden. Und doch verschwand er nicht, sondern blieb, verharrte, wartete.

»*Dsched Anubis imiut imentet*«, murmelte Janko und dehnte die Sätze zu kleinen Ewigkeiten. Doch was auch immer den Dämon damals gebannt hatte, dieses Mal schenkte die Beschwörung ihm nur eine Gnadenfrist. Ihm stellten sich die Haare auf. Bald würde er über keine Worte mehr verfügen. Der Wüstengott schien dies zu wissen, denn erneut zitterte seine Gestalt, doch dieses Mal nicht vor Furcht, sondern vor Lachen.

Dachtest du wirklich, dass es so einfach wäre?, zischte seine Stimme hämisch in Jankos Kopf.

Ildiko tauchte unter dem nächsten Hieb des Ältesten hinweg. Der Khan kämpfte elegant wie eine Katze, und er war stark, stärker als jeder andere Gegner, dem sie bisher gegegenübergestanden war. Jedes Mal, wenn ihre Waffen aufeinandertrafen, sprühten Funken, und sie spürte den Aufprall bis ins Mark. Nur ihre Schnelligkeit war es, die sie ein ums andere Mal rettete, doch schon spürte sie, wie ihre Kräfte allmählich nachließen.

Erneut wich sie einem der Hiebe des Khans aus, tänzelte gleichzeitig um ihn herum, so dass sie wieder zwischen ihm und ihrem Bruder stand. Der Älteste knurrte, als sie damit erneut seinen Plan durchkreuzte, zu Janko und dem Knochen zu

gelangen. Ein weiteres Mal setzte er auf sie zu, schwang den Säbel wie einen Prankenhieb, hart und unterbittlich. Und wieder musste sie weichen, wieder konnte sie im letzten Augenblick nur durch eine geschickte Drehung seinem Angriff entkommen.
Der Blick des Khans war voller berechnender Wut. Er machte ihr Angst. Seine Augen waren grau, grau wie die von Adem, doch während dessen Augen in allen Tönen des Lebens schimmern konnten, war der Blick des Ältesten tot wie Stein, seelenlos und kalt wie der Nebel über dem Meer. Wie hatte Janko nur jemals einem Mann mit solchen Augen vertrauen können?
Doch ihr Bruder kämpfte mit seinen eigenen Dämonen. Sie sah, wie er über dem Knochen stand und ins Leere starrte, hörte, wie er irgendetwas murmelte. Vor allem aber spürte sie sein Entsetzen wie eiskalte Finger, die auch nach ihr griffen. Warum um alles in der Welt zerstörte er den Knochen nicht?
Wenn er versagte, war alles, wofür sie gekämpft hatten, verloren.
Die Verzweiflung verlieh ihr neue Kraft. Sie ließ alle Barrieren fallen, die sie innerlich mühsam aufgebaut hatte. Wut pulste in ihr empor, Wut, die sie in den letzten Wochen so sehr versucht hatte zu zähmen, die finstere, zerstörerische Seite ihres Selbst, die nicht bereute und nicht wankte, die vom Blutrausch lebte und nichts kannte außer dem Verlangen, zu töten.
Mit einem Schrei warf sie ihren Säbel beiseite. Sie schnellte nach vorne. Ihr Sprung trug sie zwei Mannslängen über den Boden, ohne aufzusetzen, und noch in der Luft formte sie die Hände zu Krallen, riss den Kopf in den Nacken und fühlte, wie sich Raubtierzähne ihren Weg durch ihren Kiefer brachen.
Für den Bruchteil eines Herzschlags traf ihr Blick auf den des Khans, und zum ersten Mal konnte sie Furcht darin lesen, eine Bestürzung, die den letzten Rest ihrer Zurückhaltung hinwegfegte. Sie war die dunkle, warme Kraft der Erde und die Tochter des Mondes, die Ekstase der Jagd und unersättlicher Lebenswil-

le. Sie war eine Kreatur aus Wölfin und Mensch, sie war weder böse noch gut – und sie kannte nur ein Ziel.

Mit der Wucht eines lebenden Rammbocks prallte sie gegen den Khan und riss ihn von den Beinen. Mit ihrer Pranke stieß sie seinen Arm zur Seite. Klirrend fiel seine Waffe zu Boden. Im letzten Moment riss er den anderen Arm schützend vor seine Kehle. Sie grub ihre Krallen in seine Robe, zerfetzte den Stoff und bohrte ihre Zähne in sein Fleisch, zerrte und keuchte, schmeckte sein Blut wie süßesten Honig. Er kreischte, als ihre Zähne den Knochen an seinem Arm bloßlegten, in dem Bemühen, an seine Kehle zu kommen. Und während er sich hin und her wand, konnte sie sein Blut pulsieren hören, sein Herz, so zerbrechlich in seinem menschlichen Körper. Sie ließ von seinem Arm ab und grub ihre Zähne dorthin, wo es pochte und schlug, wühlte mit ihrer blutigen Schnauze in seiner Brust.

»Ildiko«, keuchte jemand an ihrem Ohr und packte ihre Schulter. »Ildiko, dein Bruder braucht deine Hilfe!«

Fast hätte sie nach der Hand geschnappt; nur die vertraute Stimme und das Wort *Bruder* katapultierten sie zurück in ihren menschlichen Körper.

Sie fuhr in die Höhe. Adem stand vor ihr, und seine Augen waren weit aufgerissen. »Ich sehe Anubis bei ihm«, rief er, »und ich weiß nicht, wie wir ihn aufhalten können.«

Wie Adem befürchtet hatte, waren die Kisten vor der Tür kein allzu großes Hindernis für ihre Verfolger gewesen. Doch er hatte die drei Männer bereits mit gezückter Waffe im Altarraum erwartet.

Als er die drei Werwölfe niedergerungen und endlich die Spitze des Turms erklommen hatte, war er nahezu unvorstellbarem Grauen gegenübergestanden.

Ildiko, die im Brustkorb des stöhnenden Khans wühlte, ihr Körper noch teilweise menschlich, doch ihr Gesicht die blutbesudelte Fratze einer Bestie. Janko, der schmal und klein aussah gegen den riesigen schwarzen Geistwolf, der sich vor ihm auf-

bäumte. Er war es, der Hilfe brauchte; doch wie konnte man gegen einen Geist bestehen?
Adem hatte sich zusammenreißen und sein Entsetzen über Ildikos Blutrausch überwinden müssen, doch dann hatte er sie an der Schulter gepackt und angeschrien. Und zu seiner Erleichterung hatte sie die animalische Mordlust überwunden und zu ihm zurückgefunden.
Nun war ihr Gesicht wieder menschlich, nur das Blut des Khans klebte noch in ihren Mundwinkeln.
»Was ist mit Janko?«, rief sie. »Er steht nur da, und ich kann sein Grauen fühlen. Was ist dort?«
Adem zuckte zusammen. *Sie sieht ihn nicht.* Nur er tat es, dank seiner Narbe. Doch wie im Namen des Allmächtigen konnte er dieses Wesen ohne ihre Hilfe aufhalten? Schon sah er, wie der Geistwolf sich auf die Hinterfüße stellte und seine schrecklichen Krallen nach Janko ausstreckte, wie in seinen glühenden Dämonenaugen wilder Triumph aufloderte. Anubis brauchte einen Körper, hatte Janko gesagt. Und wenn sie nichts taten, würde er bald einen haben. Erfüllt von tiefstem Grauen, stöhnte er auf.
Es war, als hätte Ildiko seine Gedanken gelesen. Mit einem Satz sprang sie an ihm vorbei und packte Jankos Hand.

Ildiko kam es vor, als verschmölzen ihre Sinne zu einer gemeinsamen Wahrnehmung. Jankos atemlos hämmernder Puls, der betäubende Schmerz in seiner Brust, der Anblick, der sich ihm bot. Sie keuchte vor Entsetzen, als sie den Geistwolf erblickte, der auf seinen Hinterpranken stand. Er hatte einen riesigen, spitzen Schädel, der sie um Haupteslänge überragte, und Augen, die heimtückisch funkelten. Seine Krallen bohrten sich in Jankos Brust.
»Nein«, schrie sie und riss ihren Bruder zu Boden. Als die Krallen aus ihm herausglitten wie Rauch, stöhnte er auf und schien endlich wieder zu atmen.
»Er hat mein Blut, und nun will er mich ganz«, wisperte er. »Und ich habe keine Worte mehr, um ihn von mir wegzuhalten.«

Schon beugte sich der Wolf über sie. Seine gebleckten Zähne wirkten wie ein Grinsen, und sein Odem nach Alter, nach Blut und Verwesung zog wie ein Sturm über sie hinweg.
»Niemals«, zischte Ildiko. »Niemals wird er dich kriegen.«
Sie packte Janko und zog ihn so fest an sich, wie sie konnte, verschlang ihre Körperteile unentwirrbar ineinander. Und auch Janko presste sich an sie, sein Atem an ihrem Ohr, sein Herzschlag an ihrer Brust. *Wir sind eins.* Diesen Gedanken teilten sie, und er war Wahrheit und Gebet zugleich, ein Gesang, der ihre Seelen ineinander verwurzelte. Ihre Hände schlossen sich zu einem unendlichen Kreis. Niemand sollte sie je wieder trennen.
Dann spürte sie, wie sich etwas in ihr öffnete, wie etwas aus ihr *heraustrat,* als bildete ihr Körper eine Pforte für eine unsichtbare, uralte Kraft, die doch immer schon in ihr gewohnt hatte. Und sie wusste, dass Janko das Gleiche spürte. Gemeinsam schlossen sie die Augen und wurden tatsächlich *eins.*

Adem vermochte kaum, seinen Sinnen zu trauen. Seine Narbe schmerzte, das Blut pochte in jedem der fünf Zeichen auf seinem Rücken.
Er sah immer noch Ildiko und Janko, die auf dem Boden kauerten. Doch er sah auch die beiden Gestalten ihrer Geistwölfe, die bronzene Wölfin und Jankos hellen Rüden.
Und während ihre menschlichen Gegenstücke sich so eng aneinanderklammerten, als wären sie Liebende, sprangen die Kreaturen mit gefletschten Zähnen über ihre Köpfe hinweg.
Wie Gold und Silber, Feuer und Wasser, Erde und Mond waren sie, als sie gemeinsam auf den schwarzen Anubiswolf zuschnellten. Und bevor sie auf ihn trafen, berührten sie einander noch im Sprung, umschlangen sich in einem zärtlichen Reigen. Die Luft flirrte, als wäre sie plötzlich flüssig geworden. Wind und Geräusche verstummten, als die beiden Geschwisterwölfe zu einem verschmolzen. Ein schlankes, graziöses Tier ging aus ihnen hervor, groß wie ein Stier, mit flimmerndem, funkelndem

Fell, das keine Farbe hatte und doch schimmerte wie Perlmutt und Kristall.
Die neugeschaffene Kreatur packte den schwarzen Wolf an der Kehle und riss ihn nach hinten. Ihre Körper verkeilten sich mit solch brutaler Gewalt, dass die Festung zu beben schien.
Adem verspürte den Drang, sich festzuhalten, als würden sie ihn sonst einfach beiseitefegen. Er wollte sich wie eine Maus verkriechen vor ihrem lärmenden Knurren und Geifern, ihren scharfen Ausdünstungen, die wie ein Brausen seine Sinne betäubten. Und doch wusste er gleichzeitig, dass sie ihn äußerlich nicht berühren würden, ebenso wenig wie er sie in Wirklichkeit hörte oder roch. Dies war kein Kampf zwischen Wölfen. Der Konflikt spielte sich in einer anderen Welt ab, wie in einem Alptraum, den der Träumer als einen solchen erkannte und doch nicht erwachen konnte. Es war das todernste Spiel archaischer Mächte, so schnell und lautlos und doch gleichzeitig langsam, als spielte die Zeit nicht mehr die geringste Rolle.
Er wollte auf die Knie sinken, so groß waren sein Entsetzen und seine Ehrfurcht. Jemand neben ihm keuchte. Es fiel ihm schwer, seinen Blick dorthin zu richten. Der Khan. Er lag auf der Seite. Mühsam hob und senkte sich sein zerstörter Brustkorb, doch seine Augen waren wach und starr auf das Geschehen gerichtet.
Er sah den Kampf ebenfalls, erkannte Adem. Und warum sollte er auch nicht? Warum sollte er Adem die Fähigkeit zu sehen verleihen und sie sich selbst vorenthalten? Er packte seinen Säbel fester.
Doch der Khan schien ihn gar nicht wahrzunehmen. Er keuchte erneut, als drückte ihm jemand die Kehle zu. Seine Miene verzerrte sich zu einer zitternden Grimasse. Und plötzlich erkannte Adem, dass der Khan in Wirklichkeit lachte. Ungläubig ließ er die Waffe sinken.
»Die Weissagung«, hustete Nikolaj, und dann trafen seine weit aufgerissenen grauen Augen auf die von Adem. Sein Blick war blank und seelenlos, spiegelte nichts als die Belustigung eines

Wahnsinnigen, der im Angesicht seines Todes nicht loslassen konnte. Adem grauste sich vor ihm, doch er konnte seine Ohren nicht verschließen.

»So dumm«, keuchte Nikolaj. »Wir alle haben es nicht begriffen.« Und plötzlich gewann seine heisere Stimme wieder etwas von jener volltönenden Musikalität, die Menschen und Werwölfe in ihren Bann zog.

»Sie wird ein Kind mit zwei Seelen gebären, ein Kind, das allein die Welt aus der Verdammnis retten kann.«

Er zitierte die Prophezeiung. Adem schauderte. Die Worte, die nicht nur Janko, sondern ihrer aller Wege hierhergeführt hatten.

»Erkennst du es nicht, Adem?«, rief der Khan. »Zwei Seelen, das sind sie.« Sein Blick wanderte von ihm weg und fixierte Ildiko und Janko, die unter den kämpfenden Mächten kauerten, erstarrt wie zwei Statuen. »Es war niemals der Junge allein, sie sind es beide gemeinsam. Was hätte ich mit ihnen anfangen können, wenn ich es nur geahnt hätte. Was hätte ich …« Seine letzten Worte gingen in Husten unter.

Doch Adem hörte ihm schon nicht mehr zu. Jetzt spürte er selbst den Drang, aufzulachen. Der Khan, in all seinem Irrsinn und seiner machtgierigen Verblendung, hatte recht.

Immer noch rangen Anubis und der prophezeite Geistwolf, verhakten sich mit Zähnen und Klauen ineinander wie in einem unheimlichen Tanz. Und doch wusste Adem, dass der Ausgang dieses Kampfes schon vor Jahrhunderten entschieden worden war.

Jäh kam das fahle Antlitz des Vollmonds hinter den Wolken hervor, und der Pelz des hellen Wolfs leuchtete wie tausend Kristalle auf. Mit einem vollendeten Sprung warf er sich auf den Schwarzen und verbiss sich in seiner Kehle. Trockene Hitze flutete über die Plattform hinweg wie ein Wüstensturm. Ein Schrei ertönte, den Adem nicht mit seinen Ohren hörte, sondern in seinem Inneren. Tausende brüllende Stimmen, guttural und kreischend zugleich, ein letztes Aufbäumen von

Schmerz und Wut und Raserei. Er kauerte sich auf den Boden und umfasste seinen Kopf mit beiden Händen, während die Stimmen über ihn hinwegfluteten. Ein stechender Schmerz schoss durch seine Narbe, und sein Herz hämmerte, als wollte es bersten.

Und plötzlich war es vorbei. Stille herrschte, als würde die Welt zwischen zwei Atemzügen auf ewig verharren. Sein Rücken brannte wie Feuer, als er sich aufrichtete. Nur vage nahm er wahr, dass der Khan neben ihm im Todeskrampf erstarrt war.

Anubis war verschwunden. Die goldene Wölfin und ihr silberner Gefährte saßen wie stumme Wächter am Rande der Plattform. Adem spürte ihre wissenden Blicke, und doch war seine Aufmerksamkeit ganz auf die beiden menschlichen Gestalten gerichtet. Sie lagen reglos am Boden. Furcht ergriff ihn mit eiskalter Faust.

Doch dann zuckte Ildikos Hand, tastete nach der ihres Bruders. Gleichzeitig schlugen sie die Augen auf. Sie sahen sich ungläubig blinzelnd um, als wären sie gerade aus einem tiefen Schlummer erwacht. Und Adem eilte zu ihnen, umfasste Ildiko in einer festen Umarmung. Warme Haut auf warmer Haut, ihr vertrauter Geruch. Ihre Nähe, die alle anderen Sinnesempfindungen für ihn auslöschte. Er schwieg, um den Zauber nicht zu brechen. Worte hätten ohnehin nicht beschreiben können, was geschehen war.

»Ist es vorbei?«, wisperte Janko. Adem hob den Kopf von Ildikos Schulter und sah ihn an. Die Welt begann sich wieder zu regen. Als er auf Janko zutrat, spürte er die harmlosen Reste des Anubis-Knochens unter seinem Stiefel knirschen. Asche und Staub verflogen im Wind, der die Geschichte weitertragen würde, selbst wenn sie alle nicht mehr sein würden. Ohne Zögern schloss er Janko in seine Arme.

»Ihr habt es geschafft«, flüsterte er, und dann legte er den Kopf in den Nacken, als ein Lachen in seiner Kehle aufperlte und wie reinigendes Wasser aus ihm hervorbrach. »Ihr habt die Welt gerettet.«

»Die Welt?«, murmelte Ildiko an seiner Schulter, und ihrer Stimme hörte er ungläubiges Lächeln an.
Plötzlich hob sie den Kopf. Ihre goldenen Augen waren weit aufgerissen. »Hört ihr das?«
Adem runzelte die Stirn. Er hörte nur den Wind zwischen den Zinnen rauschen. »Was meinst du?«
»Ich höre es auch«, sagte Janko und fasste nach ihrer Hand. »Es ist in dir – und damit auch in mir.« Sein Blick war wehmütig und erschrocken zugleich.
»Was?«, wiederholte Adem und starrte beide abwechselnd an. Doch sie erwiderten seinen Blick nicht, zu versunken waren sie in ihr stummes Zwiegespräch. Und während er sie noch musterte, spürte er etwas Neues an ihnen, und sein Herz schien zu verstummen. Sie hatten die Welt nicht nur gerettet. Sie hatten sie verändert. Und sie würde nie mehr so sein wie zuvor.

41. KAPITEL

Ildiko drehte sich nicht um, als sie am Spätnachmittag aus dem Höhlengang hinaus auf die Ebene trat. Trotzdem konnte sie die Klippen in ihrem Rücken körperlich spüren; die jäh abfallende Leere, umfegt von scharfen Aufwinden. Sie hörte die Geier schreien, die auf den Böen ritten wie auf einem bockenden Pferd. Wilde Freude schien in ihrem Kreischen zu liegen. Sie atmete tief durch. Wenn sie das vor ihr liegende Wagnis schaffen wollte, musste sie sein wie sie, getragen von ihrer Selbstsicherheit, die ihnen ihre kräftigen Flügel verliehen.

Sie spürte Adems besorgten Blick in ihrem Nacken, als er hinter ihr aus dem Höhlengang trat. Er irrte sich, wenn er glaubte, sie wäre sich der Gefährlichkeit ihrer Situation nicht bewusst. Sie wusste jedoch, sie durfte sich ihre Gefühle nicht anmerken lassen, nicht vor den Männern, die sich allein vor der Stärke ihres Wolfsbluts gebeugt hatten, deren Vertrauen bestenfalls zerbrechlich und deren Mienen noch immer argwöhnisch waren.

Seit Nikolajs Tod letzte Nacht auf dem Geierturm konnte sie jeden der Wölfe aus seinem Rudel spüren, den leisen Hall ihrer Herzschläge, der in ihr vibrierte. Im ersten Augenblick hatte sie dieses Gefühl mit Ablehnung erfüllt – wie irrwitzig, dass ausgerechnet Janko und sie sein Erbe antreten sollten! Sicherlich lachten die Götter über sie. Über Janko, der immer Angst vor jeder Entscheidung gehabt hatte, und über sie, die voller Hass hierhergekommen war und sich bis vor kurzem kaum um die Welt außerhalb ihres Rudels geschert hatte.

Doch das war nicht die ganze Wahrheit. Sie hatten sich beide verändert. Und die Wolfsmagie hatte sie als Älteste gewählt, als Nikolajs Nachfolger, ob sie wollten oder nicht.

So hatte Ildiko dann doch ohne langes Zögern beschlossen, sich der Verantwortung und dem führerlosen Rudel zu stellen, zumindest so lange, bis sich ihr ein neuer Weg eröffnete. So wie für Janko.

Sie spürte nach ihm, den die Ereignisse noch stärker geprägt hatten als sie. Er, den sie immer für den Empfindsameren von ihnen gehalten hatte, hatte sich in der Falle des Hochmuts verfangen wie ein Singvogel in der Jagdschlinge, und beinahe hätte ihn das alles gekostet. Wehmut ergriff sie. Sie spürte seinen Wolfskörper wie ein Echo ihrer selbst. Keine dunklen Gefühle beschwerten ihn, während er rannte.

Ich muss gehen, hatte er gesagt. *So viel Schuld habe ich auf mich geladen, dass ich nicht mehr weiß, wer ich bin. Und hier werde ich es nicht herausfinden.*

Ich weiß, wer du bist!, hatte sie gerufen. Er hatte gelächelt, traurig und mit der Bitte um Vergebung, und sie hatte gewusst, dass ihm das nicht genug war. Deshalb hatte sie ihn ziehen lassen.

Komm zurück, wollte ihr Herz ihm seitdem zurufen. Und ein kindischer Teil ihrer selbst warf ihm vor, dass er sie mit einer schweren Bürde alleinließ. Doch sie unterdrückte das unwillkommene Gefühl, im Stich gelassen worden zu sein. Er würde wiederkommen, das wusste sie so sicher, wie sie ihren gemeinsamen Herzschlag spürte. Bis er so weit war, musste sie Geduld haben, immer noch eine der schwierigsten Übungen für sie.

Erneut atmete sie tief durch. *Schluss mit den Grübeleien!*

»Bleibt hinter mir!«, wies sie die vierzig Mann starke Eskorte an, die sie hierherbegleitet hatte. Die meisten der Männer waren Tataren. Sie hatten sich am bereitwilligsten vor ihr und Janko gebeugt, denn ihre Liebe zum toten Khan hatte sich mit seinem Mord an Saych merklich abgekühlt. Bei einigen der dominanteren Krieger war dies anders gewesen. Da durch Anubis' Verschwinden die Medaillons ihre Kraft verloren hatten, war zwar keiner von ihnen fähig gewesen, die beiden neuen Leitwölfe offen zu attackieren, doch den Willen dazu hatte Ildiko dem einen oder anderen durchaus von der Miene ablesen können. Sie schauderte. Es war noch nicht vorbei.

»Zieht eure Waffen nicht, ehe ich es euch befehle«, wies sie die Männer an.

Sie nickten mit starren Soldatenmienen, die Schultern gekrümmt und die Blicke vor ihr gesenkt. *Wie Hunde.* Sie unterdrückte jedoch ihren Widerwillen. Im Moment war dieses Verhalten ihre Lebensversicherung.

Nur Adem schaute sie an, bevor er ihrem Befehl folgte und sich hinter ihr einreihte. In seinen grauen Augen konnte sie Zustimmung und harte Entschlossenheit lesen. Zu ihrer beider Erleichterung hatten sie festgestellt, dass er ihren Befehlen mit etwas Kraftaufwand widerstehen konnte; so wie er sich auch vor den anderen Ältesten nicht hatte beugen müssen. War er der Beginn einer neuen Generation von Werwölfen? Oder lag es an seiner Narbe, die ihn für immer brandmarken würde? Für sie war das unwichtig. Sie warf ihm einen zärtlichen Blick zu, dann drehte sie sich um und schritt weit aus.

Als sie sich der Felsengruppe, hinter der sie das Versteck von Pavels Männern vermutete, bis auf eine Pfeilschussweite genähert hatte, hieß sie ihre Männer, stehen zu bleiben. Sicherlich wurden sie beobachtet. Deshalb legte sie mit einer großen Geste ihren Säbel auf den Boden. Adem und vier der Männer taten es ihr wie verabredet gleich. Zu sechst näherten sie sich den Felsen. Und endlich regte sich dort jemand. Männer traten aus dem Schatten hervor. Metall blitzte in der Sonne.

Ildiko blieb stehen, genauso ihre Gegenüber. Die Männer begannen zu raunen. Sie roch ihre Verwirrung. Offenbar spürten sie jetzt erst Ildikos neue Kraft. Ungeduldig musterte sie die Fremden, bis sie endlich zwei vertraute Gestalten unter ihnen erblickte: Arpad und Miklos. Ihr Herz tat einen großen, erleichterten Schlag.

»Keine Waffen.« Sie hob ihre Stimme nicht, denn die Werwölfe hörten sie auch so. »Wir kommen in Frieden, um zu verhandeln.«

Jemand schnaubte verächtlich. Pavel. Sie spannte die Muskeln an. Hatte sie ihn falsch eingeschätzt? Waren bereits Pfeile auf ihre Männer und sie gerichtet, um sie feige aus der Ferne zu erledigen?

Doch er war ein Ritter, und als solcher schien er Ehre zu besitzen. Als Letzter trat er hinter den Felsen hervor. Seine Männer machten ihm eilig Platz. Mit einer schroffen Bewegung warf er sein Schwert auf den Boden.

»In Frieden?«, knurrte er. »Das hast wohl nicht nur du zu entscheiden, Mädchen.«

Seine grauen Haare waren stumpf, ebenso verdreckt von Staub, Schweiß und Blut wie sein Harnisch. Das vogelartige Gesicht sah verhärmt aus. Und doch blitzte stählerne Schärfe aus seinen Augen, und Ildiko konnte die Stärke seines Wolfs spüren wie eine eisige Berührung. Seine Männer und er hatten gestern Nacht gegen eine Überzahl tatarischer Wölfe standgehalten, und es war ihnen sogar gelungen, zu den Klippen vorzudringen, um die Festung von oben zu beschießen. Sie durfte ihn nicht unterschätzen.

Mit einem beiläufigen Schnalzen seiner Zunge kommandierte er ebenfalls fünf seiner Männer an seine Seite. Arpad und Miklos waren darunter, ebenso der italienische Mönch Cecilio. Gemeinsam näherten sie sich Ildikos Abordnung durch die heiße Steppensonne.

Ildiko vermied es, Arpad und Miklos anzuschauen, aus Sorge, ihre Miene dann nicht mehr beherrschen zu können. Stattdessen ließ sie Pavel nicht aus den Augen. Der Älteste seinerseits taxierte sie viel wachsamer, als seine abschätzigen Worte sie glauben machen sollten. Sicherlich hielt er sie aufgrund ihrer neuen Kraft für eine Bedrohung – und es war nun an ihr, ihn vom Gegenteil zu überzeugen.

Als er vor ihr stand, wanderte sein Blick jedoch von ihr weg. Spöttisch musterte er Adem und die anderen Männer, dann verengte er die Augen und sah zu den fünfunddreißig Tataren hinüber, die sie zurückgelassen hatte. Beinahe gierig durchkämmte

sein Blick ihre Reihen, und er hob witternd die Nase. Sie wusste, wen er suchte – und nicht finden würde.
»Wo ist der Anführer dieser Bande?«, bellte er auch schon. »Und wo ist dein Bruder?«
»Nikolaj ist tot«, sagte sie und bemühte sich um einen ruhigen Tonfall, auch wenn Ärger in ihr aufstieg. »Ich selbst habe ihn getötet.« Sie wusste, dass sie ihm damit nichts Neues erzählte – er musste es ahnen, seit er ihre neue wölfische Dominanz wahrgenommen hatte. Sie wusste auch, dass es eigentlich ihr Bruder war, der ihn am meisten interessierte. Nur wegen ihm war er durch die Steppe gekommen.
»Janko ist nicht hier.«
»Nicht hier?« Pavel spuckte die Worte mit ungläubiger Fassungslosigkeit aus. Seine stechenden gelben Augen flackerten wie Kerzen im Wind. »Lüg mich nicht an!«
Sie verschränkte die Arme. »Du wirst mit mir vorliebnehmen müssen.«
Für einen Augenblick schwieg er, und sie sah, wie es hinter seiner Stirn arbeitete. »Lassen wir die Spielchen«, knurrte er. »Wenn Nikolaj tot ist, sind seine tatarischen Barbaren führungslos. Wenn sie die Festung öffnen und sich freiwillig ausliefern, wird der Wolfsbund vielleicht von einer Strafe absehen.«
»Sie sind nicht führungslos«, erwiderte sie forsch. »Die meisten haben Janko und mir den Eid geschworen.«
»Janko und dir.« Er strich sich über den Schnurrbart, wie um Zeit zu schinden. Schon blitzten seine Augen erneut auf. »Ihr habt also den Khan gemeuchelt und seine Männer unterworfen. Dem gebührt Respekt.« Er grinste humorlos, doch sie sah auch Wut in seinen Augen glimmen, die Wut, übergangen worden zu sein. »Ich will großmütig sein. Hol deinen Bruder her. Er soll mir den Eid schwören. Wenn sein Rudel dem Wolfsbund dient, wenn er schwört, diese Ungläubigen dem christlichen Glauben zuzuführen, dann kann der Kampf ein Ende finden.«
»Weder Janko noch ich werden diesen Eid schwören«, erwiderte sie. »Ich werde …«

»Du wirst gar nichts, Mädchen«, herrschte er sie an. »Ich verhandle nicht mit einer Frau!«

Zorn loderte in ihr auf. Sie erinnerte sich an das Gefühl der Schmach, als er sie in der Zitadelle gezwungen hatte, das Dirnenkleid anzuziehen. Sie wollte sich auf ihn stürzen und ihm die selbstherrliche Miene vom Gesicht reißen!

Schon merkte sie, wie ihre Eskorte unruhig wurde, spürte, wie Adem an ihrer Seite die Fäuste hinter dem Rücken ballte. Sie mussten ihre Wut so körperlich wie einen Windstoß fühlen, und sie würden sich auf Pavels Männer stürzen, würden bis in den Tod kämpfen, wenn Ildiko es ihnen befahl. Der Gedanke weckte etwas in ihr, das stärker war als ihre Wut – Pflichtgefühl. Sie war nicht mehr nur für sich selbst verantwortlich. *Widerstehe deiner Wut.* Sie schloss die Augen und atmete tief ein. Erst als ihr Puls wieder ruhig ging, sah sie Pavel an.

»Ich hätte dich für klüger gehalten, als mich zu beleidigen«, sagte sie ruhig, beinahe sanft. »In der Festung warten siebzig weitere Krieger nur darauf, sich mit deinen Leuten zu messen. Du verhandelst mit mir, oder wir jagen euch alle mit einem Tritt in den Hintern nach Moldau zurück.«

Jemand schnaubte. Arpad. Sie erkannte, dass er ein Lachen unterdrückte. Dieser vertraute Laut gab ihr Auftrieb, auch als Pavel Arpad mit einer schroffen Handbewegung zum Schweigen brachte.

»Hör dir meinen Vorschlag an«, sagte sie und hob die Hände zu einer offenen Geste. »Dann entscheide.«

Pavel spannte die Kiefermuskeln so stark an, dass die Sehnen an seinem faltigen Hals hervortraten.

Stumm sahen sie sich in die Augen. Sie maßen ihre Kräfte. Die Luft schien zu zittern, die Zeit sich wie eine Bogensehne zu spannen. Doch keiner siegte, keiner gab nach und senkte den Blick.

»Sprich«, knurrte Pavel endlich.

»Wir werden uns nicht dem Wolfsbund anschließen«, sagte sie. »Doch ich werde im Namen des Rudels Folgendes garantieren:

Wir werden uns von den Menschen fernhalten, ihnen weder dienen noch sie beherrschen und uns gewiss nicht in ihre Belange einmischen. Wir werden auch keinen Konflikt mit anderen Rudeln suchen. Im Gegenzug verlangen wir Folgendes.« Sie sah, wie seine Miene finster wurde, und sie wusste, was er erwartete.
»Drei Jahre«, sagte sie und genoss seine Überraschung.
»Drei Jahre, in denen ihr uns in Ruhe lasst, damit das Rudel zu einer neuen Ordnung finden kann.«
Als sie mit Janko und Adem diese Bedingung ersonnen hatte, war ihnen Adems Wissen aus seiner Zeit als Wolfsjäger zugutegekommen. *Der Wolfsbund ist wie ein Schwarm Krähen auf einem Galgenbaum, der niemals andere Vögel in seiner Nähe dulden wird,* hatte er gesagt. Adem glaubte, dass Pavel deshalb einer dauerhaften Waffenruhe niemals zustimmen würde. Einer Atempause jedoch schon. Hatte er damit recht?
Pavel musterte sie mit gefurchter Stirn.
»Ein Jahr«, knurrte er.
Sie schüttelte den Kopf. »Zwei Jahre.«
Er schwieg für einen Augenblick, dann wurde seine Miene lauernd. »Die meisten Männer haben euch den Eid geschworen, sagtest du vorhin.« Er war ein genauer Zuhörer. »Was ist mit den übrigen?«
»Etwa dreißig Mann haben es vorgezogen, zu gehen«, erwiderte Ildiko ehrlich. »Sie sind nach Osten geritten, mit Proviant für eine Woche.«
»Für sie gilt unser Abkommen nicht«, sagte Pavel.
Sie zuckte mit den Schultern. Die Männer hatten ihr Schicksal freiwillig gewählt, und sie spürte kein Mitleid mit ihnen.
Der Mönch hinter Pavel stieß ein schüchternes Hüsteln aus. Der Älteste drehte sich nicht zu ihm um. Mit fast der gleichen schroffen Handbewegung, mit der er vorhin Arpad zurechtgewiesen hatte, gestattete er jedoch dem Jungen, zu sprechen.
»Was ist mit den Attentätern?«, fragte Cecilio mit gesenktem Blick. »Zwei haben meinen Ältesten in Rom umgebracht. Sie

sagten, sie kämen aus Böhmen.« Er hob sein kurzgeschorenes Haupt, und Ildiko sah, dass seine Augen vor Hass funkelten.
Nikolajs treue Diener. Sie dachte an den Fremden bei Uzun Hasan, der ihren Vater verraten hatte, an den Garde-Hauptmann in Trabzon, der sie im Kerker hatte ermorden wollen. Wenn sie die Augen schloss, konnte sie einige von jenen, die Nikolaj einst gebissen hatte, in der Ferne erspüren, ihre Wolfsseelen schimmernd wie Glühwürmchen in der Nacht. Zwei Handvoll, vielleicht mehr. Dies würde sie Pavel allerdings nicht auf die Nase binden.
»Die Werwölfe, die mir keinen Eid geschworen haben, sind nicht Teil meines Rudels. Ich schulde ihnen keinen Schutz«, sagte sie. »Doch die, die jetzt zu meinem Rudel gehören, werden für keine Taten der Vergangenheit mehr belangt.« Dies war das Opfer an die Gerechtigkeit, das sie bringen mussten, ein Vertrauensvorschuss für die Männer, die sich ihr angeschlossen hatten.
»Dein Rudel«, wiederholte Pavel so abfällig, als könnte er es immer noch nicht glauben. »Wie wollt ihr Kinder ein solches führen?«
»Willst du die Magie des Wolfsbluts in Frage stellen, das uns für diese Aufgabe auserwählt hat?« Sie hob die Augenbrauen. Tatsächlich hatte Pavel einen wunden Punkt getroffen. Die Winkelzüge der Politik waren ihr fremd, so wie sie niemals das Schachspielen erlernt hatte. Ihr fehlten Adems Besonnenheit und Erfahrung, um die Vorhaben der anderen vorherzusehen und mit eigenen Strategien gegenzulenken. Doch sie war nicht zu stolz, um einzusehen, wann sie Hilfe brauchte.
Endlich wandte sie den Blick von Pavel ab und schaute zu Miklos und Arpad hinüber. Trotz aller Unstimmigkeiten hatte sie die beiden schmerzlich vermisst, und ihr vertrauter Anblick erfüllte sie mit jäher Zuversicht. Miklos, dessen blindes Narbengesicht aufmerksam zur Seite geneigt war, während er dem Dialog lauschte. Sein Wissen würde sich als unschätzbar wertvoll erweisen. Daneben der bullige Arpad, die roten Haare vom

Wind verwirbelt und das Kinn unbeeindruckt vorgereckt, als wollte er mit einem launigen Spruch jederzeit einhaken, wenn die Ereignisse sich nicht in seinem Sinne entwickelten. Er zwinkerte ihr zu, und sie las darin die Bestätigung dessen, was sie gehofft hatte.

»Zwei Jahre fordere ich«, sagte sie. »Und Miklos und Arpad, die seit jeher zu meiner Familie gehören.«

»Warum sollte ich sie dir geben?« Pavels Habichtaugen funkelten listig.

»Weil ich dir im Austausch ebenfalls zwei Männer gebe.« Sie winkte zwei der Männer aus ihrer Eskorte an ihre Seite. Sie stammten aus den westlichen Landen jenseits der Elbe, und ihre Gesichter blieben ausdruckslos, doch Ildiko hörte, wie ihre Herzen vor Anspannung schneller schlugen. Beide waren einst in Nikolajs Dienste gezwungen worden und hatten von sich aus das Anliegen vorgebracht, zum Wolfsbund zu gehen. Sie vertraute ihnen, denn einen Vorteil hatte ihre neue Kraft: Sie musste nicht mehr an der Ehrlichkeit der ihr unterlegenen Werwölfe zweifeln.

Pavel musterte die beiden hungrig. Es war ihr, als könnte sie seine Gedanken lesen. Er wusste, dass er die rote Festung unmöglich heute oder morgen einnehmen konnte. Doch sicherlich hatte er diesen Gedanken noch nicht aufgegeben. Was lag da näher, als einen nutzlosen Blinden und einen aufsässigen ehemaligen Janitscharen abzugeben, wenn er im Gegenzug zwei Männer bekam, die ihm detailliert Auskunft über einen möglichen Gegner und dessen Festungsanlage geben konnten?

Und doch schien es ihm noch nicht genug zu sein. Er verschränkte die Arme.

»Keine neuen Wölfe«, fuhr er sie an. »Kein Einmischen in die Belange der Menschen. Keinerlei feindliche Handlungen gegenüber dem Wolfsbund. Absolute Geheimhaltung des Wolfsbluts. Kein Betreten der Territorien des Bundes.« Ildiko wollte Letzteres zurückweisen, doch er hob seine knorrige Hand und wischte jeden Widerspruch hinweg.

»Zwei Jahre. Wenn auch nur einer aus eurem Rudel in dieser Zeit gegen die Bedingungen verstößt, ist unser Abkommen nichtig«, knurrte er. »Und glaube nicht, dass du oder dein Bruder mich betrügen könnt, Weib. Jemand wird als Abgesandter des Bundes bei euch bleiben, um das Einhalten der Richtlinien zu überwachen.«
Ohne sich umzudrehen, griff er nach hinten und zog Cecilio beinahe beiläufig an seiner Kutte nach vorne. Vor Überraschung bekam das Gesicht des Mönchs rote Flecken, doch dann zeichneten sich blitzschnell erst Spannung, dann Entschlossenheit in seiner Miene ab. Wie jung er auch aussah, Ildiko würde sich hüten, ihn zu unterschätzen.
»Du wirst ihm Schutz zusichern«, sagte Pavel. »Außerdem Zugang zu allen Schriften, die Nikolaj verwahrte, und sicheres Geleit, wohin er auch reisen möchte. Außerdem wird er sonntags die Messe lesen für euch Ungläubige.«
Ildiko holte tief Luft. Sie wusste, dass alle Werwölfe wie gebannt lauschten, spürte, wie sich die Zeit dehnte in der Erwartung ihrer Antwort. Hatte sie einen Sieg errungen, oder war es Pavel, der letztendlich triumphieren würde? Sie wusste es nicht. Doch sie war keine, die andere auf die Folter spannte.
»Einverstanden«, sagte sie.
Sie verharrte mit grimmiger Miene, als Pavel sich umwandte und davonging. Die beiden Westländer folgten ihm, und auch der Mönch eilte hinter ihm her, nachdem er Ildiko noch einen verstohlenen, neugierigen Blick zugeworfen hatte. Miklos und Arpad blieben vor ihr stehen, und hinter sich spürte sie Adems warme Nähe.
»Te bolond leány«, brummte Arpad mit seiner dunklen Stimme auf Ungarisch, und es klang wie eine Liebkosung. *Du verrücktes Mädchen.*
Und dann war es, als löste sich ein Eisenring, der ihr Herz in seiner Umklammerung gehalten hatte, seit sie die Klippe betreten hatte. Auch wenn sie nicht wusste, was der morgige Tag bringen würde, auch wenn Jankos Verlust schmerzte wie ein

frisch amputiertes Bein, sie hatte keine Angst und keine Zweifel mehr. Die Stärke des Wolfs lag im Rudel, die Stärke des Rudels war der Wolf. Versonnen lächelte sie, ehe sie sich umwandte und gefolgt von ihren Vertrauten auf die wartenden Tataren zuging.

* * *

Er lief durch hohes Gras. Es streifte sein Fell, duftend nach Heidekräutern und Sonnenwärme. Sein Atem ging ruhig, und seine Ohren waren gespitzt. Der Wind rauschte und sang zwischen den tanzenden Halmen ein sanftes Lied, das sich mit den vielen anderen Stimmen des Lebens verband, dem Sirren der Moskitos, den Pfiffen der Kiebitze, die vor ihm aufstoben, dem verstohlenen Tappen von Mäusen und Murmeltieren. Und auch er gehörte hierher, sein hechelnder Atem, der dumpfe Ton seines Herzschlags und das Trommeln seiner Pfoten auf dem trockenen Boden.

Seine Gedanken flossen in einem trägen Strom. Nach Norden wollte er, dorthin, wo ewige Wälder warteten, unberührt von den Menschen. Für eine Weile wollte er vergessen, wer er gewesen war, bevor er sich verloren hatte, bevor er …

Er schüttelte sich, warf die düsteren Erinnerungen ab, als wären sie Flöhe in seinem Pelz. Dann beschleunigte er seinen Trab noch einmal.

Die Steppe war endlos, reichte bis dorthin, wo Himmel und Erde im Dunst verschmolzen, und noch darüber hinaus.

Im Westen neigte sich die Sonne allmählich dem Horizont zu. Ihre letzten Strahlen wärmten seine Flanke. Sein Körper warf einen langgezogenen Schatten, der lautlos mit ihm über die Ebene huschte. Je tiefer der Feuerball sank, desto weiter reichte der geisterhafte Schemen hinaus in die Weite, bis er irgendwann mit den anderen Schatten verschmolz. Nun stieg der Mond aus der Dunkelheit auf und badete sein Fell in fahlem Silberlicht. Der Wolf warf den Kopf in den Nacken und heulte. Dann lief er weiter, und seine Welt kannte keine Grenzen.

NACHWORT

Werwölfe im Mittelalter? Das geht kaum ohne ein bisschen Vorstellungskraft. So ist die Geschichte dieses Buches, die Geschichte von Ildiko, Janko und Adem, zu großen Teilen fiktiv. Den historischen Alltag, in dem sich meine Figuren bewegen, die Sitten und Lebensanschauungen, die insbesondere den Menschen Adem prägen, versuchte ich jedoch so authentisch wie möglich darzustellen. Auch einige Personen, Schauplätze und Ereignisse, denen die drei auf ihrem langen Weg durch die osmanische, südosteuropäische und mongolische Welt begegnen, sind der Historie entlehnt.

Sultan Mehmed II., der Herrscher über das Osmanische Reich, war eine der beeindruckendsten Gestalten des ausgehenden Mittelalters. Je nachdem, wen man fragt, wechselt die Einschätzung von ihm als Herrscher und Mensch allerdings grundlegend. Dem Abendland erschien er als Verwüster und Erbfeind der Christen, zahlreiche Zeitgenossen bezeichneten ihn sogar als Antichrist. In der türkischen Überlieferung gilt er hingegen als großer Eroberer und Förderer der Wissenschaften, als gebildeter Mann und beeindruckender Herrscher. So komplex seine Figur ist, so wenig konnte ich ihr in den kurzen Auftritten in meinem Buch gerecht werden. Darüber hinaus ist sein Bild im Roman natürlich maßgeblich geprägt durch die Blickwinkel der Figuren und der eigenwilligen Haltung, mit der sie ihm gegenübertreten. Das Gleiche gilt für Sulejmân-Pascha, Adems Dienstherr. Über diesen mächtigen Vertrauten des Sultans, der doch sein Sklave war, gibt es nur wenige historische Aussagen, so dass ich hier weitgehend auf meine Interpretation angewiesen war.